ज्ञान गरिमा के
72 वर्ष

भारतीय
ज्ञानपीठ

णाणं
पयासयं
वीर नि.सं.
2470
ई.सन्
1944
भारतीय ज्ञानपीठ

मगरमुँहा

(उपन्यास)

मगरमुँहा

प्रभातकुमार भट्टाचार्य

भारतीय ज्ञानपीठ

लोकोदय ग्रन्थमाला : ग्रन्थांक 1280

ISBN 978-93-263-5464-6

मगरमुँहा

(उपन्यास)

प्रभातकुमार भट्टाचार्य

प्रथम संस्करण : 2016

मूल्य : 500 रुपये

प्रकाशक : **भारतीय ज्ञानपीठ**

18, इन्स्टीट्यूशनल एरिया, लोदी रोड, नयी दिल्ली-110 003

मुद्रक : विकास कम्प्यूटर्स ऐंड प्रिन्टर्स, दिल्ली-32

आवरण चित्र : अशोक भौमिक

आवरण : महेश्वर

MAGARMUHAN

(Novel)

by Prabhat Kumar Bhattacharya

Published by

Bharatiya Jnanpith

18, Institutional Area, Lodi Road, New Delhi-110 003

Ph. : 011-24698417, 24626467; 23241619 (Daryaganj)

Mob. : 9350536020; e-mail : bjnanpith@gmail.com

sales@jnanpith.net; website : www.jnanpith.net

First Edition : 2016

Price : Rs. 500

प्रियवर प्रमोद त्रिवेदी
और
वसुमती को सस्नेह

अपनी बात

मेरा पहला उपन्यास 'रानी कैकेयी का सफ़रनामा' प्रकाशित हुआ था 1993 में। लोकभारती प्रकाशन, इलाहाबाद ने छापा था। उसका दूसरा संस्करण (पेपर बैक) छपा 2007 में।

लोकभारती के तत्कालीन स्वामी श्री रमेश ग्रोवर की बेशकीमती यादें मैंने बड़े जतन के साथ सँजोकर रखी हैं। इन दिनों तो वे अपने और दिनेश भाई के दमखम पर गढ़े हुए नामचीन प्रकाशन गृह की ज़िम्मेदारी से मुक्त होकर रिटायरमेन्ट में मगन सही मायने में ज़िन्दगी जी रहे हैं।

भाई रमेश ग्रोवर से मेरी पहली मुलाकात बेहद दिलचस्प थी। श्री नरेश मेहता जी ने उन्हें मेरे पास भेजा था। लोकभारती के साथ नरेश जी के अन्तरंग सम्बन्धों से मैं परिचित था।

प्रारम्भिक दुआ-सलाम की खुश-खुश गलियों से गुजरने के बाद भाई रमेश ग्रोवर ने कामकाजी बातचीत का सिलसिला शुरू किया—

''नरेशजी बतला रहे थे कि आपने तीन काव्य-नाटक एक साथ लिख लिये हैं और अब उनके प्रकाशन की राह देख रहे हैं। हम उनका प्रकाशन करना चाहते हैं।''

मैंने तुरन्त अपनी कृतज्ञता प्रकट की और साथ में यह भी कहा—''लेकिन रमेश भाई, मेरी एक शर्त है। चूँकि मेरे तीनों काव्य नाटक—काठमहल/प्रेत शताब्दी/आगामी आदमी, अपने आपमें तीन स्वतन्त्र नाटक तो हैं ही, मगर वे एक-दूसरे से जुड़े हुए, काव्यनाटक त्रयी भी हैं। इसलिए मैं चाहता हूँ कि ये तीनों काव्यनाटक अलग-अलग कवर में छपें और साथ ही उनका समवेत प्रकाशन एक अलग कवर में भी हो—'मुक्ति कोथाय' के नाम से—यानी कुल चार पुस्तकें, अलग-अलग एक समय में ही प्रकाशित होंगे।''

मेरे सौभाग्य से भाई रमेश ग्रोवर जी ने हामी भरी और वे पांडुलिपियाँ लेकर चले गये और लोकभारती प्रकाशन ने 1987 में चारों पुस्तकें एक साथ प्रकाशित कर दीं। हाँ, उनके अनुरोध पर हमने तीनों काव्य नाटकों के समवेत प्रकाशन, यानी

काव्यनाटक त्रयी की पुस्तक का 'मुक्ति कोथाय' नाम बदलकर 'मुक्ति कथा' कर दिया था, जिसके कारण श्री नरेश मेहताजी अप्रसन्न हुए थे।

दस वर्ष पूर्व 1977 में शानी ने मासिक साक्षात्कार के एक अंक में 'काठमहल' पूरा छाप दिया था और उसके बाद मध्यप्रदेश साहित्य परिषद द्वारा पुस्तकाकार भी।

ये तीनों काव्य नाटक तीन अलग-अलग समयों में खेले भी गये हैं। कानपुर की 'दर्पण' नाट्य संस्था ने बंसी कौल के निर्देशन में 'काठमहल', मध्यप्रदेश नाटक लोककला अकादमी, उज्जैन ने शेष दोनों काव्य नाटकों को मध्यप्रदेश नाट्य समारोह में—'प्रेत शताब्दी' मेरे निर्देशन में और 'आगामी आदमी' सतीश दवे के निर्देशन में दो अलग-अलग वर्षों में किया।

मेरे पहले उपन्यास, काव्यनाटक त्रयी और एक नाटक 'सतोरिया' के साथ ढेरों किस्से जुड़े हुए हैं—जो मेरे लिए बहुमूल्य धरोहर है। इन किस्सों को खुद बयान करना मैं ज़रूरी नहीं समझता। वैसे ये किस्से कई लेखों और पुस्तकों में बयान हो भी चुके हैं।

प्रस्तुत उपन्यास 'मगरमुँहा' के बारे में फिलहाल मैं कुछ नहीं कहना चाहता। पुस्तक के ब्लर्ब में धनंजय ने ज़रूर कुछ कह दिया है। धनंजय का कुछ भी कहना मेरे लिए बेशकीमती है।

हाँ, इतना ज़रूर कहना चाहूँगा कि भाई धनंजय वर्मा को मैंने जब 'मगरमुँहा' की पांडुलिपि, यानी टाइपित लिपि पढ़ने को दी तो उन्होंने हमेशा की तरह मेरे माट्साब की भूमिका का निर्वाह करते हुए उसे लाल स्याही से छितर दिया—प्रूफ करेक्शन के बहाने इतर करेक्शन्स भी किए। मैं उनका आभार मानकर इस भार से हलका नहीं होना चाहता।

मैं ख़ासतौर पर आभारी हूँ भारतीय ज्ञानपीठ और उसके निदेशक श्री लीलाधर मंडलोई के प्रति जिन्होंने मेरा यह दूसरा उपन्यास 'मगरमुँहा' प्रकाशित किया है।

—प्रभातकुमार भट्टाचार्य

माधवी
129, दशहरा मैदान, उज्जैन

मेरे पौत्र तुहिन की नव-विवाहिता श्रीजा के जन्मदिन पर
23 फरवरी, 2015

मगरमुँहा

क्यों हो रही थी इतनी देर सूर्योदय में। मेघहीन था आकाश। न धूल का गुबार था कहीं और न ही था धुएँ का कहीं कोई दबाव। फिर भी सूर्योदय में इतनी देर—आखिर क्यों?

शिखर जोशी ने अपनी जेबघड़ी देखी, उसके पिता की एकमात्र निशानी। घड़ी में थी एक खड़ी लकीर। दोनों सुइयाँ एक-दूसरे के विपरीत दिशा में तनी हुई थीं, एक खड़ीपाई जैसी। तो क्या समय पर ही खड़ीपाई लग गयी थी—फुल स्टॉप। शिखर ने घड़ी कान से लगाई। घड़ी तो चल रही थी। यानी समय ठहरा नहीं था। घड़ी ठीक समय पर छह बजा रही थी।

'एशिया की सबसे बड़ी' सोयाबीन फैक्टरी (जो पिछले कई वर्षों से बन्द पड़ी है) पीछे छोड़कर देवास रोड की टेकरी पर खड़ा शिखर सूर्योदय की प्रतीक्षा कर रहा था। उज्जैन की कस्बाई मानसिकता को 'एशिया की सबसे बड़ी' विशेषण का अलंकरण कुछ-कुछ हिमालयी ऊँचाई जैसा बोध देता है। यों भी तो शिखर टेकरी पर खड़ा था। इसलिए ऊँचाई का बोध और आकाश की निकटता सहज ही उसके मस्तक को कुछ इस तरह तान रही थी, जैसे उसकी गर्दन पर चेहरा और चेहरे पर मस्तक न होकर, उसकी गर्दन पर खूब लम्बा एक बाँस हो जिसके उपरले सिरे पर बँधा एक परचम लहरा रहा हो।

बहरहाल, परचम हो न हो, मस्तक अवश्य था शिखर का जिस पर चिन्ता की लकीरें गहरा रही थीं। क्यों हो रही थी इतनी देर सूर्योदय में? इतना तो निश्चित है कि पौ फटते-फटते वो टेकरी पर पहुँच गया था और सूर्योदय की प्रतीक्षा में उसका शिक्षक-मन इस सोच में डूबा हुआ था कि आखिर ये पौ का फटना होता क्या है? क्या पौ किसी प्रकार की आकाशी झिल्ली होती है जो अन्धकार से उपजती है और प्रकाश के पहले-पहले स्पर्श से फट जाती है। यानी हर रात उपजती है और हर सुबह फट जाती है। किसी भी जीवन्त स्पर्श से वंचित जन-शून्य या प्राणी-शून्य स्थान पर जैसे मकड़ी जाला बुनती है, वैसे ही आकाश के प्रकाशविहीन विस्तार में अन्धकार एक झिल्ली का ताना-बाना बुनता है जिसे पौ कहते हैं। मगर 'आकाश के विस्तार में' कहना उचित नहीं होगा, क्योंकि पौ तो पूर्व दिशा में ही फटती है, इसलिए पौ नामक झिल्ली आकाश के पूर्वी कोने में ही पसरती है।

पौ व्युत्पत्ति विवेचन का यह सिलसिला लम्बायमान होता पाकर शिखर ने इस प्रकरण पर भावी समाधान का कोष्ठक लगाया और तय किया कि अगली भेंट में नरेशजी से पूछेंगे। नरेशजी यानी नरेश मेहता। यदि नरेशजी से भेंट न हो सके तो पं. बच्चूलाल अवस्थी जी से पूछेंगे।

सुमनजी से पूछने का ख्याल भी नहीं आया उसे। सुमनजी यानी डॉ. शिवमंगलसिंह सुमन। पिछले बीस वर्षों से वो सुमनजी के पास आता-जाता रहा है, लेकिन सुमनजी से कभी कुछ पूछ नहीं सका वो। जब भी शिखर गया है सुमनजी के पास तो हमेशा उन्हें घिरा हुआ ही पाया है। इस तरह घिरे रहने के बावजूद सुमनजी किसी भी आगन्तुक का स्वागत इस अन्दाज से करते हैं कि आगन्तुक को यही लगता है कि मानो सुमनजी उसी की प्रतीक्षा कर रहे हों।

मगर यह उषा-सूर्य...अब तो हद हो गयी। आखिर चिन्तित है। शिखर सूर्य महाशय को हो क्या गया है? यह तो हो नहीं सकता कि उनकी कहीं आँख लग गयी हो। वे तो कभी सोते नहीं है। हमारी इस विशाल पृथ्वी पर कहीं न कहीं तो होते ही हैं। उनका होना ही तो पृथ्वी पर जीवन का होना है। प्राणियों-वनस्पतियों-नदियों-पर्वत श्रृंखलाओं, समुद्रों के लिए अहर्निश शब्द भले ही सार्थक हो, मगर सूर्य के लिए तो सदा 'अहर्अह' ही बना रहता है और वे अपने सप्त घोड़ों के रथ पर निरन्तर आरूढ़ रहते हैं। कहीं ऐसा तो नहीं कि कोई दुर्घटना हो गयी हो? आखिर मामला तो गाड़ी-घोड़ों का ही है। एक नहीं, सात घोड़े। शायद कोई घोड़ा बिचक गया हो। अरे भाई जब एक घोड़ेवाले ताँगे का कुल जमा एक घोड़ा बिचक जाता है तो बेचारे ताँगेवाले की कैसी दुर्गति होती है। फिर सूर्य महाशय के रथ में तो सात घोड़े हैं।

ताँगे की याद ने शिखर को विचलित कर दिया। क्या ताँगे हुआ करते थे उज्जैन में! खाँटी सामन्ती ठाठ के ताँगे। सन् साठ के दशक के इन ताँगों के घोड़े भले ही अरबी न हों, मगर इनकी खुराक और 'खुर्रा' इतनी तबीयत से की जाती थी कि लगता था कि अगर इन्हें महालक्ष्मी या न्यू अलीपुर या पूना या बंगलौर की रेस में भेज दिया जाता तो रेस के नामी-गिरामी घोड़े मारे शरम के अगले दिन से रेस छोड़कर माल-असबाब ढोने का काम शुरू कर देते। उज्जैन के आलीशन ताँगों में जब ये घोड़े जोते जाते थे तब उनके शीश पर मुकुट जैसा तुर्रा कलंगी और घोड़े के आजू-बाजू कसे हुए डंडों पर दोनों तरफ चार-चार तुर्रा कलंगी की कतारें होती थीं। घोड़े के सीने पर कसा होता था चमकीले चमड़े का पट्टा और उस पट्टे पर टँगी होती थीं पीतल की चमकीली, झुमकेदार नन्ही छतरियाँ। घोड़े के गले में घंटियाँ बँधी होतीं जो चलते

हुए ताँगों की ताल पर निरन्तर बजती रहती थीं, जिन्हें भगवती शर्मा नामक बाबूभाई, वकील साहब उर्फ भाईसाहब, कुछ इस अदा से बजाते हैं कि लगता है ये घंटियाँ घोड़े के गले में नहीं, भगवती भाई के मुँह में बँधी हैं।

खाँटी सामन्ती ठाठवाले उज्जैन के इन ताँगों में बैठक के दो हिस्से थे, मगर छत एक थी। ज़रूरत पड़ने पर अगली तरफ यानी ताँगेवाले की बैठक के ऊपर की 'फोल्डिंग' छत को उलटकर पिछली तरफ की छत पर धर दिया जाता। अगला हिस्सा जिस पर ताँगेवाला बैठता, वो बैठक भी ठाठदार होती। उस पर दूधिया सफेद कपड़ा चढ़ा होता। ये बैठक इतनी बड़ी होती कि उस पर ताँगेवाले का जोड़ीदार भी आसानी से बैठ सकता था और ज़रूरत पड़ने पर एक सवारी भी। एक ही क्यों, अगर दुबले-पतले हों तो दो जन भी। ताँगे के पिछले हिस्से में चार सवारियों के बैठने के लिए, एक-दूसरे के आमने-सामने बैठकों की दो कतारें होतीं। इन बैठकों के चारों कोनों पर चार चौकोर तकिये सवारों के टिकने के लिए होते। गद्दीदार बैठकों और तकियों पर दूधिया सफेद कव्हर चढ़े होते। छत के नीचे चारों तरफ बेलबूटेदार झालरें और रंगीन झुमके झूमते। ताँगे पर चढ़ने के लिए खूबसूरत पायदान तो होता ही था। बैठने के बाद बाकायदा फाटक भी लगाया जाता। फाटक के बाहरी हिस्से पर ताँगे का नम्बर लिखा होता।

शिखर को विशेष रूप से दो ताँगों की खूब याद आती है। एक तो नम्बर 'एक' का ताँगा। इस ताँगे का नम्बर एक तो था ही, साज-सज्जा में भी वो नम्बर 'एक' ही था। इस ताँगे का सफेद रंग का वो शानदार घोड़ा तेज़ होते हुए भी सौम्य था। अपनी वेशभूषा में टोपी से धोती तक दूधिया सफेदी बनाये रखते हुए मालिक मोतीलाल स्वयं ताँगा चलाते थे। नपा-तुला और कम बोलते। उनकी आवाज कभी ऊँची नहीं होती। लगाम पर उनकी पकड़ इतनी हलकी होती कि लगता बस लगाम अब छूटी उनके हाथ से। मगर उनकी हलकी पकड़ का हलका-सा इशारा उनके सफेद घोड़े के लिए काफी होता। मनुष्य और घोड़े के बीच ऐसी बारीक समझ कि किसी और की समझ में न आये।

इसके विपरीत था ताँगा नम्बर 'तिरपन'। साज-सज्जा में वो ताँगा नम्बर 'एक' जैसा तो था, मगर भड़कीले चटक रंगों की रंगदारी से लैस। उसका घोड़ा था काला-जानदार, सरपट, बेहद तेज़। ताँगे पर मालिक नहीं नौकर बैठता था। नाम था जुम्मन मियाँ। कपड़े तो वो भी सफेद ही पहनता, मगर उसकी सफेदी बनाये रखने में उसे कतई दिलचस्पी नहीं थी। धूल-धक्कड़ की कितनी परतें उसके 'कॉस्ट्यूम' पर चढ़ी थीं, इसकी ख़बर जुम्मन मियाँ को भी नहीं थी। उसके ओठों पर मुस्कान के

साथ पान की शाश्वत लाली इतनी गाढ़ी हुआ करती कि मुस्कान पपड़ी बनकर उसके ओठों पर चिपक गयी थी। बेहद बातूनी था वो सवारियों से तो बातें करता ही था, मगर अपने घोड़े से उसकी बातचीत समाप्त होने का नाम नहीं लेती थी। लगाम पर उसकी पकड़ इतनी मजबूत हुआ करती कि लगता कि लगाम की चमड़ी दरक जाएगी। मगर घोड़ा था कि लगाम की भाषा को अनसुनी करने में ही लगा रहता था। लगाम की भाषा के साथ-साथ जुम्मन मियाँ के जुमले घोड़े की समझ के साथ तार बिठाने में निरन्तर लगे रहते थे। मगर माजरा यों दिलचस्प था कि परस्पर सम्प्रेषणीयता के घोर अलगाव के बावजूद जुम्मन मियाँ के चेहरे पर शिकन तक नहीं आती थी। सवारी की जान भले ही साँसत में फँसी हो।

उस दिन शिखर ताँगा नम्बर तिरपन में बैठा संस्कृत के अद्वितीय विद्वान, कवि, रंगकर्मी आचार्य श्रीनिवास रथ के मक्सी रोडवाले घर पर जा रहा था। मजबूरी थी। उसकी साइकिल दगा दे गयी थी। वरना शिखर और ताँगा असम्भव! पलक झपकते विनोद मिल चौराहा और फ्रीगंज को जोड़नेवाले ओव्हरब्रिज पर ताँगा चढ़ दौड़ा। छोटी-सी घाटी पर तू-तड़ाक चढ़ने के बाद ढलान पर जब वह काला घोड़ा सरपट भागा तब शिखर को लगा कि घोड़ा अब फिसला कि तब फिसला। ढलान के नीचे (अब नदारद) अशोक टॉकीज़ चौराहे पर ताँगे को बाँईं ओर मक्सी रोड (जिसका नया नाम कालिदास मार्ग है मगर शिला पर 'कालीदास मार्ग' लिखा है) की तरफ मुड़ना था। शिखर को लगा कि इतनी तेड़ी से ढलान उतरते हुए निश्चय ही घोड़ा बाँईं तरफ नहीं मुड़ पाएगा। अगर जुम्मन मियाँ की कोशिश कामयाब रही तो शायद घंटाघर वाले अगले चौराहे पर बाँईं तरफ मुड़ सके। मगर आश्चर्य! उसी भयावह तेज़ी में घोड़ा जुम्मन मियाँ की दोमुखी (एक लगाम मुखी और दूसरी स्वमुखी) भाषा समझ गया और दिल दहलाने वाले सपाटे में बाँईं तरफ मक्सी रोड की ओर मुड़ गया। शिखर के प्राण कंठ तक आकर बड़ी मुश्किल से ठहरे। पलक झपकते रामनिवास लॉज और विक्रम लॉज पार करते हुए ताँगा बिजली बोर्ड का इलाका भी पार कर गया। अब जुम्मन मियाँ भी खड़े हो गये और उनके बोल फूटे—"रुक जा, रुक जा राजा! साबास मुन्ना! मान जा। कमबखत, काहे मेरी गुदड़ीवाली इज्जत के काँकरे कर रिया है।"

बोलते-बोलते जुम्मन मियाँ ने अपने दोनों पैरों को कायदे से जमाया और घोड़े को रोकने की गरज से लगाम खींची—भरपूर ताकत से। डॉ. खैर के नेत्र चिकित्सालय के सामने से गुज़रते हुए धनुष की तरह टेढ़े होकर घोड़े को रोकने की अपनी कोशिश में आखिरकार कामयाब हुआ जुम्मन मियाँ, लेकिन तब तक आचार्य रथ का घर दस गज़ पीछे छूट गया था। घोड़े के रुकते ही शिखर ने ताँगे के बाहर छलाँग लगा ली। जुम्मन मियाँ मनुहार करते रहे—"अरे, अरे आप तो बैठे रओ,

माट्साब हम ताँगा पलटा के अब्बी रथ साब के घर पहुँचाते हैं।''

मगर जुम्मन मियाँ के मनुहार वाक्य के पूरा होने के पहले ही, ताँगे का किराया चुकाकर, शिखर दौड़कर आचार्य रथ के घर पहुँच चुका था।

इन उज्जैनी ताँगों की शान दशहरे पर ख़ास होती थी। स्थायी साज-सज्जा में विशेष चमक के साथ गेंदे के गजरों की सज्जा कुछ इस तरह जुड़ जाती थी कि गजरों की लड़ियाँ घोड़े और ताँगों को चलती-फिरती फुलवारी बना देती थीं। इस पुष्पकुंज में बैठी सवारियों को देखकर बस एक ही कमी खटकती थी कि उनके बीच एक हुक्का रख दिया जाए जिसे ये चारों सवारियाँ बारी-बारी गुड़गुड़ाते रहें।

ऐसा नहीं कि उज्जैन में ताँगे नहीं हैं। मगर अब ताँगों की वो बात कहाँ। देखते-देखते पिछले तीन दशक में ये ताँगे, टेम्पो और ऑटो रिक्शा की अनाप-शनाप भीड़ में कहीं खो गये हैं। भला हो सेन्ट मेरी कॉन्वेन्ट स्कूल और कालिदास मॉन्टेसरी स्कूल का जिनमें पढ़नेवाले बच्चे आज भी अधिकतर इन्हीं ताँगों पर बैठकर स्कूल जाते हैं। वरना इन गिने-चुने ताँगेवालों की रोटी-रोजी रेलवे स्टेशन की गिनती की सवारियों को ढोने में ही दम तोड़ देती।

उज्जैन की यह एक निराली सच्चाई है कि यहाँ मनुष्यों द्वारा खींचे जानेवाले साइकिल रिक्शे, उस संख्या में कतई नहीं पनप पाये जैसा कि अन्य नगरों में सैकड़ों-हजारों की संख्या में ट्रॉफिक की समस्या बने हुए हैं। बस, इक्का-दुक्का ही हैं। मगर पता नहीं ऐसा क्या हुआ शान्त, मस्ती भरे शहर में कि यहाँ टेम्पो और ऑटो रिक्शे चल निकले। आज हमारी गति के आवेग में, आवेग की ऐसी बन आयी है कि गति की सूझबूझ ही नि:शेष हो गयी है। तेज़ और तेज़ और और तेज़/आखिर भागकर हम कहाँ पहुँचना चाहते हैं?

दूसरे-दूसरे शहरों की बात तो शिखर की समझ में आती है कि तथाकथित सभ्यता, समृद्धि और चकाचौंध की दौड़ में आज पूरी दुनिया शामिल है, मगर उज्जैन का तो अपना एक चरित्र है। फिर क्यों है उज्जैन में यह चूहादौड़ कि लगता है कि शिखर के अपने मोहल्ले का नाम भर नहीं है 'मगरमुँहा' बल्कि उज्जैन नगर समूचा मगर के मुँह में समा जाने की चूहा दौड़ में चल पड़ा है। यह तो उज्जैन के चरित्र के विरुद्ध है। यह शिखर को मंजूर नहीं/कतई नहीं।

सहसा उसकी एक बहुत पुरानी याद बिजली की तरह कौंधी। शिखर के बी.ए. फाइनल की वार्षिक परीक्षा में हिन्दी निबन्ध लेखन का एक प्रश्नपत्र था, जिसमें कई विषयों में एक विषय था—'मेरा प्रिय चरित्र'। उसे याद है, आधे घंटे तक वो पेपर हाथ में लिये सोचता बैठा रह गया था। हमेशा 'टॉपर' रहने का आदी,

इस क़दर पेपर हाथ में लिये खिड़की के बाहर देखता हुआ चुपचाप बैठा देख इनविजिलेशन करनेवाले उसके टीचर्स भी आश्चर्यचकित थे। आधा घंटा बीतते-बीतते उसने लिखना शुरू कर दिया—''मेरा प्रिय चरित्र कोई व्यक्ति नहीं, बल्कि मेरा अपना शहर उज्जैन है...'' और फिर जो उसने बेहद तेज़ी से लिखना शुरू किया तो 'फाइव मिनिट्स मोर' की आवाज पर खत्म किया। बाद में, उसने अपनी डायरी में इस निबन्ध को दोबारा लिखा था संक्षेप में। उसकी डायरी का वो पन्ना अति विशिष्ठ था, किन्तु वो इस क्षण लगभग हर शहर में तेड़ी से फैल रही अराजक चूहा दौड़ के बारे में सोचते हुए स्वयं की सोच को बहका रहा था। अपने आर्तनाद करते मन को उलझाये रखने की भरसक कोशिश में मन को भटका रहा था, बल्कि दौड़ा रहा था।

मगर शिखर तो दौड़ नहीं रहा है। वो तो जहाँ का तहाँ खड़ा है, देवास रोड वाली टेकरी पर, सूर्योदय की प्रतीक्षा में। कोई समझाता क्यों नहीं उसे कि भाई शिखर, आखिर सूर्योदय की प्रतीक्षा किसलिए। निकलो सूर्योदय के सम्मोहन से बाहर। सूर्य को जब निकलना होगा, निकलेगा। तुम तो चलो अपने काम पर।

सच तो यह है कि सूर्योदय की प्रतीक्षा शिखर के लिए कोई उत्सुकता नहीं थी, बल्कि मात्र एक बहाना था, मनको उलझाये रखने का। भले ही भटकता रहे मन, किन्तु उस भयावह बिन्दु पर ठहरे नहीं, जिसके आतंक से दूर बने रहने के लिए शिखर छटपटा रहा था और धड़कते दिल की तेज़ होती जा रही गति से मुक्ति पाने के लिए कहाँ-कहाँ के बहाने तलाश रहा था।

बहाना इसलिए कि पिछली रात शिखर ठीक से सो नहीं सका था। ठीक से सोने के लिए यह ज़रूरी है कि नींद गाड़ी हो ताकि पलकों पर जम सके। जमने के लिए, नींद का पकना ज़रूरी है, किन्तु जब नींद पिघल जाती है तब पलकों पर ठहर नहीं पाती है। पलकों की ढलान पर इधर से उधर लुढ़कती फिरती है और नींद पक नहीं पाती है। अधकचरी नींद बड़ी जालिम होती है, क्योंकि नींद पिघलती तभी है जब मन में कहीं कोई आँच हो। नींद के पकने के लिए सुकून की ठंडी शिला ज़रूरी है। मगर शिखर के मन में सुकून कहाँ?

अचानक ऐसा क्या हो गया कि सुकून नाम का जो पालतू पंछी शिखर के मन में अपना बसेरा बसाये हुए चैन से चहचहाता मगन था पिछले चालीस वर्षों से, वो बेचारा पंछी सहसा मन की चारदीवारी से बार-बार टकराता हुआ चमगादड़-सा गोल-गोल घूमने लगा।

हाँ, भर्तृहरि गुफा ही तो थी जहाँ पिछली रात नींद में शिखर पहुँच गया था। घर-संसार और वैराग्य के बीच कई-कई बार आवागमन करनेवाले भर्तृहरि जिस मिट्टी

से बने थे, उसी मिट्टी का अंश अपने स्वत्व में अनुभव करता था शिखर। घर की चारदीवारी के स्नेहिल स्पर्श की ऊष्मा से स्वयं को कभी अलग नहीं कर सका शिखर, किन्तु उसमें आकंठ रम भी नहीं पाया और वैराग्य के दूरागत सम्मोहन से भी स्वयं को कभी तोड़ नहीं सका वो। इस तरह ख़ुदा और विसाले सनम के बीच झूलते हुए शिखर के जीवन के चालीस वर्ष बीत गये।

रात के सन्नाटे में शिखर का भर्तृहरि गुफा पहुँचना जितना आकस्मिक था उतना अचरज भरा भी। अचरज इसलिए कि रात के समय कोई भी व्यक्ति भर्तृहरि गुफा में प्रवेश कैसे कर सकता है। रात्रिकालीन प्रवेश तो वर्जित है। फिर भी सच्चाई तो यही है कि पिछली रात को शिखर भर्तृहरि गुफा में उपस्थित था।

और आश्चर्य यह कि गुफा में भर्तृहरि की आसन्दी पर शिखर स्वयं पद्मासन में बैठा था। सामने यज्ञवेदी प्रज्वलित थी। यज्ञ-अग्नि के प्रकाश में ही शिखर के आसपास का गुफा परिवेश आलोकित था। सहसा एक और तीव्र आलोक ने शिखर का ध्यान भंग किया। शिखर ने थोड़ी दूर पर देखी अग्निशिखा जैसी कोई एक आकृति, दहकती हुई। उसकी दृष्टि उस शिखा पर ठहर गयी। जाने क्या हुआ उसके बाद कि वो असमंजस में पड़ गया। ठहरी उसकी दृष्टि थी या कि ठहरी थी वो अग्निशिखा। शिखर स्थिति को समझने की कोशिश करने लगा। वो आश्वस्त हुआ कि उसकी दृष्टि तो ठहरी ही हुई थी और एकटक निहार रही थी उस शिखा को। और अब वो ठीक-ठीक देख रहा था कि उस अग्निशिखा की लपट ठहर गयी थी—बिलकुल स्थिर। लगा कि जैसे वो दहकती हुई अग्निशिखा रूपान्तरित होकर अपने अग्निल रंग में लहराती सी मोमिया मूर्ति के रूप में जम गयी हो। शिखर था कि घूरता जा रहा था उस जमी हुई मूर्तिवत् अग्निशिखा को एकटक। सहसा उसे लगा कि वो जो उसके सामने खड़ी थी, वो अग्निशिखा-सी लहराती एक मोमिया मूर्ति नहीं, बल्कि एक मानव-आकृति थी जो उसकी और देखती हुई मुस्करा रही थी—एक नारी मूर्ति जो जीवन्त हो उठी थी। गुफा में भर्तृहरि की आसन्दी पर बैठा शिखर भूल गया अपना तापस रूप और भूल गया प्रज्वलित यज्ञवेदी। अब तो बस, वो गुफा थी और थी वो तन्वंगी। शिखर ने उद्वेलित होकर उसे अपनी बाँहों में भर लिया और उसके ओठों पर अपने ओठ रख दिए।

स्वाद की अतल गहराई में पहुँचकर शिखर ने तन्वंगी की ओठ-सीपी में जिस मोती को तलाशने की पहल की, वो भला स्वाद के धरातल पर कैसे मिलता—मोती स्वादहीन जो होता है। यहाँ तो स्वाद की अनगिनत परतें ही खुलनी थीं, जो खुलती चली गयीं। वास्तव में, यह खुलना तो भ्रममात्र होता है। इस व्यापार में तो परतों पर परतें चढ़ती चली जाती हैं और अधरद्वय को हासिल होती है, एक अनन्त आतुरता। उस आतुरता का मात्र तात्कालिक शमन तो देहयुगल की आगामी सहयात्रा के

अन्तिम छोर पर ही सम्भव है।

किन्तु यहाँ इस गुफा में थे शिखर और वो तन्वंगी। इस गुफा के सीलन भरे परिवेश में, दोनों के अधर-मिलन के ज्वार के सिवाय कुछ और भी होना सम्भव जो नहीं था। आखिर हुआ वही जो होना था। शिखर ने आवेग में भरकर उस तन्वंगी का चेहरा देख लिया। एक विस्फोट-सा हुआ और शिखर पसीने से लथपथ अपनी कच्ची तन्द्रिल समाधि से उठ बैठा।

आधी रात और भोर के सन्धिकाल में शिखर अपना चेहरा घुटनों में छिपाये बिस्तर पर बैठा था। यह क्या हो गया? कैसे हो गया? असम्भव कैसे सम्भव हो गया? आखिर गायित्री उसके सपने में क्यों आ गयी और वो भी इस रूप में? यों उधेड़बुन में घुटनों में मुँह छिपाये बैठे रहना शिखर के लिए असहनीय हो उठा। वो एक झटके से उठा। और तज़ी से अपने कमरे से बाहर निकला कि—आँगन में पहुँचकर अपना मुँह धोएगा। जैसे ही उसने कमरे के बाहर दालान में अपने कदम रखे कि उसे एक छाया-सी दिखी। साधारण स्थिति में शिखर इस छाया को अनदेखी कर देता किन्तु अब तो वो चौंक उठा। उसने आवाज लगानी चाही, मगर उसके बोल नहीं फूटे। उसी समय वो छाया हिली और उसकी ओर बढ़ आई। अरे, यह तो गायित्री थी। उसे लगा कि उसके माथे के अन्दर मस्तिष्क नाम का तरल पदार्थ सहसा ठोस हो गया हो। वो आँखें फाड़े गायित्री को देखे जा रहा था। ऐसे में गायित्री उसका हाथ पकड़कर बोल पड़ी—"क्या बात है मामा सा, आपकी तबीयत खराब है क्या? अम्मा को जगाऊँ?...अरे आप बोलते क्यों नहीं? कोई बुरा सपना देखा क्या?"

गायित्री के मुँह से यह शब्द 'सपना' सुनकर उसे बिजली का झटका जैसा लगा। उसने तुरन्त अपना हाथ छुड़ाया और अपनी चोरी छिपाने के अन्दाज़ में आगे बढ़कर बोला—"नहीं—कोई सपना-वपना नहीं। तू जाकर सो जा। जीजी को जगाना मत और...और कुछ कहना भी नहीं।"

गायित्री के उत्तर की प्रतीक्षा किये बिना शिखर लगभग दौड़ता हुआ आँगन के पार गुसलखाने में घुस गया। उसने अपने ऊपर इतने लोटे पानी डाला कि लगा जैसे उसने वर्षों बाद नहाया हो।

सफेद खादी की घुटनों तक लम्बी चड्डी और सफेद खादी की बाँह कटी बन्डी पहने हुए, अपने कमरे की दीवार पर टँगे छोटे से गोल आईने के सामने खड़े होकर शिखर अपने बाल सँवार रहा था कि इतने में उसकी पीठ से गायित्री लिपट गयी। ऐसा सैकड़ों-हज़ारों बार कर चुकी थी। जब वो नन्ही गुड़िया थी तो शिखर की टाँगों से लिपटती थी। अब वो सोलह साल की हो गयी है तो पीठ तक पहुँच चुकी थी। इसलिए उसका यों लिपटना गायित्री के लिए कोई अनहोनी नहीं थी और

न ही शिखर के लिए कोई अजूबा। मगर आज तो शिखर सिहर उठा। अभी-अभी, थोड़ी ही देर पहले नींद में, जिस विस्फोट की आकस्मिकता से आक्रान्त होने के बाद वो थोड़ा सम्हला ही था कि फिर यह मांसल दबाव जो उसकी पीठ में धँसकर धमनियों में उबलता-उफनता तनाव में तब्दील होता जा रहा था, उसके लिए तो असहनीय हो उठा। गायित्री कहे जा रही थी—"आपको क्या हो गया, मामा सा? अभी तो चार भी नहीं बजे हैं और आपने नहा भी लिया। आप तो पाँच बजे घूमने जाते हैं। फिर लौटकर..."

शिखर ने गायित्री को झटक दिया और उसकी ओर पीठ किये ही बोल पड़ा—"तू क्यों सुबह-सुबह मेरे पीछे पड़ गयी? जाकर सोती क्यों नहीं है?"

गायित्री छिटककर शिखर के बिस्तर पर जा गिरी। कुछ क्षणों तक तो शिखर ने ध्यान नहीं दिया। फिर गायित्री की सिसकियों की आवाज उभरी। शिखर स्वयं नहीं मुड़ा। उसने केवल गर्दन मोड़कर देखा। यह थी उसकी चोर-दृष्टि। ये रातों-रात अचानक चोर कहाँ से आ बैठा उसके मन में।

उसके बिस्तर पर लेटी गायित्री अपनी आँखों को दाहिने हाथ से ढँककर सिसक रही थी, उसका बायाँ हाथ पेट पर पड़ा हुआ था। उसके दोनों पैर खाट के नीचे लटक रहे थे। उसका कुर्ता ऊपर की ओर पेट तक सरक गया था।

पहली बार शिखर ने गायित्री के सीने की ओर देखा जो उरोज बन चुके थे। जाने कितनी बार शिखर ने गायित्री को ऐसी स्थिति में देखा होगा, मगर कभी आज की दृष्टि से नहीं देखा था। कैसा अजीब होता है यह सच कि आँखें देखती अवश्य हैं, किन्तु वो देखना नहीं होता। देखने और देखने के इस अन्तर में दृष्टि कितनी कारगर होती है, ऐसा शिखर ने आज पहली बार महसूस किया।

अपने मन के तनाव के चरम पर खड़ा शिखर इस देखने को अनदेखा करता भी तो कैसे? गायित्री थी कि सिसकियों के हिचकोले को अपने सीने के हवाले कर आश्वस्त लेटी थी कि मामा सा खूब मनाएँगे तब मानेगी। तनाव की तेज़ दुधारी तलवार पर अपना सन्तुलन जैसे-तैसे बनाये रखते हुए शिखर गायित्री के पास पहुँचा।

मन में बिजली-सी कौंधी और उसे याद आई कुछेक महीने पहले की घटना जब शिखर बाथरूम में प्रवेश करने जा रहा था। कुंडी बन्द नहीं की थी गायित्री ने। और उसने देखा था सद्य:स्नाता षोडषी गायित्री को।

उसे लगा कि उसके माथे के अन्दर ठोस बादलों का एक घना समूह फट पड़ने को मचल रहा है। बार-बार अपनी ही लार की घूँट पर घूँट भरते रहने के कारण उसकी सूखती कंठ गुठली ऊपर-नीचे हो रही थी। अचानक उसे अपनी आँखों में जलन महसूस हुई जो नाक तक फैल गयी, और वो गायित्री के भरे-भरे सीने में

अपना मुँह छिपाकर फूट पड़ा।

गायित्री कुछ देर तक स्तब्ध पड़ी रही, फिर शिखर के बालों को सहलाने लगी। गायित्री के इस दोहरे स्पर्श ने शिखर की जड़ें हिला दीं। और उसने भीषण उत्तेजना में गायित्री को चूमना शुरू कर दिया—माथे पर, आँखों पर, गालों पर और फिर ओठों पर पहुँचकर तो वो आपा खो बैठा। गायित्री का दम घुटने लगा और उसकी देह थरथरा उठी। उसने भरपूर शक्ति का उपयोग कर शिखर की माँसल क़ैद से स्वयं को मुक्त किया। वो कूदकर खड़ी हो गयी। शिखर मुँह छिपाये औंधा पड़ा रहा। गायित्री कुछ देर तक शिखर को देखती रही, देखती रही, देखती रही। उसे आज पहली बार अपनी देह की पहचान मिली थी। वो भागकर अपने कमरे में चली गयी।

क्षोभ और आशंका से घिरा शिखर कुछ देर तक उसी तरह पड़ा रहा। फिर उसे लगा कि चारों ओर तूफान के गुज़रने के बाद की खामोशी पसर गयी है। अपने बिस्तर पर पड़ा-पड़ा शिखर आश्वस्त हुआ कि गायित्री अपने कमरे में जीजी के पास वाली खाट पर पर सो गयी होगी। वो लपककर उठ बैठा और जल्दी-जल्दी तैयार होने लगा। वो घर के बाहर निकलने की जल्दी में था, मगर कुछ सोचकर ठिठक गया। उसने अपना सन्दूक खोला और उसमें से दो जोड़ कपड़े, बन्डी वगैरह निकालकर अपनी शान्ति निकेतनी झोली में भर लिये। फिर उसने सन्दूक के अन्दर रखी सन्दूकची में से रुपये निकाले। एक बार फिर वो कुछ क्षणों के लिए सोच में पड़ गया और रुपयों वाली छोटी-सी सन्दूकची ही उसने झोली में धर ली। वो घर के बाहर निकलने की जल्दी में तो था ही, एक झटके में उठ खड़ा हुआ। एक बार फिर सोच में पड़ गया और तुरन्त निश्चय करते हुए अपने सन्दूक में से उसने अपनी तमाम डायरियाँ निकालकर झोली में डाल ली। इनमें से कुछ डायरियों में तो उसकी रचनाएँ थीं जिन्हें उसने कभी किसी को नहीं सुनाई थीं और शेष डायरियों में उसने अपनी स्मृतियाँ सँजोकर रखी थीं।

पता नहीं, यह उसके लेखक बनने की स्पृहा थी या और कुछ, मगर यह सच है कि उसने अपनी डायरियों में इन स्मृतियों के साथ 'मैं' शब्द का प्रयोग न कर 'शिखर' ही लिखा था हमेशा।

शिखर अब बिलकुल तैयार था। उसने अपनी साइकिल उठाई, झोली टाँगी और सीधे पहुँचा देवास रोडवाली टेकरी पर। टेकरी पर चढ़ने के पहले उसने सड़क के किनारे चाय की एक गुमटी के सामने अपनी साइकिल रख दी थी। वो गुमटी शिखर के एक पुराने छात्र की थी।

और हुआ वही जो होना था। सूर्योदय का बहाना अब शिखर का सहारा नहीं रहा। सात घोड़ेवाले रथ पर भगवान भास्कर की सवारी अब तो पूरब के आकाश-

पथ पर चढ़ दौड़ी थी। टेकरी से नीचे उतरने के अलावा शिखर के पास भला और क्या चारा हो सकता था। शिखर चाय की गुमटी में साइकिल उठाने को हुआ कि गुमटीवाला बोल उठा—"क्या माट्साब, एक कप चाय नहीं पिएँगे?"

उसूलन शिखर होटलों-गुमटियों में चाय नहीं पीता था। घर पर भी वो दिन भर में गिनती के दो कप चाय पीता था। मगर आज तो वो बहानों की तलाश में ही था, इसलिए गुमटी के बाहर रखी बेंच पर बैठ गया। शिखर का पुराना छात्र गुमटीवाला शिखर के स्वभाव से परिचित था। इसलिए उसके सहसा राजी होने पर उसे अचरज तो बहुत हुआ, मगर वो खुश हो गया। उसने स्वयं अपने हाथों से शिखर के लिए—शानदार लोगों की पसन्द, जोरदार-जानदार पेशल कड़क चाय तैयार की और शिखर के सामने पूरे सम्मान से रख दी। शिखर बैठा तो बेंच पर ही था, मगर था वो कहीं और। गुमटीवाले ने अपनी खिली हुई बाँछें बिछा-बिछा दीं शिखर के सामने और ललककर बोला—"माट्साब, आपके लिए ख़ास गुलाबी चाय बनायी है।"

शिखर ने गुमटीवाले की ओर देखा ज़रूर और ज़रूरत भर मुस्कान अपने ओठों पर बासी फूल की तरह सजाई थी उसने और वो बोला—"अरे भाई, तुमने बनायी है तो अच्छी ही बनी होगी।"

शिखर ने चाय का प्याला ओठों से लगाया ही था कि उसे 'राम नाम सत्य है' की दबी-दबी सी अवाज़ सुनाई पड़ी। उसने प्याला रख दिया। थोड़ी ही दूर उसने अरथी उठाये कुछ लोगों को आते देखा। वो खड़ा हो गया। चाय की गुमटी की सारी हलचल रुक गयी। जो जहाँ बैठा था, वहीं खड़ा हो गया। न प्यालों की खनक, न चाय की उफनती तपेली पर कलछू की खटखट—सब कुछ निमिष में थम गया। सड़क पर आवागमन सहसा ही ठिठक गया—ट्रक, बस, कार, स्कूटर, टेम्पो,बैलगाड़ियाँ और पैदल चल रहे लोग सब के सब ठहर गये।

'राम नाम सत्य है' का समूह-स्वर दूर से पास आया और गुज़र गया। वहाँ पर और आसपास जो जहाँ भी था, शव के प्रति नतमस्तक हुआ। और...और फिर सब कुछ सामान्य हो गया। गाड़ियाँ चल दीं, पैदल चल पड़े, चाय की गुमटी पर थमी हलचल फिर शुरू हो गयी।

शव के प्रति इस सहज सम्मान में कहीं खोट नहीं थी। किसी ने यह जानने की कोशिश भी नहीं की कि शव की जाति क्या थी, ओहदा क्या था, हैसियत क्या थी। सबने समान श्रद्धा से शव को प्रणाम किया। शायद इसलिए कि प्रणम्य शव नहीं था, प्रणम्य थी मृत्यु जो हर एक के जीवन में आती है। हर एक की जिजीविषा अपनी अन्तिम परिणति हमेशा अनदेखा करती है। यही कारण है कि जब यह अन्तिम परिणति किसी और के रूप में सहसा सामने आती है तो हर एक व्यक्ति

निमिष मात्र के लिए सहम जाता है। अनदेखा का देखा बन जाना—सहज होकर भी कितना दुरूह है।

शिखर ने गुज़रती हुई अरथी में जिस शव के दूरदर्शन किये, उसे लगा कि वो शव तो उसकी जानी पहचानी है—लाल जोड़े में लिपटी किसी सुहागिन का शव। और अरथी के आगे-आगे हाथ में काली हाँडी लिये हुए जिस नौ-दस बरस के बालक को उसने देखा, वो भी तो उसे पहचाना-पहचाना ही लगा।

शिखर बेंच पर दोबारा बैठ तो गया मगर चाय पीने की उसकी इच्छा जाती रही। उसके पास ही खड़ा था गुमटी पर कामवाला छोकरा। वो गुजरी हुई अरथी की दिशा में गुमसुम-सा देख रहा था। शिखर के शिक्षक-मन में टीस उठी। जिस बालक को स्कूल में पढ़ना चाहिए था, वो अपने परिवार की दो जून की रोटी के लिए कच्ची उम्र में ही खटने के लिए विवश था। वो उस छोकरे से पूछ बैठा—"क्या बात है, बेटा, तू ऐसे चुपचाप खड़ा क्यों है?"

वो छोकरा बोला—"वो लड़का मेरा दोस्त था। उसकी माँ मर गयी है।"

शिखर का शिक्षक-मन इस बार भाषा पर अटक गया, बोला—" 'था' क्यों कह रहा है- 'है' बोल।"

छोकरा बोला—"क्या फायदा साब? उसका बाप तो शराबी है। उसकी माँ घर-घर में बर्तन माँजकर, झाड़ू-पोंछा कपड़ा करके उसे पढ़ने के लिए स्कूल भेजती थी। अब तो उसे भी मेरी तरह...।"

उसी समय गुमटीवाला गरज उठा—"क्यों रे कामचोर, यहाँ इत्ते गाहक बैठे खोटी हो रहे हैं और उधर तू गप्पें मार रहा है।"

शिखर ने हस्तक्षेप किया—"नहीं भाई, गलती इस बालक की नहीं है। मैं ही इससे बात करने लग गया था। माफ़ करना भाई।"

गुमटीवाला खिसिया गया—"अरे नहीं, माट्साब, कैसी बात कर रहे हैं, आप तो मेरे गुरुजी हैं।"

अचानक गुमटीवाले की नज़र शिखर के सामने रखी चाय से भरे प्याले पर पड़ी—"अरे माट्साब आपने तो चाय पी ही नहीं।"

"क्या करते भाई, सामने से अरथी..."

शिखर की बात ख़त्म होने के पहले ही गुमटीवाला स्वयं ताजी गर्मागर्म चाय शिखर के सामने रखकर ठंडी चाय उठाने लगा। शिखर ने आनाकानी की—"नहीं भाई, इसकी ज़रूरत नहीं है। मैं तो यों भी चाय नहीं पीता।"

"कैसी बात कर रहे हो, माट्साब? आप हमारी गुमटी पर पहली दफ़ा पधारे हो। हमारे तो भाग जाग गये। हम आपको चाय पिलाये बिना छोड़ें भी तो कैसे। आपकी इत्ती किरपा तो चाहिए।"

लाचार शिखर ने चाय का प्याला ओठों से लगा लिया। चाय के प्याले से उठते धुएँ पर उसकी दृष्टि पड़ी। उसने देखा कि चाय का धुआँ वास्तव में धुआँ नहीं भाप है, इसलिए पारदर्शी है। उसने महसूस किया कि भाप के आरपार देखने में काल भी बाधक नहीं होता है। कितना अजीब होता है यह महसूस करना कि हम देख तो रहे होते हैं भाप को, मगर वो देखना नहीं होता। ऐसे में हमारी दृष्टि केन्द्रित अवश्य होती है किसी बिन्दु पर, किन्तु वो बिन्दु कब और कैसे दर्शन, श्रुति और घ्राण की परिधि का बन्धन काटकर तिरोहित हो जाती है कि हमें ख़बर भी नहीं हो पाती है। क्या इसी को सूफियाने में बेखुदी कहते हैं।

शिखर देख रहा था चाय से उठते भाप को और उसके कानों में बहुत दूर से वही-वही आवाज—'राम नाम सत्य है'—बार-बार टकरा रही थी—प्रतिध्वनित होती सी।

बन्द किवाड़ की फाँक से शिखर देख रहा था—छह या सात बरस का रहा होगा बालक शिखर। घर के आँगन में कुछ लोग बाँस काटकर नसेनी जैसा कुछ बना रहे थे। जब नसेनी बन गयी तो उस नसेनी को लिटाकर उस पर घासफूस का बिछौना-सा बनाया गया। फिर ये लोग अपने-अपने कन्धों पर अंगोछा डाले, उस नसेनी वाले घासफूस के बिछौने के इर्द-गिर्द खड़े हो गये। उनमें से एक ने आवाज दी—"ठठरी तैयार है।"

शिखर के शिशु मन को लगा जैसे कहार आवाज दे रहे हों—"पालकी तैयार है।"

उसी समय शिखर की दृष्टि, बन्द किवाड़ की फाँक से, सामने सीढ़ी पर पड़ी। ऊपर से कुछ लोग सोती हुई माँ को उठाकर ला रहे थे। सगे-सम्बन्धी तो थे ही ये सब। सीढ़ी सँकरी थी इसलिए हर सीड़ी पर ये लोग सम्हाल-सम्हाल कर पैर रख रहे थे।

बन्द किवाड़ की फाँक से शिखर सब कुछ देख रहा था। उसे यह देखकर बहुत अचरज हुआ कि उसकी माँ को नसेनीवाले घासफूस बिछौने पर लिटाया गया। उसके मन में हूक-सी उठी। ये लोग ऐसा क्यों कर रहे हैं? उसी समय उसे ऊपर की मंज़िल से जीजी के धाड़ें मारकर रोने की आवाज आई। और क्या देखता है वो कि जीजी बदहवास हालत में सीढ़ी से धड़धड़ाती हुई नीचे उतर रही है। उसकी जीजी आर्तनाद करती हुई माँ पर ऐसी गिरी जैसे किसी गठरी पर गिर रही हो।

शिखर का शिशुमन चिहुँक उठा—"कोई ऐसे गिरता है किसी पर। अगर माँ को चोट लग जाए तो? पगली कहीं की। इन लोगों ने मुझे इस कमरे में बन्द नहीं

रखा होता तो मैं जीजी को डाँट देता।''

कई लोगों ने कोशिश की जीजी को उठाने की मगर कोई भी कामयाब नहीं हुआ। तभी चाचा ने, जीजी की प्राणों से प्यारी सहेली सरस्वती, जिसे शिखर सरो जीजी कहता था बुलाया। सरो जीजी ने पहले तो जीजी को सहलाया, फिर उसके कान में कुछ कहा। पता नहीं, ऐसा क्या कहा सरो जीजी ने कि जीजी को जैसे बिजली का करन्ट छू गया हो। वो उठ खड़ी हुई और रोती-रोती जैसे-तैसे बोली—''कहाँ है मेरा राजा भैया?''

फिर सरो जीजी ने उसके कान में कुछ कहकर उस बन्द किवाड़ की ओर इशारा किया जिसके पीछे शिखर बन्द था। जीजी चुपचाप खड़ी उस बन्द किवाड़ की ओर देखती रही।

लोगों ने बड़ी फुर्ती से माँ को उस ठठरी के साथ बाँधना शुरू कर दिया। शिखर को यह बरदाश्त नहीं हुआ और वो चीखने लगा—''मेरी माँ को मत बाँधो—मेरी माँ को मत बाँधो।''

जीजी दौड़ती हुई बन्द किवाड़ के पास पहुँची और उसका कुन्दा खोला। किवाड़ खुलते ही शिखर बाहर लपका, मगर जीजी ने उसे अपने सीने में चिपटा लिया। शिखर ने पूरी ताक़त लगा दी, अपने को छुड़ाने के लिए मगर जीजी भला उसे कैसे छोड़ देती। जीजी उससे दस साल बड़ी थी और उनकी शादी भी हो गयी थी। इसलिए शिखर उनका लिहाज भी करता था। उसने अपनी आँखों से देखा था कि उसके पिता ने जीजी और जीजा के पैर पूजे थे।

अब तक लोगों ने माँ की अरथी को कन्धों पर उठा लिया था और अजानी-अचीन्ही आवाज गूँज रही थी—'राम नाम सत्य है' और अरथी को घर से बाहर ले गये।

उसी समय काका साब आए। उन्होंने जीजी की गोद से शिखर को ले लिया और बाहर चल दिए। जीजी पीछे-पीछे दौड़ी—''शिखर को कहाँ ले जा रहे हैं, काका सा?''

काका ठहरकर सरो जीजी से बोले—''सरो बेटी, इस पगली को समझाओ कि शिखर अपनी माँ को कम से कम एक बार तो कन्धा देगा और अपने हाथ से काली हाँडी उठाएगा, वरना तुम्हीं बताओ, भौजी को स्वर्ग कैसे मिलेगा?''

दहाड़ उठी शेरनी-सी जीजी—''नहीं चाहिए स्वर्ग हमारी माँ को। उनको स्वर्ग पहुँचाने के लिए मैं अपने राजा भैया को नरक में नहीं ढकेलूँगी।''

आँसू के आवेग को जैसे-तैसे सम्हालते हुए बोले काका—''देखो, देखो सरो बेटी, कैसी बकवास कर रही है पारो बिटिया। तू उसे समझा बेटी वरना अनर्थ हो जाएगा। हम बिरादरी में उठने-बैठने लायक भी नहीं रहेंगे।''

सरो ने जीजी को अपने अंको में भर लिया।

जिस समय श्मशान में शिखर के सिर के बाल उतारे जा रहे थे तब उसने खूब विद्रोह किया। मगर पिता ने उसे इतना प्यार किया कि वो अपना विद्रोह छोड़ने पर विवश हो गया। उसके शिशुमन को यह अहसास हो चुका था कि अब वो केवल अपने पिता के साथ दुनिया में अकेला है।

शिखर को सहसा एक झटका लगा। उसने देखा, उसके सामने उसका दोस्त, हमदम, साथी और स्कूल में सहयोगी शिक्षक श्याम कलेवर दुबे खड़ा है और बेतहाशा हँसे जा रहा है। चाय की गुमटी पर उस समय इक्का-दुक्का ग्राहक ही थे। दोपहर हो चुकी थी। श्याम हँसते-हँसते बोला—''चाय की गुमटी और श्रीमान शिखर जोशी! हे ईश्वर, यह मैं क्या देख रहा हूँ? क्यों भाई, गुमटी वाले सेठ, ये हमारे माट्साब कब से यहाँ विराजमान हैं?''

पुलकित भाव हूबहू कैसा होता है, इसे यदि एक मॉडल के रूप में देखना हो तो इस समय चाय की गुमटीवाले का ऐसा खिला-खिला चेहरा देखना लाज़मी होगा, जिसमें से उसका खिलना झर-झर पड़ रहा हो। वो पुलक हँसी की बेमिसाल बौछार बिखेरते हुए बोला—''अरे, हमाय तो भाग जाग गये। माट्साब आज सुबह सात बजे से यहाँ बैठे हुए हैं। हमने उनकी सेवा में छ कप गुलाबी चाय पेश की है। ना-ना, माट्साब, हम पैसे नहीं माँग रहे हैं। आप देंगे तो भी हम नहीं लेंगे। हम भी माट्साब के विद्यार्थी रहे हैं।''

गुमटीवाले की बात सुनकर श्याम चौंक पड़ा, ऐसा कहने से बात पूरी तरह प्रकट नहीं होती है। जिस घोर अविश्वसनीयता से श्याम ने यह बात सुनी और विस्फारित नेत्रों से शिखर की ओर देखा, उसे देखकर वास्तव में चौंका था शिखर। कैसे शिखर विश्वास करे कि वो इस गुमटी की बेंच पर सात घंटों से बैठा है। सुबह सात बजे से दोपहर दो बजे तक। श्याम सहसा गम्भीर हो उठा। वो अपना चेहरा उस दोस्त से कैसे छिपाये जो पिछले बीस साल से उसे जानता है। केवल जानता नहीं है, गहराई से जानता है। पिछले बीस वर्षों से शिखर नाम की जिस ठोस चट्टान से श्याम परिचित है, यह वो चट्टान तो नहीं है। जिसे देखकर लोग अपनी घड़ी की सुई ठीक करते हैं, वो शिखर, सात घंटे चाय की एक गुमटी की बेंच पर बैठकर यों ही गँवा दे। जो होटल में चाय की एक बूँद भी नहीं पीता है, वो अचानक बैठे ठाले आधा दर्जन प्याले पी ले। कैसे? क्यों? कोई भयानक हादसा भी शिखर को इतना विचलित कर सकता है कि उसका जीवन-क्रम अचानक ही टूट जाए, यह सम्भव नहीं है। श्याम यह भी खूब समझता है कि यदि उसने अपनी गम्भीरता को तुरन्त

नहीं तोड़ा तो फिर शिखर को पकड़ रखना भी दूभर हो जाएगा। एकदम सहज होते हुए श्याम ने अपने चिर-परिचित ठहाके का पटाखा फोड़ा और बोला—"बहुत अच्छे, आज श्रीमान शिखर जोशी ने मनुष्य रूप में अवतार लिया है। चलो, प्यारे भाई, आज इसी बात पर हो जाए जश्न। ना-ना, अब मैं कोई 'ना' नहीं सुनने वाला।"

श्याम की इस सहजता से आश्वत होकर शिखर को राहत महसूस हुई। वो स्वयं जिस मानसिकता की गुफा में प्रवेश ले चुका था, उसमें से बाहर निकलना उसके लिए सम्भव नहीं था—यह जानता था शिखर। वो इस समय जिस एकान्त के लिए तरस रहा था, वो एकान्त उसे श्याम के साथ रहकर ही हासिल हो सकता है, यह शिखर जानता था। इसलिए वो बिना कुछ बोले श्याम के साथ चलने को हुआ, लेकिन चलने के पहले वो गुमटीवाले से बहुत तरलता से मिला। अपने स्वभाव के विपरीत उसने गुमटीवाले को गले लगाया। गुमटीवाला भी गद्गद भाव से उसके पैरों पर झुक गया।

शिखर बोला—"सुनो भाई, आज का दिन मुझे अन्तिम समय तक याद रहेगा। तुमने आज मेरी जो सेवा की है, उसकी कीमत रुपयों-पैसों से नहीं चुकाई जा सकती इसलिए तुम्हारी चाय के पैसे मैं तुम्हें नहीं दे रहा हूँ—कभी दूँगा भी नहीं। लेकिन भाई, तुमने घर बसाया है। तुम्हारे बाल-बच्चे हैं। उनको पालने-पोसने के लिए तुम बड़ी हिम्मत के साथ चाय की दुकान चला रहे हो। यह तो बहुत बड़ी बात है। तुम मेरे विद्यार्थी रहे हो, इसलिए तुम्हारा यह हक बनता है कि तुम्हें गुरु का प्रसाद मिले इसलिए मैं तुम्हें एक हज़ार रुपये दे रहा हूँ ताकि तुम अपनी गुमटी को धीरे-धीरे होटल बना सको।"

शिखर ने गुमटीवाले की जेब में ज़बरदस्ती रुपये ठूँस दिए। असहाय भाव और कृतज्ञतावश छलछलाई आँखों से गुमटीवाला शिखर की ओर 'ना-ना' करता हुआ देख रहा था। यद्यपि श्याम को बेहद अचरज हो रहा था कि जो शिखर एक भी रुपया फ़िज़ूल खर्च नहीं करता था वो एकमुश्त एक हज़ार रुपये गुमटीवाले को दे रहा था। श्याम ने गुमटीवाले के कन्धे पर हाथ रखकर कहा—"माट्साब दे रहे हैं। इसे इनका प्रसाद मानकर रख लो।"

गुमटी वाले से विदा होकर श्याम अपने स्कूटर की तरफ बढ़ा और शिखर ने अपनी साइकिल उठाई। श्याम ने जैसे-तैसे शिखर को राजी किया कि वो अपनी साइकिल गुमटी पर ही छोड़ दे और उसके साथ स्कूटर में चले। श्याम ने अपना पता गुमटीवाले को दिया कि शिखर की साइकिल वहीं पहुँचा दे।

अपने घर पहुँचकर श्याम ने शिखर को ज़बरदस्ती खाना खिलाया। दोनों दोस्तों को श्याम की पत्नी कान्ता ने खूब मनुहार से भोजन परोसा। वो स्वयं श्याम-

शिखर की अन्तरंगता से पिछले पन्द्रह वर्षों से परिचित थी। श्याम के घर में अतिथियों के लिए एक कमरा था, जिसमें शिखर पहले भी कई बार ठहर चुका है। इसलिए नहीं कि शिखर ने पहले कभी सरो जीजी का घर छोड़ा हो, बल्कि इसलिए कि किसी कार्यक्रम के सिलसिले में यदि देर रात तक श्याम-शिखर साथ-साथ काम करते रहे हों, तब सोने के लिए सरो जीजी वाले अपने घर जाने के बजाय, शिखर यहीं सो जाया करता था। इस कमरे में शिखर को छोड़कर श्याम स्वयं अपनी दोपहर की नींद की आदत के पालन के लिए अपने शयनकक्ष में चला गया। उसने कान्ता को यह निर्देश अवश्य दिया कि जब तक शिखर स्वयं कमरे से बाहर न निकले, उसे डिस्टर्ब न किया जाए। रात के भोजन के लिए भी नहीं। हाँ, अगले दिन सुबह शिखर यदि स्वयं कमरे से बाहर न निकले तो फिर श्याम उसे जगाएगा।

जिस एकान्त के लिए शिखर बेतरह छटपटा रहा था, वो इतने अनाविल रूप से उसे मिल जाएगा इसकी कल्पना भी शिखर नहीं कर पाया था। इसलिए जब वो बिस्तर पर लेटा तो लगा जैसे तना हुआ तम्बू खूँटे उखड़ने के कारण धराशायी हो गया हो। उसने आँखें मूँद लीं और नींद की बाँहों में समा जाने के लिए स्वयं को उन्मुक्त कर दिया। मगर मुक्ति की इस चरम स्थिति में भी, दबी-दबी आवाजें उसका पीछा कर रही थीं—'राम नाम सत्य है'। उसने अपना मुँह तकिये में छिपा लिया और सहसा उसे लगा कि उसने अपना मुँह तकिये में नहीं, उरोज में छिपाया है। उरोज का उठना-गिरना और धड़कन की आवाज उसे स्पष्ट सुनायी पड़ रही थी। उसने अपनी धमनियों में लहू की आपाधापी महसूस की और उसके ओठों पर स्वाद की परतों पर परतों का चड़ना उस समय तक जारी रहा, जब तक उसने अपने ओठ नहीं काट लिये और दर्द के मारे रो पड़ा। वैसे तो बड़ी से बड़ी शारीरिक चोट पर भी नहीं रोया था शिखर कभी। मगर आज तो जैसे इस रुदन के लिए वो पिछले दस-बारह घंटों से तरस रहा था। खूब तबीयत से रोता रहा शिखर रोता रहा, रोता रहा। जब उसका रोना भरपूर बरसने के बाद थमा और उसने अपना जी हलका महसूस किया, तो उसने तकिये से मुँह उठाया। उसकी दृष्टि तकिये पर ठहर गयी। तकिया तो खून और आँसू से लथपथ था। शाम का धुँधलका अभी पूरी तरह पसरा नहीं था। वो परेशान हुआ कि तकिये पर खून कहाँ से आया। उसे यह भी पता नहीं चला कि श्याम उसके बिस्तर के पास ही खड़ा था। दरअसल, श्याम ने उसके रोने की घुटी-घुटी आवाज सुन ली थी, जबकि शिखर ने अपने रोने की आवाज भरपूर दबाने की कोशिश की थी। श्याम काफी देर से वहाँ खड़ा था। उसने अपने दोस्त को रो लेने का भरपूर अवसर दिया। अपनी उपस्थिति जताने अथवा बाधा पहुँचाने की उसने कतई कोशिश नहीं की। मगर जैसे श्याम की नज़र शिखर के तकिये पर पड़ी, वो चिहुँक उठा—"इतना खून!"

शिखर की आवाज एकाएक सुनकर शिखर उसकी ओर चौंककर मुड़ा। श्याम की दृष्टि शिखर के ओठों पर ठहर गयी—"तुम्हारे ओठों पर खून!"

शिखर लपककर उठा और बाथरूम में घुस गया। उसने खूब अच्छी तरह मुँह धोया और पाया कि उसके ओठ कट गये हैं। उसे याद आया कि तनाव के वशीभूत उसने अपने ओठ काट लिये थे। उसी समय रुई और बोरोलिन हाथ में लिये श्याम बाथरूम में घुस आया। उसने पहले तो शिखर के ओठों पर रुई दबाकर रखी। फिर रक्त सने रुई के फाहे बदलता रहा। रक्तस्त्राव अब रुक गया था। श्याम ने बोरोलिन की एक परत शिखर के ओठों पर जमा दी। फिर शिखर का हाथ पकड़कर वो कमरे में वापस आया। तब तक कान्ता ने बिस्तर की चादर और तकिया बदल दिए थे। वो स्वयं भी कमरे से बाहर चली गयी थी, क्योंकि वो खूब जानती थी कि ऐसे क्षणों में दो दोस्तों के बीच उसे नहीं रहना चाहिए।

शिखर और श्याम आमने-सामने बैठ गये। श्याम ने एक छोटी-सी गुलाबी गोली अपनी हथेली पर रखकर शिखर की ओर बड़ा दी और बोला—"पंडित शिखर जोशी, अब आप कृपापूर्वक यह गोली गुटक लीजिए।"

शिखर ने प्रतिवाद किया—"तुम तो जानते हो, श्याम।"

"जी नहीं, मैं कुछ नहीं जानता। निपट अज्ञानी हूँ। बस, पंडितजी अब तो आप यह गोली गुटक लीजिए।"

"ज़िद मत करो, भाई।"

इसी समय हाथ में पानी से भरा गिलास लिये कान्ता कमरे में आई। उसने श्याम के हाथ से गोली ली और गम्भीरतापूर्वक शिखर की ओर बढ़ा दी।

"लीजिए, भाई साहब, जल्दी गोली गुटक लीजिए।"

शिखर ने उसकी ओर देखा। वो पूरे आत्मविश्वास के साथ, बिना पलक झपकाये, भरपूर दृष्टि से एकटक शिखर की ओर देख रही थी। शिखर चुपचाप गोली गुटक गया। बस, कान्ता की गम्भीरता कपूर की तरह तिरोहित हो गयी और वो हँस पड़ी। अपने चेहरे पर उदास मुस्कराहट के साथ शिखर बोला—"अरे, आप तो हँसने लगीं। मैं समझा...।"

"क्या करती भाई साहब, दो बच्चों की माँ हूँ। मैं जानती हूँ कि कैसे ज़िद्दी बच्चे को काबू में रखा जाता है।"

शिखर और श्याम हँस पड़े। कान्ता बोली—"आप चाय पीने में हिचकते हैं, भाई साहब। एक गिलास गर्मागर्म दूध पी लीजिए।"

शिखर अब तक सहज हो चुका था। उसने चुटकी ली—"ग़नीमत है, अन्नपूर्णा भाभी बोतल में दूध पिलाने की ज़िद नहीं कर रही है।"

कान्ता हँसती हुई अन्दर चली गयी। श्याम बोला—"पंडितजी अब आप

गोष्ठी में जाने से तो रहे।''

शिखर हँसा—''तुम भी यार, अपने क़िस्म की एक ही चीज़ हो। न तुम्हें साहित्य से कुछ लेना-देना और न ही संस्कृति से। फिर ये छठे-चौमासे तुम्हें गोष्ठी का भूत क्यों सवार होता है?''

श्याम ने चोर-दृष्टि से इधर-उधर देखा फिर दबी आवाज में बोला—''अबे धीरे बोल, कहीं तेरी भाभी ने सुन लिया तो...।''

''अब आई बात समझ में। वही रूपादेवी होंगी।''

''हाँ, आज ही दिल्ली से आई है।''

''करने-धरने के नाम पर तो तुम मिस्टार ज़ीरो हो, फिर क्यों अपना वक़्त बर्बाद करते हो?''

''देखते-सुनने का भी सुख कितना दिव्य होता है, यह बात तेरी समझ में नहीं आएगी, मिस्टर बाल ब्रह्मचारी, तू ने तो चखी तक नहीं।''

जो कुछ श्याम बोल गया, वो था तो नितान्त सहज। ऐसा वो अकसर बोला करता था। बात भी कोई नयी नहीं थी। शिखर ने चालीस पार करने के बावजूद अभी तक शादी नहीं की थी और न ही शादी का इरादा रखता था। यह सर्वविदित सत्य था। मगर कल के सच और आज के सच में, रातोरात इतनी लम्बी-चौड़ी खाई बन जाएगी, कौन जान सकता था। सहज सामान्य रूप से बोली गयी एक अदना-सी पंक्ति इतनी मर्मान्तक चुभन बन सकती है, इसे सिर्फ शिखर ने महसूस किया—'तूने चखी तक नहीं।' छिः शिखर को अपने ऊपर घिन आने लगी।

शिखर को अचानक गुमसुम देखकर श्याम चौंका नहीं। उसे तो यही लग रहा था कि शिखर को नींद आ रही होगी। अभी-अभी तो श्याम ने शिखर को ट्राइका की गोली दी थी और वो भी आधे ग्राम की। वो बोला—''तू तो चादर तानकर सो जा। वैसे रूपादेवी को तेरी कमी खलेगी तो। तुझ पर उनकी विशेष अनुकम्पा है, यह बात तेरी समझ में नहीं आएगी। क्या पता, आज तेरी कमी पाटने में बन्दे की कोई विशेष भूमिका बन जाए, तो क्या बात है।''

शिखर कुछ कहने को हुआ कि उसे लगा अरे, नींद का झोंका वाकई आ रहा है। मगर वो बोला—''लेकिन सई-साँझ कोई सोता भी है?''

''तुम्हारे इन्हीं ऊल-जलूल सवालों से मुझे बहुत कोफ़्त होती है। यार मेरे, ज़िन्दगी को जीना सीखो। क्यों हमेशा घड़ी की सुई की तरह तन्नाये रहते हो? बात भले ही पुराने ज़माने की घड़ी की है। मगर बात तो घड़ी की ही है। उस घड़ी की चाभी भी ढील की चाह रखती है। इसीलिए तो एक-एक पल की ढील उसे चौबीस घंटों में निढाल बनाती है। पूरा निढाल होने के बाद फिर से कसे जाने में उसे कोई ऐतराज़ नहीं होता, बल्कि ज़रूरत होती है। ज़िन्दगी भी फुरसत और ढील की चाह

रखती है ताकि फिर कसी जा सके। मगर तुम तो घड़ी की चाभी की हरपल कसावट पर ही हाथ धोकर पड़े रहते हो, ऐसे कि चाभी को ही चैन नहीं मिलता है। देख लेना, किसी दिन यह कसावट ही उस चरम बिन्दु को छू लेगी कि कमानी ही टूट जाएगी। फिर न चाभी काम आएगी और न घड़ी।''

बोलने को तो बोल गया श्याम और काफी जमकर बोला। मौका जो मिल गया था उसे। वरना जीवन-दर्शन की बात और वो भी श्याम बोले और शिखर चुपचाप सुनता रहे—ऐसा तो हुआ नहीं कभी, क्योंकि बोलता तो शिखर ही था हमेशा और श्याम कन्नी काटकर भाग जाया करता था। बोलबाला था शिखर के बोलने का और श्याम था कामकाजी क़िस्म का व्यावहारिक आदमी। यही कारण है कि दोनों दोस्तों ने बीस बरस पहले हायर सेकेंडरी का इम्तहान एक साथ पास किया था। शिखर था प्रथम श्रेणी में प्रथम और श्याम था द्वितीय श्रेणी में। दोनों ने साथ-साथ ग्रेजुएशन भी किया अपनी-अपनी श्रेणी में। बी.एड. में भी यही हाल था। शिखर टॉपर ही रहा तीनों परीक्षाओं में। दोनों ही स्कूली शिक्षक बने। बाद में जब दोनों ने एम.ए. करने का निर्णय लिया तो शिखर ने एम.ए. प्रीवियस पास करने के बाद फाइनल नहीं किया। अंक तो उसे प्रथम श्रेणी के ही मिले थे मगर रैंक में चार विद्यार्थी उससे आगे थे, जिनमें एक तो श्याम ही था। विभागाध्यक्ष से शिखर की कई बार बहस हुई थी, जिसमें उसने प्रोफेसर साहब को ध्वस्त कर दिया था। उसके साथी चारों विद्यार्थियों ने विभागाध्यक्ष के प्रति नवनीत-लेपन में एक-दूसरे से बाज़ी मारने की होड़ में रेकार्ड तोड़ दिए। एम.ए. फाइनल में श्याम ने बाज़ी मारी और प्रथम श्रेणी में प्रथम रहा। कैरियर की दौड़ में भी शिखर लोअर डिविज़न टीचर से, इन बीस वर्षों में, केवल अपर डिविज़न टीचर ही बन पाया था और श्याम हायर सेकेंडरी स्कूल में लेक्चरर बन गया था।

श्याम की यह जीवन-दर्शन व्याख्या, जिसे पुरज़ोर तरीके से उसने प्रस्तुत की थी, उस व्याख्या को कितना क्या सुन पाया शिखर, यह तो कोई नहीं जान सका, क्योंकि श्याम जब धाराप्रवाह बोल रहा था, तब शिखर को नींद के झोंके आ रहे थे। वो बोला—''ठीक है, श्यामजी घनश्यामजी, आज तो तुम कुछ भी बोल सकते हो, क्योंकि मुझे वाकई नींद के झोंके आ रहे हैं। तुम गोष्ठी से लौटकर मुझे जगा देना। फिर साथ-साथ रात का खाना खाएँगे और तब होगी हमारी तुम्हारी युगलबन्दी।''

उस समय शाम के सात बजे थे। बिस्तर पर लेटते ही शिखर खर्राटे लेने लगा। श्याम गोष्ठी के लिए रवाना होने के पहले, कान्ता को यह निर्देश दे गया कि शिखर को रात के खाने पर भी नहीं जगाया जाए, ताकि वो सुबह तक तरोताज़ा हो सके। कान्ता ने, श्याम के जाने के बाद अपनी बेटी शुभ्रा, उम्र तेरह वर्ष, के हाथों में अलार्म घड़ी दी और कहा कि शिखर के कमरे में दबे पाँव जाकर, यह घड़ी उनकी मेज़ पर रख आए। वो जानती जो थी कि अलार्म घड़ी शिखर के दैनन्दिन जीवन की

एक अनिवार्यता थी। शुभ्रा घड़ी रखने चल दी और कान्ता अपने बेटे रुद्राक्ष, उम्र आठ वर्ष, को होमवर्क करवाने लगी। बेटी का नाम 'शुभ्रा' और बेटे का 'रुद्राक्ष' नाम शिखर का ही दिया हुआ था। श्याम को वो अकसर 'श्यामजी घनश्यामजी' कहता था और कान्ता को अन्नपूर्णा भाभी।

शिखर गाढ़ी नींद में सो रहा था। बेसुध नींद अमूमन स्वप्नविहीन और सपाट होती है। मगर सपाट नहीं थी शिखर की नींद। सपनों के टुकड़े आते-जाते रहे। या तो ये टुकड़े आए और तेज़ी से गुज़र गये या फिर कुछ देर के लिए ठहरे भी तो अपनी धुरी पर, टेढ़े-मेढ़े आकारों में बेआवाज, हौले-हौले 'स्लो मोशन मूवी' की तरह घूमते रहे बेमतलब। कभी-कभी इन टुकड़ों में शोर भी उभरा, मगर नींद की चाशनी इतनी गाड़ी थी कि शोर उस चाशनी में लिपटकर दब गया। पता नहीं कितना समय बीत गया। इसी बीत रहे समय के पानी भरे गुब्बारे में कब किस शोर का काँटा ऐसा चुभा कि पानी रिसने लगा और नींद की गाढ़ी चाशनी पतली होने लगी। चाशनी में लिपटा दबा पड़ा शोर, पतली होती जा रही चाशनी में बढ़ते पानी के पनीले दबाव में, अपने पंख धो-पोंछकर फड़फड़ा उठा और नींद के बचे-खुचे दबाव का काम तमाम कर उभरा और फैल गया। घबराकर उठ बैठा शिखर। वही शोर जो सुबह से उसका पीछा कर रहा था, एक बार फिर उभरा—'राम नाम सत्य है।' कुछ देर तक शिखर चुपचाप बैठा रहा। शोर धीरे-धीरे थम गया और रात का सन्नाटा लौट आया। इस सन्नाटे को तोड़ा घड़ी की टिक्-टिक् ने। उसने देखा मेज़ पर अलार्म घड़ी रखी हुई थी। उस समय रात के तीन बजे थे। उसने हिसाब लगाया—शाम सात बजे से रात के तीन बजे तक यानी पूरे आठ घंटे सोया शिखर। इस तरह लगातार आठ घंटे तो कभी नहीं सोया शिखर। पिछले बीस-पच्चीस बरस से वो रात के साढ़े ग्यारह बजे सोता और सुबह साड़े चार बजे उठता रहा है। बस, पाँच घंटे की नींद उसके लिए काफी होती है। उसे याद आया 'ट्रायका'। ज़िन्दगी में पहली बार शिखर ने नींद की गोली खायी थी। शायद इसलिए इतनी देर सोया था शिखर। या शायद इसलिए कि बीते कल सुबह चार बजे जो हादसा हुआ था और जिस हादसे के तनाव में चाय की गुमटीवाली बेंच पर उसने सात घंटे बैठे ठाले गुज़ार दिए थे, उसी का बोझ ढोते-ढोते आखिरकार थककर वो सो गया था।

शिखर बाथरूम में चला गया और थोड़ी देर में तरोताज़ा होकर अपने कमरे में वापस आ गया। अपने कपड़े बदले और घड़ी देखी। उस समय सवा तीन बजे थे। उसकी दृष्टि झोली में रखी अपनी डायरियों के ढेर में जम गयी। उसने उस ढेर में से एक डायरी बाहर निकाली और टेबिल लैम्प जलाकर पड़ने लगा।

जब-जब माँ की खाँसी की दर्दनाक आवाज बालक शिखर के कानों में पड़ती, शिखर तड़प उठता और भागकर माँ के कमरे के पास पहुँचता। बन्द किवाड़ की फाँक से देखता कि माँ खाँसते-खाँसते खून की उल्टी कर रही है। पिता उसकी पीठ सहलाते तो माँ तड़प उठती और पलटकर उन्हें जोरों से धक्का देकर चीख पड़ती—"क्यों आते हो मेरे पास? जानते हो कि इस जानलेवा बीमारी से तो मैं मर ही रही हूँ। तुम क्यों इस रोग को गले लगाना चाहते हो? तुमको भी अगर ये रोग लग गया तो हमारे शिखर का क्या होगा?"

मगर पिता उन्हें नहीं छोड़ते तो माँ पिता के सीने में मुँह छिपाकर रोने लगती। रोते-रोते उन्हें फिर खाँसी का दौरा आता और फिर वही खून की उल्टी। शिखर तड़पकर किवाड़ पीटने लगता और रोता चीखता—"किवाड़ खोलो। मैं माँ के पास जाऊँगा।"

उसी समय माँ बिस्तर पर बैठे-बैठे ही किवाड़ की ओर पलटी। खून से भरा हुआ उनका मुँह और आँसू से भरी हुई उनकी आँखें देखकर शिखर सहम जाता। माँ चीख पड़ती—"खबरदार जो इस कमरे में आया। मैं तेरी टाँगें तोड़ दूँगी।"

खून से चुपड़े माँ के मुँह से निकली इस चीख को सुनकर शिखर भागता हुआ अपने कमरे में पहुँचता और सूने बिस्तर में मुँह छिपाकर रोने लगता और रोते-रोते सो जाता।

शिखर ने टेबिल लैम्प बुझा दिया। आँसू छिपाने का यह अन्दाज़ भी निराला था। वहाँ कौन बैठा था जो उसकी पलकों पर ठहरे आँसू देखता। मगर यहाँ तो शिखर स्वयं अपने को अपने से छिपाने पर तुला हुआ था। या शायद इस डायरी में लिखे अगले कुछ पृष्ठों को वो सुबह गुमटी पर प्याले से उठती भाप से आरपार देख चुका था, इसलिए भी पढ़ना स्थगित कर दिया हो। घड़ी देखने के लिए उसने फिर टेबिल लैम्प जलाया। अरे, सिर्फ साढ़े तीन बजे हैं। अभी तो डेढ़ घंटे और हैं पाँच बजने में।

रोज तो शिखर मगरमुँहा वाले सरो जीजी के घर से ठीक पाँच बजे सुबह साइकिल पर निकलता था और कोठी रोड पर कालिदास अकादेमी में अपनी साइकिल रखकर दौड़ता हुआ देवास रोड की टेकरी तक जाता था। दौड़कर टेकरी पर चढ़ता था और वहाँ पहुँचकर योगासन करता तथा सूर्य नमस्कार करते हुए सूर्योदय का स्वागत कर टेकरी से उतर आता। फिर दौड़कर कालिदास अकादेमी पहुँचता। वहाँ थोड़ी देर तक वो छोटे से जलाशय के निकट बैठकर पक्षियों को देखा करता था।

इस जलाशय के मध्य उभरे द्वीप पर और किनारे-किनारे पता नहीं कहाँ-कहाँ

से झुंड के झुंड पक्षी आते और अपना बसेरा डाल देते। उनका यह बसेरा ऋतुओं पर निर्भर करता है। इस जलाशय के किनारे और द्वीप पर बसेरा करनेवाले पक्षियों की अलग-अलग प्रजातियाँ ऋतु के अनुसार निश्चित अवधि के लिए यहाँ डेरा डालती हैं और ऋतु के व्यतीत होते ही उड़ान भरकर अपने दूसरे गन्तव्य की ओर चली जाती हैं। उनकी ये उड़ान कुछ मीलों की नहीं बल्कि सैकड़ों-हज़ारों मीलों की होती है। मगर कितना आश्चर्यजनक है ऋतुओं के साथ पक्षियों का यह नैसर्गिक सम्बन्ध कि ऋतु विशेष पर उन्हें जहाँ पहुँचना होता है, वे पहुँचते अवश्य हैं। शिखर को आश्चर्य होता है कि पक्षियों के मानस में ऋतुओं का कैलेंडर और समयसूचक घड़ी किस प्रकार निहित होती है कि वे कैलेंडर में तिथियों को और घड़ी में समय को बिलकुल ठीक-ठीक पढ़ लेती होंगी। पिछले छह-सात वर्षों से पक्षियों की विभिन्न प्रजातियों को निकट से देखते हुए शिखर भी उन्हें पहचानने लगा था। वो ऋतु-विशेष पर किसी विशिष्ट पक्षी-प्रजाति के झुंडों के आगमन की प्रतीक्षा करता और उसकी यह प्रतीक्षा कभी व्यर्थ नहीं होती। उसकी बड़ी इच्छा होती इन पक्षियों से अपने बचपन की दोस्ती ताज़ी करने की। उसे याद आती पिता की, जिनके कन्धों पर चढ़कर वो देवास के निकट उज्जैनी गाँव में अपने घर से शिप्रा नदी के किनारे तक जाता और वहाँ किलोल करते इन पक्षियों के साथ खूब खेलता था।

पिता की याद ने शिखर को एक बार फिर डायरी की याद दिलाई। अभी तो पाँच बजने में डेढ़ घंटे का समय था। समय काटने के लिए उसने एक बार फिर दृष्टि डाली। उसने कुछ पन्ने पलटकर फिर आगे पढ़ना शुरू किया।

शमशान में माँ जब चिता पर रखी गयी और शिखर से यह कहा गया कि वो चिता को आग लगाये तो वो रोता-चीखता-चिल्लाता भाग खड़ा हुआ। मगर भागकर जाता कहाँ? काका साब ने पकड़ लिया और उसे डाँटते हुए ऐसी बातें कहीं जो उसकी समझ में उस समय तो नहीं आई थीं। मगर मन के किसी कोने में वे सारी बातें जाने कैसे जमा हो गयीं और आज जब लिखने बैठा है शिखर तो वे सारी बातें पंक्तिबद्ध उसके सामने आकर इस अन्दाज़ में खड़ी हो गयी हैं जैसे उसकी धरोहर, काल की चपेट में स्वयं की रक्षा के लिए, कहीं गोपन हो गयी हैं और आज यह मानकर कि अब तो वो इतना बड़ा हो गया है कि उन्हें सहेजकर रख सकता है वे अनायास ही प्रकट हो गयी हैं। आज सोचता है शिखर अपने काका-साब के बारे में तो उन्हें समझ नहीं पाता है, क्योंकि उनके लिए बिरादरी और समाज, शिखर से अधिक महत्त्वपूर्ण थे, ख़ासकर जबकि वो एक नासमझ नादान बालक था जो कच्ची आयु में ही माँ के आँचल से वंचित हो गया था।

शिखर के पिता की दो ही सन्तानें थीं, एक तो पार्वती यानी जीजी जिसे सभी प्यार से 'पारो' कहते थे और दूसरा शिखर स्वयं। मगर काका साब की छह सन्तानें थीं—तीन बेटियाँ और तीन बेटे। आश्चर्य, काका साब का अपनी सन्तानों से भी कोई लगाव नहीं था। और न काकी से ही था। काकी भी हमेशा जली-भुनी ही काकासाब के विरुद्ध वाक्-प्रहार करने में चूकती नहीं थी। दोनों एक-दूसरे का इतना भर लिहाज़ करते थे कि आमने-सामने आक्रमण-प्रत्याक्रमण के अवसर नहीं आते थे। शायद उसका एक ही कारण था कि उनके बीच कई वर्षों से अबोला चल रहा था। काका और काकी, दोनों की उम्र पिताजी से कम होते हुए भी दोनों पिताजी से अधिक बूढ़े लगते थे। उन दोनों के बीच अबोला की स्थिति इतनी तीखी थी कि किसी अवसर पर यदि आमने-सामने हो भी जाते तो विद्युत-वेग से कतरा जाते थे। उन्हें यदि एक-दूसरे के साथ सन्देश का आदान-प्रदान करना होता तो वे किसी को माध्यम बना लेते। इस प्रकार माध्यम बनने की नियति शिखर अपनी नादान उम्र में कई बार भोग चुका था। काकी एक किवाड़ की ओट में कह रही होती—"ए शिखर, कह दे। आज सुबह हाली आया था। वह कह रहा था कि बीज लाने में देर की तो फिर टेम से बुवाई नहीं होगी।"

शिखर किवाड़ की चौखट पर खड़ा दोनों की तरफ टुकुर-टुकुर ताका करता। सन्देश पहुँचाने में उसकी हिस्सेदारी सन्देशवाहक की भी नहीं होती, बल्कि मात्र उपस्थिति की होती।

काका प्रत्युत्तर में यों बोलते—"बोल दे शिखर, हमें हाली मिल गया था।"

इतना कहकर काका तो तुरन्त चल देते मगर काकी बड़ी देर तक जाने क्या-क्या बड़बड़ाती रहती जिसका सार यानी काल द्वारा रक्षा के वर्षों पुराने अन्तराल के बारे में शिखर तक अब जिस रूप में पहुँचा, वो सार यही है कि जोशी परिवार के लिए जो त्याग और तपस्या काकी ने की है, उतना यदि वो ईश्वर के ध्यान में व्यतीत करती तो अब तक ईश्वर ने उन्हें दर्शन दे दिए होते।

इस काका-काकी प्रकरण में सबसे अचरज की बात तो यह थी कि शिखर के जन्म के कई वर्षों पहले इन दोनों के बीच अबोला चल रहा था, मगर काकी के समय-समय पर गर्भवती होने में कभी बाधा नहीं आई। शिखर की स्मृति के जाने किस कोटर में एक हास्य-प्रसंग, जो हँसी-हँसी में ही सहसा कटु हो उठा था, आज भी सुरक्षित है। उस समय तो वो हँसी, शिखर की समझ में नहीं आई थी, मगर आज उस हँसी का रहस्य जब उस पर खुल रहा है, तो वो सिवाय तिलमिला उठने के और कुछ भी तो नहीं कर सकता।

गौने के बाद, ससुराल जाकर मायके लौटने के बाद जीजी और सरो जीजी दोनों एक-दूसरे से बतिया रही थीं। जीजी थीं तो बहुत सरल, मगर बड़ी स्वाभिमानी। अपने अभिमान पर ज़रा-सी परोक्ष चोट भी उन्हें असहनीय लगती थी, जिसके लिए मरने-मारने पर उतारू हो जाती थीं। खूब बातूनी थीं और अल्हड़ भी। हँसना-हँसाना भी उन्हें खूब आता था। उनके और सरो जीजी के बीच इतनी गहरी छनती थी कि दोनों घंटों बैठकर अपने मन की सैकड़ों-हज़ारों बातें आपस में करती नहीं थकती थीं। सरो जीजी कुछ ज़्यादा ही हँसोड़ थी। ठिठोली करने पर उतर आतीं तो माँ और काकी को भी लपेट लेतीं।

तो गौने के बाद दोनों सहेलियों का अपने-अपने मायके पहुँचने का मतलब ही यह था कि वे दोनों जल्द से जल्द एक-दूसरे के साथ मिल बैठें और फिर अपने-अपने बन्द कमरों के गोपन अनुभवों का खूब विस्तार से आदान-प्रदान हो। यही कार्यक्रम चल रहा था उस दिन। शिखर उन दोनों से थोड़ी दूर बैठा अपनी फटी पतंग जोड़ने की कोशिश में लगा हुआ था। मगर उस समय भी उसके कान का एक हिस्सा उन दोनों की हँसी-ठिठोली में भी लगा हुआ था। जब भी वे दोनों खिलखिलाकर हँस पड़तीं तो शिखर चौंककर उनकी ओर देखता और उनका हँसना जारी देखकर स्वयं हँस पड़ता। थोड़ी देर तक तो उन दोनों ने उसकी इस अकारण हँसी की ओर ध्यान नहीं दिया। सहसा सरो जीजी का ध्यान इस ओर गया तो वो पूछ बैठी—"क्यों रे शिखर, तू क्यों हँस रहा है? हमारी बातें क्या तेरी समझ में भी आ रही हैं?"

शिखर ने भी जड़ दिया—"बिना समझे थोड़े ही हँस रहा हूँ।"

"अच्छा बोल, क्या समझ में आया?"

शिखर ने हँसकर कह दिया था—"ससुराल में तुम दोनों की खूब कुटम्मस हुई है।"

दोनों ने एक-दूसरे की तरफ भेद भरी दृष्टि से देखा और सरो जीजी आँखों में शरारत भरकर जीजी से बोल पड़ी—"क्यों फूलरानी, कुटम्मस तो हुई थी। अभी तक दर्द टीस मार रहा है।"

जीजी ने सरो जीजी की पीठ पर धौल जमाते हुए कहा—"हाय राम! कित्ती बेशरम है।"

फिर तो हँसते-हँसते दोनों सहेलियाँ दोहरी हो गयी थीं। इतने में काकी गच्ची में आईं और बोली—"ये लो! मैं तो कहाँ-कहाँ तुम दोनों को ढूँढ़ती रही और तुम दोनों यहाँ गच्ची पर बैठी गप्पें मार रही हो। अरे बिटिया, हमको भी तो बताओ कि तुम दोनों अपने-अपने ससुराल में राजी-खुशी तो हो!"

काकी को अपने बीच पाकर दोनों सहेलियों ने गम्भीरता ओड़ ली। सरो

जीजी ने काकी की तरफ देखा तो उसकी आँखों में अचरज उतर आया। ये था तो अचरज से मगर आज समझ में आ रहा है कि अचरज आगामी ठिठोली की भूमिका थी। काकी उन दिनों गर्भवती थीं।

सरो जीजी बोली—"क्यों काकी, काका साब से तुम्हारा समझौता हो गया है कि अब भी अबोला चल रहा है।"

काकी फुफकार उठीं—"नाम मत लो उनका मेरे सामने। मैं भी इज़्जत रखती हूँ। मर जाऊँगी, फिर भी समझौता नहीं करूँगी। मैं तो उनका मुँह भी नहीं देखती।"

सरो जीजी ने आँखें फाड़कर काकी के पेट की तरफ देखा और अपनी भौंहों को कपाल पर धनुषाकार तानती हुई काकी के उभरे पेट की ओर इंगित करती हुई पूछ बैठी—"फिर ये सब कैसे हो गया?"

सरो जीजी का प्रश्न सुनकर काकी की आँखों पर ही नहीं समूचे चेहरे पर कठोर घने बादल ऐसे उभरे कि नादान शिखर भी सकते में आ गया। ग्लानि और क्षोभ में भरकर दबे-दबे आर्तनाद के स्वर में बोली काकी—"वो मेरा मरद थोड़े है। जानवर है जानवर। न कभी सुख-चैन देखता है और न मर्जी पूछता है, बस नोचने-खसोटने लगता है। मुझे चीथकर वो तो मजे में मुँह फेर लेता है, मगर मुझे तो उनका जुलुम ढोना पड़ता है।"

और फूट-फूट कर रो पड़ी काकी। सरो जीजी बहुत उदास हो गयी थीं कि उसने ऐसी ठिठोली क्यों की। दोनों सहेलियाँ काकी की पीठ सहलाने लगीं। शिखर वहाँ से भाग खड़ा हुआ।

आज वर्षों बाद जब शिखर इस घटना पर सोचता है तो तिलमिला उठता है। विवाहित जीवन में पति-पत्नी के बीच भी बलात्कार सम्भव है? कितने बरस बीत चुके हैं इस घटना के, लेकिन आश्चर्य, काकी का क्षोभ और आक्रोश से भरा चेहरा उसे उतना याद नहीं है, जितना उसकी जीजी और सरो जीजी का चेहरा। उस दिन तो सरो जीजी ने मात्र ठिठोली की नीयत से यह बात उठाई थी, किन्तु उस ठिठोली की खिलखिलाती खेती पर ऐसे भयावह ओले पड़े कि खेती तो चौपट हुई ही, उन दोनों सद्य:विवाहिता कन्याओं की मनोदशा क्या हुई होगी? वे दोनों सहेलियाँ तो अपने-अपने गौने के बाद के अनुभवों में खोयी हुई थीं। विवाह के अभिशाप के इस भयावह रूप से उनका साक्षात्कार कितनी भावी दुश्चिन्ताओं के घिर गया होगा। शिखर आज कई दशकों पार से उन दोनों के चेहरे पढ़ने की कोशिश कर रहा है। सरो जीजी तो आज भी अपना छोटा-सा घर बसाकर खुश हैं, किन्तु जीजी...

शिखर ने एक झटके से डायरी बन्द की और उठ खड़ा हुआ। आवेशवश वो टेबिल लैम्प बुझाना भी भूल गया, जैसी कि उसकी आदत थी। उसने नज़रें उठाईं तो थोड़ी दूर पर रखी ड्रेसिंग टेबिल के आईने में उसकी दृष्टि टकराई। आईने में स्वयं को देखकर वो सहसा सहम उठा। टेबिल लैम्प की रोशनी नीचे से उसके चेहरे पर पड़ रही थी। कैसा अजीब भयावह-सा लग रहा था उसे अपना चेहरा। उसकी ठुड्डी पर रोशनी तेज़ थी और ठुड्डी पर अटक गयी रोशनी चेहरे तक नहीं पहुँच रही थी। इसलिए उसके शेष चेहरे पर पारदर्शी अन्धकार ठहर गया था। प्रकाश का खेल भी कितना अनोखा होता है कि वो प्रकाशित भी करता है और आच्छादित भी करता है। लगता है जैसे प्रकाश और अन्धकार हाथ में हाथ डाले, एक-दूसरे की आँख से ओझल होते हुए भी समान्तर यात्रा करते हैं। शिखर ने आईने से अपनी दृष्टि हटाई तो पीछेवाली दीवार पर पड़ी। उसकी अपनी ही छाया दीवार पर विशालकाय दिखी तो वो तिलमिला उठा। मनुष्य से बड़ी कैसे हो सकती है, उसकी अपनी छाया। उसने टेबिल लैम्प के दाँयें, बाँयें, आगे, पीछे—सब ओर चहलकदमी कर देखा, किन्तु उसकी छाया नहीं सिमटी, वैसी ही विशालकाय बनी रही। अजीब-सी बदहवासी उस पर सवार हो गयी। उसने टेबिल लैम्प उठाकर ज़मीन पर रख दी। उसकी छाया और बड़ी हो गयी। वो सोच में पड़ गया। क्या करे? अचानक उसे जैसे सूझ गया। उसने टेबिल लैम्प हाथ में लेकर, अपने हाथ को छत की दिशा में ऊपर तान दिया और उसने देखा कि उसकी छाया सिमटकर उसके चरणों के पास पहुँच गयी। एक विजयी मुस्कान के साथ उसने टेबिल लैम्प फिर से मेज़ पर रख दिया और कुर्सी पर बैठ गया, शायद इत्मीनान की तलाश में। मगर महज़ बैठ जाने से क्या इत्मीनान हासिल होता है। वो सोच में पड़ गया कि उसने अभी-अभी टेबिल लैम्प के साथ ऐसा नाटक क्यों खेला? क्या इसलिए कि उसने टेबिल लैम्प की रोशनी में अपना भयावह चेहरा आईने में देख लिया था? वरना अपनी ही छाया के साथ बड़प्पन के प्रश्न पर वो क्यों जुझारू हो उठा? उसे यह तसल्ली तो महसूस हुई कि कमरे में वो अकेला था, वरना कोई उसे इस हालत में देख लेता तो क्या सोचता। वो कुर्सी पर थोड़ा पसर गया ताकि अपना सिर कुर्सी के बैकरेस्ट के सिरहाने पर टिका सके। उसने आँखें भी मूँद लीं। उसने महसूस किया कि तनाव का ज्वार उसके स्नायुओं से उतर रहा है। उसे थोड़ी हँसी भी आई कि लो भला मैं स्वयं अपनी छाया के साथ बड़प्पन के प्रश्न पर उलझ गया।

सहसा उसे ध्यान आया। क्या यश भी मनुष्य के साथ यही खेल खेलता है, जब यश का क़द मनुष्य से बड़ा हो जाता है? कितना अजीब होता है यह खेल कि मनुष्य पहले तो स्वयं यश के पीछे भागता है, किन्तु जब वो यश के घोड़े पर सवार हो जाता है और वो घोड़ा दौड़ पड़ता है तब वो पाता है कि घोड़े के मुँह में तो लगाम

ही नहीं है। कितना असहाय हो जाता है मनुष्य उस वल्गा-विहीन अश्व पर आरूढ़ होकर। फिर तो उसकी नियति में बच जाती है केवल दौड़, दौड़ और दौड़। न दिन को चैन और न रात को आराम। अहोरात्र, आठों पहर, केवल दौड़ते रहना। यश आखिर होता क्या है? क्या किसी एक मनुष्य का अनेक मनुष्यों की आँखों पर चढ़ जाने का अर्थ होता है यश? यदि ऐसा है तो फिर उस बेचारे मनुष्य का आगामी सारा कार्य-व्यापार, इसी एक उद्यम पर आ टिकता है कि कैसे वो मनुष्य, औरों की आँखों पर निरन्तर अविराम चढ़ा रहे। क्या उसके मन के किसी कोने में यह डर भी रहता है कि कहीं वो औरों की आँखों से उतर न जाए।

यश केवल देश, काल और दिगन्तव्यापी ही नहीं होता है, वो मात्र परिवार तक भी सीमित रह सकता है। यानी अपनी स्थापित छवि की सुरक्षा। आज इसी छवि से ही तो ग्रस्त हैं स्वयं श्रीमान् शिखर जोशी।

सरो जीजी रिश्तेदार नहीं थी शिखर की। कोई भी नहीं। उसकी अपनी जीजी की सहेली भर थी। मगर जिस सरो जीजी को उसने अपनी सगी जीजी से बढ़कर माना है, उसकी एकमात्र सन्तान-षोडषी गायित्री के साथ वो क्या पागलपन कर बैठा? क्या सोचती होगी गायित्री उसके बारे में? कहीं ऐसा तो नहीं कि गायित्री ने उस हादसे की बात सरो जीजी और जीजा से कह दी हो? फिर वो अपना मुँह उन्हें कैसे दिखाएगा? और क्या होगा उसके अपने छोटे से घेरे के छोटे-से यश का? कहीं ऐसा तो नहीं कि वो एक आकस्मिक आवेग के उफान मात्र को तूफान मान बैठा हो। आखिर ऐसा भयानक क्या हो गया जिसे तूल देने पर वो तुला हुआ है? कहीं ऐसा तो नहीं कि उसकी उपचेतना में षोडषी गायित्री का प्रेयसी रूप पहले से विराजमान हो जिसे उसके एकमात्र स्वप्न ने उद्घाटित किया हो? नहीं, कभी नहीं। शिखर उस समय चौबीस बरस का युवक था जब गायित्री पैदा हुई थी। यदि उसका विवाह हो गया होता तो चौबीस बरस की उम्र में वो गायित्री जैसी बेटी का पिता हो सकता था। गायित्री तो उसकी गोद में खेलकर बड़ी हुई थी।

एकाएक शिखर को ध्यान आया कि पिछले चौबीस घंटों में पहली बार वो गायित्री के बारे में सोच रहा था। इस बीच दूसरी ही चीज़ों के बारे में निरन्तर सोचता रहा। फिर भी यदि अनायास गायित्री प्रकट भी हुई है तो फिलहाल अपनी माँसलता के वायवीय स्पर्श के माध्यम के एक एहसास के रूप में प्रकट हुई है, जिसके दंश से वो लहूलुहान भी हो चुका है।

कहीं दूर से शिखर को घड़ी के पाँच बजने की घंटी सुनाई पड़ी। उसने चौंककर अलार्म घड़ी की ओर देखा और फिर अपनी जेबघड़ी भी देखी। हाँ, सुबह के पाँच ही बजे हैं। हर रोज़ इस समय मगरमुँहावाले सरो जीजी के घर से अपनी साइकिल पर निकलता था। मगर आज तो उसे अपने बचपन के मित्र श्याम कलेवर

दुबे के विद्यानगर स्थित बंगले से निकलना था। उसने अपनी डायरियाँ अपनी झोली में भरीं और उसे अपने कपड़ों के साथ खूँटी पर टाँग दी। वो घर से बाहर निकला तो उसे सहसा याद आया कि साइकिल तो वो चाय की गुमटी पर छोड़ आया था। उसी समय उसकी नज़र दीवार से टिकी अपनी साइकिल पर पड़ी। चलो, अच्छा हुआ—गुमटीवाले ने साइकिल पहुँचा दी है।

शिखर साइकिल पर बैठा नहीं। साइकिल लिये-लिये पैदल ही चलता रहा। उसने सोचा भी नहीं था कहाँ जाएगा। जिस ओर उसके पैर चल दिए, उसी ओर वो चलता रहा—चलता रहा—चलता रहा। और जब उसके पैर थमे तो उसने पाया कि सामने मगरमुँहावाला सरो जीजी का घर था।

उसने अपनी साइकिल स्टैंड पर टिकाई और कुछ देर तक बन्द दरवाज़े के सामने खड़ा रहा। फिर उसने दरवाज़े का कुन्दा धीरे-से खटखटाया और चुपचाप आहट लेता रहा। कुछ ही देर में उसे पदचाप सुनाई दी। उसका दिल सहसा जोर-जोर से धड़कने लगा। वो मुँह फेरकर खड़ा हो गया। पुराने दरवाज़े के खुलते समय होने की चिर-परिचित चरमराहट की आवाज उसने सुनी। उसके दिल की धड़कन बढ़ गयी, कान बजने लगे। वो मुँह फेरे-फेरे ही टोह लेता रहा कि किसने दरवाज़ा खोला होगा। यह गायित्री तो हो नहीं सकती। यदि वो दरवाज़ा खोलने आती, तो आदतन दौड़ती हुई आती। मगर उसने पदचाप सुनी थी। वो तो अलसाये हुए पैरों की आहट थी। जीजा होते तो भारी कदमों की आवाज होती। मगर यह आवाज तो हलकी थी। क्या सरो जीजी ने दरवाज़ा खोला? आखिर वो बोल क्यों नहीं रही थी! उसने धीरे-धीरे मुड़कर देखा कि दरवाज़े पर गायित्री खड़ी थी। उसे पसीना आ गया। उसने नज़रें नीची कर लीं और अटक-अटक कर बोला—"जीजी और जीजा सो रहे हैं क्या?"

गायित्री दरवाज़े से थोड़ा परे हटकर बोली—"आप अन्दर नहीं आएँगे?"

"नहीं...हाँ...मेरा मतलब है कि उनसे मिलना था।"

शिखर ने दालान में प्रवेश किया और अपने कमरे की ओर बढ़ा।

गायित्री बोल पड़ी—"अम्मा और बाबूजी आपसे ही मिलने गये हैं।"

गायित्री ने बाहरी दरवाज़ा बन्द कर दिया। शिखर बुरी तरह घबरा गया।

"मुझसे मिलने? क्यों-कहाँ?"

"अपने कमरे में नहीं चलेंगे?"

शिखर ने अपने कमरे की ओर तेज़ी से कदम बढ़ा दिए। उसका कमरा खूब साफ-सुथरा, धुला-पुँछा-सा लग रहा था। पीली मिट्टी से लिपी-पुती फर्श से ताज़गी की सोंधी गन्ध उसे हमेशा भली लगती रही है। वर्षों से सरो जीजी पूरे घर की फर्श इसी तरह लीपती रही हैं। पिछले कुछ वर्षों से गायित्री उनके इस नित्यकर्म

में हाथ बटाती रही है, किन्तु शिखर का यह कमरा अकसर अस्त-व्यस्त ही रहता था। जब यह कमरा काफी गन्दा हो जाता तब गायित्री शिखर पर खूब रौब जमाती, उसके बाद बड़बड़ाती हुई कमरे की फर्श को अपने हाथों से लीपती और साफ-सुथरा कर देती थी। आज तो कमरा कुछ ज़्यादा ही करीने से सजा हुआ था।

जैसे ही शिखर अपनी कुर्सी पर बैठा, कमरे के दरवाज़े पर गायित्री आकर खड़ी हो गयी। उसने एक बार गायित्री की ओर, भर-नज़र देखा, फिर नज़रें झुका लीं। उसे लगा जैसे ये वो गायित्री नहीं है। गायित्री तो कितनी चंचल, नटखट और बातूनी थी। मात्र चौबीस घंटों में लगा, जैसे वो लड़की से औरत बन गयी हो। शरीर वही है, आयु वही है, फिर भी यह आश्चर्यजनक अविश्वसनीय बदलाव? क्या स्वभाव के सहसा बदल जाने से आयु भी बदल जाती है? ना-ना, अब और नहीं सोचेगा शिखर। अपने मन-मौसम में बढ़ती उमस को बहुत देर तक बरदाश्त नहीं कर पाएगा। कुछ क्षणों पहले जब उसने गायित्री की ओर भर-नज़र देखा था तब उसकी आँखें गायित्री के चेहरे पर ही थीं, किन्तु उसकी दृष्टि की सीमा-रेखा कब चेहरे की चौखट लाँघकर समूची देह को आवेशित कर लौटी, यह उसे उस क्षण पता नहीं चला था, जब वो गायित्री को भर-नज़र देख रहा था। अब जो उसकी नज़रें नीची हुईं और इधर-उधर लुड़कती हुई बिस्तर तक पहुँच गयीं तो उसे लगा...। बस, बहुत हो गया। अब उसे चल देना चाहिए। मगर दरवाज़े पर तो गायित्री खड़ी थी। चौखट लाँघना आसान होता है। मगर जब चौखट पर एक भरपूर देह की दीवार खड़ी हो, तो वो कैसे लाँघ सकता था। आखिर शिखर ने चुप्पी तोड़ी—"तुम कुछ बता रही थीं।"

गायित्री जैसे इस प्रश्न की प्रतीक्षा में थी, बोली—"अम्मा और बाबूजी आपसे मिलने गये हैं।"

"इतनी सुबह तो वो... लेकिन...लेकिन उन्हें क्या मालूम कि मैं वहाँ..."

"कल शाम को श्याम मामा साब आए थे।"

"जीजी और जीजा मुझसे मिलने क्यों गये हैं?"

"वो आपको घर लिवाने गये हैं।"

"लेकिन...लेकिन क्यों?"

"मैंने ही उनको बतलाया था।"

शिखर के सिर से पाँव तक ठंडा पसीना हिलोरे ले उठा। वो केवल इतना ही पूछ सका—"क्या?"

"यही तो कि आप अपने कपड़े भी साथ ले गये हैं।"

"तो?"

"श्याम मामासाब भी कह रहे थे कि शायद आपने यह घर छोड़ने का मन बना

लिया है। मगर अम्मा और बाबूजी नहीं चाहते कि आप यह घर छोड़कर जाएँ।''

''और...और तुम...तुम क्या चाहती हो?''

इस बार फिर शिखर ने भर-नज़र गायित्री की ओर देखा। गायित्री भी अपलक उसकी ओर निहारती रही। पता नहीं, क्या-क्या था गायित्री की उस दृष्टि में—अपार करुणा, अभी-अभी जिससे पहली-पहली पहचान हुई है वो प्यास और जाने क्या-क्या। गायित्री इतना भर बोल सकी—''हर बात कहकर बतलायी जाती है?''

शिखर को लगा या शायद उसे धोखा हुआ हो कि गायित्री का गला रुँध गया था। उसने अपनी नज़रें नीची कीं और तेज़ी से अपने कमरे में चली गयी। थोड़ी देर तक शिखर ठगा-सा बैठा रहा। फिर भारी मन से वो उठ खड़ा हुआ। उसने कमरे पर एक बार फिर उचटती दृष्टि से देखा। फिर एकाएक पूरे निश्चय के साथ उसने अपनी सारी किताबें सन्दूक में भर लीं। ज़रूरत का बचा-खुचा सामान और कपड़े भी उसने सन्दूक में रख लिये। उसने बाहरी दरवाज़े के पास सन्दूक रखी। वहीं से उसने गायित्री को आवाज दी। मगर गायित्री नहीं आई। वो गायित्री के कमरे में पहुँचा। गायित्री अपने बिस्तर पर ठीक उसी मुद्रा में लेटी सिसक रही थी। उसका दाहिना हाथ आँखों पर था। बायाँ हाथ पेट पर पड़ा हुआ था। उसके दोनों पैर खाट के नीचे लटक रहे थे। वो अपनी सिसकियों के हिचकोलों को ठीक उसी तरह अपने सीने के हवाले कर उसी निश्चिन्त भाव से लेटी थी। सब कुछ हू-ब-हू वैसा ही था, सिर्फ तारीख और जगह बदल गयी थी। कल यही देखकर शिखर अपना आपा खो बैठा था। उस समय तो शिखर के इस अप्रत्याशित व्यवहार से घबराकर गायित्री ने उसे ढ़केल दिया था और भागकर अपने कमरे में चली गयी थी, किन्तु आज फिर क्यों ठीक उसी मुद्रा में खासकर ऐसी परिस्थिति में जब घर पर उन दोनों के सिवाय और कोई नहीं था।

अपने तनाव और उत्तेजना के चरम पर खड़े शिखर ने कुछ भी अनदेखा नहीं किया। उसके मुँह में वैसी ही लार भर गयी, जिसे उसने जल्दी-जल्दी गुटक ली। अचानक उसे आँखों में जलन महसूस हुई जो नाक तक फैल गयी। वो बस इतना ही बोल पाया—''अच्छा...चलता हूँ।''

शिखर तेज़ी से मुड़ा। दालान से सन्दूक उठाकर बाहर निकल गया। बड़ी मुश्किल से उसने साइकिल के पीछे लगी सीट के साथ सन्दूक को बाँधा और मकानवाली सँकरी गली की ढलान तेज़ी से पार कर गया। अब उसकी साइकिल मगरमुँहा की गली पर खड़ी थी। उसने एक बार घर के दरवाज़े की ओर देखा। अपनी आँखों में आँसू की झड़ी लिये, बाल बिखराए, घर के बाहरी दरवाज़े पर खड़ी गायित्री उसी को देख रही थी। देख क्या रही थी, पुकार रही थी। दृष्टि की ऐसी कातर पुकार कि शिखर की साइकिल का सन्तुलन गड़बड़ा गया। वो तेज़ी से

गायित्री की दृष्टि से ओझल तो हो गया मगर आगे बढ़कर उसकी साइकिल गिर पड़ी। सन्दूक के वज़न के साथ साइकिल उठाने की उसकी वर्जिश में सहसा एक साधु ने सहारा दिया। उसने साधु के प्रति कृतज्ञता व्यक्त की—''आपने बड़ी कृपा की महाराज। मैं कृतज्ञ हूँ। भारी सन्दूक की वज़ह से...''

साधु ने ठहाका लगाया। और बोला—''वज़न सन्दूक का नहीं था, माट्साब, आपके मन का है।''

शिखर चौंक उठा—''आपने मुझे माट्साब कहा। क्या आप मुझे जानते हैं?''

साधु ने फिर ठहाका लगाया—''यदि मैं संन्यासी नहीं होता, तो आपके चरण स्पर्श करता।''

विस्फारित नेत्रों से शिखर ने साधु की ओर देखा। उनके चेहरे पर थी बेहद घनी दाड़ी-मटमैली, काली और बाल भी बेहद उलझे हुए थे मटमैले काले। गेरुआ वस्त्र भी अस्त-व्यस्त था। लगता था कोई औघड़ साधु है। शिखर बोल पड़ा—''ये आप क्या कह रहे हैं?''

''लगभग बीस साल पहले मैं आपका विद्यार्थी था और फिर हायर सेकेंडरी की परीक्षा दिए बिना मैं संन्यासी हो गया—तान्त्रिक संन्यासी।''

सहसा साधु कुछ क्षणों के लिए ध्यानस्थ हो गया। फिर जो उन्होंने आँखें खोलीं तो आँखें लाल थीं। चेहरे के भाव भी बदल गये थे। वो साधु तो था मगर अजनबी साधु—उसकी आवाज बदल गयी—चेहरे का रंग भी धीरे-धीरे गहरा हो गया—वे बोले—''बच्चा, मैं जानता था आज इसी समय तेरे साथ मेरी मुलाकात होगी, इसलिए मैं अपना ठिया छोड़कर यहाँ आ गया—तेरा वज़न उठाने के लिए। तेरी ज़िन्दगी का मोड़ बहुत तेज़ी से आया है। पीछे मुड़कर मत देख। जिधर तेरा मन तुझे ले जाए उधर चल दे। जो होना होगा, वो तो होगा। इसलिए होनी को होने दे। जब भी मेरी ज़रूरत लगे तुझे, तो मेरे ठिये पर आ जाना—श्मशान, चक्रतीर्थ के नुक्कड़ पर।''

शिखर के मुँह से अनायास निकला—''बाबा, मैं आपकी शरण में हूँ।''

अरे यह क्या बोल गया वो। उसे खुद ही विश्वास नहीं हो रहा था।

साधु बोले—''नहीं बच्चा, तू तो अपनी ही शरण में रहेगा। मेरे पास आएगा ज़रूर, मैं तेरे साथ हूँ।''

साधु तेज़ी से चला गया। हतप्रभ शिखर ने देखा, वो अकेला मगरमुँहा के नुक्कड़ पर खड़ा है। उसके आसपास दूर-दूर तक कोई नहीं है। शिखर ने एक बार और पीछे मुड़कर देखा फिर उसने जल्दी से अपनी आँखें फेरीं और साइकिल पर सवार होकर तेज़ी से गोपाल मन्दिर की ओर चल दिया। उसने इतनी तेज़ साइकिल भगाई मानो ट्रेन पकड़ने के लिए वो स्टेशन की ओर भाग रहा हो। मगर उसे स्टेशन

तो जाना नहीं था। उसे स्वयं पता नहीं था, कहाँ जाना है। उसे ऐसा ही लग रहा था जैसे गायित्री के आँसू हाहाकार की तरह उसका पीछा कर रहे हैं और उसकी आतुरता भरी कातर दृष्टि आर्तनाद कर रही थी लौट आओ, मामा सा लौट आओ।

जब-जब शिखर अपने विचारों में डूबा निरुद्देश्य साइकिल चलाता था, तो अकसर उसका गन्तव्य शिप्रा ही हुआ करता था। फिर चाहे वो रामघाट हो या त्रिवेणी या मंगलनाथ या सिद्धनाथ। शिप्रा के प्रति बचपन से ही उसके मन में अगाध आकर्षण था।

नदी का सान्निध्य कैसे किसी एकाकीपन के ठहरे जल को तरंगायित करता है। उसके मन की अस्थिरता को अराजक नहीं बनने देता, बल्कि अपने सम्मोहन में बाँध लेता है। इस बन्धन में जकड़न की क्रूर कसावट नहीं होती, बल्कि होता है तरंगों का छन्दिल व्यापार। कहने को तो छन्दों में भी बन्धन होता है, लेकिन इसी बन्धन से उपजता है संगीत जो राग-रागनियों के माध्यम से अपना-अपना इन्द्रधनुष बुनता है। जैसे कई-कई आकारों के प्यालों के बन्धन में जल, लयबद्ध चोटों के माध्यम से जलतरंग बन जाता है।

शिखर जब सिद्धनाथ पहुँचा तब सुबह के आठ बज चुके थे। वो सिद्धनाथ के निकट शिप्रा तट पर बैठ गया। अपनी साइकिल उसने इतनी दूर रखी थी ताकि कोई भी साइकिल से न तो उसका रिश्ता ही जोड़ सके और न ही साइकिल के पीछे बँधे सन्दूक के सम्बन्ध में सवाल कर सके। कुछ देर तो लगी उसे स्वयं को स्थिर करने में। फिर क्या था, शिखर था और शिप्रा थी। शिप्राजल का तट से बार-बार आ टकराना और पीछे से आती तरंगों के साथ आत्मसात् हो जाना। शिखर ने तट की ओर आती एक तरंग के साथ स्वयं को जोड़ लिया। वो तरंग थोड़ी दूर से तट की ओर बढ़ रही थी। उसमें थी उसकी अपनी लय और उसका अपना ताल। सूत-सूत सरकती वो तरंग आ टकराई तट से। अरे क्या हुआ? कहाँ गयी वो तरंग जिसे शिखर ने कुछ ही क्षणों पहले अपना लिया था। वो तरंग लौटी ज़रूर थी, नदी के पनीले अस्तित्व में, मगर अपनी इयत्ता के साथ नहीं, बल्कि उसमें आत्मसात् होकर। शिप्रा की वो तरंग जिस पर कुछ क्षणों पहले शिखर ने अपना नाम लिखा था, खो ज़रूर गयी थी शिप्राजल में। मगर उस खोयी तरंग में से उभरा उसका खोया हुआ बचपन।

शायद दस साल का रहा होगा शिखर जब वो अपनी सरो जीजी और जीजा के साथ सिद्धनाथ आया था। सिद्धवट के बुढ़ापे में तो उसकी कोई दिलचस्पी नहीं जागी थी। भला क्या फ़र्क़ पड़ सकता था शिखर को कि यह वटवृक्ष एक हज़ार वर्ष पुराना हो

या दस हज़ार वर्ष। उसकी दिलचस्पी तो जागी थी उन बड़े-बड़े विशाल भीमकाय कछुओं को देखकर जिन्हें पानी से बाहर निकालने के लिए आटे की गोलियों का प्रलोभन डाल रही थी सरो जीजी। उसे याद है, वो खुशी के मारे चीख उठा था और कछुओं का वो झुंड उसकी चीख सुनते ही सहसा गायब हो गया था। बड़े मनुहारों और प्रलोभनों के बाद वे कछुवे फिर आए थे शिप्राजल के बाहर तट पर। सचमुच बहुत बड़े-बड़े थे वे कछुवे। एक-दूसरे से टकराते, पानी पर उत्पात मचाते वे कछुवे, कैसे पंक्तिबद्ध होकर लपक रहे थे आटे की गोलियों की ओर।

उसी समय एक घटना हो गयी थी। किसी आदमी ने एक मजबूत लम्बी डोर के साथ मछली पकड़नेवाला काँटा बाँधा था और उस काँटे के सिरे पर आटे की मोटी-सी गोली लपेट ली थी। कब, कैसे, किसी के भी अनजाने, उसने अपनी आटे की गोलीवाली डोर कछुवों के पास सरका दी थी और खुद उस लम्बी डोर के दूसरे छोर पर चौकन्ना बैठ गया था। एक विशालकाय कछुवे ने उस आटे की गोली पर मुँह मारा और पलक झपकते उस चौकन्ने आदमी ने डोर को एक तेज़ झटका दिया था। उस कछुवे का मुँह, डोर के सिरे पर बँधे मछली पकड़ने वाले काँटे में फँस गया था। वो आदमी विजयी हँसी के साथ डोर में फँसे उस कछुवे को ले भागा था। डोर खासी लम्बी थी। वो आदमी आगे-आगे भाग रहा था और कछुवा डोर में फँसा उसके पीछे गिरता-पड़ता घिसटता जा रहा था। सभी तमाशबीन की तरह भागते आदमी और घिसटते कछुवे को देख रहे थे। कुछ करुणा से भरे-भरे, कुछ सकते की हालत में और कुछ किलकारियाँ भरते।

उसी समय सिद्धनाथ मन्दिर के ओटले पर बैठे एक फक्कड़ आदमी ने उस कछुवेवाले आदमी का बड़ी तेड़ी से पीछा किया और उसे दबोच लिया। कछुवेवाले आदमी ने जैसे-तैसे स्वयं को उस फक़्कड़ के चंगुल से छुड़ाया और कछुवा छोड़कर भाग गया। उस फक़्कड़ ने फौरन कछुवे को पकड़ा। मछली पकड़ने वाले काँटे से कछुवे का मुँह छुड़ाना भी कितना कठिन काम था। कछुवा बार-बार अपना मुँह अपनी खोल में उतार लेता था। फक़्कड़ दुखी हो जाता था कि बार-बार डोर खींचने के कारण कछुवे का मुँह और अधिक लहूलुहान हो रहा था। आखिर उसने कछुवे को पीठ के बल लिटा दिया। कछुवा अब तो हिलने-डुलने से लाचार हो चुका था। अब फक्कड़ ने एक आखिरी कोशिश की और डोर खींचकर कछुवे का मुँह, उसकी पीठ की खोल के बाहर निकाला। उसे करुणा और कठोरता से दबोचा और काँटा निकाल लिया। फिर तुरन्त कछुवे को शिप्रा में छोड़ दिया। यद्यपि कछुवे का मुँह लहूलुहान हो गया था मगर जल में पहुँचते ही उसने तेज़ी से गोता लगाया और शिप्राजल में विलीन हो गया—नहीं! शायद तल्लीन हो गया, किन्तु अपने पीछे लहू की एक लकीर पानी की सतह पर छोड़ गया। उस फक़्कड़ के हाथ में काफी खून

लग गया था। उसने शिप्राजल में अपने हाथ धोये और अपनी मटमैली लुंगी में हाथ पोंछता अपनी ज़गह पर जा बैठा। शिप्रातट पर उपस्थित सभी लोग उसकी ओर देख रहे थे। उसके बाल बड़े-बड़े, उलझे हुए और रूखे थे। चेहरे पर भी दाढ़ी बेतरतीब बढ़ी हुई थी। बदन पर मटमैला-सा एक कुर्ता था और कन्धे पर थी मटमैली चादर। वो सिद्धनाथ के ओटले पर खम्भे से टिककर एक पुरानी फटी चटाई पर रखी गुदड़ी पर बैठा था। वो अपनी जगह पर कुछ इस अन्दाज़ में जा बैठा था कि कुछ हुआ ही न हो।

आज जब शिखर को उस फक़्कड़ की याद आई तो ऐसा महसूस हुआ जैसे उसने किसी महापुरुष को याद किया हो। कैसी थी उसकी आसक्ति कछुवे के प्रति कि वो अकेला ही कछुवा चोर से उलझ गया था और छुड़ा लाया था कछुवे को उसके चंगुल से और कैसी थी उसकी अनासक्ति कि एक बार कछुवे को पानी में छोड़ने के बाद उसने मुड़कर भी नहीं देखा, न उपस्थित जनसमुदाय की वाहवाही की परवाह की। कौन रहा होगा वो फक़्कड़ जिसने सिद्धनाथ की चौखट पर अपनी आसन्दी बिछा ली थी। शायद वो रहा होगा कोई ऐसा व्यक्ति जो अपनी घर गिरस्ती की मोहमाया से मुँह मोड़ आया था। कितना अच्छा होता यदि उस फक़्कड़ ने सिद्धनाथ के शिप्रातट की पहरेदारी सम्हाल ली होती तो इतने दशकों में कितने और कछुवे पल रहे होते शिप्रा की गोद में। उस फक़्कड़ ने जिस वैराग्य-पथ को अपने लिए चुना था, उस पथ से उसको क्या हासिल हुआ होगा। शायद कोई सिद्धि! यह सिद्धि नाम का अजूबा आखिर होता क्या है? क्या इसका सम्मोहन भी इतना तीव्र होता है कि उसकी प्राप्ति के लिए व्यक्ति अपने कर्तव्यों को तिलांजलि देने में भी नहीं हिचकिचाता। शायद उस फक़्कड़ की पत्नी रही हो और बच्चे भी, जिन्हें पता नहीं किसके भरोसे छोड़ आया था वो। सिर्फ इसलिए किसी तथाकथित सिद्धि का सम्मोहन उसे खींच लाया था वैराग्य-पथ पर। क्या अन्तर है उस फक़्कड़ के सिद्धि-सम्मोहन और उस व्यापारी के अर्थ-सम्मोहन में, जिसके वशीभूत उसने सिद्धनाथ के शिप्रातट के सारे के सारे कछुवे उठवा लिये थे और आज यहाँ एक भी कछुवा नाम लेने के वास्ते भी नहीं बचा है। पलायन तो राजकुमार सिद्धार्थ का भी था, पत्नी और पुत्र पिता-माता प्रासाद छोड़कर वैराग्य पथ पर जाने के लिए, लेकिन एक बोधिवृक्ष ने उस पलायन को महाभिनिष्क्रमण की संज्ञा दे दी। पलायन तो राजकुमार लक्ष्मण का भी था जो राजाज्ञा के पालन की ख़ातिर अपनी गर्भवती भाभी को असहाय वन प्रान्तर पर छोड़ आया था। इस कृत्य के कर्त्ता को मर्यादा पुरुषोत्तम की पदवी से विभूषित किया जाता है।

हाँ, एक फक़्कड़ अवश्य हैं उज्जैन में—सम्भ्रान्त और शालीन, किन्तु जुझारू भी—श्री रामचन्द्र रघुवंशी, जिन्हें सभी उम्र के लोग प्यार से 'काकाजी' कहते हैं।

उम्र होगी सत्तर के आसपास, शायद कुछ कम ही। कभी शिप्रातट पर विक्षिप्तों की सेवा में लगे होते, तो कभी किसी असाध्य चर्मरोगी बूढ़े का इलाज अपने हाथों से करते हुए मगन होते। कभी किन्हीं गरीब विद्यार्थियों का सारा खर्च अकेले उठाते जिसमें न केवल उनका पढ़ना-लिखना बल्कि उनका आवास-भोजन भी शामिल होता और कभी शिप्रा पर जलकुम्भी के आक्रमण के विरुद्ध बेहद तैश में जूझ रहे होते हैं। फक़्कड़ तो हैं रामचन्द्र रघुवंशी 'काकाजी' किन्तु सद्गृहस्थ भी सिर्फ इस मायने में कि अपनी एकमात्र सन्तान डॉ. प्रकाश रघुवंशी के प्रति उनके मन में अगाध ममता है जिनकी माँ भी वे ही हैं, क्योंकि प्रकाश की माता का देहान्त उनके शैशव में ही हो गया था। प्रकाश स्वयं भी अपने क़िस्म के एक ही फक़्कड़ हैं। नाटक-रंगमंच और फिल्म के दीवाने। शिखर को खूब याद है। प्रकाश रघुवंशी के सांस्कृतिक आन्दोलन का ही परिणाम है कि 1972 में उज्जैन में कालिदास अकादेमी की स्थापना के लिए शुभारम्भ की घोषणा तत्कालीन मुख्यमंत्री प्रकाशचन्द्र सेठीजी ने की थी। उज्जैन के ही तो थे प्रकाशचन्द्र सेठी भी।

आज से लगभग तीस बरस पहले शिखर जब उज्जैन में बसने के लिए आया था। तब कैसी थी यह उज्जैन नगरी, लेकिन क्यों आया वो उज्जैन? मगरमुँहावाले सरो जीजी के घर में जब बालक शिखर ने कदम रखा था, तब उसे बार-बार देवास के निकट स्थित अपने उज्जैनी गाँव की याद आ रही थी। इसी शिप्रातट पर जब उसकी माँ की चिता में आग लगाने के लिए उसके काका ज़िद कर रहे थे, तब उसके पिता ने शिखर को अपनी गोद में भर लिया था और चिता में स्वयं आग लगाई थी। अपना सिर मुँडवाने में भी शिखर ने विद्रोह किया था और अपने काका का कोपभाजन बना था, तब भी उसके पिता ने उसे कितने लाड़-प्यार से समझाया था और उनके मनुहारों के कितने-कितने जतन के बाद वो सिर मुँडवाने पर राज़ी हुआ था।

शिखर के पिता थे तो पिता ही। न उनके पास माँ के ममता भरे वक्षस्थल की ऊष्मा थी और न ही माँ का स्नेहिल आँचल। फिर भी वो शिखर की माँ भी थे। उनके पितृत्व में ममता का जो सघन समावेश हुआ था, वो इतना सहज स्वाभाविक था कि उसमें माँ के वक्षस्थल के अभाव के बावजूद ममता की वैसी ही आर्द्र-ऊष्मा थी और माँ के स्नेहिल आँचल की अदृश्य छाँव, जैसे होती है आस्तिक के लिए ईश्वर की उपस्थिति।

हज़ारमाँ के दाह संस्कार के बाद जब शिखर मरघट से घर की ओर चला था तो अपने पिता की गोद में था। पता नहीं क्या हुआ कि बीच रास्ते में पिता के पैर डगमगाये। उनके साथ-साथ छाया की तरह चल रहे थे, बाँयें हाथ पर सरो जीजी के

पति और दाहिने हाथ पर जीजी के पति। दोनों ही पिता पर एकाग्र दृष्टि रखे हुए थे कि न तो पिता को और न ही शिखर को उन्होंने गिरने दिया। सरो जीजी के पति ने पिता को सम्हाला और जीजी के पति ने शिखर को अपनी गोद में ले लिया। सरो जीजी के पति ने गमछा बिछाकर पिता को पेड़ की छाँव में ज़मीन पर धीरे-धीरे लिटा दिया। पिता हाँफ रहे थे। उन्हें खाँसी का दौरा आया और खून की उल्टी हुई। उज्जैनी गाँव के लोग दौड़कर एक खाट ले आए और उस पर पिता को लिटाकर घर लाया गया। घर से थोड़ी दूर ही पिता ने खाट से नीचे उतारने की ज़िद की। वैसे तो ज़िद करना पिता का स्वभाव नहीं था, इसलिए दोनों जीजाओं को आश्चर्य हुआ। केवल वे दोनों ही खाट उठाये चल रहे थे और उन्होंने किसी तीसरे को खाट पर हाथ लगाने की अनुमति नहीं दी थी। जब पिता ज़िद करने लगे तो उन्होंने भूमि पर खाट रख दी। काका जब उनकी ज़िद पर बड़बड़ाने लगे तक पिताजी जीजाओं से बोले "मैं ज़िद नहीं कर रहा हूँ, कुँवर जी! मैं तो इसलिए पाँव-पाँव चलकर घर पहुँचना चाहता हूँ ताकि पारो और सरो मुझे खाट पर देखकर होशहवास न खो बैठे।"

पिता की बात में वज़न था। वो खाट से उतरकर पूरे आत्मविश्वास के साथ पैदल चलते हुए घर पहुँचे। जीजी का रो-रोकर बुरा हाल था। उन्होंने जैसे ही शिखर को अपने पति की गोद में देखा तो दौड़कर उसे लगभग छीन लिया और अपने सीने से चिपटा लिया। सरो जीजी उनकी पीठ सहलाने लगी। पिता जीजी के सिर पर हाथ फेरने लगे तो उन्हें खाँसी का दौरा आया और वो गिरते-गिरते अपने कमरे की ओर लगभग दौड़ पड़े। बस, उसी समय काका ने कोहराम मचा दिया—"अरे, बस भी करो। बहुत हो गया रोना-धोना। भौजी को तो हम फूँक आए, अब भैया की ठठरी की तैयारी करो। फिर रोते रहना सारी ज़िन्दगी।"

शेरनी की तरह तड़प उठी जीजी—"क्या आँय-बाँय-शाँय बके जा रहे हैं, काकासाब। आपको हमारा ज़रा भी ख़्याल नहीं।"

काका भी बमक उठे—"हाँ, हाँ मैं ही तुम सबकी आँख की किरकिरी हूँ। मगर जो बोलता हूँ, सोलह आने सच बोलता हूँ। पूछ ले कुँवरजी से, अभी रास्ते में भैया का क्या हाल हुआ था।"

और फूट पड़े काका—"तेरे बाबूजी मेरे भी तो कुछ लगते हैं।"

दोनों जीजाओं ने जैसे-तैसे स्थिति सम्हाली। आगामी तेरह दिनों तक लगातार बातचीत चलती रही। पिता ने स्वयं को अपने कमरे में बन्द कर लिया था। जीजी ने कितनी ही बार बदहवास होकर उनके कमरे के दरवाज़े पर माथा पटकने की कोशिश की, मगर सरो जीजी और दोनों जीजाओं ने उन्हें किसी भी अनहोनी से बचाये रखा। काकी ने भी भरपूर ममता से जीजी को सान्त्वना दी। काका ने मौन धारण कर लिया था। जीजी ने बहुत मनाया पिता को अपने साथ ले जाने के लिए। मगर पिता

ने बन्द किवाड़ की आड़ से ही उन्हें खूब प्यार से समझाया। पिता का मन्तव्य यही था कि अन्तिम समय में वो अपना ठिया नहीं छोड़ना चाहते और न ही तपेदिक के चंगुल में किसी और को फँसने देना चाहते।

आखिर यह निश्चय हुआ कि शिखर अपनी जीजी और जीजा के साथ रतलाम चला जाएगा। अपने पिता से दूर रहते हुए बालक शिखर का मन हाहाकार करता रहा। उसके शिशु मन को कुछ भी समझ में नहीं आ रहा था। बार-बार अपने जीजी से ज़िद कर रहा था कि पिता के पास जाएगा, मगर हर बार अपनी ज़िद से हारता ही रहा और आखिर में माँ की तेरहवीं के बाद वो अपनी जीजी और जीजा के साथ रतलाम में रहने के लिए चला गया।

शिखर अपने अतीत में पहुँच चुका था, किन्तु उसका मनोविलय अभी तक उस रूप में घटित नहीं हो सका था, जैसा होने पर व्यक्ति अपने वर्तमान से बिलकुल कट जाता है। वो अतीत से उबरकर, पुनः वर्तमान में आ चुका था। और शिप्रातट पर सिद्धनाथ में जस का तस बैठा था। अभी थोड़ी देर पहले ही तो वो सरो जीजी का घर हमेशा के लिए छोड़ आया था। ऐसा लग रहा था जैसे वो स्वयं एक फ़ासले पर खड़े होकर अतीत का दूरदर्शन कर रहा हो।

उसी समय किसी ने शिखर को आवाज दी। शिखर चौकन्ना हुआ। उसने देखा, थोड़े-से फ़ासले पर एक परिचित खड़ा है। शिखर के ओठों पर जल्दबाजी में चिपकायी गयी मुस्कान कुछ बेढंगी हो गयी। आगन्तुक बोला—''आपने शायद मुझे पहचाना नहीं, माट्साब?''

इससे पहले कि शिखर कुछ बोलता, आगन्तुक बोल पड़ा—''मेरा नाम बालकृष्ण नागर है। दस बरस पहले मैं आपका विद्यार्थी था। आपको और याद दिलाऊँ। श्याम कलेवर दुबे माट्साब मुझे 'बालू' कहकर पुकारते तो आप उन्हें टोक दिया करते थे...।''

अपने परिचय को जिस सटीक ढंग से बालकृष्ण ने प्रस्तुत किया था, उससे शिखर की स्मृति का मर्म छू गया था। शिखर बोला—''तुमने ठीक याद दिलाया, बालकृष्ण। किसी के भी नाम की काँट-छाँट मुझे पसन्द नहीं है। कितना सुन्दर नाम है तुम्हारा—बालकृष्ण। तुम ही बताओ, 'बालू' कहना क्या अच्छा लगता है?''

''यह मैं कैसे कहूँ, माट्साब! मुझे तो सभी प्यार से 'बालू' कहते हैं और मेरी भी कुछ ऐसी आदत हो गयी है कि जब तक कोई मुझे 'बालू' कहकर नहीं पुकारता, मुझे लगता ही नहीं कि मुझे पुकारा गया है। कभी-कभी तो ऐसा भी हो जाता है कि कोई मुझे अचानक ही 'बालकृष्ण' कहकर बुलाता है, तो मैं इधर-उधर देखने लगता

हूँ कि कौन है ये 'बालकृष्ण' नाम का जीव।'

बालकृष्ण हँस पड़ा। शिखर ने भी साथ दिया। बालकृष्ण बोला—''आप शायद सिद्धनाथजी के दर्शन के लिए आए हैं।''

शिखर चाहते हुए भी यह नहीं बोल पाया कि वो आस्तिक तो है, मगर देवदर्शन के लिए मन्दिर जाना ज़रूरी नहीं समझता। बस, इतना ही बोला—''बस, यों ही।''

बालकृष्ण ने इस संक्षिप्त से उत्तर को धर दबोचा—''यों ही? मतलब आप सिद्धनाथजी के दर्शन के लिए नहीं आए हैं। मगर आप यहाँ तक आए कैसे? आपका स्कूटर तो कहीं दिख नहीं रहा है।

शिखर सवाल-जवाब के चक्रव्यूह में प्रवेश नहीं करना चाहता था। बोला—''मेरे पास स्कूटर नहीं है। ज़रूरत भी नहीं पड़ती है। साइकिल से ही मजे में काम चल जाता है।''

''तो आपकी साइकिल है कहाँ?''

जिस चक्रव्यूह में फँसने से बचता रहा शिखर, उसी में आकंठ फँस गया। झूठ तो बोल नहीं सकता था। इसलिए संकेत से बोला—''वो रही।''

बालकृष्ण ने संकेत की दिशा में जो साइकिल देखी तो साइकिल के पिछवाड़े बँधा सन्दूक दीखना भी लाज़मी था। बालकृष्ण की भौंहें चढ़ गयीं और भौहों के धनुष पर कसा तीर छूटा—''अरे माट्साब, इतना बड़ा सन्दूक? मतलब, आप कहीं बाहरगाँव से...?''

पीछा छुड़ाने के लिए लगभग हथियार डालते हुए शिखर बोला—''नहीं भाई, बालकृष्ण मैं मकान की तलाश में हूँ।''

बालकृष्ण था भी घुसपैठिया क़िस्म का व्यक्ति। पूछ बैठा—''तो क्या आपने घर बसा लिया है। मैंने तो सुना था...''

''अरे नहीं भाई मैं अकेला हूँ। अभी तक मगरमुँहा जीजी के साथ रहता था। मगर अब उनकी बेटी बड़ी हो गयी है, उसे भी तो अलग कमरा चाहिए और जीजी के घर में दो ही कमरे हैं।''

बोल तो गया शिखर। मगर उसे अपनी कही बात पर आश्चर्य होने लगा। कल तक तो वो गायित्री को अपनी भांजी कहता था, मगर आज उसने 'उनकी बेटी' कहा—न नाम लिया और न ही भांजी कहा। वो अपनी तँई सोच में था मगर बालकृष्ण के सहसा हँस पड़ने पर चौंक पड़ा। हँसते हुए बालकृष्ण बोला—''तो यों कहिए न माट्साब कि जीजी या जीजाजी से कहासुनी हो गयी। वरना मकान तलाशने के पहले ही सन्दूक लेकर क्यों निकल पड़ते?''

शिखर ने तुरन्त प्रतिवाद किया—''बिलकुल नहीं। जिस जीजी और जीजा ने

मुझे अपने बेटे की तरह पाला, उनसे कहासुनी कैसी? तुम भूलकर भी ऐसा कभी मत कहना, बालकृष्ण, समझे।''

शिखर के तेवर देखकर बालकृष्ण सकपकाया—''माफ़ कीजिए, माट्साब, मैंने तो यों ही मजाक किया था।''

शिखर अपने तेवर पर ही बना रहा—''तुम्हें अपनी मर्यादा में रहना चाहिए, बालकृष्ण। गुरु-शिष्य का सम्बन्ध हँसी-ठिठोली का नहीं होता है और यह भी सुन लो, मैं सन्दूक लेकर सुबह-सुबह इसलिए निकल पड़ा कि यदि उनसे कहता कि मैं अलग रहना चाहता हूँ तो वे कभी नहीं मानते। मेरे पास भी तो काम बहुत बढ़ गया है और मिलने-जुलने वाले भी हैं। मुझे स्वयं अब दो कमरों की ज़रूरत है।''

बोल तो पड़ा शिखर मगर फिर सोच में पड़ गया कि एक लगभग अनजान भूतपूर्व विद्यार्थी के सामने इतनी सफाई देने की ज़रूरत क्या थी। उसे क्या पता था कि अयाचित दी गयी यह सफाई, यों काम आ जाएगी। बालकृष्ण जैसे लोग ठेठ कस्बाई ज़िस्म के लोग होते हैं। बोलचाल में मर्यादा जैसी किसी बाधा से अपरिचित मगर व्यवहार में अत्यन्त सहज और सरल। वो बोल पड़ा—''यह तो बहुत अच्छी बात है माट्साब। आपको मेरे अपने नये मकान का एक हिस्सा देने में मुझे बहुत खुशी होगी।''

''तुम्हारा मकान?''

''हाँ, माट्साब, सांवेर रोड पर अलखधाम में पेट्रोल पम्प के पीछे मेरा दो मंज़िला मकान है। उस मकान के चार हिस्से हैं। तीन हिस्से तो हमने किराये पर चढ़ा दिए हैं। यह चौथा हिस्सा हमने खाली रखा है कि वक़्त-ज़रूरत हमारे किसी काम आ जाए।''

''फिर भला क्यों, तुम इसे किराए पर दोगे?''

''किराये पर कहाँ दे रहा हूँ, माट्साब? आप हमारे इस मकान में रहेंगे, यही बहुत बड़ी बात है।''

''बिना किराए के तो हम भी तुम्हारे मकान में नहीं रहेंगे, बालकृष्ण।''

''अरे आप तो फिर नाराज होने लगे। आप जैसा चाहेंगे, वैसा ही होगा। आप मकान का लोकेशन तो ठीक से समझ गये न। मकान का नाम है 'प्रभुकृपा'। आप वहाँ पहुँचिए माट्साब। मैं मकान की चाभी लेकर पहुँचता हूँ। आपको तो वहाँ तक पहुँचने में आधा-पौन घंटा लग जाएगा।''

शिखर के उत्तर की प्रतीक्षा किये बिना बालकृष्ण अपने स्कूटर पर चल दिया। शिखर चकित खड़ा रह गया। सरो जीजी के घर से सन्दूक लेकर निकल पड़ने के बाद उसे यह सोचने तक का अवसर नहीं मिला था कि वो जाएगा कहाँ? उसके उपचेतन ने तो श्याम के घर पहुँचने की योजना बनायी थी, मगर सीधे वहाँ नहीं

पहुँचा, क्योंकि गायित्री ने उसे बतलाया था कि सरो जीजी और जीजा, शिखर को अपने साथ घर वापस लाने के लिए श्याम के घर पर धरना दिए बैठे हैं। शिखर उनका सामना, जहाँ तक सम्भव हो, स्थगित रखना चाहता था। इसलिए सिद्धनाथजी के शिप्रातट पर आकर समय काटने की गरज से बैठ गया था और आश्चर्य, यहाँ बैठे-ठाले उसके मन की मुराद पूरी हो गयी। जिस समस्या पर उसने अभी तक विचार भी नहीं किया था, उस समस्या का ऐसा ठोस हल मिल गया और वो भी अनायास। जीवन में इतना अनायास शिखर को कुछ भी नहीं मिला था। उसने सोचा, पता नहीं यह अनायास उपलब्धि भवितव्य के कौन से द्वार खोलेगी। चलो, चलते हैं इस नयी यात्रा पर जिसका शुभारम्भ होगा 'प्रभुकृपा' से।

'प्रभुकृपा' पहुँचकर शिखर ने देखा कि बालकृष्ण वहाँ उत्सुकता से उसकी प्रतीक्षा कर रहा था। मकान सुपुर्द कर वो चला गया।

कितना अन्तर था मगरमुँहावाले सरो जीजी के घर और किराये के इस नये चिकने मकान 'प्रभुकृपा' में। सरो जीजी के घर में कच्ची मिट्टी के गोबर लिपे फर्श से शिखर को उज्जैनी गाँववाले अपने घर की सौंधी महक से भरा माँ की ममता का स्पर्श मिलता था। सरो जीजी रोज सुबह पीली मिट्टी से पूरे घर का फर्श लीपती थीं। शुरू-शुरू में काफी वर्षों तक शिखर इस लिपाई कार्यक्रम में आ जुटता था और हर रोज सरो जीजी उसे मना करती थी, पर वो मानता नहीं था। बाद के वर्षों में गायित्री कब थोड़ी बड़ी हुई और उन दोनों को इस काम से डाँट-डपटकर साधिकार अलग कर दिया, उसे याद नहीं। हाँ, सरो जीजी रसोई की पीली मिट्टी और गोबर से लिपाई पीली मिट्टी के लिए कुम्हारों की बाट जोहती बैठी रहती। उन्हें यह पता होता था कि पीली मिट्टी का जो स्टॉक मकान के पिछवाड़े कोयले के भंडार में रखा रहता था, कब तक चलेगा। इसलिए समय रहते वो जीजा के पीछे हाथ धोकर पड़ जाती थीं।

पीली मिट्टी प्रकरण में सरो जीजी और जीजा के बीच नोंक-झोंक में जीजा अपनी शैली में सरो जीजी को अकसर चिढ़ा दिया करते थे।

एक बार पीली मिट्टी के बिना हार थककर जब जीजा लौटे तो बनावटी गुस्से में बोले—"सुनती हो, अब और कोई चारा बचा नहीं है।"

सरो जीजी झल्लाईं—"क्यों? क्या हुआ?"

"इस बार तो गधे के मेले में मैं भी पहुँच जाऊँगा बोली लगाने।" जीजा बोले।

सरो जीजी कहाँ पीछे हटनेवाली थीं, बोल पड़ी—"क्यों? रिटायर होकर

लांड्री खोलोगे क्या?''

''नहीं भाई, पीली मिट्टी का धन्धा करूँगा।''

गायित्री ने मौका ताड़कर शिखर को छेड़ना चाहा—''अच्छी याद आई। हर बार तो शाम को ही हम सब कार्तिक मेले में गरम जलेबी और चाट खाने जाते थे। जायंट व्हील, मौत का कुआँ और ख़ासकर आईनाघर में अपनी-अपनी सूरत का कार्टून देखकर खूब हँसने का ज़ड़ा लूटते थे। मगर इस बार जब दोपहर को सहेलियों के साथ गये थे, तब छोटी रपट से लोग खुले मैदान में गधों का मेला लगा हुआ था। पूछने पर पता चला कि उज्जैन के इस गधों के मेले में, गधे ही गधे होते हैं, गधी एक भी नहीं। क्यों मामा सा?''

शिखर ने भी जड़ दिया—''इसलिए कि यहाँ तो एक ही काफी है जो हमारे घर में रहती है।''

मगर सरो जीजी के मगरमुँहावाले घर का अपनापन इस नये किराए के मकान में कहाँ। उस घर की दीवारें भले ही पक्की हों, मगर फर्श कच्ची थी। यहाँ इस नये मकान में पक्की रंगीन दीवारें और मोज़ेक टाइल्स वाली फर्श की चमक तो है लेकिन वो कच्ची फर्श वाली सौंधी महक नदारद है और यदि महक है भी तो नये दरवाज़ों और खिड़कियों पर किये गये ऑयलपेन्ट की नामुराद महक है। ये पक्की रंगीन दीवारें और मोज़ेक टाइल्स श्याम के विद्यानगरवाले घर पर भी है। मगर वहाँ एक अच्छा दोस्त, स्नेहमयी भाभी और दो प्यारे बच्चे भी हैं। रतलाम में उसकी अपनी जीजी का सरकारी क्वार्टर पक्का तो था, मगर उसमें फर्श पर लम्बी-चौड़ी फर्शियाँ थीं, मोज़ेक टाइल्स नहीं थे। हाँ जीजी ज़रूर थी, जिस जीजी में उसका समूचा संसार केन्द्रित था। शिखर के पास तुलना के जो अपने मानदंड थे, वे पहले तो चार घरों तक सीमित थे। अब उसमें आ जुड़ा है यह पाँचवाँ मकान 'प्रभुकृपा' जिसमें वो बिलकुल अकेला है। इतना अकेला वो पहले कभी नहीं था। यह और बात है कि तमाम सगे-सम्बन्धियों, दोस्त, नातेदारों के बीच, उनके साथ रहते हुए भी, शिखर आज तक निजी एकान्त की चारदीवारी में, एकाकी ही तो रहा है।

शिखर अपने नये 'घर' में, चमकदार साफ-सुथरे बाथरूम में नल के फव्वारे के नीचे नहा रहा था तो उसे लगा किसी अच्छे होटल के बाथरूम में नहा रहा हो। वो स्वयं पहली बार 'अपने घर' के बाथरूम में नहा रहा है, यह एहसास उसे भला इतनी जल्दी कैसे हो सकता था। उसने फव्वारा बन्द करके साबुन लगाना शुरू कर दिया। उसे याद आया उज्जैनी गाँव, जहाँ कुएँ पर पिता उसको नहलाते थे और जब चेहरे पर साबुन लगाने लगते तो वो भाग खड़ा होता, फिर उसके पीछे दौड़कर उसे पकड़ते।

उसे याद आया रतलाम का साफ-सुथरा सरकारी क्वार्टर का बाथरूम जहाँ उसे जीजी नहलाती थी। मगर वहाँ भागने की गुंजाइश नहीं होती, क्योंकि बाथरूम का दरवाज़ा बन्द होता। उज्जैन के मगरमुँहा घर के सीलन भरे अँधेरे बाथरूम में पहले तो सरो जीजी उसे नहलाती थी। फिर वो खुद नहाने लगा। और बाद में तो वो नन्ही गुड़िया गायित्री को अपने हाथों से नहलाता था।...सहसा साबुन उसके हाथ से छूट गया।...उसने तेज़ी से फव्वारा खोल दिया और बहुत देर तक फव्वारे के नीचे बैठा रहा। उसने शरीर पोंछा नहीं। गीले बदन में तौलिया लपेटकर जब वो बाहर निकला तो असीम आत्मग्लानि से भरा-भरा कमरे में बिछी चटाई पर लेट गया। उसे बार-बार इच्छा हो रही थी कि वो फर्श पर सिर पटक-पटक कर लहूलुहान हो जाए। पता नहीं क्यों, उसे ऐसा लग रहा था कि गले में फँसी ढेर सारी बलगम को थूक फेंकने जैसी राहत उसे तब मिलेगी, जब उसके शरीर से ढेर सारा खून बह जाएगा और उसे अपनी आत्मग्लानि से मुक्ति मिलेगी। ऐसे में कब उसकी आँखें भर आईं, उसे पता भी नहीं चला। आँखें क्या भर आईं कि लगा जैसे कोई कीमती सौगात हाथ लग गयी है। फिर जो सैलाब उमड़ा तो उमड़ता चला गया। खूब जी भर रोया शिखर, रोता रहा, रोता रहा, रोता रहा। और जब जी अघा गया तो उसे लगा कि कहीं कोई बोझ नहीं है, कोई दबाव नहीं है। अब उसके मन का आकाश निरभ्र हो गया था—मेघहीन, स्वच्छ, बिलकुल हलका। वो लेटे-लेटे ही खिड़की पर उतर आए आकाश के टुकड़े को देखता रहा। वो पिछले चौबीस घंटों में दूसरी बार रोया था। अचानक उसे हूक सी महसूस हुई, मन में नहीं पेट में। अरे, उसे तो भूख लग आई थी। वो उठ बैठा। सोचा, कहाँ जाएँ? होटल जाने की उसे बिलकुल आदत नहीं थी, मगर लाचार, होटल के अलावा जाएँ तो कहाँ जाएँ? वो जल्दी-जल्दी तैयार हो गया और साइकिल लेकर निकल पड़ा।

उस समय दिन के बारह बज रहे थे और शिखर ने अपने आपको श्याम के घर के सामने पाया। वो बाहर खड़ा-खड़ा थोड़ी देर तक टोह लेता रहा कि कहीं सरो जीजी और जीजा तो अन्दर बैठे नहीं हैं। जब उसका मन आश्वस्त हो गया तब उसने डोर-बेल बजाई। श्याम की पत्नी कान्ता ने दरवाज़ा खोला और खूब गर्मजोशी से स्वागत किया—''आइए, आइए भाई साहब। आप सुबह-सुबह कहाँ निकल गये थे। हम लोग कब से आपका इन्तज़ार कर रहे थे। देख लीजिए, अभी तक हमने अन्न-जल ग्रहण नहीं किया है।''

अपनी दुविधा, आशंका और थोड़ी बहुत लाज भी जैसे-तैसे हँसी की ओट में छिपाते हुए शिखर ने पूछा—''ऐसा क्यों, भाभीजी, आपको तो ठीक समय पर चाय-नाश्ता-भोजन इत्यादि कर ही लेना चाहिए।''

''मुझे पाप में घसीटते हैं, भाई साहब।''

"क्या मतलब?"

"मैं एक कर्तव्यनिष्ठ गृहिणी हूँ—अपने संस्कारों के प्रति समर्पित और सजग भी। अतिथि देवो भव। अपने अतिथि को भोजन करवाये बिना मैं कैसे अन्न-जल ग्रहण करती?"

"कौन अतिथि?"

"आप श्रीमान् और कौन?"

"आप भी खूब ठिठोली करती हैं।"

"अब आप बातें ही करेंगे। क्या भोजन में आपकी कोई रुचि नहीं? अपना न सही, तो कम से कम इस बुभुक्षिता नारी की कल्याण कामना करते हुए अपना मुँह जूठा कर लीजिए।"

"अरे, तो लगाइए थाली, देर किस बात की।"

इतना कहकर शिखर अतिथि कक्ष की ओर चल दिया। इस कमरे में पहुँचकर वो जल्दी-जल्दी अपना सामान समेटने लगा। सामान तो थोड़ा ही था। मूल्यवान तो केवल उसकी डायरियाँ थीं। डायरियों को एक के बाद एक उठाकर अपनी थैली में भरते हुए सोच में डूबा शिखर बैठ गया। वो जिस नारी मूर्ति को अपनी अन्नपूर्णा भाभी कहता था, उसकी ओर उसका ध्यान बार-बार जा रहा था। कितनी असामान्य थी कान्ता, आम-स्त्रियों से बिलकुल अलग। अभी-अभी जब वह घर के अन्दर आया तो उसके मन में यह आशंका थी कि कान्ता उसे अपने प्रश्नों के घेरे में ऐसा समेट लेगी कि शिखर के लिए उस घेरे को तोड़कर बाहर निकलने का रास्ता नहीं मिल पाएगा। वो आज सुबह-सुबह इस घर के बाहर चला गया था। उसके बाद आई होंगी सरो जीजी और जीजा। क्या-क्या नहीं कहा होगा उन दोनों ने। सरो जीजी ने तो निश्चय ही कान्ता से कहा होगा कि किसी भी हालत में वो शिखर को समझा-बुझाकर मगरमुँहावाले घर में वापस भेज दें। कितना ज़ोर डाला होगा सरो जीजी ने। कितनी रोयी-गिड़गिड़ायी होगी। पता नहीं, किस-किस चीज़ का वास्ता दिया होगा। चार-पाँच घंटे यहाँ बैठकर कान्ता और श्याम को कितना परेशान किया होगा। झिंझोड़ दिया होगा। श्याम तो खूब खेला खाया, घोर व्यवहारिक व्यक्ति है। उसने तो उन दोनों को इधर-उधर की पट्टी पढ़ाकर या शायद अच्छा-ख़ासा नाटक करके रवाना कर दिया होगा, या शायद उन्हें वापस छोड़ने के लिए चला गया हो। बेलाग झूठ बोलने में श्याम को बिलकुल झिझक नहीं हुई होगी। मगर कान्ता तो वैसी नहीं है। सरो जीजी और जीजा के रो-रोकर बेहाल होने पर उन्हें कितनी चोट पहुँची होगी, लेकिन वो इतनी समझदार हैं कि मन की व्यथा शिखर के सामने कभी नहीं खोलेंगी, क्योंकि वो शिखर के स्वभाव से खूब-खूब परिचित हैं। इसलिए यह भी समझती हैं कि सरो जीजी और जीजा के सुबहवाले प्रसंग को शिखर के सामने छेड़ने

से कोई लाभ नहीं होगा, उलटे यही प्रतिक्रिया होगी कि शिखर बिलकुल चुप हो जाएगा। इससे तो यही बेहतर होगा कि वो शिखर को सहज बनाये रखने के लिए हँसी-ठिठोली करे और सरो जीजी की बातें बिलकुल न करें। शिखर अपनी अन्नपूर्णा भाभी के विवेक से अच्छी तरह परिचित था। सचमुच कितनी अलग थी कान्ता, सामान्य स्त्रियों से। असाधारण ही नहीं अद्वितीय।

जब श्याम ने शादी की थी तब वो लघुश्रेणी शिक्षक था। दो कमरों का उसका छोटा-सा घर था, मालीपुरा के एक पुराने मकान की तीसरी मंज़िल पर। नयी-नवेली दुल्हन कान्ता लाज से गठरी बनी कभी नहीं रही। जब श्याम ने शिखर से कान्ता का परिचय करवाया था तब शिखर ने अपने स्वभाव के अनुसार उसकी ओर ठीक से देखा भी नहीं था। श्याम ने ज़रूर हँसी-मज़ाक की कोशिश की थी, मगर शिखर जैसा था, वैसा ही बना रहा—हलकी-हलकी मुस्कराहट के साथ एक शालीन गम्भीरता और दार्शनिक उदासी का उसका स्थायी भाव जैसा का तैसा बना रहा। श्याम भी शिखर के साथ हँसी-मज़ाक करते हुए अपनी सीमा-रेखा कभी नहीं लाँघता था। आज तब शिखर उस नवयुवती कान्ता के बारे में सोचता है तो अचरज में पड़ जाता है कि कितनी समझदार शुरू से ही रही होगी कान्ता। पता नहीं, कैसे वो शिखर के स्वभाव को समझ गयी थी और फिर कैसे-किस-किस जतन से उसने शिखर को उसके कछुवाई खोल से बाहर निकाला था—सहज रूप में, अनायास, क्योंकि वो समझती थी कि जैसे ही शिखर को यह भेद खुलेगा कि वो मित्र-पत्नी उसके लौह-आवरण को तोड़ने की व्यूह-रचना कर रही है, तब वो स्वयं को ऐसी ओट में ले लेगा कि फिर कभी कान्ता की पहुँच उस दुर्भेद्य दुर्ग तक नहीं हो सकेगी। इसलिए शिखर को ख़बर भी नहीं हुई और उसका खोल भी खुल गया—आवरण भी हट गया। फिर जो कान्ता के साथ उसके सम्बन्ध बने तो शिखर को यह एहसास भी नहीं हुआ कि वास्तव में यह सम्बन्ध भी स्त्री-पुरुष सम्बन्ध था। आज पन्द्रह वर्षों बाद जब शिखर इस सम्बन्ध के बारे में सोचता है तो चकित रह जाता है कि उन दोनों के बीच यह कैसा अनोखा मैत्री-सम्बन्ध था, जिसमें स्त्री-पुरुष अनुपस्थित है, केवल दो मनुष्य हैं। यद्यपि अनिन्द्य-सुन्दरी तो नहीं है कान्ता, किन्तु अच्छी-ड़ासी सुन्दर है। उसकी देहयष्ठि भी आकर्षक है। आज भी जवान लगती है, किन्तु कैसा निराला है उसका स्वयं-प्रस्तुति का ढंग कि इस अनोखी प्रस्तुति में उसकी देह गौण हो गयी है।

अचानक शिखर की समाधि टूटी। कान्ता उसे आवाज दे रही थी। शिखर जल्दी से उठा। डायरियों, कुछ कपड़ों और ज़रूरत की कुछ दैनन्दिन वस्तुओं से भरी अपनी थैली उठाकर सीधे डाईनिंग टेबिल पर पहुँचा। एक बार फिर कान्ता से उसका सामना हुआ और सरो जीजी फिर याद हो आईं। परिस्थितियों की नब्ज़ टटोलने के

लिए शिखर ने बात छेड़ी—"बच्चे कब तक स्कूल से आ जाते हैं?"

भोजन जारी रखती हुई कान्ता बोली—"तीन बजे तक।"

"मगर श्याम को तो अब तक स्कूल से आ जाना था?"

"वो तो आज स्कूल गये ही नहीं।"

शिखर को एक झटका-सा लगा। इसका तो यही अर्थ हुआ कि सरो जीजी के महाभारत को श्याम सारी सुबह झेलता रहा। शिखर स्वयं होकर सरो जीजी का ज़िक्र नहीं करना चाहता था, परन्तु मन-ही-मन यह भी चाहता था कि सरो जीजी की बातों की कुछ तो ख़बर लगे। वो पूछ बैठा—"तो श्याम सो रहा है क्या?"

हँस पड़ी कान्ता—"आप भी खूब हैं, भाई साहब! आपके मित्र यदि आधे घंटे के लिए घर में टिक जाएँ तो समझ लीजिए उन्होंने नया इतिहास रचा है। घर से बस उनके दो ही सम्बन्ध हैं—एक तो भोजन के लिए और एक रात्रि-विश्राम के लिए। इन दोनों घरेलू कार्यक्रमों में भी, जब-तब व्यवधान हो जाए तो क्या आश्चर्य!"

शिखर अपने सारे प्रश्न इसी उद्‌देश्य से पूछ रहा था कि सरो जीजी और जीजा के बारे में कुछ मालूम हो, मगर कान्ता समझती थी कि शिखर के सामने मगरमुँहा वाला घर छोड़ने की बात करना, उसे जवाबदेही के लिए विवश करना था। भला, कान्ता जैसी विवेकशील स्त्री शिखर को धर्मसंकट में डाल कैसे सकती थी? इसलिए बड़ी खूबसूरती से उस अवांछित प्रसंग को टालने के लिए सरो जीजी और जीजा के बारे में कुछ नहीं कहना चाहती थी। यद्यपि शिखर स्वयं भी मगरमुँहावाला घर छोड़ने की बात बिलकुल नहीं करना चाहता था और कान्ता के वाक्-सन्तुलन की मन-ही-मन प्रशंसा भी कर रहा था, फिर भी वस्तुस्थिति की क्रिंचित सूचना के लिए छटपटा रहा था, इसलिए उसने थोड़ा खोदकर पूछना चाहा—"श्याम किसी ख़ास काम से तो नहीं गया?"

"इस प्रश्न के बजाय यदि आपने यह पूछ लिया होता कि आज का मौसम कैसा लग रहा है तो शायद अधिक सुविधाजनक होता।"

शिखर हँस पड़ा। उसने एक बार फिर घेरने की पहल की—"आज कोई आया तो नहीं?"

कान्ता हँस पड़ी। शिखर सकपकाया। कान्ता बोली—"आज आपके मित्र श्यामजी की इमली आई है।"

"इमली? क्या मतलब?"

खूब हँसती हुई कान्ता बोली—"क्या भाई साहब, आपसे तो यह आशा रखती हूँ कि आप मेरी भाषा का मर्म समझेंगे। जब आप अनभिज्ञ बन जाते हैं, तो मुझे बड़ी बेचैनी होती है।"

इस बार शिखर भी हँसा—''देखिए भाभीजी, आप मेरी आँखों पर पट्टी बाँधकर गोल-गोल घुमा रही हैं और पूछ रही हैं कि मैं कहाँ हूँ?''

''वाह, भाई साहब वाह। आपसे भी मैं साहित्य-चर्चा नहीं करूँ तो भला किससे करूँ? आपके मित्र हिन्दी के लेक्चरर अवश्य हैं, परन्तु भाषा और साहित्य के प्रति उनके अतिशय अनुराग के बारे में आपसे अधिक कौन जानता है।''

''अच्छा, तो यह बात है। आपकी इस इमली का सम्बन्ध साहित्य से है।''

''मेरी इमली नहीं, उनकी इमली। अर्थात् पं. श्याम कलेवर दुबेजी की इमली।''

''मैं हार मानता हूँ, भाभीजी। इमली का मर्म समझना तो मेरे लिए दूभर है।''

''लगता है आप कालिदास की शकुन्तला को ही भूल गये हैं।''

''कालिदास की शकुन्तला में इमली? जी हाँ, याद आया। वही विदूषक-प्रसंग। विदूषक की व्याख्या में तो शकुन्तला दुष्यन्त की इमली थी।''

''यही तो मैं कह रही हूँ कि आपके मित्र जब स्वाद बदलने के लिये किसी तथाकथित प्रेयसी का सदुपयोग अथवा दुरुपयोग करते हैं तो वही प्रेयसी उनकी इमली होती है।''

और हँस पड़ी कान्ता। एक क्षण के लिए हतप्रभ रह गया शिखर। यह जो मित्र-पत्नी उसके सामने बैठी है, आखिर किस धातु की बनी है। आमतौर पर कोई भी स्त्री, अपने पति के प्रति असीम आक्रोश, डाह और ईर्ष्या से जलभुनकर जाने कितनी आग उगलती कि पति का जीवन तो दूभर होता ही, पति के मित्र को भी जली-कटी सुनाने में नहीं चूकती, परन्तु यह जो स्त्री सामने बैठी है, कितने सहज भाव से पति की प्रेयसी के बारे में बोलते हुए विदूषक की भाषा का उपयोग कर सकती है।

शिखर को हतप्रभ देखकर फिर हँस पड़ी कान्ता—''अरे आप क्यों गम्भीर हो गये, भाई साहब? मैं कुछ अनुचित बात कह गयी क्या?''

''नहीं-नहीं—भाभी, मैं तो इसलिए सोच में पड़ गया कि आप अपने पति की प्रेयसी के सम्बन्ध में इतने सहज भाव से बोल पाती हैं?''

''इसलिए कि आपके मित्र को आपसे थोड़ा अधिक ही जानती हूँ। आप चरित्रवान हैं इसलिए आपको किसी का भय नहीं है। आप किसी के समक्ष भी चुनौती बनकर खड़े हो सकते हैं। मगर आपके मित्र तो ऐसे सूरमा हैं कि यदि उनकी तबीयत इधर-इधर मुँह मारने की भी हो तो लुक-छिपकर इमली चटखारने से ज़्यादा कुछ कर नहीं सकते। इसलिए मैं आश्वस्त हूँ कि मेरा वैवाहिक जीवन सुखी है और रहेगा भी। आपके मित्र हर रोज़ लौटकर मेरे ही पास आएँगे।''

चकित रह गया शिखर—''आश्चर्य भाभी, क्या आपको थोड़ा भी बुरा नहीं

लगता है?''

''शुरू-शुरू में इनकी चोरी पकड़ लेती थी, तब मेरे भी स्वाभिमान को चोट तो पहुँचती थी कि मैं अपने पति को किसी और के साथ कैसे शेयर कर सकती हूँ। परन्तु इस त्वरित प्रतिक्रिया से उबरने में जब मैं सफल हुई, तब मैंने आरोप-प्रत्यारोप की स्थिति नहीं आने दी, बस उन्हें आश्वस्त भर कर दिया कि उनकी चोरी पकड़ी गयी है। ऐसे में आपके मित्र शुतुरमुर्ग बनकर अपनी रक्षा करते थे। फिर तो मुझे भी बुरा लगने लगा कि मैं उन्हें शर्मिन्दा कर रही हूँ। मेरे पति मेरे समक्ष अपराधी बनकर खड़े हों, यह मेरा नारीत्व कभी स्वीकार नहीं कर सकता था। इसलिए अब उनकी प्रेयसियों को लेकर हँसी-ठिठोली कर लेती हूँ—कभी कभार। क्योंकि मैं आश्वस्त हूँ कि बेचारे पतिदेव अब चोरी तो कर नहीं सकते, फिर भला उन्हें थोड़ी-बहुत हेराफेरी से क्यों रोकूँ? और अब तो मैं उन्हें अपना बिगड़ैल बेटा मान चुकी हूँ।''

शिखर को लगा जैसे उसके सुनने में कोई चूक हो गयी हो—''क्या कहा आपने मैं समझा नहीं?''

हँस पड़ी कान्ता और बोली—''जी हाँ, आपने ठीक सुना है। मैं उन्हें अपना बिगड़ैल बेटा मान चुकी हूँ। शादी का पहला दौर गुज़रने के बाद आमतौर पर पत्नी माँ का दर्ज़ा हासिल कर लेती है। इस देश में तो पहला दौर दस वर्षों में ही गुज़र जाता है। हमारे तो पन्द्रह बरस गुजर चुके हैं।''

हँस पड़ा शिखर—''आज के लिए इतना काफी है, अन्नपूर्णा माता।''

''यह क्या? आप मेरा बेटा बनने का दावा कैसे करते हैं?''

''दावा? अरे, मैं तो आपका मातृत्व स्वीकार भी चुका हूँ, माते! आप भूल गयीं? कल शाम को जिस अन्दाज़ में आपने मुझे नींद की गोली दी, और फिर एक गिलास दूध पीने पर विवश किया, वो आपका मातृत्व नहीं तो और क्या है?''

कान्ता ने उन्मुक्त हँसी बिखेर दी। शिखर उठ खड़ा हुआ और बोला—''अच्छा भाभी, अब आज्ञा दीजिए।''

''यह क्या? आप तो चल दिए। आपने यह भी नहीं पूछा कि उनकी यह इमली आखिर है कौन?''

''अरे हाँ, मैं तो इमली-विवेचन की साहित्यिक पृष्ठभूमि में ही खोया रहा, और इमली के अस्तित्व को ही भूल गया। कौन हैं वो?''

''रूपा देवी!''

''रूपा देवी? यहाँ आपके घर आ पहुँची?''

''जी हाँ, आ पहुँची नहीं बल्कि विराजमान हैं।''

''कहाँ?''

''यहाँ, हमारे घर में। बच्चों के बेडरूम में सो रही हैं।''

''क्या उन्हें श्याम ले आया?''

''जी नहीं, उन्हें तो पता भी नहीं है। उनके जाने के बाद आई हैं। यह तो मुझे रूपादेवी ने सूचना दी कि कल रात गोष्ठी के बाद श्याम कलेवर जी ने उन्हें आज हमारे घर पर दिवा-भोज का निमन्त्रण दिया था। रूपादेवी तो भोजन के लिए श्याम की राह देखती बैठी थीं। मैंने ही उन्हें समझा-बुझाकर भोजन करवा दिया और भोजनोपरान्त दिवा-निद्रा के लिए आमन्त्रण भी दे दिया। आखिर हाई सोसायटी की एलिटिस्ट महिला हैं, उनके लिए वो क्या कहते हैं—'आफटरनून सियस्टा', तो निहायत ज़रूरी है।''

''धन्य हैं, भाभी जी—आपकी महिमा अपरम्पार है। बस, अब मुझे आज्ञा दीजिए। लगता है, आपके 'ट्रायका' का असर आज तक बना हुआ है।''

शिखर उत्तर की प्रतीक्षा किये बिना चल दिया।

शिखर के जाते ही कान्ता ने डाइनिंग टेबिल साफ की। रसोई का बचा खुचा काम पूरा किया और अपने बेडरूम की ओर जाने लगी कि रूपा ने आवाज दी—''श्याम कलेवर जी आते ही सो गये क्या?''

कान्ता को यह समझने में भूल नहीं हुई कि रूपा ने अवश्य ही शिखर की आवाज सुनी होगी और यह अनुमान लगा बैठी कि श्याम आ गये हैं। मगर वो रूपा के तात्पर्य से अनजान बनकर बोली—''अभी कहाँ, रूपा देवी? और यदि वो आ गये होते तो सबसे पहले आपकी ही पूछताछ करते।''

''यह भी खूब रही। मुझे भ्रान्ति हो गयी कि आप किसी से बात कर रही हैं।''

''यह आपकी भ्रान्ति नहीं, वास्तविकता है कि मैं किसी से बातें कर रही थी। हाँ, यह भ्रम आपको अवश्य हुआ कि मैं श्यामजी से बातें कर रही थी।''

''तो फिर कौन था?''

''श्यामजी के बालसखा शिखर जोशी।''

लगभग पुलकित भाव में रूपा बोली—''अरे, शिखर जी आए थे। कल रात गोष्ठी में भी वो नहीं आए। मैं तो उनसे मिलने के लिए बेहद उत्सुक हूँ। आपने उन्हें बतलाया था कि मैं यहाँ हूँ।''

''जी हाँ, बतलाया था। मगर साथ में यह भी कह दिया था कि आप सो रही हैं।''

व्यंग्य पर ठिठोली का रंग चढ़ाती हुई रूपा बोली—''अच्छा तो यह बात है। आप शायद मुझे कबाब में हड्डी समझ बैठीं।''

एक पल के लिए तमतमा उठी कान्ता। किन्तु दूसरे ही क्षण सरल हास्य के

साथ बोली—"आप तो अनर्थ कर रही है। मुझ वैष्णवी से हड्डी की बात कर रही हैं।"

अपने व्यंग्य को थोड़ा पैना करती हुई रूपा बोली—"यह हड्डी मांसाहार वाली नहीं, मुहावरे वाली है।"

कान्ता ने पैनेपन को रूपा की ओर मोड़ दिया—"एक ग्राम्या गृहिणी के समक्ष आपने बात स्पष्ट कर दी, यह अच्छा किया। परन्तु मुहावरे वाली हड्डी के रूप में तो मैं सिर्फ कुत्ते की हड्डी समझती हूँ।"

रूपा को यह समझते देर नहीं लगी कि कान्ता ग्राम्या नहीं है। मगर अपनी तुलना में एक गृहिणी को वो 'तुच्छ' के अलावा क्या मान सकती थी। इसलिए निर्णयात्मक रूप में बोल पड़ी—"मगर यहाँ कोई कुत्ता तो नहीं है।"

कान्ता यह अच्छी तरह समझ रही थी कि बातचीत तूल पकड़ रही है। मगर बातचीत को आयी-गयी कर मौसम की ओर मोड़ना उसके वश में नहीं था, बोली—"कुत्ता न सही, मगर हड्डी तो हैं।"

पैंतरा बदलते हुए रूपा ने चोट की—"वैष्णवी के घर हड्डी कहाँ से आ गयी?"

चोट को उसी वज़न में वापस करती हुई कान्ता बोली—"अतिथि के रूप में आई है।"

तमतमा उठी रूपा, मगर नियन्त्रित स्वर में बोली—"ऐसी अतिथि को आप निकाल क्यों नहीं देतीं, जो एक वैष्णवी के घर को अपवित्र कर रही है।"

एकदम पानी-पानी की मुद्रा में कान्ता बोली—"छिः छिः यह आप क्या कह रही हैं। अतिथि रूप में तो आप देवी स्वरूपा हैं। आपने स्वयं कहा कि आप कबाब में हड्डी हैं, इसलिए सहज भाव में मैंने आपकी बात दोहरा दी।"

अपने व्यंग्य की ओर लौटती हुई, कान्ता को ध्वस्त करने के लिए लगभग आक्रामक होकर बोली रूपा—"यह बात तो मैंने शिखरजी और आपके सन्दर्भ में की थी। आप दोनों के बीच जो प्रगाढ़ मैत्री है, उसमें शायद आपने मुझे कंटक मान लिया हो।"

भरपूर चोट करने के बाद रूपा ने शालीनता की चादर तान दी और हँसकर दो छोटे-छोटे वाक्य और जड़ दिए—"इसे आप अन्यथा न लें। मैं तो मज़ाक कर रही थी।"

अब तो पानी सिर से गुज़र चुका था। कान्ता चुपचाप झेल जाने की मनःस्थिति में नहीं रही, किन्तु मर्यादा का मुखौटा वो उतारना नहीं चाहती थी। वो समझ तो गयी थी कि अब तो ठन गयी है, किन्तु वो इस बात को कैसे अपनी दृष्टि से ओझल करती कि रूपा उसके घर पर अतिथि के रूप में है, इसलिए सीधे-सीधे अपमान

करना तो अनुचित है। वो बोली—"रूपादेवी, आपके और मेरे बीच मज़ाक का सम्बन्ध तो है नहीं, हो भी नहीं सकता है, क्योंकि हम दोनों का स्टेटस अलग-अलग है। मैं तो एक साधारण गृहिणी हूँ और आप हैं असाधारण। रूपक में बात करूँ तो मैं हूँ मामूली दाल-रोटी और आप हैं स्वाद और चटखार से भरपूर चाट। दाल-रोटी तो एकदम घरेलू आहार है और चाट होती है हाट की शोभा। मैं तो घर की चारदीवारी में ही सीमाबद्ध हूँ—इसलिए मेरा सारा सरोकार और सारी प्रगाढ़ता पति और बच्चों तक सीमित है। इसलिए कोई भी अन्य, मेरे लिये अन्य ही रहेगा, किन्तु आपकी बात और है। आप तो चारदीवारी से मुक्त हैं, इसलिए आपके सम्बन्ध किसी भी सीमा के बन्धन को स्वीकारने की ज़रूरत महसूस नहीं करते। फिर भी यदि आप कबाब में हड्डीवाली अपनी पहचान को ही एकमात्र सत्य के रूप में प्रतिष्ठित रखना चाहती हैं तो आपकी, मेरे और श्याम के बीच हड्डी बनने की निष्फल चेष्टा व्यर्थ है, क्योंकि मैं तो उनकी पत्नी हूँ, जी हाँ, धर्मपत्नी। आप अवश्य हम दोनों के बीच तीसरी बनने की पहल कर सकती हैं।

तिलमिला उठी रूपा और नियन्त्रण खो बैठी—"कान्ताजी, आप मेरा अपमान कर रही हैं।"

"वही पुरानी पानी-पानी की मुद्रा में बोली कान्ता—"छिः-छिः, यह आप क्या कह रही हैं? भला दाल-रोटी की क्या बिसात कि चाट की बराबरी करे। फिर भी यदि मेरी अटपटी ग्रामीण अभिव्यक्ति में असावधानीवश कोई चूक हो गयी हो तो मैं क्षमा प्रार्थी हूँ।"

लगभग अवरुद्ध कंठ में बोली रूपा—"मैं सब समझ रही हूँ।"

नासमझ बनती हुई कान्ता बोली—"यही तो आपका बड़प्पन है, रूपादेवी, इसीलिए तो मेरे स्वामी आपका सम्मान करते हैं और यही कारण है कि आप मेरे लिए पूजनीय हैं। मैं पुनः आपसे क्षमा-याचना करती हूँ।"

रूपा ने अपने को सम्हालते हुए हँसकर बोला—"नहीं-नही—ऐसी कोई बात नहीं है।"

आश्वस्त हँसी के साथ बोली कान्ता—"चलिए, इसी बात पर एक-एक कप गर्मागर्म चाय हो जाए।"

उसी समय शुभ्रा और रुद्राक्ष स्कूल से आए और दोनों ने रूपा को 'नमस्ते मासीजी' कहा।

"तुम दोनों मासीजी से बातें करो। मैं चाय लेकर आती हूँ।"

कान्ता को रूपा के हाव-भाव से यह समझने में कोई चूक नहीं हुई कि 'आंटी' सुनने की अभ्यस्त इस सम्भ्रान्त महिला को 'मासीजी' सुनने में काफी अटपटा लगा। रूपा को सहसा याद आई इस 'आंटी' शब्द के साथ जुड़ी उसके

बचपन की एक घटना और वो मुस्करा दी।

जब तक कान्ता दो कप चाय लेकर आई, तब तक रूपा दोनों बच्चों के साथ घुलमिलकर बातें करती रहीं। कान्ता के हाथ से चाय का प्याला लेती हुई रूपा ने पूछा—"अरे बच्चों के लिए आपने चाय नहीं बनायी?"

"नहीं, रूपादेवी, हमारे बच्चों को शहरी सलीका नहीं आता। आपने अभी देखा न बच्चों ने आपको 'मासीजी' कहा, 'आंटी' नहीं कहा। वैसे ये 'काकीजी' या 'बुआजी' भी कह सकते थे। मगर ऐसे सम्बोधन से मेरे उन्मुक्त पतिदेव पर अवांछित मर्यादा का दबाव पड़ जाता।"

खिलखिलाकर हँस पड़ी रूपा और बोली—"ये 'आंटी' शब्द मेरे बचपन की एक घटना से जुड़ा हुआ है।"

कान्ता बोल पड़ी—"सुनाइए न।"

रूपा ने प्रत्युत्तर में कहा—"फिर कभी।"

बच्चे अपने कमरे में चले गये और वहाँ किताबें रखकर खेलने निकल गये। उन्हें मालूम था कि आज उनके कमरे में रूपादेवी ठहरी हैं। चाय की चुस्की लेती हुई रूपा बोली—"एक बात कहूँ, कान्ताजी। आपकी साड़ी का पहनावा देखकर कोई भी आपको ग्राम्या गृहिणी मानने में नहीं हिचकिचाएगा, परन्तु आप साधारण गृहिणी नहीं हैं। आपकी भाषा, आपका आत्मविश्वास, आपका ज्ञान, आपकी व्यवहार-कुशलता, वाक्-निपुणता सब कुछ इतना सटीक है कि आपको विदूषी मान लेने में किसी को कोई भी चूक नहीं हो सकती। क्षमा कीजिए, आपके पतिदेव भी आपकी बराबरी नहीं कर सकते।"

तपाक से बोली कान्ता—"बराबरी का प्रश्न नहीं उठता है। आखिर वो मेरे स्वामीनाथन हैं।"

खिलखिलाकर हँस पड़ी रूपा—"जवाब नहीं है आपका।"

कान्ता उठ खड़ी हुई। वो खाली कप ट्रे में रखकर बोली—"स्वामीनाथजी किसी भी समय अवतरित हो सकते हैं। उनके लिए आरती की थाली सजा लूँ।"

हँसती हुई रूपा भी उठ खड़ी हुई और बोली—"आपके स्वामीनाथन जी के शुभागमन पर मुझे ज़रूर बुला लीजिएगा। विश्वास मानिए, मैं आप दोनों के बीच कबाब में हड्डी नहीं बनूँगी।"

"आप ऐसी हैं ही नहीं कि किसी कबाब में हड्डी बनें। चलिए, एक नया मुहावरा गढ़ते हैं। आप हमारी जलेबी में चाशनी बन सकती हैं, क्योंकि आपके कारण ही तो हम दोनों में मिठास है।"

मुग्ध दृष्टि से देखती रही रूपा, कुछ बोल नहीं सकी। हँसती हुई कान्ता रसोई

की ओर चली गयी। रूपा बच्चों के कमरे में चली गयी।

लेटी हुई किताब पढ़ने की कोशिश कर रही थी रूपा, परन्तु उसका मन बार-बार उचट जाता था। अभी थोड़ी देर पहले कान्ता के साथ हुई उसकी बातचीत प्रतिध्वनि की तरह बार-बार उसके मन की चारदीवारी से टकरा रही थी। मन के आसपास चार-दीवारी चुनने से यही होता है कि मन कारावासी हो जाता है। रूपा को यह एहसास तो है कि दीवारों का नहीं बनना कितना ज़रूरी है और यदि किसी दुर्घटना के वशीभूत दीवारें बन भी जाएँ तो उनका टूटना कितना ज़रूरी है। मन का आकाश-भाव तो बहुत कठिन है—शायद असम्भव। ऐसा क्यों होता है मन का व्यापार कि मन चाहता तो है आकाश की अपरिमित उन्मुक्तता, किन्तु मन स्वयं ईंट-चूना-गारा इकट्ठा भी करने लगता है और फिर उन्हें परत-दर-परत जमाता भी चला जाता है कि अचानक उसे यह पता चलता है कि मन बन्दी हो गया है।

रूपा को बार-बार कान्ता का एक वाक्य कचोटता रहा कि कान्ता ने अपने मामूलीपन को दाल-रोटी की संज्ञा दी और रूपा की असाधारणता को चाट निरूपित करते हुए, उसे हाट की शोभा तक बना दिया। सच तो यह है कि वास्तव में कान्ता निश्चय ही असाधारण है। रूपा तो अवाक् रह गयी कान्ता की अपरिमित क्षमताओं से परिचित होकर। किसी को कमतर मानकर चलने की असावधानी का क्या परिणाम हो सकता है, यह समझकर हतप्रभ थी रूपा। कहाँ तो वो अपने वाक्-प्रहार से, सीधे पल्ले की साड़ी में लिपटी घूँघटवाली कान्ता को गठरी बनाकर एक कोने में डाल देना चाहती थी और कहाँ वो कान्ता की वाक्-निपुणता से आक्रान्त पीछे हटने पर विवश होती चली गयी और दीवार से जा टकरायी। चूँकि उसके पीछे हटने की गुंजाइश नहीं बची थी, इसलिए उसने कान्ता पर सीधे वार किया, लेकिन हुआ क्या? उसके वार से कान्ता को खरोंच तक नहीं आई, मगर जब कान्ता ने प्रत्याक्रमण किया तो रूपा के चेहरे पर चढ़ा मुखौटा नोंच फेंका और उसे लहूलुहान कर दिया।

रूपा को अचरज तो इस बात का हो रहा था कि कान्ता नितान्त घरेलू गृहिणी के रूप में घर-गृहस्थी सम्हालते हुए कैसे इतनी असाधारण बन सकी। वो कहीं नौकरी नहीं करती थी। घर के बाहर आना-जाना भी उसका बहुत सीमित था। लोगों से मिलना-जुलना और गोष्ठियों में सम्मिलित होना भी कभी कभार का व्यवहार था। क्या घर पर बैठकर पढ़ने-लिखने से इतनी विपुल निधि इकट्ठी हो सकती है कि देखने-सुननेवाले हतप्रभ रह जाएँ? कान्ता से पहले भी वो तीन-चार बार मिल चुकी है। मगर पहले कभी कान्ता ने अपनी वाक्-चातुरी प्रदर्शित नहीं की। हमेशा यही आभास देती रही कि वो हँसमुख, सुसंस्कृत और व्यवहारकुशल पढ़ी-लिखी

गृहिणी है। यदि रूपा उस पर वाक्-प्रहार न करती तो शायद आज भी वो कान्ता के वास्तविक परिचय से वंचित रह जाती कि वो तो विदुषी है।

वास्तव में, कान्ता जैसी स्त्री अद्वितीय की श्रेणी में रखी जानी चाहिए। कठोरतम दृढ़ता और कोमलतम विनम्रता का अनोखा सम्मिश्रण—जो ज्ञान के मर्म से परिचित होकर भी निरर्थक बौद्धिक व्यायाम के प्रति खुलेपन से उदासीन, जो भक्ति की अन्तरंग महत्ता को आत्मसात् करते हुए भी भक्ति-विह्वल नहीं, जो प्रेम को उसकी सम्पूर्ण तरलता के साथ अंगीकार करते हुए भी दृष्टिहीन प्रेममार्गी नहीं, जो अद्भुत संस्कारशील और विदुषी होते हुए भी मनसा, वाचा, कर्मणा घरेलू होने और गृहिणी के परमपद की गरिमा को अक्षुण्ण रखने में अपने अस्मिता के चमत्कार को कितना पारदर्शी बनाती है।

जितना भी रूपा सोच रही थी कान्ता के बारे में, उतना ही उद्वेलित होती जा रही थी। बार-बार धिक्कार रही थी स्वयं को। किसी को कमतर मानकर उसे नीचा दिखाने की कोशिश सिर्फ खोखली नहीं होती, बल्कि अपने झूठे बड़प्पन को स्थापित करने की दर्द भरी, बेहद शर्मनाक ज़िद होती है। उफ़! कितना वीभत्स ओछापन है ये। रूपा निरन्तर कोस रही थी अपने इस ओछेपन को। उसे लग रहा था जैसे एक ज्वालामुखी सुलग रहा था, अन्दर ही अन्दर। और आखिर फूट पड़ा लावा। फफककर रो पड़ी रूपा। कमरे में अँधेरा बढ़ रहा था। उसी के साथ बढ़ रही थीं रूपा की सिसकियाँ। और इस अँधेरे को चीरती हुई ममताली रोशनी की बौछार बनकर प्रकट हुई कान्ता। रूपा अपने घुटनों में मुँह छिपाये सिसक रही थी। उसके पास बैठकर कान्ता ने उसे सीने से लगा लिया और बोल पड़ी—"मुझे क्षमा कर दीजिए, रूपाजी। मैंने सचमुच बहुत ज़्यादती कर दी। मैंने बेमतलब एक आम मुहावरे को इतना तूल दे दिया। आप हमारी अतिथि हैं। बहुत सम्मानित अतिथि। कितनी बड़ी लेखिका हैं आप। मैं अपनी औक़ात भूल गयी और पता नहीं क्या-क्या आँय-बाँय-शाँय बोलती रही। छिः-छिः। मुझे बहुत शर्म आ रही है। मुझे क्षमा कर दीजिए।"

रूपा अब तक सम्हल चुकी थी--बोली—"नहीं, नहीं! आप क्यों क्षमा माँग रही हैं। भूल तो मुझसे हुई थी जो ऐसी अनर्गल बातें करती रही। पता नहीं, कहाँ से खोखला अहंकार सुलग उठा मेरे अन्दर। विश्वास कीजिए, कान्ताजी मैं ऐसी नहीं हूँ।

तपाक से हस्तक्षेप किया कान्ता ने—"मैं इस बात को अच्छी तरह जानती हूँ। यह और बात है कि आपके बारे में बहुत कम जानती हूँ। मगर आपको बहुत अच्छी तरह समझती हूँ।"

रूपा ने कौतूहलवश प्रश्न किया—"यह कैसे सम्भव? मेरे बारे में जाने बिना, आप मुझे समझ कैसे सकती हैं?"

मुस्कराती हुई बोली कान्ता—"मैं आपके लेखन की प्रशंसक हूँ। आपकी

कविताएँ, कहानियाँ, उपन्यास और अन्य रचनाएँ भी—सब कुछ पूरा-पूरा पड़ चुकी हूँ। इसलिए आपकी रचनाओं के माध्यम से आपको समझती हूँ। हाल ही में आपकी अँग्रेज़ी कविताएँ और अँग्रेज़ी उपन्यास भी पड़ चुकी हूँ।''

विस्फारित नेत्रों से रूपा सामने बैठी कान्ता को देखती रही—अवाक्?

कान्ता बोलती रही—''आपने अपना सम्पूर्ण साहित्य श्यामजी को भेंट किया है। आपकी पुस्तकों में आपका जो परिचय छपता है, उसमें विशिष्टता यह है कि उसमें आपके यशस्वी साहित्यकार प्रोफेसर पिता और दिग्गज साहित्यकार परमानन्द जोशीजी के ज़िक्र के साथ, उनकी धर्मपत्नी श्रीमती गरिमा जोशी का ख़ास ज़िक्र आता है।''

रूपा ने सहसा रहस्योद्घाटन किया—''मैं गरिमा काकी माँ के साथ ही रहती हूँ।''

कान्ता ने तुरन्त हस्तक्षेप किया—''नहीं नहीं, अब और नहीं। पहेलीनुमा आपकी जीवन गाथा जाने बिना आज मैं यहाँ से टलूँगी नहीं।''

हँस पड़ी रूपा और बोली—''एक शर्त है। मेरे हाथ की बनायी चाय पीते हुए ही इस पहेली का हल सम्भव है।''

कान्ता उठ खड़ी हुई और रूपा का हाथ पकड़कर बोली—''आपकी शर्त मंजूर है। चलिए, रसोई में चलते हैं।''

रूपा भी तो विवाहित स्त्री है। उसके पति एक मल्टीनेशनल कम्पनी में चोटी के अफ़सर हैं। 'हैं' मतलब, अफ़सर तो हैं, भले ही अब पति नहीं रहे। रूपा विवाहिता रही होगी कभी, लेकिन तब भी गृहिणी तो नहीं ही थी। होती भी कैसे? उसकी परवरिश एक घरेलू लड़की के रूप में तो हुई नहीं थी। साहित्यकार-प्रोफेसर पिता डॉ. प्रशान्त माथुर की लाडली को उनके ही संस्कार मिले थे। उसकी माँ ने भी कभी कोशिश नहीं कि उसे चूल्हा-चौका या नोन-तेल-लकड़ी का पाठ पढ़ाए। रूपा तो लिखने-पड़ने में ही रमी रही। इसलिए पति के घर पहुँचकर उसने जब बँगले को घर बनाने की अपनी मध्यमवर्गीय पहल की तो पति के ओढ़े हुए, अभिजात्य संस्कार का ऐसा मुलम्मा-चढ़ा मधुर सामना हुआ कि वो अपने बिल में सिमट गयी। दरअसल शादी के रिसेप्शन की रात को ही उसे आनेवाले कल का एहसास हो गया था।

मुम्बई में, विवाहित रूपा के, तब रहे—अब नहीं रहे, पति का अत्याधुनिक बँगला, प्रशस्त लॉन, कारों का काफ़िला, बँगले में हर प्रकार की सुख-सुविधा-विलासिता की ढेरों वस्तुएँ जो अधिकतर इम्पोर्टेड हैं। नौकर-चाकरों का अमला, पार्टियों की धूम, विदेशी यात्राओं का रेला और इन सबके साथ जुड़ी हुई अनिवार्य

अँग्रेज़ियत और बनावटीपन, दिखनौटी गर्मजोशी, खोखली हँसी और पानी से ज़्यादा विदेशी शराब के दौर। व्यापारिक प्रतिस्पर्धा की चूहा-दौड़, औद्योगिक घरानों की आपसदारी में गला-काट होड़, सत्ता के गलियारे में राजनेताओं का क्रय-विक्रय, काले धन का अश्लील अपव्यय, पाँच सितारा होटलों में रूपसियों की हाट, ऐसी हवाई दौड़-धूप कि सुबह दिल्ली में, दोपहर कलकत्ता में और रात वापस मुम्बई में। दुबई हो या शारजाह, सिंगापुर हो या हांगकांग या फिर टोक्यो जहाँ से एक हवाई छलांग महासागर की, अमेरिका पहुँचाती है और जहाँ से लौटते हुए योरप निपटाते आना, कोई मुश्किल काम नहीं। सारी दुनिया को मुट्ठी में भर लेने की आपाधापी।

इन सबके बीच में घिरी तो रही रूपा, मगर हिस्सा नहीं बन सकी। ऐसा भी नहीं था कि उसने स्वयं को इस परिवेश से काट रखा हो। जुड़ी तो रही, मगर लिप्त नहीं हो सकी। जब तक रही, एक द्वीप की मानिन्द रही। पानी में तेल की तरह।

ऐसा नहीं है कि मनोज सक्सेना से रूपा की शादी उसकी मर्ज़ी के ख़िलाफ हुई थी। ऐसा भी नहीं कि मनोज ने किसी मजबूरी में यह शादी की थी। दोनों ने एक-दूसरे को पसन्द करके, एक-दूसरे के बारे में सब कुछ जानकर यह शादी की थी। जिस समय रूपा की शादी हुई थी, उस समय मनोज उसी कम्पनी में मार्केटिंग मैनेजर था। इसलिए रूपा को शुरू से ही यह माहौल मिला था, जिसमें उसने एक अजनबी की तरह पदार्पण किया था। उसने भी कोशिश की थी, उस परिवेश में रमने की। जन्म से ही लखनऊ में रहने के कारण रूपा अँग्रेज़ियत और बनावटीपन से बिलकुल अपरिचित हो, ऐसा भी नहीं था, बल्कि अँग्रेज़ी भाषा पर, कम से कम बोलचाल के स्तर पर तो उसका अच्छा-खासा अधिकार था। अँग्रेज़ी माध्यम के स्कूल में पढ़ने के कारण तो फर्राटे से अँग्रेज़ी बोलती थी और अँग्रेज़ी स्कूल में सिखलाए गये अदब-कायदों में भी पारंगत थी। सच तो यह है कि मनोज ने रूपा को इन्हीं खूबियों के कारण पसन्द किया था और आश्वस्त था कि कच्ची उम्र की गीली मिट्टी को मनचाहे आकार में ढाल लेगा। उसे लगा था कि उस जैसे बिजनेस एक्ज़ीक्यूटिव के लिए छोटी उम्र की यह लड़की 'परफेक्ट मैरेज मेटीरियल' थी।

रूपा और मनोज विवाह-सूत्र में बँधने के पहले से एक-दूसरे से परिचित थे, क्योंकि रूपा की बुआ, मनोज की मामी थी। अपने मामा-मामी के साथ मनोज दो-एक बार रूपा के घर जा चुका था। रूपा उस समय रही होगी 16-17 साल की। स्कूल में पड़ती थी—खूब हँसमुख और चंचल थी। उन्हीं दिनों एक बार अपनी कम्पनी के काम से मनोज लखनऊ गया था तो रूपा के घर पर ही ठहरा था। रूपा

उसे सहसा भा गयी थी। 'भा गयी' का अर्थ कोई प्रेम-वेम या 'फर्स्ट साइट लव' जैसा अफ़लातूनी प्रेम क़तई नहीं था। मनोज जैसे करियर कॉन्शस व्यक्ति के जीवन में प्रेम के लिए न तो मानसिकता होती है, न फुरसत। उम्र में वो रूपा से 11-12 साल बड़ा था, इसलिए बालिका रूपा के मन में यह ख्याल भी नहीं आया कि मनोज उसका पति भी बन सकता है।

मनोज जब लखनऊ से लौटा तो वापस मुम्बई नहीं गया, बल्कि इलाहाबाद में अपने मामा के घर जा पहुँचा। अपने मामा से ज़्यादा वो अपनी मामी का लाडला था। मामी के इस ममत्व का लाभ उठाते हुए मनोज ने उनसे कह दिया कि वो रूपा से शादी करना चाहता है। मामी को थोड़ा अटपटा ज़रूर लगा, क्योंकि रूपा और मनोज की आयु का अन्तर बहुत अधिक था। मगर जब मामी ने यह महसूस किया कि मनोज रूपा को बहुत अधिक चाहने लगा है तो उसने सोचा कि उसकी एकमात्र भतीजी मनोज के साथ सुखी रहेगी। उसने स्वयं को समझाया कि पति-पत्नी के बीच आयु का अन्तर अधिक होने से पत्नी के मन में सुरक्षा और निश्चिन्तता का भाव सहज ही उत्पन्न हो जाता है, क्योंकि पति अभिभावक जैसा बन जाता है। मनोज की निहायत घरेलू मामी, अन्य साधारण भारतीय महिलाओं की तरह पति-परमेश्वर के प्रति पत्नी का सम्पूर्ण नैष्ठिक समर्पण और पति द्वारा प्रदत्त सुरक्षा के प्रति निर्भरता को ही स्त्री की चरम उपलब्धि और परम सौभाग्य मानती थी। और फिर पुरुष की आयु का भला क्या प्रश्न। पुरुष तो कभी बूड़ा होता ही नहीं। स्त्री अवश्य बूढ़ी हो जाती है। उसने स्वयं ही यह अनुभव किया कि पचास पार करने के बाद वो तो स्वयं को बूढ़ी महसूस करने लगी थी।

इस प्रकार मन ही मन आश्वस्त होकर रूपा की बुआ ने उसके पिता से मनोज के साथ रूपा की शादी की बात छेड़ दी। रूपा के पिता आसमान से गिरे। वो अपनी छोटी बहन को प्यार से मुन्नी कहते थे, बोले—"कैसी बात कर रही हो, मुन्नी? रूपा तो अभी बच्ची है। कम से कम बी.ए. तो पास कर लेने दो।"

मुन्नी कहाँ छोड़ने वाली थी, बोली—"अरे भैया, रूपा तो हमेशा बच्ची ही रहेगी तुम्हारे लिये और फिर बी.ए., एम.ए. पास करके, करेगी क्या? उसे नौकरी तो करनी नहीं है।"

"फिर भी मुन्नी, उम्र भी तो होनी चाहिए। कम से कम 20-21 की तो हो जाए। तब सोचेंगे उसकी शादी के बारे में।"

"तुम तो कुछ समझते नहीं हो, भैया। तुम रूपा की उम्र का हिसाब करते बैठे रह जाओगे और मनोज जैसा हीरा तुम्हारे हाथ से निकल जाएगा।"

"मनोज मुझे भी बहुत पसन्द है। मगर तुम यह अच्छी तरह समझ लो। मैं रूपा की शादी कम से कम तीन साल तो नहीं करूँगा।"

अपने भाई के पास जब मुन्नी की दाल नहीं गली तो उसने अपनी भाभी को पटाया। फिर क्या था, दोनों महिलाओं ने रूपा के पिता का ऐसा घेराव किया कि उन्होंने हथियार डाल दिए। आखिर यह तय हुआ कि रूपा के हायर सेकेंडरी पास करते ही उसकी शादी कर दी जाएगी।

रूपा भले ही अँग्रेज़ी स्कूल में पड़ी हो, मगर उसके पिता के संस्कार इतने गहरे थे कि पार्टी, शॉपिंग और नुमाइशी चमक-दमक के उथलेपन में वो कभी रम नहीं सकी। उसके प्रोफेसर पिता साहित्यिक परिवेश में ही बने रहते थे। उनके घर पर साहित्यिक गोष्ठियाँ का सिलसिला, उनकी दैनन्दिनी का एक महत्त्वपूर्ण भाग हुआ करता था। रूपा इन गोष्ठियों का अभिन्न अंग थी। अपने पिता-माता की इकलौती सन्तान होने के कारण वो न केवल उनकी लाडली थी, बल्कि घर पर आनेवाले साहित्यकारों के साथ उसके गहरे सरोकार थे। कविता उसकी कमज़ोरी थी या शायद कहना चाहिए ताक़त थी। अपने पिता के कवि-मित्रों का कविता-पाठ वो रात-रात भर जागकर सुनती थी। कभी-कभी तो ऐसा भी होता था कि काव्य-पाठ भले ही आधी रात के पहले समाप्त हो गया हो, मगर वो सुनी हुई कविता को मन ही मन फिर-फिर सुनती और सुनी हुई को देखती हुई-सी जागती रहती थी। ऐसा ख़ासकर परमानन्द जोशी की कविताएँ सुनने के बाद अकसर होता था। उसने लिखना भी शुरू कर दिया था।

परमानन्द जोशी उसके पिता से लगभग दस वर्ष बड़े थे। रूपा के पिता उनका इतना अधिक सम्मान करते थे जैसे कोई किशोर अपने रूमानी नायक का करता हो। परमानन्द जोशी जब भी लखनऊ आते अपनी पत्नी के साथ ही आते। परमानन्दजी चाहे कितनी कोशिश करें, किसी होटल या गेस्ट हाउस में ठहरने की, रूपा के पिता उन्हें हर हाल में अपने घर ले आते। उनके पास ट्रम्प कार्ड थी रूपा। जोशी दम्पती उनसे भले ही ना कर दें, मगर रूपा की ज़िद के आगे उनकी नहीं चलती थी।

अपने घर का एक कमरा उन्होंने जोशी दम्पती के लिए पूर्णतया सुसज्जित रख छोड़ा था। रूपा इतनी लाडली थी जोशी दम्पती की कि उनके आगमन पर, वो अपना हर काम छोड़कर चौबीसों घंटे उनके साथ बनी रहती थी। लगता था जैसे वो अपने माता-पिता की नहीं, बल्कि जोशी दम्पती की सन्तान हो। और उनके जाने के बाद बेहद उदास हो जाती थी। रूपा के पैतृक घर में जोशी दम्पती का जो कमरा था, उसे रूपा ने अपने काकू-काकीमाँ के लिए इस तरह आरक्षित कर रखा था कि उसमें किसी और का प्रवेश वर्जित था।

उस दिन तो बस हद हो गयी। लखनऊ आकाशवाणी में काव्य-गोष्ठी के

लिए पधारे परमानन्द जोशी उनकी पत्नी हमेशा की तरह रूपा के पैतृक घर में ही ठहरे हुए थे। खूब ज़िद करके एक सप्ताह तक उन्हें रोककर रखा रूपा ने। और वे जब जाने लगे तो रूपा ने उनके कमरे को बन्द करके ताला लगा दिया और चाभी श्रीमती जोशी के हवाले कर दी।

श्रीमती जोशी ने चौंककर पूछा—"यह चाभी तुम हमें क्यों दे रही हो?"

रूपा तमककर बोली—"आपके कमरे की चाभी आपको नहीं दूँगी तो किसे दूँगी?"

"मगर बेटी, हम तो कभी कभार आते हैं। तुम्हारा यह कमरा दूसरे मेहमानों के ठहरने के लिए भी तो हो सकता है?"

"हमारे घर पर तो गेस्ट रूम दूसरी मंज़िल पर है। इस कमरे में आप दोनों के सिवाय और कोई नहीं ठहर सकता।"

जोशीजी ने हस्तक्षेप किया—"यह तो ठीक है बेटी, मगर यह तुम्हारे काम भी तो आ सकता है।"

अपने गुस्से पर अंकुश लगाती-सी बोली रूपा—"यही तो ग़लत है। माँ जब भी आपके कमरे का रख-रखाव करती हैं, तब अपने बाल सँवारने के बहाने आपके ड्रेसिंग टेबिल का इस्तेमाल करती हैं और तो और बाबा इतने लापरवाह हैं कि यूनिवर्सिटी से लौटकर अपने कपड़े आपकी अलमारी में टाँग देते हैं और पैर पसारकर आपके बिस्तर पर लेट जाते हैं। यहाँ तक कि आपका बाथरूम भी इस्तेमाल करने में चूकते नहीं है। मुझे बहुत गुस्सा आता है।"

रूपा की बातों से सबको हँसी तो खूब आ रही थी, मगर किसकी मजाल कि हँस सके। आखिर जोशीजी ने पूरी गम्भीरता से रूपा के पिता को डाँटा—"देखिए, प्रशान्तजी, अब ऐसा नहीं चलेगा। यह कमरा हमारा है, इस पर आपका या मृणालजी का कोई अधिकार नहीं है। इस पर सिर्फ रूपा का अधिकार है। रूपा बेटी, यह चाभी तुम अपने पास रखो। सिर्फ रख-रखाव के लिए खोला करो। और इसकी सफाई भी अपने सामने करवाना—हाँ ऽऽऽ।"

अपने माता-पिता को 'माँ-बाबा' कहना रूपा ने जोशीजी से ही सीखा था। बात यों हुई कि जब पहली बार रूपा, जोशी दम्पती से मिली तो अपनी अँग्रेज़ियत वाली आम आदत के कारण उन्हें 'अंकल-आंटी' कहा। जोशीजी तुरन्त बोल पड़े—"बेटी, तुम मुझे अंकल कह रही हो, 'मंकल' या 'डंकल' क्यों नहीं कहती?"

रूपा हँस पड़ी—"ये 'मंकल'-'डंकल' क्या होता है?"

जोशीजी ने भूल सुधारने के अन्दाज़ में कहा—"चलो हटाओ। तुम 'मंकल'

और 'डंकल' दोनों शब्दों के अन्तिम अक्षर 'ल' काट दो।

रूपा बोली—"फिर तो 'मंक' और 'डंक' हो जाएगा।"

जोशीजी सोच में पड़ गये—"ऐसा? तब तो कुछ करना पड़ेगा।"

फिर तपाक से बोले—"हाँ, ऐसा करो, दोनों शब्दों के अन्तिम 'क' अक्षर पर बड़ी 'ई' की मात्रा लगा दो।"

रूपा कुछेक क्षण सोचकर बोली—"अरे, ये तो 'मंकी' और 'डंकी' हो जाएगा।"

खुश होते हुए जोशीजी बोले—"हाँ, यह हुई न बात। अब तुम मुझे 'डंकी' और आंटी को 'मंकी' कह सकती हो।"

शरमाती हुई रूपा बोली—"धत्, हम भला ऐसा क्यों कहेंगे?"

जोशीजी ने पलटवार किया—"फिर अंकल-आंटी क्यों कहोगी मेरे चेहरे से या तुम्हारी 'आंटी' के चेहरे से ऐसा कुछ लगता है कि क्या कि हम दोनों अँग्रेज़ की औलाद हैं। तुम्हारी 'आंटी' फिर भी हो सकती हैं, क्योंकि वो अब भी थोड़ी बहुत गोरी लगती हैं, मगर मैं तो काला-कलूटा हूँ।"

रूपा ने प्रतिवाद किया—"रहने दीजिए। अच्छे-खासे गोरे चिट्टे तो हैं आप। भले ही सन बर्न्ट् हो गये हैं।"

"मतलब ये कि हम दोनों अँग्रेज़ों की औलाद हैं?"

"ऐसा तो मैंने नहीं कहा।"

"तो हमें अंकल-आंटी क्यों कहती हो?"

"क्योंकि डैडी-मम्मी के फ्रेंड्स को अंकल-आंटी ही कहा जाता है।"

"फिर तुम्हारा नाम 'रूपा' नहीं 'रूपेल' होगा।"

"रूपेल तो अँग्रेज़ों का नाम होता है।"

"तो क्या अंकल आंटी और डैडी मम्मी हिन्दी के शब्द हैं?"

"नहीं, ऐसा तो नहीं है।"

"तो फिर, सुनो बेटी आज से तुम डैडी-मम्मी को 'बाबा' और 'माँ' कहोगी। और मुझे और आंटी को ताऊ और ताई कहोगी।"

"बाबा और माँ तो ठीक है। मगर ताऊ और ताई...।"

"अपने पिता के बड़े भाई को ताऊ कहते हैं।"

"मगर आप कहाँ डैडी के...मेरा मतलब है बाबा के बड़े भाई लगते हैं। कितने यंग लगते हैं आप। मैं तो आपको 'काकू' कहूँगी और आंटी को 'काकी माँ'। अब तो ठीक है।"

खुश होकर बोले जोशीजी—"बिलकुल ठीक है।"

जिस दिन रूपा ने पहली बार परमानन्द जोशी की प्रेम कविताएँ सुनीं तो आँखें फाड़कर उनकी ओर देखती रह गयी। पता नहीं क्यों, उसे बार-बार यही लग रहा था कि ये जो व्यक्ति सामने बैठे कविता-पाठ कर रहे हैं, ये वो नहीं है, जिन्हें रूपा 'काकू' कहती है। काव्य-पाठ समाप्त होने के बाद जब श्रोता-समाज विदा हुआ और श्रीमती जोशी प्रेम कविता की पांडुलिपि वाली खूबसूरत डायरी सम्हालकर रखने लगीं, तब रूपा अपने स्थान से उठी और उसने अपनी काकी माँ के हाथ से बिना कुछ कहे-सुने-पूछे डायरी ले ली और बैठक से बाहर अपने कमरे में चली गयी। न तो उसने मुड़कर श्रीमती जोशी की ओर देखा और न ही कुछ बोली। न तो उछली-कूदी और न वो भागीं-दौड़ी जैसा अकसर करती थी। श्रीमती जोशी ने मुस्कराकर परमानन्दजी की ओर देखा, फिर उनके निकट आकर फुसफुसायी—"रूपा को आपसे प्रेम हो गया है।"

जोशीजी हँस दिए—"तुम पागल हो।"

भोजन की मेज़ पर रूपा गुमसुम खाना खाती रही। जोशीजी ने उसे आदतन छेड़ा भी। मगर कुछ नहीं बोली, छोटे-छोटे निवाले टूँगती रही।

उस रात जब खाँसी के आवेग के कारण जोशीजी की नींद उचट गयी और वे उठ बैठे तो उन्हें अपने बिस्तर के बगल में रखे स्टूल पर पानी का फ्लास्क नज़र नहीं आया। रूपा ही तो हमेशा पानी का फ्लास्क रख देती थी, आज भूल गयी होगी। उन्होंने श्रीमती जोशी को जगाना उचित नहीं समझा। वे स्वयं मच्छरदानी से बाहर निकले और पानी की तलाश में कमरे से बाहर आए। उन्होंने देखा कि रूपा के कमरे में बत्ती जल रही थी। जब वे रूपा के कमरे में दाख़िल हुए तो उन्होंने देखा, रूपा उनकी प्रेम-कविताओं वाली डायरी सीने से लगाये सिसक रही थी। उन्होंने रूपा को आवाज दी। रूपा चौंककर उठ बैठी और भीगी पलकों से जोशीजी को अनिमेष देखती रही कुछ पल। फिर दौड़कर जोशीजी से लिपट गयी। जोशीजी उसके बालों को सहलाते रहे। उनके गले में बाँहें डाले रूपा ने जोशीजी को देखा और रुआँसी बोल पड़ी—"मैं आपसे प्रेम करती हूँ।"

जोशी सहज रूप में बोले—"तो फिर रो क्यों रही हो? यह तो अच्छी बात है कि तुम मुझसे प्रेम करती हो। आखिर मैं तुम्हारा काकू हूँ।"

"नहीं-नहीं, काकू नहीं, काकू नहीं। मैं तो आपकी प्रेयसी हूँ।"

थोड़ी देर तक करुणा से भरे-भरे जोशीजी रूपा की ओर निहारते रहे फिर बोले—"अच्छा बताओ, तुम्हारी उम्र की कोई लड़की तुम्हारे बाबा से ऐसी बात कहे तो तुम्हें अच्छा लगेगा?"

“बिलकुल अच्छा नहीं लगेगा।”

“तो फिर तुम ही बताओ, मैं तो तुम्हारे बाबा से उम्र में दस साल बड़ा हूँ।”

“यही तो बात है। मेरे बाबा साधारण व्यक्ति हैं, मगर आप तो असाधारण हैं। बड़े कवियों और कलाकारों के प्रेम-प्रसंग ही तो उन्हें असाधारण बनाते हैं।”

बात बढ़ाना जोशीजी ने उचित नहीं समझा। वे बोले—“अच्छी बात है। हम कल बात करेंगे। अभी तुम मुझे एक गिलास पानी पिलाओ और सो जाओ।”

दूसरे दिन श्रीमती जोशी रूपा को अपने साथ लेकर घर के सामने वाले लॉन पर टहलने के बहाने बातें करने लगीं—“जानती हो रूपा, कल रात तुम्हारे काकू सो नहीं सके। बार-बार उनकी आँखों में आँसू उमड़ रहे थे।”

भाव-विह्वल होकर रूपा बोली—“सचमुच सो नहीं सके?”

“तुमसे मिलने के बाद जब वो कमरे में आए तो उन्होंने मुझे जगाया।”

“अरे, उन्होंने आपको बताया कि वे मुझसे रात को मिलने आए थे?”

“उन्होंने यह भी बताया कि तुमने उनसे प्रेम निवेदन किया है।”

“हाय राम, उन्होंने आपको सब कुछ बता दिया?”

“हाँ बेटी, उन्होंने हमें सब बता दिया?”

“फिर तो आप मुझसे बहुत नाराज़ होंगी।”

“नहीं बेटी, बिलकुल नहीं। हम दोनों तुमसे और ज़्यादा प्यार करने लगे हैं।

“क्या उन्होंने आपसे ऐसा कहा?”

“हाँ कहा। मगर जानती हो उन्होंने ऐसा क्यों कहा?”

“क्यों?”

“क्योंकि जब हमारी पोती शिप्रा का देहान्त हुआ, तब वो भी तुम्हारी तरह सोलह बरस की थी। उसके सहसा चले जाने से तुम्हारे काकू बिलकुल टूट गये थे। मगर जब अचानक ही तुम्हारे साथ हमारी मुलाकात हुई, तब उन्हें लगा कि तुम रूपा नहीं, शिप्रा हो।”

थोड़ी देर तक थरथराती सी रूपा खड़ी रही। फिर अपनी काकी माँ से लिपटकर फूट पड़ी और बोली—“छिः छिः मैं कितनी पापिन हूँ।”

भाव-विह्वल होकर श्रीमती जोशी बोलीं—“नहीं, नहीं, रानी मुनिया, ऐसा मत बोलो। हर पोती अपने दादू से प्रेम ही तो करती है।”

रोती-रोती बोल पड़ी रूपा—“तो फिर अब मैं काकू को दादू कहूँगी।”

“नहीं बेटी, काकू ही कहती रहना, वरना उन्हें बहुत तकलीफ होगी।”

बातों में मशगूल उन दोनों को पता ही नहीं चला कि कब जोशीजी उनके

पीछे आ खड़े हुए। जोशीजी आते ही बोले—"मैडम, आपके लिए चाय लाया हूँ।"

दोनों चौंककर मुड़े तो देखा, अपनी भुवनमोहिनी मुस्कान की रौशन बहुरंगी शमा का इन्द्रधनुष अपने सुदर्शन चेहरे के आकाश पर आक्षितिज फैलाये, हाथों में चाय की ट्रे लेकर जोशी जी खड़े हैं।

रूपा उनके हाथों से ट्रे लेने लगी तो जोशी जी बोल पड़े—"तुम मुझ पर अत्याचार करने की कोशिश मत करना, रूपा बेटी।"

"क्यों काकू?"

"तुम नहीं समझोगी। बुढ़ापे में पत्नी को खुश रखने के लिए बेचारे पति को क्या-क्या और कैसा-कैसा जतन नहीं करना पड़ता।"

"अब रहने दीजिए।" उलाहना देती हुई श्रीमती जोशी बोलीं—"दिखावा करने से नीयत सिद्ध नहीं होती।"

"देखा बेटी, खुशामद करो तो मुश्किल, न करो तो मुसीबत। मान-मनौवल में आकंठ डूबा लाचार पति, आखिर करे तो क्या करे।"

तपाक से बोली रूपा—"उस पति को गर्मी की छुट्टियों में अपनी पत्नी को कैलिम्पांग घुमाने ले जाना चाहिए।"

जोशी दम्पती साथ-साथ पूछ बैठे—"कैलिम्पांग?"

"जी हाँ, दार्जिलिंग के रास्ते पर पड़ता है यह हिल स्टेशन—कैलिम्पांग। बाबा तो मुग्ध हैं उस पहाड़ी कस्बे पर। हम लोग लगभग हर साल गर्मी की छुट्टियों में कम से कम एक महीने के लिए जाते हैं।"

जोशी जी बोले—"नाम तो सुना है—कैलिम्पांग। बौद्ध मठों के लिए प्रसिद्ध है।"

रूपा बोल पड़ी—"यही तो बात है, काकू। बाबा बौद्ध धर्म के प्रति इतने आकर्षित हैं कि हमें तो लगता है कि बाबा कहीं 'बुद्धम् शरणम् गच्छामि' न कर बैठें और कैलिम्पांग को ही अपना बसेरा न बना लें।"

बात पर बात निकली तो बस निकलती चली गयी। माथुर दम्पती के साथ बाकायदा मशविरा किया जोशी जी ने। माथुर दम्पती बहुत उत्साहित हुए। और तय पाया कि आगामी ग्रीष्मावकाश में कैलिम्पांग चलेंगे साथ-साथ।

इस निर्णय से अभिभूत प्रशान्त कैलिम्पांग की यादों में खो गये। प्रशान्त बोले—"अद्‌भुत संयोग था। जब हम पहली बार कैलिम्पांग गये, तो वहाँ इत्तफाक से नावेल्टी सिनेमा के मालिक से मुलाकात हुई। वे सिर्फ एक सिनेमाघर के मालिक भर नहीं हैं। बहुत बड़े उद्योगपति हैं। केवल कैलिम्पांग में ही उनका होटल नहीं है। पाँच सितारा होटलों की एक शृंखला थी उनकी भारत के कई शहरों में। चाय बागान और सन्तरा बागान के भी मालिक हैं और फिल्म उद्योग से भी जुड़े हुए हैं—

कोलकाता और मुम्बई में। वे जाड़े के मौसम में अपने बिजनेस के सिलसिले में भारत भ्रमण करते थे अपनी बेटी के साथ। हैं तो वे बंगाली, मिस्टर मुखर्जी, मगर हिन्दी साहित्य में उनकी गहरी रुचि है। मेरे साथ कैप्टन घोष थे—मेरे दोस्त। उनकी मिस्टर मुखर्जी के साथ गाढ़ी दोस्ती थी। सिर्फ दोस्ती ही गाढ़ी नहीं थी, गाढ़ी छनती भी थी।''

तुरन्त जोशी जी ने हस्तक्षेप किया—''फिर तो आप दोस्ती के नालायक सिद्ध हुए होंगे।''

''यही तो अजीब बात है। साहित्य में उनकी रुचि इतनी गहरी है कि उन्होंने पहली मुलाकात में ही मुझे अपने पास बिठा लिया और मेरे दोस्त से हँसकर कहा—''कैप्टन घोष, बहुत लम्बे सूखे के बाद मौसम पानी पानी हुआ है। अगर आपको ऐतराज न हो तो आप सिनेमा देखें, मैं इनसे बातें करता हूँ।''

कैप्टन घोष उनकी बात समझ नहीं पाये और ठहाका मारकर बोले—''मुखर्जी मोशाय, कोई लाभ नहीं है। हमारे दोस्त माथुरजी तो एकदम सूफी हैं। इन्होंने घूँट तो क्या, चखी तक नहीं।''

मुखर्जी मोशाय ने भी पलट ठहाका लगाया—''आप मेरी बात समझे नहीं। मैं सुरा की नहीं साहित्य की बात कर रहा हूँ। दरअसल, एक लम्बे अर्से के बाद किसी साहित्यकार से साक्षात्कार हुआ है। ऐसा मौका भला हम कैसे गँवा दें।''

माथुर जी ने विस्तार से बतलाया कि कैसे मुखर्जी महाशय से उनकी दोस्ती गाढ़ी हुई और उन्होंने माथुर जी को सपरिवार कैलिम्पांग जाने का स्थायी न्यौता दे दिया। इतना ही नहीं उन्होंने उनके ठहरने के लिए अपना पूरा गेस्ट हाउस भी हर वर्ष गर्मी की पूरी छुट्टियों के लिए आरक्षित कर दिया। मुखर्जी महाशय ने यह भी जोड़ दिया कि यदि माथुर परिवार के साथ कोई नामचीन साहित्यकार परिवार भी आए तो सोने में सुहागा होगा। थोड़ी ना-नुकुर और हिचक के बाद माथुर जी ने मुखर्जी महाशय का स्थायी न्यौता स्वीकार लिया, मगर इस शर्त के साथ कि अपने रहन-सहन और भोजन का, और यदि संयोग से कोई नामचीन साहित्यकार सपरिवार उनके साथ हुआ तो उनके भी रहन-सहन और भोजन का बन्दोबस्त वे स्वयं करेंगे।

जोशी दम्पती अपनी अनोखी एवं विशिष्ट जीवन शैली के बावजूद इस बन्दोबस्त गाथा से सन्तुष्ट हुए।

कुछ लोगों की आदतें बेहद निजी होती हैं जिन्हें वे किसी भी परिस्थिति में छोड़ नहीं सकते। मसलन, अपने निजी बिस्तर के अलावा किसी और के बिस्तर पर नहीं सो पाना, किसी और का न तकिया, न चादर, न रजाई, न कम्बल—कुछ नहीं, कुछ भी

नहीं इस्तेमाल कर सकते। होटल तो होटल, किसी खास अपने के निवास पर जाएँगे तो भी अपने साथ भारी भरकम होल्डॉल ले जाएँगे। तौलिये ले जाएँगे। डेटॉल की शीशी ले जाएँगे—टायलट, वॉश बेसिन, बाल्टी, मग पर छिड़कने के लिए। दरअसल, यह आदत है श्रीमती जोशी की जिसे उन्होंने अपने पतिदेव पर जबरन लाद दिया है।

श्रीमती जोशी की इस आदत से परिचित माथुर परिवार ने जोशी दम्पती के लिए जो 'एक्सक्लूसिव' कमरा अपने घर पर सुसज्जित कर रखा है, उस कमरे की बिस्तर व्यवस्था पहले दिन से ही श्रीमती जोशी के मनोनुकूल कर दी गयी थी। इसलिए जोशी दम्पती माथुरजी के निवास को अपना ही घर मानते थे। उनकी आवभगत जिस गर्मजोशी से इस घर में होती थी, उनसे जुड़ी छोटी-छोटी सी बातों का भी जिस अपनत्व से ख्याल रखा जाता था, उससे भी जोशी दम्पती अभिभूत थे।

मसलन, प्रशान्त माथुर, परमानन्दजी के मत्स्य-अनुराग से सुपरिचित थे, किन्तु यह भी जानते थे कि भले ही परमानन्दजी एक ही मेज़ पर बैठकर भोजन करते हुए, श्रीमती जोशी की आँखों के सामने यदि मत्स्य-कंटक निष्कासन करते रहे तो उन्हें न कोई परहेज़ और न ऐतराज़ होता था। हाँ, यह और बात है कि मत्स्यगन्धा परिवेश उन्हें असह्य लगता था। मछली पकने की गन्ध ही तो जानलेवा होती है। (पाठकजी, कृपया इस 'जानलेवा' शब्द को द्विअरथी मानें—मत्स्य-अनुराग के लिए अलग, और मत्स्य-भर्त्सना के लिए अलग।) एक बार मछली पकने के बाद भोजन की मेज़ पर उसे परोसने में गन्ध का हस्तक्षेप नहीं होता है। यही कारण है कि श्रीमती माथुर अपने घर पर रसोईघर में मछली नहीं पकाती थीं, जब कभी श्रीमती जोशी उपस्थित रहतीं तब उनकी घ्राण-परिधि से दूर, घर की दूसरी मंज़िल पर अतिथि कक्ष से लगी खुली छत पर ख़ासतौर पर मछली पकाती थीं। यह राज़ खुला उस दिन, जब भोजन की मेज़ पर श्रीमती जोशी ने आखिर पूछ ही लिया—"आप जोशी जी को मछली परोसती तो हैं मगर उसकी असह्य गन्ध लेशमात्र भी नहीं होती। क्या आप उनके लिए होटल से मछली मँगवाती हैं?"

श्रीमती माथुर हँस पड़ीं और बोली—"भाभीजी, आपने यह कैसे सोच लिया कि मैं अपने घर पर जोशीजी को होटल की मछली खिलाऊँगी। मैं उनके लिए हर हालत में मछली घर पर ही पकाती हूँ, लेकिन ख़ासतौर पर आपकी ख़ातिर घर की छत के नीचे नहीं, बल्कि खुली छत पर।"

यह राज़ खुला तो श्रीमती जोशी की आँखें छलछला आईं, बोलीं—"आप जोशीजी के लिए और मेरी ख़ातिर इतनी तकलीफ करती हैं। गैस का चूल्हा, गैस की टंकी और बर्तन के साथ-साथ पकाने के लिए मसाले वगैरह सब कुछ दूसरी मंज़िल पर ले जाती हैं। फिर सब कुछ नीचे रसोईघर में वापस लाती हैं।

जोशीजी भी अभिभूत हुए।

तुरन्त रूपा बोल पड़ी—"काकू के लिए हम कुछ भी कर सकते हैं। वे हमारे लिए वेरी-वेरी स्पेशल, मेरा मतलब है बहुत-बहुत विशिष्ट हैं।"

जोशीजी अब तक सम्हल चुके थे, बोले—"तुम्हारा हिन्दी अनुवाद मुझे बहुत पसन्द आया और मैंने यह भी नतमस्तक होकर माना कि मेरी मनपसन्द मछली पकाने के लिए श्रीमती जोशी कितनी आतुर रहती हैं। मगर यह ऊपर-नीचे का द्राविड प्राणायाम तुम्हारी काकी माँ की ख़ातिर करने पर विवश होती हैं। इसलिए बिटिया रानी, विशिष्ट अकेला मैं नहीं हूँ, तुम्हारी काकीमाँ भी हैं। और सुन लो, एक और विशिष्टता तुम्हारी काकी माँ के साथ अलग से जुड़ी हुई है। उनके लिए हर भोजन के बाद ख़ासतौर पर टूटी-फूटी आइस्क्रीम मँगवायी जाती है।"

तपाक से हस्तक्षेप रूपा ने किया—"जी नहीं, मँगवायी नहीं जाती। माँ घर पर ही स्वयं बनाती हैं।"

जोशीजी ने तुरन्त माँग की—"मृणालजी, आप रेसिपी बुक क्यों नहीं लिख रही हैं?"

रूपा कुछ बोलने को हुई कि उसकी माँ ने इशारे से उसे मना कर दिया।

श्रीमती जोशी तुरन्त भाँप गयीं और बोली—"परमानन्दजी, आप अपने प्रकाशक बन्धु से कहिए कि केवल साहित्य नहीं, पाक-कला पर भी पुस्तक प्रकाशन प्रारम्भ करें। मृणालजी की पांडुलिपि तैयार है।"

जोशीजी ने बनावटी गुस्सा ज़ाहिर किया—"तो क्या मैं अपने पैरों पर कुल्हाड़ी मार लूँ। मृणाल जी की रेसिपी बुक ऐसे धड़ल्ले से बिकेगी कि मेरा प्रकाशक सिर्फ उन्हें ही छापेगा और मेरे साहित्य की दुकान बन्द हो जाएगी।"

सब खिलखिलाकर हँस पड़े।

हाँ, बात तो आदत की हो रही थी। जोशी दम्पती की आदत। मगर ये आदत ऐसा रंग लाएगी इसका आभास मात्र भी तो माथुर परिवार को नहीं था। इसलिए लखनऊ स्टेशन पर जब बम्बईवाली गाड़ी की तयशुदा बोगी के दरवाज़े के सामने जोशी दम्पती के स्वागतातुर प्लेटफार्म पर माथुर परिवार खड़ा था तो क्या देखते हैं कि बोगी के दरवाज़े पर दो भारी भरकम बिस्तरबन्द—जिन्हें वृहदाकार कहने से बात नहीं बनेगी, अँग्रेज़ी में 'ओवरसाइज़्ड' ही कहना पड़ेगा, पर्वताकार। साथ में दो सूटकेस और एक विशेष ब्रीफकेस जो माथुर परिवार के लिए बहुपरिचित है। इस ब्रीफकेस में परमानन्द की लेखन-सामग्री रहती थी। इस अप्रत्याशित सिर्फ सामान नहीं, बल्कि माल-असबाब के पीछे खड़े थे जोशीद्वय—मई माह के पसीने से तरबतर। माथुर परिवार ने जिस कुली को पहले से तैनात रखा था, वो प्रशान्त के इशारे पर दौड़ पड़ा सामान उतारने के लिए। सामान के साथ-साथ सहारा देकर जोशी दम्पती को भी उतारा गया।

जोशीजी बोल पड़े—"प्रशान्तजी, आपका लखनऊ तो आपे से बाहर हो रहा है। इस भट्टी में मनुष्य नाम की कौन-सी प्रजाति रहती है।"

श्रीमती जोशी ने तुरन्त हस्तक्षेप किया—"आप तो आते ही पिल पड़े। क्या इस लू-लपट के लिए प्रशान्त जी ज़िम्मेदार हैं?"

जब तक चरण-स्पर्श और आलिंगन का दौर चलता रहा तब तक कुली हाथ ठेला ले आया सामान ढोने के लिए।

भोजन की मेज़ पर बैठे कूलर की ठंडी बयार को जी भर आत्मसात् करते हुए परमानन्दजी ने मेज़ पर पंक्तिबद्ध सजे व्यंजनों को निहारा और मृणाल की ओर मुखातिब हुए—"जब-जब आपके व्यंजनों को देखता हूँ तब-तब आतंकित हो उठता हूँ कि आपकी रेसिपी बुक की दौड़ में हम बेचारों के साहित्य का क्या होगा? सवाल तो शिखर पेट का है। आदत तो डालनी पड़ेगी। बस, मुझे तो दाल-भात परोस दीजिए। व्यंजनों के तो छायाचित्र उतार लीजिए, आपकी रेसिपी बुक के लिए।"

तुनककर बोली रूपा—"भोजन की मेज़ पर ठिठोली वर्जित है।"

हँस पड़े परमानन्दजी—"अरे, नहीं बिटिया। सच कहता हूँ। गर्मी के मारे इतना बेहाल हूँ कि मुझसे कुछ भी नहीं खाया जाएगा। तुम चाहो तो काकीमाँ से पूछ लो।"

श्रीमती जोशी बोली—"हाँ, बिटिया, तुम्हारे काकू ठीक कह रहे हैं। दाल भात के अलावा कुछ भी खाएँगे तो तबीयत बिगड़ जाएगी।"

अगले दिन आसाम मेल के थ्री-टियर डब्बे में छह बर्थों का पूरा एक क्यूबिकल आरक्षित था। प्रशान्त ने जान-बूझकर एक अतिरिक्त बर्थ आरक्षित कर रखी थी क्योंकि उन्हें आभास था कि जोशी दम्पती का सामान परमानन्दजी के यश के अनुरूप पर्वताकार होगा।

सुबह का सुहाना सफर।

रेल-यात्रा में एक अद्भुत रूमानियत होती है। एक लय, एक ताल। लोहे की पटरियों पर, रेल डब्बों को ढोते लोहे के पहियों की कभी विलम्बित और कभी द्रुत लयकारी एक संगीत-तरंग पैदा करती है—लौह तरंग। तेज़ और तेज़, और तेज़, फिर धीमी, और धीमी हौले हौले, ख़रामा-ख़रामा रुक जाती है रेलगाड़ी। अरे, यह तो स्टेशन है। अफरा-तफरी मच जाती है। मुसाफिरों की दौड़ धूप, आपा-धापी।

और अचानक खुशबू का झोंका। सामने ठेले पर खौलती कड़ाई। एक नहीं, दो नहीं, तीन कढ़ाइयाँ। एक पर समोसा, दूसरे पर कचौड़ी और तीसरे पर भजिए।

परमानन्द जी खिड़की के बाहर झाँककर चहक उठे—"वाह! क्या बात है! प्रभाते त्रिशूल दर्शनम्। अरे, मृणालजी आप किस चिन्ता में पड़ गयी हैं। त्रिशूल पर तो पृथ्वी टिकी है।"

मृणाल बोली—"ठीक कहा आपने। तीनो कढ़ाइयों में है उदरशूल। निश्चित शूल। ज़रा देखिए, कढ़ाइयों की दुर्दशा।"

इस बीच एक ट्रे में तीन पत्तलों में समोसे, कचौड़ियाँ और भजिए लेकर प्रशान्त माथुर सामने आ खड़े हुए।

रूपा चिहुँक उठी—"बाबा की जय हो।"

परमानन्दजी भजिया हाथ में लेकर बोले—"मृणालजी, आप देह पर ही टिकी रहीं। हम आत्मा तक पहुँच गये।"

श्रीमती जोशी एक कचौड़ी हाथ में लेकर बोलीं—"मैं तो अपने पतिदेव के चरण चिह्नों पर चल रही हूँ।"

मृणाल हँस पड़ी और हाइजिन से ज़्यादा स्वाद के प्रति समर्पित होती हुई एक समोसा हाथ में लेकर बोली—"भला, मैं कैसे पीछे रह सकती हूँ।"

नाश्ते का दौर जल्दी ही खत्म हो गया। सभी ने थोड़ा-थोड़ा खाया।

काफी नाश्ता बच गया—समोसे भी, कचौड़ियाँ भी, यहाँ तक कि भजिए भी ढेरों बच गये। मृणाल ने ताना मारा—"प्रशान्त माथुरजी की तो आदत है ज़्यादती करने की। अब बताइए, इतना सारा जो बच गया, उसका क्या होगा?"

अचानक ही परमानन्द जी अपनी जगह से उठे और नाश्ते से भरी ट्रे उठा ली और मृणाल से बोले—"आपकी चिन्ता अभी दूर कर देते हैं।"

और बस, आगे बढ़ लिये डब्बे के कोरिडॉर में परमानन्द जी फेरीवालों की तरह हाँका लगाते हुए—"नाश्ता... नाश्ता... नाश्ता... लखनऊ के समोसे, इलाहाबाद की कचौड़ियाँ... बम्बई के भजिए... नाश्ता... नाश्ता... नाश्ता।"

एक मुसाफिर ने आवाज लगाई—"ए नाश्ता।"

परमानन्द जी ठिठक गये और मुसाफिर की ओर मुखातिब हुए—"हुकुम, क्या पेश करूँ?"

मुसाफिर परमानन्दजी को देखकर असमंजस में पड़ गया। एक बुजुर्ग शालीन सम्भ्रान्त व्यक्ति नाश्ता बेच रहे हैं। मुसाफिर बोला—"मैं पसोपेश में हूँ।"

"मगर मैं तो पेश कर रहा हूँ।"

मुसाफिर सहज होकर बोला—"समोसे क्या भाव दिए?"

"जी बेभाव पड़ेंगे। चाहे समोसा लें, या कचौड़ी या भजिए।"

मुसाफिर थोड़ा चिढ़ गया—''क्या मतलब?''

''जी हुकुम, हम इनके दाम नहीं लेंगे।''

''अजीब आदमी हैं आप। हम क्या आपको मुफ्तखोर भिखारी लगते हैं।''

''छि: छि: ऐसा क्यों बोल रहे हैं? हम तो आपको मेहमान मानते हैं। अतिथि देवो भव।''

मुसाफिर सकपकाया—''आप मज़ाक तो नहीं कर रहे हैं।''

''ऐसी धृष्टता हम कैसे कर सकते हैं? हम तो आपके पड़ोस में टिके हुए हैं और पड़ोसी धर्म निभा रहे हैं। मिल बाँटकर खाना चाहते हैं।''

अब तक परमानन्दजी के आसपास कई लोग इकट्ठे हो चुके थे। उनमें से एक ने परमानन्द जी को पहचान लिया—''अरे श्रद्धेय परमानन्दजी आप... अरे भाइयो, ये बहुत बड़े लेखक हैं।''

नाश्ते का आर्डर देनेवाला मुसाफिर पानी-पानी हो गया—''माफ कीजिए, हमसे अनजाने में गुस्ताखी हो गयी।''

''गुस्ताखी की सज़ा तो मिलेगी। अब नाश्ते की ट्रे आप सम्हालिए और मिल बाँटकर भोग लगाइए।''

और परमानन्द जी इस मुसाफिर को ट्रे थमाकर अपने बर्थ पर वापस आ बैठे और सभी की हँसी में शामिल हो गये।

रूपा खिलखिलाकर बोली—''काकू, आपका जवाब नहीं है, एकदम लाजवाब।''

परमानन्द जी बोल पड़े—''तो बिटिया, ऐसा करो कि मेरा नाम निरुत्तर जोशी रख दो।''

यहाँ चल रही बातों का रस लेने के लिए कुछ मुसाफिर वहीं कॉरिडोर पर आ खड़े हुए। लोगों में उत्सुकता तो थी कि इतने बड़े लेखक जिनमें इतनी सरलता है कि हँसी-हँसी में नाश्ता बाँटने निकल पड़े, वे बातें कैसी करते हैं।''

तुनककर रूपा बोल पड़ी—''ना-ना काकू। निरुत्तर में वो बात नहीं, जो लाजवाब में है।''

परमानन्द जी हँस दिए और बोले—''तुम ठीक कह रही हो, बिटिया। तुम्हारी बात सुनकर एक मशहूर शेर की याद हो आई। आप सबने सुना होगा।''

कई आवाजें आईं—''इरशाद''

परमानन्दजी ने शेर पड़ा—''उनके देखे से जो आ जाती है मुँह पे रौनक''

वो समझते हैं कि बीमार का हाल अच्छा है।

वाह... वाह... क्या बात है... वगैरह की आवाजें उठीं। एक ने फरमाइश की ''दोबारा इरशाद।''

परमानन्द जी बोले—''वही कर रहा हूँ। लेकिन साथ में शेर का हिन्दी अनुवाद प्रस्तुत है।''

रूपा बोली—''जैसे लाजवाब का निरुत्तर।''

''वही तो बात है। अब अनुवाद सुनिये, लेकिन पहले मूल शेर।''

उन्होंने मूल शेर दोहराया और फिर अनुवाद प्रस्तुत किया—''उनके दर्शन से जो आ जाती है मुख पर शोभा''

वो समझते हैं कि रोगी की दशा उत्तम है।''

सभी हँस पड़े। गोष्ठी का सा माहौल देखकर उसी मुसाफिर ने फरमाइश कर दी—''वक्त भी है, मौसम भी है और मजमा भी है। अब तो परमानन्द जी का काव्यपाठ हो जाए।''

तुनककर बोली रूपा—''क्या कहा आपने—'मजमा'? कोई मदारी नहीं हैं काकू कि मजमे के लिए कविता पढ़ें।''

इस उलाहना से लोग खिसक गये।

मृणाल बोली—''तूने ऐसा कैसे बोल दिया, रूपा। यदि परमानन्दजी स्वयं काव्यपाठ करना चाहें तो?''

''ऐसा हो ही नहीं सकता। काकू के काव्यपाठ का स्वत्वाधिकार—मेरे पास है, सिर्फ मेरे पास—आल राइटस रिज़र्वड।'

''ऐसा तुम कैसे कह सकती हो?''

परमानन्दजी बोले—''कह सकती है। रूपा बिटिया कह सकती है। मेरी लाडली के पास ही मेरे काव्यपाठ के पूर्ण स्वत्वाधिकार सुरक्षित हैं।''

उन्होंने 'दे ताली' के अन्दाज़ में अपनी हथेली रूपा की ओर बढ़ाई—रूपा ने बड़े ठसके के साथ ताली बजा दी।

प्रशान्त हँसते हुए बोले—''आपका यह अन्दाज़ पहली बार देखा हमने। कमाल है। मैं तो सोच भी नहीं सकता था कि आप ऐसा भी कह सकते हैं। फेरीवाले के अन्दाज़ में हाथ में ट्रे लेकर निकल पड़े।''

श्रीमती जोशी हँसकर बोलीं—''इनको ऐसी ऊटपटांग हरकतें सूझती रहती हैं।''

रूपा ने प्रतिवाद किया—''ऊटपटांग नहीं, काकी माँ, निराली हैं, अनोखी हैं। हमारे काकू अद्वितीय हैं।''

उसी क्षण डब्बे में घुप्प अँधेरा छा गया। ट्रेन एक टनेल में से गुजर रही थी और डब्बे में रोशनी भी नहीं की गयी थी, जो कायदे से होनी चाहिए थी। अचानक परमानन्द जी आसपास कुछ टटोलने लगे।

रूपा पूछ बैठी—''क्या ढूँढ़ रहे हैं, काकू?''

''धीरे बोल, बिटिया। मुझे फेवीकॉल की गन्ध आ रही है। इसलिए उसकी चपेट से बचने के लिए अहतियात की तलाश में हूँ।... लो मिल गया ब्रीफकेस।''

''ब्रीफकेस क्यों?''

''उसमें एक किताब रखी है।''

''अचानक किताब की ज़रूरत क्यों पड़ गयी?''

''लोगों पर रोब गाँठने के लिए कि मैं सिर्फ लिखता नहीं हूँ, पढ़ता भी हूँ।''

टनेल के गुज़रने के बाद रोशनी लौटी तो कुछ ज़्यादा तेज़ लगने लगी। रूपा ने देखी परमानन्द जी के हाथ में अँग्रेजी पुस्तक 'यूनिवर्स अनफोल्डेड'। चौंक उठी रूपा—''काकू, आपको अँग्रेज़ी किताबों में भी रुचि है?''

''रुचि की बात फिर कभी। फिलहाल तो रोब गालिब कर रहा हूँ।''

परमानन्द जी ने स्वयं को पुस्तक के हवाले कर दिया। और ठीक उसी समय वो मुसाफिर जो परमानन्दजी को पहचान गया था, सामने आ खड़ा हुआ। उस क्यूबिकल की एक बर्थ में माथुर दम्पती और श्रीमती जोशी बैठे थे। उनके सामने की बर्थ पर सिर्फ रूपा और परमानन्दजी। ज़ाहिर है उनके द्वारा आरक्षित अतिरिक्त सीट खाली थी।

रूपा ने उस आगन्तुक की ओर ध्यान नहीं दिया। वो खिड़की से बाहर देख रही थी। टनेल गुज़रने के बाद बहुत नीचे बेहद खूबसूरत घाटी पर रूपा की दृष्टि अटक गयी। इस मौसम में भी इतनी हरियाली और फूलों की हाट-बहुरंगी मेला। वो अवाक् देख रही थी। फिर पहाड़ों का सिलसिला शुरू हुआ पटरियों की दोनों तरफ। अचानक रूपा की नज़र पहाड़ के ऊपर एक किले पर पड़ी। आश्चर्य हुआ रूपा को कि इस सुनसान बियाबान में ये किला आखिर कर क्या रहा है? एकदम खण्डहर। उसने परमानन्द जी का ध्यान आकर्षित किया—''काकू, पहाड़ी के इस एकान्त में यह अकेला किला आखिर क्या कर रहा है?''

परमानन्द जी अपनी किताब से नज़रें हटाकर पहाड़ पर किले की ओर देखने लगे। और देखते रहे... देखते रहे... देखते रहे।

वे अचानक ही उदास होकर बोलने लगे—''कितना रक्तपात, कितनी अमानुषिकता, कितना अत्याचार, कितना हाहाकार...''

सहमकर रूपा ने परमानन्द जी के मुँह पर हाथ रख दिया—''नहीं काकू, आपके मुँह से ये बोल बिलकुल अच्छे नहीं लगते हैं।''

परमानन्दजी के चेहरे पर एक उदास मुस्कान खिंच आई और तभी सामने खड़ा आगन्तुक मुसाफिर बोल पड़ा—''यदि आपत्ति न हो तो इस खाली सीट पर बैठ जाऊँ।''

रूपा ने सवाल किया—"यह आपसे किसने कह दिया कि यह सीट खाली है।"

"तो शायद मेरी आँखें धोखा खा रही हैं। ठीक है, मैं खड़े-खड़े ही बातें कर लूँगा श्रद्धेय परमानन्दजी से।"

"काकू तो पढ़ने में व्यस्त हैं। आप किससे बातें करेंगे?"

"जी मैं इस पुस्तक के बारे में ही पूछना चाहता था कि यह जो शब्द है—'यूनिवर्स' इसका अर्थ ब्रह्मांड ही है न?"

परमानन्दजी ने चश्मे के ऊपर से देखते, ना-ना, तरेरते हुए कहा—"सही अर्थ लगाया आपने।"

"मगर यह जो दूसरा शब्द है 'अनफोल्डेड', ये तो एकदम ग़लत लगता है। सोचनेवाली बात यह है कि 'फोल्ड' यानी 'मोड़ना' है। तो भला बताइए क्या ब्रह्मांड काग़ज की तरह मोड़े जानेवाली चीज़ है और उलट-पुलट देखिए कि उसे 'अनफोल्ड' यानी 'गैर मोड़ना'। लगता है कि पुस्तक का लेखक बहुत कनफ्यूज़्ड है।"

"बस, यही जाँचने के लिए ही मैं यह पुस्तक पढ़ रहा हूँ।"

"बहुत अच्छा कर रहे हैं आप। मैं चलता हूँ।"

दो कदम आगे चलकर आगन्तुक फिर बोलता है—"इस बात को इस तरह भी सोचा जा सकता है..."

उसकी बात काटकर परमानन्दजी बोले—"देखिए, देखिए श्रीमानजी, अब यदि आप कोई नयी बात बोलेंगे तो मैं 'कनफ्यूज़्ड' हो जाऊँगा।"

"ठीक है, बहुत ठीक।" कहकर आगन्तुक फिर दो कदम चलता है, पुनः लौटता है और फिर बोल पड़ता है—"मगर मैं अपनी बेचैनी का क्या करूँ?"

अचानक रूपा खिलखिलाकर हँस पड़ी, और बोली—"एकदम 'फेवीकॉल! बहुत सही कहा था आपने काकू। घोर चिपकू।"

पाँचों के समवेत ठहाके से घबराकर आगन्तुक अन्तर्धान हो गया।

सामूहिक ठहाके से आकर्षित होकर, चलती ट्रेन में चाय बेचनेवाला अपने कन्धे पर चाय का कनस्तर लेकर अपनी खिलखिलाती बाँछों की नुमाइश करता, कन्धे से कनस्तर उतारकर खड़ा हो गया और एक सिद्ध सेल्समेन के अन्दाज़ में बोला—"एक सवाल पूछता हूँ। आप बूझें तो जानूँ।"

परमानन्दजी ने रूपा से कहा—"मामला दिलचस्प है।"

चायवाले ने इस अन्दाज़ में पूछा कि पूरा डब्बा सुन सके—"साहबान, मेहरबान, कद्रदान। बतलाइए तो इस कनस्तर में क्या है?"

एक मुसाफिर ने तपाक से जवाब दिया—"अरे चाय है और क्या?"

"कर दिया न बेड़ा ग़र्क। यह सिर्फ चाय नहीं है। यह है खगड़िया गाँव के छोटू उस्ताद की पेशल चाय।"

वही मुसाफिर फिर बोल पड़ा—"अरे काय की पेशल। खौलते पानी में थोड़ी सी चाय की पत्ती और..."

उसकी बात काटकर बोल पड़ा चायवाला—"माफी चाहते हैं हम। लेकिन खौलते पानी की बात बिलकुल नहीं। पानी का नामोनिशान नहीं। ख़ालिस खाँटी दूध में, जी हाँ, सिर्फ दूध में असमिया चाय की पत्ती और शक्कर। आसाम मेल के मुसाफिरों के लिए असमिया चाय और वो भी छोटू उस्ताद के हाथ की बनी। और साहबान, आपको हम चाय पिलाएँगे—कप में या काँच के गिलास में नहीं बल्कि कुल्हड़ में।"

अचानक परमानन्दजी बोल पड़े—"क्या बात है। कुल्हड़ की चाय के स्वाद में मिट्टी की सोंधी खुशबू का जादू घुला होता है।"

डब्बे के हर मुसाफिर के हाथ में थी चाय, कुल्हड़ में।

चायवाले को अपने पास बिठाकर उसकी पीठ सहलाते हुए परमानन्द जी उससे बातें करते रहे।

दिन चढ़ आया। सुबह की सुहानी बयार लू लपट में तब्दील हो चली थी। लेकिन 'क्या फर्क पड़ता है' के लहजे में मृणाल अपनी तैयारी में जुट गयी। उन्होंने अपने 'क्यूबिकल' के काँच की खिड़कियाँ नहीं बन्द कीं। केवल लकड़ी की जाफरी वाली खिड़कियाँ बन्द कर दीं ताकि बाहर की हवा खुली जाफरी के कारण अन्दर आ सके। फिर उन्होंने तीन सफेद चादरें सिर्फ गीली नहीं कीं, बल्कि, पानी से तरबतर कर दीं। उनमें से एक गीली चादर उन्होंने अपने क्यूबिकल के खुले हिस्से में तान दी ताकि साइड बर्थ की खिड़कियाँ यदि खुली हों या बन्द हों, जो भी लू लपट उधर से आए वो गीली चादर से छनकर आए। दूसरी गीली चादर उन्होंने अपने 'क्यूबिकल' की खिड़कियों पर तान दीं। तीसरी गीली चादर उन्होंने 'क्यूबिकल' की छत से गर्म हवा फेंक रहे पँखों के नीचे तान दीं। 'क्यूबिकल' पूरी तरह वातानुकूलित हो गया।

माथुर परिवार के सामान में सूटकेस बिस्तरबन्द, हैंड बैग, बाँस की खूबसूरत खपच्चियों से बनी टोकरी, खस की खूबसूरत बुनायी से लिपटी पानी से लबालब सुराही, एक 'इकिमिक कुकर', एक बालटी जिसमें पत्तल दोने, पाँच स्टील के गिलास और एक मग्गा जमा कर रखे हुए थे।

चादरें तानने के बाद मृणाल ने बालटी खाली की। इतने में पलक झपकते

प्रशान्त, जो अब तक अपनी पत्नी के कार्य-व्यापार में निरन्तर हाथ बँटा रहे थे, बालटी में पानी भर लाए—आधी बालटी। उस बालटी के अन्दर मग रख दिया गया।

अब रूपा की विशेषज्ञता की बारी आई। जैसे ही तीनों तनी हुई चादरें सूखने लगीं, उन पर मग्गे में पानी भरकर रूपा बड़ी कारीगरी से छिड़काव करती रहे ताकि पानी के छींटे मुसाफिरों पर न पड़ सके।

मन्त्रमुग्ध जोशी दम्पती माथुर परिवार और विशेषतया मृणाल का कार्य-व्यापार अभिभूत भाव से बस, देखते रह गये। चमत्कृत थे दोनों। कुछ देर तक तो वे बोल ही नहीं पाये।

आखिर बोले परमानन्दजी—''अद्‌भुत, सचमुच अद्‌भुत! चमत्कार होते देखना कितना अनोखा अनुभव है कि उसे शब्दों में व्यक्त करना असम्भव होता है। हैट्स ऑफ टु यू, मदाम माथुर।''

रूपा चहक उठी—''अरे काकू, आप तो बड़े क़ायदे से अँग्रेज़ी में बोले।''

''बिटिया, एयर कंडीशंड में बैठने के बाद तो यह सलीका आ ही जाता है।''

श्रीमती जोशी बोल पड़ीं—''एयर कंडीशंड का भारतीयकरण।''

परमानन्दजी ने नहले पर दहला मारा—''भारतीयकरण नहीं माथुरीकरण।''

''जोशीजी, इस माथुरीकरण के विषय में अभी बहुत कुछ जानना है। यानी आगे-आगे देखिए होता है क्या?''

इस बीच माथुर परिवार ने कब नहा लिया पता ही नहीं चला। रूपा जब गीले बालों के साथ 'क्यूबिकल' में दाखिल हुई तो सद्यःस्नाता की अनुभूति हुई। जोशी दम्पती को आश्चर्य हुआ।

जोशी जी बोले—''आप सबको देखकर बड़ा इन्फिरियरीटी कॉम्प्लेक्स हो रहा है। आप सब तो नहाए धोए तरोताज़ा और हम बासीपन ओढ़े बैठे हैं।

रूपा ने शान से कहा—''शेर-शेरनी नहाते नहीं हैं।'' फिर बोली—''यदि मेरी धृष्टता न मानें तो लिहाज छोड़कर मैं अपना मुँह खोलती हूँ।''

श्रीमती जोशी ने पूछा—''क्या मतलब?''

''माँ अभी टोकेंगी—तुझे थोड़ी भी सब्र नहीं है।''

जोशी जी बोले—''तुमने मेरे मुँह की बात छीन ली। मैं भी लिहाज ओढ़े बैठा हूँ।''

मृणाल हँस पड़ी—''गलती मेरी ही है। मुझे अब तक भोजन परोस देना चाहिए था।''

जोशी जी बोल पड़े—''तो क्या इतने तड़के उठकर आपने भोजन पका लिया था? मैं तो सोच रहा था कि पैन्ट्रीकार का अभोज्य खाना ही पड़ेगा।''

श्रीमती जोशी बोलीं—“मैंने कहा था न, आगे-आगे देखिए होता है क्या?”

मृणाल ने ‘इकमिक कुकर’ का ढक्कन खोला तो उसमें से भाप निकलने लगी। विस्फारित नेत्रों से देखते रहे परमानन्दजी और बोले—“कमाल है, सुबह का पका हुआ भोजन अभी तक इतना गरम है। सचमुच विश्वास नहीं होता।”

श्रीमती जोशी ने हँसकर कहा—“श्रीमान् जी! यह सुबह का नहीं अभी-अभी पका हुआ भोजन है। आपको क्या पता ‘इकमिक कुकर’ किस बला का नाम है। आप इसे टिफिन कैरियर समझ रहे हैं। कवि महाशय, इसके सबसे नीचे खन में लकड़ी के कोयले की अँगीठी है, जो अभी तक जल रही है।

इस बीच पत्तलों पर मृणाल ने गरम भात परोसा और एक दोने में गरमागरम कढ़ी और दूसरे दोनों में कैरी का पना।”

गद्गद हो गये परमानन्दजी और बोले—“आपके चरण कहाँ हैं, देवी अन्नपूर्णा ममतामयी मथुराईन?”

सलज्ज बोली मृणाल—“पाप में मत घसीटिये भाई साहब। आपको परोसना मैं अपना सौभाग्य मानती हूँ।”

“आप सचमुच अन्तर्यामी हैं।” इस समय मैं मन ही मन कह रहा था—“हे प्रभो, यदि मैं यात्रा पर न होता तो घर की भात-कढ़ी खाने को मिलती।

श्रीमती जोशी जोश में भरकर बोलीं—“शत्-प्रतिशत् सत्य वचन है मेरे स्वामी के। न केवल उनकी मनोकामना पूरी हुई है, बल्कि मेरी भी, क्योंकि कैरी के पने के लिए मैं तरस रही थी।”

प्रशान्त बोले—“गर्मी के मौसम में दोपहर को कौन खाए सब्जी-रोटी।”

परमानन्दजी भला कैसे चूकते—“मौसम भले ही गर्मी का हो मगर प्रोफेसर प्रशान्त यहाँ तो शीतलहर चल रही है। बेचारी गर्मी बाहर धूल-धक्कड़ में अपनी ही भट्ठी में जल रही होगी।”

भोजनान्ते पाँच बर्थों में पाँचों पसर गये। छठे ऊपरी बर्थ तो माल असबाब से पटा पड़ा था। हाँ, रूपा सोती हुई भी चौकन्नी थी। तीनों चादरों पर पानी छिड़कने के लिए।

नींद दोपहरिया, शाम ढलने तक पसरी रही। दीया बत्ती न सही, बल्ब बत्ती हुई तो हड़बड़ाकर नींद उठ भागी। ग़ज़ब यह हुआ कि शाम के सात बज गये। प्रशान्त और रूपा ने दोनों तरफवाली बीच की बर्थ उठा दी। दोनों चादरें हटा दी गयीं। सिर्फ छत वाली चादर तनी रही। बाहर से आ रही मैदानी हवा में ग्रीष्म को अवकाश मिल चुका था।

अचानक आवाज उठी, बुलन्द नहीं, मीठी महीन आवाज—''साहबान, कद्रदान, मेहरबान!

सबने उस दिशा में देखा। वही सुबह का चायवाला खड़ा था—हुजूर माई बाप, आपका चायवाला।

चौंककर परमानन्दजी ने पूछा—''अरे, तुम अभी तक इसी डब्बे में।''

''चाय पिलाएँ, साहेब।''

''अरे नहीं भाई, वही सुबह वाली चाय तो बिलकुल नहीं।''

''छि:-छि: भला ऐसी गुस्ताखी मैं कर सकता हूँ। अभी तक मेरी पीठ पर आपके हाथों के प्यार का बसेरा है। और वादा है आपसे कि वही चाय पिलाऊँगा, एकदम ताज़ी, खगड़िया गाँववाली भैंस के ताज़े दूध की।''

''बेटे, मानता हूँ कि तुम उसी दूध की चाय पिला सकते हो। शायद किसी कोल्ड स्टोरेज वाले कन्टेनर में रखा हुआ दूध हो, लेकिन तुम ताज़े दूध की चाय कैसे कह सकते हो?''

''वही तो! राड़ की बात है। किसी से कहिएगा नहीं। दरअसल, मेरे खगड़िया गाँव की भैंस इसी आसाम मेल के गार्ड वाले डब्बे में सुबह से बैठी पगुरा रही है। गार्डसाहब की बड़ी मेहरबानी है। वहीं स्टोव रखा है। वहीं भगौना है और बाकी सारा इन्तज़ाम। खालिस खाँटी ताज़े दूध की चाय पूरी ईमानदारी और प्यार मोहब्बत से बेचता हूँ। जनाब, दस रुपये में एक कुल्हड़ चाय बेचना मामूली बात नहीं है।''

पूरे डब्बे के हर मुसाफिर ने फिर चाय पी। और चाय भी वही, हुबहू वही। न रत्ती भर कम, न रत्ती भर ज़्यादा—वही स्वाद।

अगले दिन बरौनी स्टेशन पर गाड़ी बदलनी पड़ी। ब्रॉडगेज की यात्रा समाप्त। सिलीगुड़ी जाने वाली मीटरगेज की गाड़ी—नाम वही आसाम मेल। उसी तरह का इन्तज़ाम दोहराया गया—थ्री टियर डब्बे में एक पूरा क्यूबिकल।

करीब तीस घंटों की थकान जोशी दम्पती के चेहरों पर झलक रही थी—थकावट से भी ज़्यादा ऊब। परमानन्दजी के लिए पुस्तक पढ़ना भी दुश्वार हो रहा था—खासकर इसलिए कि ट्रेन के हिलने से पढ़ते समय आँखों पर कुछ ज़्यादा ही ज़ोर देना पड़ता है।

प्रशान्त एक पुस्तक में डूबे हुए थे। उनको पुस्तक पढ़ता देखकर परमानन्दजी को बहुत आनन्द आता था, क्योंकि प्रशान्त घोषित रूप से ट्रेन में बैठकर गम्भीर अध्ययन के पक्ष में नहीं थे। उन्होंने परमानन्दजी को पढ़ते देखा तो अपनी पसन्दीदा

किताब निकालने में सकुचाये। कहाँ तो ब्रह्मांड का रहस्योद्‌घाटन 'यूनिवर्स अनफोल्डेड' और कहाँ प्रशान्त के तकिये के नीचे रखी जासूसी किताब—पेरी मेसन सिरीज़' की एक पुस्तक 'द केस ऑफ अ फूट लूज डॉल'। लेकिन परमानन्दजी ने पुस्तक परे रख दी थी और आँखें मूँदे लेटे थे। प्रशान्त ने ऊपर बर्थ में अपना बिस्तर जमा रखा था। मौका ताड़कर प्रशान्त अपनी पुस्तक पढ़ने लगे। दोनों महिलाएँ बतियाने में मशगूल थीं। रूपा खिड़की के बाहर देखने में मगन थी। कभी किसी मैदान में दौड़ने लगती तो कभी पहाड़ पर चढ़ जाती और फिर शुरू होता खेतों का सिलसिला। हरे-भरे खेतों की कतार देखकर सोच में पड़ जाती। सभी पौधे तो हरे-भरे एक जैसे लगते हैं। कोई कैसे समझता होगा कि खेत गेहूँ का है या ज्वार का या बाजरे का। हाँ, गन्ने का खेत देखते ही पहचान में आ जाता है।

सहसा चौकी रूपा। उसके घुटने को थपथपाया परमानन्दजी ने। वो उनकी तरफ मुड़ी—"हाँ काकू, कुछ चाहिए?"

परमानन्दजी बोले—"ऐसा लग रहा है कि ज़िन्दगी ट्रेन में सवार बीतेगी।"

रूपा बोली—"बोर हो गये हैं, काकू?"

नाराज़गी ओढ़ते हुए परमानन्दजी बोले—"मैं तुम्हें 'बोर' दिखता हूँ। पता है, अँग्रेज़ी में 'बोर' किसे कहते हैं?"

खिलखिलाकर हँस पड़ी रूपा।

"आपका नाम निरुत्तर जोशी ही होना चाहिए—लाजवाब!"

हँस पड़े परमानन्दजी और बोले—"प्रोफेसर प्रशान्त ऊपर बर्थ का मज़ा ले रहे हैं और छिप-छिपकर कुछ पढ़ रहे हैं।"

प्रशान्त के हाथों से किताब छूटकर नीचे आ गिरी। परमानन्दजी ने किताब हाथ में ले ली और बोले—"पेरी मेसन। यह नाम अकसर रेलवे बुक स्टाल पर देखता हूँ। पेरी मेसन किस प्रकार का उपन्यास लिखते हैं।"

प्रशान्त नीचे उतर आए और बोले—"पेरी मेसन किसी लेखक का नाम नहीं है, बल्कि एक उपन्यासकार अर्ल स्टेनली गार्डनर की उपन्यास शृंखला का मुख्य पात्र है।"

"वाह! यह तो विचित्र बात है। चरित्र की पहचान लेखक से बड़ी है। सृजन सृष्या से बड़ा हो गया है।"

"जी हाँ, जासूसी उपन्यासकार हैं अर्ल स्टेनली गार्डनर। उस उपन्यास शृंखला का स्थायी चरित्र पेरी मेसन पेशे से वकील है जो सिर्फ खून के मुकदमे लड़ता है—मर्डर मिस्ट्री और अदालत में अपनी पैरवी के ज़रिये असली कातिल को खोज निकालता है। जासूसी छानबीन भी चलती रहती है। हाँ, इस लेखक के उपन्यास की खासियत है कोर्टरूम ड्रामा जो मुझे बहुत पसन्द है। महज़ ज़िरह के दाँव-पेंच और

बातों के जमा-खर्च से अन्ततोगत्वा कातिल पकड़ा जाता है।''

''वैसे तो प्रशान्तजी रेल के सफ़र में अमूमन लोग हल्का-फुल्का ही पढ़ते हैं। मगर मैं सोचता हूँ कि जासूसी उपन्यास लिखना हल्का-फुल्का रूमानी उपन्यास लिखने से ज़्यादा कठिन है। आरम्भ से अन्त तक रहस्य बनाये रखना लेखन के धरातल पर खासी वर्जिश की माँग करता है। अब मैं भी सफ़र में पेरी मेसन ही पढ़ूँगा। देर आयद, दुरुस्त आयद।''

''अचानक श्रीमती जोशी कुछ ज़्यादा ही तेज़ आवाज में बोल पड़ीं—''मगर ये जो भयानक दुर्गन्ध आ रही है, वो बिलकुल दुरुस्त नहीं है।''

गाड़ी की गति भी धीमी होने लगी और एक स्टेशन आ गया। रूपा ने स्टेशन का नाम पड़ा—'खगड़िया'! अरे ये खगड़िया तो उस चायवाले का गाँव है।''

परमानन्दजी खूब साँस भरकर बोले—''बड़ी ज़ायकेदार खुशबू आ रही है।''

रूपा लगभग चिल्ला पड़ी—''अरे काकू! यहाँ तो प्लेटफार्म पर मछली तली जा रही है।''

और बस, कल सुबह के अन्दाज़ में हाथ में तली हुई मछली की ट्रे लेकर प्रशान्त सामने आ खड़े हुए, लेकिन श्रीमती जोशी पर नज़र पड़ते ही उनका उत्साह ठंडा हो गया। वे डूबती आवाज में बोले—''यह तो बहुत ग़लत हो गया, भाभीजी कैसे बरदाश्त करेंगी?''

बड़े मज़े में हँसती हुई श्रीमती जोशी बोलीं—''आप मेरी चिन्ता को आप सबके आनन्द में बाधा मत बनाइए। विश्वास मानिये, मुझे कोई तकलीफ नहीं होगी।''

उसी क्षण एक अद्‌भुत संयोग घटा। एक फेरीवाले की आवाज दूर से पास आ रही थी 'झालमुड़ी'।

इस आवाज पर परमान्दजी उत्तेजित हो उठे—''इसे कहते हैं नहले पे दहला। झालमुड़ी के आमने-सामने भला मछली की क्या बिसात।''

श्रीमती जोशी हँस पड़ीं—''श्रीमान् जी, आप कुछ ज़्यादा ही बोल गये।''

जोशीजी तो अपनीवाली पर आ चुके थे। उन्होंने पूछा—''मदाम माथुर, आपके इकमिक कुकर में क्या पका है?''

''फ्रायड राइस।''

''बहुत सही। आप तो इकमिक कुकर खोलिये ही मत। हमारी श्रीमतीजी तो मात्र झालमुड़ी पर गुज़ारा करेंगी। हम चार झालमुड़ी और फिश फ्राय की युगलबन्दी करेंगे।''

तब तक झालमुड़ीवाला अपने गले में टोकरी लटकाये नमूदार हो गया। उस टोकरी में आधे से ज़्यादा हिस्से में मुरमुरे, दूसरे में चने की कुरकुरी दाल, तीसरे में

करारे नमकीन सेव, चौथे में प्याज़, टमाटर, नींबू, हरी मिर्च, एक बन्द छेदवाले डब्बे में मसाले और एक शीशी में सरसों का तेल। आते ही उसने एक तान छेड़ दी—

झन्नाटेवाली झालमुड़ी
पछताएँगे अगर नहीं खाएँगे।
शिलीगुड़ी की झालमुड़ी।

इन पंक्तियों को गाते हुए उसने एक बड़ा स्टील का कटोरा हाथ में लिया और उसमें गाते हुए एक-एक चीज़ डालता रहा—

पहले डालो मुरमुरे, और मुरमुरे और मुरमुरे
और मिलाओ सेव कुरकुरे
भर लो फिर फिर दाल करारी
लगी आपकी नज़रें भारी
प्याज काट लो टुकड़े-टुकड़े
लाल टमाटर कड़े-कड़े
नींबू के रस की बूँदें टपका दो
दम मसाले का छिड़का दो
हरी मिर्च तीखी सिसकारी
झालमुड़ी से कर लो यारी।

इस बीच बड़े क़ायदे से बीच खाली ज़गह पर प्रशान्त ने सन्दूकें जमाकर मेड़ बना दी थी। इन सन्दूकों पर जमी थी पाँच पत्तलें। उसने एक-एक कटोरी झालमुड़ी पर एक पत्तल पर डाल दी। फिर उसने बड़े क़ायदे से परमानन्दजी की ओर मुखातिब होकर पूछा—"बाबूसाब, इनमें सरसों का तेल टपका दूँ?"

"यह भी कोई पूछने की बात है?"

झालमुड़ीवाले ने हर पत्तल पर रखी झालमुड़ी के ढेर पर सरसों के तेल की दो-तीन बूँदें टपका दीं और फिर बोल पड़ा— "और एक बात काकाजी। मत देना, बिलकुल मत देना। रुपयों का क्या साब, इस हाथ ले—उस हाथ दे। इसी लेन-देन में रुपये मैले हो जाते हैं। मेरी तो बस यही शर्त है। अगर मज़ा नहीं आए तो मत देना रुपये। लेकिन अगर मज़ा आए तो फिर जो मर्जी आए दे देना। काकासाब, मोलभाव क्या करना, उस चीज़ का जो अनमोल है। मैंने तो शिलीगुड़ी की मशहूर झालमुड़ी खिला दी। मेरा काम खतम।"

रूपा ने नटखट अन्दाज़ में कहा—"तो फिर रुपये हजम।"

"हमारा प्यार भी तो हजम करें बेबी, हमारा क्या, हम तो ये चल दिए।"

प्रशान्त ने उसे तुरन्त रोका और एक सौ रुपये का नोट दिया।

देखते-देखते डब्बे का हर मुसाफिर झालमुड़ी खाने लगा।

इस बीच परमानन्दजी अचानक ही थोड़े अनमने से हो गये। सामने रखी झालमुड़ी और तली हुई मछली को छुए बिना वे खिड़की के बाहर झाँककर खोजी नज़रों से कुछ तलाश रहे थे। इतनें में कॉरिडोर पर आ खड़े हुए खगड़ियावाले चायवाले ने आवाज दी—"साहबजी, आपकी आँखें जिसे ढूँढ़ रही हैं, वो बन्दा आपके सामने खड़ा है।" परमानन्दजी ने भावुकतावश उसे गले लगाया और बोल पड़े—"हाँ, सचमुच मैं तुम्हें ही ढूँढ़ रहा था। तुम्हारे गाँव का नाम हमेशा याद रहेगा। मगर तुम्हारा नाम क्या है?"

चायवाला हँसकर बोला—"सुनेंगे तो चौंक उठेंगे। मेरा नाम भी परमानन्द ही है। बस, फ़र्क़ इतना है कि आप जोशी हैं और मैं यादव। मगर लोग मुझे छोटू उस्ताद ही कहते हैं।"

गाड़ी चल पड़ी। चायवाले ने परमानन्दजी के पाँव छुए और डबडबाई आँखों के साथ ट्रेन से उतर गया। आज सुबह की चाय भी उसी ने पिलाई थी।

शाम ढलते-ढलते ट्रेन शिलीगुड़ी पहुँच गयी। यात्रा का दूसरा दौर भी समाप्त हो गया। चूँकि शिलीगुड़ी से कैलिम्पांग का सफ़र पहाड़ी चक्करदार रास्ते के लिए मिनी बस से करना पड़ता है, इसलिए रात्रि-यात्रा वर्जित है।

शिलीगुड़ी स्टेशन पर रात्रि विश्राम के लिए दो रिटायरिंग रूम पहले से ही बुक कर लिये थे।

जोशी दम्पती को यही पता था कि जो नैरोगेजवाली छुक-छुक गाड़ी दार्जिलिंग जाती है वो कैलिम्पांग होती हुई जाती है, किन्तु ऐसा है नहीं। छुक-छुक गाड़ी शिलीगुड़ी से नहीं जाती, शिलीगुड़ी से लगे न्यूजलपाईगुड़ी स्टेशन से छूटती है और सीधे दार्जिलिंग पहुँचती है। तो छुकछुक गाड़ी का जो सपना जोशी दम्पती ने सँजो रखा था, वो पूरा नहीं हो सका।

रात्रि विश्राम के बाद नाश्ता करके सुबह-सुबह पाँचों यात्री निहायत छोटी मिनी बस से कैलिम्पांग के पहाड़ी रास्ते पर चल पड़े। जब बस्ती पीछे छूट गयी और चक्करदार रास्ते का सिलसिला शुरू हुआ तो परमानन्दजी बच्चों की तरह कौतूहल से अद्भुत प्राकृतिक सौन्दर्य को देख नहीं, निहार रहे थे। रास्ते के एक तरफ तो हैं ऊँचे पहाड़ और दूसरी तरफ नीची घाटी। जंगल, वनस्पतियाँ और बहुरंगी फूलों के जंगल। अचानक ही परमानन्दजी लगभग चीख पड़े—"अरे, तिस्ता नदी!"

उफ़, यह नदी। एक अल्हड़ आदिवासी युवती की तरह उछलती-कूदती, चट्टानी किनारों पर पछाड़ खाती, उद्दाम फेन उगलती यह नदी। है तो नदी ही

तिस्ता, मगर जबलपुर के भेड़ाघाट की थोड़ी बहुत याद दिलाती है अपने उन्मुक्त नर्तन से।

परमानन्दजी इस अद्‌भुत दृश्य में ऐसे खो गये थे कि उन्हें पता भी नहीं चला कि अरे वे तो मारे खुशी के ज़ार-ज़ार रो रहे थे—बेआवाज धाराप्रवाह। शेष चारों स्तब्ध यात्री, नदी को नहीं परमानन्दजी को देख रहे थे, अपनी-अपनी आँखें चुराकर।

रूपा भी अपने को रोक नहीं सकी। उसकी भी आँखें छलछला आईं। पास बैठी श्रीमती जोशी उसकी पीठ सहलाने लगी। रूपा परमानन्दजी की ओर इशारा करके फुसफुसाई—"काकी माँ, ऐसे भी मनुष्य होते हैं?"

"मनुष्य नहीं, बिटिया, अति मनुष्य!"

"अद्वितीय!"

अधबीच तिस्ता गाँव पहुँचकर बस थोड़ी देर के लिए रुकी। अधिकतर यात्री, जकड़ गये पैरों को सीधा करने के लिए, उतर गये। वहाँ चाय-नाश्ते की छोटी-छोटी गुमटियाँ थीं। परमानन्दजी की अचानक जैसे नींद खुली। वे अपनी समाधि से बाहर आए। उनका उद्वेलन थम चुका था। आँखें और चेहरा पोंछकर हँस पड़े। फिर रूपा का गाल थपथपाते हुए बोले—"काहे बिटिया, कैसन रहा।"

सामने आ खड़े हुए प्रशान्त, ट्रे में कुल्हड़वाली चाय लेकर—"परमानन्दजी क्षमा करें, यह खगड़िया वाली चाय तो नहीं है।"

"मत याद दिलाइये, उस ज़ालिम की। वो चायवाला नहीं, अजूबा है।"

श्रीमती जोशी ने मिठास भरा ताना मारा—"उस अजूबे का नाम भी परमानन्द ही है।"

"काश! मैं यादव होता तो मेरे पास भी भैंस होती जिसके ख़ालिस खाँटी दूध की चाय आप सबको पिलाता।"

सब लोग हँस पड़े।

थोड़ी देर में सभी यात्री अपनी-अपनी ज़गह बैठ गये और बस चल पड़ी। थोड़ी दूर पर हैंगिग ब्रिज के पास पहुँचकर बस रुक गयी।

परमानन्दजी बोले—"लगता तो यही है कि यह झूलनेवाला पुल है, मगर हरिद्वार के लछमन झूला से अधिक चौड़ा और कहीं अधिक मजबूत।"

पुल के उस पार खड़े सिपाही ने इशारा किया और बस चल पड़ी। एक बार में एक ही वाहन।

चढ़ाई का जो सिलसिला अब शुरू हुआ वो तो हिमालयी था। सड़क की बायीं ओर एक बड़ा-सा बोर्ड लगा था जिस पर 'बोल्ड' अक्षरों में लिखा था—'चेंज योर गेयर।' यह निर्देश, ज़ाहिर है वाहन चालक के लिए ही था। परमानन्दजी

इस बोर्ड को चकित भाव से पढ़ गये। ऐसा क्यों लिखा गया है? उनका ध्यान बस ड्राइवर की ओर गया। उसने फौरन गेयर चेंज किया। फिर क्या देखते हैं परमानन्दजी के सामने ऐसी खड़ी चढ़ाई है कि लग रहा था कि सड़क के बीच में दीवार खड़ी हो गयी हो लेकिन चूँकि गेयर समय रहते बदल लिया गया था, इसलिए मिनी बस उस दुर्गम चढ़ाई पर चढ़ दौड़ी। अब परमानन्दजी को सड़क पर लिखी उस इबारत का केवल अर्थ नहीं, भावार्थ भी समझ में आया। ऐसी चढ़ाई चढ़ने के बाद सड़क थोड़ी समतल होती, फिर सड़क के किनारे वैसा ही लिखा बोर्ड दीख जाता। यानी मिनी बस अब निरन्तर ऊँचाई-दर-ऊँचाई बढ़ी चली जा रही थी।

अचानक परमानन्दजी की नज़र पड़ी पहाड़ी महिलाओं की एक कतार पर जो एक के पीछे एक सड़क के किनारे-किनारे, पंक्तिबद्ध पैदल ऊँचाइयाँ नाप रही थीं। उनकी पीठ पर एक भारी भरकम लम्बी टोकरी बँधी थी, जिसमें सन्तरे भरे हुए थे। वे न सिर्फ मजबूत कदमों से आगे बड़ी जा रही थीं, बल्कि कुछ पल ठहरकर मुस्कराती हुई बस यात्रियों का हाथ हिलाकर अभिवादन कर रही थीं। उनकी कद-काठी खासी मजबूत थी। मगर आश्चर्य, उनके चेहरे पर झुर्रियाँ देखकर परमानन्दजी चौंके। शरीर के गठन और चाल से जवान दीखनेवाली महिलाओं के चेहरे पर ऐसी झुर्रियाँ क्यों? उनके मन में उठते सवालों का जवाब रनिंग कमेन्ट्री के अन्दाज़ में दिया प्रशान्त ने—"इस इलाके में सन्तरे के ढेरों बागान हैं—ऑरेन्ज ऑरचर्ड्स। उसमें पहाड़ी महिलाएँ ही काम करती हैं, जैसे दार्जिलिंग के रास्ते पर करसियोंग कस्बे के चाय बागानों में। नेपाली, भूटानी, तिब्बती महिलाओं एवं पुरुषों की चमड़ी इतनी नरम होती है कि मौसम की मार से झुर्रियाँ उम्र से पहले ही उभर आती हैं।

दोपहर के भोजन के समय जब बस कैलिम्पांग पहुँची तो मई माह की दोपहर होने के बावजूद हवा ऐसी बर्फीली थी कि बस से उतरते यात्रियों को कँपकँपी छूट गयी। ग़नीमत है कि माथुर दम्पती ने अपने पूर्व अनुभव के आधार पर तिस्ता गाँव के बस स्टॉप पर गरम कपड़ों से भरे दोनों हैंडबैग अपनी सीटों के नीचे रख लिये थे और सभी ने बस में बैठे-बैठे ही कैलिम्पांग पहुँचने के पहले गरम कपड़े पहन लिये थे। ख़ासकर सिर और कान ढँकने के लिए ऊनी मफलर बहुत काम आए। अनुभवी मृणाल ने दो ऊनी शाल अपने हाथ में अहतियातन रख लिये थे। बस से उतरकर टैक्सी तक पहुँचते-पहुँचते गरम कपड़े, मफलर आदि पहनने के बावजूद जोशी दम्पती को ठंड लग रही थी। मृणाल ने तुरन्त उन्हें शाल से अच्छी तरह ढँक दिया। टैक्सी में बैठकर ठंड से राहत महसूस करते हुए परमानन्दजी बोले—"मादाम माथुर, आप केवल अन्नपूर्णा नहीं, बल्कि माँ अन्नपूर्णा हैं। तो हे माते! हम दोनों बूढ़े बच्चों

को जिस ममत्व से आपने दुशालायित किया है, उससे प्रेरित होकर एक बार फिर हम पूछने के लिए बाध्य हो रहे हैं कि आपके पाँव कहाँ हैं?''

मारे शर्म के दोहरी होकर मृणाल बोली—''छि:-छि: भाई साहब, आप हमें फिर पाप में घसीटने पर क्यों तुले हुए हैं? अब तो हम आपसे नाराज़ हो जाएँगे।''

चहक उठे परमानन्दजी—''इस सूचना के लिए आभारी हूँ कि आप नाराज़ भी हो सकती हैं।''

रूपा खिलखिलाकर हँस पड़ी।

गेस्ट हाउस में मुखर्जी और उनकी बेटी अंजू ने जिस गर्मजोशी से जोशी दम्पती का, मात्र स्वागत नहीं, अभिनन्दन किया। यहाँ तक कि चरण-स्पर्श तक कर डाला, वो अप्रत्याशित था। आपस में गले लगते-लगते परमानन्दजी बोले—''मुखर्जी मोशाय, यह आप क्या कर रहे हैं। यह तो आपकी ज़्यादती है।''

गदगदायमान मुखर्जी बोले—''आप कितने महान लेखक हैं और हम कितने सौभाग्यशाली हैं, यह शब्दों में व्यक्त करने की हमारी क्षमता नहीं है।''

''अरे वाह, आप तो बहुत अच्छी हिन्दी बोलते हैं।''

''बोलना ही चाहिए। बांगला मेरी माँ की भाषा है, किन्तु हिन्दी तो भारत माँ की भाषा है और भारत माँ तो मेरी माँ की भी माँ है।''

कहीं से अचानक आवाज उभरी—''बड़ा घिसा-पिटा डायलॉग है।''

मुखर्जी चौंके। उन्होंने पूछा—''जोशीजी, आपने कुछ कहा क्या?''

जोशीजी बोले—''जी नहीं, कहा तो कुछ नहीं। हाँ, सोच ज़रूर रहा था।''

थकावट के मारे कोई कमरे से बाहर नहीं निकला। दिवाभोज के बाद जो कमरे में दाखिल हुए तो बस कमरे में ही बने रहे। कमरे में बने ब्रिटिशकालीन फायरप्लेस में निरन्तर आग के जलते रहने से कमरे इतने तो गरम हो चले थे कि बाहरी शीत का प्रभाव काफी कम हो गया था। यहाँ तक कि अटेच्ड बाथरूम भी गरम थे और उनमें स्टीम बाथ का भी ख़ास बन्दोबस्त था।

रात्रिभोज में जोशी दम्पती डायनिंग रूम में नहीं आए और कहला दिया कि रात के भोजन से छुट्टी चाहते हैं। दरअसल, दिवा निद्रा से बहुत जल्द पीछा छुड़ाकर परमानन्दजी लिखने बैठ गये थे। शाम ढलने लगी तो श्रीमती जोशी ने अनुशासन पर्व की घोषणा कर दी। ठीक ही किया। लगातार लिखते रहने से परमानन्दजी की आँखें बोझिल हो चली थीं। श्रीमती जोशी फायरप्लेस पर अपनी हथेली खूब

सेंककर परमानन्दजी के पास आईं। उनका कन्धा पकड़कर उन्हें बिठाया। उनकी आँखों से चश्मा उतारा और अपने गर्म हाथ उनकी आँखों पर रख दिए। परमानन्दजी उनकी इस पुरानी आदत के आदी हो गये थे।

हँसकर बोले—"रानी, तुम्हारे हाथों पर कविता लिख दूँ?"

"क्यों? काग़ज़ का स्टॉक समाप्त हो गया है क्या?"

"यार, बातें बनाने में तुम्हारा जवाब नहीं है।"

"मगर लाजवाब तो आप हैं, श्रीमान् निरुत्तर जोशी।"

हँसते हुए अपने दोनों हाथ ऊपर उठा लिये और बोले परमानन्दजी—"सरेन्डर !"

परमानन्दजी उठ खड़े हुए। जमुहाई और अँगड़ाई की जुगलबन्दी से उबरे और रात्रिभोज से इनकार करते हुए जल्दी सो गये।

मध्यरात्रि का वक्त होगा—शायद उसके पहले या बाद में, जोशी दम्पती की नींद, बाहर से आ रही चीख-चिल्लाहट से, खुल गयी। थोड़ी देर तक दोनों सुनते रहे। आवाज तो मुखर्जी की थी। वे बेहद गुस्से में बोल रहे थे। गेस्ट हाउस के जोशीजी वाले कमरे से लगा हुआ था मुखर्जी का घर। चूँकि बीच की दीवार ईंट-सीमेन्ट की न होकर, बर्मा-टीक की थी इसलिए ऊँची आवाज में हो रही बातें साफ सुनायी दे रही थीं। परमानन्दजी बांग्ला भाषा के अच्छे-खासे प्रवीण थे, इसलिए वे समझ भी रहे थे। मुखर्जी अपनी बेटी अंजू को डाँट रहे थे। डाँट की अन्तिम पंक्तियाँ सुनकर परमानन्दजी एक झटके से उठ बैठे। श्रीमती जोशी भी उठ बैठीं। इतने में दरवाज़ा जोर से बन्द किये जाने की आवाज आई।

श्रीमती जोशी ने पूछा—"क्या हुआ?"

जोशीजी बोले—"मुखर्जी मोशाय अपनी बेटी को घर से निकाल रहे हैं। चलो चलकर देखते हैं।"

"आप बैठिये, मैं देखती हूँ।"

शाल ओढ़कर श्रीमती जोशी ने जैसे ही कमरे का बाहरी दरवाज़ा खोला तो देखा सामने मुखर्जी की बेटी अंजू खड़ी ठिठुर रही थी।

श्रीमती जोशी ने अंजलि (अंजू) को कमरे के अन्दर खींच लिया और फायर प्लेस में जलती हुई आग के करीब बिठा दिया। उसकी ठिठुरन जाती रही। श्रीमती जोशी उसकी पीठ सहलाती रहीं। फिर उसके चेहरे पर हाथ फेरा। उस प्यार की ऊष्मा से पिघलकर अंजू सहसा श्रीमती जोशी से लिपटकर बहुत धीमे सिसकती रही—लगभग बेआवाज। फिर बुदबुदाती सी बोली—"मेरे बाबा बहुत अच्छे हैं।

मुझसे बहुत प्यार करते हैं। एक ही कमज़ोरी है उनमें। वे अपने गुस्से पर काबू नहीं पा सकते और आपा खो बैठते हैं। मेरे बाबा बहुत अच्छे हैं। सच, माशीमा, मुझसे बहुत प्यार करते हैं।''

उसके बुदबुदाने से यह स्पष्ट था कि अंजू सावधान थी कि कहीं उसकी आवाज लकड़ी से बनी बीच के दीवार के पार, उसके पिता के कानों में न पहुँच जाए।

इस पूरे घटनाक्रम से अनभिज्ञ बने रहने का अभिनय करते हुए परमानन्दजी रजाई ओड़कर मुँह फेरे लेटे हुए थे।

अंजू बोली—''आप सो जाइए, माशीमा।''

''और तुम?''

''मैं...मैं...''

''क्यों तुम्हारा कमरा अलग से नहीं है?''

''है तो। मगर मैं बाबा के पास सोती हूँ। उन्हें रात को कहीं कुछ ज़रूरत पड़ जाए।''

''लेकिन अब तो तुम बाबा के कमरे में दाखिल नहीं हो सकोगी। चलो, तुम्हारे कमरे में हम तुम्हें छोड़ देते हैं।''

''मगर उस कमरे में फायर प्लेस में आग नहीं जलायी जाती, क्योंकि मैं वहाँ सोती ही नहीं हूँ। आप चिन्ता न करें मैं इसी सोफे पर सो जाती हूँ।''

''लेकिन यह तो सिंगल सोफा है। इसमें तुम सिर्फ बैठ सकती हो, सो नहीं सकती।''

''तो क्या? मैं बैठ-बैठे ही सो जाऊँगी।''

''ऐसा नहीं होता है। चलो, हमारे बिस्तर पर चलो। अच्छी-खासी चौड़ी पलंग है। हम तीनों आराम से सो जाएँगे।''

ढेरों ना-नुच के बाद अंजू उसी पलंग पर लेट गयी। इसके पहले उसने फायर प्लेस के अन्दर और सूखी लकड़ियाँ डालकर आग थोड़ी तेज़ कर चुकी थी, लेकिन सो नहीं पा रही थी। उसे चिन्ता हो रही थी बाबा के कमरे की। वहाँ भी तो फायर प्लेस की आग को तेज़ करने की ज़रूरत थी।

अचानक बाहर के कॉरिडोर से मुखर्जी की आवाज गूँज उठी—''अंजू...अंजू...कहाँ मर गयी? इस भयानक ठंडी रात में तुझे मैं कहाँ खोजूँ?''

परमानन्दजी ने दोनों को चुपचाप लेट रहने का इशारा किया और उठकर दरवाज़ा खोला। फिर उन्होंने मुखर्जी को आवाज दी—''मुखर्जी मोशाय, आइए

जल्दी से मेरे कमरे में आ जाइए।''

मुखर्जी खिसियानी हँसी हँसते हुए अन्दर आ गये और बोले—''अरे, आपने क्यों तकलीफ की? मैंने आपको ख़्वामख़्वाह जगा दिया।''

''अरे नहीं, मुखर्जी मोशाय, मुझे भी एक साथी की तलाश थी।''

''इतनी रात को?''

''हाँ, ठंड इतनी है कि थोड़ी ब्रांडी पीने को मन कर रहा था। अकेले बैठे शराब नहीं पी जाती, क्योंकि ऐसे में शराब आपको पीती है।''

मुखर्जी खुश होकर बोले—''मेरे पास कोनियेक है। मैं ले आता हूँ।''

''अब तो मियाँ दाग जहाँ बैठ गये, बैठ गये। मेरे पास भी है।''

परमानन्दजी बोतल और गिलासों के साथ हाज़िर हो गये। और बोले—''बस, एक-एक पेग। थर्मस में गरम पानी भी है।''

दोनों चुस्कियों में मगन हो गये।

मौका ताड़कर अंजू वहाँ से दुबकती हुई खिसक गयी और अपने बाबा के कमरे में चली गयी।

कोनियेक और गरम पानी की जुगलबन्दी में दोनों को एक गिलास समाप्त करने में एक घंटे से ज़्यादा समय लग गया। इस बीच न मुखर्जी कुछ बोले और न परमानन्दजी। मुखर्जी तो इसलिए नहीं बोल पाये कि उनको इस बात का ग़म खाये जा रहा था कि उन्हें अपने गुस्से पर काबू क्यों नहीं है कि उसने इतनी रात को भयानक ठंड में अपनी लाडली बेटी को कमरे से निकाल दिया। पता नहीं कहाँ चली गयी है?

और परमानन्दजी ऐसे मौके पर कुछ कहना उचित नहीं समझते थे, क्योंकि उन्हें क़यास था मुखर्जी के मन-मन्थन के हाल का, लेकिन वे इस राज़ को खोल नहीं सकते थे कि मुखर्जी की बेटी अंजू उनके कमरे में सुरक्षित है और मौका ताड़कर खिसक भी चुकी है।

गिलास खत्म होते-होते मुखर्जी हलकी-सी बेखुदी में पहुँच चुके थे।

यह जो हलकी-सी बेखुदी होती है वो दरअसल प्यास बढ़ाती है। मुखर्जी के चेहरे पर चढ़ी हुई प्यास की झाँई को सही-सही समझने में परमानन्दजी को देर नहीं लगी। उन्होंने मुस्कराकर मुखर्जी की ओर देखा और धीरे से बोला—''आपके लिए एक पेग बना दूँ?''

''क्यों, आप नहीं पिएँगे?''

''माफ़ कीजिए, मेरा कोटा तो पूरा हो गया है।''

''यह तो दिलतोड़ने वाली बात कर दी आपने। ऐसा तो नहीं चलेगा। कुछ तो करना पड़ेगा। अरे हाँ, उस ज़ालिम की खूब याद आई। कैलिम्पांग में ख़ासतौर पर

बननेवाली एक लाजवाब चीज़ है जिसे कहते हैं 'घेनो'। यह शराब धान से बनती है और ख़ास तरीके से बाँस के अन्दर की पोली सतह में पकायी जाती है और बड़े सलीके से बाँस के अन्दर रखकर ही पी जाती है। बस, आपके हुज़ूर में अभी पेश करता हूँ।''

मुखर्जी का हुक्मनामा जारी हुआ और थोड़ी ही देर में मुखर्जी का ख़ास मुलाजिम इसे ले आया। बाँस का एक लम्बा-चौड़ा टुकड़ा। साथ में स्ट्रॉ का एक पैकेट भी ले आया।

अब परमानन्दजी और मुखर्जी आमने-सामने बैठ गये और बीच में खड़ा कर दिया गया बाँस का चार फुटिया टुकड़ा।

परमानन्दजी ने गिलास बढ़ाए तो मुखर्जी ने ससम्मान उन्हें परे हटा दिया और बोले—''गिलास में घेनो? ऐसा ग़ज़ब मत कीजिए। यह तो घेनो की नज़ाकत की तौहीन है। इसे बाँस में ही रखकर पीने का रिवाज़ है।''

और मुखर्जी ने स्ट्रॉ के पैकेट में से एक स्ट्रॉ परमानन्दजी को दिया और दूसरा अपने हाथ में ले लिया और डुबो दिया बाँस के अन्दर। उनकी देखादेखी परमानन्दजी ने अपना स्ट्रॉ डुबो दिया। फिर जिस तरह से कोल्डड्रिंक पी जाती है, ठीक उसी तरह स्ट्रॉ के बाहरी सिरे को अपने-अपने मुँह में दोनों ने भर लिया। मुखर्जी ने तो कुछ ज़्यादा लम्बा सुट्टा लगाया और मगन हो गये। परमानन्दजी ने एहतियातन बहुत छोटा-सा सुट्टा लगाया। फिर भी उनको ठसका लग गया। उन्हें महसूस हुआ कि आग का गोला उनकी जीभ को जलाता हुआ हलक के नीचे उतर गया।

मुखर्जी सुरूर में बोले—''ईमान से कहिएगा, परमानन्दजी, मज़ा आया कि नहीं।''

परमानन्दजी ने जल्द ही ठसके को सम्हाल लिया और बोले—''सचमुच बहुत अनोखी चीज़ है।''

एक और सुट्टा लगाया मुखर्जी ने। परमानन्दजी केवल अभिनय करते रहे। दोबारा सुड़कने का जोखिम उन्होंने उठाया नहीं।

मुखर्जी के चेहरे पर बादल से घिर आए। वे अचानक बोल पड़े—''मुझे देखकर आपको यह नहीं लगता कि मेरे अन्दर एक ज्वालामुखी धधक रहा है।''

हँसकर बोले परमानन्दजी—''ऐसी ही चीज़ है 'घेनो'। एकदम आग का गोला।''

लगभग रुआँसे होकर बोले मुखर्जी—''अरे नहीं, नहीं! मैं 'घेनो' की बात नहीं कर रहा हूँ। यह तो मेरे लिए रोज़ की चीज़ है। मैं तो अपनी समूची ज़िन्दगी के बारे में बोल रहा हूँ। एक जीवन्त ज्वालामुखी है मेरी ज़िन्दगी। जितना जो कुछ दीखता है आपको, वो तो आइसबर्ग का महज़ सिरा है। उसकी थोड़ी झलक देख

लेंगे तो आपके रोंगटे खड़े हो जाएँगे।''

मुखर्जी का चेहरा सहसा कठोर होकर थोड़ा विकृत हो गया। वे भर्रायी आवाज में बोले—''देख तो नहीं सकेंगे आप उस हॉरर फिल्म को। उसे मैंने अतीत के खंडहर में दफ़न कर दिया है। हाँ, मैं चाहूँ तो उसे सुना सकता हूँ। सुनना चाहेंगे?''

कुछ पलों की चुप्पी के बाद...चुप्पी इसलिए कि परमानन्दजी अन्दर-ही-अन्दर मन्थन कर रहे थे कि मुखर्जी के ज्वालामुखी को फूटने देना चाहिए या नहीं...और निर्णय किया परमानन्दजी ने मन-ही-मन—''लावा बह जाना ही बेहतर होता है।'' और बोले—''क्यों नहीं? मैं बहुत उत्सुक हूँ उसे जानने के लिए।''

अचानक जैसे मुखर्जी की बेखुदी का दौर एक झटके से गुज़र गया। लगा जैसे मन की चल पड़ी गाड़ी के 'एक्सीलेटर' पर पाँव के बढ़ते हुए दबाव के सम्भावित नतीजे को उन्होंने सहसा महसूस किया और पाँव हटाकर 'ब्रेक' पर तेज़ी से रख दिया। थोड़ा बहके ज़रूर थे और इससे पहले कि भटकन शुरू होती, वे सहसा सम्हल गये। वे हँस पड़े और बोले—''क्या परमानन्दजी, आप भी मेरी बातों में आ गये? दरअसल, मैं बड़ी देर से सोच रहा हूँ कि आधी रात के बाद मैं आपके कमरे में कैसे पहुँच गया। सॉरी, परमानन्दजी, वेरी सॉरी...वेरी वेरी सॉरी। मैं चलता हूँ। अंजू राह देख रही होगी।''

परमानन्दजी ने डगमग पग धर जाते हुए मुखर्जी को देखा और बोलना चाहा मगर नहीं बोले—''आज तो बाबू मोशाय टाल गये। मगर यह ज्वालामुखी किसी दबाव में बहुत दिनों तक बन्द तो नहीं रह सकता।''

सुबह नाश्ते की मेज़ पर सब इकट्ठे हुए। कैलिम्पांग में कहाँ-कहाँ और कब-कब जाना है, इसका शेड्यूल तय करना था। प्रशान्त ने सूची बना रखी थी। इससे पहले कि वे सूची प्रस्तुत करते, मुखर्जी उत्साह के साथ बोल पड़े—''प्रशान्तजी, यदि आप मेरी धृष्टता क्षमा करें तो मैं यह प्रस्ताव रखना चाहता हूँ कि परमानन्द और गरिमाजी (श्रीमती जोशी) को सबसे पहले अपने 'ऑरेन्ज ऑरचर्ड' पर ले जाना चाहूँगा।

मृणाल विभोर सी बोलने लगी—''सन्तरे का वो बागान तो अद्भुत है। सारा दिन वहाँ गुज़ार दें तो भी मन नहीं भरता है। वहीं बने रहने को मन करता है।''

रूपा ने हस्तक्षेप किया—''लेकिन माँ, अंजू दीदी ने तो सारी तैयारियाँ कर रखी हैं अपने 'ऑरफनेज' में काकू-काकी के भव्य स्वागत की।''

अंजू भी बोल पड़ी—''उन बच्चों ने सारी तैयारी कर रखी है कि अपना

कार्यक्रम मेशो मोशाय (परमानन्दजी) और माशीमा (गरिमाजी) के सामने प्रस्तुत करें।''

सहसा तैश में आकर मुखर्जी तमक उठे—''भाड़ में जाए तुम्हारा अनाथालय...।''

अंजू ने शान्त प्रतिवाद किया—''बाबा, आप तो जानते ही हैं कि उसे अनाथालय कहना मुझे बहुत अखरता है। वो तो मेरे बच्चों का घर है।''

मुखर्जी बेहद ऊँची आवाज में बोले—''बदतमीज़ ...बेशरम! अपने बच्चों का घर कहती है। एक कँवारी लड़की के बच्चे कहाँ से आ गये?''

अंजू चुपचाप सिर झुकाए बैठी रही।

परमानन्दजी ने हँसते हुए हस्तक्षेप किया—''बन्धु मुखर्जी मोशाय! लगता है रात का 'घेनो' अभी तक...।''

मुखर्जी ने भर्रायी आवाज में उनकी आवाज काट दी—

''आदरणीय परमानन्दजी, मैं करबद्ध निवेदन करता हूँ कि आप हमारे घरेलू मामले में दख़ल न दें। मेहमान हैं तो मेहमान की तरह रहें। वरना अपना अमूल्य समय यहाँ रहकर नष्ट क्यों कर रहे हैं।''

प्रशान्त अचानक अशान्त हो गये—''आप हमारे आदरणीय परमानन्दजी का अपमान कर रहे हैं।''

मुखर्जी ने उसी भर्रायी आवाज में कहा—''मुझे जो कहना था, मैंने कह दिया है।''

''ठीक है, नमस्कार।''

प्रशान्त ने रूपा का हाथ पकड़ा और तेज़ी से अपने कमरे की ओर चल दिए। उसके पीछे-पीछे मृणाल भी चल दी। परमानन्दजी के चेहरे पर एक उदास मुस्कान ठहर गयी। वे गरिमा की तरफ मुड़े और अपने कमरे की ओर चल दिए।

गरिमा ने पूछा—''अपना सामान पैक करें?''

''क्यों श्रीमतीजी, फायर फाइटिंग के लिए हिन्दी शब्द तो शायद अग्निशमन है?''

गरिमा मुस्कराई—''आपकी पहेली आपको मुबारक हो।''

फायर प्लेस के सामने एक सोफे पर परमानन्दजी पसर गये—''बैठिये श्रीमतीजी, दूसरा सोफा आपकी प्रतीक्षा कर रहा है।''

सोफे पर बैठते-बैठते गरिमा बोली—''यदि प्रशान्तजी आपके अपमान से आहत हैं, तो ग़लत क्या है?''

परमानन्दजी अपनी बातों में खोये रहे—''रानी, क्या तुम्हें नहीं लगता कि इन लकड़ी के टुकड़ों का जलजल कर राख होना निरर्थक नहीं है। यदि तुम समझती हो कि आग सिर्फ जलाती है तो यह ग़लत है। यहाँ इसकी भूमिका जलाने की नहीं,

जलकर ऊष्मा बिखेरने की है। मगर यह तो बाहरी ऊष्मा है। हमारे अन्दर की ऊष्मा हमें जलाती नहीं है, हमें समृद्ध करती है।''

उसी समय दरवाज़े पर दस्तक हुई। परमानन्दजी ने हँसकर कहा—''बेधड़क आ जाइये। इस कमरे में एक 'कपल' तो है मगर 'हनीमून कपल' नहीं है।''

कमरे में प्रवेश करते ही प्रशान्त ने आश्चर्य व्यक्त किया—''अरे आप लोगों ने पैड़िंग नहीं की?''

परमानन्दजी खड़े हो गये और हँसकर बोले—''आइए, पहले गले मिलते हैं।''

क्षण भर के लिए प्रशान्त अचकचाये फिर तेज़ कदमों से परमानन्दजी की ओर बढ़े—''हाँ, हाँ, क्यों नहीं!''

गले मिलते ही परमानन्दजी बोल पड़े—''अब थोड़ा महसूस कीजिए। हमारे गले मिलने की प्रक्रिया से मेरे सीने का बायाँ हिस्सा, आपके सीने के बायें हिस्से से मिल रहा है।''

''जी हाँ, बिलकुल।''

''अब मेरा विनम्र आग्रह है कि इसी स्थिति में सिर्फ एक मिनट के लिए बने रहिए।''

हँसकर प्रशान्त बोले—''इस स्थिति में बने रहने को तो मैं अपना सौभाग्य मानता हूँ।''

परमानन्दजी आर्द्र स्वर में बोले—''अब गौर कीजिए। मेरे सीने का बायाँ हिस्सा जब आपके सीने के बायें हिस्से से मिलता है, तो वास्तव में सीना तो सीने से मिलता ही है, लेकिन हम दोनों के सीने के बाँये हिस्से के अन्दर धड़कते हुए हमारे दिल, एक-दूसरे के साथ मिलते हैं। और एक-दूसरे की धड़कन से ताल मिलाते हैं। इसलिए हमारा ये गले मिलना, वास्तव में है हमारी धड़कनों की जुगलबन्दी। इधर की धक्-धक् का जवाब उधर की धक्-धक् देती है। धक्-धक्, धक्-धक्! इस जुगलबदी को महसूस कीजिए।''

प्रशान्त ने अभिभूत होकर परमानन्दजी को लगभग जकड़ लिया। परमानन्दजी प्रशान्त की पीठ थपथपाते रहे।

रूपा तो रो पड़ी और उन दोनों से लिपट गयी। गरिमा और मृणाल भी एक-दूसरे से लिपट गये।

जब सब सामान्य स्थिति में आए तो रूपा एक बार फिर परमानन्दजी से लिपट गयी और रोते-रोते हँसती हुई बोली—''आपका जवाब नहीं है, काकू।''

परमानन्दजी प्रशान्त से बोले—''प्रशान्तजी, यह दुष्ट बालिका मेरा नाम बदलकर ही मानेगी।''

रूपा चहक उठी—"श्रीमान् निरुत्तर जोशी।"

सभी खिलखिलाकर हँस पड़े।

परमानन्दजी के इशारे पर पाँचों पलंग पर बैठ गये।

परमानन्दजी बोले—"प्रशान्तजी, एक सिद्धान्त की बात बोलूँ?"

प्रशान्त की आँखें नम हो गयीं। उन्होंने अपने आपको सम्हाला और बोल पड़े—"मैं समझ रहा हूँ, परमानन्दजी!"

रूपा तुनककर बोली—"मगर मैं तो नहीं समझी।"

रूपा के सिर पर हाथ फेरते हुए गरिमा बोली—"तेरे काकू का सिद्धान्त है—तोड़ना आसान है, जोड़ना मुश्किल।"

उसी समय दरवाज़े पर दस्तक हुई।

परमानन्दजी ने गर्मजोशी से आवाज लगाई—"आपका स्वागत है।"

हाथ में चाय की ट्रे लेकर अंजू उसी गर्मजोशी से बोली—"चाय गरमागरम।"

उसके पीछे-पीछे गेस्ट हाउस का रखवाला भी हाथ में ट्रे लेकर हाज़िर हुआ। अंजू बोली—"साथ में, अभी-अभी कढ़ाई से उतारे गये, तड़पते हुए मँगोड़े।"

हाथ में एक प्लेट मँगोड़े और दो कप चाय लेकर प्रशान्त पहुँचे मुखर्जी के बेडरूम में और उन्होंने दरवाज़े पर दस्तक दी। अन्दर से मुखर्जी की भर्रायी आवाज आई—"मुझे किसी की ज़रूरत नहीं है।"

दरवाज़ा खुला हुआ था। प्रशान्त ने ठेलकर दरवाज़े को थोड़ा खोला। दबी हुई आवाज में मुखर्जी ने फिर कहा—"आप यहाँ क्या लेने आए हैं?"

"थोड़ी सी गर्मी लेने। बाहर बहुत ठंड है।

मुखर्जी की आवाज में चिन्ता थी—"अरे आप बाहर क्यों खड़े हैं? जल्दी से अन्दर आ जाइए।"

प्रशान्त जल्दी से अन्दर दाखिल हुए और दरवाज़ा भी अटका दिया। उनके हाथ में मँगोड़े और चाय मुखर्जी के ओठों पर हलकी-सी मुस्कान उभरी और वे बोले—"आप बहुत चालाक हैं, प्रशान्तजी। अच्छी तरह जानते हैं कि मँगोड़े मेरी कमज़ोरी है।"

"कमज़ोरी नहीं, ताकत। अब आप टूट पड़िए मँगोड़ों पर वरना ठंडे हो जाएँगे।"

दोनों थोड़ी देर तक चुपचाप चाय की चुस्कियों के साथ मँगोड़े खाते रहे। चाय की अन्तिम चुस्की लेते हुए मुखर्जी बोले—"थोड़े मँगौड़े और मँगवाऊँ?"

"हाँ, हाँ, ज़रूर मँगवाइए, लेकिन अब मैं साथ नहीं दे सकूँगा।"

मुखर्जी ने प्रशान्त की आँखों में झाँका और फिर आँखें फेरकर फायर प्लेस की जलती हुई लपटों को देखते हुए बोले—"साथ छोड़ने की पूरी तैयारी आपने कर ली थी। सामान बाँधने के लिए किस क़दर जल्दबाज़ी में आपने नाश्ता छोड़ा था। क्या सोचते थे आप कि मैं आपको जाने देता? वर्षों का साथ पलभर में तोड़ देना चाहते थे आप। क्या मेरी अंजू आपको जाने देती? रूपा बिटिया मुझसे लिपटकर रो पड़ती, लेकिन मुझे छोड़कर कभी नहीं जाती।

मुखर्जी रो पड़े और रोते-रोते बोले—"कब से अकेला बैठा रो रहा हूँ। आपने मेरे पास आने में इतनी देर कर दी। मुझ पर दया नहीं है आपके मन में।"

प्रशान्त ने मुखर्जी को बाँहों में भर लिया। दोनों थोड़ी देर इसी प्रकार गले मिलते रहे ताकि अपने-अपने आँसुओं पर काबू पा सकें। थोड़ी देर में मुखर्जी अलग होने लगे तो प्रशान्त बोल पड़े—"अब मेरा यह विनम्र आग्रह है कि इसी स्थिति में सिर्फ एक मिनट के लिए जस के तस बने रहिए।"

"लगता है आप कुछ नयी बात कहनेवाले हैं।"

प्रशान्त ने परमानन्दजी के सीने में दिल और दिल की धड़कनों वाली बात दोबारा की और आखिर में जोड़ दिया—"ऐसा परमानन्दजी ने मुझसे कहा।"

"जवाब नहीं है परमानन्दजी का।"

"इसीलिए तो रूपा ने उनका नया नामकरण किया है—निरुत्तर जोशी।"

दोनों हँस पड़े।

फिर मुखर्जी अचानक गम्भीर हो गये—"छिः-छिः, क्या सोचते होंगे परमानन्दजी मेरे बारे में।"

"वे तो वैसे ही सहज और सामान्य बने हुए हैं।"

"यह तो उनका बड़प्पन है। मगर आपने भी स्थिति को बिगाड़ने में कोई कसर नहीं छोड़ी थी। आप तो मेरे स्वभाव से परिचित हैं। मेरे गुस्से का बेवज़ह सहसा सुलग उठना और आपे से बाहर हो जाना, मेरी आदत बन चुकी है। यह और बात है कि शालीनतावश आप मेरे मुँह पर नहीं बोलते हैं, लेकिन मैं खूब समझता हूँ कि आप क्या सोचते हैं मेरे बारे में। बोलिये...बोलिये न, क्या आप यह नहीं मानते कि मैं बेहद अहंकारी हूँ और मेरा दर्प मुझे सहज नहीं होने देता। कहिए...कह भी दीजिए कि मेरा अहंकार खोखला है और झूठा है मेरा दर्प।"

मुखर्जी की आवाज ऊँची होती जा रही थी। प्रशान्त को लगा कि इस कमरे और गेस्ट हाउस के कमरे के बीच बनी लकड़ी की दीवार भले ही पारदर्शी न हो, किन्तु पारश्रुति तो है। इसलिए स्थिति को सम्हालने के लिए उन्होंने मुखर्जी के कन्धे पर हाथ रखकर शान्त रहने का इशारा किया। मुखर्जी को भी तुरन्त एहसास हुआ कि ये आग बुझनी चाहिए। बदहवासी में वे फायर प्लेस में जलती हुई आग की ओर

पानी से भरा जग लेकर लपके। उन्हें रोकते हुए प्रशान्त दबी आवाज में बोले—"यह आप क्या कर रहे है?"

मुखर्जी सहसा ठिठक गये और धम्म से सोफे पर बैठ गये। फिर बेहद उदास मुस्कान के साथ प्रशान्त की ओर देखते हुए घुटी-घुटी आवाज में बोले—"अपने अन्दर भभक रहे ज्वालामुखी को बुझा रहा था।"

मुखर्जी ने अपनी बात जारी रखते हुए कहा—"कल रात तो एक हादसा होते-होते बच गया। मैं 'घेनो' के नशे में अपने अन्दर भभक रहे ज्वालामुखी को खुद ही फोड़ने पर उतारू हो गया था और वो भी परमानन्दजी के सामने। लेकिन यह मेरी ग़लतफहमी है कि हादसा टल गया। हादसा तो हो चुका है। ज्वालामुखी फूट चुका है और लावा अन्दर ही अन्दर उबल रहा है। इसे यदि उलीचा नहीं मैंने तो पता नहीं मैं क्या कर गुज़रूँ?"

मुखर्जी उठ खड़े हुए। उनकी साँस तेज़ी से चल रही थी। वे चहलकदमी करने लगे।

प्रशान्त बोले—"मुखर्जी मोशाय, आप पहले शान्त हो जाइए। मैं समझ सकता हूँ कि अशान्त मन को शान्त करना कितना मुश्किल है।"

"यही तो मैं आपसे कहने के लिए छटपटा रहा हूँ कि मेरा मन हमेशा अशान्त क्यों रहता है? एक बार उलीचने दीजिए इस लावा को जो अन्दर ही अन्दर उबल रहा है।"

अकस्मात् जैसे एक झटके से मुखर्जी चुप हो गये। प्रशान्त ने उनकी पीठ पर हाथ फेरते हुए कहा—"यह क्या मुखर्जी मोशाय, हमेशा की तरह इस बार भी आप फिर चुप हो गये। आप इतना भी 'रियलाइज़' नहीं करते हैं कि आपके इस अन्दर ही अन्दर घुटन का ख़ामियाजा अकेली अंजू को, आपकी मातृहीन बेटी को भुगतना पड़ता है।"

फफक कर रो पड़े मुखर्जी। प्रशान्त ने उन्हें बैठे ही बैठे गले लगाया। कुछ देर रोने के बाद खुद को सम्हाला उन्होंने और बोले—"मैं भी तो मातृहीन हूँ, प्रशान्तजी। मुझे जन्म देते ही मेरी माँ की मृत्यु हो गयी थी। अपनी पत्नी की मृत्यु का कारण मानकर मुझे, अपने एकमात्र बेटे को, बाबा ने कभी माफ़ नहीं किया। पुलिस के कान्स्टेबिल थे बाबा शिलीगुड़ी में। मुझे पाला-पोसा मेरी एक विधवा बुआ ने। मैंने उन्हें हमेशा माँ ही कहा, लेकिन बाबा के सामने कभी नहीं। इतनी छोटी-सी उम्र में भी कितना समझदार हो गया था मैं। जबसे मैंने होश सम्हाला, बाबा को एक खूँख़्वार कान्स्टेबिल के रूप में बदनाम देखा। अजीब था मेरे बाबा का अपनी छोटी असहाय बहन के साथ सम्बन्ध। जब तक होश में रहते तो बहुत लाड़ करते थे उनसे। लगता था बुआ उनकी छोटी बहन नहीं, बल्कि बेटी जैसी लगती थी। मगर जब

शराब के नशे में धुत्त होते तब उन्हें बात-बात पर डाँटते-डपटते तो थे ही, कभी-कभी हाथ भी छोड़ बैठते थे। मैं तो डर के मारे उनके सामने नहीं जाता था। अगर कभी भूलवश उनके सामने पड़ गया तो मेरी ख़ैर नहीं होती थी। इतने निष्ठुर और क्रूर थे मेरे बाबा कि मुझे, जाने किस-किस बहाने कितना-कितना सताया था उन्होंने। वे मुझे पीटते नहीं थे, रुई जैसे धुनते थे। मैं पिटते-पिटते ही किशोर बन गया, लेकिन मेरा पिटना जारी था।''

एकाएक हँसने लगे मुखर्जी और हँसते-हँसते बोले—''वो कहते हैं न कि बारह बरस में तो घूरे के भी भाग फिरते हैं। मैं तो चौदह बरस का हो गया था। उस दिन बाबा बेहद गुस्से में ही घर में आए और घर की चीज़ें उठा-उठाकर इधर-उधर फेंकने लगे। उनका फेंका हुआ कोई बर्तन मेरे माथे से आ टकराया और खून का फव्वारा छूटा। मैं बेहोश हो गया। खून देखकर बाबा को भी झटका लगा, मगर उन्होंने मेरी परवाह नहीं की और धड़धड़ाते हुए घर से बाहर निकल गये। पड़ोसियों की मदद से बुआ ने मुझे अस्पताल पहुँचाया। घाव गहरा था। टाँके भी लगे थे। घाव भरने में काफी समय लग गया। बुआ ज़्यादातर समय अस्पताल में ही मेरी देखभाल में गुज़ारती थी। घर जाती थी बाबा को खाना खिलाने के लिए। बाबा गुमसुम ज़रूर रहते थे, मगर वे कभी नहीं आए मुझे देखने के लिए और न कभी मेरा हाल पूछा। स्वस्थ होने के बाद भी घर जाने को मेरा मन नहीं था। अचानक बुआ को भी लगा मौका अच्छा है और उन्होंने मुझे केलिम्पांग जाने की मिनी बस में बिठा दिया। घर से भाग तो आया था कैलिम्पांग, लेकिन यहाँ मेरा कौन था? यहाँ तो था एक अनाथ ठिठुरता हुआ किशोर। मगर विधि का विधान कैसा विचित्र होता है। जी हाँ, यहाँ पर एक नयी कहानी लिखी जानेवाली थी—'रग्स टु रिचेस'—और क्या खूब लिखी गयी। कैसे एक मामूली कान्स्टेबिल के बेटे ने अपने दमखम पर अपना साम्राज्य खड़ा किया। कैसे एक होटल का बैरा, सिर्फ अपने परिश्रम, लगन, निष्ठा और समर्पण से, बेईमानी और छल से क़तई नहीं, ऐसा भाग्यशाली हुआ कि उसी होटल का मालिक बन बैठा। उसके बाद तो समृद्धि की बारिश दसों दिशाओं से होने लगी। उद्योगपति हुए तो कई कई उद्योग—करोड़पति हुए तो कई-कई करोड़।''

प्रशान्त ने हस्तक्षेप किया—''वाक़ई करिश्मा किया है आपने और अपने लिये इतना विशाल साम्राज्य बना डाला।''

मुखर्जी बिफर पड़े—''नहीं, प्रशान्तजी नहीं! जो कुछ हासिल किया है मैंने, उसकी बात क़तई नहीं करना चाहता... क़तई नहीं। मैं तो उस गाड़े बलगम को थूक फेंकने को बेचैन हो रहा हूँ जो मेरे फेफड़ों में वर्षों से जमा है।

प्रशान्त चौंके—''क्या कह रहे हैं आप?''

मुखर्जी जैसे आग उगलने के लिए बेचैन हो उठे और बोले—''बोलने बैठा हूँ

तो सब बतलाऊँगा, सब कुछ...सब कुछ। कब एक किशोर जवान हो गया, उसे पता ही नहीं चला, क्योंकि वो अपने वित्तीय साम्राज्य की नींव से शिखर तक गड़ने के लिए जुनून के घोड़े पर सवार था।...

"अचानक एक दिन बुआ का तार आया कि वो मरने-मरने को है और मुझे एक बार देखना चाहती है। मैं फौरन अपनी कार में शिलीगुड़ी रवाना हो गया। जब घर पहुँचा तो चकित रह गया। बुआ खूब हँस-हँस कर बातें कर रही थी। उनके पास एक सुन्दर-सी लड़की बैठी थी। उनके पास में ही मेरे बाबा अच्छे-ख़ासे मूड में बैठे थे। बुआ ने जैसे ही मुझे देखा तो लगभग दौड़ती हुई आई और मुझसे लिपट गयी और रो पड़ी। वो लड़की शरमाकर खड़ी हो गयी। बाबा ने पहली बार मुझसे हँसकर बात की और बोले—"क्यों बेटे, मड़ा आया!" बुआ ने बड़े प्यार से उस लड़की से मेरा परिचय कराया। मुझे लगा कि दाल में कुछ काला है। बाद में पता चला, पूरी दाल काली थी। लगभग ज़बरदस्ती उस लड़की से मेरी शादी करवा दी गयी। बाबा रिटायर हो चुके थे। उन्होंने अपना शिलीगुड़ी वाला घर बेच दिया था। जब मैं कैलिम्पांग लौटा तो कार में मेरे साथ थी मेरी पत्नी, मेरे बाबा और मेरी बुआ। कैलिम्पांग में मेरा जो बसेरा था, वो तो अब मेरा घर बन गया। पत्नी जितनी सुन्दर थी, उतनी ही सुशील भी। बुआ को कैलिम्पांग की ठंड बरदाश्त नहीं हुई तो आते ही बीमार पड़ गयी। बाबा ठंड के बहाने पूरी तरह शराब में डूब गये। 'घेनो' की भट्टी के आसपास उन्होंने अपने दोस्त जुटा लिये। वहाँ तो शामिल होकर शराब पीते थे। घर में भी ले आते थे। एक साल के अन्दर मेरा बेटा पैदा हो गया। मैं अपने कारोबार के सिलसिले में इतना व्यस्त रहता था कि अपने बेटे की देखभाल नहीं कर सका। जब तक बेटा थोड़ा बड़ा हुआ तब तक बुआ चल बसीं। मेरे बाबा की संगत में मेरा बेटा बिगड़ने लगा। बड़ी मुश्किल से मैंने उसे सम्हाला। आठ बरस बाद अंजू पैदा हुई। अंजू उस समय मुश्किल से एक साल की रही होगी...।"

मुखर्जी सहसा चुप हो गये और उन्होंने लकड़ी के ढेर सारे टुकड़े फायर प्लेस में डाल दिए। फिर भभकती हुई लपटों की ओर देखते हुए भर्रायी आवाज में बोले—"आख़िर वो काली रात आई। कितनी भयानक और दर्दनाक थी वो रात। मैं कहीं बाहर से लौट रहा था। घर पहुँचा तो दरवाज़ा बन्द था और अन्दर से चीज़ों के गिरने और चीख पुकार की आवाजें आ रही थीं। मैं दरवाज़ा पीटता रहा मगर किसी ने खोला नहीं। अचानक अन्दर से चीख पुकार बन्द हो गयी। जब दरवाज़ा नहीं खुला तो मैं घर के पीछे की खिड़की का काँच तोड़कर अन्दर दाखिल हुआ। पत्नी और बाबा खून से लथपथ मरे पड़े थे। अंजू बेहोश थी। बेटे के हाथ में चाकू था और वो अपने मरे हुए दादाजी के सीने पर सवार होकर उन्हें चाकू से लगातार गोद रहा था। मैंने बड़ी मुश्किल से सम्हाला उसे। पता चला, मेरी पत्नी को अपने हवस का

शिकार बनाया मेरे बाबा ने और फिर उसका गला घोंटकर मार डाला था।''

थोड़ी देर तक बदहवास बैठे रहे मुखर्जी और फिर बोले—''उस रात पहली बार मैंने 'घेनो' पी थी और बेहोश हो गया था।''

अजीब-सा चेहरा बन गया था मुखर्जी का। उनकी आँखें आँसुओं में डूबी लाल हो रही थीं और ओठों पर बेहद उदास हँसी खिलवाड़ कर रही थी।

वे बोले—''प्रशान्तजी, मेरी वो बेहोशी आज तक बरकरार है।''

मुखर्जी काफी देर से सोकर उठे। अंजू को आवाज दी। घर का पुराना नौकर दौड़कर आया, और बोला—''दीदी तो नहीं है, बाबूजी।''

''इतनी सुबह कहाँ निकल गयी?''

''सुबह को तो नहीं मालूम। आप कहते हैं तो सुबह ही है, लेकिन घड़ी में दिन का एक बजा है।''

''हमको जगाया क्यों नहीं?''

''दीदी ने सुबह सात बजे से नौ बजे तक आपको जगाने की बहुतेरी कोशिश की, मगर आप जागे नहीं।''

खूब गुस्से में चीखने को हुए मुखर्जी, मगर चीखें नहीं। खुद को रोकने का कमाल कर बैठे।

फिर धीरे से पूछा—''क्यों रे, कहाँ गयी अंजू? कुछ कहकर गयी।''

हुलसकर बोला नोकर—''बहुत कुछ कहकर गयी—बाबा का हाथ-मुँह धुला देना और कहना मेहमानों को लेकर दीदी सन्तरेवाले बगीचे में गयी है। आप नाश्ता करके वहीं पहुँच जाइए।''

ऑरेन्ज आरचर्ड में तो जश्न का माहौल था। ढेरों बन्दनवार लगाकर खूब सजाये गये थे। स्त्री-कंठ का गायन बहुत मद्धिम स्वर में पूरे 'ऑरचर्ड' में गूँज रहा था। मुखर्जी को समझने में देर नहीं लगी—ये तो गिरिजोदेवी की आवाज है। आवाज क्या है—खजूरी गुड़ की मिठास है।

अचानक मुखर्जी की दृष्टि 'ऑरचर्ड' के फार्म हाउस के सामने फैले आँगन पर पड़ी। रंग-बिरंगी पोशाकों में 'ऑरफनेज' के बच्चे धमाचौकड़ी मचा रहे थे। परमानन्दजी का बचपन लौट आया था। उनके और बच्चों के करतब में फ़र्क़ करना मुश्किल हो रहा था।

मुखर्जी अवाक् देख रहे थे और सोच रहे थे कि बीते दिनों की कड़ुवाहट के

केन्द्र में 'ऑरचर्ड' और 'ऑरफनेज' के बीच चुनाव का जो मसला था, उसे इतनी खूबसूरती से किसने सुलझाया। क्या सूत्रवाक्य बन गया है। 'ऑरचर्ड' में 'ऑरफनेज'। इससे बढ़िया व्यवस्था हो ही नहीं सकती थी।

अचानक मुखर्जी के सामने एक ऊँचा-पूरा लेकिन दुबला दीखनेवाला नौजवान आ खड़ा हुआ। चेहरे पर घनी दाड़ी, आँखों पर चश्मा, अस्त-व्यस्त लेकिन साफ-सुथरा जीन्स पैन्ट, ऊनी जैकेट और मफलर। इतनी ठंड में भी बाँहें चढ़ी हुई।

आते ही उसने मुखर्जी से पूछा—"बाबा?"

मुखर्जी की आँखों में प्रश्न था—"तुमने मुझे कैसे पहचाना?"

नौजवान बोला—"वही तो! जबसे ऑरचर्ड में आया हूँ, सबके मुँह से सिर्फ यही शब्द सुना—'बाबा'। मैंने मन में एक ख़ाका बना लिया था कि सभी जिसे 'बाबा' कहते हैं, वो कैसे दीखते होंगे और जो खाका उभरा वो सिर्फ आपसे मेल खाता था।"

मुखर्जी उत्कंठित हुए—"तुमने तो मुझे ठीक पहचाना। मगर तुम कौन हो कभी देखा नहीं।"

"कल ही ज्वायन किया है मैंने 'ऑरचर्ड'। 'हॉर्टिकल्चरिस्ट हूँ। लेकिन एक ही शर्त रखी गयी है मेरे सामने। पक्की नौकरी तभी मिलेगी जब बाबा मंजूर करेंगे।"

मुखर्जी ने नौजवान को भर नज़र देखा और कुछेक क्षणों के लिए सोच में पड़ गए। फिर सहसा पूछ बैठे—"जानते हो, ये बच्चे कहाँ से आए हैं?"

"जी हाँ, जानता हूँ। मुझे बतलाया गया कि मेहमानों को पहले कहाँ ले जाना चाहिए— 'ऑरेन्ज ऑरचर्ड' या 'ऑरफनेज' में—यही कन्फ्यूजन है।"

"किसने बतलाया तुम्हें?"

"अंजू ने। वेरी सॉरी...मिस अंजलि मुखर्जी ने।"

"तो फिर?"

"मैंने उन्हें तुरन्त सुझाव दिया कि क्यों न ऑरफनेज के बच्चों को मेहमानों के साथ पिकनिक मनाने के लिए 'ऑरचर्ड' में लाया जाए।"

खुश होकर बोले मुखर्जी—"गुड...दैट्स रियली गुड... अ ब्रिलियेन्ट आइडिया।"

"तो मैं समझूँ मेरी नौकरी पक्की?"

"बहुत जल्दी में हो?"

नौजवान सहसा गम्भीर हो गया—"जी हाँ, बहुत जल्दी में हूँ। पता नहीं कब बुलावा आ जाए?"

"कहाँ से?"

"क्या पता?"

त्वरित प्रतिक्रिया में तो मुखर्जी तनाव में आ गये थे, लेकिन उतनी ही त्वरा से वे सहज भी हो गये। उन्हें खुद आश्चर्य हुआ। स्वभाव में इतना परिवर्तन? रातों रात करिश्मा कैसे हो गया? अचानक ही उनके मुँह से निकला—"तुमने कहा—क्या पता और और नीरज की एक पंक्ति मुझे याद आ गयी—

'आज जी भर देख लो तुम चाँद को। क्या पता कल रात ये आए न आए।'

"नीरजजी की यह पंक्ति अच्छी है, लेकिन वे तो गीतकार हैं और गीत का समय तो अब लद गया है। सच पूछें तो कविता का समय ही तिरोहित हो चुका है। हमारा वर्तमान इतना खूँख़्वार है कि हर पल खून की माँग करता है। समाज को नया जीवन देने के लिए सारी विकृत, वीभत्स, कुत्सित काई की मोटी परत के अजगर-पाश में कसमसाती व्यवस्थाओं को जड़ से नष्ट करना होगा। इतनी अधिक सड़ाँध भर गयी है व्यवस्था के नाम पर पोर-पोर में कि ये बदबू अब सहन के परे है। बातों का जमा खर्च ज़रूरी है ताकि दिमाग चौकन्ना रहे। सिर्फ और सिर्फ ताकत से इसे समाप्त करना होगा।"

मुखर्जी हतप्रभ होकर नौजवान की बात सुन रहे थे। अचानक भभक उठे—"ये क्या बकवास कर रहे हो? पागल हो गये हो क्या?"

नौजवान तुरन्त सहज होकर हँस पड़ा—"बाबा, आपने नीरजजी की पंक्ति क्या सुनाई कि मैं विद्यार्थी जीवन की वाद-विवाद प्रतियोगिता के मूढ़ में आ गया था। मुझे माफ़ कर दीजिए।"

मुखर्जी बोले—"लेकिन बेटे जो कुछ तुम कह रहे थे उससे साफ़ ज़ाहिर है कि तुम केवल हॉर्टिकलचरिस्ट नहीं हो, अच्छे-ख़ासे पढ़े-लिखे हो।"

"अरे कहाँ? मैं तो मामूली माली हूँ। फूल और फलों के पौधों से प्यार करता हूँ। बस...। चलिए न, पिकनिक में आपका इन्तज़ार हो रहा है।

उस रात डाइनिंग टेबिल पर दिन भर की पिकनिक का फ्लैश बैंक चलता रहा। बच्चों की धमाचौकड़ी और ख़ासतौर पर परमानन्दजी की चुहलबाज़ी की ऐसी जमी थी जुगलबन्दी कि रात की फ़िज़ाँ में भी वहाँ हंगामा कलाबाज़ियाँ खा रहा था। आज सुबह जो नया नौजवान पिकनिक को नया मॉडल दे रहा था, आज वो इसी घर का एक बेहद ज़रूरी हिस्सा बन चुका था। मुखर्जी को बार-बार बाबा सम्बोधित करने के लिए जैसे उतावला हो रहा था। मुखर्जी भी उसके हर अन्दाज़ का तहेदिल से स्वागत कर रहे थे।

अचानक मुखर्जी पूछ बैठे—"अरे, तुमने अपना क्या नाम बतलाया था, मुझे

याद नहीं आ रहा है।"

नौजवान ने बड़ी मिठास के साथ कहा—"बाबा, मैंने आपको अपना नाम बतलाया ही नहीं है। ज़रूरत ही नहीं पड़ी। आप बार-बार मुझे 'सुनो नौजवान' ही सम्बोधित करते रहे।"

अचानक परमानन्दजी बोल पड़े—"मगर मैं तुम्हारा नाम बतला सकता हूँ।"

नौजवान फीकी हँसी के साथ बोला—"काकू, आप भला मेरा नाम कैसे जान सकते हैं, जबकि मैं खुद अपने माँ-बाप का दिया नाम भूल गया हूँ। मुझे मेरे साथी 'गुरुभाई' कहते हैं।"

अकस्मात् गरिमा बोल पड़ीं—"तुम्हारा नाम मुझे पसन्द नहीं है। मैं तुम्हें एक नाम देना चाहती हूँ।"

सहसा घुटनों के बल बैठ गया नौजवान और बोला—"ऐसा ग़ज़ब मत कीजिए काकीमाँ। मैं अपनी पहचान खोना नहीं चाहता।

इस गुरुभाई ने बड़ी मुश्किल से अपनी पहचान बनाई है।"

प्रशान्त ने हस्तक्षेप किया—"हमें तुम्हारा नाम मंजूर है।"

मृणाल बोली—"लेकिन तुम तो अब तक परोसने में ही लगे रहे। खाना कब खाओगे?"

"मिस अंजलि मुखर्जी ने भी तो अभी तक खाया नहीं है।"

अंजू बोल पड़ी—"आप चिन्ता मत कीजिए। हम साथ-साथ खा लेंगे।"

परमानन्दजी उठ खड़े हुए और बोले—"मंजूर है। हम लोग भी चलें अब। मैं गरिमाजी को मौका नहीं देना चाहता ये कहने का कि परमानन्दजी थक गये हैं।"

हँसते-हँसते सभी अपने कमरों की ओर बढ़ गये। अंजू और नौजवान रसोई में चले गये। अंजू दो थालियाँ सजाने में लग गयी। नौजवान ने उसके करीब जाकर धीरे से पुकारा—"मिस मुखर्जी!"

अंजू उसकी तरफ मुड़ी।

नौजवान ने उसके कन्धों पर हाथ रखकर पूछा—"क्या मैं तुम्हें 'अंजू' बुला सकता हूँ?"

अंजू थोड़ी देर तक उसकी तरफ देखती रही। फिर बोली—"ऐसा क्यों?"

सहसा नौजवान ने अंजू को भींच लिया। अंजू ने हलका-सा प्रतिरोध किया, मगर फिर प्रतिरोध ढीला पड़ गया। वो फिर बोली—"आप मुझे 'अंजू' क्यों बुलाना चाहते हैं?"

नौजवान ने अपने हाथ ढीले किये और अंजू के कन्धों को मजबूती से पकड़कर उसे आमने-सामने कर लिया। उसकी आँखें नम हो गयीं। वो बोला—"क्योंकि...क्योंकि मैं तुम्हारे मुँह से 'दादा' सुनना चाहता हूँ।

अंजू कुछ पलों के लिए अवाक् देखती रही नौजवान को। फिर उसके सीने में मुँह छिपाकर रो पड़ी—''दादा...दादा...दादा।''

ये सब इतनी तेज़ी से घट गया कि लगा जैसे समय तूफान के घोड़े पर सवार था। सामान्य जीवन में अतिनाटकीयता का सहसा प्रवेश घूर्णिवात सा लग रहा था जिसके घेरे में घिरे थे दोनों। एक दुर्दान्त अनहोनी, इतनी सहज होनी में कैसे तब्दील हो गयी कि घोर नाटकीयता के बावजूद सब कुछ स्वाभाविक लग रहा था। कहीं अतिरेक और अकस्मात् का नामोनिशान नहीं था। क्या ज़ोरदार स्क्रिप्ट लिखी विधि ने कि 'हठात्' भी एकदम सहज सरल स्वाभाविक हो गया।

दो युगों के अन्तराल में भाई-बहन का ऐसा मिलन समूची क़ायनात को हिला सकता था, मगर यहाँ तो एक पत्ता भी नहीं हिला। रक्त सम्बन्ध कितना गाड़ा होता है, किन्तु आकस्मिकता की आँच में पिघलकर पानी-पानी हो गया। अंजू के माथे को चूमकर जब दादा अलग हुआ, तो स्वयं को जितना सहज बना सकता था, उसने बनाया और बड़े खुले अन्दाज़ में बोला—''खाने को मारो गोली। एक गिलास भरकर 'ब्लेक टी' पीते हैं।''

अंजू भी खुद को उतना ही सहज बनाती हुई बोली—''नहीं दादा, काली चाय नहीं। मैं तो तुम्हें दर्दीली चाय पिलाऊँगी। शक्कर कम रखूँ या ज़्यादा?''

''लेकिन यह दर्दीली चाय आखिर होती क्या है?''

''अपने क़िस्म की एकमात्र विश्व-विश्रुत चाय है। उसके बारे में बाबा ने एक कविता भी लिखी है।''

''यानी बाबा की पसन्दीदा चाय?''

''और मेरी भी। हाँ, कायदे से इसमें शक्कर किंचित् मात्र अधिक होती है।''

''यानी ओठ चिपकीली? इतनी मीठी चाशनी जैसी जिसे पीते ही ओठ चिपक जाएँ।''

''इसीलिए तो दर्दीली।''

''चल तू बना। मैं देखता हूँ तू कैसे बनाती है?''

''बिलकुल नहीं। एकदम दूर बैठो और वो भी दीवार की तरफ मुँह करके।''

''ऐसी सज़ा क्यों?''

''अरे दादा, मैंने अभी तक दर्दीली चाय पेटेन्ट नहीं करवायी है। यदि तुम नकल कर लोगे तो मेरे एकछत्रत्व का क्या होगा?''

बस थोड़ी देर में चाय से भरे हुए दो काँच के गिलास ट्रे पर बाकायदे टिशू पेपर वगैरह के साथ रखकर अंजू अपने दादा के पास पहुँची—''बाआदब, बामुलाहिजा

होशियार! रानी साहिबा दर्दीली चाय की सवारी हाज़िर है।''

जैसे ही दादा ने गिलास उठाया, अंजू तुनककर बोली—''क्या दादा, सारा मज़ा किरकिरा कर दिया। आपने गिलास ऐसे उठाया जैसे आम चाय हो।''

''यानी वास्तव में ये शाही चाय है।''

''बिलकुल! तौर-तरीका हो बेहद करीना और सलीकेदार।''

''फरमाइए।''

''पहले पारदर्शी पात्र को तत्पश्चात् अन्तर्निहित पेय को नेत्रयुगल से निहारिए। अब ये शब्द 'निहारिए' का अर्थ समझिए। निहारना, मात्र देखना नहीं होता। तत्पश्चात् पात्र से निसृत थरथराते गँधायित वाष्प को नासिका में प्रवेश का मार्ग प्रशस्त कीजिए और फिर अर्धोन्मीलित नेत्र से अधरों से लगाइए और पहला घूँट भरिए।''

अंजू के निर्देशों का अक्षरशः पालन करते हुए दादा ने पहला घूँट भरा।

जीभ की जब पहली-पहली पहचान किसी अचीन्हे-अनोखे स्वाद से होती है तो जीभ उत्सुक और उत्कंठित हो उठती है उस स्वाद को परिभाषित करने के लिए। ऐसा ही कुछ दादा के साथ हुआ स्वाद के धरातल पर। उसे शायद फीकी लुभावनी कड़ुवाहट का मज़ा कहना ठीक-ठीक बैठेगा। उस समय ऐसी सुस्वादु सौंधी मिठास के दंश को दादा ने जीभ से जब महसूस किया तो आनन्दातिरेक में उसकी जीभ जा टकरायी तालू से और एक विह्वल चटाक् ध्वनि तरंगायित हो उठी और स्वतः निष्काषित जीभ को दाँतों तले दबाकर दादा का स्वाद में ओतप्रोत मुखमंडल थरथराया और उनके बोल फूटे—''मार डाला। बड़ी ज़ालिम है तेरी यह दर्दीली चाय।''

अंजू खिलखिलाकर हँस पड़ी—''कैसा अजीब सा मुँह बनाया तुमने। किसी को भी हँसी आ जाती।''

''अब बिलकुल मत बोल। मुझे चाय के दर्द को समझ लेने दे।''

दोनों चुपचाप चाय पीने लगे। हौले-हौले उनकी चुप्पी टीस मारने लगी।

आखिर बोल पड़ी अंजू- उसका गला रुँध गया था—''मैं तो एक बरस की थी जब तुम मुझे छोड़कर चले गये थे।''

''हाँ, मैं नौ बरस का था।''

''बाबा ने तुम्हारा नाम देवव्रत बतलाया था। यह भी बतलाया था कि तुम्हें 'देबू' बुलाते थे।''

''हाँ, तू अंजलि से अंजू हो गयी और मैं देवव्रत से देबू। मगर अब मेरा नाम बदल गया है। नहीं, बदल गया नहीं, बल्कि बदलता रहता है। कितने-कितने नाम, कितने-कितने रूप। जंगल में ही रहना पड़ता है। बहुत ज़रूरी होता है तो बाहर

निकलते वक्त मेकअप करके निकलते हैं।''

अवाक् देखती रही अंजू अपने दादा को—''तुम करते क्या हो?''

अचानक देवव्रत उठ खड़ा हुआ और बोला—''मेरे पास समय नहीं है। मुझे तुरन्त जाना पड़ेगा।''

रुआँसी होकर बोल पड़ी अंजू—''यह क्या कह रहे हो? इतनी रात को, भयानक ठंड में? नहीं, नहीं मैं तुम्हें नहीं जाने दूँगी।''

उदास मुस्कान के साथ बोला देवव्रत—''मैं तुझे और बाबा को देखने आया था। मुझे बहुत दूर जाना है। किसी सुदूर आदिवासी इलाके में। अब शायद ही कभी मुलाकात हो।''

रोते-रोते बोली अंजू—''ऐसा मत कहो, दादा। मैं तुम्हें नहीं जाने दूँगी।''

''तू समझ क्यों नहीं रही है। पुलिस मेरे पीछे पड़ी हुई है। कभी भी पकड़ा जा सकता हूँ। फिर तो खुद को गोली मारने के अलावा कोई रास्ता नहीं बचेगा।''

''ऐसा क्या करते हो, दादा?''

देवव्रत ने एक सीलबन्द पैकेट दिया फिर बोला—''इसे मेरे जाने के बाद पढ़ना। इसी में चिट्ठी भी है।''

अंजू देवव्रत से लिपटकर रोने लगी। देवव्रत ने जल्दी से खुद को अलग किया और चुप रहने का इशारा किया। वो दबे पाँव अपने पिता के कमरे में गया। वे तो गहरी नींद में थे। देवव्रत ने उनके पैरों के पास अपना सिर रखा, स्पर्श नहीं किया, बंगालियों में सोते हुए या लेटे हुए किसी बड़े का चरण-स्पर्श नहीं किया जाता।

पता नहीं, अचानक क्या हुआ कि देवव्रत तेज़ी से उठ खड़ा हुआ और फटी-फटी आँखों से बिस्तर की ओर देखने लगा और पलंग की ओर अँगुली उठाकर बड़बड़ाने लगा—''मुझे याद है...सब कुछ याद है...बिलकुल...बिलकुल साफ-साफ दिखलायी पड़ रहा है। मैं उधर लेटा हुआ था। माँ इधर गहरी नींद में सो रही थी। फायर प्लेस में आँच कम हो गयी थी इसलिए मुझे ठंड के मारे नींद नहीं आ रही थी। मैंने माँ को जगाने की कोशिश की। मगर माँ जागी नहीं। मैंने ज़ोर से आवाज नहीं लगाई क्योंकि तू मेरी गुड़िया...वो...उधर...माँ के बाजू में अलग से रखे झूले में सो रही थी। मैं थरथराता हुआ उठा और मैंने फायर प्लेस के पास रखी लकड़ी के टुकड़े उसमें डाल दिए। धीरे-धीरे लपटें उठने लगीं और मैं वहीं बैठा आग तापने लगा। इतने में दरवाज़ा खुला और दादू अन्दर आए। उनके हाथ में 'घेनो' था और दूसरे हाथ में रस्सी। उनके ओठों में दबा सुलगता हुआ सिगार था। उनकी नज़र मुझ पर नहीं पड़ी। उन्होंने सोफे के पास 'घेनो' वाला बाँस टिका दिया। फिर वो पलंग की ओर बढ़े और उन्होंने माँ के दोनों पैर और हाथ पलंग से बाँध दिए। मैं दौड़कर उनके पास पहुँचा और धीरे से बोला—''दादू, ये आप क्या कर रहे हैं?''

दादू पहले तो थोड़ा सकपकाए फिर मुझे प्यार किया और अपने ओठों में दबा सिगार निकालकर मेरे ओठों के बीच धर दिया। ऐसा वे अकसर करते थे। मैंने सिगार के एक-दो कश लगाए।

दादू बोले—''बहूमाँ पलंग के किनारे पर सो रही है, कहीं गिर न पड़े इसलिए मैंने उसे बाँध दिया।''

दादू आकर सोफे पर बैठ गये और घेनो पीने लगे और मेरे ओठों के बीच से सिगार निकालकर अपने ओठों के बीच फिर फँसा लिया और कश खींचने लगे। कुछेक पलों के बाद वे बोले—''अब तू सो जा।''

मैं पलंग के दूसरे किनारे पर रजाई से मुँह ढाँककर सो गया। कुछ देर बाद...पता नहीं कितनी देर बाद, तेरे रोने की आवाज से मेरी नींद खुल गयी। पलंग ज़ोरों से हिल रही थी। मैं हड़बड़ाकर उठ बैठा। देखा दादू...उस वक्त तो समझ में नहीं आया...मगर अभी याद करके रोंगटे खड़े हो रहे हैं...दादू माँ का बलात्कार कर रहे थे। वे माँ का मुँह अपने ओठों के दबाव से बन्द किये हुए थे। उनके दोनों हाथ माँ के गले पर थे। मैं चीखा चिल्लाया और और मैंने दादू की खुली पीठ पर घूँसे बरसाये। मगर दादू... । पता नहीं मुझे क्या हुआ। मैं रसोई की ओर भागा और वहाँ से चाकू उठा लाया और दादू की पीठ पर चाकू से वार किया। दादू पलंग से नीचे गिर गये। मैं उनके सीने पर बैठकर उन्हें चाकू से गोदता रहा...जब तक बाबा ने मुझे अलग नहीं किया। फिर शायद मैं चीखता-चिल्लाता बेहोश हो गया।''

देवव्रत के पैरों से लिपटकर अंजू ज़ार-ज़ार रो रही थी। मगर आश्चर्य! घेनो के नशे में मुखर्जी गाढ़ी नींद सो रहे थे।

देवव्रत ने अंजू को अपने पैरों से खींचकर गले लगा लिया। रोते-रोते अंजू सिर्फ इतना बोल पायी—''बाबा ने आज तक मुझे कुछ भी नहीं बतलाया। उनके अन्दर सुलगते हुए ज्वालामुखी को आज मैं सही-सही जान पायी। हाँ, इतना ज़रूर बतलाया था कि मेरे एक दादा हैं। नाम भी बतलाया था देवव्रत।''

सहसा देवव्रत ने अंजू को अपने से अलग किया और कहा—''बस, बहुत हो गया। अब मैं चलता हूँ।''

अंजू गिड़गिड़ाती रही—''मत जाओ दादा—प्लीज़ दादा मत जाओ।''

मगर देवव्रत सारे बन्धन तोड़कर चला गया।

अंजू ने पैकेट खोला। उसमें डायरी नहीं थी, बल्कि एक नोटबुक थी, जिसमें देवव्रत ने अपने पिता के नाम पत्र लिखा था। सम्बोधन के ऊपरी हाशिये पर लिखा था—''पत्र हिन्दी में लिख रहा हूँ। इन दिनों इसी भाषा में लिख-पढ़ रहा हूँ।''

पूजनीय बाबा,

बहुत देर तक दो शब्दों का यह सम्बोधन लिखकर बैठा तो बैठा ही रह गया। सूझ ही नहीं रहा था कि कैसे शुरू करूँ—मेरा यह पत्र आपके नाम। पहला और शायद अन्तिम पत्र भी।

मन में तूफान चल रहा था—भयानक शोर। कितनी-कितनी बातें। कितने-कितने लोग। आपसे और ख़ासकर मेरी अंजू से अलगाव के चौबीस वर्षों का लेखा-जोखा या इतिहास...नहीं, नहीं इतिहास नहीं, बल्कि मेरे जीवन में आए पड़ावों का बेतरतीब कोलाज। पता नहीं, क्या-क्या लिखना है, क्यों लिखना है? बस, उधेड़ता रहा और बुनता रहा। आखिर तय पाया कि शुरू से शुरू करूँ। जो कुछ लिखना है, बहुत थोड़े में लिखूँ। विस्तार में लिखूँगा तो निश्चित पटरी से बार-बार उतरना पड़ेगा—अरे ये क्या लिख गया मैं। कहाँ की पटरी? इस पटरी नाम की चीज़ के साथ मेरा कोई रिश्ता ही नहीं बना। मेरे पास अगर कुछ है तो वो है साइकिल। हाँ, मेरी साइकिल की चेन उतरती रहेगी और मैं चढ़ाता रहूँगा और हाथ काले होते रहेंगे। ना-ना, पटरी कतई नहीं, साइकिल की चेन। पिछले 20 वर्षों से साइकिल से ही सफ़र तय कर रहा हूँ। कभी-कभी साइकिल हाथ से पकड़कर पैदल भी चलता रहा हूँ। केवल किसी गाँव या शहर में नहीं, पूरे देश में। मैं और मेरी साइकिल।

उस भयानक काली रात की बात बिलकुल नहीं करूँगा। हाँ, इतना ज़रूर कहूँगा कि उस रात की जो बात कचोटती रही मुझे पिछले चौबीस वर्षों तक, उसके बारे में जब मैं सोचता हूँ तो बस यही कि उस रात दो लाशों और दो बेहोश बच्चों को लेकर, मेरे बाबा, आपने क्या किया होगा? कैसे किया होगा? यह ज़रूर है कि उस रात के बाद खून के लाल रंग ने मेरा पीछा नहीं छोड़ा।

उस रात के बाद तो यादों की कौंध के—कभी पल दो पल ठहरते, फिर तेज़ी से गुज़रते दृश्यों के मोन्ताज हैं मेरे दिमाग में...

...कोलकाता के अस्पताल का बिस्तर...मेरी बदहवास चीख चिल्लाहट... आपका आँसुओं से भरा थरथराता चेहरा...डॉक्टर, नर्सें...और फिर एक लम्बा अन्धकार।

...फिर कोलकाता से बहुत दूर किसी कस्बे के किसी आश्रम का बिस्तर जहाँ मेरी आँखें खुलती हैं...स्वामीजी का सौम्य चेहरा...दिव्य मुस्कान से दमकता...और मैं बिलकुल शान्त...काफी थका हुआ...बार-बार नींद के झोंके।

स्वामीजी किताबें पड़कर सुनाते थे बच्चों की किताबें, बाल कथाएँ और फिर अधूरी किताब मुझे देकर चले जाते थे। मैं उन किताबों को पढ़ता था। पढ़ने में खूब मन लगता था। अब उन बाल कथाओं के बारे में सोचता हूँ तो अवाक् रह जाता हूँ। अद्भुत सरल भाषा में, अजीब घटनाओं का जोड़-तोड़। हर बालकथा में कथानायक

किसी रूप में विद्रोह ज़रूर करता है।

...मैं स्कूल में भर्ती हो गया...होस्टल में रहने लगा...बाबा, आप कभी-कभार आते और ढेर सारा प्यार देकर चले जाते।

...फिर आया वो भयानक मोड़ जिसने मेरी ज़िन्दगी के मायने बदल दिए। कभी-कभी यह ख्याल ज़रूर आता है कि ये मोड़ पूर्व निर्धारित तो नहीं था जिसने एक तयशुदा दुर्घटना की शक्ल में आकर मुझे उस मार्ग पर चलने के लिए विवश कर दिया, जिसका पूर्वाभास आश्रम में मुझे स्वामीजी ने दिया था।

...और दुर्घटना हुई। क्लास में मास्टर साहब मेरे एक सहपाठी को बेरहमी से पीट रहे थे। मैं बेचैन हो रहा था। अचानक मैंने देखा मेरे सहपाठी के सिर से खून बह रहा था। मेरी स्मृतियों में खून जिस विस्फोटक रूप में पैदा हुआ था, उसने अचानक विकराल रूप धारण कर लिया। मेरे मन में अब तक बस चुकी शान्ति वास्तव में बसी नहीं थी। समय की ओढ़नी के नीचे दुबकी बैठी थी। उस दुर्घटना का ऐसा उत्तुंग झोंका आया कि ओढ़नी के आवरण को चीरकर शान्ति को ले उड़ा और शान्ति तिरोहित हो गयी। खून देखकर मुझ पर जुनून सवार हो गया और मैंने मास्टर साहब के माथे पर पत्थर मारकर उन्हें लहूलुहान कर दिया। उन्हें खून से लथपथ देखकर मैं भाग खड़ा हुआ। भागता रहा...भागता रहा... भागता रहा। कस्बा पीछे छूट चुका था। उसके थोड़े फ़ासले पर बसे गाँव को भी छोड़कर मैं जंगल में पहुँच चुका था। थककर चूर हो गया था। गला बुरी तरह सूख रहा था। सिर चकराने लगा और मैं लड़खड़ाकर गिरते ही बेहोश हो गया। कितना समय गुज़र गया मैं नहीं जानता। अचानक मैंने अपने चेहरे पर पानी की बौछार महसूस की। जब मैंने आँखें फड़फड़ाईं तो ऐसा लगा कि एक आदमी मेरे पास बैठकर मेरे चेहरे पर पानी छींट रहा था। मैं धीरे से आँखें खोलने की कोशिश कर रहा था। मुझे लगा कि मेरे आसपास कुछ नौजवान घेराबन्दी करके खड़े थे। और मैंने महसूस किया कि मेरी आँखों पर खुमारी की घेराबन्दी बिखर रही है। मेरे कानों में उन नौजवानों की आवाजें पड़ने लगीं। वे बाँगला में ही बोल रहे थे।

एक नौजवान स्पष्ट बोला—"मास्टर मोशाय, लग रहा है, ये होश में आ रहा है।"

मैं हड़बड़ाकर उठ बैठा। उस आदमी ने, जिसे सभी नौजवान 'मास्टर मोशाय' सम्बोधित कर रहे थे, मुझे बहुत प्यार से पानी पिलाया।

और वे बोले—"पहले थोड़ा खाना खा लो, तुम्हें भूख लग रही होगी। फिर जहाँ जाना हो, हम तुम्हें पहुँचा देंगे।"

भूख के मारे मैं बेहाल तो था ही, रो पड़ा और अचानक कह गया—"मुझे कहीं नहीं जाना है।"

मास्टर मोशाय मुस्कराकर बोले—"अच्छा बेटा, कहीं मत जाना। मगर अभी चलकर खाना तो खा लो।"

मैं खड़ा हुआ तो लगा कि मैं चल नहीं सकूँगा। पैर में बहुत दर्द हो रहा था। एक नौजवान बोल पड़ा—"मास्टर मोशाय, इसके पैर में तो चोट लगी है।"

उन्हीं में से एक हट्‌टे-कट्‌टे नौजवान ने मुझे अपने कन्धे पर डाल लिया और सब चल दिए।

जंगल और घना होता जा रहा था। काफी देर चलने के बाद जंगल के बीच एक खंडहरनुमा पुराने किले के अन्दर हम सब दाखिल हुए। एक साफ-सुथरे कमरे में खाट पर मुझे लिटाया गया। मास्टर मोशाय ने बड़ी फुर्ती से एक फर्स्ट एड बॉक्स से दवाएँ निकालकर मेरी मरहम पट्‌टी कर दी। इतनी देर में एक प्रौढ़ा महिला ने थाली भरकर मुझे भात, दाल, सब्जी परोसी। मैं थाली पर टूट पड़ा। हबड़-हबड़ खाकर मेरी जान में जान आयी। पेट भरा पाया तो मौका ताड़कर नींद ने धर दबोचा और मैं सो गया। सो क्या गया, सोता ही रह गया। ऐसी नींद आई जो टूटने का नाम तक नहीं ले रही थी और नींद जारी रही जागने के बाद भी।

जागते हुए नींद में बने रहना एक ऐसा एहसास है जिसमें जो कुछ हो रहा है, उस होते रहने में मन प्रश्नाकूल नहीं होता।

जब हम नदी में होते हैं और नदी की अपनी धार जब तेज़ होती है तब व्यर्थ हाथ-पैर मारने का निरर्थक प्रयास थका भर देता है, कुछ हासिल नहीं होता। इसलिए बेहतर यही होता है कि नदी की धार में बहते रहो।

दिन-महीने-साल बीतते चले गये...बीतते चले गये... बीतते चले गये। अब तो मैं जैसे वहीं का बाशिन्दा हो गया। कहीं और जाने का मन नहीं करता था। हाँ, बाबा, आपकी याद ज़रूर आती थी, ख़ासकर मेरी लाडली अंजू की।

एक अजीब बन्धन था बेहद प्यार भरा। मनुष्य से नहीं, किताबों से। किताबों का नशा कुछ ऐसा था कि किताबों की दुनिया से बाहर जाने का मन नहीं करता था। मास्टर मोशाय मुझे किताबें खूब देते थे। बहुत बाद में समझ में आया कि मास्टर मोशाय मेरी पढ़ाई-लिखाई का बन्दोबस्त एक ख़ास तरीके से करते थे ताकि मुझे स्कूल-कॉलेज नहीं जा सकने का दुख न हो। अँग्रेज़ी और बाँगला भाषा में ही किताबें ज़्यादा मिलती थीं। हिन्दी की किताबें भी दी गयीं। ये किताबें किसी एक विषय पर केन्द्रित नहीं थीं—विभिन्न विषय थे—ढेरों विषय साहित्य, सामाजिक विज्ञान-समूह के सारे विषय, दर्शन, रहस्यवाद और जाने कितने वाद। इन सारी किताबों में आकाश तो था, लेकिन सारा आकाश नहीं, आकाश का एक टुकड़ा था

जिसे एक ख़ास खिड़की से देखा गया था।

ज्ञान का सागर उमड़ रहा था मुझ पर। किताबों का एक पहाड़ जैसे अम्बार पर मैं बैठा था। ऊँचाई बहुत थी, नुकीली, विस्तार नहीं था। फैलाव के अभाव में यह ऊँचाई एक खड़े पहाड़ का एहसास तो देती थी, सपाट दीवार जैसी। लेकिन लगता था कि हमारी दुनिया में और भी बहुत कुछ है जिसे छू सकना मुझे नसीब नहीं हो रहा था। इसलिए धीरे-धीरे ये एहसास भी जागा कि वो ज्ञान का सागर नहीं था अथाह पानी बँधा हुआ था। एक झील थी जो सिमटती जा रही थी और एक पोखर में तब्दील हो रही थी। हाँ, मगर पोखर का पानी था पारदर्शी। तलहटी तक साफ नज़र आता था।

ज्ञान पिन पॉयन्टेड था। यदि कभी प्रश्न करता मास्टर मोशाय से तो वे कहते—"प्रश्न मत पूछो। मत भूलो कि तुम अर्जुन हो।"

बस, फिर क्या था। अब तो अर्जुन की तरह मुझे चिड़िया की सिर्फ आँख दीखती थी—एक आँख। मेरे आसपास नौजवानों के बीच जो बहसें अकसर सुना करता था, वो अब समझ में आने लगीं। अब तो मैं खूब बढ़-चढ़कर उन बहसों में हिस्सा लिया करता था। ढेरों किताबें लगातार पढ़ते रहने का असर यह हुआ कि उन बहसों में मेरे अकाट्य तर्कों से परास्त मेरे साथियों ने मेरा वर्चस्व स्वीकार लिया।

कभी-कभी मुझे अजीब सा लगता था जब मुझे दसों दिशाओं से पटाखों की आवाजें सुनाई पड़ती थीं—और हाँ, बूटधारी कदमों की कदमताल आवाज भी सुनाई पड़ती थी।

एक दिन मास्टर मोशाय ने फ़तवा जारी किया—"आज से इस नौजवान का नाम होगा—'गुरुभाई'।"

इस फ़तवे के बाद मास्टर मोशाय ने मेरे बायें हाथ की तर्जनी के ऊपरी पोर में सुई से चोट पहुँचायीं। खून टपकने लगा और तर्जनी के नीचे रखे एक काँच के कप में जमा होने लगा। जब थोड़ा खून जमा हो गया तब उन्होंने मुझे वही पंक्ति खून के अक्षरों से एक मोटे काग़ज पर लिखने को कहा—जो मैं आदत से लाचार आपके सामने 'ऑरेन्ज ऑरचर्ड' के द्वार पर बोल पड़ा था—"हमारा वर्तमान इतना खूँख्वार है कि हर पल खून की माँग करता है। समाज को नया जीवन देने के लिए विकृत, वीभत्स, कुत्सित काई की मोटी पर्त के अजगर पाश में कसमसाती व्यवस्थाओं को जड़ से नष्ट करना होगा। इतनी अधिक सड़ाँध भर गयी है व्यवस्था के नाम के पोर-पोर में कि ये बदबू अब सहन के परे है। बातों का जमा खर्च उस हद तक ज़रूरी है ताकि दिमाग चौकन्ना रहे। मगर सिर्फ और सिर्फ ताकत से व्यवस्था को समाप्त

करना होगा।''

अगले दिन मुझे उसी किले के अन्दर खुले मैदान पर मास्टर मोशाय द्वारा बनाये गये खुले कैम्प में ले जाया गया जहाँ फौजी पोशाक में चार दर्ज़न नौजवान अटेन्शन की मुद्रा में खड़े थे। मैं आँखें फाड़े इस चमत्कार को देख रहा था। मास्टर मोशाय ने फौजियों के सामने आवाज लगाई—महानायक कल्कि वीर फौजियों ने समवेत स्वर में नारा लगाया—''ज़िन्दाबाद।''

मास्टर मोशाय ने बहुत थोड़े शब्दों में फौजियों से मेरा परिचय करवाया और कहा—''ये हैं तुम्हारे गुरुभाई।''

तुरन्त फौजियों ने बूट से बूट टकराकर मुझे सेल्यूट किया।

मास्टर मोशाय ने अन्त में मुझसे कहा—''तुम्हारे सामने है कल्कि सेना की एक शाखा। ऐसी ही शाखाएँ हैं हमारे देश के कुछ जंगलों में। हम निरीह पुलिसवालों को सुरंगें बिछाकर मारते नहीं हैं। हम कल्कि पद्धति से उनका घेराव कर उन्हें बन्दी बनाते हैं और धीरे-धीरे कल्कि प्रक्रिया से उन्हें अपनी शाखाओं में शामिल कर लेते हैं। जगह-जगह पर हमारी कल्कि अदालतें मुस्तैद हैं। हमारी कल्कि खोजी शाखाएँ कल्कि पद्धति से छानबीन कर हमारी व्यवस्था से जुड़े हर बेईमान, मक्कार, बलात्कारी, भ्रष्टाचारी, देशद्रोही जैसे घिनौने व्यक्ति को, चाहे वो किसी ओहदे पर या किसी भी प्रतिष्ठान में हो कल्कि अदालतों के समक्ष प्रस्तुत करते हैं और उन्हें केवल एक दंड दिया जाता है—मृत्युदंड। ऐसे घिनौने व्यक्तियों की जो रक्षा करते हैं, उन्हें भी एनकाउंटर से मार डाला जाता है। आज के बाद हर शाखा में 'गुरुभाई' जैसा एक प्रवक्ता होगा जिसे केवल 'भाई' सम्बोधित किया जाएगा। हर शाखा में परेड के पहले 'भाई' कल्कि सिद्धान्तों पर केन्द्रित विचारों की व्याख्या करेंगे। 'गुरुभाई' अकेला सारे देश का दौरा करेगा। गुरुभाई ही समस्त सामान्य 'भाइयों' से संवाद करेगा और फौजियों को भी सम्बोधित करेगा।''

इतना कहकर मास्टर मोशाय ने मुझे एक मूर्ति भेंट की। यह मूर्ति घोड़े पर सवार एक फौजी अफ़सर की थी। उस मूर्ति के सिर पर पगड़ी थी। पूरी मूर्ति लाल रंग की थी। मास्टर मोशाय ने बतलाया कि ये मूर्ति महानायक कल्कि वीर की है।

मास्टर मोशाय ने मुझे याद दिलाया—''तुम्हें याद होगा, बेटा। मैंने तुम्हें एक हस्तलिखित पुस्तक दी थी—'कल्किगीता'।''

''जी हाँ, अच्छी तरह याद है।''

''बस, उसी का अभ्यास करो। वही तुम्हारी गीता है। उसमें तुम्हें हर प्रश्न का उत्तर मिलेगा, लेकिन सिर्फ तभी तक जब तक प्रश्नाकुल मन तिरोहित नहीं हो जाता और रह जाती है शेष केवल प्रश्नविहीन आकुलता।''

थोड़ा रुककर मास्टर मोशाय बोले—''और एक बात। चौंकना मत। हर

विद्रोही के मन में कभी न कभी वैराग्य भी आता है। यह वैराग्य मेरे मन पर काफी दिनों से दस्तक दे रहा है। अब मेरे लिये निर्णय की घड़ी आ चुकी है। मैंने स्वीकार कर लिया है यह नया मार्ग जो मुझे अध्यात्म की ओर उन्मुख कर रहा है। मैंने इसी मार्ग पर जाने की तैयारी कर ली है। तुम लोगों से अब मेरी मुलाकात कभी नहीं होगी। 'कल्कि सेना' में मेरी भूमिका समाप्त हो चुकी है। अब मैं विदा लेना चाहता हूँ। मगर विदा लेने के पहले मैं चाहता हूँ कि एक और किताब तुम तुरन्त पढ़ डालो।''

मास्टर मोशाय ने मेरे हाथ में 'द गॉड दैट फेल्ड' रख दी। मैं तुरन्त पढ़ने में जुट गया और उसे खत्म करके ही उठा।

जाते-जाते मास्टर मोशाय ने पूछा—''क्या तुम्हारा भी मोहभंग हुआ?''

''जी नहीं, इतनी जल्दी नहीं। लेकिन मेरा मन प्रश्नाकुल तो रहता है। कई-कई प्रश्न मन में ताकझाँक करने में जुटे रहते हैं। फिर भी यह कहकर मन को समझा लेता हूँ—''जिसकी रही भावना जैसी, प्रभु मूरत देखी तिन तैसी।''

''अभी तक तो मेरी भावना के प्रतिकूल पूरी तरह नहीं है—कल्कि गीता।''

उन्होंने फिर पूछा—''लगता है अब भी तुम्हारे मन में कोई दुविधा है?''

''जी हाँ, दुविधा तो है। मैं आपसे नहीं छिपाऊँगा। जिस प्रकार आप इस मार्ग को छोड़कर हमेशा के लिए आज जा रहे हैं, क्या इस प्रकार कल्कि गीता का कोई सिपाही, या भाई या स्वयं मैं गुरुभाई, जब उसका मन उचट जाए तब इसे छोड़कर जा सकता है?''

मास्टर मोशाय हँस पड़े, एक दार्शनिक की हँसी, और बोले—''क्या तुम अभी छोड़कर जाना चाहते हो?''

''जी नहीं, बिलकुल नहीं। अभी तो मुझे सुदूर आदिवासी इलाके में जाना है, जिसके लिए मैंने पूरी तरह से मन बना लिया है—दृढ़तापूर्वक।''

''ठीक है। लेकिन तुम्हारी इस दृढ़ता में अचानक तुम दरार महसूस करो तो अपने निकटतम साथियों को स्पष्ट शब्दों में अपने मन की बात कह सकते हो। और छोड़कर जा सकते हो।

''ऐसा पहले भी हो चुका है और हमने उस सिपाही या भाई को जाने से नहीं रोका। हमारा यह परखा हुआ सिद्धान्त है कि हमें छोड़कर जानेवाला गद्दार नहीं हो सकता। हमारी 'ब्रेन वाशिंग' की प्रक्रिया ऐसी है कि हर व्यक्ति स्वेच्छा से हमारे साथ है, क्योंकि हमने किसी को जबरदस्ती शामिल नहीं किया है। हाँ, किसी जाने की इच्छा रखनेवाले को यदि जबरदस्ती रोका जाए तो उस पर विपरीत प्रभाव पड़ सकता है। हमें यह पूरा विश्वास है कि कभी भी हमारा विश्वास नहीं टूटेगा।

''मुझे पता है भले ही तुम कहो कि अभी तुम कल्कि सेना छोड़कर नहीं जाना चाहते, लेकिन तुम्हारे जैसा प्रश्नाकुल मन अंगारों पर जमी राख की तरह बुझी हुई

दीख सकती है। मगर वो दरअसल होती नहीं बुझी हुई राख, क्योंकि अचानक आए हवा के तेज़ झोंके से राख की वो ठंडी मोटी परत जब उड़ जाती है, तब जी उठता है दहकता हुआ अंगारा। दुबका बैठा वैराग्य। लेकिन फिलहाल उस वैराग्य को सोने दो गहरी नींद, क्योंकि अभी तुम्हें बहुत कुछ देखना है।''

''क्या बतलाऊँ, बाबा? मैं देश के कोने-कोने में घूम चुका हूँ। ढेरों अनुभव हैं मेरी इस यात्रा के। बस, एक अनुभव के बारे में आपको जानकारी मात्र दे रहा हूँ।

मैंने एक कल्कि अदालत की कार्यवाही देखी थी। उस तथाकथित सर्वहारा की कचहरी को देखकर 'टेल ऑफ टू सिटीज़' की याद आ गयी थी—खासकर 'गिलोटिन' की।''

इस अदालत की कार्यवाही देखने के लिए हम लोग यानी वे कुछेक नौजवान जिन्हें 'भाई' सम्बोधित किया जाता है और गुरुभाई मैं साथ-साथ चल दिए उसी जंगल की एक निश्चित दिशा में। जंगल घना होता जा रहा था इतना कि हमें कुछ भी दिखलाई नहीं पड़ रहा था—घुप्प अँधेरा। सहसा कई टॉर्च एक साथ जल उठे। और हमने देखा साढ़े तीन दर्जन फौजी, एक घने पेड़ के इर्द-गिर्द गोलाकार खड़े थे। इसी घेराबन्दी में एक कोना खाली था जहाँ पर लम्बी-चौड़ी एक चट्टान थी। इसी चट्टान पर 'भाई' समूह बैठ गया। अचानक एक ख़ास दिशा में टॉर्च की रोशनी केन्द्रित कर दी गयी। इसी दिशा से शेष छह फौजी अपने साथ पाँच सम्भ्रान्त व्यक्तियों को लेकर पेड़ के नीचे पहुँच गये। उन व्यक्तियों के हाथ पीछे बँधे थे और उनके पैर भी इस तरह बँधे हुए थे कि बँधी हुई रस्सी के बावजूद वे सधे कदमों से चल सकते थे। पाँचों व्यक्तियों को पाँच फौजी पकड़कर चल रहे थे। छठे फौजी के हाथ में रिवाल्वर था। पेड़ के इर्द-गिर्द गोलाकार खड़े चार सिपाही पेड़ पर चढ़ गये और चार शाखों से चार फाँसी के फन्दे लटका दिए और अपनी-अपनी शाखा पर बैठ गये। जो पाँच सम्भ्रान्त व्यक्ति बाँधकर वधस्थल पर लाये गये थे, उनमें से प्रत्येक के विरुद्ध आरोप पत्र पढ़े गये, जिनमें से चार व्यक्तियों के लिए सभी उपस्थितों ने एक स्वर में 'फाँसी' की सज़ा सुनाई। तुरन्त चारों व्यक्यिों को पेड़ से लटकते हुए फाँसी के फन्दे पर लटका दिया गया। पाँचवें व्यक्ति के लिए सामूहिक आदेश तड़पा-तड़पाकर मारने का हुआ। उसे पेड़ से बाँध दिया गया और उसे थोड़े-थोड़े अन्तराल में छह गोलियाँ मारी गयीं जिनका निशाना उसके दोनों पैरों, दोनों हाथों, एक पेट पर और अन्तिम गोली उसके भाल के मध्य में दागी गयी।

बाबा ये पंक्तियों मैं जिस निर्विकार भाव में लिख गया, जैसे कोई ख़बर बाँच रहा हो, वैसी सहजता वहाँ थी ही नहीं।

जिन चारों को फाँसी दी गयी उनकी तड़प, घुटी-घुटी चीख और आँखों का फट पड़ना—मेरे लिये बेहद दर्दनाक अनुभव था। यह सब कुछ कुछ पलों में ही समाप्त हो गया हो, मगर मेरे लिये ये पल कभी समाप्त नहीं होंगे।

पाँचवें व्यक्ति के बारे में क्या लिखूँ और कैसे लिखूँ। वो मात्र मृत्युदंड नहीं, नृशंस-अमानुषिक-बर्बर हत्या थी। पता नहीं मैं उस समय अपने स्नायुओं पर कैसे नियन्त्रण रख सका। मेरे अन्दर ही अन्दर भूकम्प और फट पड़े ज्वालामुखी का ऐसा दुर्दान्त प्रभाव पड़ा कि लगा जैसे मेरा अन्त सन्निकट है । मगर आश्चर्य, बाबा कि मैं मरा नहीं।

बाबा, आपके सामने थोड़ा 'कान्फ्रेंस' करने के मूड में हूँ। मैंने कई बार कल्कि गीता पढ़ी है। अकसर पढता हूँ—गीता जो है। मगर क्या करूँ इस प्रश्नाकुल ढीठ मन का जो समाधान की खोज में कल्कि गीता के अक्षर-अक्षर पर आँखें गढ़ाये रहता हूँ। क्या उसे 'द किंग कैन टू नो रांग' मानकर आँखें मूँद लूँ? ख़ैर फिलहाल तो मैं कल्कि गीता के साथ हूँ।

माफी चाहता हूँ बाबा। पत्र बहुत लम्बा हो गया। मगर असली माफ़ी तो इसलिए माँगता हूँ बाबा कि मैं हमेशा आपके दुख का ही कारण रहा, आज भी हूँ और पता नहीं कब तक रहूँगा।

अब तो शायद ही कोलकाता की दिशा में वापस आना हो। बहुत बड़ा देश है हमारा। एक दिशा से विपरीत दिशा के बीच हज़ारों किलोमीटर का फ़ासला है और मेरा एकमात्र वाहन है मेरी ये टूटी साइकिल। इसलिए विपरीत दिशा की ओर जाने के पहले बाबा, आपको और मेरी गुड़िया अंजू को देखने की इच्छा का संवरण नहीं कर सका और अब, कल्कि गीता के प्रति आज तक के अटूट संकल्प के कारण यहाँ ठहर नहीं सकता।

बस, एक ही प्रश्न है जो पिछले चौबीस वर्षों से मेरा पीछा कर रहा है कि मेरे बाबा ने उस काली रात में दो लाशों और दो बेहोश बच्चों को कैसे सम्हाला?

आपके चरणों में शीश रखकर प्रणाम निवेदित है और मेरी लाडली गुड़िया अंजू के लिए बहुत-बहुत प्यार और ढेरों शुभाशीष।

आपका नालायक बेटा

देबू''

इस चिट्ठी को अंजू ने कैसे पूरा पढ़ा, उसके बारे में कुछ भी कहना बेमतलब है। खूब-खूब रोते-रोते अंजू ने जैसे-तैसे चिट्ठी ख़त्म की। देखा तो बाबा लगभग बेहोशी की नींद सो रहे थे। किसी तरह अपनी चीख दबाकर अंजू प्रशान्त के कमरे की ओर भागी। वहाँ पहुँचकर आर्तनाद करती हुई फर्श पर लोटने लगी। प्रशान्त और मृणाल उसकी ओर दौड़े। यहाँ तक कि रूपा भी जाग गयी। मृणाल ने अंजू को अपने अंक में भर लिया। मगर अंजू का आर्तनाद जारी रहा। उसके हाथ से नोटबुक छुड़ाकर प्रशान्त उस चिट्ठी को पढ़ने लगे। लगातार धाड़ें मारकर अंजू के रोने की आवाज परमानन्दजी के कक्ष में भी पहुँची। वे दोनों भी प्रशान्त के कमरे में आ गये।

अब तो गरिमा भी अंजू को सम्हालने में लग गयी।

दो मातृस्वरूपा महिलाओं के स्नेह की ऊष्मा में अंजू ने भी अपनी कोशिशों से खुद को सम्हाला। प्रशान्त ने चिट्ठी पढ़कर उसे परमानन्दजी की ओर बढ़ा दिया। परमानन्दजी ने तुरन्त चिट्ठी नहीं पढ़ी। वे और गरिमा अंजू को समझा-बुझाकर अपने कमरे में ले गये। वहाँ पहुँचकर नींद की गोली खिलाकर अंजू को सुला दिया। उसको अपने से लिपटाकर गरिमा भी लेट गयी। परमानन्दजी सोफे पर बैठकर चिट्ठी पढ़ने लगे।

लगता था उस रात की सुबह नहीं होगी। मगर होनी को कौन टाल सकता है। आखिर सुबह में सुबह होकर रही।

हाथ में चाय लेकर परमानन्दजी सबसे पहले मुखर्जी के कमरे में दाख़िल हुए। पीछे-पीछे पहुँचे गरिमा, प्रशान्त और मृणाल। रूपा को परमानन्दजी के कमरे में अंजू के पास सुलाकर आए थे। अंजू गहरी नींद में सो रही थी। रूपा भी कच्ची नींद में उठ गयी थी इसलिए फिर सो गयी थी।

मुखर्जी भी जागकर लेटे हुए थे चाय के इन्तज़ार में। मेहमानों को कमरे में चाय की ट्रे लेकर आते देखकर हड़बड़ाकर उठ बैठे और बोले—"यह तो उल्टी गंगा बहा दी आपने।"

परमानन्दजी ने ट्रे मेज़ पर रखी और मुखर्जी को बाँहों में भर लिया और वैसे ही थोड़ी देर तक बने रहे।

मुखर्जी हँसते हुए अलग हुए और बोले—"मैं समझ गया और महसूस भी कर रहा हूँ आपके और मेरे दिल का मिलन।"

सब हँस पड़े। मुखर्जी पूरे जोश में हँसे मगर बाकी चारों ने हँसने का सिर्फ धर्म निभाया। पाँचों चाय पीते रहे—बिस्कुट और टोस्ट खाते रहे।

परमानन्दजी चायपान सम्पन्न कर उठ खड़े हुए बोले—"आप तो स्टीम बाथ लेंगे। हम लोग भी तैयार होकर फिर मिल बैठते हैं।"

मुखर्जी ने बाथरूम में एन्ट्री ली। बाकी चारों कमरे से बाहर हो गये।

आधे घंटे बाद चारों फिर मुखर्जी के कमरे में दाख़िल हुए। मुखर्जी थोड़े चिन्तित थे, बोल पड़े—"अरे वाह यह भी खूब रही। आप चारों एक बार फिर। स्वागत है। मगर अंजू बिटिया कहाँ रह गयी?"

परमानन्दजी पूरे शान्त भाव से बोले—"पहले आप इत्मीनान से बैठ जाइए।"

मुखर्जी एकदम चिन्तित हो उठे—"क्यों? अंजू को कुछ हो गया है क्या?"

"अरे नहीं। वो तो खूब गाढ़ी नींद में सो रही है। रूपा भी उसके पास है।"

"मगर ऐसा तो कभी हुआ नहीं।"

परमानन्दजी ने प्रशान्त से कहा—"प्रशान्तजी, आप वो चिट्ठी मुखर्जी मोशाय को दे दीजिए।"

प्रशान्त ने नोटबुक मुखर्जी के हाथों में दे दी।

गरिमा और मृणाल कमरे से बाहर चले गये।

मुखर्जी ने आश्चर्य प्रकट किया—"चिट्ठी? कैसी चिट्ठी? मगर ये तो नोटबुक है।"

प्रशान्त बोले—"उसी में चिट्ठी है। आप चिट्ठी पढ़िये। हम थोड़ी देर में आते हैं।"

"क्यों? ऐसी कोई प्राइवेट चिट्ठी तो है नहीं।"

फिर हँसते हुए खड़े हो गये और बोल पड़े—"अरे, ये तो देबू की चिट्ठी है। मैं जानता था वो दाड़ीवाला नौजवान देबू ही है—मेरा बेटा।"

और मुखर्जी का गला रुँध गया—"मुझे पता है, वो चला गया और चिट्ठी दे गया है।"

परमानन्दजी बोले—"यही बेहतर होगा कि हम लोग कमरे से बाहर चले जाएँ और आप इत्मीनान से चिट्ठी पढ़ लें।"

मुखर्जी ने कुछ भी नहीं कहा। वे तो चिट्ठी में डूब गये थे। प्रशान्त ने इशारा किया और दोनों कमरे से खिसक गये। मगर लगातार टोह लेते रहे।

चिट्ठी के अन्तिम हिस्से पर पहुँचते ही मुखर्जी तमतमाकर उठ खड़े हुए। उन्होंने चिट्ठी वाली नोटबुक फेंक दी। चाय की ट्रे उठाकर फर्श पर पटक दी और चीख पड़े—"क्यों? क्यों? क्यों करते हो वो सवाल? क्यों करते हो? क्यों पूछते हो उसके बाद क्या हुआ?"

आर्तनाद करते हुए मुखर्जी धम्म से सोफे पर बैठ गये और धाड़ें मारकर रोने लगे। रोते रहे...रोते रहे। जब वे जी भरकर खूब रो लिये तब वे बाथरूम में जाकर गरम पानी से मुँह धोकर शान्त भाव से कमरे की फर्श को देखते रहे। उन्होंने सबसे पहले चिट्ठी वाली नोटबुक फर्श से उठाई और अपने तकिये के नीचे रख दी। फिर फर्श पर से काँच के टुकड़े बटोरकर ट्रे में रखने लगे। जब उन्हें पूरा इत्मीनान हो गया कि कमरा पूरी तरह साफ हो गया है तब उन्होंने फायर प्लेस की आग तेज़ की और ट्रे झोंक दी आग में। मुखर्जी खड़े-खड़े फायर प्लेस में तड़कते काँच के टुकड़े देखते रहे। उन्होंने पानी पिया और सोफा सेट के पास रखे रॉकिंग चेयर पर बैठ गये और आहिस्ता-आहिस्ता कुर्सी रॉक करते रहे।

कमरे का दरवाज़ा खुला और इसके पहले कि परमानन्दजी और प्रशान्त प्रवेश करें, मुखर्जी उसी मुद्रा में बैठे-बैठे बोल पड़े—"स्वागत है, अतिथिद्वय का। सोफे

आपकी प्रतीक्षा में है।''

बैठते हुए प्रशान्त कुछ बोलना चाहते थे, किन्तु इशारे से मुखर्जी ने उन्हें रोक दिया। उन्होंने आगत अतिथियों की ओर देखा तक नहीं। फायर प्लेस में जलती आग की लपटों की ओर देखते हुए शान्त भाव से कहा—''यह कहावत तो बहुत मशहूर है—तूफान के आने से पहले शान्ति। मगर आज मैंने एक नया मुहावरा गड़ा है- तूफान के गुज़रने के बाद की शान्ति। मैं अपना नया मुहावरा गढ़ कर खुश हूँ।''

प्रशान्त ने हस्तक्षेप किया—''हम आपकी व्यथा समझ सकते हैं।''

मुखर्जी ने लगभग पलटवार किया—''कितना खोखला शब्द है यह व्यथा। इसका दायरा भी बेहद सँकरा है। प्रशान्तजी, यदि कोई शब्द है जिसका अस्तित्व क्षितिज व्यापी है, तो वो है शान्ति।''

हल्के-हल्के हँसने लगे मुखर्जी और बोले—''कितना अद्‌भुत है यह यथार्थ कि आप नाममात्र प्रशान्त हैं और मैं हूँ आपाद मस्तक प्रशान्त। आय ऍम प्रशान्त परसोनिफायड। मेरा शीनकाफ़ पूरी तरह दुरुस्त है और कील काँटा चुस्त। मैं सोचता था कि बलगम का एक थक्का अभी तक जमा है मेरे फेफड़े में। मगर जिस आँधी से मैं अभी-अभी गुज़रा हूँ उसने मेरे फेफड़े को झिंझोड़कर उस बलगम के थक्के को निकाल फेंका है। अब मैं मुक्त हूँ। इसी मुक्ति का साक्षी बनाना चाहता हूँ आप दोनों को।''

प्रशान्त ने पूछा—''कैसी मुक्तिड़ हम कुछ समझे नहीं।''

''उस प्रश्न से मुक्ति जिसे देबू ने अपने पत्र में दोबारा पूछा है। एक बार शुरू में और फिर अन्त में। प्रश्न है—उस भयानक काली रात मेरे इसी कमरे में उपस्थित दो लाशों और दो बेहोश बच्चों को मैंने कैसे सम्हाला? मैं जानता हूँ कि यही प्रश्न आपको भी कचोट रहा है। तो आप दोनों अपने-अपने नाम को सार्थक करते हुए प्रशान्त एवं परमानन्द भाव से मेरी मुक्ति कथा सुनिए।''

परमानन्दजी और प्रशान्त दोनों हतप्रभ तो थे ही, आशंकित भी थे, मुखर्जी के इस सीधे सपाट व्यवहार से।

प्रशान्त सहसा बोल पड़े—''रहने भी दीजिए। खाहमखाह आपको तकलीफ होगी।''

मुखर्जी का चेहरा एकाएक कठोर हो गया और उसकी आवाज भी थोड़ी भारी हो गयी—''यदि आप ऐसा सोचते हैं तो फिर यह बतलाइए कि क्या आपने मेरे बेटे की मेरे नाम से लिखी चिट्‌ठी पड़ी थी।''

''जी हाँ, पड़ी थी।''

ऊँची तो नहीं हुई मुखर्जी की आवाज मगर निश्चय ही गहरी हो गयी—''किस अधिकार से पड़ी थी? क्या आपको इतना भी नहीं मालूम कि दूसरों की

चिट्ठियाँ नहीं पढ़ी जातीं?"

परमानन्दजी ने स्थिति सम्हालने की कोशिश की—"मुखर्जी मोशाय, यह अपराध तो मैंने भी किया है।"

मुखर्जी के चेहरे पर उदास मुस्कान तैर गयी। वे घुटने के बल परमानन्दजी के सामने बैठ गये—"आप मेरे सम्मान्य अतिथि हैं, पूजनीय साहित्यकार हैं। आप भला कोई अपराध कर सकते हैं? मैं अच्छी तरह समझता हूँ कि आप दोनों मेरे परम हितैषी हैं। हमारा भला सोचकर ही आपने यह चिट्ठी पढ़ी होगी। इसीलिए तो आप दोनों को मैं इस प्रश्न का उत्तर देना चाहूँगा। मैं लाख मना करूँ मगर मेरे फेफड़े में बलगम तो है।"

परमानन्दजी बोले—"यही तो हम जानते हैं और इसीलिए चाहते हैं कि आप बन्द दरवाज़े खोल दें। यही वक्त है। उलीच दें सारा मवाद। नासूर बहुत गहरा है।"

मुखर्जी खड़े हो गये और पलंग के नीचे उस हिस्से पर उनकी नज़रें ठहर गयीं जहाँ पर उनके पिता की लाश पड़ी थी, जिनके सीने पर बैठकर नौ वर्ष का बालक देबू उन्हें चाकू से गोद रहा था—चौबीस साल पहले। वे नज़रें क्या थीं, एक ठहरा हुआ बवंडर था वहाँ, जो अपनी धुरी पर घूम रहा था। उनके चेहरे पर उतर आया था एक घनघोर बादल जो बरसने से इनकार कर रहा था।

उनके बोल फूटे—"मैंने एक झटके से देबू को अपनी गोद में उठा लिया और उसकी कसी हुई मुट्ठी में से चाकू ले लिया। वो चीखा और बेहोश हो गया। मैंने चाकू फेंककर देबू को सीने से चिपटा लिया। मैंने देखा, देबू खून से लथपथ था। उसके कपड़ों और चेहरे पर लगे खून को साफ़ करने के लिए मैं छटपटाने लगा। क्या करूँ? कैसे करूँ? मैंने इधर-उधर नज़रें दौड़ाईं। ऐसा कुछ भी नज़र नहीं आ रहा था जिससे मैं देबू पर पड़े खून के धब्बे मिटा सकता। तब बाथरूम नज़र आया। मैं बाथरूम में घुस गया। देबू के कपड़े उतारे और उसे स्टीम बाथ दिया। मेरे पिता का खून मेरे कपड़ों पर भी तो आ गया था। मैंने अपने भी कपड़े उतारे। देबू के साथ मेरा भी स्टीम बाथ हो गया था। हम बाथरूम से बाहर आए। पहली नज़र पिता पर पड़ी। वे भी तो निर्वस्त्र थे खून से लथपथ। एक ही कमरे में तीन पीढ़ियाँ निर्वस्त्र—पिता, पुत्र, पुत्रवधू और पौत्र।"

मुखर्जी हँस पड़े। ऐसी दीवानगी भरी हँसी कि लगा जैसे कमरा काँप उठा। परमानन्दजी और प्रशान्त स्तब्ध बैठे रहे। हँसते-हँसते मुखर्जी रो पड़े। फिर सम्हले—"देबू को कपड़ों और रजाई से लपेटकर मैंने उसकी माँ की लाश के पास लिटा दिया। मैं खुद बाहर जाने के लिए तैयार हो गया। मेरे सामने दो लाशें थीं—पिता और पत्नी की। दोनों विस्फारित नेत्रों से मुझे घूर रहे थे। आँखों की प्राणहीन दृष्टि में भी चुभन होती है, यह मैंने उस रात महसूस की।

''इन दोनों लाशों की सद्गति कैसे हो, उस प्रश्न से मैं उलझ रहा था। अकस्मात् मुझे याद आई प्रेमचन्दजी की कहानी सद्गति। पत्नी के पैरों और हाथों से मैंने रस्सी खोली और वे रस्सियाँ मैंने अपने पिता के पैरों में बाँध दीं। पिता का शरीर इतना भारी था कि मैं अकेले उसे उठा ही नहीं सकता था। पिता के पैरों से बँधी रस्सी अपने कन्धों से लपेटकर मैं चलने लगा। मेरे पीछे-पीछे पिता की लाश घिसटती हुई मेरा पीछा करती रही। हम दोनों इसी स्थिति में कमरे से बाहर आए, फिर घर के बाहर सड़क पर आ गये और चलते रहे जब तक गहरी खाई के निकट नहीं पहुँच गये। फिर मैंने लाश ढकेल दी खाई में। खाई बेहद गहरी थी। खाई की अतल गइराईयों में पिता की लाश के पहुँचने के बारे में आश्वस्त हुआ, तब वहीं घुटने के बल बैठकर आर्तनाद कर उठा। कैलिम्पांग की उस भयानक सर्द रात के सन्नाटे में मेरा आर्तनाद प्रतिध्वनित होता रहा।

एक बार फिर असहनीय पीड़ा से ग्रस्त मुखर्जी लगभग आर्तनाद कर उठे और फर्श पर ही घुटनों के बल बैठ गये। परमानन्दजी और प्रशान्त उन्हें सहलाते रहे।

प्रशान्त बोल पड़े—''मुखर्जी, अब आप प्लीज़ बस कीजिए।''

आँखें तरेरकर मुखर्जी ने प्रशान्त की ओर देखा और रोता हुआ बोला—''महाशय प्रशान्तजी, किसी में ताकत है जो प्रलय को रोक सके?''

प्रशान्त ने और परमानन्दजी ने सहारा देकर मुखर्जी को उठाया और सोफे पर बिठाया। परमानन्दजी ने गिलास भरकर उन्हें पानी दिया। एक साँस में पानी पी गये मुखर्जी और बाथरूम की ओर तेज़ कदमों से चले गये। किंकर्त्तव्यविमूढ़ बैठे रहे परमानन्दजी और प्रशान्त। अपना मुँह खूब अच्छी तरह धोकर मुखर्जी बाथरूम से बाहर आए और टॉवेल से मुँह पोंछते हुए सोफे पर लेट गये। उनकी आँखें फायर प्लेस की आग की लपटों को घूरती रहीं। वे बोले—''मेरे लिये तो प्रलय की रात ही थी। मैंने पत्नी को अपने कन्धे पर उठा लिया और बाथरूम ले जाकर स्टीम बाथ दिया और फिर पलंग पर लिटाकर उसके शरीर को सुहाग के जोड़े से लपेटा। उनकी खुली आँखों को बन्द कर मैंने उन पर चन्दन का लेप लगाया। उन्हें अपनी दोनों भौंहों के बीच में भाल पर सिन्दूर की बड़ी बिन्दी लगाने का और सिन्दूर से अपनी माँग सजाने का बहुत शौक था। मैंने सिन्दूर की पूरी डिबिया उनके माथे पर और खुले केश पर उड़ेल दी। उन्हें विजयादशमी के दिन माँ दुर्गा के मंडप पर सधवा स्त्रियों के साथ सिन्दूर खेलने का बहुत शौक था। उनके गालों पर सिन्दूर लगाकर मैंने उनके साथ सिन्दूर की होली खेली। अब मेरी प्रिया अपनी अन्तिम यात्रा के लिए तैयार हो गयी। विश्वास कीजिए उस समय मैं बिलकुल नहीं रो रहा था। प्रलय के बीच से गुज़रते हुए भी मैं एकदम शान्त था। मैंने अपनी पत्नी को बड़े सोफे पर लिटाया और देबू को छोटे सोफे पर। मैंने पलंग की चादर बदल दी। पुरानी चादर,

पिताजी के कपड़े और देबू के खून से लथपथ कपड़े, पत्नी की नाइट गाउन—मैं फायर प्लेस की आग की लपटों में बड़े धीरज के साथ एक-एक कर झोंकता रहा, साथ में अपने उतारे गये कपड़े भी। कपड़े स्वाहा होते रहे और मैं कमरे के फर्श की सफाई कर रहा था। कहीं भी एक क़तरा खून का धब्बा शेष नहीं बचा और पूरा कमरा धुल-पुँछ गया। तब मैंने अपनी कार निकाली। पीछे की सीट पर पत्नी को लिटाया और बाँध दिया और ड्राइवर के बगलवाली फोल्डिंग सीट को मैंने खोल दिया ताकि उसमें देबू को लिटा सकूँ और देबू को सीट से बाँध दिया। अपने सीने से अंजू गुड़िया को बाँध लिया और कार लेकर चल दिया। जब हम शिलीगुड़ी के रास्ते के अधबीच तिस्ता पुल पर पहुँचे तब मैंने अपनी प्रिया को तिस्ता नदी की पछाड़ खाती लहरों की ओर उछाल दिया, पुल के ऊपर से ही। उस समय सुबह हो रही थी। सुबह के चार बजे ब्रह्ममुहूर्त में सूर्योदय के साथ मैंने अपनी प्रिया को देवी दुर्गा माँ की प्रतिमा की तरह विसर्जित कर दिया। उसके बाद नान स्टॉप कार चलाते हुए हम देर शाम तक कोलकाता के अस्पताल पर पहुँच गये। नौ साल का देबू और एक साल की अंजू केयर ऑफ हॉस्पिटल।''

और चुप हो गये मुखर्जी। फायर प्लेस पर जमी हुई उनकी आँखें घूमीं परमानन्दजी और प्रशान्त की ओर। वे दोनों मुखर्जी को घूर रहे थे। अकस्मात् जो मुखर्जी की नज़रों से उनकी नज़रें मिलीं तो दोनों विचलित हुए। मुखर्जी की नज़रों में चुका हुआ आर्तनाद अब विद्रूप में तब्दील हो चुका था। सहसा पूछ बैठे मुखर्जी—''क्या देख रहे हैं आप? स्क्रीन तो छायाशून्य हो गया है। प्रोजेक्टर की कर्र-कर्र ध्वनि अब बेमतलब हवा में यों ही तैर रही है। तमाशा ख़त्म हो चुका है। आप दोनों भी आराम कीजिए। मैं भी कुछ पढ़ूँगा, कुछ लिखूँगा। ना-ना मैं लेखक नहीं हूँ। हर लिखनेवाला लेखक तो नहीं हो जाता। अखबारनवीस हूँ। मेरा आज का लिखा कल बासी हो जाता है।''

दोनों अतिथि मुखर्जी के पास गये। उनके कन्धे पर हाथ रखा। मुखर्जी बड़ी मुश्किल से बोले--''थैंक यू।''

लेकिन किसी को पता नहीं चला कि कैलिम्पांग छूटने के पहले रूपा के हाथ में उस उपन्यास की पांडुलिपि लग चुकी थी जो मुखर्जी मोशाय ने लिख रखी थी—आधी-अधूरी। नाम था—'सद्‌गति : एक प्रलय गाथा'। रूपा उसे पढ़कर इतना घबरा गयी कि उसने उसकी चर्चा, अकेले में, अंजू के साथ की।

अंजू ने चौंककर पूछा—''अरे, वो पांडुलिपि तुम्हारे पास है बाबा उसे बेसब्री से ढूँढ़ रहे हैं। बार-बार कह रहे थे कि तुम लोगों के जाने के पहले उपन्यास पूरा

करना चाहते हैं।''

रूपा ने प्रस्ताव किया—''आज की रात मैं आपके साथ सोना चाहती हूँ, क्योंकि मुझे विश्वास है आपके बाबा आज की रात अपने अधूरे उपन्यास को पूरा करेंगे।''

अंजू को भी रोमांच हुआ। उसने रूपा को अपने साथ सोने के लिए बाबा के कमरे पर ही रोक लिया।

उस रात जब मुखर्जी अपने कमरे में दाखिल हुए तो उन्होंने देखा दोनों लड़कियाँ सो रही हैं और मेज़ पर उनके आधे-अधूरे उपन्यास की पांडुलिपि रखी है। वे बेहद खुश हो गये।''

वे 'घेनो' पीते रहे और उपन्यास लिखते रहे और आखिरकार उपन्यास पूरा करते ही दम लिया और सोफे पर ही सो गये।

सुबह जब अंजू और रूपा की नींद खुली तो उन्होंने देखा मुखर्जी सोफे पर ही गहरी नींद सो रहे हैं और उनके सामने मेज़ पर उपन्यास की पांडुलिपि रखी हुई थी। रूपा ने लपककर उपन्यास हथिया लिया और उसे तेज़ी से पढ़ने लगी। अंजू भी साथ में पढ़ रही थी। अंजू ने देखा कि इस उपन्यास के शेषांश में देवव्रत की चिट्ठी भी जोड़ दी गयी थी।

आगामी तीन दिनों तक मुखर्जी अपने कमरे से बाहर नहीं निकले। इस बीच परमानन्दजी और प्रशान्त ने लौटने की तैयारी कर ली थी।

चौथे दिन सभी इकट्ठा हुए मुखर्जी के कमरे में। मुखर्जी जैसे सोते से जागे—और बोल पड़े—''अरे आप सब एक साथ, मुझे आशंका भी थी। कैलिम्पांग के नसीब में परमानन्दजी का साथ यहीं तक लिखा हुआ था। मेरे लिये, ज़हे नसीब, कुआँ खुद चलकर प्यासे के पास आ गया।''

परमानन्दजी की नज़र मेज़ पर रखी पांडुलिपि पर पड़ी—''अरे, मुखर्जी मोशाय, यह तो पांडुलिपि है।''

इससे पहले कि परमानन्दजी आगे कुछ कहते या करते मुखर्जी मोशाय सहसा दार्शनिक मुद्रा में आ गये और पांडुलिपि अपने हाथ में लेकर बोले—''यह जो शब्द है 'पांडु'—इस शब्द के साथ कितने ही अर्थ और निहितार्थ जुड़े हैं। अमूमन हम इस का अर्थ भ्रमवश 'हाथ' समझ बैठते हैं, क्योंकि इस शब्द पांडु के साथ 'लिपि' जोड़कर हम इसे 'हस्तलिखित' मान लेते हैं—'मैन्युस्क्रिप्ट' का हिन्दी अनुवाद। वास्तव में पांडु तो पीताभ है यानी पीला रंग। दरअसल 'पांडुलिपि' का शब्दार्थ तो 'पुराने पीले पत्ते पर लिखी लिपि' है जो पुराने ग्रन्थों के सन्दर्भ में प्रयुक्त होती है।

इसलिए परमानन्दजी, जब आप जैसे विद्वान साहित्यकार मुझ जैसे अलेखक के साथ 'पांडुलिपि' शब्द का प्रयोग करते हैं तब मेरा मूर्ख मन पांडवों के पिता पांडु से जुड़ जाता है और पांडवों की याद आते ही लाक्षागृह की याद आती है जो पांडवों को जलाकर मारने के लिए विशेष रूप से निर्मित किया गया था और फिर मेरा ध्यान केवल 'लाक्षा' शब्द पर अटक जाता है जो ज्वलनशील है।

"तो परमानन्दजी यह जो पांडुलिपि आप देख रहे हैं वह पांडुलिपि नहीं लाक्षालिपि है। ना-ना केवल लाक्षालिपि नहीं यह तो लावालिपि है वो लावा जो ज्वालामुखी से निसृत होता है।

"इसलिए लावालिपि पर हाथ मत लगाइएगा। इसे छूएँगे तो आपका हाथ जल जाएगा।

"और अब देखा जाए तो इस लावालिपि के माध्यम से मेरा काम तमाम हो चुका है। अब इस गलीज़ बलगम को सहेजकर तो रखा नहीं जा सकता।"

और देखते-देखते मुखर्जी ने पांडुलिपि फायर प्लेस में फेंक दी। रूपा दौड़ी उसे बचाने के लिए। मुखर्जी ने उसका रास्ता रोककर गले लगा लिया।

जोशी दम्पती और माथुर दम्पती ने अंजू को गले लगाया।

प्रशान्त बोले—"अंजू बेटी, उम्र में तुम रूपा से बड़ी हो। लेकिन तुम्हारी शादी..."

अंजू ने टोका—"ऐसा फिर कभी मत कहिए। मेरी शादी इस जन्म में तो नहीं होगी।"

"अच्छा...अच्छा इस बात पर ज़ोर देकर मैं तेरा दिल नहीं दुखाना चाहता। तुम तो जानती हो कैलिम्पांग से मुझे अजीब-सा लगाव है।"

मुखर्जी खुश हो गये, बोले—"क्या बात है प्रशान्तजी, आपने तो हमारा दिल खुश कर दिया।"

"खूब गुज़रेगी जब मिल बैठेंगे दीवाने दो।"

कहीं से आवाज सहसा उभरी—"बड़ा घिसा-पिटा शेर है।"

मुखर्जी चौंककर पूछ बैठे। "किसी ने कुछ कहा क्या?"

परमानन्दजी बोले—"नहीं कहा तो नहीं। बस, सोच रहे थे।"

चलने की तैयारी में मुखर्जी सबसे खूब प्यार से मिले और बोले।

"परमानन्दजी, आपने सचमुच बड़ी अनुकम्पा की मुझ पर जो आप मेरे घर पर पधारे, लेकिन अड़सोस, पूरी छुट्टी भर आप नहीं रुक सके।"

"अगली गर्मी में सही हम फिर आएँगे। सच कहता हूँ मुखर्जी साहब कैलिम्पांग वास्तव में ऐसी ज़गह है जहाँ लम्बे समय तक ठहरा जा सकता है। और हाँ, आप भी तैयारी कीजिए हम बहुत जल्द रूपा बिटिया की शादी में मिलेंगे।"

मुखर्जी ने रूपा को विशेष तौर पर गले लगाया और बोले—"वादा रहा बिटिया, तुम्हारी शादी में हम दोनों ज़रूर आएँगे। बाबा से कहकर यह खुशखबरी कम से कम एक महीने पहले भेजना।"

"तो फिर तैयारी अभी से कर लीजिए। एक माह पहले की सूचना आज ही दे रहा हूँ।"

परमानन्दजी बोले—"इसलिए मुझे शहनाई की आवाज सुनाई पड़ रही है।"

सहसा जैसे बादल छट गये।

शहनायी तो सचमुच बजी निर्धारित तिथि पर।

रूपा दुल्हन बनी बैठी थी। बारात दरवाज़े पर खड़ी थी। प्रशान्त और मृणाल का लखनऊ वाला घर सगे-सम्बन्धियों से भरा था।

मगर दुल्हन रूपा रूठी बैठी थी।

उसे कैलिम्पांग के मुखर्जी मोशाय के शब्द याद आ रहे थे—"वादा रहा बिटिया, तुम्हारी शादी में हम दोनों ज़रूर आएँगे।"

मगर ऐन वक्त पर मुखर्जी चाचा बीमार पड़ गये। इसलिए वो आ नहीं सकते थे और उन्हें बीमारी की हालत में छोड़कर अंजू भी नहीं आ सकती थी। इसलिए दुखी होते हुए भी रूपा ने उन दोनों की विवश अनुपस्थिति को भारी मन से स्वीकार कर लिया था।

लेकिन उसका मन परमानन्दजी और गरिमाजी की अनुपस्थिति को किसी हालत में स्वीकार करने पर राज़ी नहीं था और तो और उन्होंने कोई सन्देश भी नहीं भेजा था।

तुनक मिज़ाज रूपा ने तो अपने तेवर तीखे कर लिये थे—"नहीं करूँगी शादी, बिलकुल नहीं, कतई नहीं—जब तक काकू—काकी माँ हाज़िर नहीं होते हैं।"

पिता ने अपनी आवाज में इतना मिठास घोला मानों चाशनी परोस रहे हों। बोले—"रानी मुनिया, लाडली बिटिया! बारात दरवाज़े पर खड़ी है।"

"खड़ी क्यों है? आराम से बैठ क्यों नहीं जाती?"

माँ ने थोड़े तेवर दिखाए—"बारात क्या फालतू है? सभी को चिन्ता हो रही है। मुहूर्त निकला जा रहा है।"

रूपा ने आँखें तरेरकर देखा और तेज़ी से बाहर जाने को हुई। पिता ने जैसे-तैसे सम्हाला उसे। रूपा ने उनका हाथ छुड़ाने की कोशिश तो नहीं की, मगर बोली—"छोड़िये मुझे, मैं बारात रवाना करके आती हूँ।"

मान-मनौवल के दौर ऐसे चल रहे थे कि घर पर आए सगे-सम्बन्धी भी बिफरने को हुए। एक महिला तो बोल पड़ी—''मेरी बेटी होती तो मैं खींचकर एक चाँटा मारती और वो भीगी बिल्ली-सी जाकर बैठ जाती मंडप में।''

इससे पहले कि रूपा कुछ बोलती, उस महिला के पति ने उसे खूब डाँटते हुए स्थिति सम्हाली और रूपा के मित्रों से बोल पड़े—''आप जोशीजी को फोन क्यों नहीं करते?''

''जब से रूपा की शादी तय हुई है, तब से कम से कम पचास फोन करता हूँ—रोज़। घंटी जाती है, मगर कोई भी फोन नहीं उठाता है।''

बोल तो गये मगर उनके चेहरे को अगर किसी ने उस समय पढ़ा होता तो पता चलता कि न केवल वे झूठ बोल रहे थे, बल्कि किसी भयानक हादसे को छिपा रहे थे।

कभी-कभी संयोग भी चमत्कार जैसा होता है। चमत्कार याने टेलीफोन की घंटी बजी। रूपा सबको ढकेलती, कूदती-फाँदती हुई फोन की ओर लपकी और बिना हलो किये बरस पड़ी—''मैं जानती हूँ, काकू। यह आपका फोन है। अभी तक कोई बहाना नहीं सूझ रहा था न इसलिए मौन धारण कर लिया था। अब बोलिए, क्या बहाना है?''

वाकई फोन जोशीजी का था। बोले—''तू कैसे जान गयी कि मैंने...''

बात काटकर रूपा बोली—''अरे, मैं कुछ नहीं सुनना चाहती। बस इतना बतला दीजिए कि आप और काकी माँ मेरी शादी में क्यों नहीं पहुँचे? और ये भी नोट कर लीजिए कि जब तक आप दोनों नहीं आएँगे, मैं शादी नहीं करूँगी।''

उस तरफ फोन पर सहमा-सहमा सा सन्नाटा पंछी-सा पंख समेटता बैठ गया।

रूपा लगभग चीख पड़ी—''हद हो गयी, आप चुप क्यों हैं?''

उसी समय फोन पर काकीमाँ के फफककर रो पड़ने के आर्तनाद से सहम गयी रूपा—''अरे काकू? आखिर हो क्या रहा है? काकीमाँ इस तरह क्यों रो पड़ीं?''

जोशीजी बड़ी कोशिश से इतना भर बोल सके—''बेटी विदाई होगी न, इसलिए...''

''मेरी विदाई? अरे काहे की विदाई। पिता के घर से पति के घर जा रही हूँ काकीमाँ तो ऐसे रो पड़ीं जैसे मेरी संसार से विदाई हो रही है।''

जोशीजी फूट पड़े और रुँधे गले से बोले—''शुभ-शुभ बोल बेटी।''

इससे पहले कि रूपा कुछ बोलती, उसके पिता ने उसका फोन कट कर दिया और रूपा के कुछ कहने के पहले बहुत प्यार से बोले—''मेरी रानी गुड़िया, मैं तुझे

बताना नहीं चाहता था। मगर सच यह है कि एक दुर्घटना में तेरे काकू और काकी माँ घायल होकर अस्पताल में भर्ती हैं।''

रूपा ने अपने पिता की ओर घूर कर देखा—''बाबा, आप मुझसे कुछ छिपा रहे हैं। कोई दुर्घटना नहीं हुई है। कुछ और हुआ होगा, वरना काकीमाँ...।''

पिता ने रूपा के मुँह पर हाथ रख दिया और उसे अपनी बाँहों में भरकर ऐसे कमरे में चले गये, जो ढेर सारे सामान से अँटा पड़ा था, मगर वहाँ कोई व्यक्ति नहीं था। पिता ने कमरे का दरवाज़ा बन्द कर दिया और रूपा की आँखों में अपनी भीगी आँखों से झाँककर देखा। अपने पिता की आँखों में अपार करुणा देखकर पिघल गयी रूपा और रुँधे गले से बोली—''आप मुझे इस तरह क्यों देख रहे हैं?''

''देख रहा हूँ कि मेरी एकमात्र सन्तान इतनी बड़ी हो गयी है कि आज उसकी शादी है। मगर वो मेरी एकमात्र बेटी यह क्यों समझ नहीं रही कि बेटी की शादी के साथ माता-पिता की इज़्ज़त जुड़ी होती है। तुम जिस बात के लिए ज़िद कर रही हो, उसे हमारे सारे नाते रिश्तेदार समझ ही नहीं सकते। वो तो यही कहेंगे कि मेरी बेटी शादी से इनकार कर रही है। तुम समझ नहीं रही हो कि तुम्हारी इस ज़िद का भयानक अनर्थ हो जाएगा। बेटी—बेटी! तेरी शादी के साथ हमारी इज़्ज़त दाँव पर लगी हुई है। थोड़ी सी भी ऊँच-नीच हो गयी तो मैं किसी को मुँह दिखाने लायक नहीं रहूँगा। मेरे पास सिवाय ज़हर खाने के और कोई रास्ता नहीं बचेगा।''

रूपा सिसकती हुई अपने पिता से लिपट गयी—''मुझे माफ़ कर दीजिए। बाबा, मुझसे बहुत बड़ी नादानी हो गयी।''

रूपा की बात काटकर पिता बोले—''सिर्फ इतना ही नहीं, तुझे यह समझना होगा कि सिर्फ शादी तक नहीं, बल्कि ससुराल जाने के बाद भी जब तक हम न कहें, तू काकू-काकीमाँ का नाम भी नहीं लेगी।''

कुछ देर तक आँखें फाड़ें रूपा अपने पिता को देखती रही, फिर अपनी नज़रें झुका लीं—''बाबा, आप निश्चिन्त रहें। मैं पूरी गहराई से आपकी बातों की गम्भीरता अच्छी तरह समझ गयी हूँ। मैं बहुत खुश रहूँगी और आपको शिकायत का मौका नहीं दूँगी।''

शादी, विदाई, रस्मोरिवाज़, हनीमून, विदेश यात्रा आदि में तीन महीने गुज़र गये। रूपा ने तो कमाल कर दिया। अपने पिता की सीख को अपने संयम की मिसाल बना दी उसने। इस बीच अपने काकू-काकी माँ को भूलकर भी कोई ज़िक्र किसी से नहीं किया—यहाँ तक कि अपने माता-पिता से भी नहीं।

ऐन इसी वक्त खुशखबरी यह आई कि रूपा के पति का प्रमोशन हो गया।

क्रेडिट रूपा के खाते में लिखी गयी कि उसी के भाग्य से पति का प्रमोशन हुआ। मगर समस्या यह आ खड़ी हुई कि रूपा के पति का प्रमोशन और ट्रान्सफर एक साथ हुआ। किसी नयी ज़गह, नयी नवेली दुल्हन को ले जाना सम्भव नहीं था, क्योंकि रूपा न केवल नयी-नवेली थी, बल्कि उम्र में भी छोटी थी। शुरू-शुरू में तो रूपा के पति को भी कम्पनी के गेस्ट हाउस में रहना पड़ेगा, फिर घर बसाने की तैयारी होगी। उसमें एक-दो महीने का समय तो यों ही निकल जाएगा। इसलिए तय यह हुआ कि रूपा इस बीच मायके चली जाए।

रूपा मायके पहुँच गयी। एक सप्ताह तो सखी-सहेलियों, नाते-रिश्तेदारों से मिलते-मिलते गुज़र गया। मगर रूपा का कमिटमेन्ट जारी रहा। उसने मायके में भी काकू-काकीमाँ का नाम भी नहीं लिया।

और ऐसे में एक दिन जोशीजी सपत्नीक आ पहुँचे, बिना पूर्व सूचना के। यानी सूचना रूपा को नहीं दी गयी थी।

रूपा ने उन्हें देखा तो आँखें फाड़े उन्हें देखती रह गयी।

काकी माँ के थोड़ी-थोड़ी सफेदी लिये अधिकतर काले बाल, महज़ तीन महीनों में शफ्फाफ सफेद कैसे हो गये? उनके चेहरे के नमक में काली मिर्च कैसे घुल गयी? झुर्रियों की रेखाएँ मोटी-मोटी कैसे हो गयीं? उनका हलका भरा-भरा शरीर सहसा सूख कैसे गया? और काकू की आँखों में हमेशा खेलती खिलखिलाती हँसी, स्थायी उदासी में कैसे तब्दील हो गयी? उनके ओठों पर सदाबहार मुस्कान सहसा उदास मुस्कराहट में कैसे रूपान्तरित हो गयी?

बहुत ज़ोरों से रोना आ रहा था रूपा को। वो काकी माँ से बेतरह लिपट गयी। काकीमाँ भी फूट पड़ी।

कुछ देर तक तो किसी ने किसी से कुछ नहीं कहा।

फिर माहौल को सहज बनाने की हिकमत करते हुए जोशीजी ने गला साफ किया और उसी पुराने अन्दाज़ में बोले—"मैंने कहा रूपा साहिबा, हम भी पड़े हैं राहों में।"

रूपा काकी माँ से बमुश्किल अलग होकर काकू से लिपट गयी। जो भाप का गोला उनके कंठ में अटका था, उसे आँखों के रास्ते पर सरकता पाकर जोशीजी ने कंठ और आँखों के बीच के रास्ते पर सोख्ता बिछाने का ऐसा पुख्ता काम किया कि उनकी आँखें नम भर हो पायीं।

हलके मूड में बोल पड़े परमानन्दजी, अपनी पत्नी गरिमा से—"रानी, हमारी रूपा बिटिया को इतना तो समझा दो कि हमारे प्यार की भूख जितनी तेज़ है, उससे थोड़ी कम सही, मगर पाजी पेट की भूख भी तो है।"

रूपा के माता-पिता हँस पड़े। रूपा ने काकू और काकी माँ को हाथ पकड़कर

बिठाया और बोली—"आप तो हमें भूल गये। लगता नहीं है आप दोनों को कि आपसे मिले तो हमारी सदियाँ गुज़र गयी हैं। उसकी भरपाई भी तो होनी चाहिए। लेकिन हमें आप दोनों से शिकायत है। क्या हाल बना रखा है आप दोनों ने, ख़ासकर काकीमाँ तो पहचान में ही नहीं आ रही हैं।"

रूपा के पिता ने अचानक हस्तक्षेप किया—"भोजन ठंडा हो रहा है।"

परमानन्दजी बोल पड़े—"रूपा बिटिया हमें आज्ञा दें तो हम टूट पड़ें भोजन पर।"

दिवा निद्रा के बाद सब मिल बैठे तो आखिर रूपा को पता चल ही गया कि भयानक सड़क हादसे में जोशी दम्पती की एकमात्र सन्तान, उनके एकमात्र पुत्र और पुत्रवधू की मृत्यु हो गयी थी। इसी कारण से वे दोनों रूपा की शादी में नहीं आ सके थे। उनकी एकमात्र पोती की मृत्यु तो बहुत पहले ही इसी तरह के एक हादसे में हो गयी थी। अब तो बस जोशी दम्पती दो एकान्त भोग रहे हैं।

रूपा को इस हादसे की ख़बर से गहरा झटका लगा यही सोचकर कि जिस मर्मान्तक दुख की घड़ी में वयोवृद्ध जोशी दम्पती के बगल में जाकर रूपा को खड़ी होना चाहिए था, उस समय वो अपनी शादी रचा रही थी। इस हृदय विदारक दुर्घटना को जोशी दम्पती ने कैसे झेला होगा बिलकुल अकेले। मित्र, पड़ोसी ज़रूर रहे होंगे उनके पास, किन्तु कोई अपना नहीं था उनके पास।

इस गहरे सदमे ने उसके काकू-काकीमाँ को, विशेष रूप से काकीमाँ को भीतर से तोड़कर तहस-नहस कर दिया था। सिर्फ तीन महीने में उनकी उम्र लगा जैसे दस वर्ष बढ़ गयी थी। यों तो रूपा खूब समझ रही थी कि उन दोनों बुजुर्गों के समक्ष अपना आपा खोने से बुजुर्गों की तकलीफ और बढ़ जाएगी और बेहद-बेहद गहरा घाव फिर से हरा हो जाएगा। लेकिन भरपूर कोशिश करने के बावजूद वो उन दोनों के सामने सहज नहीं हो पा रही थी। वो किसी न किसी बहाने कमरे के बाहर जाती और रो-धोकर फिर अपनी जगह पर आकर बैठ जाती थी, उसके चेहरे पर उसके मन के अन्दर के हाहाकार की छाप तो निरन्तर बनी हुई थी। वो तो बात ही नहीं कर पा रही थी। बातों की कोशिश करती तो उसे फिर रोना आ जाता और मुँह छिपाकर अन्दर चली जाती।

परमानन्दजी और गरिमाजी को रूपा के लिए बहुत चिन्ता हो रही थी। रूपा का यों टूटना उन्हें बेहद खल रहा था। आखिर कोई करे तो क्या करे? अचानक गरिमाजी को एक उपाय सूझा। उन्होंने रूपा की आँख बचाकर परमानन्दजी के कान में कुछ कहा। परमानन्दजी के चेहरे पर सन्तोष झलका। वे बाथरूम के बहाने अन्दर

गये और थोड़ी देर बाद आ गये।

लगभग पन्द्रह मिनट बाद प्रशान्त के घर के बाहरी बरामदे से अचानक कैलिम्पांग के मुखर्जी मोशाय की ऊँची आवाज सुनाई पड़ी। शायद वो किसी से फोन पर बात कर रहे थे—''हाँ, मैनेजर साहब, कैलिम्पांग में सब ठीक-ठाक चल रहा है। हाँ...हाँ...समझ गया। अरे, यहाँ के बारे में क्या बताऊँ? हम मुम्बई से लखनऊ आ गये हैं, परमानन्दजी और गरिमाजी के साथ। लेकिन लखनऊ में तो हमें कोई पूछ ही नहीं रहा है। इसलिए हम अभी कैलिम्पांग के लिए रवाना हो रहे हैं।''

आश्चर्यचकित रूपा ने बरामदे का दरवाज़ा खोला और खुशी से चीख पड़ी—''अरे, मुखर्जी चाचा आप? मुझे अपनी आँखों पर विश्वास नहीं हो रहा है।''

रूपा दौड़कर मुखर्जी मोशाय से लिपट गयी और फिर रो पड़ी।

मुखर्जी ने रुँधे गले से कहा—''देख बेटी रूपा, तू अगर ऐसे ही रोती रही तो मैं एयरपोर्ट पर अंजू को फोन कर दूँगा कि उसे रूपा के घर आने की ज़रूरत नहीं है। वो सीधे कोलकाता की फ्लाइट पकड़ ले।''

रूपा आँसू पोंछकर चिल्लाई—''कहाँ है अंजू दीदी?''

''तू तो रोने से बाज नहीं आ रही थी। इसलिए मैंने उसे एयरपोर्ट भेज दिया और अब मैं भी जा रहा हूँ।''

उसी समय बरामदे के खम्भे के पीछे छिपी अंजू दबे पाँव आई और उसने रूपा की दोनों आँखें ढँक दीं।

आधी हँसती, आधी रोती तुनककर बोली रूपा—''अंजू दीदी, मुझे विश्वास नहीं हो रहा है।''

अचानक मुखर्जी मोशाय एवं अंजू के प्रवेश के सुखद अचम्भे के तडित प्रभाव से परिवेश पर हावी घनीभूत कुहासा छँट गया और छा रहे अन्धकार में उजास फैल गया।

एक सप्ताह तक लखनऊ का घर गुलज़ार रहा।

मुखर्जी मोशाय के नये और बेहद खुशगवार बर्ताव से सभी चकित तो थे ही सन्तुष्ट भी थे। बात-बात पर खूब जोरों से हँसना और हँसाना मुखर्जी मोशाय की मुख्य भूमिका बन गयी। परमानन्दजी के अन्तस में तो अनन्त अमृत था। वे उसी मुद्रा में पुनः अवतरित हुए जिस मुद्रा में वे कैलिम्पांग जाते हुए आसाम मेल के सफ़र में थे। उनके इस परिवर्तन का प्रभाव गरिमाजी पर भी पड़ा और वो भी हँस-हँसकर बातें करने लगीं। ऐसा लगा जैसे सभी आसाम मेल में सफ़र का मज़ा उठा रहे हैं और इस मज़े में दो नये मुसाफिर आ जुड़े थे—मुखर्जी मोशाय और अंजू।

बातों-बातों में रूपा को भी पता चल गया कि उसके विवाह में मुखर्जी और

अंजू की अनुपस्थिति किसी के बीमार पड़ने का कारण नहीं थी। दरअसल, मुखर्जी मोशाय को उनके किसी साहित्यकार मित्र ने यह त्वरित सन्देश भेजा था कि परमानन्दजी के परिवार में ऐसी मर्मान्तक दुर्घटना हो गयी थी इसलिए मुखर्जी मोशाय और अंजू हेलिकॉप्टर से कोलकाता आए और वहाँ से मुम्बई की फ्लाइट पकड़ ली। इन दोनों के मुम्बई पहुँचने पर परमानन्दजी और गरिमा को भारी सान्त्वना मिली। तबसे लगातार वे दोनों जोशी दम्पती के साथ मुम्बई में ही बने हुए थे। माथुर दम्पती भी बाद में उनसे मिले थे जैसे ही वे दोनों रूपा के विवाह के अनुष्ठानों से मुक्त हुए।

चूँकि रूपा के मायके आने की सूचना माथुर दम्पती को मिली इसलिए वे पहले ही लखनऊ पहुँच गये थे। एक सप्ताह बाद जोशी दम्पती और मुखर्जी-अंजू साथ-साथ लखनऊ पहुँचे। योजना ऐसी ही बनायी गयी थी कि जोशी दम्पती सीधे प्रशान्त के घर जाएँगे और मुखर्जी अपने किसी रिश्तेदार के यहाँ तब तक ठहरेंगे जब तक परमानन्दजी उन्हे प्रशान्त के घर पहुँचने का इशारा नहीं करते।

इसी गहमागहमी में एक सप्ताह बीत गया।

रूपा के पति का घर वापस जाने का कार्यक्रम जैसे ही बना मुखर्जी और अंजू कैलिम्पांग चले गये और रूपा को लेकर ये चारों रूपा के पति के घर पहुँचे।

वहाँ तो रूपा के पति ने एक बहुत बड़ी ग्लैमरस पार्टी का ज़बरदस्त दिखनौटा आयोजन किया था। इसे गृहप्रवेश के बजाय हाउस वार्मिंग पार्टी का नाम दिया गया था।

इस पार्टी में रूपा के प्रोफेसर पिता, माता—प्रशान्त और मृणाल के साथ साहित्यकार परमानन्दजी जोशी सपत्नीक गरिमाजी के साथ शामिल थे।

विदेशी शराब के दौर चल रहे थे। यों तो परमानन्दजी शराब पीते थे, किन्तु शेष तीनों का साथ देते हुए उन्होंने शराब नहीं पी। जोशीजी शराब के अन्दाज़ में गिलास में काली चाय पी रहे थे और शेष तीनों कोल्ड ड्रिंक ले रहे थे।

इन चारों को महत्त्व देने के लिए आला अफ़सर इनके ही आसपास कुर्सी डालकर बैठ गये। इनमें से एक की नज़र जोशीजी के गिलास पर पड़ी वो बोल पड़ा—"आय एम अ लिटिल सरप्राइज़्ड टू सी दी कलर ऑफ योर ड्रिंक।"

जोशीजी हँसते हुए बोले—"दरअसल मैं कोल्ड ड्रिंक नहीं पीता हूँ और हॉट ड्रिंक में मेरे नसीब में सिर्फ काली चाय लिखी हुई है। मैं अगर कप में चाय पीता तो अटपटा लगता, इसलिए मैं गिलास में चाय पी रहा हूँ।"

उस अफ़सर ने अफ़सराना ठहाका लगाया और बोला—"वेरी इन्टरेस्टिंग। आय वुड लाइक टु नो मोर अबाउट यू।"

"आपका स्वागत है।"

अफ़सर अकचकाया—''बट व्हाई दिस स्पेशल स्वागत।''

प्रशान्त ने हस्तक्षेप किया—''यू वेयर इन्टरेस्टेड टु नो मोर अबाउट हिम, सो ही सेड—यू आर वेलकम—प्लीज़ आस्क एनिथिंग।''

अफ़सर ने फिर वही अफ़सराना ठहाका दोहराया—''हाउ सिली ऑफ मी। इन फैक्ट टू मच हिन्दी इज़ वेरी डिज़गस्टिंग।''

परमानन्दजी अपनी वाली पर आ गये—''सॉरी, आय डिड्न्ट नो दैट यू आर ऍन इंग्लिशमैन।''

''नो-नो, आय ऍम अ प्योर इंडियन।''

''प्योर? तो फिर हिन्दी से परहेज़ क्यों?''

''नो-नो परहेज़ नहीं। मोर ओवर हिन्दी इस सपोज़्ड टु बी आवर नेशनल लैंग्वेज़।''

''जी नहीं, आपका 'सपोज़्ड' का प्रयोग ग़लत है। हिन्दी इज़ आवर ओनली नेशनल लैंग्वेज़।''

''सॉरी, हम लोगों की आदत अँग्रेज़ी में बोलने की पड़ गयी है। वी आर हैबिचुएटेड।''

इस बातचीत के चलते, इन चारों वरिष्ठों के आसपास और भी अफ़सर आ जुटे।

और शुरू हो गया परिचय का दौर। सभी अफ़सरान अपने-अपने ओहदों को तरजीह दे रहे थे। रूपा के पिता प्रशान्त की बारी आई तो उन्होंने कहा—''मैं एक शिक्षक हूँ।''

रूपा तुरन्त उस मेज़ पर पहुँची और बोली—''नहीं बाबा, आप केवल शिक्षक नहीं हैं।''

रूपा के पति भी शामिल होते हुए बोले—''यस पापा, यू आर अ रिटायर्ड यूनिवर्सिटी प्रोफेसर।''

परमानन्दजी ने चुटकी ली—''क्या प्रशान्तजी, आप अपना ओहदा भूल जाते हैं। क्या आप नहीं जानते कि शिक्षक तो एक मामूली टीचर होता है—स्कूल टीचर।''

''ग़नीमत है आपने फटीचर नहीं कहा।''

इतने में एक अफ़सर परमानन्दजी से पूछ बैठा—''नाउ, यू आर ऑबियसली अ रिटायर्ड पर्सन। बट व्हाट डिड यू डू?''

जोशीजी तपाक से बोले—''जी नहीं, मैं रिटायर्ड नहीं हूँ और थका हुआ भी नहीं हूँ। यानी 'टायर्ड' भी नहीं हूँ, लेकिन मेहरबानी करके हिन्दी में बातचीत कीजिए। हम सभी तो हिन्दीभाषी हैं—हिन्दी हमारी मातृभाषा भी है। फिर आपस में

भी हम अँग्रेज़ी में क्यों?''

एक और अफ़सर बोला—''अगर आप रिटायर्ड नहीं हैं तो किसी ओहदे पर हैं?''

''जी, मेरे पास कोई ओहदा नहीं है। मैं एक लेखक हूँ।''

''आप राइटर हैं, यह तो समझ में आ गया। मगर काम क्या करते हैं? व्हाट इज़ योर जॉब?''

थोड़ी सख्ती से परमानन्दजी बोले—''चलिए अँग्रेजी में ही बोल देता हूँ। राइटिंग इज माय ओनली फुलटाइम जॉब।''

''यू मीन, राइटिंग इज़ योर लाइवली हुड?''

''जी नहीं, मैं आजीविका के लिए नहीं लिखता।''

''वेरी स्ट्रेन्ज, हाउ डु यू रन योर हाउसहोल्ड?''

रूपा ने हस्तक्षेप किया—''एक्सक्यूज मी, नो पर्सनल क्वैश्चैन प्लीज़।''

''नहीं बेटी, जब ये जानने पर तुले हैं तो मैं जवाब दूँगा। मेरा घर खर्च जिसे आप हाउसहोल्ड कह रहे हैं वो मेरी धर्मपत्नी चलाती हैं।''

एक अफ़सर जिसे थोड़ी चढ़ गयी थी, ढीठ जैसा बोला—''हाउ मीन, चलिए हिन्दी में बोल देता हूँ। आपने तो नीचता की हद कर दी। आप अपनी बीबी के टुकड़ों पर पल रहे हैं।''

चख़ पड़ी रूपा—''हाउ डेयर यू से दैट टु माय अंकल?''

शराब के चढ़ते नशे में उसी अफ़सर ने पलटवार किया—''मैंने क्या ग़लत कहा? आपके सो कॉल्ड अंकल आपकी आंटी पर डिपेन्डेन्ट हैं। शर्म आनी चाहिए।''

रूपा आगबबूला हो गयी—''शट अप एंड गेट आउट, यू बास्टर्ड।''

''माइन्ड योर लैंग्वेज़, मिसेज़ सक्सेना।''

रूपा के पति ने बीच बचाव करना चाहा। उसे भी थोड़ी-थोड़ी चढ़ रही थी—''यू जस्ट कान्ट टॉक टु माय फ्रेन्ड लाइक दिस।''

रूपा उस अफ़सर पर दोबारा चीख़ पड़ी—''गेट आउट, आय से, अदरवाइज़ यू विल बी थ्रोन आउट।''

रूपा का पति मनोज, रूपा पर चीखा—''शट अप रूपा ।''

''यू शट अप। मैं अपने काकू का अपमान बरदाश्त नहीं कर सकती।''

''तुमने मुझे शट अप कहने की हिम्मत कैसे की? यू गेट आउट ऑफ माय हाउस।''

''नो आय विल नॉट। यह मेरा घर है।''

''यह तुम्हारा घर नहीं है, तुम्हारे पति का घर है। और तुम्हारा पति तुम्हारे

अंकल की तरह अपनी वाइफ पर डिपेन्डेन्ट नहीं है। यू गेट आउट ऑफ माय हाउस।''

प्रशान्त ने हस्तक्षेप किया—''माफ़ कीजिए, आप मेरी बेटी का इस तरह अपमान नहीं कर सकते।''

रूपा का पति भी नशे के कारण आगबबूला हो गया—''मैं आपकी बेटी का सिर्फ अपमान नहीं कर रहा हूँ। उसे अपने घर से धक्के मारकर निकाल रहा हूँ।''

रूपा गुस्से में अपने पति के सामने जा खड़ी हुई—''आप मुझे हाथ लगाकर तो देखिए।''

रूपा के पति ने खींचकर एक चाँटा जड़ दिया रूपा के गाल पर। स्थिति नियन्त्रण के बाहर होते देख रूपा के पति के दोस्तों ने बीच बचाव किया। मगर अब तो देर हो चुकी थी। रूपा अपने पति को घूरकर देखते हुए घुटी-घुटी आवाज में बोली—''अब तो अगली मुलाकात कोर्ट में होगी। मुझे आपसे तलाक़ चाहिए।''

रूपा तेज़ी से घर से बाहर हो गयी। प्रशान्त ने परमानन्दजी को सहारा देकर उठाया। मृणाल ने गरिमाजी को सहारा दिया और वे सब घर के बाहर हो गये।

रूपा अपने पति के घर वापस नहीं गयी। पति ने मिलना चाहा मगर रूपा ने इनकार कर दिया। वो अपने मायके नहीं गयी। पिता ने समझाना चाहा तो रूपा ने स्पष्ट कह दिया—''काकू और काकी माँ की जो मनोदशा है, उस दशा में मैं उन्हें छोड़ नहीं सकती। रूपा जोशी दम्पती के साथ रहने लगी। वो कभी कभार दो-एक दिन के लिए अपने मायके भी चली जाती थी।

रूपा ने अपने पति से तलाक़ ले लिया। वो अधिकतर जोशी दम्पती के साथ ही रहती थी। उसे खासकर परमानन्दजी का साथ बहुत अच्छा लगता।

रूपा उनकी संगत में चुपके-चुपके कविता लिखने लगी थी। आखिर एक दिन उसकी चोरी पकड़ी गयी और परमानन्दजी ने रूपा की कविताएँ पढ़ लीं।

फिर क्या था? हंगामा मच गया। परमानन्दजी का स्वभाव भी हमेशा से ऐसा ही था। वे उत्तेजित हो उठे और उन्होंने अपनी पत्नी को आवाज़ दी—''अरे, रानी, तुम कहाँ चूल्हे-चौके से लगी पड़ी हो और यहाँ तुम्हारे पति के चेहरे पर हवाइयाँ उड़ रही हैं।''

लगभग भागती हुई आईं गरिमा—''ऐसा क्या हो गया श्रीमान्?''

''अरे, ऐसा वैसा नहीं। तुम्हारे पति का अस्तित्व खतरे में है। बेड़ा गर्क कर

दिया इस बित्ते भर की छोकरी ने। मैं कहीं का नहीं रहा। एकदम नेस्तनाबूद हो गया।''

मारे शर्म के दोहरी हो रही थी रूपा और गरिमा हँस रही थी—''पहेलियाँ आप काफी बुझा चुके हैं। अब मुद्दे पर आइए।''

परमानन्द अब रूपा की तरफ मुड़े—''हे कवयित्री महोदया रूपादेवी! क्या आप काव्यपाठ कर हमारा पथ प्रदर्शन करेंगी?''

रूपा ने उलाहना दिया—''क्या काकू? आप तो बात का बतंगड़ बना रहे हैं। मैं नहीं सुनाऊँगी कविताएँ? मुझे लाज आती है। और फिर आपके सामने तो मेरे बोल नहीं फूटेंगे।''

''तो घूँघट डाल ले। मगर सुनाएगी तू ही। बस कह दिया तो कह दिया।''

थोड़ी ना-नुच और मान मनौबल के बाद रूपा ने कविताएँ सुनाईं। जोशी दम्पती मन्त्रमुग्ध बैठे रहे। रूपा ने सचमुच बहुत अच्छी कविताएँ लिखी थीं।

फिर क्या था? कविताएँ, कहानियाँ, उपन्यास, नाटक दो साल के अन्दर इतना ज़्यादा लिख गयी कि सचमुच अपने काकू के संरक्षण में नामचीन लेखिका बन गयी। जगह-जगह गोष्ठियों में जाने लगी। रूपा की पुस्तकें छपने लगीं अच्छी ख़ासी। हिन्दी में ख़ासकर, अँग्रेज़ी में भी। रूपा स्थापित हो गयी।

लेकिन रूपा लाख चाहने पर भी स्वयं घरेलू नहीं बन पायी।

किन्तु घोर घरेलू थीं मगरमुहाँवाली सरो जीजी। उसका छोटा-सा परिवार पति, बेटी और भाई। शिखर यों तो उनका कोई भी नहीं था, किन्तु बचपन की सहेली का भाई होने के नाते, भाई ही तो था उनका जिसे सरो जीजी ने पाल-पोसकर इस योग्य बनाया था कि वो स्वयं अपना जीवन जी सके, किन्तु शिखर के प्रति, कैसा था उनका ममत्व कि उन्हें शिखर का मगरमुँहावाला घर छोड़कर जाना असहनीय लग रहा था।

सघन उदासी उतर आई थी सरो जीजी के मगरमुँहावाले घर में। गृह-व्यापार में यद्यपि कोई अन्तर नहीं आया था, फिर भी सब कुछ प्राणहीन-सा लगता था। सरो की सुबह इतनी ही जल्दी होती थी। बासी घर को बुहारती थीं और बाट जोहती थी कि कब दौड़कर आएगा शिखर और उन पर बरस पड़ेगा—''तू किसी दिन झाड़ू हाथ में लेकर ही मरेगी जीजी। मुझे दो मिनट की देर क्या हो गयी, तू चल पड़ी धूल फाँकने। कितनी बार समझाया कि दमा के लिए धूल ज़हर है। मगर तू मानती ही नहीं।''

ऐसे में गायित्री ज़रूर भागकर आती और कहती—''तू समझती क्यों नहीं अम्मा कि हमारे मामा सा के हाथ में झाड़ू कितनी सजती है।''

तब तक शिखर सरो के हाथ से झाड़ू छीन चुका होता और गायित्री के पीछे लपका—"ठहर तेरी नज़र उतार दूँ।"

मगर अब ऐसा कुछ भी नहीं होता। गायित्री आती ज़रूर—एकदम गुमसुम और अपनी माँ के हाथ से झाड़ू लेकर घर बुहारने लगती—निःशब्द।

घट्टी भी चलाती है सरो, बमुश्किल तमाम, क्योंकि भाई शिखर के मजबूत हाथ जो उनके साथ नहीं जुड़ता और फिर शिखर का फरमाइशी प्रोग्राम भी तो समाप्त हो गया था—"क्या करती हो, जीजी, घट्टी के संगीत के साथ गीत नहीं तो फिर घट्टी नहीं। रोज-रोज फरमाइश करूँ, यह ज़रूरी है क्या? गाओ न!"

सरो कहती—"तू क्यों नहीं गाता। सारे गाने तो सिखा चुकी हूँ तुझे।"

थोड़ी दूर पर खड़ी गायित्री बड़ी गम्भीरता से कहती—"हम पर जुलम क्यों करती हो अम्मा? दरवाज़े पर गधों की भीड़ भगाने आखिर मुझे ही तो जाना पड़ेगा।"

शिखर तुरन्त मास्टर साहब बन जाता—"ए लड़की, 'जुलम' नहीं 'जुल्म'।"

गायित्री ने इस बीच लाख कोशिशें की अपनी अम्मा के हाथ से घट्टी छुड़ाने की मगर सरो नहीं मानी, बोली—"नहीं बेटी, मेरे जीते जी तू घट्टी नहीं चलाएगी। तेरे हाथ में भट्टे पड़ जाएँगे तो कौन थामेगा तेरे हाथ? सब कुछ अब मुझे ही तो करना है। तेरे बापू को तो कभी किसी बात की परवाह ही नहीं रही और तेरे मामा सा ने भी तो मुँह फेर लिया।"

ऐसे में दालान में बैठे सरो के पति नरोत्तम प्रसाद उन्हें समझाते—"आखिर क्या हो गया है तुम्हें? कहीं परदेस तो नहीं चला गया तुम्हारा भाई?"

सरो रुआँसी हो उठती—"ऐसा क्या हो गया कि शिखर बिना कुछ बताये अचानक घर छोड़कर चला गया।"

नरोत्तम उसे समझाते—"तुम समझने की कोशिश क्यों नहीं करती, सरो? आखिर कब तक शिखर इस कुएँ में मेंढ़क बना रहता। दो कमरों का तो कच्चा घर है हमारा। शिखर के इतने मिलने-जुलने वाले हैं। श्याम कलेवर के अलावा वो किसी को भी तो घर पर नहीं बुला सकता था। उसे भी तो इच्छा होती है, अपना जीवन अपने ढंग से जीने की।"

सरो आँखें पोंछती हुई कहती—"कहकर तो जाता। मैं उसे कभी नहीं रोकती।"

"रहने दो। अगर वो कहता तो तुम आसमान उठा लेती सिर पर। पहले भी एक-दो बार उसने कहने की कोशिश की थी, मगर तुमने तो उसे डाँट दिया था।"

"आप देख नहीं रहे हैं। बेचारी गायित्री का क्या हाल हो गया है। आपको क्या पता? वो तो रात-रात भर जागती रहती हैं।"

“अरे, बच्ची है। थोड़े दिनों में ठीक हो जाएगी। आगे-पीछे उसकी शादी भी तो होगी। क्या मामा सा को दहेज में अपने साथ ले जाएगी। तुम भी बात करती हो।”

“आपको क्या फरक पड़ता है। गायित्री जब ससुराल चली जाएगी तब हमारा क्या होगा? हम किसके सहारे जिएँगे?”

“क्यों, हम तुम्हारे कोई नहीं लगते?”

“रहने दीजिए। आपको मेरा ख्याल होता तो मेरे राजा भैया को एक बार तो मेरे पास ला सकते थे।”

“कहाँ से लाऊँ, तुम्हीं बताओ? श्याम कहता है कि शिखर उज्जैन में है ही नहीं। उसने मुझे वचन दिया है कि जैसे ही उसे शिखर की ख़बर लगेगी, वो मुझे फौरन बतलाएगा।”

“वचन तो मैंने भी दिया था पारो को कि अपने कलेजे से लगाकर रखूँगी राजा भैया को। आप तो सब भूल गये, मगर मैं कैसे भूल सकती हूँ।

“याद है, जब अपनी अम्माजी के देहान्त के बाद पारो उसे अपने साथ रतलाम ले गयी थी। बेचारा शिखर रहा होगा छह-सात साल का। उसे कुछ भी समझ में नहीं आ रहा था कि उसे बाबूजी से क्यों अलग किया जा रहा था। और आखिर होनी होकर रही। उसके सिर के बाल ठीक से उगे भी नहीं थे कि बाबूजी चल बसे। कैसा चुप्पा हो गया था वो। उसने काकासाब के कहने पर बाबूजी की अरथी को अपना नन्हा कन्धा लगाया था और मुँई काली हंडी को भी उठाकर चला था। आप ही ने तो बताया था कि उसने बिना किसी हुज़्जत के चिता में आग लगाई थी और चुपचाप सिर झुकाकर बाल भी मुड़वा लिये थे।”

अपने बाबूजी की तेरहवीं के बाद जब पारो शिखर को अपने साथ लेकर चली तो काकासाब अचानक सामने आ खड़े हुए थे। पारो ने उनकी ओर देखा तो उसे सहसा विश्वास नहीं हुआ कि ये वही काकासाब हैं। उनकी आँखों में आँसुओं का तूफान था। वो गिड़गिड़ा रहे थे—“शिखर को अपने साथ मत ले जा पारो बेटी। ये हमारे भैया की एक ही तो निशानी है। तू तो परायी हो गयी है। इसे हमारे साथ रहने दे। यह हमारे वंश का बेटा है, इसे क्यों इसकी जड़ों से अलग कर रही हो?”

बड़ी मुश्किल से पारो, उसके पति, सरो और नरोत्तम ने उन्हें समझाया था। फिर तो शिखर हमेशा के लिए उज्जैनी गाँव छोड़कर चला गया था।

शुरू-शुरू में बालक शिखर को रतलाम वाले सरकारी क्वार्टर में काफी असुविधा हुई थी। पहले दिन तो वो सुबह-सुबह क्वार्टर के पिछवाड़े, जहाँ सब्जी-भाजी का

किचन गार्डन था, लोटा लेकर बैठ गया था। किसी चपरासी की नज़र उस पर पड़ी तो उसने पारो को ख़बर दी। पारो ने बड़ी मुश्किल से उसे समझाया था कि उसे 'टॉयलेट' का इस्तेमाल करना चाहिए।

वैसे पारो भी तो मन से ग्राम्या ही थी। उसका पति सरकारी अफ़सर है तो हुआ करे। उसने कभी शहरी सलीके से उल्टे पल्ले वाली साड़ी नहीं पहनी। मन तो उसका करता था घाघरा-लूगड़ा पहनने का। मगर इतना समझौता, अपने पति का मन रखने के लिए उसने कर लिया था कि वो साड़ी पहनने लगी थी।

यों तो खूब मीठे स्वभाव की थी पारो। खूब बातूनी भी थी और बात-बात पर हँसने का कोई भी मौका गँवाती नहीं थी, परन्तु किसी कारण से यदि कोई बात नागवार गुज़रती तो उसे वो किसी भी कीमत पर स्वीकार नहीं करती थी। उसका विरोध, ज़रूरत पड़ने पर विस्फोटक भी हो सकता था। ऐसे में केवल सरो ही उसे सम्हाल सकती थी।

माता-पिता के देहान्त के बाद कुछ समय तक तो पारो उस आघात से उबर नहीं पायी थी। मगर धीरे-धीरे उसके मन का घाव भरने लगा था और उसने अपना सारा स्नेह और ममत्व अपने छोटे भाई शिखर पर उड़ेल दिया था। शिखर के मन का अनाथ भाव भी धीरे-धीरे तिरोहित हो चला था। ऐसे में खुशी की एक लहर दौड़ गयी पारो के जीवन में। वो माँ बननेवाली थी। उसके पति उसका बहुत ख्याल रखते। वो भी खूब प्रसन्न रहती। शिखर को भी अपनी जीजी का बेडौल होता शरीर देखकर खूब मज़ा आता।

ललककर पूछ बैठता शिखर—"तुम्हारा पेट फूल क्यों रहा है, जीजी?"

पास बैठे जीजा बोल पड़ते—"तेरी जीजी फुटबॉल निगल गयी है।"

"आप तो मजाक करते हैं। इतना बड़ा फुटबाल कैसे निगल सकती है जीजी। देखिए न, कितना छोटा मुँह है जीजी का।"

जीजी बोल पड़ती—"तेरे जीजा यों ही बोलते हैं राजा भैया। असल में तुम मामा बननेवाले हो।"

"वाह जीजी वाह। यह भी खूब रही। अगर मैं मामा बननेवाला हूँ तो तुम्हारा पेट क्यों फूलेगा?"

"अरे बुद्धूराम, मेरे पेट में तेरा भांजा है। मैं उसे जनम देकर माँ बनूँगी और तू बनेगा डबल माँ—मामा।"

"तो फिर जल्दी करो न जीजी। तुम इसे पेट में रखकर क्यों बैठी हो? कितनी तकलीफ हो रही है मेरे भांजे को।"

"मैं क्या कर सकती हूँ? जब उसकी मर्ज़ी होगी तभी निकलेगा।"

शिखर अपनी जीजी का पेट सहलाता बोल पड़ता—"अरे यार, भांजे, निकल

भी आओ। हम तुम्हारे साथ खूब खेलेंगे।''

जीजी और जीजा खिलखिला पड़ते।

जब पारो के लिए उठना-बैठना भी दूभर होने लगा तो उसने सरो को अपने पास बुलवा लिया ताकि शिखर की देखभाल भी हो जाए और पारो भी अपना सारा भार सरो पर सौंपकर निश्चिन्त हो सके। सरो ने उज्जैनी गाँव में ख़बर भिजवायी तो काकासाब आ पहुँचे और पारो को अपने साथ गाँव ले जाने की ज़िद करने लगे। उनका कहना था कि पहली सन्तान मायके में ही होनी चाहिए। सरो जानती थी कि उन्हें कैसे समझाया जाए। काकासाब मन मारकर चले तो गये, मगर तीसरे ही दिन अपनी बड़ी बेटी को साथ लेकर आ पहुँचे। उनकी बड़ी बेटी लक्ष्मी, पारो से दो साल छोटी थी, मगर अभी तक उसकी शादी नहीं हुई थी। काकासाब लक्ष्मी को पारो की देखभाल के लिए छोड़कर चले गये।

लक्ष्मी, पारो जैसी सुन्दर तो नहीं थी। मगर खूब अल्हड़ और चंचल थी। बात-बात पर ठिठोली करना और हँसना उसका स्वभाव था। पारो उसे चाहती भी बहुत थी। सरो के आने के बाद पारो अपने पति से अलग दूसरे कमरे में सोने लगी थी। उस कमरे में दो पलंग थे। एक पर सोती पारो और दूसरे पर शिखर को साथ लेकर सरो सोती थी। लक्ष्मी आई तो एक अलग कमरे में उसके सोने का प्रबन्ध किया गया। वैसे अधिकतर वो पारो के कमरे में ही रहती। देर रात तक गपशप करने के बाद अपने कमरे में चली जाती और अकसर अपने साथ शिखर को ले जाती। शिखर भी मजे में था। कभी सरो जीजी के साथ सोता तो कभी लक्ष्मीजीजी के साथ।

उज्जैनी गाँव से शहर रतलाम में आकर लक्ष्मी बहुत प्रसन्न थी। वो तो पास-पड़ोस की लड़कियों की देखा-देखी शहरी सलीके से उल्टे पल्ले की साड़ी पहनने लगी थी और तो और उसने पड़ोसवाले अफसर की पत्नी से मेकअप भी करना सीख लिया था।

एक दिन वो पड़ोस से लिपस्टिक लगाकर जब पारो के कमरे में पहुँची तो उसे देखकर पारो और सरो खूब हँसीं। पारो के पति उस समय वहीं बैठे थे।

वे बड़े नाटकीय अन्दाज़ में बोल पड़े—''देख लो पारो, हमारी साली साहिबा ने दो दिनों में ही शहरी सलीका कितनी खूबसूरती से सीख लिया। तुम भी तो कुछ सीखो।''

पारो ने हँसकर कहा—''श्रीमान् जी मैं तो सीखने से रही। मगर साली भी तो दूसरी घरवाली होती है। मेरे रहते इससे शुभ विवाह नहीं कर सकते तो फिर चलिए, निकाह ही पढ़ लीजिए।''

सभी खिलखिलाकर हँस पड़े। लक्ष्मी कब चूकने वाली थी, बोली—

"जीजाजी, ऐसा मौका मत चूकिए। हमारी जीजी ने हाँ कर दी है।"

पारो का पति भी कहाँ पीछे रहने वाला था, बोला—"मैं तो तैयार हूँ। आप दोनों सोच लीजिए। क्या आप दोनों एक-दूसरे की सौतन बनना पसन्द करेंगी?"

दोनों बहनों ने एक-दूसरे की ओर शरारत भरी नज़रों से देखा और एक स्वर में बोल पड़ीं—"हमें मंजूर है।"

अब सरो की बारी थी, बोली—"कहिए, जीजाजी, अब तो आपके दोनों हाथों में लड्डू हैं।"

सभी खिलखिला पड़े। पारो का पति नाटकीय ढ़ंग से दोनों हाथ उठाकर खड़ा हो गया और बोला—"लीजिए, मैं तो हथियार डालता हूँ। आप दोनों जीतीं और मैं हारा।"

ऐसे ही लगभग एक महीना गुज़र गया। अब तो पारो के प्रसव का दिन भी निकट आ गया। सरो और लक्ष्मी ने पारो की खूब देखभाल की, ख़ासकर सरो ने। लक्ष्मी तो बीच-बीच में पड़ोस में भी चली जाती थी। मगर सरो ने एक पल के लिए भी कहीं बाहर जाना स्वीकार नहीं किया। पारो के कहने पर भी नहीं गयी। शिखर के दिन भी खूब आनन्द से कटने लगे। वो तो अपनी सरो जीजी पर लगभग पूरी तरह निर्भर हो गया था। केवल रात को सोने के समय उसे अकसर लक्ष्मी के साथ भेज दिया जाता था ताकि पारो भी निश्चिन्त सो सके।

उस रात पारो गहरी नींद में थी। अचानक उसकी नींद उचट गयी। उसने देखा शिखर उससे सटकर रुआँसा बैठा है। पारो घबरा गयी, बोली—"क्या हुआ, राजा भैया?"

अपने आँसू रोकते हुए शिखर बोला—"मुझे बहुत डर लग रहा है।"

हँसती हुई बोली पारो—"धत् पगला कहीं का। लक्ष्मी जीजी तुझे हमेशा चिपटाकर सोती है, फिर डर काहे का?"

सहमते हुए शिखर बोला—"लक्ष्मीजीजी कमरे में नहीं है।"

पारो ने समझाया—"अरे तो क्या हुआ? गयी होगी बाथरूम अभी आ जाएगी।"

शिखर रोते-रोते बोला—"लक्ष्मीजीजी बहुत देर से कमरे में नहीं है। मैं तो लेटे-लेटे घड़ी देखता रहा। वो बारह बजे गयी थी। अभी दो बज रहे हैं।"

"क्या कह रहा है?"

''वो तो हर रोज़ ऐसी ही चली जाती है।''

पारो परेशान हो उठी। वो शिखर से बोली—''तू सरो जीजी के पास सो जा। मैं देखती हूँ।''

जैसे ही शिखर सरो के पास लेटा सरो जाग गयी और हड़बड़ाकर उठ बैठी।

''क्या बात है पारो?''

चिन्तित स्वर में पारो बोली—''शिखर कह रहा है कि लक्ष्मी पिछले दो घंटे से अपने कमरे में नहीं है और ऐसा वो अकसर करती है।''

सरो के माथे पर बल पड़े—''क्या कह रही हो तुम?''

पारो उठ खड़ी हुई और बोली—''मैं तुम्हारे जीजा को जगाती हूँ। फिर देखती हूँ क्या किया जा सकता है। जवान लड़की है, कुछ बेवकूफी कर बैठी तो हम काकासाब को क्या मुँह दिखाएँगे?''

चिढ़कर बोली सरो—''भाग-भाग कर पड़ोस में जाना, उसकी बहुत बुरी आदत है।''

''शुभ-शुभ बोल, सरो। कहीं कुछ उल्टा-सीधा कर बैठी तो हम कहीं के नहीं रहेंगे।''

''छिः-छिः जीजाजी क्या सोचेंगे?''

''अब उनसे छिपा तो नहीं सकती। मैं चलती हूँ।''

सरो अनमनी-सी शिखर के बालों को सहलाने लगी। शिखर गहरी नींद में सो गया। पारो लटपट करती अपने कमरे से बाहर निकली। उसने लक्ष्मी के कमरे में झाँका। बिस्तर खाली था। वो अपने पति के कमरे में पहुँची। दरवाज़ा बन्द था। उसने दरवाज़े पर हाथ का दबाव डाला तो दरवाज़ा खुल गया। कमरे में अँधेरा था। उसने बत्ती जलाई। बिस्तर पर नज़र पड़ते ही उसकी आँखें फटी की फटी रह गयीं। लक्ष्मी उसके पति साथ लिपटी हुई गहरी नींद में सो रही थी। पारो के दिल की धड़कनें इतनी तेज़ हो गयीं कि वो स्वयं अपनी धड़कन महसूस कर सकती थी। उसके दिमाग की नस बेतरह तड़पने लगी और मुँह से आर्तनाद निकला—'लक्ष्मी!'

पारो का पति हड़बड़ाकर उठ बैठा। सिहरकर लक्ष्मी ने सिर से पाँव तक चादर ओड़ ली। सरो भागती हुई इस कमरे में पहुँची। उसने देखा पारो आग्नेय नेत्रों से अपने पति को देख रही थी। पारो के पति को लुंगी लपेटते देखकर सरो आँखें फेरकर खड़ी हो गयी। फिर उसे पारो का ध्यान आया। मगर इससे पहले कि वो पारो के पास पहुँचती, पारो कटे पेड़ की तरह फर्श पर गिरकर तड़पने लगी। पारो का पति उसके पास पहुँचा तो पारो चीख उठी—''ख़बरदार, मेरे शरीर को हाथ मत लगाना।''

और पारो बेहोश हो गयी।

सरो चिल्लाई—"जीजाजी जल्दी कीजिए। पारो को फौरन अस्पताल ले जाना है।"

अस्पताल में पारो का बेटा मरा हुआ पैदा हुआ। पारो की हालत बिगड़ती जा रही थी। नीम बेहोशी की हालत में वो बार-बार शिखर और सरो को याद कर रही थी। डॉक्टर ने सरो को पारो के पास बैठने की इजाज़त दे दी। सरो के हाथ का स्पर्श पाकर पारो ने आँखें खोल दीं। उसमें उत्तेजना बिलकुल नहीं थी।

वो शान्त स्वर में बोली—"सरो, तुम रिश्ते में मेरी कोई नहीं लगती हो। मगर मेरा-तुम्हारा सम्बन्ध जन्म-जन्मान्तर का है। बस, इतना चाहती हूँ कि मेरे राजा भैया को अपने कलेजे से लगाकर हमेशा रखना और काकासाब से कहना कि तुम्हारे जीजा के साथ लक्ष्मी की शादी कर दें।"

यह शब्द थे पारो के अन्तिम शब्द। उसके निर्जीव शरीर से लिपट कर धाड़ें मारकर रो पड़ी सरो। पारो के पति ने उन्हें सान्त्वना देने की कोशिश की तो सरो शेरनी की तरह तड़प उठी—"निकल जाइए कमरे से बाहर। आपको शर्म आनी चाहिए।"

एक नर्स ने सरो को सम्हाला—"यह आप क्या कर रही हैं, ये तो उनके पति हैं?"

तड़पकर कुछ बोलना चाहकर भी सरो ने अपने को सम्हाला।

नर्स से इतना भर कहा—"आप डॉक्टर साहब को बुलाइए।"

पारो का पति नर्स को वहीं छोड़कर डॉक्टर साहब को बुलाने के लिए दौड़ पड़ा।

पारो के देहान्त क़ी ख़बर सुनकर स्तब्ध, हतप्रभ ऐसे हुए नरोत्तम, सरो के पति कि जैसे बिजली का झटका लगा हो। कुछ ही घंटों में पारो की अन्त्येष्टि के लिए रतलाम पहुँच गये थे। जब वे पारो के घर पहुँचे तो उन्हें आश्चर्य हुआ कि घर के बाहर कोई भी नहीं मिला। न पास-पड़ोस के लोग, न कोई सगे-सम्बन्धी, दोस्त कोई नहीं, आसपास कहीं नहीं। घर का दरवाज़ा भी अन्दर से बन्द था। उन्होंने घंटी बजाई, रुक-रुक कर दो-तीन बार। फिर उन्होंने दरवाज़ा हाथों से पीटा, कुंडी खटखटाई। बहुत हलके से दरवाज़ा ऐसे खुला कि लगा जैसे दरवाज़ा अपने आप खुल गया हो। नरोत्तम घर के अन्दर दाखिल हुए। उस कमरे में कोई नहीं था। तो फिर दरवाज़ा खोला किसने? उसी समय उनकी नज़र दरवाज़े के पीछे दीवार की तरफ मुँह करके खड़ी लक्ष्मी पर पड़ी। उन्होंने लक्ष्मी के कन्धे पर हाथ रखा। लक्ष्मी बिलखती हुई नरोत्तम के पैरों से लिपट गयी और ज़ार-ज़ार रोती हुई बोली—"जीजाजी, मैं मुँह दिखाने लायक नहीं हूँ। मैंने पाप किया है—घोर पाप। मुझे तो मर

जाना चाहिए।''

अनुभवी नरोत्तम को समझने में देर नहीं लगी, फिर भी उन्होंने पूछा—''तू बैठ और मुझे जल्दी से बता, आखिर हुआ क्या है?''

लक्ष्मी ने बड़ी मुश्किल से, बेहद संकोच के साथ, केवल संकेतों में हादसा बयान किया। नरोत्तम ने शिखर के बारे में पूछा तो पता चला कि सरो उसे किसी पड़ोसी को सुपुर्द करके गयी है, इस हिदायत के साथ कि वो शिखर को साथ लेकर कहीं चले जाएँ और रात को अँधेरे में लौटें।

अस्पताल से पारो का शव घर पर नहीं लाया गया। पारो के पति के मनुहार को, आँसू भरी लाल-लाल आँखें तरेरकर सरो ने सिर्फ इतना कहा—''आपके घर पर पारो इस जनम में तो क्या, किसी जनम में नहीं जाएगी।''

तब तक नरोत्तम भी अस्पताल पहुँच गये थे। उन्हें देखकर सरो एक बार फिर रोते-रोते बावली हो गयी, मगर कुछ बोली नहीं।

अन्त्येष्टि के बाद सरो और नरोत्तम पारो के पड़ोसी के घर पहुँचे और सरो वहीं से शिखर को ले आई। लक्ष्मी के पिता तब तक आ चुके थे। घर के बाहर बरामदे पर बैठे-बैठे अपना सिर पीट रहे थे। जैसे ही उन्होंने सरो की गोद में शिखर को देखा तो उसे अपनी गोद में लेने के लिए बिलखते हुए दौड़े।

आग्नेय नेत्रों से सरो ने काकाजी को देखा। उसकी दृष्टि भयावह वितृष्णा थी कि काकाजी सहम गये। वहाँ जो भीड़ खड़ी थी, उसे समझा-बुझाकर नरोत्तम ने तुरन्त रवाना कर दिया।

अब सरो ने मुँह खोला—''काकाजी, मैं आपकी बहुत इज़्जत करती हूँ। इसलिए शिखर के बारे में एक शब्द मत बोलिएगा। यह हमारा फैसला है। शिखर हमारे साथ उज्जैन जा रहा है हमेशा के लिए।''

काकाजी ने हस्तक्षेप की कोशिश की तो सरो ने तड़ाक से कहा—''पहले मुझे मेरी बात ख़त्म करने दीजिए। इसे आप पत्थर की लकीर मान लीजिए कि शिखर का भविष्य हमारे और सिर्फ हमारे साथ अब जुड़ गया है। आपने मेरे इस फैसले के ख़िलाफ एक भी शब्द बोला तो मैं महाभारत मचाऊँगी और आपकी भयानक बदनामी होगी। मेरे फैसले के ख़िलाफ, मैं किसी का भी मुँह नोच सकती हूँ।''

भीगी बिल्ली जैसे मुँह झुकाए खड़े रहे काकाजी।

फिर बोली सरो—''एक आखिरी बात और। आप पारो के पति के साथ लक्ष्मी की शादी कर दीजिएगा। हम अभी तुरन्त उज्जैन के लिए रवाना हो रहे हैं।''

उज्जैन पहुँचकर सरो के मगरमुँहावाले घर को देखकर शिखर अवाक् ठिठक गया। यह घर मगरमुँहा की गली के मुहाने से दस कदम दूर बाईं तरफ मुड़कर एक गलीनुमा रपट से जुड़ा हुआ था। यह रपट घर का पहुँच मार्ग थी—कोई दस-बारह फिट लम्बी और छह-सात फिट चौड़ी। इस रपट के दाएँ-बाएँ दीवार थीं। इन दीवारों पर रंगीन चित्रांकन था। दोनों दीवारों के बीचोंबीच नाचता हुआ मोर था—दाईं दीवार पर भी और बाईं दीवार पर भी और उन दोनों मोरों के आजू-बाजू उड़ते हुए मोर पंखों की भीड़ थी। रपट जहाँ ख़त्म होती थी, वही घर का दरवाज़ा खुलता था। दरवाज़े के दोनों बाजू की दीवारों पर घाघरा लूगड़ा पहनी ग्रामबालाएँ अपने-अपने सिरों पर और काँख में भरे हुए घड़े लेकर खड़ी थीं चित्रांकित।

घर का पुराना दरवाज़ा चरमराकर खुला तो शिखर की याद ताड़ी हो आयी। अपने पैतृक निवास के उज्जैनी गाँववाले घर का दरवाज़ा भी इतना ही मोटा था। पारोजीजी के रतलाम सरकारी क्वार्टर का दरवाज़ा कितना पतला था। शिखर ने घर के अन्दर जैसे ही कदम रखा तो पीली मिट्टी गोबर से लिपी कच्ची फर्श को देखकर तो अपना दुख-दर्द भूल गया और ताली बजाकर हँस पड़ा—"अरे वाह! सरो जीजी तुम्हारा घर तो हमारे गाँववाले घर जैसा है। मज़ा आ गया।"

शिखर दरवाज़े पर जूता उतारना भूल गया और भागा घर के अन्दर। अच्छा-ख़ासा दालान पार कर वो कमरे में पहुँचा। कमरा ख़ासा बड़ा था—हॉल जैसा। वहाँ दो बिस्तर लगे थे। एक बड़ी पुरानी पलंग, मजबूत मोटे-मोटे पायों वाली जिस पर कम से कम तीन व्यक्ति सो सकते थे—आराम से और दूसरी थी खाट। कमरे के दूसरे हिस्से में मेज़ कुर्सी थीं और थे चार-पाँच मोड़े। एक बुकशेल्फ भी था।

इस हॉलनुमा कमरे से लगा हुआ था रान्नाघर। शिखर धड़धड़ाता हुआ घुस गया और विस्फारित नेत्रों से देखने लगा। एक जोड़ चूल्हा जिनके अन्दर डली हुई थी जलाऊ लकड़ी के टुकड़े, जिनमें हर टुकड़ा लगभग चार फिट का रहा होगा।

शिखर खिलखिलाकर बोला—"बिलकुल हमारे गाँववाले घर जैसा।"

फिर उसकी नज़रें पड़ी बर्तनों पर तो अवाक् देखता रहा—"सरो जीजी, कितने चमकदार हैं ये बर्तन। सोने के हैं क्या?"

हँस पड़ी सरो—"अरे नहीं रे पागल! सोने के बर्तन तो राजे-रजवाड़ों के महलों में होते हैं। हम तो गरीब लोग हैं। ये तो पीतल के बर्तन हैं।"

"पीतल के बर्तन तो हमारे गाँव में भी हैं। मगर कैसे मटमैले काले झुलसे हुए हैं। ऐसा क्यों सरो जीजी?"

सरो की आँखें छलछला आईं, बोली—"राजा भैया, ये तो बखत-बखत की बात है। पहले तुम्हारे घर के बर्तन भी ऐसे ही चमकते थे। अब तो वहाँ पर घर सम्हालने के लिए सिर्फ काकी है। वे भी आखिर क्या-क्या करें। हमेशा उनके पैर भारी रहते हैं।"

शिखर चौंककर पूछ बैठा—"पैर भारी रहते हैं? कैसे दुबले-पतले तो पैर हैं उनके।"

रोती-रोती सरो हँस पड़ी। फिर बात बदलकर बोली—"लेकिन इस बखत तो तेरे पैर भारी हैं।"

शिखर को आश्चर्य हुआ। उसने पूछा—"कहाँ?"

"क्यों तुमने जूते नहीं पहन रखे हैं? कोई भला रान्नाघर में जूते पहनकर आता है?"

शिखर ने जीभ निकाली—"ग़लती हो गयी, जीजी। हमारी आदत खराब हो गयी है। रतलाम में जीजा धड़धड़ाते हुए जूते पहनकर किचन में घुस आते थे। जीजी टोकती थी तो कहते थे—"यह सब दकियानूसी बातें छोड़ो। तुम प्लेटफार्म पर गैस के चूल्हे पर खाना बनाती हो और हम बाहर डाइनिंग टेबिल पर खाना खाते हैं। भला बताओ हाइजिन में कोई फ़र्क़ पड़ता है?"

तब जीजी कहती थी—"मैं हाइजिन की बात नहीं कर रही हूँ। मैं तो संस्कार की बात कर रही हूँ।"

"जीजी कितना अच्छा बोलती थी।"

कहते-कहते शिखर रो पड़ा।

शिखर अचानक बिलखने लगा—"ऐसा मेरे साथ क्यों हो रहा है, जीजी। पहले माँ गयी, फिर बाबूजी गये और अब तो जीजी भी चली गयी। काकाजी कह रहे थे—"शिखर तू बड़ा अभागा है। बिलकुल अनाथ हो गया है।"

"जीजी मुझे काकाजी ने अनाथ क्यों कहा? अनाथ तो अनाथालय में रहते हैं?"

सरो ने शिखर को गोद में उठाकर छाती से चिपटा लिया और रोती-रोती बोली—"अरे नहीं रे, तू कहाँ अनाथ हो गया। क्या हम तेरी जीजी नहीं हैं?"

नरोत्तम बोल पड़े—"हम भी तो हैं, तेरे जीजा।"

नरोत्तम ने उसे अपनी गोद में ले लिया।

अचानक जैसे शिखर को कुछ ख्याल आया—"जीजाजी, जल्दी से मुझे नीचे उतारिए।"

नरोत्तम ने उसे नीचे उतारा। शिखर कमरे में से होकर दालान में पहुँच गया। दालान के बाहरी कोने पर बाहरी दरवाज़े के पास जूते रखने का शेल्फ था। शिखर ने जूता मोज़ा उतारा और शू-शेल्फ में इधर-उधर झाँकने लगा। तब तक सरो उसके पास आ गयी थी। उसने पूछा—"क्या ढूँढ़ रहा है?"

"बाथरूम स्लिपर ढूँढ़ रहा हूँ। रतलाम में जीजी ने ये नयी आदत डाल दी थी।"

नरोत्तम तुरन्त बोले—"मैं अभी लेकर आता हूँ।"

इसी बीच शिखर ने यह नोट किया कि न तो सरो जीजी और न ही जीजा के पैरों में बाथरूम स्लिपर थे। वो बोल पड़ा—"नहीं, नहीं हमें नहीं चाहिए। गाँव में भी हम नहीं पहनते थे। असल में रतलामवाले घर की फर्श पत्थर की थी, इसलिए वहाँ बाथरूम स्लिपर की चलन है। यहाँ तो सौंधी-सौंधी खुशबू वाली मिट्टी की फर्श है। मैं एक बार पूरे घर का चक्कर तो लगा लूँ।"

शिखर ने देखा, घर के अन्दर चारों तरफ लम्बा-चौड़ा दालान है। दालानों की इस चौहद्दी के बीच में है अच्छा-ख़ासा बड़ा-सा आँगन। दालानों की इस चौहद्दी से तकरीबन तीन फिट नीचे है आँगन। दालानों से आँगन में उतरने के लिए चारों तरफ हर दालान के बीचोंबीच लगभग तीन फिट जगह घेरती चार-चार सीढ़ियाँ हैं। आँगन में चारों तरफ क्यारियाँ बनी हुई हैं। दो क्यारियों में फूल और दो क्यारियों में सब्जी के पौधे लगे हुए हैं। आँगन के बीचोंबीच है आम का पेड़, उन्मुक्त आकाश में बाँहें फैलाए। दालानों की छत पर चारों तरफ खपरैल है। कमरों के ऊपर की छतें पक्की हैं। दालानों के जिस छोर पर सरो और नरोत्तम का हॉलनुमा शयनागार और रान्नाघर है, उसके सामने वाले दालान से लगा एक कमरा और बाथरूम है जिनके बीच की जगह खाली है जहाँ अच्छा-ख़ासा अटाला पड़ा हुआ है। इनके पीछे यानी घर के पिछवाड़े भी एक अच्छा-ड़ासा लम्बा-चौड़ा आँगन है। इस आँगन के पार है गोदाम जहाँ घर की पुरानी चीज़ें तो हैं ही, साथ ही कटी हुई जलाऊ लकड़ियाँ और दो तरह के कोयले भी हैं—लकड़ी का कोयला और पत्थर का कोयला। इस गोदाम से लगा हुआ था 'टॉयलेट'। पिछवाड़े के आँगन में एक कुआँ भी है, काफी गहरा, पानी अथाह। इसी कुएँ के पानी का उपयोग नहाने-धोने के लिए भी होता था और पीने के लिए भी। रस्सी से खींचकर पानी निकालना पड़ता था। बाथरूम के पास वाला कमरा लगभग खाली था। उसमें मेज़, कुर्सी और एक खाट ही थी। इस कमरे की दीवारों में ताक ज़रूर थे, मगर सब खाली। शिखर को ये कमरा बहुत पसन्द आया।

घर की परिक्रमा पूरी करने के बाद जब वो सरो के पास आया तो बोला—"जीजी मुझे तो आँगन के पार वाला कमरा पसन्द है। आज से वो कमरा मेरा हो गया।"

अचानक वो चुप हो गया। चेहरे पर मेघ घिर आया। रो पड़ा शिखर और बोला—"रतलाम में भी जीजी ने मुझे एक कमरा दे दिया था। वहीं दिन भर रहता था। रात को जीजी के पास सोता था।"

सरो ने उसे सीने से लगाकर कहा—"यहाँ भी ऐसा ही होगा, राजा भैया।"

आज शिखर की उज्जैन में पहली सुबह थी। रात को सोने से पहले सरो ने

शिखर को कह दिया था कि जब भी उसे टॉयलेट जाना हो, सरो को जगा दे, लेकिन देर रात तक सरो रोती ही रही। बड़ी मुश्किल से नींद की गोली खिलाकर नरोत्तम ने उसे सुलाया था।

सुबह जब शिखर की नींद खुली तो उसने देखा कि सरो और नरोत्तम लगभग बेहोशी की नींद सो रहे थे। शिखर को अपने सीने से लगाकर सरो सोयी थी। सुबह भी उसका हाथ शिखर के शरीर पर था। बड़े अहतियात से शिखर ने सरो का हाथ अलग किया और दौड़ा टॉयलेट के लिए। लोटे में पानी भरकर के पिछवाड़े के 'टॉयलेट' में घुसा ही था कि तेज़ बदबू के झोंके से बाहर निकल आया। यह तो कच्चा टॉयलेट था। अगल-बगल दो खुड्डियाँ बनी हुई थीं। आकार में टॉयलेट, कमरे जैसा बड़ा था।

इस प्रकार के टॉयलेट में शिखर कभी नहीं गया। गाँव में तो वह खुले खेत में जाया करता था। रतलाम में फ्लश टॉयलेट था। उसे समझ में नहीं आ रहा था कि वो क्या करे। सरो जीजी के पास जाकर उन्हें जगाने की उसकी ताकत मरोड़ के कारण जवाब दे गयी थी। आखिर पिछवाड़े के आँगन के एक कोने में उकड़ूँ बैठ गया और उज्जैन की धरती पर उसने अपने छोटे-से शरीर का ढेर सा पराक्रम उन्मुक्त कर दिया।

तब तक सरो की नींद खुल चुकी थी। अपने पास के बिस्तर को सूना पाकर वो हड़बड़ाकर उठ बैठी। लगभग दौड़कर पिछवाड़े की ओर भागी। उसकी नज़र शिखर की उकड़ू बैठक पर पड़ी। उसने शोर नहीं मचाया। वो धीरे-धीरे शिखर की ओर बड़ी और पास पहुँचकर खूब प्यार से बोली—''राजा भैया, पानी डाल दूँ?''

चौंककर शिखर खड़ा हो गया और बोला—''मैं खुद धो लूँगा। मुझे आदत है।''

जब शिखर अन्दर आया तो अपराधबोध से सिर झुकाकर बोला—''जीजी, टॉयलेट में तो भयानक बदबू है। मुझे उल्टी आ रही थी। इसलिए पिछवाड़े के आँगन के कोने में बैठ गया।''

तब तक नरोत्तम भी जाग गये थे। थोड़ी देर तक बैठे-बैठे सोचते रहे। फिर तयशुदा उठकर वे परली तरफ के दालान के कमरे और बाथरूम के बीच की खाली जगह का मुआयना करने लगे। वहाँ तो सिर्फ अटाला पड़ा था। अटाला हटाकर उन्होंने जगह खाली की।

उसी दिन उसी खाली जगह पर उन्होंने सैनिटरी फ्लश टॉयलेट बनाने का काम शुरू कर दिया। तीन दिनों के अन्दर टॉयलेट बन गया। उस टॉयलट की छत पर सिनटेक्स का ओवरहेड टैंक डालकर उसे कुएँ के पानी से पम्प डालकर जोड़ दिया। अब तो पास के बाथरूम में भी नल के पानी का इन्तजाम हो गया। तीसरा

नल घर के बीच आँगन के एक कोने में भी डाला गया।

शिखर अवाक् देखता रहा कि सिर्फ और सिर्फ उसकी ख़ातिर नरोत्तम जीजा ने खाना-पीना-सोना लगभग छोड़कर रतलाम के सरकारी क्वार्टर जैसे साफ-सुथरे टॉयलेट का बन्दोबस्त करके ही दम लिया।

इतना ही नहीं, पिछवाड़े के कच्चे टॉयलेट को तुड़वाकर एक अच्छा-ख़ासा कमरा बना दिया।

सरो जीजी भी उनके साथ लगातार लगी रही। उन्हें भोजन पकाने का भी समय नहीं मिला। दोनों समय भोला गुरु के होटल से गर्मागर्म पूड़ी-साग का इन्तज़ाम होता रहा। नरोत्तम, सरो और शिखर तो खाते ही रहे, मिस्त्री-मजदूर भी खाते रहे। सुबह, शाम की चाय भी पास के रामभरोसे होटल से आती रही।

इस टॉयलेट निर्माण उपक्रम ने एक पंथ दो काज कर दिया। टॉयलेट निर्माण तो हुआ ही, तीनों जन पारो का दुख भूले रहे।

यह सत्य भी कितना अजीब है कि कहाँ तो हफ्तों तक लगातार बिसूरना घर गिरस्ती की जड़ें हिला देता है और कहाँ एक रोज़मर्रा की ज़रूरत को पूरा करने का जुनून सब कुछ भुला देता है। दुख भुलाने के लिए समय का अभाव कितना कारगर होता है।

अज़ब खेल है समय का। दरअसल, खेल समय का नहीं है। समय तो बस समय है। इसका न कोई कुछ बना सकता है और न बिगाड़ सकता है, लेकिन इस शब्द के साथ कन्दुक-क्रीड़ा अनन्तकाल से चली आ रही है। कभी समय इतना भारी होता है कि काटे नहीं कटता है। भला, समय को कोई कैसे काट सकता है। कभी किसी का समय इतना वज़नदार हो जाता है कि लगता है ठहर गया है। कभी समय इतनी तेज़ी से गुज़र जाता है कि समय के बीतने का पता ही नहीं चलता है। समय बड़ा बलवान होता है।

संस्कृत भाषा की तो महिमा अपरम्पार है। एक शब्द-युगल है—कवि समय। यहाँ समय का अर्थ काव्यरूढ़ियों और परम्पराओं से है। जैसे होता है उपमाओं और प्रतीकों का प्रयोग। यही तो है 'कवि समय' जिसमें 'समय' का अर्थ बदल जाता है।

भला हो हमारे साहित्यकार बन्धुओं का जिन्होंने पता नहीं क्यों और कैसे 'कवि समय' को 'कविता समय' और 'कथा समय' में रूपान्तरित कर दिया है। यहाँ 'समय' शब्द का प्रयोग संस्कृत की परम्परा में तो हो नहीं सकता, क्योंकि आधुनिकता की दौड़ में अथवा उत्तरआधुनिकता के आग्रहों के चलते साहित्यकार बन्धु परम्पराओं और रूढ़ियों को तो ओढ़ नहीं सकते। उपमाओं और प्रतीकों के

पुरातनपन्थी प्रयोगों को हम अपनी आज की कविता या कहानी के स्ट्रक्चर में फिट तो नहीं कर सकते। तो यहाँ 'समय' का अर्थ केवल समय ही हो सकता है—'कविता समय' यानी कविता का समय जैसे 'कथा समय' यानी कथा का समय। मगर है तो ये नयी चलन। इसलिए ये अर्थान्तर स्वीकार्य है। हम भी नतमस्तक हैं इस प्रयोग के प्रति और समय के प्रति भी।

समय को रोकने, थामने, पकड़ने का कोई उपाय है ही नहीं। समय है तो बस समय जिसे हम हर दिन चार हिस्सों में बाँट देते हैं—सुबह, दोपहर, शाम, रात। पूरा एक दिन। दिन गुज़रते हैं तो सप्ताह ही आता है। सप्ताह के बाद महीने। फिर साल। और फिर साल-दर-साल। बारह वर्षों का एक युग होता है।

शिखर के जीवन का भी एक युग बीत गया। पूर्वार्द्ध उज्जैनी गाँव और रतलाम में तथा उत्तरार्द्ध उज्जैन में। उत्तरार्द्ध के इन छह वर्षों में एकमात्र सरो जीजी उसके मेरूदंड की तरह उसके साथ अविभाज्य बनी रहीं और नरोत्तम जीजा की तो छतरी की छाँव थी।

कहते हैं श्रीमान् स्रष्टा महाशय जब पृथ्वी पर भेजने के लिए स्त्री-पुरुष के जोड़ों का निर्माण कर रहे थे तब गिनती में भूल न हो इसलिए वे मन्त्र जैसा पढ़ते हुए निर्माण कर रहे थे। चूँकि वैज्ञानिक धरातल पर पॉज़िटिव और निगेटिव—एक-दूसरे को आकर्षित करते हैं, इसलिए ऐसे स्त्री-पुरुष के जोड़े में प्रेम अधिक होता है जबकि उनके स्वभाव, उनकी पसन्दगी, उनके आचरण बेमेल होते हैं।

तो एक को 'पॉज़िटिव' और दूसरे को 'निगेटिव' बोलने के बजाय श्रीमान् स्रष्टा महाशय 'अच्छा' और 'बुरा' बोलने लगे—स्त्री 'अच्छी' है तो पुरुष 'बुरा'। पुरुष अच्छा तो स्त्री बुरी। संक्षेप में वे रटने लगे अच्छी-बुरा, बुरी-अच्छा। इसी क्रम में रटते-रटते कभी कभार उनके मुँह से भूलवश या जानबूझकर 'बुरी-बुरा' निकल गया तो समझो बँटाढार। इसी तरह 'अच्छी-अच्छा' निकल गया तो सोने में सुहागा।

इस पैमाने पर सरो-नरोत्तम की जोड़ी है सोने में सुहागा।

इसलिए इन दोनों की सरपरस्ती में शिखर को दोनों के संस्कार मिले और वो आदर्शवादी बनता चला गया। नरम भी और कठोर भी—जब जैसी ज़रूरत सही-सही समझ में आए। हँसमुख-भलामानुष—सीधा-सरल—सच्चा-ईमानदार, लेकिन अन्याय और समझौते के विरुद्ध, अनुशासनबद्ध, दृढ़ प्रतिज्ञ, निडर। रूढ़ियाँ नहीं, बल्कि सुदृढ़ एवं समय-सिद्ध परम्पराओं के प्रति नतमस्तक, किन्तु परम्परावादी

नहीं, बल्कि लीक से हटकर। ऐसे घोर आदर्शवादी, कभी-कभी अतिवादी हो जाते हैं। कभी-कभी क्यों, अकसर। खुद की नज़रों में नहीं, बल्कि औरों की नज़रों में। खुद की नज़रों में तो उनका शीन-काफ दुरुस्त और कील-काँटा चुस्त होता है—हमेशा।

विद्यार्थी शिखर सिर्फ होनहार ही नहीं था। उसके मेधावी होने में कुछ ऐसी बात थी कि सभी शिक्षक उसकी अव्वल होने की योग्यता को न केवल स्वीकारते थे, बल्कि उससे अभिभूत भी थे।

इसके विपरीत नीचे से उठता हुआ विद्यार्थी महेश अपने हथकंडों से नम्बर दो की स्थिति में आ गया था। सभी विद्यार्थी और शिक्षक जितना शिखर से प्यार करते थे, उतना ही महेश की दादागिरी से तंग आ गये थे। मगर महेश को क्या फ़र्क़ पड़ता। उसके पास हथकंडों की कमी नहीं थी। आखिर 'बड़े बाप' का बेटा था। 'बाप' शब्द का अशालीन प्रयोग क्षुब्ध तो करता है, किन्तु उसे 'पिता' कहना पितृत्व का अपमान है।

ऐसे 'बाप' के बेटे महेश ने इस बार तय कर लिया कि शून्य से शिखर तक पहुँचने की केवल एक सीढ़ी चढ़नी होगी। मगर शिखर अपने बौद्धिक एवं नैतिक शक्ति के बहुत मजबूत दमखम पर तनकर अपनी जगह पर बना हुआ था। हमेशा की तरह उस दिन भी शिखर पैदल ही स्कूल की ओर बढ़ा जा रहा था। अचानक उसे किसी ने पीछे से धक्का दिया। वो गिर ज़रूर पड़ा मगर तुरन्त ही उठ खड़ा हुआ। उसने अपना बस्ता सम्हाला। अपने कपड़ों से धूल झाड़ी और उसने पीछे मुड़कर देखा कि महेश और उसके साथी खड़े हैं।

शिखर ने मुस्कराकर कहा—"कोई बात नहीं।"

महेश उसकी ओर लपका और उसका कॉलर पकड़कर बोला—"एक तो तुम मुझे धक्का देते हो और कहते हो कोई बात नहीं।"

बड़े इत्मीनान से शिखर बोला—"महेश भाई, तुम अगर मेरा कॉलर छोड़ो तो मैं तुम्हें एक कहानी सुनाऊँगा।"

"क्यों सुनूँ मैं तुम्हारी कहानी?"

"सुनो तो सही तुम्हें मज़ा आएगा।"

शिखर का आत्मविश्वास इतना दृढ़ था कि वो किंवदन्ती के अनुसार उस बहुश्रुत पौराणिक चरित्र जैसा था जो किसी का सामना होने पर सामनेवाले का आत्मबल आधा कर देता था। यही कारण है कि सामने खड़ा आक्रामक शिखर पर वार करने के पहले ठिठक जाता था।

ऐसा ही इस बार भी हुआ और महेश ठिठककर बोला—"ठीक है, जल्दी सुनाओ। मुझे तुम्हारे साथ फैसला करना है।"

"काफी प्रख्यात है ये पौराणिक कथा। मगर तुमने निश्चित नहीं सुनी होगी। किस्सा यों है, महेश भाई कि एक झरने के ऊपरी हिस्से पर खड़ा एक भेड़िया पानी पी रहा था। उसने देखा कि झरने के नीचे खड़ा एक मेमना पानी पी रहा है। भेड़िये ने मेमने पर इलज़ाम लगाया कि तुम झरने से पानी पीकर झरने को जूठा कर रहे हो। यही जूठा पानी मुझे पीना पड़ रहा है।"

मेमने ने हँसकर कहा—"भेड़िया दादा, आप झरने के ऊपर हैं और मैं झरने के नीचे। सच तो यह है कि मैं आपका जूठा पानी पी रहा हूँ, क्योंकि पानी तो ऊपर से नीचे की ओर बहता है। तो महेश भाई, आप बतलाइए कि भेड़िया सही था या मेमना?"

महेश ने तपाक से जवाब दिया—"इस कहानी में कौन-सी बड़ी बात है। मेमना सही था और भेड़िया झूठा था।"

शिखर बोला—"बहुत सही। अब इस कहानी को तुम, हम दोनों पर लागू करो। मैं तुमसे आगे-आगे जा रहा था। इसलिए मेरे पीछे क्या हो रहा है, यह तो मुझे मालूम नहीं हो सकता, क्योंकि मेरी आँखें सिर के पिछले हिस्से पर तो नहीं हैं। इसलिए पीछे से आकर जब तुम मुझसे टकराये तो धक्का तुमने मुझे दिया।"

अब महेश दबंगपन पर उतर आया और चुनौती के स्वर में बोला—"हाँ-हाँ मैंने ही तुम्हें जानबूझकर धक्का मारा सिर्फ ये समझाने के लिए कि सीधे-सीधे मेरी बात मान जाओ और मुझे अव्वल आने दो। वरना इम्तहान के पहले में तुम्हें अस्पताल पहुँचा दूँगा। फिर तुम कैसे अव्वल आओगे?"

भरपूर शान्ति से मुस्कराते हुए शिखर बोला—"श्रीमान् महेश भाई, तुम अच्छी तरह जानते हो कि मैं किसी भी धमकी से डरने वाला नहीं हूँ। तुम्हारी मारपीट का जवाब मैं भी मारपीट से देने का हौसला और ताकत दोनों रखता हूँ— अकेले। ठीक है कि मैं अकेला रहूँगा, तुम सब मिलकर मुझ पर हावी हो जाओगे। इतना मुझे विश्वास है कि मैं मरूँगा नहीं। हाँ, अस्पताल ज़रूर पहुँच जाऊँगा। कोई बात नहीं। लेकिन इससे फ़र्क़ क्या पड़ेगा। मैं अस्पताल में लेटे-लेटे परीक्षा दूँगा।"

तमतमाकर बोला महेश—"बहुत बोलता है मारो साले को।"

और अपने साथियों के साथ महेश उस पर टूट पड़ा। अपना बचाव करते हुए उसूलन शिखर ने किसी को नहीं मारा। मगर उनके वारों से खुद को बचाने में घायल होकर गिर पड़ा। शिखर को पिटते देख कुछ राहगीर मारनेवालों पर लपके। मारने वाले भाग खड़े हुए। शिखर की नाक और सिर से खून बह रहा था। राहगीरों में से कुछ ने शिखर को पहचान लिया और ताँगा बुलवाकर अस्पताल की ओर बढ़ लिये।

रास्ते में थाना पड़ता था। शिखर ने ताँगा रुकवाया और थाने की ओर चल दिया। जो शिखर को अस्पताल ले जा रहे थे, उन्होंने शिखर को बहुत समझाया मगर शिखर नहीं माना। थानेदार ने जैसे ही मारनेवाले में महेश रस्तोगी का नाम सुना तो वो रिपोर्ट लिखने में आनाकानी करने लगा। शिखर ने अपने बस्ते में से दो कोरे पन्ने निकाले। उन दोनों पन्नों के बीच उसने कारबन पेपर लगाया और कलेक्टर के नाम शिकायतनामा लिखकर चल दिया। बाहर खड़े पुलिसवाले को उसने शिकायत की कारबन कॉपी थमा दी और ताँगे पर जा बैठा। फिर उसने कलेक्टर के घर के सामने ताँगा रुकवाया और साथवालों के रोकने के बावजूद लड़खड़ाता हुआ अन्दर पहुँच गया। कलेक्टर किसी मीटिंग में व्यस्त थे। शिखर ने कलेक्टर के नाम लिखा हुआ शिकायतनामा हाथ में निकाल लिया, फिर कलेक्टर साहब को आवाज लगाई और गिरकर बेहोश हो गया।

अस्पताल में नीम बेहोशी के कुछ दिन गुज़रे। जब भी शिखर की आँख खुलती, वो देखता कि सिरहाने सरो जीजी और पैताने नरोत्तम जीजा बैठे हैं। कुछ दिन और गुज़रे तो पीठ टिकाकर बैठने लायक हो गया शिखर। पट्टियाँ अभी भी बँधी हुई थीं।

उस दिन दोपहर को शिखर नींद से जागा तो काफी तरोताज़ा महसूस कर रहा था। उसने सरो जीजी की ओर हाथ बढ़ाया तो उन्होंने शिखर को अपने सीने में भर लिया। नरोत्तम ने भी उसे गले लगाया। वो उठकर बैठ चुका था। नरोत्तम ने उसकी ओर एक काग़ज़ बढ़ाया। शिखर ने पढ़ा तो उसे नागवार गुज़रा। उसने कहा—"यह क्या जीजाजी, यह तो महेश का लिखा हुआ माफ़ीनामा है। नहीं, नहीं यह ठीक नहीं है। दो सहपाठियों के बीच लिखित माफ़ीनामे की क्या ज़रूरत है? उसे ग़लती का एहसास हो चुका है और उसे पछतावा भी है और क्या चाहिए?"

"तुमने लिखित शिकायत की है तो माफ़ीनामा भी लिखित होगा।"

"तो फिर मैं अपनी लिखित शिकायत वापस ले लूँगा।"

"ऐसा तुम्हें लिखकर देना पड़ेगा।"

शिखर ने नर्स से काग़ज़ माँगा और लिखित रूप से अपनी शिकायत वापस ले ली। ये निवेदन उसने कलेक्टर के नाम लिखा—"यह मारपीट मेरे और महेश रस्तोगी तथा उनके साथियों के बीच हुई ज़रूर थी। महेश रस्तोगी मुझसे नाराज़ थे। कहासुनी हुई और मारपीट भी। जो कुछ हुआ वो आवेशवश हुआ। अब महेश को भी समझ में आ गया है कि मेरे और महेश के स्वभाव में बहुत अन्तर है। मैं समझौतापरस्त नहीं हूँ मगर दोस्ती की इज़्जत करता हूँ। चूँकि महेश ने मेरी ओर दोस्ती का हाथ बढ़ाया है इसलिए मैं भी दोस्ती का हाथ बढ़ा रहा हूँ। मैं अपनी शिकायत लिखित रूप से वापस लेता हूँ।"

नरोत्तम ने चिट्ठी पढ़ी तो उनकी आँखें चमक उठीं। महज़ बारह साल के एक लड़के के लेखन में इतनी समझ आश्चर्यजनक थी।

जब यह चिट्ठी महेश के 'बड़े बाप' के हाथों में पहुँची तब वे सिविल सर्जन के कमरे में बैठे थे। चिट्ठी पड़कर उनकी भी आँखें चमक उठीं, बोले—"यह लड़का शिखर सचमुच बहुत होशियार है। चलिए उससे मिल लेते हैं।"

शिखर के कमरे में पहुँचकर महेश के बड़े बाप ने शिखर के सिर पर हाथ फेरा। नरोत्तम ने महेश के माफ़ीनामे के फटे हुए टुकड़े उनकी ओर बढ़ा दिए। उन्होंने उन टुकड़ों को अपनी जेब के हवाले किया।

और बोलने को हुए—"शिखर बेटे, तुमने महेश को... ।"

बात काटकर शिखर बोल पड़ा—"आप ऐसा मत बोलिए, चाचाजी। आप न केवल महेश के पिताजी हैं, बल्कि उज्जैन के प्रतिष्ठित नागरिक भी हैं। आपकी हम बहुत इज़्जत करते हैं। ये तो मेरे और महेश के बीच का मामला है।"

"तुम सचमुच बहुत अच्छे लड़के हो। जल्दी स्वस्थ हो जाओ।"

महेश को शिखर के पास छोड़कर वे चले गये।

महेश बोला—"तुमसे मिलकर ही हमने जाना कि मन लगाकर पढ़ना कितना ज़रूरी है। तुम तो अस्पताल में एक महीने से हो। मैंने इस बीच प्रतिदिन अठारह घंटे पढ़ाई-लिखाई की है।

शिखर बोला—"हाँ, भाई, मैं तो एक माह से कुछ भी नहीं पढ़ सका हूँ। इम्तहान भी आ ही गया समझो। बस अब मैं भी लगूँगा।"

परीक्षाफल घोषित हुआ। इस बार महेश अव्वल था और शिखर नम्बर दो पर। दोनों के कुल अंकों में केवल एक अंक का अन्तर था। शिखर ने महेश को बधाई दी। महेश को घेरकर उसके साथी खड़े थे। वे सब हँस पड़े।

उनमें से एक ने डींग भी हाँकी—"महेश से साबित कर दिया कि अव्वल आना किसी की बपौती नहीं है।"

महेश ने भी कोई कसर नहीं छोड़ी, बोला—"जाने दो यार, बेचारा यों ही दुखी है। इस बार तो अन्तर एक ही अंक का है। अगले साल, सातवीं कक्षा के परीक्षाफल में कम से कम दस अंकों से पछाड़ूँगा।"

और हँसते हुए सब चल दिए।

शिखर शान्त भाव में खड़ा रहा और देखता रह गया कि महेश ने अपना मुखौटा इतनी जल्दी उतार दिया।

अगले दिन जब शिखर ने स्कूल से मार्कशीट ली तो देखकर चौंका।

अंकगणित में उसे 50 में से 40 अंक मिले थे जबकि उसने सभी सवाल सही किये थे और उसे हमेशा की तरह 50 में से 50 मिलना चाहिए था। वो सीधे अंकगणित के शिक्षक के पास गया और मार्कशीट दिखाकर पूछा—''माट्साब, मुझे तो अंकगणित में 50 में से 50 मिलना चाहिए था। मैंने हमेशा की तरह सभी सवाल सही किये थे। फिर 40 क्यों मिले हैं?''

शिक्षक ने समझाया—''देखो बेटा शिखर, इस बार परीक्षा के पहले तुम एक महीना अनुपस्थित थे। ये तो होना ही था।''

शिखर ने फिर दोहराया—''नहीं सर, मुझे पूरा विश्वास है कि मैंने सभी सवाल सही किये थे और मुझे 50 में से 50 ही मिलना चाहिए।''

शिक्षक ने फिर समझाया—''देखो बेटा, तुम तो बहुत अच्छे लड़के हो। स्कूल में आदर्श माने जाते हो। फिर ऐसी ज़िद क्यों कर रहे हो?''

''ज़िद नहीं माट्साब, मैं तो न्याय माँग रहा हूँ।''

शिक्षक ने कड़े शब्दों में कहा—''देखो शिखर, जो कुछ हो चुका है, वो हो चुका है। अब और कुछ हो नहीं सकता। मैं कुछ नहीं कर सकता।''

शिक्षक के इस टके से जवाब के विरुद्ध एक भी शब्द नहीं बोला शिखर। उसने हेडमास्टर साहब के नाम निवेदन लिखा और उनके कार्यालय में नरोत्तम के साथ जाकर न्याय की माँग की।

हेडमास्टर ने जाँच की तो पता चला कि उत्तरपुस्तिकाएँ जाँचते और परीक्षाफल घोषित होने के बाद तमाम उत्तरपुस्तिकाओं के बंडलों का जो अम्बार एक बड़े से हॉल में रखा था, उन बंडलों में छठी कक्षा के अंकगणित की उत्तरपुस्तिकाओं का बंडल तो मिल गया मगर उस बंडल में जो दो उत्तरपुस्तिकाएँ ग़ायब थीं वे शिखर और महेश की थीं।

हेडमास्टर चिन्ता में पड़ गये। वे शिखर को न केवल जानते थे, बल्कि इस आदर्श विद्यार्थी की उज्ज्वल छवि से प्यार करते थे। हर शिक्षक के मुँह से उसकी प्रशंसा कितनी ही बार सुनकर बेहद खुश हुए थे।

उनकी समझ में यह बात आ गयी कि पूर्व नियोजित रूप से यह अन्याय रचा गया था, किन्तु उपाय क्या हो न्याय का? हेडमास्टर की दुविधा के केन्द्र में थे महेश के बड़े बाप जिनके प्रभाव का दबाव आतंकित करता था और समस्या ये भी थी कि मात्र दो उत्तरपुस्तिकाओं के ग़ायब होने का दोषी किसे ठहराया जाए। वे इस सत्य से भी परिचित थे कि यह प्रकरण यदि पुलिस को भी सौंप दिया जाए तो भी महेश के बड़े बाप के आतंक के कारण कोई समाधान नहीं होगा। ऊपर से स्कूल की बदनामी भी होगी।

नरोत्तम भी अपनी आदर्शवादिता के लिए जाने जाते थे। इसलिए स्कूल में शिखर के केवल अभिभावक के रूप में नहीं थी उनकी पहचान। उज्जैन के जाने-माने व्यक्तियों के रूप में उनकी प्रतिष्ठा थी।

अचानक हेडमास्टर ने प्रश्न किया—"क्यों शिखर, यह जो न्याय की माँग को लेकर तुम मेरे पास आए तो अकेले आने का साहस तुमने क्यों नहीं किया, नरोत्तमजी को साथ क्यों लाए हो?"

शिखर बोला—"यदि मेरी धृष्टता क्षमा करें तो मैं अपनी स्थिति स्पष्ट करूँ।

"हाँ-हाँ, बेझिझक बोलो।"

"सर, पहली बात तो यह है कि मैं नरोत्तमजी को साथ लेकर नहीं आया। वे मुझे साथ लेकर आए हैं। मैं यदि अकेला आता तो अपने गणित के शिक्षक के प्रति मेरी उद्दंडता होती। वे मेरे आदरणीय हैं।"

"क्या तुम मानते हो कि उन्होंने जानबूझकर यह ग़लती की है?"

"जी नहीं, बिलकुल नहीं। मैं तो यह मानता हूँ कि असावधानीवश उनसे यह चूक हो गयी है, जिसके फलस्वरूप मेरे प्रति अन्याय हो गया है, किया नहीं गया है।"

"वाह, क्या बात है? मात्र बारह वर्ष की उम्र में इतनी बारीक समझ और भाषा के प्रति इतनी सजगता सचमुच अद्भुत है। तुम हमारे स्कूल के आदर्श विद्यार्थी हो, लेकिन मैं भी भला क्या कर सकता हूँ। तुम्हारे न्याय के अधिकार को मैं स्वीकार करता हूँ। मुझे सूझ ही नहीं रहा है कि मैं समाधान कैसे करूँ?"

नरोत्तम ने हस्तक्षेप किया—"यदि क्षमा करें तो मैं कुछ बोल सकता हूँ।"

"हाँ, हाँ, ज़रूर।"

नरोत्तम ने शिखर से कहा—"अब तुम घर जाओ, राजा भैया। मैं हेडमास्टर साहब के साथ बात करना चाहता हूँ।"

शिखर नमस्कार कर चला गया।

"हेडमास्टर साहब, पहले तो यह कि आप इस प्रकरण को यहीं समाप्त कर दें और शिखर के आवेदन को फाड़कर फेंक दें।"

"यह आप क्या कह रहे हैं?"

"सुनिए तो। मेरी यह निश्चित धारणा है कि इस प्रकरण की सही-सही जानकारी मौखिक रूप से आप जिला शिक्षा अधिकारी को देने का कष्ट करें। वे भी आप की ही तरह निरुपाय होंगे। जब वे अपनी विवशता प्रकट करें तब उनके समक्ष अपना प्रस्ताव प्रस्तुत कर दीजिएगा।"

"मगर मेरे पास तो कोई प्रस्ताव नहीं है।"

"आपके पास है। यह लीजिए।"

और नरोत्तम एक सीलबन्द लिफाफा हेडमास्टर साहब को सौंपकर चले गये।

जिला शिक्षा अधिकारी के माध्यम से यह प्रकरण उज्जैन के कलेक्टर के पास पहुँचा। कलेक्टर को सहसा याद आया कैसे शिखर चोटग्रस्त अवस्था में अपनी शिकायत लेकर उनके पास पहुँचकर बेहोश हो गया था और अस्पताल में पूरे एक महीने तक भर्ती रहा। कलेक्टर यद्यपि उस मारपीट प्रकरण की सज़ा महेश को देना चाहते थे मगर महेश की उम्र केवल 12 वर्ष होने के कारण वे उसके माफ़ीनामा पर राज़ी हो गये थे, किन्तु उन्हें यह जानकर बेहद आश्चर्य हुआ कि शिखर ने शिकायत वापस लेकर महेश की ओर दोस्ती का हाथ बढ़ाया। कलेक्टर शिखर के इस व्यवहार से बेहद प्रभावित हुए थे।

अब जो नया प्रकरण उनके सामने आया तो उन्हें बहुत बुरा लगा कि शिखर के विरुद्ध गन्दा खेल खेला गया जिसका समाधान अवश्य होना चाहिए। उन्होंने स्कूल के हेडमास्टर के प्रस्ताव को मान्य किया और उस योजना के क्रियान्वयन के लिए अपनी प्रसन्नता व्यक्त की।

शासकीय विभाग की ओर से इस अभिनव योजना के संचालन का कोई औचित्य नहीं था। हाँ, यदि कोई प्राइवेट एजेन्सी इसे अपनी ज़िम्मेदारी पर आयोजित करे तो जिला शिक्षा अधिकारी अनिवार्यता का आदेश दे सकते हैं।

उज्जैन के प्रसिद्ध उद्योगपति श्री ओमप्रकाश खत्री अपने स्वनामधन्य पिता लाला अमरनाथ की स्मृति में यह आयोजन करने के लिए कटिबद्ध हो गये, जैसा कि वे अकसर हर कल्याणकारी कार्य के लिए हमेशा प्रस्तुत रहते थे।

तमाम अख़बारों के माध्यम से तथा उज्जैन नगर के तमाम स्कूलों में छठी कक्षा उत्तीर्ण समस्त विद्यार्थियों को यह सूचना दी गयी कि पन्द्रह दिन बाद सिर्फ अंकगणित की अभूतपूर्व प्रतियोगिता आयोजित की जाएगी, जिसमें स्कूलों के केवल सातवीं कक्षा के सभी विद्यार्थियों को अनिवार्य रूप से उपस्थित होकर इस प्रतियोगिता में हिस्सा लेने के लिए बाध्य होना पड़ेगा। इस प्रतियोगिता के हर प्रतिभागी विद्यार्थी को छात्रोपयोगी उपहार और दिवाभोज दिया जाएगा।

जो विद्यार्थी सबसे कम समय में उत्तरपुस्तिका सौंपेगा और सबसे अधिक अंक प्राप्त करेगा उसे न केवल प्रथम घोषित किया जाएगा, बल्कि उसे दो वर्षों के लिए पचास रुपये प्रतिमाह की छात्रवृत्ति दी जाएगी। यह सूचना आश्चर्यजनक रूप से सराही गयी और विद्यार्थियों में उत्साह की लहर दौड़ गयी।

प्रतियोगिता की निश्चित तिथि पर उज्जैन का दशहरा मैदान एक नयी भूमिका

में अवतरित हुआ। विशाल कपासी आकाश उतर आया दशहरा मैदान पर। धवल मेघ रूपान्तरित हुआ क्षितिज व्यापी तम्बू निलय बनकर—व्हाइट हाउस—एक अभिनव प्रतियोगिता स्थल जहाँ थी कुर्सी, मेज़ की कतारें और कतारें जिन पर निर्धारित समय के पन्द्रह मिनट पूर्व विद्यार्थीवृन्द अपना-अपना निर्धारित स्थान ग्रहण कर चुके थे। एक अभूतपूर्व अप्रत्याशित प्रतियोगिता प्रयोग में।

एक अकेली कुर्सी खाली थी जो महेश की थी और उसका मेडिकल सर्टिफिकेट आ चुका था कि वो अस्पताल में है। यह मेडिकल सर्टिफिकेट प्रतियोगिता शुरू होने के पाँच मिनट पहले आया था।

प्रशासन की ओर से पूरी सतर्कता बरती गयी थी। इसलिए प्रतियोगिता प्रारम्भ होने के एक घंटा पहले महेश के बड़े बाप के फार्म हाउस में सुरक्षा कर्मचारियों ने छापा मारा जहाँ महेश अपने साथियों के साथ हँसी-मजाक में डूबा हुआ था। उन सुरक्षाकर्मियों ने महेश को वहाँ से उठाया और प्रतियोगिता शुरू होने के पहले उसके निर्धारित रोल नम्बर की कुर्सी पर बिठा दिया। यह कार्रवाई इतनी शान्ति से हुई कि किसी को इस घटना का आभास भी नहीं हुआ। सुरक्षाकर्मियों ने महेश को आगाह कर दिया था कि यदि उसने प्रतियोगिता में किसी प्रकार की अवांछित हरकत की तो उसे ऐसे ग़ायब कर दिया जाएगा कि फरिश्ते भी उसे खोज नहीं पाएँगे। सुरक्षाकर्मी इनविजिलेटर की भूमिका में महेश के साथ आए थे और प्रतियोगिता के पूरे समय महेश के आसपास ही मँडराते रहे।

अंकगणित का प्रश्नपत्र उज्जैन से बाहर सम्पूर्णतया गोपनीयता बनाये रखते हुए तैयार किया गया था और छपवाया भी अन्यत्र गया था। प्रश्नपत्र में अंकगणित के बीस सवाल दिए गये थे, जिनमें से केवल किन्हीं दस सवालों को हल करना था। समयावधि भी तीन घंटे की थी।

45 मिनट में दस सवालों को हलकर अपनी उत्तरपुस्तिका सौंपने के लिए जब शिखर मंच पर पहुँचा तो वहाँ बैठे मुख्य निरीक्षक ने उसकी उत्तरपुस्तिका के अन्तिम हल के नीचे समय अंकित किया और शिखर को कहा—"बेटा, नियमानुसार तुम्हें अपनी कुर्सी पर 45 मिनट और बैठना है, क्योंकि डेढ़ घंटे के पहले किसी को भी बाहर जाने की इजाज़त नहीं है।"

खुशी-खुशी अपनी उत्तरपुस्तिका लेकर शिखर अपनी कुर्सी की ओर जाने लगा तो उसकी नज़र महेश पर पड़ी। महेश अपनी कुर्सी पर बैठा सुबक रहा था। शिखर ने अगले 45 मिनट में शेष बचे दस सवालों का भी हल निकाल लिया। अब तो डेढ़ घंटे पूरे हो चुके थे। मुख्य निरीक्षक ने पुनः समय डालने के लिए उत्तरपुस्तिका खोली तो यह देखकर चकित रह गया कि शिखर ने बीसों सवालों को हल कर दिया था। उसके पीछे-पीछे महेश भी डायस पर पहुँचा और कोरी उत्तरपुस्तिका

सौंपकर तेज़ी से बाहर निकल गया। वो मैदान पर बने मुख्य द्वार पर जैसे ही पहुँचा, उसे रोक दिया गया और कहा गया परीक्षा समाप्त होते ही भोजन व्यवस्था है, इसलिए मुख्य द्वार के बाहर नहीं जा सकता।

महेश सीधे पहुँचा दशहरा मैदान स्थित काली मन्दिर में और वहाँ मन्दिर के पीछे चबूतरे पर ज़ार-ज़ार रोने लगा। अचानक उसने महसूस किया कि उसके सिर पर कोई हाथ फेर रहा है। चौंककर उसने सिर उठाया तो देखा कि शिखर उसके बालों को सहला रहा है। वो शिखर से लिपट गया। शिखर को भी रोना आ रहा था। मगर महेश की ख़ातिर उसने अपने आपको रोका।

रोते-रोते महेश बोला—''शिखर भाई, तुम सचमुच बहुत अच्छे हो। मैं भी तुम्हारी तरह अच्छा बनना चाहता हूँ, लेकिन क्या करूँ, मेरी संगत बहुत खराब है।''

शिखर ने उसे खूब सान्त्वना दी और कहा कि सब ठीक हो जाएगा।

आखिर वो दिन आया जब प्रतियोगिता का निर्णय घोषित होना था। यों भी शिखर की अप्रतिहत प्रतिभा से सब परिचित थे, इसलिए यह निर्णय सर्वविदित था। शिखर जोशी प्रथम घोषित किये गये और उसे पचास रुपये नहीं, बल्कि एक सौ रुपये मासिक छात्रवृत्ति दी जाने की घोषणा की गयी, क्योंकि उसने अंकगणित प्रश्नपत्र के बीसों प्रश्नों का सही हल सबसे कम समय में प्रस्तुत किया।

इस घोषणा के बाद श्री ओमप्रकाश खत्री ने शिखर को गोद में उठा लिया। नरोत्तम भी उनके पास आ खड़े हुए। ओमप्रकाश ने तुरन्त शिखर को उतारकर नरोत्तम के पैर छुए। नरोत्तम बोल पड़े—''यह आप क्या कर रहे हैं? मैं इस सम्मान के योग्य नहीं हूँ।''

ओमप्रकाश बोले—''कैसी बात कर रहे हैं, माट्साब? आप तो हमारी पीढ़ी के गुरु रहे हैं। मैं आपका विद्यार्थी रहा हूँ।''

फिर हँसकर ओमप्रकाश बोले—''वैसे मैं शिखर जैसा मेधावी छात्र नहीं था। काफी शरारती था।''

नरोत्तम हँसते हुए बोले—''शिखर शुरू से ही कुछ अजीब-सा है। कभी तो वो बेहद समझदारी की बातें करता है और कभी बच्चा बना रहता है।''

अपनी तमाम समझदारी और कम उम्र में आश्चर्यजनक परिपक्वता के बावजूद, अपनी सरो जीजी और जीजा के लाड़-प्यार में शिखर घर पर बच्चा ही बना रहा।

पहली बार उसने जब सुबह-सुबह आँगन में आम के पेड़ पर अनगिनत तोते देखे तो खुशी के मारे चीख पड़ा। उसकी चीख सुनकर तोते फड़फड़ाकर उड़ गये। उसे बहुत बुरा लगा। एक साथ इतने तोतों का उड़ना उसकी आँखों को खूबसूरत तो

लगा, लेकिन उनका भाग जाना उसे बिलकुल अच्छा नहीं लगा। उसने बहुतेरी कोशिशें कीं तरह-तरह की आवाज लगाकर तोतों को वापस लाने की, मगर तोते छप्पर तक तो आये मगर नीचे आँगन में नहीं उतरे।

मदद के लिए उसने सरो जीजी से पूछा—"जीजी, तोते तो ऐसे भागे कि अब आँगन में उतरने का नाम भी नहीं ले रहे हैं। अब आप ही बतलाइए उन्हें कैसे बुलाएँ।"

एक छोटी-सी टोकरी में मूँगफली भरकर सरो ने शिखर को थमा दी और कहा—"तू ऐसा कर, मूँगफली थोड़े-थोड़े बिखेर दे आँगन में और जब तोते उन्हें टूँगने के लिए आँगन में उतरें तो पहले थोड़ी दूर से दो-तीन मूँगफली उनकी ओर उछाल दें। फिर धीरे-धीरे उनके पास पहुँचने की कोशिश कर। हाँ, मूँगफली ज़रूर बिखेरते रहना, बहुत सावधानी से।"

टोकरी में रखी मूँगफली को शिखर ने फोड़ना चाहा ताकि दाने तोतों की ओर उछाल सके तो सरो ने रोक दिया—"ऐसा मत करना। पूरी मूँगफली उनकी ओर उछालना। वे तो ऊपरी छिलके को ही कुतरते रहेंगे।"

अब तो शिखर के साथ तोतों की दोस्ती गाढ़ी होने लगी। वो आँगन में जाकर बैठ जाता तो तोते उसके कन्धों पर भी आ बैठते और सिर पर भी।

सरो ने ज्वार के दाने दिए उसे आँगन में बिखरने के लिए। अब तो एक-एक कर ढेरों पंछी-कुनबे आँगन में उतरने लगे—गौरैया, कबूतर और कौवों को तो वो पहचानता था। ऐसे भी निराले खूबसूरत पंछी आते और अलग-अलग सुरों में संगीत सभा आयोजित करते जिन्हें वो नाम से नहीं पहचानता था। कौवे ज़रूर थोड़ी दादागिरी दिखाते थे। मगर उसने देखा अलग-अलग पंछी समूह अपना-अपना समय तय कर लेते थे ताकि झड़प की नौबत न आए। एक लगभग सह-अस्तित्व का माहौल बन जाता था। उनके लिए पीने के पानी का भी बन्दोबस्त किया था शिखर ने मिट्टी की थालीनुमा एक बर्तन में।

एक दिन शिखर स्कूल जाने के लिए घर से निकला ही था कि उसने देखा कि एक बिल्ली का पीछा करता हुआ कुत्ता रपट के बन्द कोने तक पहुँच गया। बिल्ली कोने में बचाव के लिए दुबक गयी, मगर जैसे ही कुत्ता आक्रामक हुआ, उस बिल्ली ने सहसा अपना शरीर फुला लिया गुब्बारे जैसा और उसके रोएँ खड़े हो गये। अचानक ही बिल्ली अपने सामान्य आकार से दुगुनी होकर खूँख़्वार बन गयी। उस आकस्मिक

परिवर्तन को देखकर कुत्ता सहमकर ठिठक गया और उसी क्षण बिल्ली ने गुर्राकर कुत्ते के मुँह पर अपने पंजे से वार किया। कुत्ता कूँ-कूँ करता भाग गया। इस बहादुर बिल्ली पर शिखर मुग्ध हो गया। उसने बिल्ली को प्यार किया। बिल्ली भी आश्वस्त हो गयी। वो बिल्ली को उठाकर घर के अन्दर ले आया। शिखर ने उसे दूध पिलाया और उसके लिए दालान के कोने में एक बोरी बिछा दी और उस बोरी पर उसने बिल्ली को बिठा दिया।

अगली सुबह जब आँगन में रंग-बिरंगे पंछियों का सहभोज ज़ोरों पर था और शिखर आँगन से दूर अपने कमरे के दरवाज़े पर खड़ा इन्हें देखकर खुश हो रहा था तब अचानक दालान के परले कोने पर बैठी बिल्ली ने छलांग लगाई आँगन में और एक तोते को दबोच लिया। शेष पंछी भाग गये। निमिष में यह दुर्घटना घटी और शिखर चीखा। वो दालान से आँगन में कूदकर बिल्ली की गिरफ़्त से तोते को छुड़ाने लगा। तोता टें-टें की आवाज करता फड़फड़ा रहा था। शिखर तोते को बचाने में नाकामयाब रहा। बिल्ली तोते को अपने जबड़े में दबाये घर से बाहर भागी। बिल्ली रपट पार कर मगरमुँहा की गली तक पहुँच गयी थी। अचानक कुत्तों का एक समूह बिल्ली पर झपटा। तोता उसके जबड़े से तो निकल गया मगर एक कुत्ता उसे ले भागा और शेष कुत्ते बिल्ली को नोचते-खसोटते रहे। बिल्ली लहूलुहान होकर तड़प रही थी। उसे बचाने के लिए शिखर ने जैसे ही दौड़ना चाहा, उसे पीछे से आकर नरोत्तम ने जकड़कर रोक लिया और उसे गोद में उठाकर अन्दर चले गये। शिखर ज़ारज़ार रोता रहा। निमिष में दो हत्याएँ शिखर की आँखों के सामने हो गयीं और शिखर असहाय बना रहा।

बड़ी मुश्किल से शिखर को सम्हाला सरो और नरोत्तम ने। सरो उसके लिए मनपसन्द खाना बनाने में जुट गयी और नरोत्तम उसे किस्से-कहानियों के माध्यम से जीवन का फलसफ़ा और प्रकृति का नियम समझाते रहे। उन्होंने समझाया कि कैसे माँसभक्षी पशु-पक्षी एक-दूसरे का शिकार करते हैं।

और जब नरोत्तम बोले—"शिखर भैया, तुम जिस बिल्ली के लिए हाय तौबा बचा रहे हो, उसी बिल्ली की प्रजाति में बिल्ली स्वयं अपनी नवजात सन्तानों को खा जाती है।"

शिखर चिहुँक उठा—"क्या कह रहे हैं, जीजाजी माँ अपनी सन्तानों को खा जाती है?"

"हमेशा हर बिल्ली ऐसा नहीं करती है, लेकिन यह एक निष्ठुर सच्चाई है। बड़ी मछली, छोटी मछलियों को खा जाती है और पंछी ऐसे भी होते हैं जो जीवन्त कीड़ों पर गुज़ारा करते हैं। छिपकलियाँ भी। इसलिए राजा भैया, जो हुआ उस पर अफसोस मत करो।"

''अब मैं बिल्ली कभी नहीं पालूँगा। मैं कभी भी कोई पशु या पक्षी नहीं पालूँगा। तो फिर लोग गाय क्यों पालते हैं?''

''नहीं भैया, गाय पालते नहीं हैं। गौसेवा करते हैं। गौसेवा से हमें दूध मिलता है। जैसे, हम जब पेड़ लगाते हैं तो पेड़ हमें फल देते हैं। यह प्रकृति का नियम है।''

अचानक जैसे शिखर को कुछ याद आया—''मगर जीजाजी, हमारे आँगन में जो आम का पेड़ लगा है, उसमें न कभी बौर आते हैं, न आम लगते हैं। दो गर्मियाँ तो मेरे सामने गुज़र गयीं।''

सहसा उदास हो गये नरोत्तम—''लगता है यह अभिशप्त वृक्ष है।''

''अभिशप्त क्या होता है?''

''राजा भैया, कुछ शब्द ऐसे होते हैं, जिनका अर्थ पुस्तकों से नहीं, जीवन से मिलता है। ईश्वर करे, यह शब्द तुम कभी न समझो। हमारे आँगन में आम का पेड़ कभी खूब फलदार हुआ करता था। पता नहीं, कब, कैसे, क्यों यह वृक्ष अचानक चुक गया। अजीब बात तो यह है कि बौर तो दरकिनार इसमें कोपलें भी नहीं फूटती हैं और बहुत बड़ा आश्चर्य यह कि इसके हरे पत्ते कभी पीले नहीं पड़ते और न पेड़ सूखता है।

''प्रकृति के सारे नियमों को तोड़ता, मौसम की आवाजाही से बेअसर एक अजूबा है यह पेड़। खूब घना है। इसकी छाया में खाट डालकर हम मज़े में नींद भी निकाल लेते हैं और तुम्हारी जीजी इस वृक्ष की पूजा करती है, जैसे तुलसी की करती है। इसे खूब तबीयत से नहलाती है, उसके आसपास की कच्ची ज़मीन में खाद डालती है। मगर फल की आशा नहीं करती है। कहती है, मैं खाद नहीं डालती, वृक्ष बाबा को भोजन परोसती हूँ।''

अचानक शिखर पता नहीं किस मूड में बोल पड़ा—''कहीं ऐसा तो नहीं कि जब से मैं इस घर में आया हूँ तब से ये पेड़ फल नहीं देता है?''

थोड़ी देर रुककर शिखर बोला—''इसका मतलब तो यही हुआ कि मेरी वज़ह से यह पेड़ अभिशप्त है?''

सरो ने शिखर का अन्तिम वाक्य सुन लिया और चिल्ला पड़ी—''ये गन्दी बात तूने कहाँ से सीखी?''

''जीजाजी ने इस पेड़ को अभिशप्त कहा है।''

''तेरे जीजा कोई गन्दी कविता लिखने के मूड में होंगे। राजा भैया, यह वृक्ष बाबा तो चमत्कार है। यह चमत्कार हुआ भी तेरे इस घर में आने से। इसलिए तू भी चमत्कार है।''

उस दिन बाथरूम से नहाकर नन्हा-सा तौलिया लपेटे शिखर जब बाहर निकला तो उसकी नज़र पहली बार अचानक सामने की छप्पर पर पड़ी तो खुशी में चीख पड़ा—"अरे देखो, जीजी, अपने छप्पर पर सब्जी की हाट लगी हुई है—लौकी, गिल्की, करेला, बालोर और एक बड़ा कद्दू।"

सरो हँस पड़ी और बोली—"दो बरस हो गये तुझे और ध्यान आज गया। तू रोज जो सब्जी खाता है, वो घर की ही सब्जी तो होती है।"

अचानक सरो खिलखिलाकर हँस पड़ी और बोली—"अरे तेरा तौलिया कहाँ है?"

शिखर ने झुककर देखा। जिस तौलिये को वो कमर में लपेटे था, वो खुलकर धराशायी हो गया था। मारे शरम के तौलिया उठाकर शिखर अपने कमरे की ओर भागा।"

उस दिन अचानक ओमप्रकाश खत्री नरोत्तम के घर आ गये। शिखर ने दरवाज़ा खोला और इतना चमत्कृत हुआ कि आवभगत भूलकर दौड़ा नरोत्तम के पास और हाँफता हुआ बोला—"जीजाजी ग़जब हो गया। वही सज्जन आए हैं जिन्होंने मुझे छात्रवृत्ति दी थी।"

तब तक अपने जूते उतारकर ओमप्रकाश अन्दर दाखिल हुए। दौड़कर नरोत्तम जी आए। ओमप्रकाश ने उनका पैर छूना चाहा तो नरोत्तम ने उनके हाथ पकड़ लिये। ओमप्रकाश बोल पड़े—"यह क्या माट्साब आप तो मेरे प्रति अन्याय कर रहे हैं। मेरा अधिकार छीन रहे हैं। क्या मैं आपका आशीर्वाद पाने लायक भी नहीं हूँ।"

नरोत्तम गद्गद भाव में बोले—"स्वयं कृष्ण जी सुदामा के घर पधारे हैं।"

"कृष्ण कहलाने का आशीर्वाद जब आपने दिया ही है तो इतना संशोधन कर लीजिए कि सुदामा के घर नहीं, सान्दीपनि ऋषि के आश्रम में आए हैं।"

दोनों को दरवाज़े पर खड़े देखकर सरो बोली—"अरे आप अन्दर तो पधारिये।"

ओमप्रकाश ने सरो के चरण छुए। सरो बोली—"जुग जुग जियो बेटा और अपने महान पिता लाला अमरनाथ जी का नाम रौशन करो।"

अन्दर के कमरे में मोड़े पर बैठकर ताँबे के गिलास में पानी पीते हुए ओम प्रकाश बोले—"अरे वाह माताजी, स्टेनलेस स्टील के ज़माने हम ताँबा-पीतल तो भूल ही गये।"

सरो बोली—"बेटा, तुम्हारे आशीर्वाद से मेरा यह बच्चा खूब मन लगाकर पढ़ रहा है।"

''गुरुजी, हम यही बात आपसे करने आए हैं। इधर पटनी बाज़ार से निकल रहे थे तो किसी ने बतलाया कि आप मगरमुँहा में रहते हैं। बस, हम सीधे आपके घर चले आए। शिखर बहुत मेधावी है। मेरी इच्छा है कि हायर सेकेंडरी के बाद वो इंजीनियरिंग पढ़े। गुरुजी, आप मुझे क्षमा करे। छोटे मुँह बड़ी बात करने जा रहा हूँ। मैं चाहता हूँ कि शिखर की इंजीनियरिंग पढ़ाने की सारी ज़िम्मेदारी मेरी होगी।

नरोत्तम की आँखें नम हो गयीं, बोले—''आपका ही छोटा भाई है। मैं भला क्या कह सकता हूँ।''

हायर सेकेंडरी तक पहुँचते-पहुँचते कई उतार-चढ़ाव आए। कई ऐसे अवसर आए जब शिखर को न्याय के लिए जूझना पड़ा। मगर उसने अपनी पहचान केवल जुझारू रूप में नहीं होने दी। क्योंकि वो सफलता के पीछे कभी नहीं भागा, कभी समझौता नहीं किया, कभी लोभवश तथाकथित उच्चता हासिल करने की कोई कोशिश नहीं की। हाँ, श्रेष्ठता और आदर्शवादिता के अपने मूलमन्त्र को उसने अपने जीवन का अभिन्न हिस्सा बना लिया। मगर उसने अपना व्यतित्व ऐसा ढाला कि वो हमेशा लोकप्रिय बना रहा—चट्टानी दृढ़ता के बावजूद। अपने सिद्धान्तों पर कट्टर और अडिग।

हायर सेकेंडरी की बोर्ड परीक्षा में शिखर ने रेकॉर्ड कायम किया और समूचे मध्यप्रदेश में वो अव्वल आया। नरोत्तम ने शिखर को विज्ञान और गणित की शिक्षा दिलवायी थी, इस विश्वास के साथ कि बी.एस-सी. और एम.एस-सी. पास करके वो आय.ए.एस. बनेगा। मगर जब शिखर ने माधव विज्ञान महाविद्यालय में नहीं बल्कि माधव महाविद्यालय में प्रवेश लेने की इच्छा ज़ाहिर की तो नरोत्तम आसमान से गिरे।

उनका प्रश्न था—''लेकिन क्यों?''

शान्त भाव से शिखर ने कहा—''जीजाजी, मैं तो आपकी तरह स्कूल शिक्षक बनना चाहता हूँ।''

''पागल हो गये हो? मैं तो साधारण विद्यार्थी था और परिवार की समस्याएँ थीं। मगर तुम तो असाधारण हो—अद्वितीय। पूरे प्रदेश में प्रथम श्रेणी में प्रथम स्थान प्राप्त किया है—द्वितीय स्थान प्राप्त करनेवाले विद्यार्थी को काफी पीछे छोड़कर। तुम्हें तो कलेक्टर बनना है।''

''कलेक्टर बनने की क्षमता मुझमें नहीं है क्योंकि मैं प्रशासक नहीं बन

सकता। मुझे तो उज्जैन की सेवा करनी है। और ऐसा मैं केवल स्कूल शिक्षक बनकर ही कर सकता हूँ।

"उज्जैन की सेवा? तुम समझ भी रहे हो कि तुम क्या कह रहे हो?"

"बहुत मन्थन के बाद मैंने यह निश्चय किया है। उज्जैन को लेकर मैंने ढेरों सपने देखे हैं।"

"उज्जैन को लेकर सपने? हो गया बंटाधार। सरो, तुम यहाँ आओ और सुनो तुम्हारा राजा भैया क्या कह रहा है?"

रसोई से हाथ पोंछती हुई निकली सरो और आते ही पूछा—"क्या कह रहा है मेरा राजा भैया?"

"कह रहा है मेरी तरह स्कूल शिक्षक बनेगा। तुम उसे समझाओ कि उसे अगर कलेक्टर नहीं बनना है तो पी.एच-डी. की डिग्री हासिल कर विक्रम विश्वविद्यालय में लेक्चरर बने।"

इससे पहले कि सरो कुछ बोलती शिखर बोल पड़ा—"नहीं, जीजाजी, मैं तो पी.एच-डी. कभी नहीं करूँगा। केवल डिग्री हासिल करने से कोई विद्वान नहीं बन जाता। मैं पढ़-लिखकर ज्ञान अवश्य अर्जित करूँगा। मैं तो माधव महाविद्यालय के 'वर्किंग मेन क्लास' में प्रवेश लूँगा। ताकि 'पढ़ाई करते हुए नौकरी कर सकूँ। मैं तो जिला शिक्षा अधिकारी से मिलकर जल्द से जल्द प्राइमरी स्कूल का शिक्षक बनना चाहता हूँ।"

नरोत्तम ने पूछा—"यह तुम्हारा अन्तिम निर्णय है।"

कुछ क्षणों के लिए आँखें नीची की शिखर ने, फिर सीधे नरोत्तम की आँखों की ओर विनम्रता से देखते हुए स्पष्ट स्वर में बोला—"जी हाँ।"

सरो चुपचाप कमरे से बाहर चली गयी।"

नरोत्तम बोले—"तुम्हारे इस दुर्भाग्यपूर्ण निर्णय को अन्तरात्मा से नकारते हुए भी मैं अब हस्तक्षेप नहीं करूँगा। लेकिन एक बात ज़रूर कहना चाहता हूँ—तुम्हारा जीजा और शुभेच्छु होने के नाते। मेरी बात ध्यान से सुनो।"

"मैं जानता हूँ ईश्वर ने तुम्हें मजबूत रीढ़ दी है। मेरुदंड कहना अधिक उपयुक्त होगा क्योंकि तुम अडिग हो। लेकिन मजबूत रीढ़ के बावजूद व्यष्ठि को वक्त ज़रूरत लचीला बनना पड़ता है। तुम तो योगासन करते हो, इसलिए जानते हो झुकना भी रीढ़ के लिए कितना ज़रूरी है। लेकिन तुमने तो अपनी रीढ़ इस ज़िद के साथ तान रखी है कि तुम्हारी रीढ़ हर हाल में धनुष की चड़ी हुई प्रत्यंचा की तरह तनी रहेगी। प्रत्यंचा भी आवश्यकता पड़ने पर तानी जाती है और बाद में उसे भी ढील दी जाती है क्योंकि यदि प्रत्यंचा हमेशा तनी रहेगी तो धनुष टूट सकता है। इसलिए मेरी यह बात याद रखना कि ज़रूरत से ज़्यादा तानने से रीढ़ टूट सकती है।

और यह भी याद रखना कि रीढ़ के टूटने से आदमी अपाहिज हो जाता है।''

अचानक रोती हुई सरो उनके पास पहुँची और बोली—''यह आप क्या कह रहे हैं। मेरे राजा भैया को अभिशाप दे रहे हैं?''

''नहीं सरो, नहीं। मैं शिखर को उतना ही प्यार करता हूँ जितना तुम करती हो। और इसी प्यार के आग्रह से मैं शिखर को सावधान कर रहा हूँ कि यदि वो मुझे अपना अभिभावक मानता है तो एक बार पुनर्विचार करे अपने निर्णय पर।''

अगले दिन जिला शिक्षा अधिकारी से मिलने के लिए शिखर अपनी सरो जीजी के चरण-स्पर्श कर घर से बाहर निकला तो देखा नरोत्तम साइकिल लेकर खड़े हैं। शिखर ने अपने जीजा के चरण स्पर्श किये और कहा—''मैं अपनी धृष्टता के लिए क्षमा चाहता हूँ। लेकिन मैं अकेले ही जिला शिक्षा अधिकारी से मिलने जाऊँगा।''

नरोत्तम की आँखें नम हो गयीं। रुँधे गले को साफ करके बोले—''मैं तुम्हें जिला शिक्षा अधिकारी से मिलवाने के लिए नहीं जा रहा हूँ। मैं तो तुम्हारे लिए नयी साइकिल लेकर खड़ा हूँ। तुम इसी पर बैठकर उनसे मिलने जाओगे।''

शिखर अपने भावावेश पर नियन्त्रण नहीं रख सका और रोते हुए नरोत्तम से लिपट गया और रोते हुए बोला—''मुझे माफ कर दीजिए, जीजाजी।''

सरो दौड़ती हुई बाहर आई और उसने नारियल फोड़कर उसका पानी साइकिल पर छिड़क दिया। फिर उसने साइकिल के अगले पहिए के सामने एक नींबू रख दिया और बोली—''इस नींबू पर से साइकिल निकालना।''

शिखर अचानक बोल पड़ा—''मगर जीजी, मैं यह सब नहीं मानता।''

सरो कुछ नहीं बोली। आँसू पोंछती हुई खड़ी रही। शिखर ने नरोत्तम की ओर देखा। उनकी आँखों में भी आँसू थे।

रोता हुआ शिखर अपनी सरो जीजी से लिपट गया और बोला—''माफ करना जीजी। मैं आपकी इच्छा पूरी करूँगा।''

तीन वर्षों बाद बी.ए. फाइनल की परीक्षा में शिखर एक बार फिर पूरे विश्वविद्यालय में अव्वल रहा। उसके विषय थे—संस्कृत, हिन्दी और अँग्रेजी। जिला शिक्षा अधिकारी ने उसे प्राइमरी स्कूल से मिडिल स्कूल में स्थानान्तरित कर दिया और उसकी कच्ची नौकरी इस शर्त के साथ पक्की कर दी तथा उसे विधिवत् निम्नश्रेणी शिक्षक नियुक्त कर दिया कि वो दो वर्षों के अन्दर बी.एड. कर ले।

इसी स्कूल में शिखर की दोस्ती श्याम कलेवर दुबे से हो गयी। दोनों दोस्त

मिलकर साहित्यिक गोष्ठियाँ आयोजित करते थे। आयोजन श्याम के जिम्मे होता था लेकिन साहित्यकारों का चयन और गोष्ठी का संचालन शिखर करता था। इन गोष्ठियों में शिखर की भागीदारी—उसके हिन्दी, संस्कृत और पाश्चात्य साहित्य की गहरी समझ जो उसके विस्तृत अध्ययन और अद्‌भुत विश्लेषण के कारण थी, आमन्त्रित साहित्यकार न केवल अभिभूत बल्कि अवाक् रह जाते थे।

अकसर प्रख्यात साहित्यकार शिखर से कहते कि वे उज्जैन जैसे कस्बे में क्यों समय गँवा रहा है, उसे तो दिल्ली में होना चाहिए। ऐसी बातों पर शिखर केवल मुस्करा देता था। एक बार तो एक प्रतिष्ठित साहित्यकार ने शिखर के सामने प्रस्ताव रख दिया कि आपके लिए दिल्ली में बढ़िया नौकरी का बन्दोबस्त हो जाएगा।

तब शिखर बोला—''आपके इस प्रस्ताव के लिए मैं आपके प्रति कृतज्ञ हूँ, लेकिन माफी चाहता हूँ, मैं उज्जैन नहीं छोड़ सकता।''

उस साहित्यकार ने पूछा—''ऐसी क्या विवशता है? कोई समस्या है क्या?''

''जी नहीं, बिलकुल नहीं। मैं तो संकल्पित हूँ कि मुझे उज्जैन में ही रहना है क्योंकि उज्जैन का चरित्र ही मूल रूप से जिस ढंग का शैक्षिक, साहित्यिक और सांस्कृतिक है, वो अपने किस्म का निराला है। मैं उज्जैन में रहकर उज्जैन के लिए कुछ कर सका तो वो मेरा सौभाग्य होगा। आपको दिल्ली मुबारक हो।''

''क्या आपको ऐसा नहीं लगता कि आपकी कोरी भावुकता है?''

''भावुकता नहीं, शुभ संकल्प। इसे आप मेरा जुनून भी कह सकते हैं।''

श्याम ने हस्तक्षेप किया—''मेरे इस हस्तक्षेप के लिए क्षमा करें। यह हस्तक्षेप इसलिए कि आप शिखर को मात्र एक व्यक्ति समझने की भूल कर रहे हैं। यह मात्र व्यक्ति नहीं चट्‌टान है जिसके अन्तस में आग और पानी—दोनों का सह-अस्तित्व है। शिखर उस आग को कभी ठंडी नहीं होने देता और उस पानी को सूखने भी नहीं देता।''

साहित्यकार महोदय ने चुटकी ली—''तो शिखर जी बड़वानल हैं।''

सामूहिक ठहाके ने गहराते परिवेश को हल्का कर दिया। श्याम कुछ कहने को हुआ, मगर शिखर ने उसका हाथ दबा दिया।

शिखर को याद आई कुछेक वर्षों पहले की एक संगोष्ठी जिसमें पहली बार एक शिखरस्थ कवि कथाकार चिन्तक श्री परमानन्द जोशी आए थे। उनके साथ उनकी धर्मपत्नी गरिमा देवी और रूपादेवी भी उपस्थित थीं। उज्जैन के इस निमन्त्रण को स्वीकार करने के पहले उन्होंने खासतौर पर एक आग्रह किया था कि उज्जैन के स्थानीय साहित्यकारों का भी काव्यपाठ हो।

इसलिए इस संगोष्ठी में लगभग सभी स्थानीय कवि मंच पर उपस्थित थे—मानसिंह राही, प्रकाश उप्पल, हरीश प्रधान, हरीश निगम, रमेश गुप्ता चातक, शिव चौरसिया, पवन कुमार मिश्र, कौशल मिश्र। खासकर कौशल मिश्र शिखर के बहुत प्रिय थे क्योंकि एक वही तो थे शिखर के पड़ोसी। मगरमुँहावासी।

आयोजकों में से एक थे गोपाल मूँदड़ा।

संगोष्ठी के शुभारम्भ के पहले परमानन्दजी ने गोपाल मूँदड़ा से पूछा, ''क्या बात है—चन्द्रकान्त देवताले, प्रमोद त्रिवेदी और हरीश पाठक नहीं दीख रहे हैं?''

गोपाल मूँदड़ा ने बतलाया कि तीनों उज्जैन के बाहर गये हैं।

सरस्वती वन्दना की, गायक सुरेन्द्र व्यास ने। एक मात्र वही हैं उज्जैन के गायक जिनका ग्रामोफोन रेकार्ड बना है सुमनजी के दो गीतों पर।

स्थानीय सभी कवियों को खूब सराहा परमानन्दजी ने।

इन कवियों पर टिप्पणी प्रस्तुत की कलानिधि चंचल ने।

फिर जो समा बँधा परमानन्दजी की कविताओं का तो श्रोता उठने को राज़ी नहीं थे। अन्त में शिखर ने परमानन्दजी की कविताओं पर टिप्पणी की। अभीभूत, गद्गद हो गये परमानन्द जी, बोले—''शिखरजी, आप जीनियस हैं। अपनी कविताओं पर इतनी मौलिक और सटीक टिप्पणी मैंने आज तक नहीं सुनी। यह अच्छा है कि आप उज्जैन में बसे हुए हैं। कभी किसी भी प्रलोभन में उज्जैन मत छोड़िएगा। आपकी अप्रतिहत प्रतिभा का कारण ही उज्जैन है—एक छोटा शहर।''

साहित्यकारों में अकेले परमानन्दजी ही थे जिन्होंने उन्हें उज्जैन से बाहर जाने के विरुद्ध परामर्श दिया।

इस संगोष्ठी में रूपादेवी ने काव्यपाठ नहीं किया। वे शिखर से बोलीं—जब मेरे काकू—परमानन्दजी काव्यपाठ करते हैं, तब मैं मन-प्राण से श्रोता बनी रहना पसन्द करती हूँ। वे मेरे पथप्रदर्शक आराध्य साहित्यकार हैं।

उस दिन शिखर अपने कमरे में बैठा पढ़ रहा था। वो हमेशा कुर्सी पर बैठकर ही पढ़ता था। सामने मेज़ पर पुस्तक और नोटबुक होती थी। बिस्तर पर लेटकर या बैठकर वो नहीं पढ़ता था। यदि उसे कुछ लिखना हुआ तो मेज़ पर झुककर नहीं लिखता था बल्कि कुर्सी पर तनकर सीधे बैठकर लिखता था।

अचानक उसे सरो जीजी और नरोत्तम जीजा का समवेत स्वर सुनाई पड़ा—''श्रीमान् शिखर माट्साब! क्या हम अन्दर आ सकते हैं?''

शिखर मुस्कराया। मगर उसने पीछे मुड़कर नहीं देखा और सपाट स्वर में

बोला—"जी, नहीं।"

सरो तमककर कमरे के अन्दर घुसी और शिखर का कान पकड़कर बोली—"तेरी यह मजाल!"

"अरे, कान तो छोड़िए। अपराध क्षमा हो। बैठिए आप दोनों का स्वागत है।"

सरो बोली—"हम तो फैसला करने आए हैं।"

"क्या फैसला?"

"हमने फैसला किया है कि हम तुम्हें विवाह के बन्धन में बाँधेंगे। सिर्फ इतना पूछना चाहते हैं कि लड़की तू पसन्द करेगा या हम करेंगे।"

शिखर ने तपाक से उत्तर दिया—"हमने तो यह फैसला किया है कि हम आजीवन अविवाहित रहेंगे। एक और फैसला किया है मैंने, आप दोनों अच्छी तरह सुन लीजिए। अपने देहान्त के पहले मेरी जीजी ने कहा था वो मुझे मामा साब बनाएगी। वो तो अपने वचन का पालन नहीं कर सकी। इसलिए मेरा फैसला है कि आप दोनों मुझे एक वर्ष के अन्दर मामा साब बनाएँगे। यदि आप ऐसा नहीं करते हैं तो हम घर छोड़कर चले जाएँगे। मैं अपने फैसले पर हमेशा की तरह अटल हूँ। मैं जानता हूँ कि मेरे लालन-पालन के लिए आपने अपनी सन्तान अभी तक पैदा नहीं की है। लेकिन अब मैं इस योग्य हो गया हूँ कि अपनी देखभाल खुद कर सकूँ। इसलिए मेरे फैसले को चेतावनी मानकर जो कुछ मैंने कहा उसे पूरा करें।"

इतना कहकर उत्तर की प्रतीक्षा किये बिना शिखर कमरे से बाहर निकल गया। सरो और नरोत्तम हतप्रभ बैठे रह गये। थोड़ी देर तक उसी तरह निश्चल बैठे रहने के बाद अकस्मात सरो रो पड़ी। नरोत्तम की आँखें भी भर गयीं।

मगर कुछ सम्हलकर बोले नरोत्तम—"सरो, यह तुम भी जानती हो और मैं भी जानता हूँ कि इस तरह बैठे-बैठे हम दोनों का रोना इस समस्या का हल नहीं है। हम दोनों शिखर के स्वभाव से परिचित हैं और ये जानते हैं कि वो जो कहता है, उसे वो करके ही मानता है।"

रोते रोते बोल पड़ी सरो—"लेकिन शिखर को कौन समझाएगा कि जो कुछ वो चाहता है, वो असम्भव है। मैं अब इस लायक रही ही नहीं।"

"सरो, सरो, क्यों ऐसी बातें कर रही हो। जो असम्भव है, वो है। लेकिन जो शिखर चाहता है, वो भी तो पूरी दृढ़ता से कायम है। और हम ये भी जानते हैं कि हम उसे किसी भी तरीके से समझा नहीं सकेंगे।"

"तो हम करें तो क्या करें?"

थोड़ी देर चुप बैठे रहे नरोत्तम। सरो उनका मुँह ताकती बिसूरती बैठी रही। अचानक नरोत्तम बोल पड़े—"सुनो सरो, जब कोई प्रश्न उलझ जाए जिसका उत्तर

ढूँढ़े भी न मिले, तब उस प्रश्न को उसके हाल पर छोड़ देना चाहिए। प्रश्न यदि है तो उत्तर निश्चित होगा। और वो स्वयं अवतरित होगा।''

उसी रात को नींद से अचानक जाग गये नरोत्तम और उठ बैठे। सरो भी तुरन्त उठ बैठी। नरोत्तम को आश्चर्य हुआ—''अरे, तुम भी जाग गयीं!''

''सोई कहाँ थी जो जागती?''

''मगर मैं तो सो गया था।''

''हाँ हाँ जानती हूँ। भरी नींद में भी आपके चेहरे की बैचेनी जागती रहती है।''

अचानक सोचते हुए बोले नरोत्तम—''बहुत दिनों तुम्हारी वो सहेली नहीं आई जो मेटरनिटी होम में नर्स है। तुम्हारे साथ तो उसकी दोस्ती भी खासी पुरानी है।''

''हाँ, हाँ, आप विमला की बात कर रहे हैं। विमला तो हमारे बचपन की सहेली है। हम तीनों की खूब जमती थी। पारो के जाने के बाद हम मिलते तो अकसर रहे, लेकिन वो हँसी ठट्ठा कहाँ गायब हो गया। विमला बहुत चाहती है शिखर को।''

''उन पर कितना विश्वास है तुम्हें?''

''जितना मेरा खुद पर है।''

मेटरनिटी होम के नर्सों के क्वार्टर में तीनों गम्भीर मन्त्रणा की मुद्रा में बैठे थे। मगर उनके बीच अगर कुछ थी, तो चुप्पी थी।

एक गहरी साँस लेकर विमला बोली—''जीजाजी, सरो का इलाज तो हो सकता है। मान लीजिए, इलाज कामयाब हुआ तो भी बेहद रिस्की है। सरो की जान को खतरा हो सकता है। और यह रिस्क भी है कि बच्चा मरा हुआ पैदा हो।''

सरो तुरन्त बोल पड़ी—''तू चिन्ता मत कर विमला। जो होगा देखा जाएगा। तू तो इलाज का बन्दोबस्त कर।''

दृढ़ स्वर में बोले नरोत्तम—''बिलकुल नहीं। क़तई नहीं। विमलाजी आप तो इलाज को भूल जाइए। हमें नहीं करवाना ये इलाज—किसी कीमत पर नहीं।''

''तो फिर बच्चा गोद लेने के अलावा कुछ नहीं हो सकता।''

सरो बोल पड़ी—''तू शिखर को अच्छी तरह जानती है। वो एक साल बाद निश्चित घर छोड़कर चला जाएगा। तू तो मेरा इलाज शुरू कर। मैं इन्हें मना लूँगी।''

नरोत्तम उठ खड़े हुए—"माफ कीजिए, विमलाजी, आपको तकलीफ दी। चलो सरो, हम घर चलते हैं।"

"यह आप क्या कह रहे हैं?"

"सरो, तुम निश्चिन्त होकर घर चलो। मैंने कहा था न, प्रश्न को स्वयं उत्तर ढूँढ़ने दो। मैं तुम्हें आश्वस्त करता हूँ कि उत्तर मिलेगा। ज़रूर मिलेगा।"

दिन गुज़रते गये। हफ्ते भी गुज़रे। एक महीना भी गुज़र गया। सरो बेहद चिन्तित। मगर नरोत्तम ऐसे निश्चिन्त कि एक दिन सरो ने उन्हें धर पकड़ा और रुआँसी हो गयी—"आखिर कर क्या रहे हैं आप? एक महीना बीत गया। एक बरस पूरा होने में क्या सौ-पचास महीने लगेंगे?"

एकदम निश्चिन्त स्वर में बोले नरोत्तम—"तुम क्यों नाहक परेशान हो रही हो, मेरी समझ में कुछ भी नहीं आ रहा है। आख़िर माज़रा क्या है?"

सरो जैसे आसमान से गिरी—"क्या मतलब? क्या आप सचमुच भूले बैठे हैं कि शिखर ने हमको चेतावनी दी थी?"

नरोत्तम को जैसे भूली बिसरी याद आ गयी—"अच्छा-अच्छा—वो बात! अरे, तुम नाहक परेशान हो रही हो। कुछ महीने गुज़र जाने दो। शिखर का दिमाग भी ठंडा हो जाएगा और हम उसे समझाबुझा देंगे कि शिखर की ज़िद ईश्वर भी पूरी नहीं कर सकते।"

"आप शिखर को जानते हुए भी मेरा मन बहला रहे हैं। ठीक है, अब मेरी भी चेतावनी सुन लीजिए। एक बरस बीतने के पहले ही मैं जान दे दूँगी।"

नरोत्तम हँस पड़े—"तुम बेकार ही व्रत रखती हो। ईश्वर पर तो तुम्हें भरोसा भी नहीं है। अच्छा बताओ, बच्चा पैदा करने के लिए कितने महीने लगते हैं।"

"आपकी बेबखत हँसी ठिठोली का मेरे पास कोई जवाब नहीं है।"

"मगर मेरे पास जवाब है। और वो जवाब तुम्हें सही बखत पर मिल जाएगा।"

एक हफ्ता और गुज़र गया।

उस रात सोने से पहले नरोत्तम ने दवा की एक पुड़िया सरो के मुँह में डाल दी और ढेर सारा पानी पिला दिया।

अवाक् बैठी सरो बोल पड़ी—"यह आप क्या कर रहे हैं?"

आश्वस्त भाव से नरोत्तम बोले—"महारानीजी, आपका एकमात्र पति होने के

नाते आपके प्रति मेरे कुछ कर्तव्य हैं जिनका पालन कर रहा हूँ। आप तो बस मुँह ढाँककर सो जाइए।''

और नरोत्तम लेट गये और खर्राटे भरने लगे। सरो को भी नींद ने धर दबोचा। मगर आधी रात के बाद लगभग तीन बजे सरो की नींद अचानक खुली। उसे घबराहट महसूस होने लगी। जी मचलने लगा। उसकी बेचैनी इतनी बड़ी कि उसकी छटपटाहट के कारण नरोत्तम की नींद भी खुल गयी। सरो तेज़ी से उठी और आँगन की ओर भागी। नरोत्तम ने उसे सम्हाला। सरो ने उल्टी शुरू कर दी। उसकी उल्टी की आवाज सुनकर शिखर भी भागता आया।

''क्या हुआ जीजी को?''

नरोत्तम मुस्कराने लगे। शिखर तड़प उठा—''हद हो गयी जीजाजी। सरो जीजी उल्टी कर रही हैं और आप मुस्करा रहे हैं? कैसे पति हैं आप?''

नरोत्तम निश्चिन्त भाव में बोले—''पति हूँ इसलिए मुस्करा रहा हूँ। साले साहब, आप तो अपने कमरे में जाइए। औरतों के मामले में आपको पड़ने की कोई ज़रूरत नहीं।''

भौचक्का-सा खड़ा रह गया शिखर। जीजाजी उसे 'साले साहब' का सम्बोधन कभी करते नहीं हैं। उसके देखते-देखते सरो का हाथ मुँह धुलाकर अपने कमरे की ओर चल दिए और जाते-जाते बोल गये—''आप तो चैन की नींद सो जाइए, साले साहब। मैं हूँ न आपकी सरो जीजी को सम्हालने के लिए। आप पति-पत्नी के बीच मत पड़िये।''

हक्का-बक्का खड़ा रह गया शिखर।

प्रातः भ्रमण से जब लौटा शिखर तो उसने देखा सरो जीजी का कमरा बन्द है और दालान में नरोत्तम टहल रहे हैं। उनसे कुछ पूछने के पहले ही नरोत्तम बोले—''घबराओ मत राजा भैया। हम विमलाजी को ले आये हैं। वही अन्दर कमरे में सरो की जाँच कर रही हैं।''

उसी समय हँसती हुई विमला बाहर निकली और शिखर से बोली—''शिखर भैया, आप मामा सा'ब बननेवाले हैं।''

शिखर फिर हक्का-बक्का—''विमला जीजी, मैं समझा नहीं।''

खिलखिलाकर हँस पड़ी विमला—''तू तो बुद्धू है। शिखर भैया, ये जो सुबह-सुबह तेरी सरो जीजी ने उल्टी की, बोल इसका क्या मतलब है?''

आँखें फाड़े शिखर ने प्रश्न किया—''क्या मतलब है?''

''अरे पगले, तेरी सरो जीजी माँ बननेवाली है।''

उछल पड़ा शिखर—"यह हुई न बात।"

और उसने विमला को गोद में उठा लिया—"अरे विमला जीजी, क्या ज़ोरदार खुशख़बरी दी है। मज़ा आ गया।"

विमला चीखी—"अरे, छोड़ पागल, मैं गिर जाऊँगी।"

विमला को अपनी गोद से उतारकर शिखर सरो के कमरे में दाखिल हुआ। उसे देखकर सरो उठ बैठी। शिखर ने सरो को भींच लिया—"जीजी...जीजी, तुमने तो मेरी तबीयत खुश कर दी। बस, तुम तो भांजी या भांजा जो भी हो, उसको पैदा कर मेरी गोद में डाल दो। मैं उसे पाल लूँगा और उस पर सब कुछ न्योछावर कर दूँगा।

चार महीने बीत गये।

भविष्य की चिन्ता में बावली हो रही थी सरो। दहशत के काले मेघ उसके चेहरे पर घुमड़ रहे थे। उसकी इस हालत से चिन्तित नरोत्तम एक दिन बोल पड़े—"आखिर तुम्हें हो क्या गया है, सरो?"

सरो बिफर गयी—"आपको तो कोई फिकर नहीं। चार महीने बीत गये हैं और मेरा पेट क्वॉरी कन्या के पेट जैसा सपाट है। शिखर ने पारो को भी देखा था, जब वो पेट से थी। उसके फूलते पेट को देखकर अजीब सवाल करता था।"

सहसा हँस पड़े नरोत्तम।

सरो हैरान, उसने पूछा—"आप अचानक हँस क्यों पड़े?"

"वही तो? दो-तीन दिन पहले की बात है। शिखर ने मुझसे पूछा—"क्यों जीजाजी, मैं जीजी के पेट पर हाथ फेरकर अपने भांजे-भांजी को प्यार कर सकता हूँ?"

"मैंने तुरन्त उसे डरा दिया और बोला—"भूल से भी यह ग़लती मत करना। तुम्हारी सरो जीजी जिस उम्र में माँ बनने जा रही है, उस उम्र में बच्चा होना, दोनों के लिए बहुत ज़ोखिम भरा होता है—माँ के लिए भी और बच्चे के लिए भी।"

घबरा गया था शिखर बोला—"नहीं, नहीं, मैं ऐसा कुछ नहीं करूँगा। ईश्वर से यही प्रार्थना है कि दोनों सुरक्षित रहें।"

"इसलिए सरो तुम बिलकुल चिन्ता मत करो। तुम्हारी सहेली विमला इस मामले में बिलकुल चौकन्ना है।"

नरोत्तम ने जैसा कहा वैसा ही हुआ। अगले ही दिन विमला एक विशेष ढंग का ढीला क्लोक सरो के लिए ले आयी और कहा—"सरो, तुम इसे हमेशा पहने

रहना। हाँ, हाँ, साड़ी पर ही पहनना। ऐसा क्लोक पहनने से पेट कितना ही फूल जाए, बाहर से पता नहीं चलता है।''

शिखर भी कम चौकन्ना नहीं था। वो तो दिन गिनने में लगा हुआ था। एक दिन वो नरोत्तम के सामने आ खड़ा हुआ—''जीजाजी, नौ महीने तो बीत गये।''

नरोत्तम हँस पड़े—''राजा भैया, तुम क्यों इतने उतावले हो रहे हो। तनिक धीरज धरो। जैसे ही खुशख़बरी मिलेगी, सबसे पहले तुम्हें बतलाया जाएगा।''

उसी दिन, आधी रात के बाद लगभग दो बजे विमला ने इशारे से सरो के कमरे की खिड़की पर दस्तक दी ताकि शिखर को ख़बर न हो सके। नरोत्तम ने दरवाज़ा खोला। अस्पताल के दो आदमी स्टेचर लेकर अन्दर दाख़िल हुए और सरो को लेकर बाहर चले गये। विमला भी यह कहती हुई चली गयी—''जीजाजी, सुबह पाँच बजे आ जाइए।''

सुबह पाँच बजे मेटरनिटी होम के स्पेशल वार्ड में बिस्तर पर लेटी थी सरो और उसके पलंग से लगे पालने में एक खुबसूरत शिशु गहरी नींद में।

विमला चहककर बोली—''कहिए जीजाजी, आपको बेटी कैसी लगी?''

नरोत्तम के चेहरे पर खुशी और प्रश्नचिह्न की जुगलबन्दी उभर आई, बोले—''बेटी, सचमुच बहुत सुन्दर है। अहोभाग्य हमारे। लेकिन उसकी माँ कहाँ है?''

अचानक उदास हो गयी विमला—''आपको याद है जीजाजी, एक विधवा मेरे साथ क्वार्टर में रहती थी। उसकी आपबीती मैंने आपको नहीं बतलायी थी। बेहद-बेहद दर्दनाक।

''उसका पति ही लाया था उसे मेरे पास—प्रेग्नेन्सी कन्फर्म करवाने के लिए। जब मैंने उसे खुशखबरी दी तो वो इतना उत्तेजित हो गया कि बाहर भागा मिठाई लाने के लिए। मैंने उसे बहुत रोका कि मिठाई तो डेलिवरी के बाद खाएँगे, मगर वो नहीं माना। और आखिर अनहोनी होकर रही। बाहर निकलते ही दुर्घटना में उसकी मौत हो गयी। उसकी पत्नी को मैंने बहुत मुश्किल से सम्हाला। पता चला, उसका इस संसार में पति के अलावा कोई नहीं था। बिलकुल बेसहारा अनाथ। मैंने उस विधवा को अपने साथ ही रख लिया। उसकी डेलिवरी मेरे क्वार्टर में ही हुई।

क्योंकि मैंने बहुत पहले तय कर लिया था कि उसकी सन्तान को मैं सरो की गोद में डाल दूँगी। इसलिए मेटरनिटी होम के रेकार्ड में नहीं लाना चाहती थी। मैंने यही सोचा था कि विधवा आपके घर पर अपनी बच्ची की देखभाल करेगी और स्वयं मेरे साथ क्वार्टर में रहेगी। मैंने उसे सब कुछ समझा बुझा दिया था। और वो खुशी-खुशी मान गयी थी। मगर ईश्वर को यह भी मंजूर नहीं था। अपनी बच्ची को जन्म देती हुई वो विधवा चल बसी। मेटरनिटी होम के रेकॉर्ड में यह कन्या आपकी और सरो की बेटी है। विधि का विधान कितना अद्‌भुत है।''

नरोत्तम ने पूछा—''मगर विमलाजी, माँ के दूध का क्या होगा?''

विमला ने समाधान प्रस्तुत किया—''आप इसे गाय का दूध एक खास तरीके से दे सकते हैं, मैं सरो को समझा दूँगी।''

आनन्द उल्लास में विभोर शिखर ने नवजात कन्या का नाम 'गायित्री' रखा। मगरमुँहावाले घर में गायित्री के प्रवेश के साथ ही एक गाय का प्रवेश भी हुआ। घर के पिछवाड़े टॉयलेट को तुड़वाकर नरोत्तम ने जो कमरा बनवाया था, उसी कमरे को गौशाला बना दिया गया। विधि का कैसा विधान है कि नरोत्तम ने जब वह कमरा बनवाया था तब उसने सपने में भी नहीं सोचा था कि इसका उपयोग किस रूप में होगा। लेकिन हाँ, इस कमरे का रखरखाव जिस तरह उन्होंने किया था उससे पूर्वाभास तो हुआ था कि किसी अच्छे उद्‌देश्य से इस कमरे का उपयोग होगा क्योंकि प्रतिदिन उस कमरे की लिपाई गोबर और पीली मिट्‌टी से ही की जाती थी। यानी गौशाला में गोबर की महक ने गाय का स्वागत किया।

शिखर को खबर भी नहीं हुई और उसके देखते-देखते दस साल गुज़र गये। खबर उस शाम को हुई जब स्कूल से घर पहुँचकर शिखर की साइकिल से उतरते ही तमतमाती हुई गायित्री अपनी माँ का हाथ पकड़कर उन्हें दालान तक खींच लाई। तब तक शिखर भी अपनी साइकिल के साथ अन्दर दाखिल हो चुका था।

गायित्री ऊँची आवाज में बोली—''आज तो फैसला करके रहूँगी।''

शिखर उसके पास पहुँचा और उसके सिर पर हाथ रखकर बहुत मीठे स्वर में बोला—''नहीं गायित्री, अच्छी लड़कियाँ ऊँची आवाज में बात नहीं करती हैं—ख़ासकर बड़ों के सामने तो बिलकुल नहीं।''

गायित्री की आँखें भर आईं—रुआँसी बोली—''हम क्या करें, मामासा, आप हमारी बात सुनते नहीं हैं। मैंने कितनी बार आपसे प्रार्थना की कि अब मैं बड़ी हो

गयी हूँ। मैं अपनी क्लास फेलोज़ के साथ पैदल स्कूल जा सकती हूँ और उन्हीं के साथ वापस आ सकती हूँ। मगर आप साइकिल लेकर हाज़िर हो जाते हैं और मजबूरन मैं आपकी साइकिल पर बैठकर घर आती हूँ। मेरी सहेलियाँ मुझपर हँसती हैं।''

हैरान हो गया शिखर और बोला—''किसने कहा तू बड़ी हो गयी है?''

सरो ने हस्तक्षेप किया—''मेरे राजा भैया, तुम तो दुनियादारी समझते नहीं हो। गायित्री ठीक कह रही है? हमारे समाज में दस साल की लड़की को सयानी कहते हैं। घरवालों को खबर भी नहीं होती है कि कब लड़कियाँ बड़ी हो जाती हैं।''

चौंककर शिखर ने गायित्री की तरफ देखा और उसे सहसा कान्ता भाभी की बात याद हो आई। उस दिन शिखर लड़के-लड़कियों की समानता की वकालत कर रहा था तब कान्ता भाभी ने यह कहते हए उसे चौंकाया था—''भाई साहब, लड़के जब किशोर बनते हैं तब सहसा उनकी आवाज बदल जाती है। लेकिन जब लड़कियाँ किशोरी बनती हैं, तब उनका समूचा अस्तित्व बदल जाता है। शारीरिक क्षमता में लड़के-लड़कियाँ कभी समान नहीं हो सकते। हाँ, बुद्धि विवेक के मामले में लड़कियाँ उतनी ही सक्षम हैं जितने लड़के। शायद लड़कों से कुछ ज़्यादा।''

सरो ने तुरन्त टोका—''किस सोच में पड़ गया।''

शिखर स्वयं में लौटते हुए बोला—''ऐसा ही कुछ कान्ता भाभी भी कह रही थीं। मुझे अचानक याद आ गयी।''

सहसा गम्भीरता ओढ़कर शिखर बोल पड़ा—''माननीया गायित्री देवी, आपका बड़प्पन आपको मुबारक हो, नमस्कार।''

दौड़ती हुई गायित्री शिखर से लिपट गयी—''क्या मामा सा आप भी...''

सहसा एक क्षण के लिए शिखर को लगा कि यह गायित्री अब वो गायित्री नहीं है। उसने गायित्री के सिर पर हाथ फेरकर अपने से अलग किया। और अपने कमरे में चला गया।

आदतन शिखर कभी असमय नहीं लेटता था मगर उस दिन वो विचारों की गिरफ्त में अचानक लेट कैसे गया, उसे पता भी नहीं चला।

उसे लगा जैसे उसके मानस के फलक पर सिनेमा की रील जैसी कुछ चल रही है। यानी 'मोन्ताज' केवल सिनेमा में नहीं होते, वास्तविक जीवन में भी होते हैं। एक दृश्य चलता है और अचानक दूसरा दृश्य उसे 'ओवरलैप' कर लेता है...

...कितनी मुश्किल हुई थी शुरू-शुरू में शिखर को गाय का दूध दुहने में। लेकिन धीरे-धीरे उसे यह बात समझ में आ गयी कि गाय के थनों पर अँगुलियों का स्पर्श कुछ इस अन्दाज़ में हो कि मानो गाय का बछड़ा अपनी जीभ से उनको स्पर्श कर रहा

है और फिर चचोड़ रहा है...

... दूध को इस कदर उबालना ज़रूरी है कि सिर्फ एक उबाल से नहीं, बल्कि तीन–चार उबाल के बाद भगौने को उतारा जाए। उफान को उबाल मैं तब्दील होने के लिए सँड़सी की पकड़ में असीम धैर्य आवश्यक है। यह दरअसल कलात्मक धैर्य है। दूध के भगौने में आए उफान के शमन के लिए भगौने को सँड़सी के सहारे आँच से तुरन्त हटाना पड़ता हैं। फिर उसी उफान को उबाल में तब्दील करने के लिए सँड़सी के सहारे दूध के भगौने को आँच पर बनाये रखते हुए भी आँच से एक निश्चित दूरी बनाई रखनी होती है। इस उबले दूध को किस्तों में ठंडा करना पड़ता है। एक परात में पानी भरकर उस पानी पर भगौने को रखना। दूध पर मलाई की पहली पर्त को हटाना पड़ता है। मलाई की निरन्तर आती परतों को बार–बार हटाना ताकि दूध का गाढ़ापन हट सके और दूध इतना ठंडा हो सके कि उस दूध की गर्मी इतनी बनी रहे जिसे बोतल में भरकर शिशु गायित्री को पिलाया जा सके।

... शिशु गायित्री की मालिश और सहने लायक गरम पानी में टब स्नान फिर उसे अपनी खाट पर बिछाए नन्हे से बिस्तर पर सुलाना—रात को भी। बार–बार नैपी बदलना।

... शिखर सिर्फ कुछेक घंटों के लिए घर के बाहर निकलता था सिर्फ स्कूल जाने के लिए। शेष सारा समय गायित्री को समर्पित।

... गायित्री चार साल की हुई कि उसकी मालिश और स्नान शिखर के हिस्से से हटकर सरो जीजी के हिस्से में आ गये। उसके बाद तो वो माँ के पास सोने भी लगी। इस बदलाव से शिखर काफी नाराज़ हुआ था मगर नरोत्तम की सटीक समझाइश से उसने बदलाव स्वीकारा था। नरोत्तम ने इतना भर कहा था—"सरो आखिर माँ है। उसका भी तो मन करता है अपनी एकमात्र सन्तान के लिए मातृधर्म का निर्वाह करे। मगर तुमने तो गायित्री को पूरी तरह अपने आधिपत्य में ले रखा है।" बात तो सही है। शिखर मान गया।

... पाँच वर्ष की जैसी ही हुई गायित्री, उसे शिखर ने स्कूल में भर्ती कर दिया। यूनिफॉर्म पहनाने, उतारने का काम सरो ने शुरू से इस अन्दाज़ में हथिया लिया था कि शिखर ने उसे सहज स्वीकार किया। लेकिन अपनी साइकिल में गायित्री को बिठाकर स्कूल ले जाना और वापस लाना अपने खाते में ही बनाए रखा।

मन की दीवार पर चल रही 'मोन्ताज' की रील अचानक बन्द हो गयी। शिखर को सहसा एक खालीपन ने घेर लिया। और उसकी पिछली दैनन्दिनी, दस वर्षों के इस आवरण को भेद कर, सामने आ खड़ी हुई। शिखर का साहित्यिक और सामाजिक सरोकार, जिसके दम पर उसने अपना व्यक्तित्व गढ़ा था, बहुत पीछे छूट गया था, दस वर्षों के पीछे। एक जुनून की गिरफ्त में था शिखर पिछले दस वर्षों से।

वो जुनून यथार्थ के धरातल पर सहसा शून्य में विलीन हो गया। उसने तुरन्त निश्चय किया कि जो सूत्र उसके हाथों से छूट गये थे, उन्हें फिर से समेट लाएगा।

शिखर का दोस्त श्याम तो अपने सारे क्रियाकलापों में वैसे ही रमा हुआ था। खासकर साहित्यिक गोष्ठियों के नियमित आयोजन में वो हमेशा शिखर की कमी महसूस करता था और घर पर उसकी पत्नी और बच्चे जब तक शिखर का ज़िक्र करते थे। श्याम और कान्ता चिन्तित थे कि शिखर जैसा बहुआयामी व्यक्ति जो उज्जैन में अपने बहुविध क्रियाकलापों के माध्यम से बेहद लोकप्रिय और चर्चित था, वो कैसे पूरे दस वर्षों तक वनवास की तर्ज़ पर घरवास में तल्लीन बना रहा। लेकिन जब शिखर इस जुनूनी कैद से बाहर निकला तब सहसा उमंग और उत्साह में उछाल आ गया।

उस दिन स्कूल में श्याम जब शिखर से मिला तब शिखर को सहसा पहचानना उसके लिए मुश्किल हो गया। शिखर में इतनी गर्मजोशी उसने पहले कभी नहीं देखी थी। शिखर के उत्साह का अतिरेक लगभग अविश्वसनीय था।

मिलते ही शिखर ने श्याम को गले लगाया। गले क्या लगाया उसने भींच लिया। सकते की हालत से श्याम जब कुछ क्षणों के बाद उबरा तब उसने खूब खुश होकर कहा—"यार शिखर, आज तो तुमसे मिलकर मज़ा आ गया। ख़ासकर इसलिए कि आज शाम को साहित्यिक गोष्ठी है। सोने में सुहागा यह कि प्रख्यात साहित्यकार रूपा देवी ने भी सम्मिलित होने की स्वीकृति भेज दी है।"

शिखर ने पूछा—"कौन रूपा देवी? वही जो साहित्य की सारी विधाओं में निष्णात हैं। मगर वो तो दिल्ली में रहती हैं।"

"हाँ वहीं, लेकिन आजकल वे बम्बई में रहती हैं।"

"समय तो वही शाम 6:30 बजे 'शार्प'।" फिर बोला—"तुम गोष्ठी ठीक समय पर शुरू कर देना। मुझे थोड़ी देर हो सकती है। मगर मेरी वज़ह से निर्धारित समय में हेरफेर मत करना।"

जब शिखर गोष्ठी स्थल पर पहुँचा तो उसने सभागृह के पिछले दरवाज़े से बेआवाज प्रवेश किया और चुपचाप अन्तिम पंक्ति में बैठ गया। किसी को भी उसके प्रवेश की ख़बर नहीं हुई। उस समय रूपादेवी काव्यपाठ कर रही थीं। आदतन शिखर ने अपनी

विशेष डायरी निकाली और उसमें नोट्स लेने लगा। बीच-बीच में श्रोता वाह-वाह कर रहे थे। मगर शिखर केवल नोट्स लेता रहा। रूपादेवी के काव्यपाठ के समाप्त होते ही, श्रोताओं और मंच के विशेष आग्रह पर उन्होंने कहानी भी सुनाई। कहानी पाठ के पश्चात् श्याम की आँखें श्रोताओं की भीड़ में शिखर को ढूँढ़ रही थीं। हमेशा प्रथम पंक्ति में बैठनेवाला शिखर अन्तिम पंक्ति में सिर झुकाए दुबका बैठा था—श्याम की दृष्टि से ओझल।

श्याम बोल पड़ा—"आश्चर्य! जो व्यक्ति समय का इतना पाबन्द है कि लोग उसके किये-धरे से अपनी घड़ी मिलाते हैं, वो अभी तक नहीं पहुँचा है।"

शिखर खड़ा हो गया और बोला—"प्रियवर श्यामजी घनश्याम जी, आजकल आप मेरी पहचान भूल गये हैं और सभागृह में मेरी सशरीर उपस्थिति को दृष्टि में ओझल मान बैठे हैं।"

श्रोताओं ने पीछे मुड़कर देखा। हँसी की एक लहर दौड़ गयी। लगभग सभी श्रोता शिखर की ओर लपके। तब तक श्याम भी उसके पास दौड़कर पहुँच चुका था। वो शिखर का हाथ पकड़कर मंच पर ले आया। परिचय का दौर चला तो रूपादेवी बोल पड़ीं—"शिखरजी, पिछले कुछ वर्षों से मैं लगातार उज्जैन आती रही हूँ। और विलक्षण बात यह है कि कोई भी गोष्ठी ऐसी नहीं हुई जिसमें आपकी अनुपस्थिति के बावजूद आपकी विशद चर्चा नहीं हुई हो। अजीब बात यह रही कि आपके दर्शन का सौभाग्य तो नहीं हुआ लेकिन जो कुछ आपके बारे में सुनती रही, मन में एक ख़ाका ज़रूर बनाया था मैंने आपके बारे में उसी के आधार पर मैं आपसे विनम्र निवेदन करना चाहती हूँ कि मुझ पर कृपा करें और जो कुछ मैंने इस सभा में अभी-अभी प्रस्तुत किया है, उस पर आपकी प्रतिक्रिया व्यक्त करने की अनुकम्पा करे।"

अब तक शिखर अपने स्वभाव के चिर-परिचित खोल में प्रवेश कर चुके थे। न कोई आवेश, न अतिरेक, न कोई गर्मजोशी, न लफ्फाज़ी। औपचारिक सम्बोधनों के बाद शिखर ने बोलना शुरू किया, अपने नोट्स को दरकिनार रख कर।

पहले रूपादेवी की कविताओं पर और उसके बाद कहानी पर शिखर की टिप्पणी—अभिव्यक्ति भाषा और कन्टेन्ट में इतनी अनोखी, इतनी आकर्षक, इतनी सटीक और विस्मयकारी थी कि निर्निमेष नेत्रों से रूपादेवी शिखर को बोलते हुए देखते रहने के बाद सहसा रो पड़ीं। शिखर चौंका ज़रूर लेकिन उसने स्वयं को हमेशा जैसा संयमित बनाये रखा। श्याम ने ज़रूर रूपादेवी को तवज्जो दी। रूपादेवी ने भी स्वयं को सम्हाल लिया था।

वे बोलीं—"क्षमा करें। मैं स्वयं पर नियन्त्रण नहीं रख सकी। मैं चकित हूँ कि शिखर जोशी जी ने बिना पढ़े केवल सुनकर मेरी इतनी सारी कविताओं की

एक-एक पंक्ति को कैसे याद रखा और उन पर चौंकाने वाली किन्तु बेहद सार्थक टिप्पणी की। कहानी की घटनाओं, चरित्रों एवं भाषा का इतना सूक्ष्म विवेचन केवल एक बार सुनकर कैसे किया। मेरे लिये तो यह नितान्त अप्रत्याशित एवं अभूतपूर्व अनुभव है।''

थोड़ी देर सोच की चुप्पी के बाद रूपा फिर बोली—''मैं चकित इसलिए भी हूँ कि शिखर जोशी जी का लिखा हुआ मैंने कभी कुछ नहीं, कहीं भी पढ़ा नहीं है। स्वयं प्रकाशन के प्रति ऐसी उदासीनता क्यों? आपके बोलने से यह स्वयंसिद्ध है कि आप लिखते भी ज़रूर होंगे। आपकी अभिव्यक्ति में सृजनशीलता का सहज आग्रह, साथ ही सटीक विश्लेषण की तार्किक भाषा की एक अनूठी मौलिक शैली है।''

शिखर ने इतना भर कहा—''आपकी प्रशंसा के लिए धन्यवाद। लिखता ज़रूर हूँ मगर सिर्फ डायरी। प्रकाशन के प्रति उदासीनता के बारे में फिर कभी कुछ कहूँगा।''

''मैं बेहद उत्सुक हूँ जानने के लिए कि आप क्या लिखते हैं?''

एक अपरिभाषित मुस्कान थी शिखर के ओठों पर। वे सिर्फ इतना ही बोले—''फिर कभी।''

रूपा बोली—''एक बात कहूँ, यदि आप मुझे ग़लत न समझें तो।''

''हाँ, हाँ, ज़रूर कहिए।''

''आप अपने क्षितिज को विस्तार देना नहीं चाहेंगे? उज्जैन में रहकर ऐसा सम्भव नहीं है। आपके व्यक्तित्व के लिए बहुत छोटा है उज्जैन।''

अपनी मुस्कान को हँसी की हद तक पहुँचाकर बोले शिखर—''ग़नीमत है कि उज्जैन में क्षितिज दीखता तो है। बड़े शहरों में तो केवल मैला आकाश दीखता है। वहाँ क्षितिज तो गगनचुम्बी इमारतों की ओट में तिरोहित हो चुका है। और सच पूछें तो ख़ास बात यह है कि मेरे लिए उज्जैन मात्र एक शहर नहीं है।''

''क्या मतलब?''

फिर वही मुस्कान उभरी शिखर के ओठों पर और साथ में शिखर का जाना-पहचाना दो शब्दों का वाक्य—''फिर कभी।''

और फिर एकाएक शिखर चल दिया।

घर पहुँचते ही सरो जीजी ने उलाहना दिया—''क्यों रे, आजकल तो तेरे रंग-ढंग ही बदल गये हैं। कितनी रात हो गयी है।''

अनमना-सा बोल पड़ा शिखर—''क्या जीजी, कभी कभार ही तो देर होती है।''

हँसती हुई सरो बोली—"हाँ, हाँ, मानती हूँ तू मेरा राजा भैया है। मैं उतावली इसलिए हो रही हूँ कि तेरे लिये कुछ ख़ास पकाया है मैंने।"

"मगर मुझे तो भूख नहीं है।"

"क्या बात है, बड़ा अनमना लग रहा है। चल, मेरा मन रखने के लिए थोड़ा-सा खा ले।"

हमेशा की तरह आदतन हाथ-मुँह धोकर शिखर रसोई की अपनी तयशुदा आसन्दी पर बैठ गया। सरो ने उसकी थाली पर मनपसन्द लटपट खिचड़ी थोड़ी-सी परोसी। बिना कुछ कहे-सुने शिखर ने खाना शुरू कर दिया।

सरो आँखें फाड़े शिखर की ओर देखती रह गयी, क्योंकि जब भी सरो लटपट खिचड़ी बनाती, शिखर खुशी के मारे बच्चे जैसा चीख पड़ता। मगर आज तो वो जैसे खिचड़ी खा नहीं रहा था, बल्कि टूँग रहा था।

सरो से रहा नहीं गया। उसने नरोत्तम से पूछा—"क्योंजी, खिचड़ी ठीक नहीं बनी क्या?"

नरोत्तम ने अपने ओठों पर अँगुली रखकर सरो को चुप रहने का इशारा किया। सरो गुमसुम रह गयी। गायित्री ने भी मामा सा को छेड़ना उचित नहीं समझा।

और शिखर परोसी हुई खिचड़ी थोड़ी खाकर, शेष थाली में छोड़कर बिना कुछ कहे-सुने उठ गया।

ऐसा तो कभी हुआ नहीं था कि थाली में कुछ भी छोड़कर शिखर थाली से उठ गया हो। कभी नहीं। कभी भी नहीं। यह तो अनहोनी थी। और वो भी उसकी मनपसन्द लटपट खिचड़ी। नरोत्तम भी उसके साथ ही थाली से उठे और शिखर के पीछे हो लिये। हाथ-मुँह धोकर अचानक शिखर नरोत्तम की ओर मुड़ा और बोल पड़ा—"जीजाजी, उज्जैन को आप क्या मानते हैं?"

बड़े तपाक से बोले नरोत्तम—"विश्व की प्राचीनतम नगरी।"

"केवल नगरी?"

"और क्या?"

"नहीं जीजाजी, उज्जैन मात्र एक नगर नहीं है। इसका अपना निराला अनोखा चरित्र है।"

नरोत्तम ने बातचीत पर खड़ी पाई लगाना ज़रूरी समझा। बोले—"ठीक है। इस विषय पर कल चर्चा करेंगे। अभी तो तुम सो जाओ। रात काफी हो चुकी है।"

सपनारहित नींद का आदी था शिखर। उसकी नींद अधबीच टूटती नहीं थी। भरपूर एक नींद जब खुलती तो सुबह के चार बजे होते। मगर उस रात तो बात कुछ और

थी। शिखर के मन में एक अजीब-सी बेचैनी थी। लेकिन करवटें बदलते रहने की नौबत नहीं आई। सो तो गया शिखर मगर पहली बार एक अजीब-सी अनुभूति हुई।

...रंगमंच पर प्रकाश उज्ज्वल हो उठा। ...प्रस्तुत होने जा रहे नाटक की नटी भागती हुई मंचाग्र पर पहुँची। अभिवादन किया और बोली—"दर्शक देवी-देवताओ। क्षमा चाहती हूँ। इतनी बेचारी कभी नहीं बनी आपकी नटी। भला बताइये, मैं क्या करूँ? सूत्रधार महाशय आश्वस्त कर गये कि आज की संध्या मंचित हो रहे नाटक की पांडुलिपि लेकर तुरन्त लौटेंगे। मगर वे तो अन्तर्ध्यान हो गये।"

अचानक नटी को लगता है कि दूर से चलती हुई कोई चीज़ पास आ रही है। वो कुछ बोलने को होती है कि दौड़ता हुआ सूत्रधार आकर नटी को खींचते हुए नेपथ्य की ओर चले जाते हैं।

आश्चर्य, नाटक तो मंच पर चलता है किन्तु इस नाटक में सूत्रधार-नटी नेपथ्य में भी बातचीत कर रहे हैं। और यह सूत्रधार-नटी संवाद दृश्य भी है।

सूत्रधार—क्या बावली हो गयी है नटी? मंच पर अकेली क्या कर रही थी।

नटी—दर्शक देवी-देवताओं का मनोरंजन कर रही थी।

सूत्रधार—तू तो सुधबुध भूल गयी है। देख नहीं रही है रथारूढ़ वत्सराज उदयन नीलगिरि हाथी को अपनी घोषवती वीणा की झंकार के सम्मोहन द्वारा वशीभूत करने के उद्देश्य से भटकते हुए राजा चंड प्रद्योत के उज्जैन राज्य की सीमा के वनप्रदेश में प्रवेश कर गये हैं।

मंच पर वत्सराज उदयन रथ से नीचे उतरते हैं। सारथी रथ लेकर नेपथ्य में चला जाता हैं। सहसा उन्हें कुछ दूर पर एक विशालकाय नीला हाथी दिखलाई पड़ता है। ध्यानस्थ होकर वत्सराज उदयन अपनी घोषवती वीणावादन में तन्मय हो जाते हैं। नीला हाथी धीरे-धीरे उदयन की ओर मस्ती के साथ बढ़ा आ रहा है। दूर से पास-और-पास...बिलकुल पास पहुँच जाता है नीला हाथी। उदयन सुधबुध खोकर वीणावादन में तल्लीन है।

सहसा नीले हाथी का पेट फटता है और उसके पेट के गह्वर से कूद-कूदकर अनेक सैनिक शस्त्र सहित वत्सराज उदयन को बन्दी बना लेते हैं।

नटी—अरे यह नीलगिरि हाथी नहीं है। उसकी काठ की बनी प्रतिकृति है।

सूत्रधार—राजा चंडप्रद्योत ने छल से वत्सराज उदयन को बन्दी बना लिया है।

नटी—अब क्या होगा?

सूत्रधार—देखती जाओ, उदयन के महामात्य यौगन्धरायण क्या चमत्कार करते हैं।

अचानक क्षणिक अंधकार। फिर प्रकाश का एक घेरा मंचमध्य की छत से मंचमध्य पर तीखे पीलेपन के साथ उतरता है। इसी प्रकाशवृत्त में बैठे हैं उदयन अकेले। सहसा प्रकाशवृत्त की आकार का एक पिंजरा उतर आता है उदयन पर। और उस पिंजरे के चारों ओर सशस्त्र सैनिक आ खड़े होते हैं।

धीरे-धीरे नीला धुआँ पसरने लगता है मंच पर। धुआँ गाढ़ा होता जा रहा है और आहिस्ता-आहिस्ता यह गाड़ा होता हुआ धुआँ घटाटोप मेघ के आकार में रूपान्तरित हो जाता है। अब मंच पर सिवाय इस मेघ के और कुछ नहीं दीख रहा है।

एकाएक मेघ फटता है। उसके अन्दर से विचित्र वेशभूषा एवं मुखौटाधारी एक व्यक्ति उतरता है। वो व्यक्ति चोर निगाहों से चारों तरफ देखता है।

नेपथ्य में खड़े सूत्रधार चिहुँक पड़ते हैं—''अरे, यही तो हैं महामात्य यौगन्धरायण छद्मवेश में।''

यौगन्धरायण मुखौटा उतारकर एक ओर झुककर खड़े हो जाते हैं। उनके पीछे उतरते हैं राजा उदयन। और फिर तीन और व्यक्ति उतरते हैं—विचित्र वेशधारी। ये तीनों राजा उदयन के पीछे घुटनों के बल बैठ जाते हैं। मेघ तेज़ी से नेपथ्य में विलीन हो जाता है। अब मंच पर न कोई पिंजरा है और न कोई सैनिक।

यौगन्धरायण बोल पड़ते हैं—''आज्ञा हो महाराज तो हम त्वरित प्रस्थान करें।''

यौगन्धरायण के चेहरे पर चिन्ता, बोले—''किन्तु महामात्य, मैं घोषवती वीणा के बिना कैसे जाऊँ?''

उसी क्षण चार कहार एक पालकी उठाए मंच पर से गुज़रने लगते हैं। उदयन की दृष्टि पालकी के अन्दर बैठी चंडप्रद्योत की बेटी राजकुमारी वासवदत्ता पर पड़ती है। और वासवदत्ता भी उदयन को निहारती है। दोनों एक-दूसरे के प्रति मन्त्रमुग्ध हैं।

नेपथ्य में खड़े सूत्रधार फिर चिहुँक पड़ते हैं—"अरे यही तो है उज्जयिनी के राजा चंडप्रद्योत की कन्या राजकुमारी वासवदत्ता।"

यौगन्धरायण कहारों को इशारा करते हैं। चारों कहार अपने-अपने कन्धे से पालकी उतारकर ठिठक जाते हैं।

वासवदत्ता की पालकी के अन्दर उदयन प्रवेश करते हैं। दोनों आलिंगनबद्ध होते हैं।

गहरी नींद में सोए शिखर ने चाहा कि वासवदत्ता का चेहरा देख ले मगर वो तो शिखर की ओर पीठ किये हुए थी। अचानक पेड़ के दो बड़े-बड़े पत्ते पालकी के चारों ओर मँडराने लगते हैं। उन पत्तों पर दो अलग-अलग नारी मुख अंकित थे। किन्तु बहुत धुँधले थे ये नारी चित्रांकन। शिखर उन्हें भी नहीं पहचान पाया। ये दोनों पत्ते वासवदत्ता के शरीर में विलीन हो गये। और शिखर ने वासवदत्ता को उदयन की बाँहों में देखा। उसकी दृष्टि उदयन के चेहरे पर पड़ी आश्चर्य...घोर आश्चर्य। वो तो उदयन नहीं स्वयं शिखर था।...

एक झटके में शिखर नींद की चादर फाड़कर उठ बैठा। उसकी साँसें जोरों से चल रही थीं। उसके माथे पर पसीना उभर आया था। वो अपने कमरे से बाहर निकलकर आँगन में मुँह धोने लगा। उसे तसल्ली नहीं हुई। कपड़े बदले बिना उसे चैन नहीं। वो बाथरूम में प्रवेश कर गया। जब वो बाथरूम से नहा-धोकर ताज़े धुले कपड़ों में बाहर आया तब उसने राहत की साँस ली। अब वो इस योग्य हो गया था कि कुछ सोच सके।

उसे ध्यान आया कि उसने कितने विस्तार से सपना देखा था। शायद पहली बार। उसने सपने के बिखरे हुए टुकड़ों को जोड़ा तो वो आश्वस्त हुआ कि वो भास के नाटक 'प्रतिज्ञायौगन्धरायण' के टेढ़े-मेढ़े, आधे-अधूरे, झूठे-सच दृश्यों को ही देख रहा था। उसे फिर झटका लगा कि अन्त में शिखर ने उदयन की छवि में स्वयं की छवि कैसे देख ली। उसे हँसी आई। कहाँ राजा भोज, कहाँ गंगू तेली। उसने सोचा यदि उदयन की भूमिका में वो स्वयं था तो वासवदत्ता कौन थी? अचानक उसे ध्यान आया—उसने पेड़ के दो पत्तों में अंकित नारी चित्रों को तो देखा था मगर वे चित्र इतने धुँधले थे कि चेहरा पहचानना असम्भव था। उसने ज़ोर लगाकर अपना ध्यान हटाया। वो दूसरी बार कपड़े बदलना नहीं चाहता था।

उसने अपना ध्यान भास के नाटकों में लगाया। दो खंडों के भास नाटक चक्रम

में भास के तेरह नाटक। शिखर तेरहवें नाटक 'चारुदत्तम्' को भास का नाटक नहीं मानता था, क्योंकि उसके गुरु आचार्य श्रीनिवास रथ की यह मान्यता थी कि 'चारुदत्तम्' वास्तव में शूद्रक के नाटक मृच्छकटिकम् का एक अंश था—चारुदत्त बसन्तसेना का प्रेम प्रसंग शब्दशः संवाद श्लोकादि सारा का सारा नाट्यालेख उस प्रसंग की नकल।

शूद्रक का मृच्छकटिकम्—मिट्टी की गाड़ी—तो चौंकानेवाला नाटक है। उस नाटक में आद्यन्त केवल उज्जैन समाया हुआ है। पात्र भले ही अन्य प्रदेशों से जुड़े हुए हों, मगर वे सब बसे हैं उज्जैन में ही। लोकधर्मी पात्रों की भरमार है इस नाटक में—ऐसा चोर जो सेंध लगाने में भी हथौड़ा-छैनी की बारीकियों को उकेरने में सिद्धहस्त। मालिशवाला जुआड़ी भी बौद्ध भिक्षु बनने को आतुर। इस नाटक का नायक राजा नहीं है, वो तो विपन्न नगरसेठ है और नायिका कोई राजकुमारी नहीं, बल्कि वेश्या है। खलनायक है राजा का साला—जितना निष्ठुर, उतना ही विक्षिप्त। एक क्रान्तिकारी भी है जो राजा के कुशासन को जड़मूल से नष्ट करने के लिए सफल विद्रोह करता है। इस नाटक में हत्या का आरोप भी है—न्यायालय भी है और न्याय के लिए प्रश्न-प्रतिप्रश्न। सैनिक विद्रोह भी है। वधस्थल भी और चांडाल भी। क्या नहीं है इस नाटक में? क्या नहीं है उज्जैन में? 'चलो उज्जैन' का हाँका लगानेवाला बस कन्डक्टर बनने को मन करता है।

बहुत दिनों बाद शिखर अपने खोल में सिमट गया और अधिकतर अपने कमरे में बन्द रहा। जब कभी कुछ नया करना होता शिखर को, तब वो ऐसा ही करता था। खूब पढ़ना, खूब सोचना और खूब लिखना। इस बार यह दौर कुछ ज़्यादा ही लम्बा खिंच गया।

आखिर वो घड़ी आ गयी जब उसने अपनी सोच को सही आकार देने की लिखित तैयारी पूरी कर ली। उसने बाहर जाने के लिए जल्दी-जल्दी कपड़े बदले और जैसे ही उसने अपने कमरे का दरवाज़ा खोला तो देखा कि सामने गायित्री खड़ी थी। शिखर बहुत खुश था। इससे पहले की गायित्री उससे कुछ कहती, शिखर उसे गोद में उठाकर गोल-गोल घूमने लगा।

गायित्री चिल्लाई—"अरे छोड़िये मामासा, मेरा सिर चकरा रहा है।"

उसकी चिल्लाहट सुनकर सरो और नरोत्तम भी वहाँ पहुँच गये। दोनों हँस पड़े। सरो चिल्लाई—"क्यों सजा दे रहा है बिटिया को?"

शिखर ने फौरन गायित्री को गोद से उतारा और लपककर सरो को गोद में उठाकर गोल-गोल घूमने लगा। नरोत्तम को सम्बोधित कर सरो चिल्लाई—"आप

भी खड़े-खड़े तमाशा देख रहे हैं। समझाइए इस पगले को।''

नरोत्तम ने हँसकर कहा—''तमाशा घुसकर देखने का मज़ा बहुत दिनों बाद मिला है।''

सरो ने शिखर की पीठ पर मुक्का मारा। सरो को तुरन्त गोद से उतारकर शिखर अपनी पीठ सहलाता हुआ बैठ गया—''अरे रे, जीजी का मुक्का है या हथौड़ा?''

सब हँस पड़े। नरोत्तम बोले—''कहिए, साले साहब, क्या ख़ुशख़बरी है?''

लपककर शिखर उठा और अपने काग़ज़ात समेटकर बाहर की ओर जाने को तैयार बोला—''पहले नीरज के पास जाऊँगा, उसके बाद श्याम के घर। वहाँ से लौटकर आपको भी बतलाऊँगा।''

नरोत्तम झल्ला उठे—''तेरी यही बात मेरी समझ में नहीं आती?''

शिखर ठहर गया। उसने अपनी बाँहें नरोत्तम के गले में डाल लीं और बोला—''जीजू, आपको क्या तकलीफ है?''

''ये नीरज-नीरज तेरे मुँह से कई बार सुन चुका हूँ।''

गायित्री बीच में बोल पड़ी—''होंगे कोई उनके पुराने चहेते विद्यार्थी।''

शिखर ने गायित्री की चोटी पकड़कर खींची—''विद्यार्थी तो मेरे सैकड़ों रहे हैं, हैं भी और होंगे भी, लेकिन ये जो मेरा विद्यार्थी है 'नीरज'—हीरा है हीरा।''

चोटी छुड़ाकर गायित्री बोली—''ग़नीमत है आपने उन्हें कोहिनूर नहीं कहा।''

''हाँ, हाँ, कोहिनूर ही है। तुमने सही कहा, लेकिन अब बीच में मत बोलना। मैं जीजू से बात कर रहा हूँ।''

''हाँ, हाँ, नहीं बोलूँगी। मुझे क्या? मैं तो अन्दर जा रही हूँ।''

''ठीक है, मेरे लिये एक गिलास पानी ला। गिलास ढंग से धोना।''

सरो हँस पड़ी, ''तुम दोनों दो घड़ी भी चैन से बात नहीं कर सकते?'' कहते हुई सरो भी अन्दर चली गयी।

शिखर बोला—''जीजू, नीरज बेहद समझदार युवक है। एक ज़माने में मेरा विद्यार्थी रहा है। अभी तो पी-एच.डी. करके विक्रम विश्वविद्यालय में लेक्चरर है। मगर मुझे आज भी ठीक वैसा ही मानता है। संस्कारी है। उसकी व्यावहारिक समझ बहुत अच्छी है। इसलिए जब भी मैं कोई नया प्रोजेक्ट हाथ में लेता हूँ, सबसे पहले उससे ही बात करता हूँ। अब मैं भागता हूँ, जीजू वरना वो डिपार्टमेन्ट चला जाएगा।''

शिखर चल दिया।

नीरज से मिलने के बाद आश्वस्त होकर बेहद जोश में भरा-भरा शिखर जब पहुँचा श्याम के घर तब हंगामा यों हुआ कि जैसे ही कान्ता ने दरवाज़ा खोला, तो गनीमत इतनी हुई कि उसने कान्ता को गोद में नहीं उठाया, लेकिन जोश-जोश में पहली बार कान्ता का हाथ पकड़कर उसे लगभग खींचता हुआ श्याम के पास ले आया और बोला—''श्यामजी घनश्यामजी, फौरन से पेश्तर अपना हाथ दें।''

श्याम चौंका इस अप्रत्याशित व्यवहार से मगर तुरन्त सम्हलकर बोल पड़ा—''मगर भैया शिखरजी, आपके हाथ में तो मेरी एकमात्र विधिवत् विवाहिता धर्मपत्नी की पाणि है।''

''पाणि होगी आपके लिए मगर मेरे लिए तो मेरी आदरणीया भाभीजी का वरद् हस्त है।''

''तो क्या मेरे हिस्से में तुम्हारा बायाँ हाथ है?''

''मगर मुझे चाहिए तुम्हारा दाहिना हाथ।''

जैसे ही श्याम ने अपना हाथ बड़ाया, उसे शिखर ने दबोच लिया और दोनों हस्त युगल को आकाश की ओर तानकर बोला—''मैं नारा लगाऊँगा—'उज्जैन' और तुम दोनों समवेत स्वर में खुलकर बोलोगे 'प्रथम'। कोई कुछ पूछेगा नहीं। जैसे कहता हूँ, वैसा करोगे।'

शिखर ने नारा लगाया—'उज्जैन'। दोनों ने सम्मिलित आवाज लगाई—'प्रथम'। ऐसा तीन बार किया शिखर ने। फिर धम्म से सोफे पर बैठ गया।

शिखर बोला—''सचमुच थक गया हूँ। एक तो यह कि मैंने साइकिल बेहद तेज़ चलाई और फिर हमारे इस 'उज्जैन प्रथम' की उत्तेजना।''

श्याम ने पूछा—''शिखर माज़रा क्या है?''

इससे पहले कि शिखर इस प्रश्न का उत्तर देता, उसे सहसा एहसास हुआ कि वो पहली बार कान्ता का हाथ पकड़कर बैठ गया और बोला—''भाभीजी आपके चरण कहाँ हैं?''

तुरन्त दो कदम पीछे हटकर कान्ता बोली—''मेरे चरण आपके लिए अस्पृश्य हैं।''

''क्या कहूँ—मेरा दुर्भाग्य? लेकिन ये ज़रूर कहूँगा कि नतमस्तक होकर आपसे करबद्ध क्षमायाचना करता हूँ। ऐसी गलती दोबारा नहीं होगी।''

''आप भी खूब हैं, भाईसाहब, एक तरफ तो आप मेरे हाथ को वरद्हस्त कहते हैं। फिर भी आप मेरा हाथ पकड़ने को अपनी गलती बता रहे हैं। कितना मधुर सम्बन्ध है आपके और मेरे बीच। आपने हमारी पहली मुलाकात में मुझे केवल मात्र भाभी माना। आपने कहा भी था—'दोस्त की पत्नी को बहन मानने पर मैं अपने दोस्त का साला बन जाऊँगा जो मुझे मंजूर नहीं है। दो मनुष्यों के बीच सबसे अधिक

मधुर सम्बन्ध दोस्ती का होता है। मैं आजीवन आपका दोस्त बना रहना चाहता हूँ।'

"कहा था न आपने?"

"जी हाँ, कहा था और ऐसा मानता भी हूँ।"

"तो फिर खड़े हो जाइए और मेरे साथ हाथ मिलाकर अँग्रेज़ी में कहिए-'लेट्स शेक हैंड्स'।"

कान्ता हाथ बढ़ाती है। शिखर उसे अपने हाथ में लेकर अपने माथे से लगाता है।

अब बोलने की बारी श्याम की थी—"अगर आप दोनों का भावुकतापूर्ण नाटक समाप्त हो गया हो तो मैं अपने प्रश्न को दोहराना चाहूँगा—आखिर माज़रा क्या है?"

कान्ता श्याम से बोली—"स्वामीनाथनजी, आप पाँच मिनट का समय मुझे दीजिए।"

फिर वो शिखर की ओर मुड़ी—"भाई साहब, इतने ज़बरदस्त हंगामे के बाद एक-एक कप चाय की तो बात बनती है।"

चाय पीते हुए तीनों बातों में मशगूल हो गये। बोलता अकेला शिखर रहा। बाकी दोनों श्रोता बने रहे। शिखर ने विस्तार से 'उज्जैन प्रथम' सम्बन्धी अपनी अवधारणा स्पष्ट की और उसके क्रियान्वयन के तौर-तरीके पर अपना बेहद सुलझा दृष्टिकोण प्रस्तुत किया।

अपने क़िस्म की मीठी मिसाल थी गृहिणी कान्ता। जब उसने शिखर की 'उज्जैन प्रथम' अवधारणा सुनी तो सहज रूप से उत्तेजना तो हुई उसे। लगा जैसे हवा का ताज़ा झोंका आकर उसे आपादमस्तक झकझोर गया।

गृहिणी कान्ता को सबसे पहले चिन्ता हुई इस योजना के आर्थिक पक्ष की। उसने तुरन्त तय किया कि इसकी ख़बर रूपा को दी जानी चाहिए।

रातोंरात कान्ता ने योजना विस्तार से रूपा को फोन पर बतलाई।

रूपा बेहद उत्तेजित हुई और बोली—"कान्ताजी, मैं सच कहती हूँ कि मैं कल्पना भी नहीं कर सकती थी कि एक शहर को केन्द्र में रखकर इतनी अभिनव योजना बनायी जा सकती है। मगर इसके लिए तो शुरू में ही ढेरों रुपयों की ज़रूरत होगी। आप निश्चिन्त रहें। मैं जल्दी ही उज्जैन पहुँचूँगी और मेरे साथ होंगे भामाशाह।

उस दिन सुबह जब अपने प्रात:भ्रमण से शिखर वापस आया तो पाया कि दालान में लगे चार मोड़ों पर विराजमान थीं चार विभूतियाँ—नरोत्तम जीजू, सरो जीजी, श्यामघनश्यामजी और अन्नपूर्णा भाभी। शिखर के आगमन के स्वागत में चारों खड़े हो गये।

शिखर बोल पड़ा—"आप सब खड़े क्यों हो गये?"

नरोत्तम बोले—"महाशय शिखर जी, अब तो उज्जैन के हर घर में आपके शुभागमन का स्वागत ऐसे ही होगा। मैंने अपनी तरफ से आपके विशिष्ठ अतिथिद्वय श्याम-कान्ता युगल के अनुरंजन का भरसक प्रयास किया। अब मोर्चा आप सम्हालिए।"

सरो जीजी बोलीं—"तेरे जीजू ने तो नाटक कम्पनी खोल ली है।"

शिखर खुश होकर बोला—"यह आपने बहुत सही कहा, सरो जीजी। हमारे जीजू नाटक के डॉयलाग लिख भी रहे हैं और बोल भी रहे हैं।"

हँसते हुए नरोत्तम अन्दर चले गये। सरो जीजी भी उठती हुई बोलीं—"तेरी लाडली तो चाय बना रही है। तुम तीनों कमरे पर पहुँचो।"

कमरे पर पहुँचकर श्याम बोला—"तुम जल्दी से तैयार हो जाओ। हमें मिशन पर जाना है।"

शिखर ने सवाल किया—"कौन-सा मिशन?"

"हद हो गयी। मिशन तुम्हारा है और तुम ही पूछताछ में लगे हो?"

"मगर तुम हमारे मिशन में कब शामिल हो गये।"

"जहाँ तुम, हम दोनों सपरिवार।"

शिखर अच्छे मूड में था—हँस पड़ा—"मैं समझ गया। मगर तुम्हारे चक्कर में भाभीजी कैसे शामिल हो गयीं?"

"तुम अपनी भाभी को दूध का धुला भले ही समझते हो, मगर यह चक्कर उन्हीं का है और मैं तो हूँ ही तुम्हारा।"

जब तीनों मगरमुँहा से निकलकर पटनी बाज़ार में आए तो सामने खड़ी कार के ड्राइवर ने सलाम किया। शिखर लम्बी-चौड़ी मरसिडीज़ कार देखकर भौचक्का खड़ा रह गया। अब मोर्चा कान्ता ने सम्हाला—और लगभग फुसफुसाकर बोलीं—"मेरी ख़ातिर आप बिना किसी प्रश्न के सीधे कार में बैठ जाइए। यह आयोजन आपके दोस्त का नहीं, मेरा है।"

शिखर के माथे पर बल तो पड़े मगर वो चुपचाप ड्राइवर के बगलवाली सीट पर बैठ गया। पीछे श्याम-कान्ता बैठे और कार चल दी। उज्जैन की सँकरी सड़कों

पर मरसीडीज़ कार एक अजूबा से कम नहीं थी।

जब तक कार होटल के सामने पहुँची, शिखर मौन साधे रहा।

होटल के पोर्च पर खड़ी थी रूपा। उसने बेहद गर्मजोशी से तीनों का स्वागत किया, ख़ासकर शिखर का। रूपा उन्हें लेकर होटल की लॉबी में ही बैठ गयी और बोली—"आपको हमने अभी तक अचम्भे में रखा, आप खुश तो हैं न?"

बड़े आश्वस्त होकर शिखर बोला—"रूपाजी, यह जो मेरे साथ हुआ जिसे आप अचम्भा कह रही हैं, वो और किसी के लिए सम्भव ही नहीं होता। मैं अपनी अन्नपूर्णा भाभीजी का जितना सम्मान करता हूँ, उतना ही इन पर विश्वास है मेरे मन में। इसके अलावा अभी-अभी जो आपसे मेरी मुलाकात हो गयी तो मेरी आश्वस्ति और बढ़ गयी, क्योंकि आपके प्रति भी वही सम्मान और विश्वास रखता हूँ। इसलिए अब आप इस अचम्भे पर अब तक पड़ा पर्दा उठा सकती हैं।"

रूपाजी बोलीं—"सच बात तो यह है शिखरजी कि आपके 'उज्जैन प्रथम' की अवधारणा से हम चमत्कृत हैं। हम से मेरा मतलब 'मैं' से नहीं है। आपको याद होगा आपसे हमने एक बार ज़िक्र किया था कैलिम्पांग के हमारे मेज़बान मुखर्जी मोशाय के बारे में।"

"जी हाँ, अच्छी तरह याद है।"

"तो जब हमने 'उज्जैन प्रथम' अवधारणा के सम्बन्ध में मुखर्जी चाचा से विस्तृत चर्चा की तो वे इस विलक्षण परिकल्पना से इतने उत्तेजित हुए कि सीधे उज्जैन पहुँच गये। मैंने उनको और उनकी बेटी अंजू को इन्दौर एयरपोर्ट में रिसीव किया तब हमें स्वयं आश्चर्य हुआ कि उन्होंने तो अपनी सारी बुकिंग्स स्वयं करवा ली थी। यानी ये मरसिडीज़ कार उनका इन्तज़ार इन्दौर एयरपोर्ट में कर रही थी और यहाँ उज्जैन में इस होटल में उन्होंने दो कमरों का आरक्षण करवा लिया था।"

शिखर थोड़ा भावुक हो गया—"रूपाजी, मेरे पास शब्द नहीं हैं आपके प्रति और मुखर्जी चाचा के प्रति अपनी कृतज्ञता व्यक्त करने के।"

"तो अब हम सब उनके कमरे में चलें।"

बेहद-बेहद गर्मजोशी से मुखर्जी मोशाय शिखर से मिले। वे लगातार बोलते ही रहे 'उज्जैन प्रथम' अवधारणा की विलक्षणता के प्रति अपने महसूसात के बारे में। शिखर ने उन्हें मुखर्जी चाचा सम्बोधित किया और अपने असमंजस के बारे में बोल पड़ा—"एक बात समझ में नहीं आई, मुझे क्षमा करें। आपको सब 'मुखर्जी' या 'मुखर्जी चाचा' क्यों कहते हैं? आपका नाम भी तो होगा?"

"शिखर बेटे, तुमने मुझे चाचा कहा इसलिए मैंने भी बेटा कह दिया। रहा

सवाल मेरे नाम का तो निश्चय ही मेरा अच्छा-ख़ासा नाम है—शशधर। ये जो मेरे नाम के आगे दो 'श' का चक्कर है, उसके कारण एक बार मैं चकरा गया। एक व्यक्ति मुझसे मिलने आए तो मेरे नामोच्चार के संकट में वे दो 'श' के बजाय जाने कितने 'श' बोलते गये—श, श, श, श, श...तो मैंने घबरा के उनसे आखिर कह ही दिया कि आप कब तक 'श' पर अटके रहेंगे यदि इसके आगे 'धर' आप नहीं जोड़ पा रहे हैं तो मुझे सिर्फ 'मुखर्जी' कहें। उन्होंने तुरन्त कहा—धन्यवाद मुखर्जी मोशाय। और उस दिन से मेरा सरनेम ही मेरा नाम बन गया।''

खुलकर हँस पड़े सभी।

ये सारी चर्चा नाश्ते पर ही हो रही थी। नाश्ता समाप्त होते ही अंजू उठी और उसने अपने भारी-भरकम पर्स में से एक खूबसूरत नक्काशीदार चमड़े का पतला-सा पर्स निकाला और मुखर्जी के हाथों में दिया—''बाबा, यह लीजिए।''

मुखर्जी ज़ोरों से हँस पड़े—''देखो शिखर बेटा, मैं तो इसे भूले ही बैठा रहा।''

उन्होंने यह पर्स शिखर को देते हुए कहा—''उज्जैन प्रथम के लिए मेरी तुच्छ भेंट।''

शिखर ने पर्स लिया और थोड़ी देर के पसोपेश के बाद उसे खोला और उसमें से एक चेक निकाला—रुपये पचास लाख का उज्जैन प्रथम के नाम पर।

शिखर ने चेक कान्ता की ओर बढ़ा दिया। सभी ने बारी-बारी उसे देखा।

शिखर अत्यन्त भावुक होकर बोला—''हम नतमस्तक हैं आपके प्रति, चाचाजी और यह चेक आपका शुभाशीष मानकर हृदय से स्वीकारते हैं।''

थोड़ी देर चुप रहकर शिखर फिर बोले—''लेकिन इसे हम ख़र्च नहीं करेंगे। इसे हम फ्रेम में जड़कर दीवार पर टाँग देंगे हमेशा के लिए ताकि जब 'उज्जैन प्रथम' का इतिहास लिखा जाए तब सर्वोपरि हो आपके शुभनाम के साथ आपका यह चेक।

''अभी मेरी बात बाकी है। आपकी ड्योढ़ी से हम खाली हाथ भी नहीं जाना चाहते। इसलिए विनम्र प्रार्थना है कि आप हमें अपनी बिटिया अंजलि देवी के हाथ से एक रुपया दे दीजिए। इस राशि को हम 'उज्जैन प्रथम' के खुलने वाले खाते में पहली राशि के रूप में जमा करेंगे।''

बेहद भावुक होकर मुखर्जी ने शिखर को भींच लिया और उसी स्थिति में थोड़ी देर तक बने रहते हुए हृदयों की धड़कनों के मिलन सम्बन्धी परमानन्दजी का दर्शन बयान किया।

चर्चा समाप्ति के पश्चात् मुखर्जी ने अपने वॉलेट से एक रुपया का सिक्का निकाला और अंजू के हाथ में लेकर कहा—''इसे मैं शिखर दादा को तब तक नहीं दूँगी जब तक वो मुझे अंजलिदेवी के बजाय 'अंजू' नहीं कहते हैं।'' शिखर ने अंजू

को गले लगाया और कहा—"तू तो मेरी छुटकी अंजू है।"

चलते-चलते मुखर्जी बोले—"मैं वो वक्त नहीं हूँ जो दोबारा न आ सके।"

रूपा बोली—"आपको तो आते-जाते रहना है।"

शिखर बोला—"चाचाजी आपको तो यहाँ बस जाना है।"

अगले दिन मुखर्जी और अंजू कैलिम्पांग लौट गये। रूपा मुम्बई चली गयी और वसन्त पंचमी की पूर्व संध्या उज्जैन पुनः लौट आई।

शिखर स्कूल में हर क्लास में पूरा समय नियमपूर्वक पढ़ाने के बाद हर क्लास से दो या तीन विद्यार्थियों का मन ही मन चुनाव करता था जिनकी प्रतिभा मुखर हो। इस प्रकार उसने बारह छात्र-छात्राओं का एक समूह इकट्ठा किया।

शिखर के 'उज्जैन प्रथम' अभियान का यह पहला चरण था जब उसने इस अवधारणा के क्रियान्वयन के उद्देश्य से अपनी 'कोर टीम' बनायी। उस कोर टीम ने दूसरे स्कूलों से विद्यार्थियों के चयन का बीड़ा उठाया। शिखर ने अपनी 'कोर टीम' को यह समझा दिया था कि विद्यार्थियों का चयन इस प्रकार हो कि उज्जैन के प्रत्येक वार्ड से कम से कम चार-पाँच विद्यार्थी हों।

देखते-देखते एक माह के अन्दर ही 15-16 आयु वर्ग के तीन सौ किशोर छात्र-छात्राओं की विशाल 'उज्जैन प्रथम वाहिनी' स्थापित हो गयी।

इस पूरी प्रक्रिया में नीरज प्रत्यक्ष रूप से शामिल नहीं हुआ, जैसा कि पहले से तय था। वो पृष्ठभूमि में रहकर भी पूरे दमखम से 'उज्जैन प्रथम अभियान' के साथ शिखर का दाहिना हाथ बनकर जुड़ा रहा।

वसन्त पंचमी की सुबह 'उज्जैन प्रथम वाहिनी' के तीन सौ छात्र-छात्राएँ वासन्ती वेशभूषा में—छात्र पाजामा कुर्ता और छात्राएँ सलवार कुर्ता और दुपट्टा धारण कर प्रातः 6 बजने से 5 मिनट पूर्व अपनी-अपनी साइकिलों पर सवार 'विक्रम कीर्ति मंदिर' उज्जैन के सभागृह में अपने-अपने स्थान पर बैठ चुके थे।

सुबह 6 बजने से एक मिनट पूर्व शिखर ने सभागृह में प्रवेश किया। 'उज्जैन प्रथम वाहिनी' के सदस्य खड़े हो गये और दाहिना हाथ ऊपर लहराकर नारा लगाया 'उज्जैन प्रथम'। शिखर ने भी वासन्ती कुर्ता पजामा पहन रखा था। शिखर मंच पर नहीं चढ़ा। मंच और सीटों के बीचोबीच जो खाली जगह थी वहाँ खड़ा हो गया शिखर।

उसने देख लिया था कि हुजूम से अलग हटकर नीरज चुपचाप बैठ चुका था।

बिना माइक के ही शिखर ने अपना वक्तव्य प्रस्तुत किया—उज्जैन प्रथम वाहिनी के मेरे बेटों, हम सब विक्रम कीर्ति मन्दिर, उज्जैन के ऐतिहासिक सभागृह में वसन्त पंचमी की वासन्ती सुबह पहली बार साथ-साथ मिल रहे हैं। हम सबका वस्त्र भी वासन्ती है—तन, मन वासन्ती है, क्योंकि हम हर मौसम को वसन्त में तब्दील होते महसूस करना चाहते हैं। वर्ष भर केवल वसन्त। आजीवन केवल वसन्त। यह किसी कविता की काल्पनिक पंक्तियाँ नहीं हैं। यह हर मनुष्य के मन में महकता शाश्वत वसन्त है। मैंने 'उज्जैन प्रथम' का घोषणा पत्र तैयार किया है।

इस घोषणा पत्र को हमने 'उज्जैन प्रथम वाहिनी' की केवल दो पृष्ठीय साप्ताहिक पत्रिका—जिसका नाम है 'उज्जैन प्रथम साप्ताहिक' की दो लाख प्रतियों में प्रकाशित किया है ताकि यह उज्जैन के हर घर, हर दुकान एवं हर संस्थान में पहुँचे।

उज्जैन प्रथम वाहिनी का घोषणा पत्र

उज्जैन प्रथम

यह कैसा शीर्षक—'उज्जैन प्रथम'

अटपटा सा! या एक नारा! या किसी परीक्षा अथवा स्पर्धा के परिणाम की घोषणा।

ऐसा कुछ भी नहीं है।

यह एक संकल्प है—दढ़ संकल्प!

इस संकल्प का पहला कदम है

मेरा गाँव, मेरा शहर सबसे आगे—उज्जैन प्रथम !

इसका दूसरा कदम है—मेरा प्रदेश सबसे आगे—मध्यप्रदेश प्रथम!!

और तीसरा कदम है— मेरा देश सबसे आगे—भारत सर्वप्रथम!!!

विश्व नेतृत्व करेगा भारत, हर दिशा में, यह है हमारा स्वप्न! यह माना कि इस स्वप्न की चरितार्थता के लिए ग्रामीण पंचायत स्तर से केन्द्रीय शासन के राष्ट्रीय स्तर तक सभी अपनी तमाम ख़ामियों के बावजूद, हर स्तर पर प्रयत्नशील है। संगठनात्मक स्तर पर अनगिनत संस्थाएँ, वैयक्तिक एवं सामुदायिक भागीदारी के साथ, अपनी सीमाओं के बावजूद कार्यरत हैं। किसान, मजदूर, व्यापारी, उद्योगपति, विभिन्न व्यवसायों से जुड़े लोग—शिक्षक, वकील, डॉक्टर, इंजीनियर, पत्रकार, अफसर, कर्मचारी, नेता, कलाकार, साहित्यकार, गृहिणी यहाँ तक कि विद्यार्थी भी तथा अन्य जैसे अनाथ, लावारिस, किंपुरुष और भिखारी भी और साथ में पुलिस बल और सैन्यबल जुटे हुए हैं—भारत भाग्य विधाता के रूप में अपनी-अपनी

भूमिकाओं के निर्वाह में। अनायास और अनजाने ही हम में से प्रत्येक भारत को उठाने या गिराने में लगे हुए हैं।

किन्तु कितना आश्चर्य है कि हम सभी निरन्तर अपने-अपने क्रियाकलापों में लगे रहते हैं और यही जानते, समझते हैं और मानते हैं कि हम अपने लिये और अपने परिवार के लिए कर रहे हैं। हमें यह आभास भी नहीं होता कि हम केवल अपने परिवार के नहीं, बल्कि समाज के भी हिस्से हैं और हम भूल जाते हैं कि समाज का दायरा बढ़ते-बढ़ते राष्ट्रव्यापी हो जाता है और विश्वव्यापी भी। यानी हम सजग हैं भी और नहीं भी हैं—दीया तले अँधेरा। रोशनी भी और अँधेरा भी।

इसलिए हम एक ऐसा दीया जलाने की पहल कर रहे हैं जो हर दीया तले का अँधेरा रोशन कर दें।

हमारा पहला दीया है—उज्जैन।

और हम यह दोहराते हैं कि हमारा दृढ़ संकल्प है कि उज्जैन को हम सब मिलकर एक ऐसा शहर बनाएँ जो हमारे मुल्क के तमाम-तमाम शहरों में अव्वल हो—उज्जैन प्रथम। इसका यह अर्थ नहीं है कि अन्य शहरों को हम प्रथम बनने से रोकेंगे। क़तई नहीं। वे सभी प्रथम बनने की पहल करें तभी तो हमारा दूसरा क़दम मध्यप्रदेश प्रथम और तीसरा कदम हो सकेगा भारत सर्वप्रथम।

यह कोरा फलसफा नहीं है, जमीनी हक़ीकत है।

कोरा फलसफा तो हाथी दाँत की मीनारों में बैठे आकाशोन्मुखी वायवीय चिन्तक पैदा करते हैं, जिनका अगर जमीन से कोई सरोकार है तो नीचे से ऊपर तक पहुँची उस दुर्गन्ध से है जो उन्हें घृणा, आक्रोश, हताशा, चीख, उत्तेजना जैसे घोर नकार दर्शन से रूबरू करता है। जो नागफनी की खेती करते हैं, उन्हें तुलसी के बिरवे में पिछड़ापन नज़र आता है। जो केवल अँधेरों को ही हक़ीकत मानते हैं, उनके लिए रोशनी केवल छलावा है।

मगर हम तमाम-तमाम अँधेरों की वज़ह से ही केवल रोशनी की बात करते हैं और दृढ़तापूर्वक मानते हैं कि कथनी को करनी में तब्दील करना ही तो कथनी का मान रखता है।

ऐसा ही तो किया था ऐनक लगाए, लाठी टेकते उस बूढ़े ने। वो वही कहता था, जो करता था और वही करता था जो कहता था। यानी उसका सारा जीवन कथनी और करनी की कथनी में ही गुज़र गया। "मेरा जीवन ही मेरी वाणी है"—ऐसा उसने बाँगला भाषा सीखते हुए लिखा था, क्योंकि राष्ट्रभाषा हिन्दी का घोर समर्थक होते हुए भी वो सभी भाषाओं से प्यार करता था। बाँगला भाषा से ख़ासकर इसलिए कि वो विश्वकवि रवीन्द्रनाथ ठाकुर को बहुत सम्मान देता था, जिन्हें उसने 'गुरुदेव' कहकर सम्बोधित किया था। कविगुरु ने उस बूढ़े को सिरमाथे रखते हुए पुकारा

था—'महात्मा'। हम उसी महात्मा की बात कर रहे हैं।

महात्मा गाँधी ऐसे क्रान्तिकारी थे जो सत्याग्रह के दो पक्ष मानते थे। एक था आन्दोलनकारी जिसके अन्तर्गत उन्होंने असहयोग आन्दोलन, सविनय अवज्ञा आन्दोलन और भारत छोड़ो जैसे आन्दोलनों का पूरी निष्ठा से संचालन किया था।

उसी सत्याग्रह का दूसरा पक्ष था निर्माणकारी, जिसे उन्होंने अपने पन्द्रह (15) सूत्रीय निर्माणकारी कार्यक्रम के रूप में न केवल प्रतिपादित किया था, बल्कि उसके माध्यम से, पूरी शिद्दत के साथ संचालित किया था।

'उज्जैन प्रथम' हमारा निर्माणकारी आन्दोलन है जिसका संचालन हम महात्मा गाँधी के पन्द्रह सूत्रीय निर्माणकारी कार्यक्रम की पुनर्व्याख्या करते हुए, उसी के माध्यम से करेंगे। हाँ, यह ज़रूर है कि हम किस्तों में लागू करेंगे।

'उज्जैन प्रथम' के पन्द्रह सूत्री कार्यक्रम को हम फिलहाल बिन्दुवार प्रस्तुत नहीं करते हुए बहुत-बहुत ख़ास बात यह कहना चाहेंगे कि ये सभी पन्द्रह सूत्रीय कार्यक्रम शासकीय धरातल पर विधिवत् संचालित हो रहे हैं विभिन्न निगमों, निकायों, संस्थानों आदि के माध्यम से।

किन्तु हमारी यह मान्यता है कि हर शासकीय कार्य तभी सही मायनों में फलीभूत होता है जब जन-साधारण का प्रत्यक्ष जुड़ाव उसके साथ होता है। आमतौर पर यह वो मान्यता है कि सरकार का जो काम है, उसे तो सरकार को ही करना है, हमें उससे क्या लेना-देना। यदि सरकार ठीक से नहीं करेगी तो हमारा काम केवल उसकी शिकायत करना है। इस मान्यता के विपरीत हम यह सोचते हैं कि सरकार के हर काम में प्रत्यक्ष 'जन भागीदारी' उस काम को निश्चित ही फलदायी बना सकती है।

इसलिए 'उज्जैन प्रथम' का हमारा पन्द्रह सूत्रीय कार्यक्रम सरकारी कामकाज का विस्तार मात्र है। इसलिए हम सरकारी कामकाज के साथ कन्धे से कन्धा मिलाकर काम करेंगे, उनके विकल्प के रूप में नहीं, बल्कि उनके साथी-सहयोगी के रूप में। सरकारी संगठन और उज्जैन प्रथम वाहिनी एक-दूसरे के पूरक होंगे। हम यह देखेंगे कि जन-साधारण सरकार पर निर्भर नहीं रहेगा, बल्कि स्वतः भागीदार बनेगा।

'उज्जैन प्रथम' के पन्द्रह सूत्री कार्यक्रमों की सूची हम अपने इस घोषणा पत्र में क़तई नहीं प्रस्तुत करना चाहते, क्योंकि यह तो सिर्फ कथनी मात्र होगी। हम तो कथनी-करनी की युगलबन्दी से इन पन्द्रह सूत्री कार्यक्रमों को निरन्तर उजागर और संचालित करते रहेंगे।''

शिखर का वक्तव्य जारी रहा।

"आज से हमारा जो 'उज्जैन प्रथम अभियान' शुरू हो रहा है उसकी प्राथमिक सूचना मैं स्वयं जाकर उज्जैन के समस्त महत्त्वपूर्ण शासकीय अधिकारियों, नगर निगम के पदाधिकारियों, महत्त्वपूर्ण स्थानीय संस्था प्रमुखों, विक्रम विश्वविद्यालय के कुलपति एवं विभागाध्यक्षों, महाविद्यालय के प्राचार्यों, स्कूलों के प्रधानाध्यापकों तथा उज्जैन के समस्त दैनिक समाचार पत्रों के कार्यालय प्रमुखों को दे आया हूँ। हमें यह बतलाते हुए सुखद आश्चर्य हो रहा है कि क्या ऐसा भी हो सकता है कि हर जगह हमारे उज्जैन प्रथम अभियान की अवधारणा का चमत्कारी स्वागत हुआ और सभी ने अपने-अपने उदार सहयोग का हार्दिक आश्वासन दिया। प्रत्येक दैनिक समाचार पत्र ने इस सूचना को प्रथम पृष्ठ के निचले हिस्से पर तीन से पाँच कॉलम हेडलाइन के साथ छापने का आश्वासन दिया है, ख़ासकर यह ख़बर कि आज सुबह उज्जैन प्रथम वाहिनी की साइकिल रैली उज्जैन नगर के मुख्य स्थानों से होकर गुज़रेगी। मेरे लिए तो सुखद आश्चर्य का विषय है कि जहाँ-जहाँ मैं गया, हर जगह मुझे व्यक्तिगत रूप से सभी जानते हैं। क्या कहूँ? वाह रे शिखर माट्साब, सच तो यह है कि मुझे ऐसी स्थिति में बेहद संकोच होता है।

यह सूचना देते हुए हमें अतिरिक्त खुशी हो रही है कि उज्जैन के समस्त नागरिक हमारी आज की साइकिल रैली के बारे में व्यक्तिगत जानकारी भी प्राप्त कर रहे हैं, क्योंकि उज्जैन प्रथम अभियान की बहुत पहले से तैयारी की गयी। बारह (12) सदस्यीय कोर टीम अपने साथ अलग से गठित किये गये 99 नौजवानों को साथ लेकर टुकड़ों में बँटकर उज्जैन नगर के प्रत्येक वार्ड एवं निकटवर्ती गाँव के प्रत्येक घर में 'उज्जैन प्रथम साप्ताहिक' का प्रवेशांक लेकर दस्तक देने के लिए सुबह 6:15 बजे ही निकल चुके हैं। गौर करने की बात यह है कि यह जो संख्या 99 है उसके साथ 12 जोड़कर जो कुल संख्या बनती है, वो है 111 यानी 1 पर 1 ग्यारह और उस पर एक—111 यानी तीन इक्के। मतलब सर्वश्रेष्ठ।

अब तक मैंने काफी कामकाजी बातें की हैं। कुछ अलग हटकर अब स्वादिष्ट बातें भी होनी चाहिए। तो अपनी जीभ को लगाम देते हुए यह बेहद स्वादिष्ट ख़बर भी सुन लो कि माधवनगर के प्रसिद्ध श्री मिष्ठान्न की ओर से हम सबके लिए पोहा जलेबी का नाश्ता बाहर बरामदे में इन्तज़ार कर रहा है।

शिखर के वक्तव्य के बाद पंक्तिबद्ध होकर जब उज्जैन प्रथम वाहिनी के तीन सौ सदस्य सभागृह के बाहर बरामदे में आए तो उनका स्वागत मेज़ों की कतार पर रखे

पोहा, जलेबी की प्लेटों ने किया। नाश्ते के बाद जब यह टोली कतार में रखी अपनी साइकिलों की ओर बड़ी तो श्री मिष्ठान के सेठजी ने प्रत्येक के भाल पर रोली लगायी, फूलों की माला पहनायी और पानी की बोतल दी और इस स्वागत के अन्त में सेठजी शिखर का चरण स्पर्श करने के लिए झुके तो शिखर ने स्वयं झुककर उनका हाथ पकड़ लिया—''यह आप क्या कर रहे हैं, सेठजी। मैं उम्र में आपसे बहुत छोटा हूँ।''

गद्‌गद भाव से सेठजी बोले—''माट्‌साब, आप हमारे बच्चों के गुरु हैं और गुरु तो गुरु होते हैं, उनकी उम्र नहीं देखी जाती और फिर आप उज्जैन के लिए इतना बड़ा काम करने जा रहे हैं।''

''बस सेठजी, हम तो अपने इस उज्जैन प्रथम अभियान के लिए आपका आशीर्वाद चाहते हैं।''

''अरे नहीं, माट्‌साब, हम इस लायक हैं नहीं कि आशीर्वाद दे सकें। हम तो आपके इस अभियान के लिए जी-जान से लगे रहेंगे। आप तो निश्चिन्त रहें।''

उसी समय दो व्यक्ति दौड़ते हुए आए। शिखर उन्हें पहचानता था। एक तो विश्वविद्यालय के विद्यार्थी कल्याण संकायाध्यक्ष थे। उन्होंने ख़बर दी कि विक्रम विश्वविद्यालय के कुलपति के निवास पर कुलपति के साथ समस्त विभागाध्यक्ष 'उज्जैन प्रथम वाहिनी' के स्वागत के लिए एकत्र हुए हैं। दूसरे व्यक्ति थे उज्जैन सम्भाग के कमिश्नर के पी.ए.। उन्होंने भी ख़बर दी कि कमिश्नर के निवास पर उज्जैन जिले के सभी अधिकारी भी इसी स्वागत के लिए इकट्‌ठा हुए हैं।

इन दोनों से मिलकर शिखर आश्चर्यचकित हो गया। अरे, यह कैसा चमत्कार है, अकल्पनीय, अप्रत्याशित, असम्भव। उज्जैन नगर के दो शिखर अपनी आकाशी ऊँचाई से उतरकर जमीन पर आ मिले। उसने कल्पना नहीं की थी कि उज्जैन प्रथम अभियान का ऐसा उच्चस्तरीय शुभारम्भ होगा। उसे लगा कि जो कुछ वो सुन रहा है, वो दरअसल सुन नहीं रहा है, बल्कि प्रतिध्वनियों से सहसा घिर गया है। क्या सचमुच ऐसा हो सकता है!

पहले कुलपति निवास और फिर सम्भागायुक्त निवास पर उज्जैन प्रथम वाहिनी का अभूतपूर्व स्वागत हुआ। आश्चर्य की बात तो यह रही कि दोनों ज़गह केवल शिखर को फूलमालाओं से लाद दिया गया। शिखर मना करता रहा मगर किसी ने उसकी एक न सुनी।

यही हाल पूरे नगर में हुआ। जहाँ-जहाँ से उज्जैन प्रथम वाहिनी गुज़री वहाँ-वहाँ ऐसा ही गर्मजोशी से स्वागत किया गया—ख़ासकर शिखर का। यद्यपि यह थी

तो साइकिल रैली, मगर साइकिल पर बैठने का अवसर ही नहीं मिल रहा था। मुश्किल से दस–बीस कदम चलते साइकिल पर कि सहज रूप से स्वागत–सत्कार की स्नेहिल रुकावट आ जाती।

ख़ासकर माधवनगर के घंटाघर चौराहे पर, फिर दौलतगंज में, उसके बाद पटनी बाजार में बाजे–गाजे के धूम–धड़ाके से स्वागत हुआ। हर जगह कितने ही लोगों की बेहद आत्मीय भीड़ थी जिस भीड़ में हर व्यक्ति आनन्द–उल्लास से चिर–परिचित लगता रहा।

किन्तु पराकाष्ठा तक पहुँचना अभी शेष था।

अनगिनत स्नेहिल रुकावटों से निकलकर दोपहर दो बजे जब अपनी उज्जैन प्रथम वाहिनी के तीन सौ किशोर–किशोरियों के साइकिल सवार समूह के साथ शिखर क्षीरसागर स्टेडियम पहुँचा तो उसकी आँखें फटी की फटी रह गयीं। पूरा स्टेडियम खचाखच भरा था। लग रहा था जैस समूचा उज्जैन नगर उमड़ पड़ा हो। शिखर के नेतृत्व में उज्जैन प्रथम वाहिनी के स्टेडियम में प्रवेश करते ही, उस भारी–भरकम भीड़ में से प्रत्येक के हाथ में उज्जैन प्रथम साप्ताहिक का ताज़ा अंक था जिसे लहराकर उज्जैन नगर निगम के महापौर के नेतृत्व में तीन बार नारा लगाया गया— 'उज्जैन प्रथम'।

तब तक शिखर को कन्धों पर बिठाकर कुछ उत्साही नौजवान मंच पर पहुँच गये थे। मंच पर सिर्फ एक कुर्सी थी जिसके सामने थी माइक। नौजवानों ने शिखर को कन्धे से उतारकर कुर्सी पर बिठा दिया। शिखर तुरन्त कुर्सी छोड़कर उठ खड़ा हुआ और कूदकर मंच के नीचे आ गया। उसने अपने हाथों से मंच से माइक उतारकर अपने सामने रखी। उसी समय किसी ने नारा बुलन्द 'शिखर माट्साब की' तुरन्त भीड़ ने जयजयकार के नारे लगाए। तिलमिलाकर शिखर माइक पर काफी ऊँची आवाज़ में बोल उठा—"बस–बस, बहुत हो गया। बन्द कीजिए ये जयजयकार। मैं इस लायक नहीं हूँ। और मैं इस क़िस्म की नारेबाज़ी बिलकुल पसन्द नहीं करता।"

पूरी भीड़ में सन्नाटा छा गया।

दो क्षणों तक मौन रहकर धीमी आवाज में माइक पर शिखर ने बोलना जारी रखा—"मैं आप सबके सामने नतमस्तक होकर करबद्ध क्षमाप्रार्थी हूँ। मुझे ऊँची आवाज में नहीं बोलना चाहिए था। मैं बार–बार माफी माँगता हूँ। दरअसल, ये सम्मान, ये अभिनन्दन, ये जयजयकार निरर्थक है। आप सबका मैं बहुत–बहुत आभारी हूँ और आप सबका तहेदिल से उपकार मानता हूँ कि आप सबने उज्जैन प्रथम वाहिनी के इस प्रस्ताव को स्वीकार कर 'उज्जैन प्रथम' की नींव डाली है।

अभी तो बीजारोपण हुआ है। इसे पालना-पोसना और पौधा बनाना और उसके वृक्ष बनने तक लगातार खूब मुस्तैदी से जुटे रहना होगा ताकि पीढ़ियाँ इसका फल भोग सकें।

"क्षमा करें। मुझे मंच और माइक से सख़्त परहेज़ है, क्योंकि किसी ने सही कहा है कि 'मंच जिसका पालना और माइक जिसकी चूसनी हो' वो केवल मंच और माइक का होकर रह जाता है और मालाओं से लदने की उसकी आदत हो जाती है।

"मैं बार-बार आपसे क्षमा माँगता हूँ। मैं इसीलिए मंच से नीचे कूद पड़ा, लेकिन माइक से परहेज़ नहीं कर सका, क्योंकि इस भारी-भरकम स्टेडियम के आखिरी छोर तक बिना माइक के अपनी आवाज पहुँचाना मेरे लिए मुमकिन नहीं था।

"पूरे उज्जैन नगर ने हमें जितनी मालाएँ पहनायी हैं, उन सबको ससम्मान उतारकर अपनी-अपनी साइकिलों के हैंडल और पिछली सीट पर रखने के बावजूद हम उन मालाओं का प्यार भरा बोझ महसूस कर रहे हैं। आपसे हाथ जोड़कर अपील करता हूँ कि हमें इस बोझ से मुक्त रखिए। जिस दिन हम माला पहनने योग्य हो जाएँगे उस दिन हमें कोई ऐतराज़ नहीं होगा।

"अन्त में, मैं अपना सिर झुकाकर आप सभी को प्रणाम करता हूँ और यह बतलाना चाहता हूँ कि हम 'उज्जैन प्रथम अभियान' के ठोस क्रियान्वयन का शुभारम्भ आज शाम से ही करेंगे।

"साथ ही, एक निवेदन और करना चाहते हैं अत्यन्त विनम्रतापूर्वक कि उज्जैन प्रथम वाहिनी के सभी सिपाही, स्टेडियम के द्वार पर दोनों तरफ कतार बाँधकर खड़े रहेंगे और आप सब कतार बाँधकर स्टेडियम से बाहर निकलेंगे। हम आप पर उन हज़ारों मालाओं को न्योछावर करेंगे जिन्हें समूचे उज्जैन नगर ने हम उज्जैन प्रथम वाहिनी के 301 सिपाहियों पर प्यार से लाद दिया है। प्रार्थना यह भी है हाथ जोड़कर और सिर झुकाकर कि अब कोई नारेबाज़ी नहीं होगी।"

देखते-देखते उज्जैन प्रथम वाहिनी के 300 सिपाही स्टेडियम के प्रवेश द्वार के दोनों तरफ 150-150 की कतारों में खड़े थे। स्वयं शिखर भी। सभी के हाथों में थीं अनगिनत मालाएँ। शिखर के बगल में रखी साइकिल तो असंख्य मालाओं के ढेर में गुम हो गयी थी। स्टेडियम में इकट्ठा जन-समूह मन्त्रमुग्ध भाव से अनुशासित कतारों में बाहर निकलने लगा। उन पर मालाएँ बरसाते हुए प्रवेश द्वार के दोनों तरफ खड़ी किशोर कतारें, जनसमूह को 'गार्ड ऑफ ऑनर' दे रही थीं।

उस वसन्त पंचमी की शाम को तो ऐसा अकल्पनीय, अविश्वसनीय, अप्रत्याशित एवं अभूतपूर्व चमत्कार हुआ उज्जैन में कि दाँतों तले अँगुली दबे तो बस दबी रह जाए। समूचा उज्जैन नगर और निकटवर्ती उज्जैन उत्तर और उज्जैन दक्षिण के विधानसभा क्षेत्रों के गांवों में तो लगा जैसे पीताभ का मंजुल विस्फोट हुआ हो। लगा जैसे सरसों के खेत लहलहा रहे हैं अक्षितिज। समूचे क्षेत्रफल के विस्तार में पीत पताकाएँ लहरा रही थीं।

उज्जैन की धरती ही नहीं, आकाश के नीले रंग पर पीले रंग का हिलता हुआ आवरण छा गया, क्योंकि उज्जैन के पतंगबाजों ने सिर्फ और सिर्फ पीले रंग की हज़ारों हज़ार पतंगों की एक साथ उड़ान से आकाश को घेर लिया था। पेंच नहीं लड़ाये जा रहे थे। पतंग केवल हवा में हौले-हौले डोल रही थी और शाम के ढलते-ढलते सारी की सारी पतंगें चारों तरफ दूर-दूर तक फैले पेड़ों पर उतरने लगी थीं। उज्जैन के सारे पेड़ों पर पतंगों ने अपने रैनबसेरे बसा लिये थे।

और रात होते-होते घर-घर में दीपावली का पावन पीलापन रौशन हो रहा था।

उज्जैन प्रथम अभियान के प्रथम बारह सूत्रधारों ने जो 99 और सिपाही जुटाये थे तथा उज्जैन प्रथम वाहिनी के जो 300 सिपाही थे उन सबके गणवेश बदल गये थे। हर किशोर आधी बाँह की पीली शर्ट, पीला हाफ पैन्ट, घुटनों तक के पीले मोज़े और पीले कैन्वस शूज पहने हुए था और हर किशोरी ने हाफ पैन्ट की जगह घुटनों के नीचे तक के पीले स्कर्ट पहन रखे थे। सबके माथे पर (किशोर हों या किशोरियाँ) पीली टोपी थीं। हाँ, उज्जैन प्रथम वाहिनी के 12 सूत्रधार और शिखर ने पीला कुर्ता और पीला पाजामा पहन रखा था। फर्क केवल इतना था कि 12 सूत्रधारों के सिर पर पीली टोपी थी, लेकिन शिखर ने कोई टोपी नहीं पहनी।

कुल तीन सौ निन्यानवे किशोर-किशोरी अब दलों में बँट गये थे। उज्जैन नगर के हर वार्ड का और हर गाँव का अलग दल अपने-अपने वार्ड और अपने-अपने गाँव चला गया।

1976 में उज्जैन में स्थापित मध्यप्रदेश नाटक लोककला अकादमी के रंगकर्मी डॉ. राजीव शुक्ल, डॉ. निवेदिता वर्मा, जितेन्द्र टटवाल, हरदीप दायले, जितेन्द्र वाडिया, शिरीष सत्यप्रेमी वरिष्ठ रंगकर्मीद्वय श्री प्रकाश बाँठिया और विश्वास शर्मा के नेतृत्व में पद्मजा रघुवंशी द्वारा नृत्य संयोजन तथा महेश मोयल द्वारा संगीत संयोजन में हर वार्ड के लिए नुक्कड़ नाटक तथा हर गाँव के लिए चौपाल नाटक

तैयार किये थे जो अलग-अलग वार्ड और गाँव के नाट्य दलों ने अपने-अपने वार्ड और गाँव में उस शाम प्रस्तुत किये थे।

उज्जैन प्रथम अभियान का शुभारम्भ जो साइकिल रैली से हुआ वो चमत्कारी था। मगर ये चमत्कार सहसा अपने आप घटित नहीं हुआ। इसके पीछे थे शिखर की योजना और उसका विधिवत् समर्पित संचालन।

इस पूरे करिश्मे के पीछे थे वे 99 सिपाही जिन्होंने शिखर के मार्गदर्शन और उज्जैन प्रथम अभियान के प्रथम 12 सूत्रधारों के निरीक्षण में समूची योजना बनायी थी और उसके क्रियान्वयन का बीड़ा पिछले एक माह से उठा रखा था।

उज्जैन नगर और निकटवर्ती गाँवों के हर घर में जाना और उन्हें बेहद आकर्षक ढंग और पूरी शिद्दत से अभिप्रेरित करना कि वे वसन्तागमन को पीत-त्योहार की तरह पुरज़ोर जोश के साथ मनायें। इसी असम्भव को तो सम्भव किया गया था जो करिश्मा बन गया।

कैसा था यह करिश्मा कि उज्जैन कि कितने ही व्यापारियों ने किस अभिप्रेरणा से अपनी थैलियाँ खोल दी थीं ताकि आर्थिक दृष्टि से कमज़ोर वर्ग भी पीताभ से वंचित न रह जाए और उन व्यापारियों ने ऐसा छिपाकर किया ताकि कोई भी वर्ग अपने को छोटा नहीं समझे।

मात्र अर्थोपाजन जिनके जीवन का खुलेआम मक़सद हो, उनमें यह परिवर्तन कि वे मानो किसी मन्त्र के आकर्षण में बँधे हैं अपने आप में अद्भुत था।

शिखर की 'उज्जैन प्रथम' अवधारणा को उज्जैन प्रथम साप्ताहिक के रूप में प्रकाशित करना इस योजना का पहला कदम था। इन दो लाख प्रतियों का वितरण नि:शुल्क नहीं किया गया। दो पृष्ठों के इस साप्ताहिक का मूल्य तो रखा गया था मात्र एक रुपया प्रति अंक। मगर जब इसके योजनानुसार वितरण का बीड़ा एक सौ ग्यारह सिपाहियों ने उठाया था तो हुआ यों कि प्रत्येक प्रति के लिए केवल एक रुपया तो मुश्किल से मुट्ठी भर लोगों ने दिया जिनमें हम्माल, कुली, मज़दूर भी शामिल थे। दो रुपये, पाँच रुपये, दस रुपये, पचास रुपये, सौ रुपये, यहाँ तक कि पाँच सौ रुपये तक देनेवाले डेरों लोग थे। इस प्रकार उज्जैन प्रथम साप्ताहिक के मात्र प्रथम अंक से पाँच लाख से अधिक रुपये इकट्ठे हो गये। व्यय एक पैसा भी नहीं हुआ, क्योंकि इसकी छपाई का व्ययभार उज्जैन के वही स्वनामधन्य लाला अमरनाथ के बेटे ओमप्रकाश खत्री ने अकेले ही वहन किया था।

यह सर्वविदित है कि उज्जैन के दशहरा मैदान में रावण दहन का शुभारम्भ उन्हीं लाला अमरनाथजी ने किया था जिसका निर्वाह, उनके स्वर्गवास के बाद उनके बेटे ओमप्रकाश खत्री उसी निष्ठा से जारी रखे हुए हैं।

'उज्जैन प्रथम साप्ताहिक' के सम्पादन का भार अकेले श्रीराम दवे ने किया और हमेशा करते रहने के लिए कटिबद्ध हैं। श्रीराम दवे यद्यपि मध्यप्रदेश शासकीय सेवा में कार्यरत हैं, लेकिन उनकी ख्याति एक कवि, आलोचक एवं सम्पादक के रूप में प्रतिष्ठित है।

'उज्जैन प्रथम साप्ताहिक' धीरे-धीरे दो पृष्ठों की जगह चार पृष्ठों का और कुछ समय बाद आठ पृष्ठों का हो गया।

यह साप्ताहिक एक औज़ार था जिसके माध्यम से शिखर उज्जैन के पूरे क्षेत्रफल के घर-घर को जोड़ सके। उज्जैन नगर एवं निकटवर्ती गाँवों का एक घर भी ऐसा नहीं था जहाँ उज्जैन प्रथम साप्ताहिक न पहुँचता हो। यह साप्ताहिक जब आठ पृष्ठों का हो गया तब भी मूल्य एक रुपया ही रखा गया। मगर हर हफ्ते उज्जैन प्रथम अभियान के आयोजन इतने सर्वव्यापी और सर्वग्राही होते थे लगातार कि उज्जैन का हर नागरिक, हर हफ्ते इसके प्रकाशन की बाट जोहता था और मूल्य के नाम पर अधिक से अधिक देने का क्रम ऐसे जारी रहा कि प्रतिमाह चार सप्ताह के चार अंकों के माध्यम से 10-12 लाख रुपये इकट्ठे होने लगे।

साप्ताहिक में छपनेवाली सामग्री में दो बातों पर विशेष ध्यान दिया जाता था। एक तो यह कि हर अंक में किसी न किसी वार्ड या वार्डों पर तथा हर सम्बन्धित गाँव में से किसी एक या दो पर विशेष सामग्री केवल उस विशिष्ठ वार्ड या गाँव सम्बन्धी दी जाती थी। दूसरी बात थी सम्पादकीय के माध्यम से उज्जैन प्रथम अभियान के पन्द्रह सूत्री निर्माणकारी कार्यक्रमों में से किसी एक कार्यक्रम को मुद्दा बनाकर प्रस्तुत करना।

इस मुद्दे के क्रियान्वयन के लिए हर वार्ड और हर गाँव में जिन नौजवानों को चुना गया था, उन नौजवानों ने अपने ही बीच में से किसी एक को उस वार्ड का और उस गाँव का मुखिया बनाया गया। ये सब इतनी सहजता से हो गया कि लगा जैसे हर मुखिया ने अपनी नेतृत्व क्षमता को शुरू से ही सिद्ध कर दिया था।

सफाई अभियान सर्वोच्च प्राथमिकता से कुछ इस तरह शुरू किया गया कि केवल बाहर की ही नहीं, बल्कि अन्दरूनी सफाई का भी भार उठा लिया गया जैसे पेस्ट कन्ट्रोल वाले करते हैं—हर माह, हर घर एक बार। इस काम को अंजाम देने के लिए नौजवानों को विधिवत् प्रशिक्षित किया गया और आवश्यक उपकरणों और द्रव्यों

का बन्दोबस्त भी नियमपूर्वक किया गया। इस प्रशिक्षण का सबसे महत्त्वपूर्ण हिस्सा था नौजवानों का हर घर के बड़े-बूढ़ों के साथ व्यवहार करने का सलीका। हर घर में कोई न कोई चाची या काकी या मौसी या बुआ, यहाँ तक कि दादी-नानी के साथ ऐसे पेश आना कि उनका दिल जीत लिया जा सके।

यों भी हर घर में उज्जैन प्रथम साप्ताहिक के माध्यम से और हर वार्ड में नुक्कड़ नाटकों और गाँवों में चौपाल नाटकों के माध्यम से हर एक की मानसिकता तैयार करने का काम निरन्तर चल रहा था। इन नुक्कड़ नाटकों अथवा चौपाल नाटकों की केवल प्रस्तुति नहीं की जाती थी। अभिनेता, दर्शकों के साथ संवाद भी करते थे। समस्याओं का समाधान भी होता था। यानी जमीन पूरी तरह तैयार की गयी। उसके बाद क्रियान्वयन की पहल की गयी।

अधिकतर घरों में, वार्ड में कार्यरत नौजवानों की टोलियों का स्वागत किया गया। कभी कोई बखेड़ा खड़ा होता तो बातचीत के ज़रिये सुलझा लिया जाता।

एक दिन अनहोनी हो गयी। किसी एक वार्ड के किसी एक घर में दुर्घटना हो गयी। घर में दो ही जन थे—बूढ़ा-बूढ़ी।

बूढ़ी स्वभाव और बोलचाल में बहुत गुस्सैल थी। जैसे ही उसके घर में सफाई के लिए नौजवानों की टोली ने प्रवेश किया तब बूढ़े ने तो उनकी तारीफ की मगर बुढ़िया हाथ में लोटा लिये लपकी इस टोली को भगाने के लिए।

टोली का मुखिया बुढ़िया को दादी बनाकर उनसे लाड़ करने लगा—''दादी, आप तो आराम से दादाजी के पास बैठ जाइए। हम आपके पूरे घर की ऐसी सफाई कर देंगे कि आप अपने घर को ही पहचान नहीं सकेंगी।''

तमककर बोलीं दादी—''मैं जानती हूँ तेरी सफाई। मुझे यहाँ इनकी खटिया पे बिठाकर तुम छोकरे-छोकरी हो न ऐसा झाड़ू फेरोगे कि घर में एक सामान भी नहीं बचेगा।''

मुखिया नौजवान हँसकर बोला—''आप मजाक अच्छा कर लेती हैं, दादी। हम क्या आपको चोर लगते हैं?''

बुढ़िया चिल्लाई—''चोर नहीं, डाकू हो, लुटेरे हो। निकलो यहाँ से वरना ऐसा खदेड़ूँगी कि हमारे घर से तो क्या, इस मोहल्ले से निकालकर दम लूँगी।''

मुखिया नौजवान हँसा—''आप तो हमारी दादी हैं। दादी क्या पोते-पोती को घर से निकाल सकती हैं?''

गुस्से में तमतमाई दादी ने चेतावनी दी। मुखिया नौजवान मुस्कराता रहा मगर वो टस से मस नहीं हुआ।

अब तो दादी का पारा ऐसा चढ़ा कि उन्होंने अपने हाथ का लोटा मुखिया नौजवान के माथे पर दे मारा। माथे से खून रिसने लगा। मुखिया ने अपनी जेब से रूमाल निकाल कर माथे पर बाँध लिया।

उसके सिर से बहते खून को देखकर दादी रो पड़ी—"अरे, ये मैंने क्या कर दिया?"

दादी ने तुरन्त अपनी साड़ी का पल्ला फाड़कर उस रूमाल पर झलक आए खून पर बाँध दिया।

मुखिया नौजवान बोल पड़ा—"अरे, ये क्या दादी? आपने अपनी साड़ी क्यों फाड़ दी। मैंने तो रूमाल बाँध लिया था।"

बूढ़ा झल्लाया—"ये तूने अच्छा किया कि अपना साफ-सुथरा रूमाल माथे के घाव पर पहले ही बाँध लिया। वरना तेरी दादी की फिल्मी स्टाइल से फाड़ी गयी साड़ी की सारी गन्दगी तेरे घाव पर लग जाती और 'सेप्टिक' हो जाता।"

बुढ़िया रोती हुई चिल्लाई—"तुम चुप रहो। बेटा, तुम बैठो। मैं तुम्हारे लिए दूध लाती हूँ।"

"अरे, नहीं दादी, उसकी कोई ज़रूरत नहीं है। बस, हमको आप अनुमति दे दीजिए ताकि हम आपके घर की सफाई कर सकें।"

दादी बिलख पड़ी—"अरे मेरा बच्चा, मेरा लाल! तू मामूली लड़का नहीं है, तू तो साक्षात चैतन्य महप्रभु है।"

"ये आप क्या कह रही हैं! चैतन्य महाप्रभु तो...।"

"अरे सुन तो, बस एक मिनट में किस्सा बयान कर दूँगी। किस्सा नहीं, एकदम सच्ची बात।...

"एक बार चैतन्य महाप्रभु अपनी कृष्ण भक्ति में तल्लीन कीर्तन करते हुए अकेले ही चले जा रहे थे। रास्ते में जंगल आया तो डाकुओं ने उन्हें घेर लिया। डाकुओं का सरदार कड़ककर बोला—"माल निकाल, नहीं तो यहीं पर तेरी बलि चढ़ा दूँगा।" डाकू सरदार के हाथ में दारू की सुराही थी। महाप्रभु ने मुस्कराकर बड़े प्यार से कहा—"बाबा! मेरे पास हरिनाम के अलावा कुछ नहीं है। चल मेरे साथ हरिनाम बोल।" डाकू सरदार ने शराब के नशे में दारू की सुराही चैतन्य महाप्रभु के माथे पर दे मारी। उनके माथे से खून बहने लगा। खून की परवाह किये बिना ही चैतन्य महाप्रभु गाने लगे—"मेरेछिस बेश कोरेछिस एक बारे होरी नाम तो बोल।"

किस्से में डूबा मुखिया बोल पड़ा—"आप तो बाँगला बोल रही हैं। इसका अर्थ तो बतलाइए।"

दादी बोली—"अरे बड़ी सीधी बात है—महाप्रभु बोले—तूने मुझे मारा, अच्छा किया, बस एक बार हरिनाम तो बोल।"

"अरे वाह!"

"वही तो! मेरा बच्चा तू भी तो ऐसा ही बोला—मेरे हाथ से लोटे का वार सहकर—'बस, हमको अनुमति दे दीजिए ताकि हम आपके घर की सफाई कर सकें'।"

दादी ने मुखिया को सीने से लगा लिया और कहा—"तू मेरे पास बैठकर थोड़ा आराम कर। तेरी टोली घर की सफाई में जुट जाएगी। मुझे कोई ऐतराज़ नहीं है।"

मुखिया मुस्कराकर बोला—"आराम हराम है।"

मुखिया उठने लगा तो दादी बोली—"एक शर्त पर तेरे को सफाई में लगने दूँगी। मैं झटपट खिचड़ी और हलुवा बनाती हूँ। तुम सब खाकर जाओगे।"

"आज नहीं दादी। आज तो रसोई की भी सफाई होगी। हम फिर कभी आ जाएँगे और डटकर आपके हाथ के बने पकवान खाएँगे।"

उस शाम को बुढ़िया उस मुखिया नौजवान के घर पहुँच गयी। दरवाज़ा मुखिया नौजवान ने ही खोला। उसने अस्पताल से मरहम पट्टी करवा ली थी—

"अरे, दादी आप?"

रुआँसी होकर बोली दादी—"कैसा है तू बेटा? बहुत दर्द हो रहा है?"

"अरे नहीं दादी, मामूली घाव है। दो-एक दिन में भर जाएगा।"

उस नौजवान के माता-पिता ने बुढ़िया का स्वागत किया—"बड़े भाग्य हमारे जो आज काकी हमारे घर पर पधारी हैं।"

"अरे बेटा, मैं तो इस बच्चे को देखने आई थी।"

मुखिया की माँ बोल पड़ी—"हाँ, देखो न काकी। कितना लापरवाह है। ठोकर खाकर गिर पड़ा और इसका माथा फूट गया।"

दादी अवाक्! उसने मुखिया के सिर पर बड़े एहतियात से हाथ फेरा और फफककर रोती हुई बोली—"क्यों बच्चा? तूने अपने माता-पिता से झूठ बोला?"

मुखिया ने दादी के मुँह पर हाथ रखकर कहा—"झूठ क्यों बोलूँगा? जो सच है वही कहा।"

अपने मुँह से मुखिया का हाथ हटाकर फट पड़ी दादी—"अरे नहीं री माई! मुझ पापिन ने लोटे से इस बच्चे का माथा फोड़ दिया।"

मुखिया दादी से लिपट गया और रोता हुआ बोला—"तू ऐसा अनाप-शनाप बोलेगी तो मैं यहाँ से चला जाऊँगा।"

तब तक दादी ने अपने को सम्हाल लिया था। वो तनकर खड़ी हो गयी और घोषणा के अन्दाज़ में बोली—"सुनो बेटा, आज से मैं तेरे 'उज्जैन प्रथम अभियान'

की सरदारनी दादी हूँ। तू जो भी काम बतलाएगा उसे करने के लिए मैं अकेली ही उज्जैन की सारी महिलाओं को जोड़ लूँगी।''

मुखिया खुशी से उछल पड़ा—''सच दादी, आप हमारे साथ हो जाएँगी तो हम आसमान उतार लाएँगे ज़मीन पर। बस, मैं अभी गया और अभी आया।''

उसी क्षण मुखिया नौजवान साइकिल उठाकर अपने शिखर माट्साब के पास पहुँचा और उसने दादी की क्षमताओं का परिचय देते हुए कहा—''माट्साब, आप किसी ऐसे कार्यक्रम की बात कर रहे थे जिसमें आप उज्जैन की सारी महिलाओं को जोड़ना चाहते थे। इसीलिए मैं भागकर आपके पास आ गया।''

शिखर को आज की इस दुर्घटना के बारे में पता चल गया था, क्योंकि नीरज ने शिखर को हर रोज़ की फीडबैक देने की बात तय की थी। व्यावहारिक धरातल पर नीरज के साथ यह भी तय हो चुका था कि हर रोज़ किये-धरे की मॉनिटरिंग करता रहेगा और शिखर को ख़बर देता रहेगा।

शिखर थोड़ा चिन्तित होकर बोला—''लेकिन बेटा, तुम्हें ऐसी चोट की हालत में नहीं आना चाहिए था। चलो, मैं तुम्हें घर छोड़ देता हूँ और तुम्हारी दादी से मिल भी लेता हूँ। मुझे लगता है कि मैं उन्हें जानता हूँ। सरो जीजी के घर पर शायद उनका आना-जाना है।''

उस बूढ़ी महिला से मिलकर शिखर बहुत खुश हुआ। वास्तव में, दोनों पुराने परिचित थे।

अगले ही दिन उज्जैन प्रथम साप्ताहिक में दादी के फोटो के साथ एक नये आह्वान की ख़बर छपी—''उज्जैन प्रथम अभियान में थोड़े से समय में ही कई दिशाओं में काम चल निकला है। 'घर-घर सफाई' की अपार सफलता के साथ स्वास्थ्य शिविरों के आयोजन और विशाल पैमाने में पौधारोपण जैसे उज्जैन प्रथम के पन्द्रह सूत्री निर्माणकारी कार्यक्रमों में एक नया अध्याय जुड़ने जा रहा है।

''सरदारनी दादी के नेतृत्व में एक महिला सहकारी आन्दोलन का सूत्रपात होने जा रहा है, जिसके अन्तर्गत घरेलू उत्पादों की शृंखला का शुभारम्भ होगा—पापड़, बड़ी, अचार का बड़े पैमाने में उत्पादन करेंगी उज्जैन की महिलाएँ और उनकी पैकेजिंग और मार्केटिंग करेंगे उज्जैन प्रथम अभियान के नौजवान।''

सरो के घर के अन्दर लम्बे-चौड़े दालान में खुल गयी पाठशाला महिलाओं की। सरो, सरदारनी दादी को 'काकी' सम्बोधित करती थी।

सरदारनी काकी घूम-घूमकर उज्जैन के हर वार्ड से महिलाओं को इकट्ठा कर पापड़, बड़ी, अचार बनाने के प्रशिक्षण के लिए सरो के घर ले आती थी। इस एक केन्द्रीय पाठशाला ने उज्जैन के हर वार्ड और हर गाँव में अपनी-अपनी पाठशाला संचालित करने की पहल की।

समूचा उज्जैन पापड़, बड़ी, अचार उत्पादन की गन्ध से सराबोर हो गया।

दूसरी ओर नौजवानों की ऐसी फौज खड़ी की गयी जो इन उत्पादों की पैकेजिंग और मार्केटिंग में माहिर होते चले गये।

उज्जैन प्रथम साप्ताहिक की पहल पर उज्जैन की हर दुकान पर केवल उज्जैन महिला सहकारी समिति के इन उत्पादों की बिक्री चल निकली और उज्जैन के हर घर में आय का एक नया स्रोत बह चला।

सरदारनी दादी और सरो जीजी की नयी पहचान उज्जैन के घर-घर में पसर गयी।

बरस-दर-बरस पनपती हुई किशोरी गायित्री यौवन की देहरी पर क़दम रख चुकी थी।

देखते-देखते पाँच बरस गुज़र गये।

बड़े पैमाने पर उज्जैन की नयी पहचान बन गया उज्जैन प्रथम अभियान। उज्जैन की सड़कों और नुक्कड़ों की शोभा बन गये उज्जैन प्रथम के होर्डिंग्स जिस पर किसी व्यक्ति का चेहरा नहीं होता था। केवल होता था उज्जैन प्रथम अभियान के पन्द्रह सूत्री निर्माणकारी कार्यक्रमों में से हर एक का अलग-अलग रेखांकन और होती थी पापड़, बड़ी, अचार के पैकेट्स की नुमाइश।

उज्जैन का कायाकल्प हो रहा था। लोकधर्मी साज-सज्जा में ही अद्‌भुत सादगी से पुराना उज्जैन जितना आन्दोलित था, उतना ही नया उज्जैन। चमक-दमक चटकीलेपन से बहुत दूर एक पारदर्शी आकाशीपन के इन्द्रधनुषी आकर्षण ने घेर लिया था उज्जैन के समूचे परिवेश को।

हर वार्ड और गाँवों में प्रौढ़ शिक्षा, सतत शिक्षा, बुनाई-कड़ाई कला तथा रसोई की कक्षाएँ—संगीत, नृत्य, चित्रकला, मूर्तिकला प्रशिक्षण, मेधावी छात्रों की प्रश्नोत्तरी (क्विज) प्रतिस्पर्धाएँ, खेलकूद, व्यायाम के क्लब संचालन के माध्यम से

प्रतिभाओं की खोज और उनका निखार—कार्यक्रम योजनाबद्ध तरीके से जारी था। हर वार्ड और हर गाँव के उज्जैन प्रथम युवा कार्यकर्ता अपने-अपने मुखिया के निर्देशन में भरपूर सक्रिय थे।

उज्जैन की सांस्कृतिक पहचान अखिल भारतीय कालिदास समारोह जिन ऊँचाइयों को छू रहा था, उसकी लोकप्रियता के विस्तार के लिए उज्जैन प्रथम अभियान ने प्रमुख भूमिका निभाई।

सब कुछ किया धरा शिखर का ही था। उज्जैन प्रथम दल का एक-एक नौजवान, युवक-युवती समान रूप से शिखर की पूजा करते थे। मगर शिखर ने स्वयं का प्रचार-प्रसार बिलकुल नहीं होने दिया, यद्यपि उसकी पहचान का दायरा उज्जैन के बाहर भी पसर रहा था।

गायित्री पूरे उत्साह के साथ उज्जैन प्रथम अभियान की हर पहल में पूरी शिद्दत से जुड़ी हुई थी। एक किशोरी के युवा बनने की प्रक्रिया में गायित्री उज्जैन प्रथम अभियान में ही इस निष्ठा से सम्पूर्णतया समर्पित रही कि वो अकेलेपन को ही भूली रही और उज्जैन प्रथम अभियान के साथ एकाकार हो गयी। वो स्वयं किसी युवा दल से नहीं जुड़ी। वो कड़ी नहीं बनी उज्जैन प्रथम अभियान और अपने मामा सा शिखर के बीच। कड़ी भला कैसे बनती, वो तो खोई रही स्वयं मैं। इधर से उधर भागना। इससे मिलना, उससे मिलना। यह भी करना और वो भी करना। कभी किशोरों और युवाओं के बीच और कभी अपनी अम्मा की सहायिका बनकर महिलाओं के बीच। यदि शिखर को गंगा मान लें और नीरज को यमुना तो दोनों की मौजूदगी दीखती थी। इन दोनों के बीच गायित्री बनी रही सरस्वती—अनाम तो नहीं किन्तु अन्त:सलिला के रूप में उपस्थित भी और अनुपस्थित भी। यदि गायित्री में कोई बात निरन्तर एक जैसी बनी रही, वो था उसका बचपना।

उम्र ज़रूर बढ़ रही थी गायित्री की मगर उसमें बचपने की चुहलबाज़ियाँ बदस्तूर जारी थीं।

एक दिन एकाएक गायित्री बड़ी हो गयी।

उस दिन शिखर जल्दबाज़ी में था। वो जल्दी से दो लोटे पानी डालकर घर से बाहर निकलना चाहता था। उसने धड़धड़ाते हुए बाथरूम का दरवाज़ा खोला। गायित्री नहा रही थी। उसने असावधावनीवश दरवाज़े की कुंडी नहीं लगाई थी। जैसे ही शिखर का बाथरूम में प्रवेश हुआ, घबराकर गायित्री खड़ी हो गयी। शिखर ने

तुरन्त दरवाज़ा बन्द कर बाहर से गायित्री को डाँटा—''ताड़-सी लम्बी हो गयी मगर बचपना नहीं गया।''

सहसा गायित्री का ध्यान अपने शरीर पर गया। वो शर्म के मारे गढ़ी जा रही थी। एक क्षण के लिए उसे ख्याल आया कि वो बड़ी हो गयी है। मगर दूसरे ही क्षण सहज हो गयी। एक घटना थी जो घट गयी। और घट गयी तो घट गयी।

इस घटना को शिखर और गायित्री दोनों भूल भी गये शायद।

उज्जैन प्रथम अभियान में अचानक एक अप्रत्याशित मोड़ आ गया।

रूपा उन दिनों उज्जैन में थी। उज्जैन प्रथम अभियान जब से चल निकला था तब से रूपा अकसर आ जाती थी और उसकी अपनी ओर से जो भी सहायता बन पड़ती, उसे करने को वो उत्सुक रहती थी।

एक दिन रूपा ने शिखर को यह ख़बर भेजी कि वो उससे एकान्त में मिलना चाहती थी। शिखर को थोड़ा अटपटा ज़रूर लगा मगर वो तैयार हो गया। रूपा जब भी उज्जैन आती उसे अनिवार्य रूप से श्याम के अतिथि कक्ष में ठहरना पड़ता था। यह बन्दिश श्याम की पत्नी कान्ता ने लगा रखी थी। मगर रूपा ने शिखर के आगमन की प्रतीक्षा नहीं की, बल्कि खुद ही मगरमुँहा पहुँच गयी।

दरअसल रूपा, शिखर के साथ, कैलिम्पांग के मुखर्जी मोशाय के बेटे देवव्रत के बारे में बात करना चाहती थी। देवव्रत भले ही शिखर से कभी मिला न हो, मगर रूपा के माध्यम से वो देवव्रत के बारे में विस्तार से सारी जानकारी प्राप्त कर चुका था। इसलिए रूपा को भूमिका बाँधने की ज़रूरत नहीं पड़ी और उसने शिखर के हाथ में देवव्रत की एक चिट्ठी थमा दी और बोली—''शिखरजी, यह चिट्ठी ही आपसे सारी बातें कह देगी। आप इस चिट्ठी को एक बार पढ़ लीजिए।''

''यानी देबूदा की चिट्ठी पढ़ें। ठीक है, जब तक मैं चिट्ठी पढ़ूँ आप उज्जैन प्रथम साप्ताहिक का ताज़ा अंक पढ़ लीजिए।''

''महाप्रतापी है आपका यह उज्जैन प्रथम साप्ताहिक।''

''अचानक ही ऐसी तारीफ क्यों?''

''मैं अकसर सच्चाई ही उजागर करती हूँ। हाथ कंगन को आरसी क्या? आप चिट्ठी तो पढ़िये। मान जाएँगे कि मैं यों ही उज्जैन प्रथम साप्ताहिक की तारीफ नहीं करती हूँ। फिलहाल हम दोनों पड़ने में लगते हैं—आप देबूदा की चिट्ठी और मैं उज्जैन प्रथम साप्ताहिक के ताज़ा अंक में।''

शिखर चिट्ठी पड़ने में तल्लीन हो गया।

प्रिय मेरी लाडली छुटकी बहना रूपा, चौंक गयी न! इस चिट्ठी में न कोई पता ठिकाना और न तारीख। मेरा यह सम्बोधन भी तुम्हारे लिए बिलकुल नया है। मेरी हस्तलिपि भी तुम्हारे लिए एकदम अजनबी है। ना-ना, चिट्ठी का आखिरी हिस्सा मत पढ़ना, जहाँ मेरा नाम लिखा है। फिर क्या मज़ा? 'गेस' करने का आनन्द भी दिव्य होता है।

चलो शुरू करता हूँ।

तुम्हें गर्मी की उन छुट्टियों की याद है जब तुम अपने माँ-बाबा के साथ कैलिम्पांग में मुखर्जी मोशाय के गेस्ट हाउस में ठहरे थे? साल तो याद नहीं है। तुम बहुत छोटी, बेहद मासूम थी मगर खूब चुलबुली और खुश-खुश। मेरी छोटी बहन अंजू तुमसे काफी बड़ी थी। हँसना-हँसाना अंजू को बहुत पसन्द था मगर वो अकसर दबाव में रहती थी। तो अब बतलाओ तुम्हें उस अंजू के दड़ियल बड़े भाई की याद है जो सिर्फ थोड़े समय के लिए अपने बाबा और छोटी बहन से मिलने आया था? मगर जब तक मैं कैलिम्पांग में रहा, अपरिचित ही बना रहा। जाते-जाते वो दड़ियल अपना परिचय उजागर कर गया था—चिट्ठी लिखकर। चिट्ठी लिखना मुझे बहुत अच्छा लगता है। लेकिन वो मौसम ही नहीं बना मेरी ज़िन्दगी में कि कुछ भी अपने मन का कर सकूँ।

अब तो तुम्हें मेरा नाम भी याद आ गया होगा—देवव्रत मुखर्जी—तुम्हारा देबूदा।

कितने बरस बीत गये। लगता है सदियाँ गुज़र गयी हैं। कैसे लिख गया 'सदियाँ'। लगता है चचा ग़ालिब आसपास मँडरा रहे हैं। कैसी ऊँची थी उड़ान उनकी दुआओं की।

एक तो यह कि हज़ार बरस सलामत रहो।

मगर ऐसे-वैसे मामूली बरस नहीं।

तुर्रा ये कि हर बरस के दिन हों पचास हज़ार।

मुझे भी एक दिन धुन सवार हुई कि हम तो दिन गिनकर ही दम लेंगे। हिसाब शुरू किया कि कुल कितने बरस हुए। यानी 365 दिन वाले हमारे एक बरस को, 50,000 दिनों वाले एक बरस में 'कन्वर्ट' करना और फिर उसके साथ हज़ार बरस का गुणा करना। अरे बाप रे!

स्लेट पर इतनी संख्याओं को आधा-अधूरा देखते ही स्लेट तोड़-ताड़कर भागा। हिसाब धरा का धरा रह गया।

तुम्हें भी लग रहा होगा कि मैंने कैसी अल-जलूल चिट्ठी शुरू की है। कुछ तो भी लिख रहा हूँ और लिखे जा रहा हूँ। दरअसल, मैं खुद असल मुद्दे से कतरा रहा हूँ। क्या-क्या लिखूँ? कैसे लिखूँ?

कैसे लिखूँ कि मेरी ज़िन्दगी के ये पहाड़ से बरस ठोस चट्टानी बंजर ही बने रहे। हाँ, बंजर जिसमें कुछ भी नहीं उपजता। बिलकुल बेमानी।

और ग़ज़ब यह कि हम कच्ची उम्र के नौजवानों की आँखों पर पट्टी बाँधकर उनको अँधेरे में भटकने के लिए हथियारों से लैस कर रहे हैं। हम ऐसा मसीहा बनने का ढोंग करते हैं जो अपनी शस्य श्यामल धरती पर चेग्वेवारा के गुरिल्ला युद्ध की नागफनी उगाने की बेमतलब कोशिश कर रहे हैं। किस आधारहीन हवाई ज़िद के जुनून में अपनी भोली कमसिन पीढ़ी की नसों में तेज़ाबी नफरत और अकारण हिंसा का ज़हर घोलकर उन्हें ऐसे खूँख्वार दरिन्दे बना रहे हैं कि उनकी दिल दहलानेवाली अमानुषिक बर्बरता से हम खुद काँप-काँप उठते हैं।

विश्व के अधिकतर देशों ने बुलेट के बजाय बैलट को ही अंगीकार किया है। यह भी माना कि बैलेट के साथ में भ्रष्टाचार भयावह रूप से समाज को खोखला कर रहा है। मगर उसका इलाज बुलेट नहीं है, यह भी सिद्ध हो चुका है। हमें वामपंथ से ऐतराज़ नहीं, सरोकार भी नहीं है। वामपन्थी भी तो अब बैलेट का रास्ता अपना रहे हैं, क्योंकि सर्वहारा की तानाशाही के नाम पर वामपन्थी तथाकथित नायकों की तानाशाही भी नकारी जा चुकी है।

इस विषय पर तो मैं एक पूरी किताब लिख सकता हूँ। 'द गॉड दैट फेल्ड' का निष्कर्ष यही है कि यदि इसे गॉड न बनाया गया होता तो उसका यह हश्र न होता। इसी से जन्मती है फिरकापरस्ती जिसे नकारने के लिए हम सेक्यूलरिज़्म की रेत में शुतुरमुर्ग बन जाते हैं, क्योंकि यह सिद्ध हो चुका है कि सेक्यूलरिज़्म महज़ वोट बैंक की राजनीति है। यह उग्र वामपन्थ भी तो आतंकवाद है जिसे हम फंडामेन्टलिस्ट करार देते हैं। क्या फ़र्क है बर्बर फासीवाद में और क्रूर उग्र वामपन्थ में। दोनों एक तयशुदा लेकिन ग़लत सिद्धान्त के नाम पर बेगुनाहों और निरीहजनों का खून बहाते हैं।

बस अब और नहीं।

मैं, गुरुभाई, अपने प्रशिक्षण शिविर में अब खुलकर समूची निर्भीकता से यही तो बोल रहा हूँ। और आश्चर्य! मेरे सामने बैठे नौजवानों के हुजूम में भी खोखली उग्रता का पर्दाफाश हो रहा है। वे भी खून के इस निरर्थक खेल से बेज़ार हो चुके हैं और फिर 'कल्कि गीता' में भी पंथ को छोड़कर जाने पर कोई रोक नहीं है। इसलिए आखिरकार, मैंने यह घोषणा कर दी कि अब तो सिर पर से पानी गुज़र चुका है। इसलिए डूबने की मूर्खतापूर्ण प्रतीक्षा किये बिना अब हम इस बंजर जमीन से विदा लेने का निश्चय कर चुके हैं। किसी को यदि मुझ पर गोली चलानी है तो मेरी पीठ हाज़िर है।

मगर आश्चर्य, गोली तो क्या किसी ने कंकड़ तक नहीं मारा मेरी पीठ पर।

सारे नौजवान एक-एक कर मेरे चरणों में झुक गये। सभी की आँखें नम थीं। उस आश्रमस्थल को छोड़कर सभी अपने गन्तव्य की ओर बढ़ गये। मैंने अपनी साइकिल उठाई और चल दिया। मैं मास्टर मोशाय को याद करता रहा कि कल्कि सेना छोड़कर जानेवाले पर कभी न तो रोक रही है और न कभी रहेगी।

साइकिल चलाते हुए कितने घंटे गुज़र गये, पता नहीं। भूख-प्यास से बुरा हाल था। रात के घुप्प अँधेरे में सिर्फ सड़क दिख रही थी। मैं थककर चूर हो रहा था। पिंडलियाँ अकड़ गयी थीं। लग रहा था कि अब तो साइकिल चलाना असम्भव है।

ऐसे में दूर पर कहीं झोपड़ियों का सिलसिला दिखलाई पड़ा। किसी अनाम गाँव की झोपड़ियों में लालटेन रौशन हो रहे थे। दूर ही सही, मगर टिमटिमाती रोशनी के छोटे-छोटे टुकड़ों ने मेरे मन में आशा का ऐसा संचार किया कि थके हुए पैरों की धमनियों में रक्त का जो संचार हुआ तो साइकिल खुद-ब-खुद चलने लगी।

अचानक मेरी नज़र उस आधे-अधूरे अँधेरे में सड़क के किनारे पर टिमटिमाती ढिबरी की रोशनी के सहारे खोमचेवाले पर पड़ी।

अरे, वो तो भजिये तल रहा था। भजिये की दूर से पास आती गन्ध ने मेरी जकड़ी हुई अंतड़ियों में भूख की आग सुलगा दी। मैंने जैसे-तैसे साइकिल टिकाई और भजिये की माँग की।

भजियेवाले ने भेद भरी दृष्टि से मुझे देखा और बोला—"गला तर नहीं करोगे, बाबू सा'ब।"

"हाँ, प्यास तो लगी है। पानी है तुम्हारे पास?"

भजियेवाला हँस पड़ा।

मैंने देखा पास ही बेंच पर बैठे दारू पी रहे लोगों ने भजियावाले की हँसी में अपनी हिकारत भरी हँसी मिलाई।

भजियेवाला बोला—"ये जो पास में झोंपड़ी है, उसे सिर्फ झोपड़ी समझने की ग़लती मत करना। वो कलारी है, बाबू सा'ब। वहाँ पानी नहीं मिलता।"

सब फिर हँस पड़े।

मैं उतावला हो रहा था, बोला—"भैयाजी, मुझे तो आप भजिये खिला दीजिए। बड़ी मेहरबानी होगी।"

भजियेवाला काग़ज़ की एक पुड़िया में भजिये भरने लगा और बोला—"कितने के दूँ?"

"भैयाजी, आप तो बस भजिये देते रहिए। जब आपके सारे भजिये खत्म हो

जाएँ तब दाम बतलाइएगा।''

दारूकुट्टे बोल पड़े—''ये स्साला कौन रईस आ गया। ये ही अगर सारे भजिये खा जाएगा तब हम क्या खाएँगे?''

और ज़ोरों से हँस पड़े।

तब तक खोंमचेवाले ने भजिये की पहली पुड़िया मुझे थमा दी। गरमागरम भजिये से मेरी जीभ तो जल रही थी, मगर मैं तो खाये जा रहा था।

जब चार-पाँच पुड़िये मैं खा चुका तब एक अद्‌भुत संयोग हुआ। जिस पुड़िया में मैं भजिये खा रहा था, वो पुड़िया छपा हुआ काग़ज़ था।

ढिबरी की रोशनी में मैंने काग़ज़ पढ़ा तो दंग रह गया। उस पर मोटे-मोटे अक्षरों में छपा था 'उज्जैन प्रथम साप्ताहिक।'

सहसा मन में बिजली-सी कौंधी। ये 'उज्जैन प्रथम' क्या बला है? मैंने ज़मीन पर पड़े सारे काग़ज़ उठा लिये। आश्चर्य! ये सभी 'उज्जैन प्रथम साप्ताहिक' के हिस्से थे।

अचानक एक काग़ज़ पर मेरी नज़र पड़ी।

ख़बर थी—प्रख्यात कवयित्री रूपादेवी का उज्जैन का पता—द्वारा श्याम कलेवर दुबे, विद्यानगर, उज्जैन। इसी ख़बर के साथ तुम्हारी तस्वीर छपी थी। अरे, तुम तो अच्छी-खासी बड़ी हो गयी हो। साड़ी पहनकर गिरस्तिन लग रही हो। मगर तुम्हारा चेहरा हूबहू वैसा ही है जैसा मैंने, पता नहीं कितने वर्षों पहले कैलिम्पांग में देखा था। तुम्हारा कभी न भुला सकने वाला मासूम चेहरा।

इन तेल चुपड़े काग़ज़ों को लालटेन की रोशनी में पढ़कर कुछ-कुछ समझ में आ गया कि 'उज्जैन प्रथम' का आशय क्या है।

अभी-अभी ताज़ा-ताज़ा बाहर निकला हूँ मैं उग्रवादियों के शिविर से। बाहर सिवाय अँधेरे के अभी तक कुछ भी हाथ नहीं लगा था कि अचानक एक ख़जाना हाथ लग गया। उज्जैन नामक एक प्राचीन नगरी में इतना भारी-भरकम निर्माणधर्मी आन्दोलन बाकायदे चल ही नहीं रहा है, बल्कि दौड़ रहा है। बहुत सुकून मिला यह जानकर कि दुनिया में अपने-अपने क़िस्म के भले लोगों की कमी नहीं है।

मैं सोच में हूँ अवाक् कि संयोग भी इतना अप्रत्याशित हो सकता है। उज्जैन से निकलनेवाला एक साप्ताहिक, रद्‌दी के रूप में ही सही, सैकड़ों किलोमीटर का सफ़र तय कर, रद्‌दी होने के बावजूद कितना बहुमूल्य है।

मैं बहुत खुश हूँ। मेरी बंजर ज़िन्दगी में आखिर एक नन्हा पौधा अंकुरित हो ही गया। अचानक ही सोद्‌देश्य हो गया है मेरा जीवन। मेरे कानों में एक ही आवाज गूँज रही है—

चलो उज्जैन...चलो उज्जैन...चलो उज्जैन।

बस यों समझ लो कि मैं उज्जैन पहुँचकर इस आन्दोलन के साथ जुड़ने के लिए छटपटा रहा हूँ। इसलिए ऐसा हो सकता है कि जब तक यह चिट्ठी तुम्हारे पास पहुँचे, तब तक इस चिट्ठी का पीछा करता हुआ मैं भी पहुँच जाऊँ।

शुभाशीष सहित
तुम्हारा देबूदा
(कैलिम्पांग का देवव्रत मुखर्जी)

कितना खुश था शिखर, कितना उत्तेजित, कितना अभिप्रेरित कि उसके द्वारा रोपा गया पौधा 'उज्जैन प्रथम' अब वृक्ष बनने की तैयारी में था। कहाँ-कहाँ से लोग इस आन्दोलन से जुड़ने को बेताब थे। ख़ासकर देबू दा। उनकी चिट्ठी पड़कर तो शिखर बेहद आन्दोलित हो उठा था कि एक विपरीत मार्ग का तपा हुआ आदमी, बिना देखे ही, उज्जैन प्रथम अभियान को बेहद महत्त्वपूर्ण स्वीकार कर चुका था। देबूदा से मिले बिना ही वो मान बैठा था कि देबूदा उज्जैन प्रथम अभियान को बड़ी पहचान देंगे। उसे आश्चर्य इस बात का भी हुआ था कि उज्जैन प्रथम साप्ताहिक की पहुँच कहाँ-कहाँ नहीं थी। रूपा ने सही कहा था—ये साप्ताहिक महाप्रतापी है।

शिखर भी आगामी छलाँग की तैयारी में था कि एक अजानी अचीन्ही दुर्दान्त आँधी की गिरफ्त में अकस्मात् फँसकर निमिष में सर्वनाश हो गया। सच कहा था नरोत्तम ने—रीड़ को प्रत्यंचा की तरह हमेशा चढ़ाए मत रखो, अपाहिज हो जाओगे। यही था श्याम का उलाहना—यार कमानी वाली घड़ी में इतनी कसकर चाभी मत भरो कि वो तड़क जाए।

और उस मनहूस रात के भर्तृहरि गुफा में गायित्री से उन्मादी प्रेमवाले स्वप्न ने शिखर को एक ऐसे अन्धे कुएँ में ढकेल दिया कि उससे बाहर निकलने के सारे रास्ते बन्द हो गये।

वो तो आगामी सुबह देवासरोड टेकरी से उतरकर पता नहीं कहाँ चला गया होता या क्या कर बैठता कि अचानक उसके दोस्त श्याम ने सहारा दिया, लेकिन मगरमुँहा छूट गया। उसने भी नया मकान तलाश लिया—'प्रभुकृपा'।

श्याम के घर से चलकर शिखर सीधे लौटा 'प्रभुकृपा' में। आज प्रात: 'प्रभुकृपा' गृह प्रवेश, आनुष्ठानिक गृह प्रवेश तो नहीं था उसके लिए। गृहबोध के बिना गृहप्रवेश कैसा।

रतलाम में एक-दो वर्षों के सरकारी क्वार्टर वाले मध्यान्तर को यदि छोड़ दें तो उज्जैनी गाँव और मगरमुँहावाले कच्चे घर की सोंधी महक ही तो घर की पहचान रही है, चालीस वर्षीय शिखर के लिए। इस नये मकान का पहला पहला अनुभव कितना अजनबी था, उसके लिए जब आज सुबह नये मकान के बाथरूम में, उसके स्नान के साथ कैसी अजनबी मांसलता जुड़ गयी थी। यह कौन सा रोग लग गया था उसे कि गायित्री और उसके बीच पिछले सोलह वर्षों से पल रहे निश्छल-निर्धूम-स्फटिक सम्बन्धों में रातोरात मांसलता की नागफनी पसर गयी।

साफ सुथरा, रंग रोशनी, चमक दमक से भरपूर 'प्रभुकृपा' नाम का यह किराये का मकान, शिखर जैसे ठेठ जीवन शैलीवाले व्यक्ति के लिए एक भवन अवश्य था, घर तो नहीं ही था।

बहुत थोड़ी सी जरूरतें, कुछ थोड़े से नियमों का पालन—मसलन, वो सुबह टुथ ब्रश नहीं करता था, बल्कि नीम की दतौन करता था और रात को सोने के पहले आयुर्वेदिक दन्त मंजन से दाँत साफ करता था, फिर ठेठ उस्तरे से दाड़ी उतारता था। नहाने के पहले सरसों के तेल की मालिश वो पूरे शरीर पर करता था। फिर नहाते हुए गीले अँगोछे से शरीर को डटकर रगड़ता था। हाँ, तौलिया ज़रूर इस्तेमाल करता था क्योंकि नहाने के बाद गीला अँगोछा लपेटकर बाथरूम से बाहर निकलना उसे 'वल्गर' लगता था। नहाकर कमरे में प्रवेश करते ही सफेद खादी की घुटनों तक की चड्डी और खादी की ही बन्डी, वो फौरन पहन लिया करता था। चाहे कितनी गर्मी पड़े, शिखर कभी उघाड़े बदन नहीं रहता था। गर्मी बहुत ज़्यादा होती तो कुर्ता भर उतार लेता था। जाड़े के मौसम में भी ठंडे पानी से नहाता था और कुर्ता पजामा के ऊपर ऊनी बन्डी पहन लेता था। हाँ, यदि कड़ाके की ठंड हो तो ऊनी बन्डी के ऊपर ऊनी शाल ओढ़ लेता था। ये ऊनी शाल इतनी खुरदुरी होती थी कि उससे शाल-बोध कम, कम्बल बोध अधिक होता था। उसने कभी जूता पहना ही नहीं। हमेशा चप्पल ही पहनता था। हाँ रस्मी तौर पर उज्जैन प्रथम अभियान की साइकिल रैली में उसने सिर्फ एक बार पीले कैनवास का जूता पहना था। बरसात के दिनों में वो चप्पल भी नहीं पहनता था। मगर उसका पगतल हमेशा साफ रहता था—हल्की गुलाबी चमक के साथ।

शिखर जब श्याम के घर से थैली लेकर 'प्रभुकृपा' पहुँचा, तब उसने अपना जो भी थोड़ा बहुत सामान था, जमा लिया। शेल्फ पर किताबें और खूँटियों पर कपड़े टाँगकर आश्वस्त हो गया कि उसका घर व्यवस्थित हो गया है। बिस्तर वो लाया नहीं था। उसने मन बना लिया था कि वो केवल चटाई पर सोयेगा। यही एक चटाई जो वो सरो जीजी के घर से लाया था, उसके लिए काफी थी। हाँ, एक ही समस्या थी कि भोजन के लिए क्या करेगा। भोजन पकाना तो उसे खूब आता था। बचपन में

वो अकसर सरो जीजी के साथ रसोईघर में ही बना रहता था और भोजन पकाने में उनकी सहायता करता था। और इसी सहायक की स्थिति में वो अच्छा खासा रसोइया बन गया था। जब कभी सरो जीजी बीमार पड़ती तो शिखर ही भोजन बनाया करता था। मगर यहाँ 'प्रभुकृपा' में भोजन बनाये तो कैसे? न उसके पास बर्तन थे, न अनाज, न मसाले, न नोन-तेल-लकड़ी। होटल-ढाबे-भोजनालय में वो खा नहीं सकता था।

दीवार से टिककर चटाई पर बैठे-बैठे वो अपनी तथाकथित घर गिरस्ती के स्वरूप की चिन्ता में तन्मय था कि दरवाज़े पर किसी ने कुंडी खटखटाई। आगन्तुक ने डोरबेल नहीं बजायी थी, जबकि बाहरी दरवाज़े की बाईं चौखट के ऊपरी हिस्से पर डोर-बेल का बटन बाकायदे लगा हुआ था। शिखर ने उठकर दरवाज़ा खोला।

मैले-कुचैले कपड़े पहने, पसीने से तरबतर, उलझे बाल और कम से कम तीन-चार दिन के गैर हजामती चेहरेवाला एक अधेड़ व्यक्ति उसके सामने खड़ा था। उस व्यक्ति ने शिखर के हाथों में एक पर्ची थमा दी और बोला—"बाबूसाब, इस पर्ची में आपका ही नाम पता लिखा है?"

शिखर ने पर्ची पढ़ी। उस पर उसका ही नाम और नये किराये के मकान का पता लिखा था।

शिखर बोला—"हाँ, भाई, यह पर्ची तो मेरी ही है।"

वो व्यक्ति बिना कुछ बोले चल दिया। उसे यों ही पलटते देख शिखर की उत्सुकता जागी। शिखर की दृष्टि ने उस व्यक्ति का पीछा किया। वो व्यक्ति मकान के सामने खड़े, सामान से लदे ठेले के पास पहुँचा। ठेले के पास खड़े अपने सहायक की मदद से ठेले पर एक तखत उतारा और उसे लेकर धड़धड़ाता हुआ मकान के अन्दर दाखिल हो गया। तखत रखकर वो फिर ठेले की ओर चल दिया। इस बार वो लोहे का फोल्डिंग पलंग लेकर दाखिल हुआ तो शिखर से रहा नहीं गया, वो पूछ बैठा—"ये किसका सामान है, भाई?"

पलंग रखने के बाद वो शिखर की ओर मुड़ा—"माफ करना साब, पहले हमें सामान रख लेने देव।"

करीब पन्द्रह मिनट तक वो व्यक्ति अपने सहायक की मदद से ठेले से सामान उतार-उतार कर सामनेवाले कमरे में रखता रहा। फिर उसने शिखर को लम्बी पर्ची थमा दी। शिखर ने पर्ची पर नज़रें दौड़ाईं तो भौंचक्का रह गया।

सूची खासी लम्बी थी—

लकड़ी का तखत—एक, लोहे के फोल्डिंग पलंग दो, बिस्तर सेट तीन—यानी गादी, तकिये, चादर आदि, छह मोड़े, टेबिलें कुर्सियाँ, प्लास्टिक की बाल्टियाँ, मग्गे, बर्तनों की एक लम्बी सूची, किराने के सामान की लम्बी सूची, अनाज-

मसाले आदि रखने के प्लास्टिक और स्टील के डब्बे, पानी का घड़ा, गैस का चूल्हा, गैस सिलेन्डर, यहाँ तक कि दूध का पैकेट भी।

हैरान हो गया शिखर। इतने में ठेलेवाला बोला—''आप पूछ रहे थे न, सामान किसका है। तो साब, वो जो ऑटो रिक्शा से बाई साब उतर रही हैं, आप उनसे पूछ लेना।''

शिखर ने सामने देखा। ऑटो रिक्शा से कान्ता और रूपा उतर रही थीं। शिखर इस अप्रत्याशित घटना से इतना आक्रान्त हो उठा था कि वो कान्ता तो क्या, रूपा की भी अभ्यर्थना से चूक गया। रूपा ने पास आते ही क्रैक-जैक (यानी मीठा भी और नमकीन भी) नुमा नमस्कार किया और प्रत्युत्तर की प्रतीक्षा किये बिना बोल पड़ी—''देख लीजिए, शिखर जी, आपको मुझसे मिलने की फुरसत नहीं है, तो मैं ही आपसे मिलने चली आई।''

शिखर कुछ उत्तर देता कि कान्ता बोल पड़ी—''रूपा देवी आइए, हम दोनों मिलकर भाई साहब की गृहस्थी जमा दें।''

कान्ता ने सूची शिखर के हाथ से ले ली—''क्षमा कीजिए, भाई साहब, मैं ज़रा सूची और सामान की पड़ताल कर लूँ।''

शिखर ने माथे पर बल डालकर कहना चाहा—''मगर भाभी...

उसे टोकती हुई कान्ता बोली—''भाई साहब, आप शान्ति से इस मोड़े पर बैठ जाइए। इस बीच हम दोनों सारा सामान व्यवस्थित कर लें, तब फिर जमकर गोष्ठी होगी।''

शिखर के जीवन में ऐसी परिस्थिति कभी आई नहीं थी, इसलिए उसकी सारी सम्भावित प्रतिक्रियाएँ कुंठित हो गयीं। दोनों महिलाएँ घर को व्यवस्थित करने में ऐसी व्यस्त हो गयीं कि उन्होंने शिखर की उपस्थिति ही नकार दी। शिखर थोड़ी देर तक तो किंकर्तव्यविमूढ़ स्थिति में खड़ा रहा, फिर धीरे-धीरे घर से बाहर निकल गया और घर के सामनेवाली सड़क पर खरामा-खरामा चहलकदमी करने लगा?

शायद आधा या पौन घंटा बीता होगा कि शिखर के घर के सामने एक स्कूटर आकर रुका। उसमें से श्याम, शुभ्रा और रुद्राक्ष उतरे। श्याम सीधे घर के अन्दर सटक लिया। शुभ्रा और रुद्राक्ष दौड़ते हुए शिखर के पास पहुँचे। दोनों ने उसे झुककर प्रणाम किया।

शुभ्रा बोली—''क्या काका साब, आप तो घर पर ठहरे ही नहीं। हमसे बिना मिले चले आए। हम जब स्कूल से घर पहुँचे तो अम्मा ने बताया कि आप अपने घर चले गये हैं।''

रुद्राक्ष तपाक से बोला—"इसीलिए तो हम आपका घर देखने आए हैं।"

बच्चों से मिलकर शिखर खुश तो हुआ और तनाव-मुक्त भी हुआ, मगर पूरी तरह प्रकृतिस्थ नहीं हो पाया, बस इतना ही बोल सका—"तुम लोग किसके साथ आए?"

दोनों एक साथ बोल पड़े—"बाबूजी के साथ आए हैं।"

शिखर ने देखा उसके नये घर के ओटले के सामने स्कूटर खड़ा है। उसी समय शुभ्रा बोल पड़ी—"चलिये काका साब, आपके घर के अन्दर चलें।"

शिखर दोनों बच्चों के साथ घर के अन्दर दाखिल हुआ।

पहला कमरा बैठक के रूप में सजाया गया था। प्रवेश द्वार के सामनेवाली दीवार से टिकाकर, दीवार के बीचोबीच, तखत बिछाया गया था, जिस पर गादी, चादर और गावतकिया था। उस तखत के आगे आजू बाजू तीन-तीन मोढ़े कतार में आमने सामने रखे हुए थे। एक पॉव पोश बाहरी दरवाज़े पर और दूसरा अन्दर वाले दरवाज़े पर। दरवाज़े और खिड़कियों पर पर्दे लग चुके थे। शिखर का हाथ पकड़कर दोनों बच्चे अन्दरवाले कमरे में पहुँचे।

इस कमरे में दोनों लोहे के पलंग आमने सामने दीवार से सटाकर लगाये गये थे। दोनों पर एक-एक गादी, दो-दो चादरें और दो-दो तकिये। खिड़की के पास मेज़ कुर्सी लगाई गयी थी। यहाँ भी दरवाज़े खिड़की पर पर्दे थे। मेज़ पोश और पॉवपोश भी अपनी-अपनी जगहों पर थे। मेज़ पर दवात, बालपेन, फाउंटेन पेन, बाँस की ट्रे जिस पर कोरे काग़ज़ तथा दो छोटे रजिस्टर रखे हुए थे, और इसी मेज़ के दूसरे कोने पर टेबिल लैम्प और उसके पास अलार्म घड़ी रखी थी। खिड़की से लगी दीवार पर कैलेंडर टँगा हुआ था। खिड़की के आमने-सामने वाली दीवार पर खूँटियों के दो सेट जड़े हुए थे और खूँटियों के नीचे दीवार पर छह फिट लम्बा और चार फिट चौड़ाई वाला वाल-पेपर चिपका हुआ था, ताकि टाँगे जाने पर कपड़े दीवार के स्पर्श से बचे रहें।

शिखर जब बच्चों के साथ रसोईघर पहुँचा तो हैरान रह गया। रसोईघर के सारे शेल्फ डब्बों से पटे हुए थे। हर डब्बे पर, अन्दर रखी वस्तु के नाम का लेबल लगा था—हल्दी, धनिया, शक्कर चाय आदि। एक पूरा शेल्फ बर्तनों से भरा हुआ था—स्टील के चमचमाते नये बर्तन।

सहसा शिखर को सरो जीजी के घर का रसोईघर याद हो आया। गोबर-मिट्टी से लिपी हुई फर्श—मिट्टी का चूल्हा। एक कोने में पटिये पर रखे हुए चमचमाते पीतल के बर्तन। जब भी भोजन के लिए शिखर रसोईघर की फर्श पर आसन बिछाकर बैठता था, उसकी नज़र चमचमाते पीतल के बर्तनों पर ठहर जाती थी। सरो जीजी उन्हें स्वयं माँजती थी चूल्हे की राख से। ऐसी चमक उभरती थी कि

शिखर को तो पहले पहले भ्रम ही बना रहा कि सोने के बर्तन हैं—सरो जीजी के समझाने के बावजूद। उसने पहली बार तो सरो जीजी से बहस भी की थी। इसलिए सरो जीजी का समझाना शिखर को पसन्द नहीं था। उसे विश्वास था एक दिन सरो जीजी यह भेद खोल ही देगी कि वास्तव में ये सोने के बर्तन हैं।

रसोईघर के प्लेटफॉर्म पर गैस का चूल्हा रखा था और शिखर के नये मकान में कान्ता भोजन पकाने में व्यस्त थी। इस चूल्हे के एक बर्नर पर प्रेशर कुकर चढ़ा हुआ था और दूसरे बर्नर पर थी कढ़ाई। उनकी सहायता कर रही थी रूपा।

ये गैस का चूल्हा... ये प्रेशर कुकर और खड़े-खड़े भोजन पकाना शिखर को बहुत अटपटा लगा।

सरो जीजी के मगरमुँहा वाले घर में कभी-कभी जलाऊ लकड़ी जलाई जाती थी। लेकिन अधिकतर कोयला ही जलता था। ऐसे चूल्हे जलाना भी एक कला थी। चूल्हे की गहराई में बिछी लोहे की जाली पर पहले गोबर का कंडा बिछाना और फिर उस बिछावट पर पत्थर का कोयला जमाना। बचपन में पत्थर के कोयले की इस जमावट को वो कोयले का पहाड़ कहता था। चूल्हे के निचले हिस्से में बने छेद के अन्दर यानी लोहे की जाली के नीचे तेल की ढिबरी जलाई जाती। ढिबरी के दीये से निकलती हुई लौ जाली के ऊपर बिछे कंडों की जमावट में आग लगाती। कंडे पर सवार पत्थर के कोयलों का पहाड़ धुआँ उगलने लगता। सरो जीजी चूल्हे की छेद के मुहाने पर पंखा झलती—एक खास नपे तुले अन्दाज़ में। रसोईघर धुएँ से भरने लगता। पास की खिड़की से धुआँ बाहर को निकलता, मगर रसोईघर में भी धुआँ उमड़ता घुमड़ता रहता था। सरो जीजी खाँसने लगती थी। शिखर उन्हें हटाकर खुद पंखा झलने की ज़िद करता जिसे शुरू-शुरू में सरो जीजी नहीं मानती थी और शिखर को डाँटकर भगा देती थी। मगर जब बाद में शिखर बड़ा हुआ तो उसने चूल्हा जलाने का काम अपने हाथ में ले लिया था, ख़ासकर उस घटना के बाद जब सरो जीजी एक दिन खाँसते-खाँसते बेहोश हो गयी थीं। उन्हें दमा जो था।

फिर एक दिन सरो जीजी ने एक पुरानी लोहे की बाल्टी को खास तरीके से कटवाया, जिससे निचले हिस्से में एक छेद बनाया गया। उसके बाद पीली मिट्टी, गोबर और ईंट के तीन टुकड़ों से उन्होंने बाल्टी की ऐसी सजावट और लिपाई की कि यह बाल्टी घुमन्तू चूल्हा बन गयी। फिर क्या था, इस चूल्हे को जलाने की विधि तो वैसी ही थी जैसी रसोईघर के चूल्हे की थी। फर्क इतना भर था कि उसकी निचली छेद में पंखा झलने की जरूरत नहीं होती थी। इस घुमन्तू चूल्हे को शिखर हैंडल पकड़कर उठाता और बाहर गली की रपट पर रख आता। और जब वो कोयला अंगार बन जाता तो शिखर उसे उठाकर अन्दर ले आता। इस जलते हुए घुमन्तू चूल्हे को रसोई में लाकर रखने की एक खास हिकमत करनी पड़ती थी।

चूल्हे की आँच पर लोहे का तवा उल्टा रखकर चूल्हा-बाल्टी के लोहे के कड़े को कपड़े से पकड़कर अन्दर रसोईघर में लाया जाता ताकि लानेवाले का हाथ न जले।

मगर आज शिखर के नये मकान में रसोईघर में तो गैस का चूल्हा जल रहा है। कहाँ तो कोयले के लाल लाल अंगारों की आँच पर भोजन पकाना और कहाँ गैस के बर्नर की नीली लौ पर खाना बनाना।

शिखर ने देखा दरवाज़े से थोड़ा हटकर खड़ा था श्याम, पकते हुए भोजन की तारीफ के पुल बाँधता।

रसोईघर में इतनी जगह तो थी कि प्लेटफॉर्म के सामने की दीवार से सटी एक मेज़ जिसके साथ बिना हत्थे की स्टील की चार फोल्डिंग कुर्सियाँ रखी जा सकें। यानी यही थी डाइनिंग टेबिल। इस मेज़ की दीवार से सटे हिस्से पर बीचोबीच एक स्टैंड के सहारे नमक और काली मिर्च की शीशियाँ थीं। और दूसरे स्टैंड पर 'उज्जैन प्रथम अचार' की शीशियाँ थीं। इनके पास टोमाटो सॉस की एक शीशी भी रखी थी—हाट एंड सावर। मेज़ के आसपास सजायी गयी कुर्सियों के सामने मेज़ पर चार टेबिल मैट भी बाकायदे रखे थे और कुर्सियों के बैक-रेस्ट पर चार नेपकिन।

रसोईघर के प्लेटफॉर्म के एक किनारे पर वाशबेसिन के साथवाली दीवार पर सोप-ट्रे और डिश वाशिंग ब्रश रखे थे।

रसोईघर के दरवाज़े की पासवाली दीवार के कोने पर एक डंडे के साथ नत्थी ब्रश यानी झाड़ू का नया संस्करण और दूसरा था स्टील का फ्लोर-मॉपर यानी आधुनिक पोंछा। वाश बेसिन के नीचे एक बाल्टी रखी थी, साथ में मग्गा। डाइनिंग टेबिलवाली दीवार के पहले कोने में एक स्टूल पर पानी का घड़ा रखा था जो खिड़की की निकटता के कारण वायु के आवागमन पथ पर ही, पानी ठंडा रखने के लिए, जमा हुआ था।

रसोईघर के प्लेटफॉर्म के एक कोने में ट्रे पर रखी हुई थी चाय की खूबसूरत केटली, शुगर पॉट, मिल्क पॉट और छह कप-सॉसर के साथ टिकोज़ी भी।

रसोईघर में अपने-अपने तरीके से व्यस्त कान्ता, रूपा और श्याम ने शिखर से कोई बातचीत नहीं की। इन तीनों ने ऐसा आभास दिया कि उन्होंने अपनी-अपनी 'अतिशय' व्यस्तता के कारण शिखर की ओर ध्यान नहीं दिया था।

शिखर रसोईघर से निकलकर बाथरूम में गया। बाथरूम में दो बाल्टियाँ, एक टब और एक वाटर स्टोरेज कनटेनर, साथ में मग्गे भी। सभी रंगीन प्लास्टिक के जिसमें रंगों की मैचिंग का ध्यान भी रखा गया था। बाथरूम के दरवाज़े के पीछे खूँटियाँ लगाई गयी थीं, कपड़े टाँगने के लिए। इस खूँटी के बगल में एक प्लास्टिक रिंग भी लगी हुई थी जिस रिंग में तौलिया फँसाकर रखा गया था।

रसोईघर और बाथरूम के बीच गलियारे में पहले कोने में वाश बेसिन था

जिसके बगल में दीवार पर एक रॉड जड़ा हुआ था जिस पर एक तौलिया लटक रहा था। वाशबेसिन जिस दीवार पर लगी थी उस दीवार पर वाशबेसिन के ऊपर एक आईना लगा हुआ था।

बाथरूम के बगल में था टॉयलेट जिसमें एक छोटी बाल्टी और एक मग्गा रखा था। फिर वही प्लास्टिक। किस कदर थी ये प्लास्टिक की बाड़—जित देखो उत प्लास्टिक।

उसके मन की आँखों में कौंध उठा सरो जीजी का घर जहाँ प्लास्टिक का नामोनिशान नहीं था। वहाँ थी लोहे की बाल्टियाँ और पीतल के लोटे। पीतल की एक बाल्टी भी थी। रसोईघर में—पीतल के घड़ों के साथ।

टॉयलेट देखकर उसे रतलाम के सरकारी क्वार्टर की याद हो आई और साथ में याद आया बचपन में इसी क्वार्टर के पिछवाड़े किचन गार्डन में उसका लोटा लेकर बैठना। और पारोजीजी की हँसी।

यह हँसी प्रतिध्वनित होती रही।

शिखर ने स्वयं को गलियारे के वाशबेसिन के ऊपर लगे आईने के सामने पाया। हँसी की प्रतिध्वनि जारी थी। उसने आईने में अपना चेहरा देखा। स्वयं को पहचानने में उसे दिक्कत हो रही थी। सहसा आईने में उभरता उसका अक़्स धुँधलाने लगा। उसने अपने मुँह पर पानी के छींटे मारे और चेहरा पोंछे बिना वो तेज़ी से बैठक में चला गया और तखत पर बैठ गया।

श्याम के दोनों बच्चे बहुत समझदार थे। उन्होंने शिखर के मूड को भाँप लिया था। इसलिए दोनों बेडरूम में चले गये। शिखर कुछ देर तक बैठक में अकेला गुमसुम बैठा रहा। फिर उसे बच्चों का ख्याल आया तो वो बेडरूम में चला गया जहाँ दोनों बच्चे, अलग-अलग पलंग पर बैठे हुए थे। रुद्राक्ष पढ़ रहा था—चन्दामामा और शुभ्रा पढ़ रही थी—सचित्र महाभारत।

तब तक शिखर प्रकृतिस्थ हो चुका था। वो शुभ्रा से बोला—''क्यों शुभ्रा, तुम महाभारत तो पढ़ चुकी हो?''

शुभ्रा बोली—''हाँ, काकासा'ब, कई बार, लेकिन इतने ज़्यादा चरित्र हैं महाभारत में कि कुछ नामों और उनके आपसी सम्बन्धों को लेकर मैं गड़बड़ा जाती हूँ।''

''तुम ठीक कहती हो। महाभारत जैसा विशाल ग्रन्थ विश्व-साहित्य में दूसरा नहीं है। एक बड़बोलापन यह भी प्रचलित है कि इस सृष्टि में कोई भी ऐसा चरित्र नहीं है, जो महाभारत के किसी न किसी चरित्र से मिलता-जुलता नहीं हो।''

शुभ्रा ने बढ़चढ़कर बोलने के अन्दाज़ में कहा—''काकासा'ब, मैंने ऐसे दो

उदाहरण ढूँढ़ निकाले हैं जिनका कोई साम्य महाभारत में नहीं है। इनमें से एक है वर्ग चरित्र और दूसरा है व्यक्ति चरित्र। वर्ग चरित्र में आते हैं—काला बाज़ार और मिलावट करनेवाले व्यापारी तथा नशीली दवाइयाँ बेचने वाले तस्कर और व्यक्ति चरित्र में आते हैं महात्मा गाँधी।''

रुद्राक्ष तुरन्त प्रतिवाद के स्वर में बोल पड़ा—''जीजी झूठ बोल रही है, काकासाब। ये उदाहरण जीजी के नहीं हैं। ये तो अम्मा ने बताए हैं।''

थोड़ी देर तक शिखर मौन धारण किये दोनों बच्चों को बारी-बारी देखता रहा। बच्चों ने नज़रें नीची कर लीं। तब शिखर बोला—''तुम दोनों ने ग़लती की है। शुभ्रा ने झूठ बोलकर और रुद्राक्ष ने शुभ्रा को नीचा दिखाकर।''

शुभ्रा और रुद्राक्ष एक साथ बोल पड़े—''सॉरी काकासा'ब।''

शिखर चिढ़ गया—''ये सॉरी क्या होता है?''

रुद्राक्ष बोल पड़ा—''हमें स्कूल में 'सॉरी' बोलना सिखाया जाता है।''

शिखर दृढ़ स्वर में बोला—''मैं स्कूल के बारे में कुछ नहीं कहना चाहता। मगर यह बतलाओ कि तुम्हें अम्मा क्या सिखाती है—यही न कि 'हमसे भूल हो गयी, क्षमा करें'।''

शुभ्रा बोली—''हाँ, काकासा'ब।''

''फिर अम्मा का कहा क्यों नहीं मानते हो?''

रुद्राक्ष अभ्यासवश फिर बोल पड़ा—'सॉरी' अपनी ग़लती महसूस होते ही दाँत से जीभ काटकर सिर झुका बैठा। शिखर और शुभ्रा हँस पड़े।

इतने में शुभ्रा की नज़र दरवाज़े पर पड़ी। थोड़ा-सा पर्दा सरकाकर कान्ता उसे इशारा कर रही थी। इशारे से शुभ्रा समझ गयी कि भोजन तैयार है। शिखर ने शुभ्रा को दरवाज़े की ओर देखते हुए समझ लिया कि भोजन के लिए बुलाने का इशारा किया जा रहा है। उसके ओठों पर मुस्कराहट आ गयी। मगर वो कुछ बोला नहीं। इतने में शुभ्रा बोल पड़ी—''चलिए काकासा'ब भोजन तैयार है।''

भौहों पर बल डालते हुए शिखर ने पूछा—''क्यों शुभ्रा, तुम्हें कैसे मालूम हुआ कि भोजन तैयार है?''

शुभ्रा खिसियाकर भाग गयी। शिखर हँसकर बोला—''चलो, रुद्राक्ष भोजन तैयार है।''

रसोईघर में जब शिखर पहुँचा तो पाया कि रसोई के दूसरे कोने में कान्ता और रूपा खड़ी थीं। शुभ्रा उनके पास पहुँच चुकी थी। मगर श्याम अनुपस्थित था।

डाइनिंग टेबिल पर बिछे प्लास्टिक मैट पर स्टील के चार ढँके हुए 'बाउल्स' में भोजन रखा हुआ था। बेलबूटेदार कैसेरॉल में रोटियाँ ढँकी हुई थीं। चार कुर्सियों के सामने मेज़ पर चार स्टील की थालियाँ रखी हुई थीं। साथ में चार स्टील गिलास और चार स्टील की कटोरियाँ। हर 'बाउल' के साथ परोसने के लिए तीन कलछू और एक भात परोसने का पलटा रखे हुए थे। ओठों पर सजी मुस्कराहट के साथ निरीक्षण समाप्त करने के बाद शिखर बोला—''रूपाजी, आज शाम के इस नाटक में शायद आपकी भूमिका ऐसे प्रेक्षक की है, जिसका प्रेक्षागृह से अपहरण किया गया हो, और फिर जिसे रंगमंच पर बने रहने के लिए विवश कर दिया गया हो।''

रूपा ने हँसकर उत्तर दिया—''शिखरजी, यदि यह नाटक है तो इसके एक ही प्रेक्षक हैं। और वो एकमात्र प्रेक्षक हैं, इस प्रेक्षागृह के स्वामी श्रीमान शिखर जोशीजी।''

''प्रेक्षागृह का स्वामी नहीं, किरायेदार कहिए, वरना इस भवन के स्वामी श्रीमान बालकृष्ण नागर मुझ पर मुकदमा कर देंगे और मुझ बेचारे पर दो आरोप होंगे। एक तो यह कि 'प्रभुकृपा' नामक इस आवास भवन का उपयोग मैंने नाट्य मंचन के लिए किया और दूसरा यह कि इस भवन के किरायेदारर के रूप में मैंने स्वामी बनने का ढोंग रचा।''

''चलिए किरायेदार ही सही, परन्तु प्रेक्षक तो आप ही हैं।''

''और आप?''

''यदि मैं कहूँ कि मैं इस नाटक की सूत्रधार हूँ तो आपको कोई ऐतराज़ होगा?''

''नारी मुक्ति आन्दोलन के इस युग में भला मेरे इस ऐतराज़ से क्या फ़र्क़ पड़ेगा, वरना सूत्रधार तो पुरुष पात्र होता है। हाँ, आप नटी बन सकती हैं।''

''आप तो शास्त्र विवेचन करने लगे।''

''और कर ही क्या सकता हूँ यह तो अपनी-अपनी नियति है, रूपाजी। वरना मेरे गृहप्रवेश के पहले ही दिन मेरे नये आवास पर ऐसा सुनियोजित आक्रमण क्यों होता कि कुछ पात्र मंच सज्जा और नाट्य उपकरणों के साथ आ धमके और नाटक शुरू हो गया।''

कान्ता ने हँसकर हस्तक्षेप किया—''नाट्य चर्चा कुछ ज़्यादा ही लम्बी हो रही है, भाईसाहब, अब रस-निष्पत्ति हो जाए।''

शिखर ने टिप्पणी परोसी—''रस-निष्पत्ति तो स्वयंसिद्ध है, अन्नपूर्णा भाभीजी। परोसे जाने के पहले ही व्यंजनों ने सुगन्ध का जो पूर्वरंग प्रस्तुत किया है, उससे हम जैसा रसिक, ढक्कनों के अन्दर उपस्थित व्यंजनों का अनुमान लगाने में समर्थ है।''

रूपा चौंक पड़ी—''ढक्कनों के अन्दर व्यंजन? तो क्या आप बतला सकते हैं

क्या-क्या पका है?''

''अनुमान तो लगा ही सकता हूँ। एक तो है बैंगन का भुर्ता, दूसरा है करेले का भरवाँ और तीसरी है हींग के बघार वाली तुअर दाल। भात और रोटी तो है ही।''

रूपा चकित रह जाती है—''क़माल है!''

कान्ता ने रहस्योद्‌घाटन किया—''आपको पता नहीं, रूपादेवी, श्रीमान शिखर जोशीजी अन्य अनेक शास्त्रों के साथ पाकशास्त्र में भी प्रवीण हैं।''

रूपा बोल पड़ी—''फिर तो आपके हाथ का भोजन किये बिना हम बम्बई वापस नहीं जाएँगी। यों भी देबूदा की प्रतीक्षा तो करनी ही है, पता नहीं कब आ जाएँ उज्जैन। साथ ही, आपके हाथ के भोजन की प्रतीक्षा भी।''

''दोनों को ही मैं अपना सौभाग्य मानूँगा। एक तो देबूदा का शुभागमन और फिर रस-निष्पत्ति, परन्तु नहीं जी आपने इस नाटक के एक पात्र को नेपथ्य में क्यों भेज दिया है?''

''आप शायद श्रीमान श्याम कलेवर दुबे जी के बारे में चिन्तित हैं? वो महाशय तो आपके निमन्त्रण की प्रतीक्षा करते हुए बैठक में विराजमान हैं।''

उसी समय श्याम दरवाज़े पर खड़ा हुआ—''मैं तो घबराकर आ भी गया हूँ।''

शिखर बोला—''आप ठीक समय पर पहुँचे श्यामजी घनश्यामजी! वरना मैं पूछनेवाला था कि मेज़ पर रखी चार थालियों में छह व्यक्ति किस पद्धति से भोजन प्राप्त करेंगे?''

कान्ता बोली—''तय यह हुआ है कि पहली किस्त में दो बच्चे और दो बड़े बच्चे भोजन प्राप्त करेंगे।''

तपाक से बोला शिखर—''इतना भीषण अत्याचार नारी समाज पर हो जाए और वो भी मेरे रहते? असम्भव। शुभ्रा और रुद्राक्ष फौरन तैयार हो जाओ और जल्दी-जल्दी थालियाँ, कटोरियाँ और गिलास उठाकर बिस्तरवाले कमरे में पहुँचाओ। श्याम, तुम आगे बढ़कर चटाई बिछाओ। मैं सब्जी, दाल के भगौने, क्या कहती हैं आप इन्हें, हाँ 'बाउल' लेकर पहुँचता हूँ।''

एक-एक कर सभी खाद्य पदार्थ बिस्तरवाले कमरे की चटाई पर पहुँच गये। दो और थालियाँ कटोरियाँ गिलास लेकर पहुँची कान्ता और बोली—''चलिए रूपाजी, नाटक के सूत्र अब शिखरजी के हाथों में चले गये हैं।''

चटाई पर बैठकर भोजन करते हुए शिखर बोला—''क्षमा कीजिएगा, नटी जी, अब आपका एकमात्र प्रेक्षक भी नाटक में शामिल हो गया है। आखिर मेरा घर है ये, किराये का ही सही, मुझे कुछ तो करना ही था। असुविधा के लिए क्षमा याचना

करता हूँ, रूपाजी। आपको धरती पर बैठकर खाने की आदत नहीं है।''

रूपा तपाक से बोली—''प्लीज़, ऐसा मत बोलिए। सच पूछिए तो मुझे पिकनिक का मज़ा आ रहा है। इतना ही नहीं, आपके साथ बैठकर भोजन करने का आनन्द ही कुछ और है। मुझे तो लग रहा है कि मैंने आज आपके व्यक्तित्व का पुनराविष्कार किया है।''

कान्ता बोली—''आपने सही कहा। शिखरजी को पूरा समझने के लिए एक शोधछात्र की मानसिकता की ज़रूरत होती है जो उनके व्यक्तित्व के विभिन्न शेड्स को देखने-परखने का अवसर तलाशता रहे।''

शिखर ने हँसते-हँसते हस्तक्षेप किया—''बस, बस, भाभीजी आप तो मुझे अजूबा सिद्ध करने पर तुली हुई हैं। नहीं, रूपाजी ऐसा कुछ नहीं है। मैं एक नितान्त साधारण व्यक्ति हूँ और साधारण ही बना रहना चाहता हूँ।''

हँसते-हँसाते-बतियाते भोजन सम्पन्न हुआ।

शिखर के इस नितान्त अस्वाभाविक उन्मुक्त व्यवहार से श्याम मन ही मन ख़ासा चिन्तित बना रहा। जिस नाटकीयता से शिखर के घर को उसकी अनुमति के बिना सजाया गया था, उसके प्रति शिखर ने परोक्ष रूप से भी विरोध नहीं प्रकट करते हुए श्याम को आशंकित कर दिया था। यह व्यवहार वास्तव में शिखर के स्वभाव के विपरीत था। श्याम ने यही मानकर मन को समझा लिया कि रूपा की उपस्थिति के कारण ही शायद शिखर ने अपनी स्वाभाविक प्रतिक्रिया व्यक्त नहीं की थी।

उस रात शिखर को नींद नहीं आई। रात भर करवटें बदलने के मुहावरे का सामना उसे स्वयं करना पड़ेगा, ऐसा वो कभी सोच भी नहीं सकता था। मगर होनी होकर रही।

उसके मन में ही नहीं चल रही थी आँधी।

वास्तव में, उस रात आँधी आई। तेज़ आँधी।

मन की आँधी के साथ बाहर की आँधी ने शिखर को झकझोर दिया। उसने भी चुनौती स्वीकार की और मन की आँधी की ख़बर लेने के लिए बाहर की आँधी का सामना करने का निश्चय किया उसने। वो तेज़ी से उठा और घर से बाहर आकर ओटले पर खड़ा हो गया और तेज़ आँधी के थपेड़े झेलता रहा। धूल का गुबार, सूखे पत्तों और छोटी-छोटी टहनियों की मार, रेत कंकड़ों से जुनून की हद तक जूझता रहा।

आखिर हारकर बाहर की आँधी थमी। रात के दो बजे नहा-धोकर शिखर ने

धोती पहनी—आधी अधोवस्त्र के रूप में और आधी ओढ़कर नंगे पैर घर से निकल पड़ा। तेज़ क़दमों से चलते हुए एक घंटे में वो महाकालेश्वर मन्दिर पहुँच गया—भस्मारती के समय।

यों तो शिखर को मन्दिरों और मूर्तियों में कोई दिलचस्पी नहीं थी। मगर महाकाल की भस्मारती के प्रति बचपन से ही वो आकर्षित था और अकसर नरोत्तम जीजाजी के साथ हो लेता था।

उस रात वो अकेला बैठा था, भस्मारती में ध्यानस्थ।

महाकाल के गर्भगृह में ज्योतिर्लिंग पर भस्मी के अर्पण से उपजा घनीभूत विभूतिपुंज—धुआँ-धुआँ-सा उस प्रकोष्ठ में आच्छादित। राख का यों उड़ना और गुबार बनकर इकट्ठा होना पुजारियों पर धुएँ के आवरण की प्रतीति तो देता ही, साथ ही एक अद्भुत इन्द्रजाल की सृष्टि करता है। ऐसा शिखर को हमेशा लगता रहा है।

इस प्रत्यूष में शिखर को लग रहा था कि इस इन्द्रजाल में धुएँ की लकीर से बनती कितनी ही आकृतियाँ उभर रही थीं, एक-दूसरे में समा रही थीं। रूपाकारों की एक गुबार-सी भीड़, उसकी ओर बढ़ी चली आ रही थी। उन्हें रोक सकने का कोई उपाय नहीं था शिखर के पास। शिखर को लगा जैसे उस घटाटोप में बन्दी हो गया है उसका समूचा अस्तित्व। उसकी साँसें अवरुद्ध होने लगी हैं। उसकी पसलियाँ टूटने-टूटने को हुईं कि सहसा एक ज्योतिशिखा प्रज्वलित हो उठी। इससे पहले कि वो ज्योतिशिखा कोई रूपाकार ग्रहण करे, शिखर ने हठात् अपनी आँखें खोल लीं। उसकी साँसें तेज़-तेज़ चलने लगीं। वो यत्नपूर्वक अपनी साँसों को नियन्त्रित करने लगा। वो देख रहा था। गर्भगृह में फैला धुआँ-धुआँ राख धीरे-धीरे बैठ रही थी। उसे आश्वस्ति हुई और वो एक बार फिर ध्यानस्थ हो गया। ध्यान में तल्लीन शिखर के मन में उस क्षण एक संकल्प प्रज्वलित हो उठा! उसने निश्चय किया कि उसी क्षण से आगामी सात दिनों तक केवल फलाहार लेकर अधिकतर ध्यानस्थ रहेगा।

भस्मारती सम्पन्न हो चुकी थी। मगर शिखर ध्यानस्थ रहा। अचानक किसी के हाथों के स्पर्श से उसका ध्यान भंग हुआ। चौंककर उसने आँखें खोलीं। सामने जीजा खड़े थे—सरो जीजी के पति, नरोत्तम। क्या करे, क्या न करे की मनःस्थिति में शिखर उठ खड़ा हुआ—डाँवाडोल मन। सहसा जैसे नींद से जागा और तुरन्त झुकने लगा जीजा के चरण-स्पर्श के लिए।

नरोत्तम ने उसे टोका—"मन्दिर में चरण-स्पर्श नहीं करते, शिखर।"

"मैं नहीं मानता ऐसे नियम।"

नरोत्तम ने दृढ़तापूर्वक कहा—"मगर मैं मानता हूँ।"

शिखर ठिठक गया। कुछेक क्षणों के मौन के पश्चात् नरोत्तम बोले—"चलो, भस्मारती के बहाने तुम मिल तो गये। रात को नींद नहीं आ रही थी। मन चंचल था। ऐसे में ध्यान आया भस्मारती का। कई महीनों से नहीं आया था। बस नहा-धोकर चल पड़ा और देख लो, तुम्हारी जीजी के मन की मुराद पूरी हो गयी। चलो, घर चलें।"

"मैं क्षमा चाहता हूँ, जीजाजी। अभी-अभी एक संकल्प लिया है मैंने। बस, एक सप्ताह के लिए। उसके बाद, मैं वचन देता हूँ, जीजी के चरणस्पर्श के लिए आऊँगा।"

नरोत्तम के ओठों पर उदास मुस्कराहट उभरी, बोले—"मैं तुम्हारे स्वभाव से परिचित हूँ। इसलिए जानता हूँ कि अब कुछ भी कहना व्यर्थ है। तुमसे कुछ भी नहीं पूछूँगा और न ही कुछ कहूँगा। भगवान महाकाल से प्रार्थना ज़रूर करूँगा, तुम्हारा मिशन सफल हो।

"हाँ, एक अनहोनी ज़रूर हो गयी। हमारे घर के आँगन का वो सदाबाहर आम का पेड़ जिसमें फल तो नहीं होते थे, मगर पत्ते बारहों महीने चमकदार रहते थे कल रात जो आँधी आई तो उसके पत्ते रातोंरात झड़ गये। बचा रह गया सिर्फ ठूँठ-सा तना और नंगी शाखें।"

शिखर इस अनहोनी को अवाक् सुनता रहा।

नरोत्तम थके कदमों से चल दिए। शिखर उन्हें जाते देखता रहा। उसे लगा, उसकी आँखें नम हो उठेंगी। मगर हुई नहीं। भाप का गोला कंठ तक आया ज़रूर, थोड़ा थरथराया और फिर उतर गया।

लौटते हुए शिखर ने एक ठेलेवाले को साथ ले लिया।

बीते कल जिस तरह ठेले में लादकर सारा सामान आया था, उसी तरह रखवा दिया शिखर ने, सारा सामान वापस ठेले पर। कलवाली सारी पर्चियाँ उसने ठेलेवाले को सौंप दीं। 'प्रभुकृपा' पूरी तरह खाली हो गया। सिर्फ बची रह गयीं खूँटियाँ, क्योंकि उन्हें निकालने से दीवार या दरवाज़ों पर गड्ढे हो जाते। दीवार पर टँगे कैलेंडर को भी उसने नहीं उतारा। अलार्म घड़ी भी उसने रख दी।

एक चिट्ठी ज़रूर लिखी शिखर ने—

आदरणीया अन्नपूर्णा भाभीजी,

आपके दिए हुए तीन उपहार—स्वीकार।

एक : दीवारों और किवाड़ों पर कील दी गयी खूँटियाँ।

दो : टँगा हुआ कैलेंडर और

तीन : अलार्म घड़ी।

खूँटियों पर तो फिलहाल गीली यादें टँगी हुई हैं। ज़रूरत से ज़्यादा होने के कारण, अधिकतर खूँटियों पर यही यादें, वक्त की हवा के थपेड़ों से सूख जाएँगी और सूखी पंखुरियों की तरह झर जाएँगी—आहिस्ता, आहिस्ता। इनमें से कुछ शायद सूखकर काँटा बन जाएँगी और चुभती रहेंगी। चुभन मुझे लहूलुहान करे, ऐसा तो होगा नहीं। इस चुभन में, मेरे लिए, एक ख़ास क़िस्म की मिठास का होना तो तय है। इस मीठी कसक की खोज में जा रहा हूँ। लौटूँगा कब यह भी तयशुदा है। इसीलिए तो इस नये मकान की दीवार पर टँगे कैलेंडर की एक तारीख़ पर मैंने निशान बना दिया है।

लेकिन ज़रूरी नहीं कि इस तयशुदा तारीख़ पर इस मकान में लौटकर आऊँ। लौटकर आऊँगा ज़रूर, मेरे अपने शहर की बस्तियों में—किसी वीराने से, जहाँ मैं जा रहा हूँ, एक मिशन पर।

इस चिट्ठी के साथ, इस मकान की डुप्लिकेट चाभी भी भेज रहा हूँ। इसे आप सम्हालकर रखेंगी। यह मैं जानता हूँ। और साथ में, यह भी जानता हूँ कि आप मेरे दोस्त श्याम घनश्यामजी की खोजी प्रवृत्ति पर लगाम भी रखेंगी ताकि मुझे खोज निकालने की उसकी नीयत पर अंकुश रहे।

एक वादा करता हूँ। लौटने के बाद किसी दिन यह मकान फिर आबाद होगा। उस दिन, कुछ और हो न हो, गोष्ठी तो होगी। किस रूप में होगी, यह नहीं जानता मगर जो भी होगा, जैसा भी होगा, ख़ास होगा।

रूपाजी से कहिएगा कि उनसे बिना मिले चल देने की जो धृष्टता मैंने की है, उसके लिए क्षमा चाहता हूँ।

उनसे कहिएगा कि मुझे उनके बड़े भाई देवव्रत मुखर्जी की बेताबी से प्रतीक्षा है। मुझे तो लगता है कि देबूदा का यह आकस्मिक शुभागमन किसी पराशक्ति द्वारा नियोजित है, क्योंकि मैंने निश्चय कर लिया है कि हमारा उज्जैन प्रथम अभियान अब देबूदा के निर्देशन में ही चलेगा। मेरा मिशन पूरा हो गया है। शायद, समय की यही माँग है और समय की माँग यह भी है कि लाख चाहने के बाद भी रूपाजी तब तक नहीं जा सकतीं जब तक देबूदा नहीं आ जाते।

मैं रूपाजी को दो और आश्वासन देना चाहूँगा।

एक तो यह कि मेरी वापसी पर जो गोष्ठी होगी, उस गोष्ठी में रूपाजी मुख्य

अतिथि के रूप में आमन्त्रित होंगी।

इस आमंत्रण को स्वीकारने का एक और प्रलोभन मैं रूपाजी के लिए परोसने का वादा करता हूँ—खिचड़ी, जी हाँ खिचड़ी।

आप तो नहीं जानतीं, मगर श्याम जानता है कि हमारी सरो जीजी, अँगीठी में कोयले की आँच पर, मिट्टी की हाँडी में, भाँति-भाँति की सब्जी से लटपट मसालेदार खिचड़ी इतनी स्वादिष्ट पकाती हैं कि आप सौ साल तक उसका स्वाद नहीं भूल सकतीं।

बस, आज इतना ही, शेष मिलने पर।

हाँ, अलार्म घड़ी अपने साथ लिये जा रहा हूँ। क्या करूँ? आप तो जानती ही हैं कि घड़ी की टिक्-टिक् के साथ मेरे दिल की धड़कनों का कुछ अजीब-सा रिश्ता है। अच्छा है, यह घड़ी बैटरी वाली घड़ी है, पुरानी कमानी वाली घड़ी नहीं है जिसमें चाभी कसे रखने की मेरी आदत से श्याम को ऐतराज़ है।

आपका सदा-सा शिखर जोशी।

सामान से लदे ठेले के साथ जो पर्चियाँ सौंपी ठेलेवाले को, उनमें कान्ताभाभी के नाम शिखर का पत्र भी शामिल था, जिसे अलग लिफाफे में रखकर भेजने की शिष्टता नहीं भूला शिखर।

विधि का विधान भी कभी-कभी अपने साथ ऐसे संयोग ले आता है कि सहसा विश्वास नहीं होता कि वही-वही होता है, जैसा हम चाहते हैं।

शिखर ने कान्ता को अपने पत्र में लिखा था।

''...मैंने निश्चय कर लिया है हमारा 'उज्जैन प्रथम अभियान' अब देबूदा के निर्देशन में ही चलेगा। मेरा मिशन पूरा हो गया है।''

इसलिए वांछित घटनाएँ भी अप्रत्याशित रूप से घटने लगी थीं।

इधर शिखर अपने वांछित एकान्तवास के लिए सेवाधाम की ओर चल दिया और उधर देवव्रत मुखर्जी सीधे श्याम के घर पर पहुँच गये। यानी एक दरवाज़े से एक गया तो उसी समय दूसरे दरवाज़े से दूसरा आया।

अचानक अपने देबूदा को वर्षों-वर्षों बाद अपने सामने पाकर रूपा खुद को सम्हाल नहीं पायी और देबूदा से लिपटकर ऐसे रोने लगी जैसे मात्र बड़े भाई से नहीं, बल्कि पिता से सहसा मिल गयी हो।

रोते सिसकते वो कान्ता से बोली—''कान्ताजी, यही हमारे देबूदा हैं जिनके बारे में अभी-अभी शिखरजी ने अपने पत्र में आपको लिखा है।''

कान्ता ने रूपा को देबूदा से लगभग छुड़ाकर अपने अंको में भर लिया और

बोली—''रूपादेवी, आपके बड़े भाई साहब जाने कितना लम्बा सफ़र तय कर हमारे घर पहुँचे हैं।''

लज्जित होकर रूपा ने पहले देबूदा के चरण छुए, उसके बाद उनका हाथ पकड़कर गेस्ट रूम की तरफ चल दी। छोटा-सा सूटकेस देबूदा के हाथ में ही था। कान्ता और श्याम उनकी तरफ अवाक् देखते रह गये कि भलेमानुष रूपा ने देवव्रत से विधिवत् परिचय भी नहीं करवाया।

अतिथि कक्ष में पहुँचकर रूपा बोली—''देबूदा, मैं आपके स्नान का बन्दोबस्त करती हूँ।''

देवव्रत हँस पड़ा—''तू कितनी पगली है, रूपा। तूने हमारा परिचय तक उन दोनों से नहीं करवाया जिनके घर पर हम अभी-अभी पहुँचे हैं।''

कान्ता और श्याम भी हँसते हुए अतिथि कक्ष के द्वार पर खड़े होकर बोले—''क्या हम अन्दर आ सकते हैं, रूपादेवी?''

पानी-पानी हो गयी रूपा और बोली—''छिः-छिः मैं भावावेश में सुधबुध भूल गयी।''

रूपा दोनों का हाथ पकड़कर अन्दर ले आई। फिर हुआ परस्पर परिचय का विनिमय। कान्ता ने पूछा—''देबूदा...''

उसे टोककर देबू बोले—''आप मुझे देबूदा क्यों कह रही हैं?''

''क्यों? क्या आपने अपनी छोटी बहन के रूप में मुझे नहीं स्वीकारा?''

''अरे नहीं भाई, ऐसी बात बिलकुल नहीं है। दरअसल प्रथम परिचय का औपचारिक संकोच था।''

''चलिए, इस संकोच की दीवार को एक कप गर्मागर्म चाय के सहारे हम ढहा देते हैं।''

''आपने तो मेरे मन की बात की है।''

गद्गद भाव में देबू ने कान्ता और श्याम को एक साथ अपने अंको में भर लिया।

श्याम ने पूछा—''आप किस ट्रेन या बस से उज्जैन पहुँचे?''

ठहाका लगाया देबू ने और बोला—''श्याम भाई, मैं अपने हेलिकॉप्टर में आया हूँ जो कहीं भी ज़्यादा जगह नहीं घेरती। दीवार के सहारे खड़ी हो जाती है, मेरी जीवनसंगिनी। थोड़ी पुरानी ज़रूर हो गयी है, मगर है मजबूत। सैकड़ों किलोमीटर का सफ़र तय कर चुकी है, मगर थकी नहीं है—मेरी साइकिल।''

आश्चर्यचकित हो गये शेष तीनों।

देबू फिर बोले—''किसी एक पदयात्री के बारे में पढ़ा था। वो भी मुखर्जी ही थे। ललित मुखर्जी जो सारे देश की पदयात्रा कर चुके हैं और शायद अब भी करते

हैं। मैं हूँ साइकिल यात्री।''

''तो श्याम भाई, मेरी योजना है कि मैं 'उज्जैन प्रथम अभियान' का चाक्षुष साक्षी बनूँ ताकि उसमें अपनी भूमिका तय कर सकूँ। जब तक मैं चाय पीकर और नहा-धोकर तैयार होता हूँ, आप किसी ऐसे युवक को मेरे साथ कर दीजिए जो इस अभियान से पूरी तरह जुड़ा हो।''

श्याम हँसकर बोला—''और उस नौजवान से कह दूँ कि वो अपने एकमात्र वाहन मोटर बाइक में नहीं, बल्कि अपने या किराये के हेलिकाप्टर पर आए।''

सब हँस पड़े।

श्याम ने तय किया कि देवव्रत की उज्जैन परिक्रमा के लिए उनके साथ कर दे जो शिखर का एकमात्र निकटस्थ विश्वासपात्र है—डॉ. नीरज नागर जो विक्रम विश्वविद्यालय में लेक्चरर हैं। नीरज मात्र किसी वार्ड या गाँव से नहीं जुड़ा है। वो 'उज्जैन प्रथम अभियान' के हर पक्ष के साथ उसी तरह जुड़ा हुआ है जैसे शिखर स्वयं। सही मायने में शिखर का दाहिना हाथ।

सुबह से शाम तक उज्जैन के हर वार्ड में गया देबू। उज्जैन उत्तर और दक्षिण के विधानसभा क्षेत्र का हर गाँव हो आया देबू। श्याम के घर पर उसने डटकर नाश्ता किया था जिसे 'ब्रन्च' कहने का चलन है और उसके बाद सिर्फ पानी पीता रहा।

रात ठीक आठ बजे पूरी उज्जैन प्रथम वाहिनी विक्रम कीर्ति मन्दिर में इकट्ठी हुई। हॉल खचाखच भरा था।

देवव्रत ने सम्बोधित किया—मेरे नौजवान दोस्तो, 'उज्जैन प्रथम' अवधारणा के जनक श्रीमान शिखर जोशीजी को मैं नमन करता हूँ। 'उज्जैन प्रथम अभियान' के कितने-कितने आयाम हैं। कितने महान हैं शिखरजी कि इस अद्वितीय-अनुपम विचार को उन्होंने न केवल जन्म दिया, बल्कि अपनी बहुमुखी कल्पनाशीलता को उन्होंने ठोस जमीन पर उतारा।

शिखरजी हैं निस्स्वार्थ कर्मयोगी। पराकाष्ठा पार आदर्शवादी। आप सभी को उन्होंने वैसा ही आदर्शवादी बनाया है, परन्तु मैं चाहता हूँ कि शिखरजी के इस महान अवदान को परचम बनाकर समूचे उज्जैन को कोने-कोने में लहरा दें। ऐसा तो हम अवश्य करेंगे, लेकिन साथ ही आपको बतलाना चाहते हैं कि आपको भी, आप सबके किये-धरे का फल मिलना चाहिए।

आपमें से जो भी किसी वार्ड या गाँव का मुखिया है, उसे ऐसा कारगर

हथियार मिलना चाहिए जिसका उपयोग करते हुए वो मुखिया शक्तिशाली बनें।

आश्चर्य की बात है कि 'उज्जैन प्रथम साप्ताहिक' का बेहद कारगर उपयोग तो किया गया है, किन्तु व्यक्तियों को प्रोजेक्ट नहीं किया गया है और न ही उससे लाभ प्राप्त किया गया है। अब 'उज्जैन प्रथम साप्ताहिक' को भी एक हथियार बनाया जाएगा। प्रिन्ट मीडिया के रूप में उसकी भरपूर और सच्ची शक्ति का स्वरूप प्रकट किया जाएगा। आज ही से 'उज्जैन प्रथम साप्ताहिक' का व्यावहारिक रूप उजागर होगा।

अगले कुछ दिनों में उज्जैन में हंगामा मच गया।

उज्जैन नगर के हर महत्त्वपूर्ण कोने में और सम्बन्धित गाँवों में 'उज्जैन प्रथम' के कुल एक सौ एक होर्डिंग लग गये।

हर होर्डिंग में शिखर का बहुत बड़ा चित्र लग गया। हर वार्ड के विशिष्ट कोने में लगे होर्डिंग में शिखर के विशाल चित्र के अलावा सम्बन्धित वार्ड या गाँव के मुखिया और उनके साथियों के चेहरे लग गये।

लोगों को यह देखकर बेहद खुशी हुई कि हर वार्ड का चहेता युवा मुखिया शीघ्र होनेवाले उज्जैन नगर निगम के चुनाव में उस वार्ड के पार्षद पद के स्वतन्त्र उम्मीदवार के रूप में पहली बार प्रकट हुआ।

'उज्जैन प्रथम साप्ताहिक' अब 24 पृष्ठों का बहुरंगी साप्ताहिक बन गया और उसके आठ पृष्ठों में पूरे पृष्ठ के आठ बहुरंगी विज्ञापन भी छपने लगे। हर विज्ञापन किसी न किसी कोचिंग क्लास का। अच्छी-ख़ासी आमदनी का ज़रिया खुल गया। मगर ये सिद्धान्त प्रतिपादित हुआ कि कोई भी विज्ञापन राजनीति से प्रेरित नहीं होगा।

उज्जैन प्रथम वाहिनी में एक नया जोश भर गया। उज्जैन के घर-घर में उल्लास और उत्साह का उत्सवी माहौल बन गया।

देवव्रत ने उज्जैन प्रथम अभियान को नया चेहरा दिया, जिसकी ख़बर शिखर को बिलकुल नहीं हो सकी। वो तो स्वयं के साक्षात्कार की खोज में एकान्तवास के लिए छटपटा रहा था। उसे ख़बर भी नहीं हुई कि देवव्रत ने अपने शुभागमन और स्वागत के साथ उज्जैन प्रथम अभियान को एक नया चेहरा दिया।

देवव्रत अब तो खुलकर खेलने पर उतारू हो गया। उसने एक बैठक बुलायी जिसमें शामिल हुए—श्याम-कान्ता-रूपा और नीरज।

देवव्रत ने बैठक के प्रारम्भ में ही एक सवाल उछाला—"क्या आपको यह नहीं लगता कि उज्जैन की धरती पर 'उज्जैन प्रथम' की खेती तो लहलहा रही है, जिसका सम्पूर्ण श्रेय शिखर भाई को जाता है, लेकिन उज्जैन का आसमान अभी तक अनछुआ पड़ा है।"

रूपा एकदम बोल पड़ी—"देबूदा, आपका यह कहना तो बिलकुल सही है कि 'उज्जैन प्रथम' के जनक शिखर जी ने प्रारम्भिक पाँच वर्षों में जो काम किया है, वो अभूतपूर्व ही नहीं, ऐतिहासिक है, लेकिन अपने सिद्धान्तों के कारण उन्होंने अपनी झोली में इसका सारा श्रेय समेटना दरकिनार कर दिया। आपने उन्हें उनकी ज़रूरी पहचान दी जिससे उज्जैनवासियों में उत्साह की लहर भर गयी है। आपने व्यावहारिकता का बेहद ज़रूरी तत्त्व जोड़कर इसे सही मायने में सम्पूर्ण बनाया, लेकिन आसमान छूने की आपकी बात समझ में नहीं आई?"

देवव्रत मुस्करा दिए और सभी का चेहरा पड़ने लगे, फिर बोले—"मुझे लगता है कि रूपा के प्रश्न का उत्तर केवल कान्ताजी के पास है, क्यों कान्ताजी?"

कान्ता सकुचाकर बोली—"आप तो मुझे शर्मिन्दा कर रहे हैं, देबूदा, लेकिन चूँकि अँगुली आपकी मुझ पर उठी है इसलिए आपका आदेश पालन कर मुझे बोलना तो पड़ेगा—शायद आप उस अँग्रेज़ी मुहावरे की ओर इंगित कर रहे हैं—'स्काय इज़ द लिमिट'।

सभी खुश हो गये।

रूपा ताली बजाती हुई बोली—"क्या बात है, कान्ताजी! आपके पास हर प्रश्न का उत्तर है। इसका अर्थ तो यही हुआ कि हमें उज्जैन की परिधि से बाहर निकलना होगा।"

देवव्रत बोले—"यही मैं कहना चाहता हूँ। क्यों न हम एक अखिल भारतीय आयोजन उज्जैन में करें—एक राष्ट्रीय संगोष्ठी जिसमें अधिकतर कवियों को आमन्त्रित करना अधिक कारगर होगा। इसी संगोष्ठी में देशभर के समस्त महत्त्वपूर्ण पत्रकार और टी.वी. चैनल्स को प्रमुख रूप से सम्मिलित किया जाए। कवियों पर ज़ोर मैं इसलिए डाल रहा हूँ, क्योंकि जगह-जगह आयोजित कवि सम्मेलनों और काव्य गोष्ठियों में 'उज्जैन प्रथम' की चर्चा को सार्थकता मिलेगी—इन्हीं आमन्त्रित कवियों के माध्यम से।"

रूपा लगभग ललककर बोली—"देबूदा, कवियोंवाली बात कहकर आपने मेरे मुँह की बात छीन ली, क्योंकि इस बहाने मेरे काकू परमानन्द जोशीजी एकबार फिर उज्जैन पधारेंगे और उनके साथ गरिमा काकीमाँ तो होंगी ही।"

श्याम बोले—"मेरे पास कवियों की सूची तैयार है। उज्जैन के दो प्रख्यात विद्वानों—डॉ. श्यामसुन्दर निगम और डॉ. भगवतीलाल राजपुरोहित को विशेष रूप

से शामिल करना चाहता हूँ।''

कान्ता बोली—''इसमें दो नाम मैं जोड़ना चाहती हूँ—प्रशान्त एवं मृणाल माथुर।''

रूपा खुश हो गयी।

बैठक समाप्ति के बाद कान्ता ने रूपा को अलग ले जाकर कुछ कहा। रूपा उछल पड़ी।

देवव्रत ने हँसकर पूछा—''क्यों रूपा? कान्ताजी के साथ तुम्हारी क्या कानाफूसी चल रही है?''

रूपा तपाक से बोली—''महिलाओं की बातों में पुरुषों को नहीं पड़ना चाहिए।''

कालिदास अकादेमी, उज्जैन के मुक्ताकाशी मंच पर निर्धारित तिथि पर विशाल पंडाल के नीचे हज़ारों की उपस्थिति में प्रारम्भिक चर्चा के बाद काव्यगोष्ठी का आयोजन किया गया। इस आयोजन के मुख्य आकर्षण थे परमानन्द जोशीजी। मंच पर उनके साथ विराजमान थे प्रशान्त माथुर, मृणाल एवं गरिमाजी। कार्यक्रम का संचालन नीरज नागर कर रहे थे। प्रारम्भिक चर्चा में सभी आमन्त्रित अतिथियों ने हिस्सा लिया। 'उज्जैन प्रथम' पर छोटे-छोटे वक्तव्यों के साथ। चर्चा का शुभारम्भ देवव्रत ने किया।

अपार जन-समुदाय के साथ चैनलों के कैमरों की तो भीड़-सी लग गयी थी। फिर शुरू हुई काव्यगोष्ठी।

इसी बीच रूपा ने देवव्रत से कान में कहा—''दो महत्त्वपूर्ण व्यक्ति आपसे मिलने की ज़िद कर रहे हैं।''

देवव्रत बोले—''कार्यक्रम के बीच में कैसे जाऊँ?''

रूपा ने उनका हाथ पकड़कर उठाया।

''चलना तो पड़ेगा वरना मुसीबत हो जाएगी।''

दोनों कालिदास अकादेमी के अतिथि भवन की ओर चल दिए जो मंच के बहुत निकट है।

अतिथि कक्ष खुला हुआ था। जैसे ही दोनों दाखिल हुए तो देवव्रत अवाक् खड़ा रह गया। उसके सामने खड़े थे उसके पिता मुखर्जी मोशाय और बहन अंजलि। देवव्रत के घुटने जवाब दे गये और वो घुटनों के बल बैठकर बिलखता हुआ रो पड़ा। लड़खड़ाते हुए मुखर्जी मोशाय उसकी ओर बड़े और तब हुआ पिता-पुत्र का अभूतपूर्व मिलन। अंजलि भी उन दोनों से लिपट गयी। ज़ार-ज़ार रो रहे थे तीनों।

रूपा भी खूब रोयी। किसी का रोना थमने का नाम नहीं ले रहा था।

अतिथि कक्ष में मंच पर हो रहा काव्यपाठ सुनाई पड़ रहा था। मंच पर बैठी कान्ता ने गरिमाजी के कानों में कुछ कहा और गरिमाजी ने परमानन्दजी को ख़बर कर दी। परमानन्दजी ने काव्यपाठ कर रहे कवि के पास लिखित चिट पहुँचाई। कवि महोदय ने अपनी कविता समाप्त कर घोषणा की—

"दोस्तो, आप आश्वस्त रहिए। जितनी कविताएँ सुनाने का मन बनाकर आया हूँ, उनमें से एक भी नहीं छोडूँगा। आखिर कवि हूँ—भोजन करना भले ही स्थगित कर दूँ मगर कविता सुनाना नहीं।"

दर्शकों में हँसी दौड़ गयी।

कवि महोदय फिर बोले—"क्षमा कीजिए, आपके और मेरे बीच कुछ देर के लिए पर्वत अवतरित हो रहा है। उनके समक्ष मुझ बौने की क्या बिसात?"

परमानन्दजी की ओर माइक बढ़ा दी गयी—"बन्धु, आपने कहा पर्वत अवतरित हो रहा है। मगर बेचारा पर्वत तो अपनी जगह से हिल भी नहीं सकता, अवतरित कैसे होगा?"

दर्शकों में हँसी का एक दौर फिर आया।

परमानन्दजी फिर बोले—"दोस्तो! आपको तो मालूम ही है कि यदि रेलवे स्टेशन पर भूल से कोई पैसेंजर ट्रेन मुख्य प्लेटफार्म पर खड़ी जो जाए और उसी समय किसी मेल ट्रेन के आने का समय हो जाए तो उस पैसेंजर को लूप लाइन में डाल दिया जाता है और मेल ट्रेन धड़धड़ाती हुई मुख्य प्लेटफार्म पर आ पहुँचती है।"

परमानन्दजी की आवाज में उपर्युक्त पंक्तियाँ अतिथि कक्ष में मुखर्जी मोशाय सुन रहे थे। अब तक तो प्रकृतिस्थ हो चुके थे। हँसकर बोले—"अब देखना बेटा, मेरी कैसी दुर्गति करेंगे परमानन्दजी।"

इतने में परमानन्दजी की आवाज गूँजी—"तो दोस्तो, ऐसे ही एक तूफान मेल का शुभागमन हो चुका है तो अब मुझ जैसे पैसेंजर ट्रेन की क्या बिसात? लीजिए, स्वागत कीजिए सुदूर कैलिम्पांग से पधारे विश्व विजयी शायर मुखर्जी महाशय का।"

तब तक अतिथि कक्ष से लगभग दौड़ते हुए मुखर्जी मंच पर पहुँचे और आते ही परमानन्दजी से लिपटकर रो पड़े। दर्शकों में सन्नाटा छा गया। जल्दी ही सम्हलकर मुखर्जी माइक पर आए—"भगवान महाकाल की पावन नगरी उज्जैन की धरती और निवासियों को कोटि-कोटि प्रणाम। ऐसी एक जनश्रुति है कि जो एक बार उज्जैन आता है उसे दूसरी बार ज़रूर आना पड़ता है। तो लीजिए, मैं उज्जैन की

धरती पर दूसरी बार आ गया। पहली बार जाते हुए मैंने कहा था—मैं वो गया वक्त नहीं हूँ जो दोबारा आ न सकूँ। पता नहीं यह शेर मैंने सही बोला या ग़लत। बहरहाल, यह शेर मेरा तो है ही नहीं। कभी हो भी नहीं सकता। क्योंकि परम श्रद्धेय परमानन्दजी ने तो मुझे विश्व विजयी शायर घोषित कर दिया, लेकिन आप कभी कैलिम्पांग आएँ और लोगों से पूछें कि क्या आपने शायर मुखर्जी का नाम सुना है तो जवाब में वो कहेंगे यह नाम तो सुना है, मगर आज पहली बार यह सूचना मिली कि वे शायर भी हैं। जहाँ तक विश्वविजयी होने का प्रश्न है तो मैं याद दिलाऊँ कि गुज़रे ज़माने में एक सिकन्दर हुआ करते थे जिन्होंने ये ख्वाब देखा तो था, मगर उन्हें अधबीच ही लौटना पड़ा था। ख़ैर, वे तो सूरमा सिकन्दर थे, लेकिन मैं तो कलन्दर भी नहीं हूँ। हाँ, मेरा बटा देवव्रत ज़रूर कलन्दर है। कलन्दरी का एक दौर उसने गुमनामी में गुज़ारा। अब उज्जैन आकर वो ज़रूर सही मायने में कलन्दर बन गया है और उज्जैन के विख्यात माट्साब श्रीमान शिखर जोशी के विराट स्वप्न को पंख लगा रहा है।

''मैं शिखर जोशीजी की शख्सियत की विराटता को सलाम करता हूँ और उन्हें गले लगाने के लिए छटपटा रहा हूँ। वे उज्जैन के हर निवासी के दिल में विराजमान हैं। मगर उनके दीदार के ख्वाहिशमन्द तरसने को मजबूर हैं। मैं भी उनमें से एक हूँ।

''जब पहली बार उनसे मुलाकात हुई थी तब 'उज्जैन प्रथम' की विराट परिकल्पना वे मन में सँजोये बैठे थे और उस स्वप्न को धरती पर उतारने की पहल कर रहे थे। मैं बेताब था उनके इस स्वप्न से जुड़ने के लिए मगर क्या बतलाऊँ, उन जैसा कोई दूसरा न कभी हुआ, न कभी होगा। मैं उन्हें प्रणाम करता हूँ। हाँ, हाँ, प्रणाम। शिखरजी भले ही उम्र में मेरे बेटे जैसे हैं, लेकिन उनका व्यक्तित्व और कृतित्व प्रणम्य है।

''अन्त में, यही कहता हूँ कि मैं एक बार फिर उज्जैन आया हूँ। शिखर जी के जीते-जागते भव्य विराट स्वप्न के साथ पूरी शिद्दत के साथ जुड़ने के लिए। एक बार फिर मैं उज्जैन की धरती और उज्जैनवासियों को धन्य मानकर प्रणाम करता हूँ।

''और हाँ, चलते-चलते मैं उन कवि महोदय से क्षमा याचना करता हूँ जिनकी कविताओं के अधबीच मैं टपक पड़ा। अब उनकी कविता और आपके बीच में यह आतुर प्रतीक्षारत माइक है।''

लपककर आए कवि महोदय और बोले—''श्रद्धेय परमानन्दजी को, मुखर्जी मोशाय को और प्रणम्य शिखरजी को प्रणाम करता हूँ—इस विनम्र निवेदन के साथ कि मैं खूब जानता, समझता हूँ माइक का यह खेल। यह सही कहा मुखर्जी मोशाय ने कि यह माइक आतुर प्रतीक्षारत है, मगर मेरी कविता के लिए नहीं, बल्कि 'उज्जैन

प्रथम' के लिए। यदि मैंने भूल से भी कविता की एक पंक्ति पढ़ी तो यह माइक ऐसी सीटी मारेगी कि मेरी बोलती बन्द हो जाएगी। आप सबको 'हूट' करने की ज़रूरत भी नहीं पड़ेगी।''

कवि महोदय बैठ गये और माइक थमा दी परमानन्दजी को।

सिद्धहस्त परमानन्दजी ने एक बार फिर काव्य पाठ के लिए माहौल तैयार किया। गर्मजोशी से चल रही काव्यगोष्ठी के अधबीच मुखर्जी के पदार्पण के कारण जो भावुक अन्तराल आया, उस अन्तराल की खाई को पाटने के लिए परमानन्दजी ने जो शब्द-सेतु रचा उस पर एक बार फिर कविता ने अपना संसार बसा लिया।

देर रात तक काव्य संगोष्ठी चलती रही। कविता की नियति में रतजगा कुछ इस तरह घर कर गया है कि आधी रात के बाद ही कविता उरूज़ पर आती है।

रात बीतने के पहले ही सुबह का आगाज़ हुआ—नयी सुबह पिछले पाँच वर्षों से 'उज्जैन प्रथम' के फ़लक पर अपनी लाली निरन्तर बनाये हुए थी। तिरोहित था तिमिर, 'उज्जैन प्रथम' के उजास में।

उस काव्य संगोष्ठी की रात में भी यही उजास आक्षितिज पसर गया और काव्य संगोष्ठी की समाप्ति तीन कविताओं से हुई। आश्चर्य तो यही था कि तीनों कविताएँ 'उज्जैन प्रथम' पर केन्द्रित थीं। पहले रूपा, फिर मुखर्जी और अन्त में परमानन्दजी। परमानन्दजी ने रंग कुछ इस तरह जमाया कि मुखर्जी की कविता की हर पंक्ति को जन समुदाय ने इस काव्य संगोष्ठी का वन्दनवार बना दिया। यह परमानन्दजी का ही करिश्मा था कि किसी भी मामूली को वे अपने शब्द चातुर्य से गैर मामूली बनाने में माहिर थे।

'उज्जैन प्रथम' को अखिल भारतीय उछाल देने के बाद कवि सम्मेलन का खुमार अभी तक उतरा नहीं था कि एक नयी पहचान उतर आई उज्जैन की धरती पर।

उज्जैन रातोरात मुम्बई बन गया। उज्जैन अब एक फिल्म नगरी बनने जा रहा था। मुखर्जी मोशाय कब अचानक मुम्बई चले गये और वहाँ से लौटे एक फिल्म यूनिट के साथ, किसी को ख़बर नहीं हो सकी।

'उज्जैन प्रथम अभियान' में नुक्कड़ नाटकों और चौपाल नाटकों के साथ फिल्मांकन भी जुड़ने जा रहा था।

उज्जैन प्रथम फिल्मांकन का शुभारम्भ किया परमानन्दजी ने। बाकायदा शूटिंग हुई। फिल्म निर्देशक ने आवाज लगाई—''लाइट-साउन्ड-कैमरा-ऍक्शन और परमानन्दजी ने पहला शॉट दिया नारियल फोड़कर। इस शॉट में शामिल थे—गरिमाजी, प्रशान्त और मृणाल माथुर, मुखर्जी मोशाय, नरोत्तम और सरो। मुखर्जी

की बेटी अंजलि को सरो ने खींचकर अपने साथ कर लिया।

दूसरा शॉट उज्जैन के गणमान्य व्यक्तियों का लिया गया जिसमें शामिल थे लोकमान्य टिळक विद्यालय के संस्थापक श्री हरिभाऊ जोशी, शिक्षाशास्त्री दिवाकर नातू, कालिदास मान्टेसरी स्कूल के संस्थापक मुरलीधर सिंह, कावेरी शोध संस्थान के संस्थापक डॉ. श्यामसुन्दर निगम, मध्यप्रदेश सामाजिक विज्ञान शोध संस्थान के संस्थापक डॉ. रामसखा गौतम और टेपा सम्मेलन के संस्थापक डॉ. शिव शर्मा। इस अवसर पर विशेष साक्षात्कार लिया गया उज्जैन में चित्रांकन के पितामह तथा कायथा एवं भीमबैठका के आविष्कर्ता, पुरातत्वविद् पद्मश्री विष्णु श्रीधर वाकणकर का।

नुक्कड़ नाटकों एवं चौपाल नाटकों की तर्ज़ पर उज्जैन प्रथम अभियान के पन्द्रह सूत्री निर्माणकारी कार्यक्रमों के अलग-अलग पक्षों को लेकर जो कथाएँ बुनी गयीं, उन्हें ही आधा घंटा के एपिसोड में फिल्माया गया। शुरुआती दौर में ही पचास एपिसोड शूट कर लिये गये। और फिर उनका प्रदर्शन हर वार्ड और हर गाँव में बड़ी धूम से निरन्तर किया जाता रहा। हर प्रदर्शन में खूब भीड़ उमड़ी। टी.वी. सीरियल्स की तरह ही हर एपिसोड के बाद दूसरे और अन्य एपिसोड्स के लिए दर्शकों की उत्सुकता बढ़ती चली गयी।

उज्जैन के नामचीन विद्वान, समाजशास्त्र के प्रोफेसर डॉ. शैलेन्द्र पाराशर ने हर एपिसोड के आरम्भ में सूत्रधार के रूप में उस एपिसोड की विषय-वस्तु पर अपना दो-तीन मिनटों का वक्तव्य प्रस्तुत किया। इस भूमिका में वे सिद्धहस्त हैं, क्योंकि उज्जैन सिटी चैनल की, डॉ. प्रकाश रघुवंशी द्वारा, निर्देशित, व्यक्ति-केन्द्रित, लगभग सौ डॉक्यूमेन्ट्रीज़ के सूत्रधार रह चुके हैं प्रोफेसर डॉ. शैलेन्द्र पाराशर।

उज्जैन के एक और नामचीन कवि, नाटककार, रंगकर्मी एवं विशेषज्ञ कला समीक्षक अशोक वक्त 'उज्जैन प्रथम साप्ताहिक' के हर अंक में नुक्कड़ नाटकों, चौपाल नाटकों और फिल्म प्रदर्शन की समीक्षा निरन्तर लिखते रहे। उनके पास दीर्घ अनुभव है सम्पादन का, विश्वविद्यालयीन स्तर पर तथा अन्य स्तरों पर, साथ ही विश्वविद्यालयीन एवं अन्तर्विश्वविद्यालयीन स्तर पर युवक समारोहों के आयोजन का।

इन आयोजनों में उभरा बहुमुखी प्रतिभा सम्पन्न एक अनोखा नौजवान, जिसके तेवर सृजनशीलता के बल पर विस्फोटक प्रतिभा में परिणत हुए। नाम है रामराजेश मिश्र।

उज्जैन में हंगामा मच गया।

एक सप्ताह तक खूब गहमागहमी बनी रही। आखिर उन सभी के वापस जाने का समय आ गया जो बाहर से आए थे। मुम्बई, लखनऊ और कैलिम्पांग के यात्री फिर-फिर लौटने का वादा कर अपने-अपने ठीये की ओर चल दिए।

सभी के मन में सिर्फ एक कसक निरन्तर कचोटती रही कि इस परिदृश्य में शिखर लगातार अदृश्य बने रहे।

उज्जैन प्रथम अभियान शुरू होने के पहले मुखर्जी जी ने जो चेक दिया था, उसे फ्रेम कर दीवार पर टाँग दिया गया था। लेकिन फिल्मांकन का जो दौर-दौरा चला तो उनकी खुली हुई थैली का मुँह बन्द करने के लिए, कहीं कोई नहीं था।

शिखर तो पूरे दौर में अनुपस्थित था।

लगभग बीस किलोमीटर साइकिल दौड़ाने के बाद ग्राम अम्बोदिया में जब शिखर ने साइकिल रोकी तो सेवाधाम आश्रम के प्रवेश द्वार पर ही। आश्रम के युवा संस्थापक-निदेशक सुधीरभाई गोयल से भेंट हो गयी। यह शिखर की आदत-सी बन गयी थी कि जब भी कुछ दिनों तक अकेला रहने का मन बनाता था तो स्वयं को सेवाधाम आश्रम की ड्योढ़ी पर पाता था। आश्रमवासियों की सेवा करना उसे बहुत अच्छा लगता था। निराश्रितों-अनाथों, मानसिक रोगियों, विकलांगों की संख्या अब तो पाँच सौ से ज़्यादा हो गयी है।

शिखर सेवाधाम आश्रम के साथ लगभग शुरू से ही जुड़ गया था जब सुधीरभाई ने अपनी 20-25 या जाने कितनी एकड़ भूमि पर बीज नहीं बोने का न केवल निर्णय लिया, बल्कि उसे सेवाधाम आश्रम को दान में देकर एक कुटिया बना ली थी जिसमें समाज से ठुकराए गये सभी प्रकार के पीड़ितों की आजीवन सेवा का व्रत लिया। जाने कहाँ-कहाँ से उठा लाए गन्दगी और असहनीय बदबू तथा कीड़े पड़े घावों से कराहते पीड़ितों को, जिनमें कोढ़ी भी शामिल हैं। सुधीरभाई ने न तो नाक पर रूमाल रखा और न विचलित हुए। अपने हाथों से उनके घावों को साफ करके उन्हें नहलाया, दवा लगाई। दुर्दान्त पीड़ा से भरे चेहरे पर किस चमत्कार से मुस्कराहट लाते हैं सुधीरभाई। एक कुटियावाला वो आश्रम आज विशाल बन गया है। कितना लम्बा संघर्षों से भरा सफ़र तय किया सुधीरभाई ने आश्रम को वर्तमान स्थिति तक पहुँचाने के लिए। आज आश्रम में लगभग सभी सुविधाएँ हैं, जिन्हें एक-एक कर जुटाया है सुधीरभाई ने। मगर स्वयं लुंगी और बंडी पहनते हैं और अन्न भी त्याग चुके हैं और समाज से ठुकराए गये पीड़ितों की सेवा आज भी अपने हाथों से ही करते हैं।

आश्रमवासियों के साथ शिखर का सम्बन्ध इतना आत्मीय था कि सुधीरभाई उनके आगमन से हमेशा पुलक से भर जाते। आज भी शिखर को देखकर सुधीरभाई की बाँछें खिल गयीं—बोले—"वाह माट्साब, आपको देखकर तबीयत खुश हो गयी। बीस किलोमीटर साइकिल चलाकर आना आपके ही वश की बात है।

आपका स्वागत है। कहिए, क्या कार्यक्रम है। वही न, आश्रमवासियों की सेवा?''

एकदम उलट उत्तर दिया शिखर ने—''नहीं, सुधीरभाई, इस बार बिलकुल एकान्त बन्द कमरे में ध्यानस्थ रहने का इरादा है।''

''ऐसी क्या बात हो गयी, माट्साब?''

''कोई ख़ास बात नहीं। बस, स्वयं से साक्षात्कार के लिए मन बहुत आतुर है।''

''यह तो बहुत अच्छी बात है।''

सुधीरभाई ने तुरन्त आदेश जारी किया—''माट्साब के लिए गेस्ट हाउस का कमरा तैयार करो। वो जब तक चाहें, यहीं रहेंगे। उनके भोजन का ड़ास ख्याल रखना।''

''नहीं, सुधीरभाई, इस बार भोजन नहीं। मैं स्वयं अपना प्रबन्ध कर लूँगा। ना-ना, अन्यथा न समझें। बस, एक संकल्प है।''

''आपकी इच्छा की मैं इज़्जत करता हूँ।''

सेवाधाम आश्रम के गेस्ट हाउस के अपने कमरे में शिखर बिस्तर पर नहीं लेटा। फर्श पर बिछी चटाई पर ही लेट गया और आँखें बन्द कर लीं। अचानक सुधीर भाई की आवाज उसके कानों पर पड़ी और वो चौंक उठा।

''पंचक्रोशी यात्री बिल्वेश्वर महादेव पड़ाव परसों पहुँचेंगे या नरसों?''

किसी ने जवाब में कहा—''पंचक्रोशी यात्रा तो कल शुरू हो रही है। आज नवमी है। कल है वैशाख कृष्ण दशमी। इस हिसाब में अपने आश्रम में यात्रियों का स्वागत...

वाक्य पूरा होने के पहले ही शिखर ने कमरे से लगी बालकनी से झाँककर सुधीर भाई को आवाज दी—''क्यों सुधीर भाई, पंचक्रोशी यात्रा कल शुरू हो रही है?''

''हाँ, माट्साब।''

''तो फिर सुधीर भाई, मैं कल सुबह चार बजे नहा धोकर पंचक्रोशी यात्रा में शामिल हो जाऊँगा। बचपन में जीजाजी के साथ एक-दो बार गया था।''

''अरे माट्साब, आपने तो मुझे चौंका दिया। आपको तो धार्मिक अनुष्ठानों में विश्वास नहीं हैं।''

''मेरे लिए यह यात्रा स्वयं से साक्षात्कार के लिए है—धार्मिक अनुष्ठान नहीं।''

पटनी बाज़ार से लगी नागनाथ की गली में स्थित नागचन्द्रेश्वर मन्दिर परिसर से पंचक्रोशी यात्रियों की भीड़ बड़ती जा रही थी। कहाँ-कहाँ से, कितने-कितने यात्री सिर पर रंगबिरंगी पोटली धरे आते जा रहे थे और नागचन्द्रेश्वर महादेव के दर्शन करते हुए पिंगलेश्वर महादेव के प्रथम पड़ाव की ओर बढ़ते जा रहे थे। शिखर भी अपना शान्तिनिकेतनी झोला कन्धे पर टाँगे उन यात्रियों में शामिल था।

शिखर में यह खूबी थी कि वह अपने अशान्त मन को शान्त करने के अपने औज़ार का प्रयोग जानता था। कितने ही घटाटोप बादल घिरे हों उसके आकाशी मन पर, वो उसे मंथन-मुक्त करनेवाली बयार से हमेशा लैस रहता था। वो अपने मन की चिन्ता को चिन्तन की ओर मोड़ने की प्रक्रिया से परिचित था। ना-ना, केवल परिचित नहीं, पारंगत था।

उधेड़ना और बुनना शुरू हो गया उसके मन में—''कौन सी है वो आस्था जो एक लाख से अधिक भक्तजनों को भीषण गर्मी में, लू लपट के बीच, उज्जैन पहुँचने के लिए बाध्य करती है—ठीक वैशाख कृष्ण दशमी की सुबह। पूरे भारत से आए लोग, अधिकतर ग्रामवासी, अपना कैलेंडर और पंचांग अपने मन के किस कोने में सुरक्षित रखते हैं। भूख और गरीबी भी आड़े नहीं आती है। भक्ति-रस में डूबना, सिर्फ डूबने और डूबे रहने के लिए है—उबरने के लिए नहीं। डूबना और डूबे रहना—एक समाधि है, जिसमें आँखें बन्द रहती हैं—देखनेवाली आँखें नहीं। यह समाधि, आस्था और भक्ति की ऐसी स्थिति है, जिसमें ज्ञानविज्ञान-तर्क-बौद्धिकता का हस्तक्षेप नहीं होता। हो ही नहीं सकता। वो तो केवल भक्ति है—कोरी निष्कलुष भक्ति, किसी भी प्रश्नाकुलता से परे—स्वीकार, स्वीकार और स्वीकार के साथ समर्पण—दिस ऍक्सेप्टेन्स इज़ टोटल सरेन्डर। बौद्धिक शुष्कता इस समर्पण को समझ ही नहीं सकती है क्योंकि यह समर्पण तरलता की उपज है। और ये तरलता, हर उस मन में निरन्तर बनी रहती है, जिस मन में एक फव्वारा फूटता रहता है, अहर्निश...''

इसी उधेड़बुन में था शिखर कि एक विद्यार्थी ने उसे पहचान लिया—''अरे माट्साब आप और पंचक्रोशी यात्रा?''

शिखर ने उत्तर में परोसी एक मौन मुस्कराहट। फिर विद्यार्थी की उत्सुकता पर पानी फेरता हुआ बोला—''तुम यहाँ कैसे? तुम भी...''

''नहीं माट्साब, मैं नहीं जा रहा हूँ। मेरे दादाजी और दादीजी यात्रा पर जा रहे हैं, उन्हें छोड़ने आया हूँ। मैं भला कैसे जा सकता हूँ। आप ही की प्रेरणा से नास्तिक हूँ।''

शिखर ने उस विद्यार्थी को चाँटा तो नहीं मारा, लेकिन जवाब ज़रूर दिया तड़ाक से—"मगर मैं नास्तिक नहीं हूँ। न कभी मैंने नास्तिकता की वकालत की है। यह अलग बात है कि मुझे मन्दिरों और मूर्तियों में दिलचस्पी नहीं है। मेरा शरीर ही मेरा मन्दिर है। और मन्दिर है तो उसमें ईश्वर भी है, ज्ञान और भक्ति से परे प्रेम बनकर—आस्था से भरपूर। इसलिए मेरे सारे अनुष्ठान शरीर और मन के स्वास्थ्य से सम्बन्धित है—योग, प्राणायाम, ध्यान। नीरोग रहे शरीर तो क्या बात है! लेकिन यदि रोग हो भी तो क्या बात है! हम अपनी जगह पर हैं और रोग अपनी जगह। औषधि और उपचार तो मनोरंजन है, जो ज़रूरी तो है, लेकिन लोग उसे तोते की तरह पालते हैं। अब तुम यह कहना शुरू मत कर देना कि माट्साब रोग को मानते ही नहीं हैं।"

हक्का-बक्का सा विद्यार्थी बोलने को हुआ—"लेकिन माट्साब..."

"आज के लिए इतना काफी है। फिर कभी मिल बैठेंगे। अब हम चलते हैं।"

शिखर तेज़ी से चलकर यात्रियों के साथ हो लिया।

काफी तेज़ चाल थी शिखर की। ताज़गी और आत्मविश्वास से भरी। सहसा उसे याद आया कि उसने सेवाधाम से अचानक रवाना होने के पूर्व सुधीरभाई से कहा था कि उसकी यह पंचक्रोशी यात्रा—स्वयं से साक्षात्कार के लिए है। दरअसल, जिस भयावह लगभग प्राणान्तक उधेड़बुन की गिरफ़्त में वो एक क्षणिक अप्रत्याशित माँसलता के आवेग के कारण आ गया था, उस गिरफ़्त से वो छूटना चाहता था। अपनों के बीच रहकर उस गिरफ़्त से उसे आज़ादी नहीं मिल रही थी। इसलिए एकान्त की तलाश में वो सेवाधाम गया था। मगर वहाँ का एकान्त तो मनन-चिन्तन और ध्यान का एकाकीपन था। अपनों के बीच से भागकर वो एकाकीपन की ओर गया था, लेकिन यहाँ गेस्ट हाउस कक्ष के सूनेपन में उसे एकाकीपन तो मिल गया, मगर उसे वो आश्वस्ति नहीं मिल रही थी कि इस सुनसान के एकाकीपन में उसे मन के दुर्दान्त मकड़जाल से मुक्ति मिल जाएगी। वहाँ बैठे-बैठे उसने पंचक्रोशी की बात सुनी उसे जैसे इल्हाम हो गया कि ढेर सारे अजनबियों की भीड़ के बीच जो एकान्त मिलेगा, उसे उसी एकान्त की तलाश है।

शिखर को लगने लगा कि वो एक द्वीप है। उसके आसपास है जनसंकुल का समुद्र। एक चलता हुआ द्वीप जो नागचन्द्रेश्वर मन्दिर के प्रांगण से निकलकर पटनी बाजार, गोपाल मन्दिर, सती गेट, कोयला फाटक, पंचक्रोशी द्वार, ढाँचा भवन की पहचान के साथ बह रहा था। उसके साथ चल रहे लोग ज़रूर अजनबी थे मगर

गुज़रते हुए विशिष्ट स्थल अजनबी नहीं थे। जैसे-जैसे वो पिंगलेश्वर की ओर बढ़ने लगा, उसे महसूस होने लगा कि इस रास्ते से भी वो अनजान है। वो धीरे-धीरे आश्वस्त होने लगा कि अब वो मन चाहे मन-एकाकीपन तक पहुँच जाएगा और शुरू होगा उसका स्वयं से साक्षात्कार, किन्तु उसके मन के किसी कोने में एक काँपता हुआ-सा प्रश्नचिह्न (?) और एक थरथराता आश्चर्यचिह्न (!) उसका पीछा नहीं छोड़ सके।

धूप बढ़ रही थी। धूल ने भी धूप का साथ दिया। उड़ती हुई धूल धीरे-धीरे गुबार में तब्दील होने लगी। गुबार, गुबार और गुबार। सहसा शिखर ने देखा कि सामने क्षितिज रेखा पर धूल का महज़ गुबार नहीं है, बल्कि धूल का आक्षितिज फैला एक विशाल-विशाल-विशाल खम्भा है जो अपनी धुरी पर तो घूम ही रहा है, साथ ही साथ आगे बढ़ता आ रहा है।

अरे, यह तो बवंडर है। धूसरवर्णी। धूल, काली होती जा रही थी—काली, और काली और काली। उसके आसपास की भीड़ उस बवंडर में तिरोहित हो गयी। धूप भी उस बवंडर की लपेट में आकर ऊपर उठती हुई सूर्य की खोह में वापस चली गयी। अब तो सूर्य भी नहीं था। सिर्फ बवंडर और उसकी लपेट में शिखर तिनके की तरह बहुत तेज़ी से डोलता हुआ जाने कहाँ-कहाँ बहक रहा था और आखिर शिखर उस बवंडर के आक्षितिज अंधकार में विलीन हो गया।

शिखर अब कहीं नहीं था। वो तो एक विराट शून्य में केवल रूपान्तरित नहीं हुआ, तिरोहित हो गया—भारहीन, अस्तित्वहीन, शून्य !...

अचानक शिखर की आँखें खुलीं। अरे, शिखर तो पिंगलेश्वर पहुँच गया था और एक पेड़ की छाया में बैठा था। उसके आसपास हज़ारों लोग थे। पिंगलेश्वर मन्दिर में भीड़ लगी हुई थी। शिखर पसीने से तरबतर था। उसने चारों ओर देखा तो उसे लगा कि कुछ लोग उसे घूर रहे थे।

सहसा उसके कानों में एक महिला की आवाज पहुँची—"क्यों बेटा, पानी पियोगे?"

शिखर को महसूस हुआ कि उसका गला सूख रहा था और वो बोल पड़ा—"हाँ, अम्माजी पीना है।"

महिला उसे एक लोटा पानी थमाने लगी तो उसने मना कर दिया—"नहीं, अम्मा, मैं तो आपके हाथ से पिऊँगा।"

और शिखर दाहिने हाथ का चुल्लू बनाकर उकड़ूँ बैठ गया। क्या कमाल का चुल्लू था शिखर का कि एक बूँद पानी भी उसने टपकने नहीं दिया और हौंकता हुआ पूरा लोटा पी गया।

महिला ने पूछा—"तुम्हें तो भूख भी लगी होगी, बेटा?"

"मेरे पास फल हैं।"

"क्यों? रोटी नहीं खाओगे?"

"नहीं अम्माजी, मैं तो फलाहार ही करूँगा।"

महिला उसके पास बैठ गयी और अपनी पोटली से अंगूर, सन्तरा, आम और चीकू निकालकर काटने लगी।

"मैं भी फलाहार करूँगी। मैं तो बेटा, अकेली हूँ। तुम्हें देखा तो लगा कि चलो अच्छा हुआ। भगवान पिंगलेश्वर ने मेरी सुन ली और मुझे तुमसे मिला दिया।"

बिना ना-नुच किये शिखर फलाहार करता रहा। खाने में इतना मगन था या कि अपने ख्यालों की सुरंग में गर्दन झुकाए चलने में इतना मशगूल था कि उसने ध्यान ही नहीं दिया कि महिला, फलों को बारी-बारी काटकर उसे परोसती जा रही थी और स्वयं नहीं खा रही थी।

थोड़ी दूर खड़े एक शहरी छोकरे ने यह माजरा देखा और बोल पड़ा—"क्या काकी, आप बड़े प्यार से अपने बेटे को खिलाये जा रही हो और खुद एक टुकड़ा भी नहीं खा रही हो। और तुम्हारे ये बेटे कैसे हैं कि सूते जा रहे हैं। तुम्हारी ओर देख भी नहीं रहे हैं।"

शिखर ने गर्दन उठाई। वो छोकरा तुरन्त उन्हें पहचान गया—"अरे माट्साब, आप, माफ करना सर, मैंने आपको देखा नहीं था।"

शिखर तुरन्त उस महिला के पैरों में झुक गया और बोला—"छिः-छिः, मुझसे बहुत बड़ा अपराध हो गया, अम्माजी।"

उसने ताबड़तोब अपने झोले से फल निकाले और महिला के सामने रख दिए।

"आप फलाहार कर लें, अम्माजी। मैं चलता हूँ।"

महिला बोल पड़ी—"यह क्या कर रहे हो, बेटा। मेरे पास फल हैं। तू क्यों फल निकाल रहा है?"

लेकिन उस महिला की बात अनसुनी कर, शिखर तेज़ी से उठा और ऐसे चल दिया मानो उसे न तो उस महिला से कुछ लेना-देना है, न उस शहरी छोकरे से और न पंचक्रोशी यात्रा से। उस छोकरे ने उसका पीछा करना चाहा तो शिखर ने उसे झिड़क दिया और बेहद तेज़ी से आगे बड़ गया। यात्रीगण तो पिंगलेश्वर पड़ाव पर

विश्राम कर रहे थे। मगर शिखर अकेला चिलचिलाती धूप की आँच झेलते हुए आगे और आगे चला जा रहा था। उसे रास्ता मालूम था। भरी धूप में तेज़ी से चलने के कारण शिखर का दम फूलने लगा और खाँसता हुआ वो एक पेड़ की छाँह में बैठ गया। उसके आसपास दूर-दूर तक कोई नहीं था। उसने झोली से बोतल निकाली और अपनी चुल्लू शैली में गटागट पानी पी गया। उसकी आँखें झपकने लगीं।

शिखर ने महसूस किया कि पेड़ की पत्तियों से छनकर धूप की एक लकीर उस पर पड़ रही थी। बड़ी तीखी थी वो लकीर। उसने पेड़ के नीचे जगह बदल-बदल कर धूप की उस तीखी लकीर से पीछा छुड़ाने की कोशिश की। मगर वो ज़िद्दी लकीर अपने भरपूर तीखेपन के साथ उसकी हर कोशिश को नाकाम करती रही।

अचानक उसे महसूस हुआ कि धूप का वो लकीरनुमा टुकड़ा अब लकीर नहीं रहा। पेड़ के जिन पत्तों से छनकर धूप ने लकीर का आकार ग्रहण किया था—वे पत्तियाँ, सारी की सारी, सूखकर शिखर पर बरस चुकी थीं। पेड़ नंगा हो चुका था। ठूँठ बन चुके पेड़ की मोटी-मोटी शाखें पत्तियों की ओढ़नी के बग़ैर झुलसने लगीं। शिखर पर बरसती पेड़ की सूखी पत्तियों का अम्बार उसे ऐसे ढँक चुका था कि बाहर से सूखी पत्तियों का ढेर तो नज़र आ रहा था, मगर उस अम्बार के नीचे दुबके पड़े शिखर का दर्शन दुर्लभ था।

पत्तियों के ढेर के नीचे दबे पड़े शिखर के लिए अब तो धूप की तेज़ी बरदाश्त के बाहर हो रही थी।

उसे बचपन की एक घटना याद हो आई जब उसने भरी धूप में मैग्निफाइंग ग्लास के नीचे काग़ज़ का एक टुकड़ा रखा था। उस काग़ज़ पर शुरू-शुरू में तो बूँद बराबर धूप की लकीर कुछ देर तक पड़ती रही कि अचानक पलक झपकते काग़ज़ के टुकड़े ने अपने आप आग पकड़ ली थी।

और शिखर ने महसूस किया कि सूखे पत्तों के ढेर ने आग पकड़ ली है। वो छटपटाता हुआ ढेर के बाहर निकला तो उसने देखा कि आग की गिरफ़्त में सिर्फ पत्तों का ढेर नहीं है, बल्कि समूचा पेड़ है। आसमान छू रही थीं आग की लपटें। जलते-झुलसते ठूँठ के नीचे की ज़मीन पर फैले सूखे पत्तों और सूखी घास में भी आग लग चुकी थी। शिखर जाए तो जाए कहाँ? वो तो आग से घिर चुका था। काला धुआँ उगलती विकराल आग। चारों तरफ सिर्फ आग और आग। शिखर स्वयं उस आग की लपेट में आ चुका था। उसे माँस के जलने की भयानक बदबू आ रही थी। उसका दम घुट रहा था...घुट रहा था...घुट रहा था। शिखर अब कहीं नहीं है।

राख भी नहीं है वहाँ। कुछ भी नहीं है, कोई नहीं। बस एक भारहीन, अस्तित्वहीन शून्य...

...शिखर को सहसा महसूस हुआ कि कोई उसे सूँघ रहा है। वो हड़बड़ाकर उठ बैठा। उसके पास खड़ा एक कुत्ता भाग गया। उसने चारों ओर देखा। अरे, वो तो त्रिवेणी पर पहुँच चुका था। सामने शिप्रा नदी। अपना जूता और झोला किनारे पर छोड़कर उसने तो नदी में छलाँग लगा दी। काफी देर तक तैरते रहने के बाद वो गीले कपड़ों में बाहर निकला और गीले कपड़ों में ही बना रहा।

उसी समय उसे बच्चों की हँसी सुनायी पड़ी। उसने मुड़कर देखा एक लड़का नौ-दस साल का और एक लड़की सात-आठ साल की।

लड़का हँसता हुआ बोला—"आपको तो बहुत मज़ा आ रहा होगा, काकासा'ब।"

सहज भाव में शिखर बोला—"क्यों बेटा?"

"आप गीले कपड़ों में बैठे गर्मी में ठंड का मज़ा ले रहे हैं।"

लड़की बोली—"एक बार भैया ने भी कपड़ों में ही नदी में छलाँग लगा ली थी तो अम्मा ने उसकी खूब कुटम्मस की थी।"

दोनों भाई-बहन हँस पड़े। दोनों के हाथ में दोना था।

लड़के ने पूछा—"क्या काकासा'ब आप प्रसाद खाओगे?"

शिखर बोला—"नहीं खाऊँगा, बेटा, उसमें मिठाई है न। मेरे पास फल हैं, वही खा लूँगा।"

"मैं समझ गया, काकासा'ब। आप शनिदेवता से डरते हो, सभी डरते हैं। उनका गुस्सा बहुत तेज़ है।"

"नहीं बेटा, यह ग़लत बात है। मैं तो जानता भी नहीं हूँ कि तुम्हारे पास शनिदेवता का प्रसाद है। किसी भी देवता के बारे में, अगर तुम उन्हें देवता मानते हो, यह कहना कि उनका गुस्सा बहुत तेज़ है, एकदम ग़लत बात है। देवता कभी गुस्सा नहीं करते। अगर तुम देवता मानते हो तो बस यही मानो कि हर देवता हमेशा कल्याण ही करते हैं। उनसे भीख माँगने की ज़रूरत भी नहीं है। मैं इन दिनों सिर्फ फलाहार कर रहा हूँ, इसलिए मिठाई नहीं खाऊँगा।"

थोड़ी दूर पर खड़ी बच्चों की माँ बातें सुन रही थी। वो शनि मन्दिर के कटे हुए फलों के टुकड़े एक टोकरी में भरकर ले आई और शिखर के सामने रखकर बोली—"भैयाजी, यह शुद्ध प्रसाद के फल हैं। आप फलाहार करेंगे तो हमें पुण्य मिलेगा। आप पंचक्रोशी यात्री हैं।"

शिखर ने फलों के कुछ टुकड़े उठा लिये और बोला—''मेरे लिए इतना काफी है। आपके पुण्य के बारे में तो मैं नहीं जानता। लेकिन मुझ भूखे को आपने फलाहार करवाया, उसके लिए मैं आपका बहुत आभारी हूँ।''

माँ बच्चों को लेकर चली गयी।

शाम ढल चुकी थी। शिखर को याद आई पीछे छूट गये पिंगलेश्वर की और उस अम्माजी की जिसने उसे पानी पिलाया था और अपने हाथों से काट-काट कर फल खिलाये थे। अभी-अभी दो बच्चों और उनकी माँ ने उसके मन को छू लिया।

महिलाएँ सभी कमोबेश एक जैसी होती हैं। ममता और करुणा की मूर्ति। मगर सरो जीजी बिलकुल अलग है। वो तो है—उठती, बैठती, सोती, जागती, चलती, फिरती, कामकाज करती खाँटी पैदाइशी माँ। उसका यह माँ पन आठों पहर एक जैसा—सिर्फ एक के लिए नहीं, बल्कि सबके लिए, यहाँ तक कि अपने पति के लिए भी।

उसकी आँखें नम होना चाहती थी कि सहसा शिखर चौंक उठा। बैठे ठाले फिर किस उधेड़बुन में पड़ गया वो। उसे तो पंचक्रोशी यात्रा पूरी करनी थी।

वो दक्षिण दिशा की ओर करोहन के मार्ग पर चल दिया।

अचानक हलकी-हलकी बूँदा-बाँदी शुरू हो गयी। उसने आकाश की ओर देखा तो उसे विश्वास नहीं हुआ कि घटाटोप मेघ इतने काले भी हो सकते हैं और वो भी भरी गर्मी के मौसम में।

मेघ के उमड़ते-घुमड़ते कालेपन के भयावह दबाव में रात इस क़दर गहरा रही थी कि अन्धकार सीमेन्ट-कंक्रीट की तरह ठोस हो गया। खुले आसमान के नीचे बेहद हावी होता धरती का ऐसा बीहड़ जंगलपन कि दूर-दूर तक कहीं कुछ भी नज़र नहीं आ रहा था। न कहीं बिजली कौंधी, न मेघ गरजे, बस फट पड़ा मेघ। वर्षा का ऐसा हाहाकारी रूप उसने पहले कभी नहीं देखा था।

ऐसा लगा शिखर को जैसे वो भेड़ाघाट पर धुआँधार जलप्रपात में फँस गया हो और विलीन भी हो गया शिखर जलप्रपात में। अब तो कहीं नहीं था शिखर। कोई नहीं, कुछ नहीं, कहीं नहीं। चारों तरफ था एक विराट शून्य। भारहीन अस्तित्वहीन शून्य...

सहसा ट्रक की तेज़ रोशनी, तीखा हॉर्न और अचानक लगाये गये ब्रेक पर असहनीय किचकिचाहट से शिखर को एहसास हुआ कि वो बीच सड़क पर खड़ा है। ट्रक का

क्लीनर दौड़ता हुआ उसके पास आया और चिल्लाया—''ए भाई, अगर मरने का इत्ता सोक है तो कोई दूसरा ट्रक काहे नहीं पकड़ता। हमाय ट्रक के टायर अभी नये-नये हैं। अपने खून से उनको काय गन्दा करने को आ मरा।''

शिखर ने हाथ जोड़कर माफी माँगी और चलने को हुआ तो ट्रक ड्राइवर उसके पास आ गया और जैसे ही ड्राइवर की नज़र शिखर के चेहरे पर पड़ी, वो खुशी से चीख पड़ा—''अरे चन्दू, ये तो हमारे माट्सा'ब हैं।''

ड्राइवर ने झट शिखर के पाँव छुए। क्लीनर चन्दू हक्का-बक्का खड़ा रह गया। फिर तुरन्त चरणों में गिर पड़ा और गिड़गिड़ाता बोला—''हमका माफी दीजो माट्सा'ब। हमसे भारी भूल हो गयी। हम पता नहीं क्या आँय-बाँय-शाँय बोल गये।''

''कोई बात नहीं भाई। ग़लती तो मेरी थी।'' ट्रक ड्राइवर तुरन्त बोला—''आप बीमार तो नहीं हो, माट्सा'ब। आप हमारे ट्रक पर आराम करो। हम अभी आपको अस्पताल पहुँचाते हैं।''

''अरे नहीं भाई, मैं बिलकुल ठीक हूँ। मैं तो पंचक्रोशी यात्रा पर निकला हूँ। आज कौन-सा दिन है? दरअसल, मैं थोड़ा भटक गया हूँ। यह कौन-सी जगह है?''

''हम तो कालियादेह की तरफ जा रहे हैं। पंचक्रोशी यात्री भी कालियादेह पहुँचने को होंगे।''

शिखर फीकी हँसी हँसा—''मैं भी कैसा यात्री हूँ। दूसरा पड़ाव कायावरोहरणेश्वर, फिर तीसरा बिल्वेश्वर पड़ाव गुज़र गये, मुझे पता ही नहीं चला। सुधीरभाई के आश्रम के पास से ही गुज़रे होंगे, अम्बोदिया होते हुए। सुधीरभाई तो हर साल पंचक्रोशी यात्रियों का विशेष ध्यान रखते हैं। एक बार मैं भी पंचक्रोशी यात्रियों की सेवा में उनके साथ था।''

अचानक जोश में आ गया ट्रक ड्राइवर—''आपसे एक बात कहूँ, माट्सा'ब, जब हम आपके विद्यार्थी थे तो आपस में सभी एक ही बात करते थे कि आप ऊँचे क़िस्म के माटसा'ब हैं। सब माट्साबों से बिलकुल अलग। आप तो अपनी ही धुन में अकेले ही चले जा रहे हैं। पड़ाव और मंज़िलों से आपको क्या लेना-देना। आप तो यात्री हैं। यात्रा ही आपका पड़ाव है और यात्रा ही आपकी मंज़िल है।''

''अरे वाह, तुम तो एकदम दार्शनिक बातें कर रहे हो।''

''वही तो! हम अभी जो बोले, वो हम थोड़े ही न बोले। आपका बोला जो जैसा याद रह गया, वही तो बोल गया।''

''तुम तो अच्छे विद्यार्थी रहे होंगे।''

''पता नहीं माट्साब! हम पढ़ना तो बहुत चाहते थे, मगर घर गिरस्ती...''

“गिरस्ती नहीं, गृहस्थी।”

ड्राइवर शरमाता हँस पड़ा—“यही तो बात है। आपका कोई विद्यार्थी आपको भूल नहीं सकता।”

अचानक ड्राइवर चौकन्ना हुआ—“अरे माट्साब, हमने तो आपसे पूछा ही नहीं। चलिए, आप हमारे ट्रक पर बैठिए। भूखे तो ज़रूर होंगे। रोटी-शोटी खा लीजिए।”

“नहीं भाई, इन दिनों में फलाहार कर रहा हूँ। मेरे पास फल हैं। मैं फल खा लूँगा।”

“बड़ी मेहरबानी होगी माट्साब, अगर आप मेरे ट्रक में बैठकर फलाहार कर लेंगे। हमारा ट्रक पवित्र हो जाएगा।”

“तुम तो जानते हो भाई, मुझे ऐसी बातें पसन्द नहीं। हाँ, फलाहार मैं तुम्हारे ट्रक में बैठे कर लूँगा।”

फलाहार के बाद शिखर चलने को हुए तो ड्राइवर ने उनसे निवेदन किया—“माट्साब, आप हमको इज़ाजत दे दें तो हम आपको पंचक्रोशी यात्रियों के जत्थे से मिला दें?”

“एक शर्त पर कि तुम मुझे जत्थे से मिला तो दो, मगर जत्थे और मेरे बीच में पाँच सौ गज़ का फासला रहे।”

“माफ करें माट्साब, मगर ऐसा क्यों?”

“भाई मेरे, मैं इस यात्रा में शामिल ही इसलिए हुआ कि मैं पंचक्रोशी यात्रियों की अजनबी भीड़ में अपना अकेलापन सही-सही भोग सकूँगा। मगर अजब है हमारा देश। यहाँ तो अजनबी का प्यार भी बाँध लेता है। इस यात्रा के दौरान अब तक तीन अवसर ऐसे आए जब मैं शून्य से साक्षात्कार की स्थिति में पहुँच गया। मगर साक्षात्कार अधबीच टूट गया। चलो, अभी तो पंचक्रोशी यात्रा के दो दिन और बचे हैं। और उसके बाद अष्टतीर्थ यात्रा का एक दिन शेष है। चलो, देखते हैं, क्या होता है?”

एक बार फिर पंचक्रोशी यात्रा में शामिल होते ही शिखर को लगा कि उसका मन बहुत हलका हो गया है। वो कालियादेह पहुँच चुका था। सुबह होने में अभी थोड़ी देर थी। सभी यात्री विश्राम कर रहे थे। वो भी लेट गया। लेटते ही शरीर तो ढीला हुआ मगर थकावट हावी हो गयी। इतनी देह-तोड़ थकावट का अनुभव उसने पहली बार किया। उसे लगा कि शरीर का अंग-प्रत्यंग टूटकर चूर-चूर हो रहा है। सोचने की बची हुई शक्ति ने उसके मन को कुरेदा। मन में उसने गुदगुदी महसूस की

और सोचने लगा कि देह अन्ततोगत्वा राख तो बनती है लेकिन थकावट के फलस्वरूप चूर-चूर होकर चूर्ण भी बन सकती है—जैसे हिंग्वाष्टक चूर्ण, सितोपलादि चूर्ण आदि से मेल खाता हुआ—क्लान्ति देहान्तक चूर्ण। शिखर को अपने ही सोच पर हँसी तो आ रही थी, लेकिन खुलकर हँसना भी दूभर था। बहुत दिनों से उसने योगासन-प्राणायाम नहीं किया था, इसलिए देह शिथिल हो गयी थी। बस, इस यात्रा के बाद वो अपनी देहघड़ी को रिचार्ज कर लेगा और सब कुछ... सब कुछ... सब कुछ... शायद वो 'नार्मल' कहना चाहता था, मगर सब कुछ पर लड़खड़ाते हुए उसे नींद ने दबोच लिया।

पता नहीं कैसे क्या हुआ कि शिखर को ऐसा लगने लगा कि नींद का दबाव इस कदर बढ़ रहा है कि वो जमीन में धँसने लगा। वो छटपटाया। खूब हाथ-पैर मारा और उठ बैठा।...

...अरे, यह तो दलदल है। शिखर को पता नहीं कि वो इस दलदल तक कैसे पहुँचा? वो पूरी ताकत लगाकर खड़ा हो गया और उस दलदल से छुटकारा पाने के लिए भागना चाहा। मगर उसके दोनों पैर धँसने लगे। जितनी शिद्दत से वो छुटकारा पाने के लिए अपने पाँवों को दलदल की चपेट से मुक्त करना चाहता था, उतना ही धँसता चला गया। अब तो वो कमर तक धँस चुका था। पैर तो नहीं, अब हाथों को खूब चलाया उसने कि कहीं कोई चीज़ पकड़ में आ जाए तो अपने को धँसने से बचा सके। अब तो वो कन्धों तक धँस चुका था। धँसने की गति काफी तेज़ थी। नाक तक धँसने के बाद उसने अपनी आँखें बन्द कर लीं, अब तो शिखर पूरी तरह धँस चुका था। वो दलदल में समा गया था। कुछ भी नहीं बचा था अब। कुछ नहीं, कहीं नहीं। उसके चारों तरफ था एक विराट शून्य। भारहीन, अस्तित्वहीन शून्य...

शिखर ने चारों तरफ घूमकर देखा। वो बड़नगर रोड की छोटी रपट के पास खड़ा था। और देखा दत्त अखाड़े की दिशा में। यही तो है वो घाट जिसे आज भी रेतीघाट कहते हैं, लेकिन जहाँ रेत का नामोनिशान नहीं है। और यही है पंचक्रोशी यात्रा का अन्तिम पड़ाव।

अरे, कैसे पहुँचा वो यहाँ तक।

क्या शिखर का वो चलना स्लीप वाकिंग था—नींद में चलना! क्या उसे नींद में चलने की बीमारी लग गयी? साथ में हेल्युशिनेशन (मतिभ्रम) भीड़ यह हेल्युशिनेशन (मतिभ्रम) की कौन-सी स्थिति है जब आदमी चलते हुए भी स्वप्न

देख सकता है। इन प्रश्नों के उत्तर की तलाश वो करेगा ज़रूर, लेकिन अभी नहीं। अभी तो चलना था।

कब दो दिन गुज़र गये और उसे पता तक नहीं चला। कब जैथल का दुर्देश्वर पड़ाव छूटा। कब गुज़रा साहिबखेड़ी तालाब। पुनः पिंगलेश्वर तीर्थ आया और गया। कब गुज़रा उंडासा तालाब के अन्तिम पड़ाव के पश्चात् नगर प्रवेश भी सम्पन्न हो गया। शिखर रेतीघाट पर खड़ा है। कुल 118 किलोमीटर की यात्रा समाप्त हो गयी। पंचक्रोशी यात्रा के बहाने शून्य से शून्य तक की नितान्त वैयक्तिक यात्रा थी शिखर की। वो सशरीर सज्ञान भी यात्रा करता रहा और शून्य में स्वयं अपने से विच्छिन्न होकर भी चलता रहा।

एक दिन और सही। यात्रान्त तो अष्टतीर्थ यात्रा के अन्तिम पड़ाव मंगलनाथ पर सम्पन्न होगा। शिखर को याद आया कि 'अष्टतीर्थ'-शब्द तो आठ तीर्थों से सम्बन्धित है, किन्तु वास्तव में यह अष्टतीर्थ नहीं, बल्कि अष्टविंशति तीर्थ यानी 28 तीर्थ हैं। कहीं पर उसने 28 तीर्थों के नाम भी पड़े थे। वो अचरज में भरा सोच रहा था कि कर्कराज (रेती मैदान) से मंगलनाथ तक की लगभग 40 किलोमीटर की यात्रा में 28 तीर्थ हैं। इनमें ऐसे तीर्थ भी शामिल हैं जिनके नाम तो जीवित हैं, मगर निशान नहीं मिलता। हाँ, शास्त्रों में नामोल्लेख अवश्य है।

पं. आनन्दशंकर व्यास जैसे समर्पित शास्त्रज्ञ तो अँगुलियों पर नाम गिना देंगे—एक से अट्ठाइस तक और यह भी बतला देंगे कि इनमें से कौन-सा तीर्थ लुप्त होकर नाममात्र का रह गया है। पूरी पंचक्रोशी यात्रा के दौरान पं. व्यासजी यात्रियों के लिए ज्योतिषीय जानकारी भी देते रहेंगे—मंगल, अमंगल, पाप-पुण्य की सटीक शास्त्रीय व्याख्या के साथ। दृढ़तापूर्वक बड़े गणेश मन्दिर के साथ लगा उनका घर एक स्थापित पीठ की गरिमा से मंडित है और उनका वार्षिक पंचांग तो विश्वविश्रुत है।

शिखर कभी कभार उनके घर ज़रूर जाता था। उनसे मिलने के लिए नहीं, बल्कि अन्यों से हो रही उनकी ज्योतिषीय बातचीत सुनने। नपी-तुली उनकी भाषा, कहीं कोई छलकपट नहीं, विनम्रता की प्रतिमूर्ति होते हुए भी दो टूक। कोई दुकानदारी क़तई नहीं। कुंडली में निहित संकट से उबरने के लिए कोई ताबीज़ नहीं।

हाँ, शिखर जब भी जाता उनके पास तो कटाक्ष ज़रूर करते हैं—"अरे, माट्साब आप? आज रास्ता कैसे भूल गये?"

शिखर शर्मिन्दा होता तो उन्मुक्त हँसी के साथ चाय की दावत ज़रूर देते और उसके इनकार करने पर मिष्ठान्न अवश्य खिलाते और कहते—"चाय न सही, प्रसाद तो ग्रहण कीजिए।"

व्यासजी की याद की गलियों से गुज़रते हुए मन में एक बिजली-सी कौंधी

और एक भूली हुई याद नागफनी बनकर उभरी।

पिछली बार जब शिखर उनसे मिला था, तब उन्होंने गम्भीर चेतावनी के रूप में कहा था—''माट्साब, आप ज्योतिष तो मानते नहीं हैं, लेकिन आप मेरे प्रिय हैं। इसलिए आपको सावधान करना चाहता हूँ। आप जैसे सीधे, सच्चे, आदर्शवादी शिक्षक के जीवन में, निकट भविष्य में एक आँधी आनेवाली है। बस, इतना ही कहना चाहूँगा कि दृढ़तापूर्वक आँधी का सामना कीजिएगा। अपने पैर उखड़ने मत दीजिएगा। आपकी जड़ें हिल सकती हैं, मगर हिम्मत से अपनी धुरी पर बने रहिएगा। बहुत कठिन परीक्षा होगी आपकी, बहुत कठिन। मैं केवल प्रार्थना कर सकता हूँ ईश्वर से। और कुछ भी नहीं कर सकता।''

मन में उस समय थोड़ी शंका ज़रूर पैदा हुई थी कि सहसा पंडितजी ऐसा क्यों बोलने लगे? शिखर ने उन्हें चुनौती तो नहीं दी थी, किन्तु इतना अवश्य कहा था—''पंडितजी, आपके पास तो मेरी जन्मकुंडली नहीं है। किसी के पास भी नहीं है। फिर आप इतने विश्वासपूर्वक कैसे बोल गये।''

''आपने सही कहा। मैं हमेशा कुंडली पढ़कर ही बोलता हूँ। लेकिन मेरे जीवन में ऐसे अवसर भी आए हैं, जब सामने बैठे व्यक्ति के चेहरे पर उसका दूरस्थ भविष्य सहसा झलक उठता है। ऐसा बहुत कम हुआ है, लेकिन हुआ ज़रूर है।''

''क्यों पंडितजी, इसी को तो प्रज्ञाशक्ति कहते हैं न, इनट्यूशन।''

''जी हाँ, कहते तो हैं। सरल भाषा में इसे पूर्वाभास भी कह सकते हैं। बस, इतना ही कहना चाहूँगा कि जीवन में कभी ऐसा भी ज़रूर कीजिएगा जिसे आप धार्मिक भावना से भले न मानते हों। एक बात कह दूँ, माट्साब, आप भले ही धार्मिक अनुष्ठानों को नहीं मानते हों, फिर भी आपके आचरण में, आपके अजाने, विशुद्ध धर्म निहित होता है। अधिकतर लोग धर्मभीरू होते हैं, क्योंकि भय ही उन्हें धर्म की ओर प्रेरित करता है। आपमें श्रद्धा प्रबल है, अन्धी श्रद्धा नहीं, विवेक से उपजी श्रद्धा। इसीलिए तो आप आदर्शवादी हैं।

शिखर को अचरज हो रहा था। वो तो वास्तव में पं. व्यास की उस चेतावनी को भूल ही गया था। पंचक्रोशी परिक्रमा पर निकलते समय भी उसे पं. व्यासजी की याद नहीं आई थी। बिलकुल नहीं। और अचानक अष्टविंशति यात्रारम्भ पर पं. आनन्दशंकर व्यास की याद एक फ्लैशबैक की तरह सहसा कौंध उठी। और वो भी शुरू हुई शास्त्र-चर्चा के साथ कि अचानक भविष्यवाणी, उसकी भूली हुई यादों की परतें चीरकर उभर आई।

रात का तीसरा प्रहर था। शिखर को नींद नहीं आ रही थी। वो एक झटके से उठा और अष्टविंशति तीर्थयात्रा पर चल दिया। यात्रियों का एक जत्था भी उसके साथ

चल रहा था। ग़नीमत यह थी कि अब जत्थे में केवल ग्रामीण थे और उनमें से कोई भी उसे पहचानता नहीं था। यात्रियों की तरह यात्री बनकर पहली बार शिखर चल रहा था। अजनबियों की भीड़ में होते हुए भी जिस एकान्त की कामना उसे नागचन्द्रेश्वर मन्दिर से पंचक्रोशी परिक्रमा के दौरान की थी, वो आज पूरी हो रही थी। रात के तीसरे प्रहर में यात्रा पर निकलने के बावजूद यात्रियों में वही उत्साह था। कभी कोई भक्ति से सराबोर जयकारा लगाता तो सभी उसका साथ देते। इन यात्रियों में आबालवृद्ध वनिता वाली कहावत चरितार्थ हो रही थी। उसे आश्चर्य हो रहा था कि बच्चों और औरतों में आज छठे दिन भी वही उत्साह कैसे बना हुआ है। अधिकतर औरतें पोटली सिर पर उठाये हुए थीं। कुछ मर्द भी या तो पोटली सिर पर रखे हुए थे या कन्धे से लटकाये हुए थे।

क्या कहेंगे इसे धर्मान्धता या धार्मिक आस्था? इसे यदि धर्मान्धता की श्रेणी में भी रखा जाए तो क्या इस अन्धत्व में एकनिष्ठ समर्पण नहीं है? इनमें से कितने ही यात्री ऐसे हैं जो 25-30 वर्षों से निरन्तर इस यात्रा में आ जुटते हैं। उन्हें किसी फल की आशा नहीं है। बस चलना है और चलते रहना है। यह तो आस्था है, अडिग आस्था।

नागचन्द्रेश्वर मन्दिर से जब यात्री चलते हैं तो प्रचलित मान्यता यह है कि वहाँ से 'बल' लेकर चलते हैं। यही 'बल' उनके लिए पूरी यात्रा में सम्बल है। मान्यता यह भी है कि जब यात्री, यात्रान्त में इस मन्दिर में फिर आते हैं, तो 'बल' को वापस करते हैं। शायद कहते हों—भगवन्! आपका दिया बिना किसी खर्च या नुकसान के आपको लौटा रहे हैं। लगता है जैसे कह रहे हों—'जस की तस धर दीन्हीं चदरिया।'

यात्रियों के साथ आरम्भ से चलता शिवरथ और अलग-अलग पताकाएँ भी वापसी में यहीं छूट जाते हैं। रेतीघाट पर पंचक्रोशी के समापन पर लिया—"दिया सब कुछ छूट जाता है। यात्रा का सारा वैभव यहीं स्थगित हो जाता है, पूरे एक वर्ष के लिए।

कितने ही नगरवासी—उनकी देखरेख में चौकन्ना रहते हैं। चिकित्सा की सारी सुविधाएँ जुटाते हैं—नामी-गिरामी लोग। शासन भी अपनी जानी-पहचानी चाल में इनके साथ होता है। राजनेतागण भी, अपनी दुन्दुभी बजाने से बाज नहीं आते हैं।

शिवरथ में भगवान के दर्शन हो न हों, राजनेताओं के दर्शन ज़रूर होते हैं। राजनेतागण जब भोजन परोस रहे होते हैं तब हाथ जोड़कर कहते होंगे—"माई बाप, आप ही ने हमें सांसद बनाया या विधायक बनाया, या फिर बनाएँगे। हम थोड़े ही आपको खिला रहे हैं। हम तो आपका दिया खाते हैं।"

यात्रीगण एक-दूसरे की सहायता पग-पग पर करते हैं। लगता नहीं है कि यात्री एक-दूसरे से अलग हैं। आभास तो यही होता है कि भरा-पूरा कुनबा कदम से कदम मिलाकर चल रहा है। कभी कभार दुर्घटनाएँ भी हो जाती हैं। किसी को चक्कर आ जाता है या फिर कोई स्कूटरवाला किसी यात्री को धक्का मारकर धराशायी कर जाता है। ऐसे में चलित अस्पताल तो काम आते ही हैं। यात्रीगण भी दुखियारे का दुख दूर करने के लिए जुट जाते हैं। अकसर यात्रियों के पैरों में छाले पड़ जाते हैं या काँटा चुभ जाता है। उस समय अस्पताल की गुहार नहीं मचती है— यात्रीगण ही एक-दूसरे को मलहम लगाने जुट जाते हैं। आश्चर्य तो तब होता है जब हम देखते हैं ऐसे यात्रियों को जो नंगे पैर चल रहे हैं। कैसा जुनून है उनके संकल्प में। अंगारों पर नंगे पैर चलनेवाला करिश्मा याद हो आता है।

पता नहीं, शिखर को क्या हो गया कि पंचक्रोशी यात्रा की महिमा गाने में या तो सब कुछ भूलकर विशुद्ध यात्री बन गया या फिर अपनी इस सोच की ओट में स्वयं से भाग रहा था।

यात्रारम्भ के पूर्व उसने स्वयं से साक्षात्कार का जो मुहावरा उछाला था, उस साक्षात्कार के चलते जिस शून्य की महास्थिति को वो चार बार भोग चुका था, उसमें फिर से फँसने में वो शायद कतरा रहा था।

लेकिन ऐसा क्यों? उसने स्वयं तो ऐसी कोई स्थिति निर्मित नहीं की थी और ना ही किसी सोच के गलियारे में स्वतः प्रवेश किया था कि ऐसे भयावह दुर्दान्त स्वप्न की सृष्टि हो। वो जानता-समझता सब कुछ था। मनोदशा, मनोविकार, मन का मायावी खेल। कहीं तो कोई फाँस रातोरात नागफनी-सी उग आई थी।

अभी तो वो रणजीत हनुमान तक पहुँच चुका था। और वहाँ से मोजमखेड़ी के रास्ते पर निकल भी आया था। वो न तो ओखलेश्वर पर रुका और ना ही विक्रान्त भैरव पर ठहरा। वो तो कालभैरव की तरफ मुड़ गया था। कालभैरव उसे हमेशा प्रश्नाकुल बनाते हैं। देशी दारू, बेरोकटोक धाराप्रवाह पीने वाले भैरव महाराज का सम्भावित दारू भण्डार कितना विशाल और आयतन में कितना विराट होगा। या फिर यों भी हो सकता है ये दारू धरती के नीचे बने किसी अज्ञात गुफा से अन्तःसलिला के रूप में बहती हुई किसी अजानी नदी में या शायद सीधे समुद्र में जाकर समा जाती है। क्या पता शायद इसे धरती सोख लेती है और ये भूमिगत हो जाती है?

कालभैरव मन्दिर की सीढ़ियों पर कुछ देर तक शिखर बैठा रहा। चलें कि और ठहरें की उधेड़बुन में उसे झपकियाँ आने लगीं तो वो सीढ़ी पर ही लेट गया। और नींद ने भी मौका ताड़कर उसे धर दबोचा। लेकिन ज़्यादा देर तक सो नहीं

पाया। उसे लगा कि उसके कन्धे से झूलता थैला कोई खींच रहा है। उसके उठते ही बन्दर भाग गया और थोड़ी दूर पहुँचकर शिखर को खो-खो कर चिढ़ाने लगा। शिखर को हँसी आ गयी। उसके थैले में थोड़े से अंगूर बच गये थे। उसने थैला खाली कर दिया। अंगूर इधर-उधर लुढ़क गये। वो बन्दर लपका और अंगूर बीन-बीन कर खाने लगा। एक-एक कर कई बन्दर वहाँ आ गये। शिखर उनकी छीना झपटी देखने में खो गया।

उसी समय एक राहगीर उसके पास आया और बोला—''भाईसाहब, आप धीरे से खिसक लीजिए वरना बन्दरों का ये झुंड आपके थैले की ही नहीं, आपके कपड़ों की ही खींचतान शुरू कर देगा। आपको काट भी सकते हैं।''

शिखर ने राहगीर को धन्यवाद दिया और उठकर चल दिया।

मंगलनाथ पहुँचते-पहुँचते दोपहर चढ़ आई। शिखर गर्मी से परेशान हो रहा था। वो जल्दी-जल्दी सीढ़ियाँ उतरकर मंगलनाथ घाट पर पहुँच गया। उसने थैली और जूते किनारे पर उतारकर शिप्रा में छलाँग लगा दी। उसने तैरना चाहा मगर उसके हाथ-पैर जकड़ने लगे। कहीं जलकुम्भी तो नहीं जो पानी में अन्दर मौजूद थी। उसने उछलकूद मचा दी और अपने हाथ-पैरों को जकड़न से आज़ाद किया। वो किनारे की ओर तैरने लगा तो देखा सामने पानी में एक मगरमच्छ ने सिर उठाया। वो दूसरी ओर मुड़ा तो वहाँ एक और मगर था। उसने फिर उछलकूद मचा दी तो देखा कि वो चारों तरफ मगरमच्छों से घिरा हुआ है। उसने डुबकी लगाई और डूब में ही तैरता हुआ किनारे पर पहुँचा। वो बुरी तरह हाँफ रहा था। उसने थैले में से कपड़े निकाले, मगर इससे पहले कि वो गीले कपड़े उतारता उसने देखा मगरमच्छों का एक झुंड उसकी ओर तेज़ी से बढ़ा आ रहा है। वो कपड़े और थैला फेंककर ताबड़तोड़ सीढ़ियाँ चढ़ने लगा। उसने पीछे मुड़कर देखा तो पाया कि मगरमच्छों का वो झुंड बड़ी तेज़ी से उसके पीछे-पीछे सीढ़ियाँ चढ़ रहा है। ऊपर पहुँचकर उसने देखा कि वो झुंड काफी करीब पहुँच गया है। वो बेतहाशा दौड़ा और मंगलनाथ मन्दिर की सीढ़ियाँ चढ़ने लगा। ऐसे में, सहसा वो किसी व्यक्ति से टकराया। दोनों ने एक-दूसरे को देखा और पहचान गये। शिखर ने देखा मंगलनाथ मन्दिर के पुरोहित खड़े हैं। शिखर ने ससम्भ्रम चारों तरफ देखा। कहीं कुछ नहीं था। वो बोला—''क्षमा कीजिए, पंडितजी, मैं हड़बड़ी में आपसे टकरा गया।''

''नहीं माट्साब, क्षमा क्यों माँगते हैं। लेकिन ताज़्जुब है कि आप इस प्रकार भय और घबराहट के साथ सीढ़ियाँ चढ़ रहे थे। आपके कपड़े भी गीले हैं। नंगे पैर भी हैं आप। बात क्या है?''

"कोई ख़ास नहीं, पंडितजी, मैं गर्मी से परेशान नहाने के लिए शिप्रा में कूद पड़ा था। सिर्फ जूता उतारा था और थैला रखा था किनारे..."

"आइए, मन्दिर में चलिए। और चलते-चलते बातें भी करते हैं। हाँ तो.."

शिखर ने अपनी आपबीती खुलकर बयान कर दी।

मन्दिर के एक कक्ष में दोनों बैठ गये।

थोड़ी देर में नाश्ते के साथ चाय आ गयी।

पुरोहित बोले—"लीजिए माट्साब, पहले थोड़ा प्रसाद ग्रहण कीजिए और चाय पीजिए। तब तक आप स्थिर भी हो जाएँगे।"

चाय पीते-पीते पुरोहित फिर बोले—"लेकिन माट्साब, मेरी समझ में यह नहीं आ रहा है कि भरी दोपहर आप आए क्यों?"

शिखर बोला—"मैं तो पंचक्रोशी यात्रा पर निकला था पंडितजी और यही तय किया कि अष्टविंशति तीर्थयात्रा भी कर लूँ।"

"आश्चर्य माट्साब! आप और पंचक्रोशी यात्रा?"

"पता नहीं क्यों, सभी यह प्रश्न उठाते हैं। लोग मेरे बारे में ऐसी धारणा क्यों रखते हैं। मैं तो एक मामूली शिक्षक हूँ।"

"अरे नहीं माट्साब, आप बेहद लोकप्रिय शिक्षक हैं—सीधे, सच्चे, आदर्शवादी। ईमानदारी आपमें इतनी कूट-कूट कर भरी हुई है कि आपने कभी अपनी पदोन्नति के लिए कोई जोड़-तोड़ और दौड़-धूप नहीं की, जबकि आपके सभी शिक्षक साथी हायर सेकेंडरी में लेक्चरर हो गये हैं। और आप जहाँ के तहाँ यूडीटी बने हुए हैं।"

"पंडितजी, मैं तो सन्तुष्ट हूँ। मेरी ज़रूरतें बहुत सीमित हैं। इसलिए रुपये-पैसे, पद-प्रतिष्ठा की चाहत मुझे कभी नहीं रही। बस, मन थोड़ा चंचल हो रहा था तो स्वयं से साक्षात्कार के लिए मैं पंचक्रोशी यात्रा पर निकल पड़ा।"

कुछेक पल सोचने के बाद पंडितजी बोले—"यह आपने सही कहा कि आपका मन चंचल हो रहा है, इसलिए आपको यह भ्रम हो गया कि मगरमच्छों का झुंड आपके पीछे पड़ गया। सच्चाई यह है कि शिप्रा में मगरमच्छ हैं ही नहीं। मंगलनाथ में तो बिलकुल नहीं। यहाँ जलकुम्भी का खतरा बना रहता है, लेकिन इन दिनों जलकुम्भी भी नहीं है।"

अचरज में भरकर शिखर बोला—"यह आप क्या कह रहे हैं, पंडितजी? मेरी सही सलामत आँखों को इतना बड़ा धोखा तो हो ही नहीं सकता।"

उसी समय शिखर के कुर्ते की जेब में खलबली-सी महसूस हुई। उसने जेब में हाथ डाला तो उसकी आँखें फटी की फटी रह गयीं—उसके हाथ में एक शिशु मगर कुलाँचें भर रहा था। उसने पुरोहित को दिखलाते हुए कहा—"यह देखिए, इसे आप क्या कहेंगे?"

"यह तो मेंड़क है माट्साब, आप ध्यान से देखिए।"

शिखर ने ध्यान से देखा तो पाया कि मेंढक ही है। तब तक मेंढक उछलकर जा चुका था।

"माफ कीजिए, माट्साब, मुझे लग रहा है कि आपकी तबीयत खराब है। शायद दिमाग में गर्मी चढ़ गयी है।"

थोड़ी देर तक शिखर सोच में पड़ा रहा फिर सिर हिलाकर बोला—"शायद आप ठीक कह रहे हैं पंडितजी, मगर आप चिन्ता न करें। मैं अपने को बहुत जल्द ठीक कर लूँगा। मुझे सेल्फ हीलिंग आती है।"

"मुझे आप पर पूरा भरोसा है। लेकिन आप अब पैदल नहीं जाएँगे। आपको मेरा आदमी बाइक पर पहुँचा देगा। बाहर आपका जूता रखा हुआ है। आपके कपड़े भी, उस कोने में रखे आपके थैले में हैं। आप इत्मीनान से कपड़े बदल लीजिए।"

मोटर बाइक पर पुरोहित का आदमी शिखर को मगरमुँहा के मोड़ पर पटनी बाज़ार में छोड़ गया। मगरमुँहा की तंग गली की रपट पर जैसे ही शिखर ने पाँव रखे, उसकी नज़र नीचे गटर में पड़ी। उसने देखा एक बड़ा-सा मगर उन्हें घूर रहा है। वो तेज़ कदमों से सरो जीजी के घर की ओर बढ़ लिया।

उसने सरो जीजी के घर के दरवाज़े की कुंडी खटखटाई। सहसा उसे भनक सी हुई और उसने पीछे मुड़कर देखा। वही गटरवाला मगर उसकी ओर बढ़ा आ रहा है। शिखर ने घबराकर तेज़ी से कुंडी खटखटाई। दरवाज़ा खुला। सामने खड़ी थी—सरो जीजी की एकमात्र सन्तान गायित्री। शिखर का भयाक्रान्त चेहरा देखकर गायित्री सिहर उठी। शिखर ने घर के अन्दर तेज़ी से प्रवेश किया और तुरन्त दरवाज़ा बन्द कर दरवाज़े से टिककर खड़ा हो गया। गायित्री धीरे से बोली—"क्या बात है, मामा सा, आप इतने घबराए हुए क्यों हैं? अरे आप तो पसीने से भीग गये हैं?"

शिखर ने अपने ओठों पर अँगुली रखी और गायित्री को चुप रहने का संकेत दिया और फिर बुदबुदाया—"तुम किसी से कहना नहीं। एक मगर मेरे पीछे पड़ा हुआ है।"

गायित्री आँखें फाड़कर शिखर को देखने लगी—"क्या मामा सा आप क्या कह रहे हैं। मेरी समझ में कुछ नहीं आ रहा है। भरी बस्ती में मगर कहाँ से आ जाएगा। आप दरवाज़ा खोलिए, मैं देखती हूँ।"

शिखर ने पहले थोड़ा-सा दरवाज़ा खोला, फिर पूरा दरवाज़ा खोल दिया और फिर डरकर दरवाज़ा बन्द करने लगा तो गायित्री ने दरवाज़ा नहीं बन्द करने दिया।

शिखर ने विस्फारित नेत्रों से गायित्री की ओर देखा और बोला—"तुझे इतना

बड़ा मगर नहीं दिखलाई पड़ रहा है?''

''कहाँ है मामा सा, कहाँ है मगर, न छोटा, न बड़ा। वो तो एक गिरगिट है। आप ध्यान से देखिए।''

शिखर ने ध्यान से देखा तो पाया कि गिरगिट है।

''हाँ, तू ठीक कहती है। मुझे पता नहीं क्या हो गया है। अभी मंगलनाथ पर पंडितजी ने भी यही कहा था। मेरे दिमाग में गर्मी चढ़ गयी है।''

फिर हँसता हुआ बोला—''देख लो, यह होता है नतीजा, भरी गर्मी में पंचक्रोशी यात्रा में जाने का।''

चिहुँक उठी गायित्री—''अरे मामा सा आप गये थे पंचक्रोशी यात्रा पर। मुझे तो विश्वास नहीं हो रहा है।''

''किसी को नहीं हो रहा है। लेकिन यही सच है।''

उसी समय अन्दर से सरो जीजी की आवाज आई—''अरे गायित्री, तू किससे बात कर रही है?''

इतने दिनों बाद जीजी की आवाज सुनकर एक अजीब-सी सिहरन दौड़ गयी शिखर के समूचे अस्तित्व में। यह मात्र जीजी का स्वर नहीं था, स्वयं ममता की पुकार थी। लगा जैसे शरीर के सारे कष्ट दूर हो गये। कितने दिनों से अजीब मानसिक स्थिति में था शिखर। कभी झिलमिलाती धूप, कभी बर्फानी छाँव। कभी भयावह रूप से असहज और कभी स्वाभाविक रूप से सहज जैसे कुछ हुआ ही नहीं है। कभी अन्धकूप में भटकता और अचानक खुले निरभ्र आकाश के नीचे स्वच्छन्द। फिर सहसा छन्द, लय, ताल की वापसी। सहज-असहज के बीच झूलता शिखर, सहसा बीते दिनों के अपनत्व में लौटता शिखर था गायित्री के सामने।

एक बार फिर शिखर ने गायित्री को चुप रहने का इशारा किया। वो बिलकुल सहज हो चुका था। दबे पाँव वो सरो जीजी के कमरे की ओर बढ़ा। अन्दर पहुँचा तो पाया कि सरो जीजी दरवाज़े की ओर पीठ किये बैठी थी। उसके सामने नरोत्तम खड़े थे। शिखर ने उन्हें भी चुप रहने का इशारा किया और फिर धीरे से उसने अपने दोनों हाथों से सरो जीजी की आँखें बन्द कर लीं।

सरो जीजी चौंककर बोली—''अरे कौन है?''

फिर उन्होंने शिखर का हाथ टटोला और रोने लगी—''अरे मेरा बच्चा! मैं अपने भाई का हाथ नहीं पहचानूँगी।''

शिखर लिपट गया सरो जीजी से और स्वयं फूट-फूट कर रो पड़ा। रोते-रोते सरो जीजी शिखर की बाँहों में बेहोश हो गयी। शिखर बुरी तरह घबरा गया, लेकिन नरोत्तम और गायित्री सहज बने रहे।

नरोत्तम बोले—''देख लो, तुमने अपनी जीजी का क्या हाल किया है। अभी

तक तुम्हारे एकाएक चले जाने पर रोती बिसूरती बेहोश होती रही। आज पहली बार खुशी के आवेग में बेहोश हुई है। तनाव इन्हें बरदाश्त नहीं है। और भी ढेर सारी घटनाएँ हुई हैं जिनसे तुम्हारी जीजी टूट गयी है।''

गायित्री ने हस्तक्षेप किया—''नहीं बाबू सा, आप क्यों मामा सा पर सारा दोष मढ़ रहे हैं। आप ही तो यही कहकर अम्मा को समझाते रहे कि मामा सा को स्वतन्त्र जीवन और 'स्पेस' की ज़रूरत है। आप चिन्ता न करें, मामा सा। अम्मा अभी ठीक हो जाएगी।''

गायित्री नींबू में छेदकर उसे अपनी अम्मा की नाक के आसपास घुमाती रही। थोड़ी देर में अम्मा को होश आ गया। वो उठ बैठी। गायित्री ने तत्काल उन्हें नींबू पानी में ढेर सारा शक्कर मिलाकर शिखर के हाथ में गिलास थमा दिया।

''लीजिए मामा सा, अपनी जीजी को शर्बत पिलाइए।''

शिखर उन्हें अपने हाथ से शर्बत पिलाता रहा। छोटी-छोटी घूँट में सरो शरबत पीते-पीते बोली—''यह लड़की ढेर सारा शक्कर डाल देती है। लगता है जैसे चाशनी पी रही हूँ। अब तू मेरे पास आ गया। अब मुझे काहे की चिन्ता। जो भी गुत्थियाँ, पता नहीं क्यों, पड़ गयी हैं, उन्हें मेरा भाई ही सुलझाएगा। अरे, मैं तो बड़बड़ाने लगी। और तू बैठी है गायित्री, मेरा भाई थका माँदा आया है और तूने इन्हें पानी तक के लिए नहीं पूछा।''

गायित्री भी लड़ियाकर बोली—''तुम कुछ करने का मौका दो, तब ना। मैं जानती थी, जब तक तुम्हारा नाटक चलेगा, तब तक कोई कुछ नहीं लेगा।''

तब तक सरो शरबत पी चुकी थी। शिखर ने पुलककर गायित्री की चोटी पकड़ ली और बोला—''तेरी यह हिम्मत कि मेरी जीजी की बेहोशी को नाटक कहती है।''

सहसा गायित्री की आँखों में एक अजीब-सी दृष्टि उतर आई और वो मेघ से घिरी अपनी आँखों की आकाशी नयी दृष्टि से झाँकने लगी। शिखर तो उस दृष्टि का सामना करने में असमर्थ हो गया। उसने तुरन्त चोटी छोड़ दी। गायित्री भी अन्दर भाग गयी, कहती हुई—''मैं पानी लाती हूँ।''

शिखर कहना चाहता था कि वो अभी-अभी मंगलनाथ में नाश्ता-चाय ले चुका है, मगर उसके बोल नहीं फूटे।

तब तक गायित्री एक हाथ में भरा हुआ लोटा और दूसरे हाथ में खाली गिलास लेकर आ गयी। शिखर को लगा कि वो जनम-जनम का प्यासा है। उसने गायित्री के हाथ से लोटा लिया और सीधे लोटे से गटागट पानी पी गया। उसने

गायित्री की आँखों से आँखें नहीं मिलाईं। वो अपनी आँखें झुकाये बैठा रहा। मगर गायित्री शिखर को भर आँख देख रही थी, देख रही थी, देख रही थी।

नरोत्तम हँस पड़े। बोले—"अरे बिटिया, तू तो शिखर को ऐसे घूर रही है जैसे उससे तुझे कोई हिसाब चुकाना हो।"

"हाँ, हिसाब तो चुकाना पड़ेगा। पूरा चुकाना पड़ेगा।"

सरो बोली—"इस लड़की का दिमाग भी आजकल सातवें आसमान पर है। पता नहीं, क्या-क्या अंटशंट बकती रहती है। अब शिखर, तू तो भाग खड़ा हुआ। न पता, न ठिकाना एकदम ग़ायब। जो तुझे करना था, वो अब हम कर रहे हैं। इस लड़की को भी तो उसके अपने घर भेजना है। तेरे बिना घर बहुत सूना लग रहा था। हमने तय किया कि गायित्री की शादी की तैयारी में मन लगाते हैं।"

गायित्री ने हस्तक्षेप किया—"क्या अम्मा, आप फिर विवाह-पुराण खोलकर बैठ गयीं। मैं आपसे कह चुकी हूँ कि मैं कभी शादी नहीं करूँगी।"

"फिर वही बकवास। शिखर, मेरे भाई, अब तू ही इसका दिमाग ठिकाने लगा।"

अब तक शिखर अन्धकूप से निकलकर खुले निरभ्र आकाश तले आ चुका था। वो भरपूर आत्मबल से बोला—"ठीक तो कह रही है गायित्री। इतनी जल्दी क्या है? थोड़ा पढ़-लिखके जीवन जीने का सलीका सीख ले। शादी तो कभी भी हो जाएगी।"

बिफर पड़ी सरो—"कब होगी शादी? कुछ सालों में शादी के लायक भी नहीं रहेगी। और इस बीच हम दोनों ने आँखें मूँद लीं तो इसे कौन देखेगा?"

तुनककर बोली गायित्री—"मुझे किसी के सहारे की ज़रूरत नहीं है।"

"लड़की होकर ऐसी बात करती है। तुझे लाज नहीं आती। हमारे समाज में लड़कियाँ अकेली नहीं रह सकतीं। किसी हालत में नहीं।"

"अकेली क्यों रहूँगी, मामा सा हैं न।"

"लेकिन क्यों?"

"इसका जवाब मैं आपको पहले दे चुकी हूँ। आज फिर दोहरा रही हूँ। मेरी शादी हो चुकी है।"

रो पड़ी सरो और बोली—"तूने सुना शिखर। कैसा पागलपन सवार है इसके दिमाग में।"

नरोत्तम ने बड़ी देर बाद हस्तक्षेप किया—"क्यों अपनी बेटी के साथ उलझ रही हो? तुम तो इसके पीछे हाथ धोकर पड़ गयीं। इतना भी नहीं समझतीं कि वो नादान है। उसे थोड़ा समय दो, सोचने-समझने का मौका दो। उसे विचरने के लिए थोड़ी जगह दो। एक खाली जगह। उस पर दबाव मत डालो। तुम तो परेशान हो रही

हो। तुम्हारी वज़ह से मैं परेशान हूँ और इस नन्ही-सी जान को भी परेशान कर रही हो।''

गायित्री ने भरपूर दमखम से कहा—''नहीं बाबू सा, मैं बिलकुल परेशान नहीं हूँ। मैंने जो भी फैसला किया है, सोच-समझकर किया है। यह सही है कि मेरी शादी हो चुकी है। यह भी सही है न मेरे फेरे हुए हैं अब तक और न मंगलसूत्र पहना है मैंने। अपना घर भी नहीं बसाया है मैंने।''

भयानक क्रोध में बावली होकर सरो गायित्री पर लपकी। शिखर ने तुरन्त हस्तक्षेप किया और अपनी जीजी को बाँहों में भर लिया और बोला—''कैसा अनर्थ कर रही हो, जीजी। थोड़ी शान्ति रखो। मैं आ गया हूँ न, सब सम्हाल लूँगा। मेरी मानो, तुम थोड़ी देर के लिए सो जाओ।''

शिखर ने सरो को बिस्तर पर लिटा दिया। नरोत्तम ने उनके सिर पर हाथ फेरना शुरू किया। शिखर उसके पाँव दबाने लगा। गायित्री भी अपनी माँ के सीने में सिर रखकर सिसकने लगी—''मुझे माफ़ कर दो, अम्मा।''

सरो अपनी बेटी का सिर सहलाने लगी और बोली—''चल उठ, तेरा वज़न बढ़ गया है, ख़ासकर तेरे सिर का। चौबीसों घंटे सिर में खिचड़ी पकाओगी तो सिर भारी नहीं हो जाएगा।''

शिखर खुशी से लगभग चीख पड़ा—वो पूरी तरह शिखर बन चुका था, पहले जैसा—''खिचड़ी? अरे जीजी, कम से कम सौ साल गुज़र गये हैं—तुम्हारे हाथ की वो लटपट विश्वविश्रुत खिचड़ी खाये।''

सरो उठने को हुई। शिखर ने तुरन्त रोका—''आज नहीं जीजी, एक सप्ताह से फलाहार कर रहा हूँ। आज तो रोटी ही खानी है। तुम दो-एक घंटे सो लो। शाम होते-होते, तुम्हारी दीया-बाती का समय हो जाएगा। उसके बाद तुम दोनों माँ-बेटी रोटी सब्जी बनाना। फिर क्या है? गरम-गरम फुलके गायित्री परोसती जाएगी और मैं सौ-पचास रोटी खाकर ही दम लूँगा। और हाँ, तुअर की दाल तो चाहिए ही—शुद्ध देहाती घी में हींग जीरे के तड़केवाली, ख़ास तुम्हारे हाथ की।''

थोड़ी ही देर में सरो गाढ़ी नींद में सो गयी।

नरोत्तम उनका सिर सहला रहे थे। शिखर पाँव दबा रहा था और गायित्री उनकी हथेली पर 'एक्युप्रेशर' कर रही थी।''

उनकी नींद में खलल न पहुँचे, इसलिए बारी-बारी से तीनों ने अपने हाथ हौले से खींच लिये। शिखर ने इशारा किया और तीनों कमरे का दरवाज़ा बन्द कर दालान में आ गये।

शिखर धीरे से बोला—“जीजू सा, मैं थोड़ी देर के लिए श्याम के घर हो आता हूँ।”

नरोत्तम बोले—“मैं भी थोड़ी झपकी ले लेता हूँ।”

शिखर बोला—“ठीक है, आप लेट जाइए, मैं आपके पाँव दबा देता हूँ।”

“अरे नहीं रे, तू तो जानता है कि मुझे सेवा पसन्द नहीं। तू श्याम के घर हो आ। मगर जल्दी लौटना।”

गायित्री बोल पड़ी—“असम्भव! मामा सा किसी भी हालत में जल्दी नहीं आ सकते। आप ही सोचिये। इन्हें मगरमुँहा से विद्यानगर पहुँचने में कितनी देर लगेगी, क्योंकि ये तो आदर्शवादी हैं न। इनका एकमात्र वाहन, इनकी साइकिल, पता नहीं कहाँ होगी? किसी और वाहन में बैठेंगे नहीं। पैदल जाएँगे। फिर श्याम मामा सा और कान्ता मामी सा के साथ बातचीत करने में दो-तीन घंटे लग जाएँगे और कहीं बहस के चक्कर में पड़ गये तो मामा सा अकेले ही डेढ़-दो घंटे का व्याख्यान ज़रूर देंगे। उसके बाद लौटना। बस, आप तो यह मान लीजिए कि इन्हें आधी रात हो जाएगी घर पहुँचने में। अपने लाडले भैया को पास में न पाकर फिर अम्मा का क्या हाल होगा?

“तो निष्कर्ष यही है कि मामा सा कहीं नहीं जाएँगे। और फिर मुझे भी तो इनसे हिसाब चुकाना है। बाबू सा, आप इत्मीनान से सो जाइए, तब तक मैं मामा सा को इनके कमरे का मुआयना करवाती हूँ।”

नरोत्तम हँस पड़े—“बहुत बोलती है, बिटिया। एक बार शुरू होती है तो फिर रुकने का नाम नहीं लेती है। ठीक है, मैं लेटता हूँ। तू अपने मामा सा से हिसाब चुका।”

शिखर और गायित्री, शिखर के कमरे में पहुँचे। एयर इंडिया के महाराजा की तरह नाटकीय ढंग से झुककर गायित्री ने शिखर का स्वागत किया। शिखर का दिल बुरी तरह धड़क रहा था—बहुत तेज़। आशंका के घनघोर बादलों से घिरकर शिखर हतप्रभ हो रहा था। अपने स्वाभाविक दृढ़ व्यक्तित्व और शान्त स्वभाव के विपरीत स्वयं को पाकर, वो जिस असमंजस की हालत में पहुँचा था, उस हालत में वो अपने जीवन के पिछले चालीस वर्षों में कभी नहीं पहुँचा। अपनी चारों तरफ जमी हुई चट्टान सी बर्फ का ठंडापन महसूस कर वो अन्दर ही अन्दर धूप के लिए छटपटा रहा था। मगर अपनी आंगिक भाषा में किसी भी प्रकार की कमज़ोरी का एहसास नहीं होने देना चाहता था। वो बीच कमरे में खड़ा इधर-उधर देख रहा था।

तभी गायित्री ने कमरे का दरवाज़ा बन्द कर दिया। शिखर के दिल की

धड़कन और तेज़ हो गयी। गायित्री सधे कदमों से शिखर की ओर बड़ी उसके दोनों हाथ पकड़े और उसे नये मोढ़े पर बिठाया। और बोली—''आप इधर-उधर देखते ज़रूर रहे मगर यह नहीं नोटिस किया कि आपके कमरे में फर्नीचरों की वृद्धि हो गयी है। कहीं भाषण मत शुरू कीजिएगा कि यह फिजूलखर्ची क्यों की। आपकी अनुपस्थिति में आपके कमरे की देखभाल मैं ही कर रही थी। इसलिए अपनी रुचि और आपकी गरिमा का ध्यान रखकर मैंने ये फेरबदल किये हैं।''

शिखर बन्द दरवाज़े की ओर देखता हुआ खामोश बैठा रहा।

उसी समय गायित्री शिखर के पैरों के पास घुटने के बल बैठ गयी और बोली—''क्या बात है, मामा सा? अम्मा के सामने तो आप मेरे साथ पहले जैसा ही व्यवहार कर रहे थे। इस कमरे के अकेलेपन में आप मेरे साथ आँखें भी नहीं मिला रहे हैं। अपने स्वभाव के विरुद्ध आपका यह आचरण आपके व्यक्तित्व से मेल नहीं खाता।

''मैं याद कर रही हूँ कि इसी कमरे में आपने मेरे प्रति आपके अन्दर छिपे हुए प्यार का सहसा उतावला प्रदर्शन किया था। मैं घबरा ज़रूर गयी थी आपके अचानक आपे से बाहर हो जाने के कारण। मगर कुछ ही देर में मुझे बड़ी शिद्दत से महसूस हुआ कि आपसे वैसा ही प्यार मैं करती हूँ।

''और मैं आपकी हो गयी। उसी क्षण मैंने यह संकल्प लिया था कि यदि मेरी शादी होती है तो सिर्फ आपसे होगी।''

तमतमाकर शिखर खड़ा हो गया और बरस पड़ा—''क्यों मुझे मेरी उस दीवानगी की याद दिला रही हो? मैं तो उसे कब का भूल चुका हूँ। वो तो मेरा एक क्षणिक आवेग था और मैं स्वयं को निरन्तर कोसता रहता हूँ कि मैंने ऐसा क्यों किया...क्यों किया...क्यों किया? यह बहुत-बहुत-बहुत ग़लत हुआ। उस अभिशप्त क्षण को मैं शिप्रा की अतल गहराइयों में विसर्जित कर देना चाहता हूँ।''

शिखर का चेहरा लाल हो गया था। उसकी साँसें तेज़ चलने लगी थीं। उसे लग रहा था कि उसका दम घुट जाएगा। वो बेहद आक्रामक रूप में अपना बचाव कर रहा था।

उसके विपरीत गायित्री पूर्ण आत्मविश्वास के साथ अपना पक्ष उसी आक्रामक रूप में रख रही थी। उसने सवाल उठाया—''लेकिन क्यों, मामा सा क्यों? आपने कुछ भी ग़लत नहीं किया।''

''तू ऐसा बिलकुल नहीं कह सकती। खुद ही तुम मुझे मामा सा सम्बोधित करती जा रही हो। फिर भी कह रही है कि मैंने कुछ भी ग़लत नहीं किया। यह तो पाप है।''

''पाप? अचानक यह शब्द 'पाप' आपके मुँह में कैसे आया? आप तो पाप-

पुण्य मानते नहीं हैं और अगर हम मान भी लें कि जो कुछ आप कह रहे हैं, उसे आप महसूस भी कर रहे हैं तो मैं आपसे पूछती हूँ कि आपने कौन-सा पाप किया है?

"मेरी माँ आपकी सगी बहन नहीं है। सगी तो छोड़िये, किसी भी रिश्ते में मेरी माँ आपकी बहन है ही नहीं। वो तो आपकी अपनी जीजी की सहेली भर है। इसलिए जब आपके और मेरी माँ के बीच कोई रिश्ता ही नहीं है तो आप मुझसे शादी क्यों नहीं कर सकते?"

शिखर की आँखों में आँसू छलक आए। रुँधे गले से बोला—"मैंने तुझे गोद में खिलाया है। तू मुझे मामासा कहती है। फिर किस मुँह से ऐसी ओछी बात करती है?"

"मतलब यह कि आपका अपराध-बोध आपको सता रहा है। निकल क्यों नहीं आते आप इस अपराध बोध से जो कि आरोपित है, जिसे आपने ज़बरदस्ती ओढ़ रखा है, जिसका कहीं कोई अस्तित्व नहीं है।

"बहुत हो गया। अब बस भी कीजिए। क्यों गुमसुम बैठे हैं। थोड़ा हँसिये न। स्वयं को निरर्थक कोसते हुए आप अन्याय कर रहे हैं।

"चलिए, मैं आपसे एक प्रश्न पूछती हूँ—ठीक से जवाब दीजिएगा। क्या मैंने आपको कभी मामा या मामाजी अथवा मामसा'ब कहकर पुकारा है?"

"मैं समझा नहीं, तुम क्या पूछ रही हो?"

"चलिए, एक बार और सही। कभी मैंने आपको मामा या मामाजी अथवा मामासा'ब या मामा हुजूर कहकर पुकारा है?"

"हाँ, तू मामासा'ब कहती है।"

"बिलकुल ग़लत। मैं आपको सिर्फ और सिर्फ मामासा पुकारती हूँ। मामासा'ब और मामासा में ज़मीन-आसमान का फ़र्क़ है। पूछिए कैसे? पूछिए-पूछिए?"

"क्या फ़िज़ूल बातें करती हो?"

"आप मेरे मामा कभी नहीं थे, न हैं और न कभी होंगे। आप एक पुरुष हैं और मैं एक स्त्री। यह एकमात्र सच्चाई है। उम्र में आप कुछ ज़्यादा बड़े हैं। तो क्या, मेरे बाबू सा मेरी माँ से पन्द्रह वर्ष बड़े हैं। मेरे ताऊजी, मेरी ताईजी से 22 साल बड़े थे।"

तैश में आ गया शिखर—"तुम आखिर कहना क्या चाहती हो? यह शादी तो हो ही नहीं सकती। मैंने तुम्हें उस नज़र से कभी देखा नहीं है। एक क्षणिक आवेश में मैं यदि पथभ्रष्ट हो जाता हूँ तो वो सरासर गुनाह है। मैं इसी गुनाह से बाहर आने के लिए छटपटा रहा हूँ और तुम हो कि मुझे उस गुनाह की सूली की तरफ ढकेल रही हो। ऐसा कभी नहीं होगा—कभी नहीं...कभी नहीं।

"मैं यों ही अपने को कोसते-कोसते हलकान हो चुका हूँ। मुझ पर दया करो

और उस भयानक गुनाह से बाहर निकलने में मेरी मदद करो, वरना मैं पागल हो जाऊँगा।

''तुम ज़रा सोचो, यदि ग़लती से भी तुमने जीजी को तुम्हारे और मेरे रिश्ते के बारे में कह दिया कि तुम और हम...। तो यकीन मानो, ये सुनते ही उनका हार्टफेल हो जाएगा। यहाँ तक कि जीजूसा, सुन भले ही लें, इस अनर्थ को, लेकिन समाज के सामने किसी को मुँह दिखाने लायक नहीं रहेंगे और स्वयं मैं उज्जैन छोड़ने पर विवश हो जाऊँगा। बाहर भी किसी परिचित से नहीं मिल पाऊँगा। समाज से विमुख होकर हमें एकान्तवास करना होगा। और वो भी तुम्हारी ज़िद पूरी करने के लिए। तुम्हारी इस ज़िद में शामिल होना मेरे लिये अपराध होगा, क्योंकि मन-वचन-कर्म से उस अभिशप्त क्षण को अपने 'सिस्टम' से बाहर निकाल कर फेंक चुका हूँ। तुम्हें क्या सचमुच मुझ पर दया नहीं आ रही है। मेरे एक क्षणिक आवेग की इतनी बड़ी सज़ा? इस सज़ा की घोषणा सुनने के पहले ही मैं आत्महत्या कर लूँगा। कहे देता हूँ।''

तमतमाकर खड़ी हो गयी गायित्री। उसकी आँखों में तूफान था। वो दरवाज़े की ओर मुड़ी और चलने को हुई कि अधबीच ही ठिठक गयी और गुमसुम खड़ी रही। वो अपनी भावनाओं के उफान को नियन्त्रित कर रही थी। उसने सम्भावित विस्फोट पर तो निश्चय ही काबू पा लिया था मगर उसकी आँखों में गुज़रे हुए तूफान का अवशेष तो था। वो मुड़कर शिखर के पास आई और पलंग पर बैठ गयी।

उसके जब बोल फूटे तब ज्वालामुखी का एहसास तो हुआ मगर लावा नहीं फूटा। लगा जैसे ठंडा हो चुका लावा धीरे-धीरे रिस रहा था—''मैं जानती थी कि आपमें अपने अन्तस की पुकार स्वीकारने की क्षमता क्या, उसे सुन सकने का सामर्थ्य भी नहीं है। आपने तो उस आईने को ही तोड़ दिया है, जिसमें आप अपना असली चेहरा देख सकते थे। आप जिस क्षणिक आवेग को आँखें मूँदकर, मर्यादा की ओट में कोस रहे हैं, वो आपका क्षणिक आवेग मेरे लिये पवित्रतम क्षण है, जिसे मैं अपनी विधि मानती हूँ, जिससे मैं न तो मुक्त हो सकती हूँ और न होना चाहती हूँ। वो अमूल्य क्षण हैं मेरे लिये। मैं जानती थी कि जब सच्चाई का सामना आपके लिए चुनौती बनकर आएगा तब आप उसे लिज़लिज़े भावुक तर्कों के शुतुरमुर्ग को नकार की रेत में दफ़ना देंगे।

''आपको मैं अपमानित नहीं करना चाहती, कभी नहीं मामासा क्योंकि मैं आपकी बहुत इज़्ज़त करती हूँ और आपको पूरी आस्था के साथ अपना एकमात्र

अभिभावक मानती हूँ। इसलिए आपके नकार को स्वीकारती हूँ और इस स्वीकार के साथ यह निर्णय लेने का अधिकार भी है मेरे पास, कि मैं कभी शादी नहीं करूँगी।''

शिखर सहसा मोढ़े से नीचे उतर आया और ज़मीन पर बैठकर गायित्री का हाथ अपने हाथ में ले लिया—''ऐसा अनर्थ मत करो, गायित्री। तुम्हें शादी तो करनी पड़ेगी कम से कम अपनी माँ की ख़ातिर।''

हँस पड़ी गायित्री और बेतहाशा हँसती हुई रो पड़ी। फिर थोड़ा सम्हलकर बोली—''मैं जानती थी कि आप ऐसा ही कहेंगे। इसलिए ईश्वर से प्रार्थना करती रही कि कोई ऐसा उपाय निकल आए कि मेरा निर्णय भी अटल रहे और हमारे कुल की मर्यादा का निर्वाह भी हो जाए और ऐसा हुआ भी। एक ऐसी अनहोनी हो गयी जिस पर सहसा विश्वास नहीं हो सकता, लेकिन अनहोनी होकर रही।''

''परिकथाओं की तरह एक राजकुमार घोड़े पर सवार होकर आया था।''

''क्या कह रही हो?''

''सच कह रही हूँ। आपके जाने के कुछ दिनों तक मैं कॉलेज नहीं जा सकी। फिर जब हमने मन को समझा लिया तो आश्वस्त होकर कॉलेज जाने के लिए तैयार होने लगी। तब अम्मा की भी फिकर मिटी। सच्ची बात तो यह है कि अम्मा का मन रखने के लिए ही मैंने फिर से कॉलेज जाने का मन बनाया था।

''उस दिन मैं कॉलेज जाने के लिए बाहर निकली तो देखती हूँ कि एक नौजवान कुछ दूर पर अपनी मोटरबाइक पर बैठा है। हमारी अपनी गली इतनी छोटी है कि मोटरबाइक से पूरी गली घेर रखी थी। उसे देखते ही मैं पहचान गयी। उनका फोटो कभी कभार अख़बार में छपता है।

''वे कोई और नहीं—आपके प्यारे शिष्य डॉ. नीरज नागर थे। आपके काम करने का तरीका भी निराला है। आपने उन्हें कभी घर पर नहीं बुलाया और न 'उज्जैन प्रथम अभियान' के मैदानी काम में जोड़ा। आप और नीरज इस अभियान के योजना निर्माण से ही जुड़े हुए हैं, लेकिन उनका परिचय किसी भी स्तर पर किसी से भी करवाना आपने ज़रूरी नहीं समझा। वे भी आपके प्रति इस हद तक समर्पित हैं कि उनके इर्द-गिर्द जो लक्ष्मण रेखा आपने खींच रखी थी, उसका उल्लंघन उन्होंने कभी नहीं किया।

''उस दिन तो मैं आश्चर्यचकित थी कि नीरजजी उस लक्ष्मण रेखा को भूलकर अचानक कैसे हमारे घर आ गये। यह भी हो सकता है कि यह लक्ष्मण रेखा उन्होंने स्वयं खींच रखी थी। इसलिए ज़रूरत महसूस करने पर उसका उल्लंघन उन्होंने पूरी समझदारी के साथ किया।

"वे मोटरबाइक से उतरे और बोले—'क्या मैं आपसे केवल दो-तीन मिनट बात कर सकता हूँ'?"

"जी हाँ, कहिए।"

"पिछले एक सप्ताह से मैं श्रद्धेय शिखर सर की प्रतीक्षा उनके स्कूल में करता रहा। जब सर नहीं मिले तो मैं चिन्तित हुआ और आपके घर चला आया। मैंने गुरुवर शिखर सर के नाम एक चिट्‌ठी लिखी है। क्या आप मेरी ख़ातिर ये चिट्‌ठी उन्हें दे देंगी। बड़ी कृपा होगी। एक और बात यदि यह चिट्‌ठी पहले आप पढ़ लें, उसके बाद शिखर सर को दें तो मुझे खुशी होगी।"

"मैंने कुछ भी कहे बिना चिट्‌ठी उनसे ले ली और वे तुरन्त मुझे धन्यवाद देकर मोटरबाइक में बैठकर चले गये। मैंने सोचा शायद मुझसे आग्रह करेंगे कि अपनी मोटरबाइक पर बिठाकर मुझे कॉलेज छोड़ देंगे, लेकिन उन्होंने ऐसा कुछ नहीं कहा।

"मामासा डॉ. नीरज नागर नाम काफी जाना-पहचाना नाम है। पत्र-पत्रिकाओं में उनकी कविताएँ, कहानियाँ अकसर छपती हैं। गाते भी बहुत अच्छा हैं। उनके गायन के कार्यक्रम भी तो अकसर होते रहते हैं। बोलने में भी उनकी बहुत तारीफ सुनी है।"

शिखर ने हस्तक्षेप किया—"स्कूल के दिनों से ही नीरज जितना मेधावी था, उतना ही बहुआयामी प्रतिभा सम्पन्न भी। हर बात में, हर प्रतिस्पर्धा में प्रथम, लेकिन बेचारा अनाथ है। उसके नाना ने उसको पाल-पोसकर यहाँ तक पहुँचाया है। अब तो नाना भी नहीं हैं। अरे हाँ, वो चिट्‌ठी कहाँ है? तुमने चिट्‌ठी पढ़ी कि नहीं?"

"आप उतावले क्यों हो रहे हैं? मैंने तो चिट्‌ठी पढ़ भी ली है और सम्हालकर आपके इसी कमरे में मेज़ की ड्रॉर में रख भी दी है।"

गायित्री ने शिखर को चिट्‌ठी दी। शिखर मोढ़े पर बैठकर चिट्‌ठी पढ़ने में ध्यानस्थ हो गया। सामने पलंग के एक छोर पर बैठी गायित्री, चिट्‌ठी पड़ते हुए शिखर के चेहरे को पढ़ने लगती है।

परमश्रद्धेय गुरुवर शिखर सर,

सादर चरण स्पर्श।

आपको पहली बार चिट्‌ठी लिखते हुए बेहद संकोच महसूस कर रहा हूँ। संकोच से ज़्यादा धृष्टता-बोध से ग्रस्त हूँ।

हम जानते हैं कि आपके जीवन का हर पल महत्त्वपूर्ण है, क्योंकि हमेशा आप

कुछ न कुछ नया और बेहतर करने में जुटे रहते हैं, भरपूर मनोयोग से। आपका मनोयोग अद्भुत है—इतना भरपूर कि आपको आत्मकेन्द्रित कर देता है। आप जब कुछ भी मनोयोग से करते हैं तो अपने आसपास से बिलकुल कट जाते हैं। यहाँ तक कि ढोल-नगाड़े भी आपका मनोयोग विचलित नहीं कर सकते। ऐसा हमने स्वयं देखा है और आश्चर्यचकित रह गया हूँ। आपके पास हँसी-ठट्ठा और बैठकबाजी के लिए बिलकुल समय नहीं है। आप गोष्ठियों से भी कतराते हैं।

आपके कुछ निश्चित सिद्धान्त हैं। चूँकि आप हर समय कुछ न कुछ करने में जुटे रहते हैं इसलिए आपकी समय-घड़ी हमेशा कील काँटे पर रहती है—चुस्त दुरुस्त। आपका एक तयशुदा टाइम टेबिल जिसके सटीक पालन में आप कभी व्याघात नहीं आने देते। न एक मिनट देर और न ही एक मिनट जल्दी।

मुझ जैसे गरीब विद्यार्थी को आपने अलग से समय निकालकर निःशुल्क पढ़ाया और मुझे ही क्यों, ऐसे कई विद्यार्थी थे और आज भी हैं और उन सबके लिए आपके हर दिन के कार्यक्रम में निश्चित समय निर्धारित रहता है। आपका शिक्षक जीवन तो प्राइमरी और मिडिल स्कूल तक पढ़ाने में गुज़र रहा है, लेकिन आप निःशुल्क कोचिंग न केवल हायर सेकेंडरी तक, बल्कि महाविद्यालयीन स्तर पर भी करते हैं। हिन्दी और अँग्रेज़ी साहित्य में आपका स्वाध्याय आपको हमेशा नयी-नयी किताबों से जोड़ता है। किसी भी बड़े से बड़े विद्वान् के समकक्ष है आपका अध्ययन। विश्व-साहित्य में आपका नवीनतम ज्ञान बड़े से बड़े महारथी को चौंका देता है कि कहाँ एक तथाकथित मामूली स्कूल मास्टर और कहाँ विश्वविद्यालयों के नामधारी प्रोफेसर।

आपकी बोलने की शैली रंजक है। आप ज्ञान बघारते नहीं हैं, चाहें हमारे शास्त्र-सम्मत ज्ञान हो अथवा पाश्चात्य, आप नामों से आतंकित नहीं करते हैं। संस्कृत श्लोकपाठ में पारंगत होते हुए भी श्लोक की मार से वक्ताओं अथवा श्रोताओं को ध्वस्त नहीं करते हैं। उर्दू भी आप खूब जानते हैं, लेकिन शायरी के दम पर आप मंच लूटने की कोशिश नहीं करते हैं। बोलने में आपका शब्द-चयन फूलों जैसा होता है, जहाँ जिस फूल की ज़रूरत हो, उसी को करीने-से आप इस तरह रखते हैं कि हमेशा आपका वक्तव्य, टिप्पणी अथवा व्याख्यान समग्रता में एक पुष्पगुच्छ का रूप ग्रहण करता है। सुनने वाला मंत्रमुग्ध कि लफ़्फाजी किए बिना कोई इतना सार्थक और प्रभावशाली बोल सकता है।

आप सही मायने में बुद्धिजीवी हैं, क्योंकि आप केवल बौद्धिक लेखन करते हैं, सृजनशील लेखक नहीं। हमें तो अचरज होता है कि आप कविता-कहानी नहीं लिखते और यदि लिखते भी हैं तो उन्हें छपवाते नहीं है। ऐसा मैं इसलिए लिख रहा हूँ कि आप जैसा रस-सिद्ध रचनाकार कविता-कहानी नहीं लिखता हो, ऐसा हो ही

नहीं सकता और भी कितनी-कितनी बातें हैं जिन्हें हम यदि लिखें आपके सम्बन्ध में तो पूरी एक किताब बन जाएगी।

सर, यह भूमिका इसलिए कि अब जो प्रस्ताव मैं आपके सामने रखने जा रहा हूँ उसे लिखने में मुझे बेहद संकोच और असुविधा हो रही है। इसलिए आपका कवच ओढ़कर मैं अपनी बात कहने की हिम्मत जुटा रहा हूँ।

अधिक विस्तार में न जाकर मैं सीधे-सीधे यह लिखना चाहता हूँ कि मैं आपकी भांजी गायित्री देवी को पूरे मन-वचन-कर्म से बहुत चाहता हूँ, आपके परिवार के संस्कारों में पली-बड़ी गायित्री देवी ने मुझे बहुत प्रभावित किया है। मैं किसी भी शर्त पर गायित्री देवी से विवाह करना चाहता हूँ।

बस, और अधिक नहीं लिख सकता कुछ ग़लत लिखा हो तो क्षमा करें।

सादर प्रणाम

आपका आज्ञाकारी
नीरज

चिट्ठी के आखिरी पैराग्राफ को शिखर आँखें गड़ाए, कई बार पढ़ गया। बोला कुछ नहीं। गायित्री उसके चेहरे के उठते-गिरते-ठहरते भावों को पढ़ रही थी। वो भी इसी प्रतीक्षा में बनी रही कि दोनों के बीच पसरा मौन किसके बोल से टूटेगा।

एकाएक शिखर उठ खड़ा हुआ। उसकी नज़र कोने में रखी सुराही और गिलास पर पड़ी। उसने गिलास को छुआ भी नहीं और सुराही को अपने दोनों हाथों से ऊपर उठाकर गटागट पानी पी गया। उसने लगभग आधी सुराही खाली कर दी। हाँफते हुए मोड़े पर बैठ गया और बोल पड़ा लगभग बुदबुदाते हुए—''मुझे होश ही नहीं था कि प्यास लगी है। सुराही देखी तो प्यास याद हो आई। पता नहीं, कब से लगी है प्यास। लगा जैसे प्यास की चोरी पकड़ी गयी। ग़लत है ऐसी प्यास जो चुपचाप चोरी-चोरी दुबक कर बैठ जाती है। या शायद हम अजाने ही उस प्यास को पहचाने बिना दबा देते हैं।

''ऐसी ही किसी घृणित प्यास का जब विस्फोट होता है तब उचित-अनुचित, न्याय-अन्याय, भले-बुरे का लोप हो जाता है और प्यास की आग से समूचा अस्तित्व राख में तब्दील हो जाता है।''

अनायास ही शिखर की अँगुली, पास में मेज़ पर रखे टेबिल लैम्प के बटन पर पड़ गयी। टेबिल लैम्प रौशन हो गया। सहसा आई इस रोशनी ने शिखर को चौंका दिया। वो टेबिल लैम्प की ओर एकटक देखने लगा। उसने महसूस किया कि लैम्प की रोशनी का घेरा सिकुड़ रहा था। उसकी आँखें भी सिकुड़ने लगीं और देखते-देखते अचानक रोशनी का विस्फोट हुआ—अनारदाने की तरह। वो बेतरह घबराकर

मोड़े से उठकर पलंग पर बैठ गया और फिर ऊपर-नीचे, दायें-बायें, आमने-सामने देखने लगा।

ऐसे में गायित्री ने उसे झकझोरा। शिखर जैसे होश में आया। उसने गायित्री की तरफ देखा और धीरे-धीरे सहज होने लगा। गायित्री ने उसे कुछ कहा भी नहीं। वो सहज बनी रही, जैसे कुछ हुआ ही नहीं।

शिखर खुद बोला—''अरे मैं पलंग पर कैसे पहुँच गया?''

वो तुरन्त मोड़े पर बैठ गया। टेबिल लैम्प पर नज़र पड़ी तो उसे जैसे कुछ याद आया। उसने लैम्प को ऑफ कर दिया। उसे अपने बोले हुए शब्द याद आए—''तूने ठीक से सुना कि मैं क्या कह रहा था?''

गायित्री बोली—''हाँ, मैंने सब कुछ सुना।...प्यास की आग...और अस्तित्व का राख में तब्दील होना।

''ऐसा कुछ नहीं होता है। यह आपकी कोरी कल्पना है। आपका ओढ़ा हुआ अपराध-बोध है। मामासा, आप अपनी सोच-समझ को शब्दों में बाँधकर कितनी ही बार मुझे समझा चुके हैं कि शरीर और मन को बन्दी बनाना ग़लत है। आप ही कहते हैं खूब खुलकर उड़ान भरो, आकाश तुम्हारी सीमा है। कभी अपने ऊपर ऐसी बन्दिश मत डालो जो अस्वाभाविक हो।

''आपने जो कुछ किया चालीस वर्षों तक वो सब स्वाभाविक है। अभी जो स्वयं से भागने का व्यवहार आप कर रहे हैं, वो केवल अस्वाभाविक नहीं, घोर अस्वाभाविक है।

''अभी थोड़ी देर पहले आपसे मेरी बातचीत हो चुकी है और आपने सहज होकर सारी बातें सुन ली हैं और मान भी ली हैं। फिर क्या हुआ कि चिट्ठी पढ़कर आप पटरी से फिर उतर गये।

''देखिए मामासा, कहे देती हूँ यदि आप फिर अपराध ओढ़ने में लग जाएँगे, तो मैं भी स्वयं को ऐसी सज़ा दूँगी जिसकी आप कल्पना भी नहीं कर सकते।''

शिखर गिड़गिड़ाने पर उतारू हो गया—''नहीं बिटिया, अब ऐसा नहीं होगा। दरअसल नीरज ने पत्र में मेरी इतनी प्रशंसा की कि मैं तिलमिला गया।''

''जी हाँ, मुझे मालूम है कि आपको प्रशंसा पसन्द नहीं है। मगर उस नापसन्दगी के साथ उस अनहोनी को क्यों जोड़ा आपने? मैंने तो खुलकर अपने मन की बात आपके सामने रख दी है। आप अभी तक उसमें अटके हुए हैं।''

''नहीं बिटिया, नहीं। देख मैं तुझे खुलकर बिटिया कहकर पुकार रहा हूँ।''

चीख पड़ी गायित्री—''बस...बस...बस। कितना झूठ बोलते हैं आप अपने आप से। क्यों गिर रहे हैं इतना नीचे। क्यों कर रहे हैं आप ऐसा नाटक जिसकी एकमात्र दर्शक मैं जानती हूँ कि आपको नाटक करना नहीं आता। शिखर जोशी जैसा चट्टानी व्यक्ति दरक सकता है, टूटकर बिखर सकता है, ऐसा कभी सोच भी नहीं सकती थी मैं। फिर भी नियति मानकर स्वीकार सकती हूँ, किन्तु वो चट्टान अचानक रबड़ का बबुआ में रूपान्तरित हो जाए और बजरबट्टू जैसा इधर से उधर लुढ़क भी सकता है—यह मेरे लिए मात्र अविश्वसनीय नहीं, असहनीय भी है।

''प्लीज़-प्लीज़ मामा सा मुझे बिटिया कहकर स्वयं को रसातल में पहुँचाने का नाटक बन्द करें। यह नाटक आप सिर्फ यह सिद्ध करने के लिए कर रहे हैं कि आपने नियति स्वीकार ली है। तो फिर एक बार शिखर जोशी बनकर पूरे दमखम से कहें कि आपने समझौता कर लिया है और तैयार हैं कि जो होना चाहिए वो हो जाए।''

फफककर रो पड़ी गायित्री। शिखर ने उसे बाँहों में भर लिया—दोनों चुपचाप खड़े रहे थोड़ी देर।

शिखर अपमान, भर्त्सना, ग्लानि, शर्मिन्दगी जो न जाने क्या-क्या महसूस कर रहा था, लेकिन उसे गुस्सा नहीं आ रहा था। वो समझ रहा था अपनी बेचारगी और लाचारी। फिर भी कोशिश करके वो अपने खोल में वापस तो आ रहा था, लेकिन उन थिगड़ों को अनदेखा नहीं कर सकता था जो तार-तार होते खोल में जहाँ-तहाँ लगे थे। अपनी पुरानी घड़ी की टूटी हुई कमानी को दुरुस्त करने में जुट गया था। क्या करता, बदल तो नहीं सकता था कमानी या घड़ी। उसने अपनी रीड़ में टूटन ज़रूर महसूस की, लेकिन जानता था कि रीढ़ की सर्जरी कितनी ख़तरनाक होती है।

शिखर ने गायित्री के बालों को सहलाते हुए कहा—''बस अब तू चुप हो जा और रोना बन्द कर। तू सचमुच अब बड़ी हो गयी है और मुझे, मेरे मुझमें लौटाने का एहसास किया है तुमने। मैं अब फिर से 'मैं' हूँ और सुनना चाहता हूँ नीरज से तुम्हारी क्या बात हुई?''

गायित्री को चिट्ठी सौंपने के दूसरे दिन ही नीरज एक बार फिर गायित्री से मिलने के लिए आ गया।

नीरज ने पूछा—''आपने चिट्ठी पड़ी?''

गायित्री बोली—''मैं क्यों पढ़ती? चिट्ठी तो आपके सर के नाम पर थी।''

''लेकिन चिट्ठी खुली थी और मैं आपसे यह कहकर गया था कि चिट्ठी को, यदि सर के पढ़ने के पहले आप पढ़ लेंगी तो अच्छा होगा।''

''चलिए, अभी पढ़ लेती हूँ।''

''तो क्या मैं कल आऊँ?''

''जी नहीं, थोड़ा ठहरिए, मैं अम्मा से पूछ लूँ।''

''लेकिन अम्मा...''

नीरज की बात अनसुनी कर गायित्री अपनी माँ के पास चली गयी।

''अम्मा, एक बात पूछनी है। आपके लाड़ले भाई के ...''

बात काटकर सरो बोल पड़ी—''मेरा भाई क्यों कह रही है? तेरा कुछ नहीं लगता क्या?''

''जी नहीं, अभी तो कुछ नहीं लगते।''

सरो की आँखें छलछला आईं, बोली—''मैं जानती हूँ बिटिया कि मेरे भैया ने हम सबके साथ अन्याय किया है।''

''देख अम्मा, मैं कितनी बार कह चुकी हूँ।...''

''हाँ, हाँ, मैं समझ गयी। बोल क्या पूछना चाहती हैं?''

''उनके एक पुराने विद्यार्थी आए हैं और मुझसे बातें करना चाहते हैं।''

''क्या नाम है उसका—क्या करता है?''

''नीरज नागर। विक्रम विश्वविद्यालय की अध्ययनशाला में लेक्चरर हैं।''

''क्या उम्र होगी?''

''मैं क्या जानूँ? होगी कोई 24-25''

''नाम क्या बताया तूने?''

''डॉ. नीरज नागर''

''नागर! तो ठीक है, बात कर ले, लेकिन कहाँ करेगी? बाहर जाकर बात करना ठीक नहीं होगा। तू ऐसा कर उसे शिखर के कमरे में बुला ले और बातें कर ले। मगर कुछ अंट-शंट मत बोल देना। तेरा दिमाग आजकल ठीक नहीं है। बाद में, मैं भी बात कर लूँगी।''

''कोई ज़रूरत नहीं है। अगर आपको ही बात करनी है तो आप ही बात कर लीजिए। फिर मैं नहीं बात करूँगी।''

''तू तो बात-बात में गरम हो जाती है। चल तू ही बात कर ले, मैं नहीं करूँगी।''

नीरज मोढ़े पर बैठकर पूर कमरे को देखता रहा और बोला—''सर का कमरा है? बहुत खाली-खाली है।''

गायित्री बोली—''और भी खाली था। जो कुछ भी था, जो कि बहुत थोड़ा था, वो सबका सब अपने साथ ले गये हैं।''

''कहाँ गये हैं?''

''बतलाकर नहीं गये। यह भी नहीं पता कब लौटेंगे?''

“ऐसा क्यों? सर का जीवन तो बहुत नियमित है। शहर के बाहर तो जाते ही नहीं हैं। ‘उज्जैन प्रथम अभियान’ में ही पूरी तरह डूबे हुए हैं। मैंने भी उनसे स्कूल में मुलाकात करनी चाही, मगर इन दिनों स्कूल भी नहीं जा रहे हैं। कितने दिनों से बाहर गये हैं?”

“प्लीज़, यह मत पूछिए। हम तो गिनती भूल गये हैं।”

“फिर तो यह कहना मुश्किल है कि सर कब चिट्ठी पढ़ेंगे और आपने नहीं पढ़ी है।”

“मैंने तो आपसे यों ही कह दिया था। चिट्ठी मैंने पढ़ ज़रूर ली है, लेकिन मेरा उत्तर सुनकर आप खुश नहीं होंगे। मैं आपसे विवाह नहीं कर सकती।”

“क्यों? मुझमें कोई कमी है क्या जिसे आप पसन्द नहीं करती हैं?”

“जी नहीं, ऐसा कुछ भी नहीं है, बल्कि सच तो यह है कि आप जैसे सर्वगुण सम्पन्न नवयुवक से शादी करना किसी भी लड़की के लिए सौभाग्य की बात होगी।”

“तो फिर आप इस विवाह से इनकार क्यों कर रही हैं?”

“मैं किसी और से प्रेम करती हूँ।”

कुछ देर के लिए सन्नाटा छा गया। नीरज बोले—“ज़ाहिर है कि आप उन्हीं से विवाह करेंगी।”

“जी नहीं...।”

“लगभग चीखकर बोला नीरज—“क्यों? मैं समझा नहीं। उनके साथ आपका विवाह क्यों नहीं हो सकता?”

“मेरा दुर्भाग्य। मैं उनसे प्रेम करती हूँ और मन-ही-मन मैं उन्हें अपना पति मानती हूँ तो तन-मन से उनकी हो चुकी हूँ। वो मुझसे विवाह नहीं करेंगे, यह मैं जानती हूँ, लेकिन किसी और से मेरा विवाह नहीं हो सकता।”

नीरज बेहद उद्विग्न होकर खड़ा हो गया और चहलकदमी करने लगा। इतने में अन्दर से अम्मा की आवाज आई—“बिटिया, चाय और नाश्ता तैयार है, तू आकर ले जा।”

“आई अम्मा।”

“ठहरिए मैं कुछ खाने-पीने की स्थिति में नहीं हूँ।”

“देखिए, आपका सर के घर से बिना खाये-पीये जाना मेरी अम्मा को बरदाश्त नहीं होगा। यदि मैंने ना ही कर दी तो अम्मा स्वयं ट्रे सजाकर इस कमरे में आएँगी और बैठकर आपको नाश्ता करवाकर ही जाने देंगी।”

हतप्रभ-सा विवश खड़ा रहा नीरज।

नाश्ता और चाय मेज़ पर रखकर गायित्री ने नीरज को हाथ पकड़कर बिठाया। नीरज चौंक उठा। कैसे इस लड़की ने बेहिचक उसका हाथ पकड़ लिया।

गायित्री बोली—"पहले अम्मा का प्रसाद ग्रहण करें। फिर आराम से बातें होंगी।"

नीरज सिर झुकाकर नाश्ता करने लगा और मन-ही-मन सोचने लगा—'अद्भुत है गायित्री मेरे जीवन-मरण के प्राणान्तक प्रकरण को गायित्री कितने सहज रूप से ग्रहण कर रही है। मेरे हिमालय को अपने निर्बल कन्धों पर ऐसे रखे हुए है, जैसे अपना आँचल। अब कुछ भी हो जाए, मैं विवाह तो गायित्री से ही करूँगा। मुझे उसकी हर शर्त मंजूर होगी।'

अपने विचारों में खोया नीरज सिर झुकाए नाश्ता खा तो रहा था, मगर क्या खा रहा था, उसकी उसे ख़बर नहीं थी।

अचानक गायित्री बोली—"आपकी चाय तो ठंडी हो गयी?"

हड़बड़ाकर नीरज बोला—"अरे नहीं, बिलकुल नहीं। मैं चाय ऐसी ही पीता हूँ।"

अब तक नीरज सहज हो चुका था। वो चाय की चुस्कियाँ लेते हुए बोला—"चलिए बात को आगे बढ़ाते हैं। आपने अपनी बात तो कह दी, लेकिन अम्मा और बाबूजी की बात नहीं कही।"

"मैं समझी नहीं?"

"समझाता हूँ। आप मुझे चुप कर सकती हैं अपना निर्णय सुनाकर, लेकिन अपने माता-पिता को कैसे समझाएँगी? वे अपनी एकमात्र सन्तान को अविवाहिता रूप में कैसे स्वीकार कर सकती हैं? जिस दिन आप इस निर्णय को उन पर थोपना चाहेंगी, उसी दिन उनके जीवन का अन्तिम दिन होगा।

"इसलिए पूछता हूँ कि क्या आप किसी भी शर्त पर अपना निर्णय नहीं बदल सकतीं।

"और यह भी सुन लीजिए कि मैं, नीरज नागर, स्वनामधन्य शिक्षक परम श्रद्धेय गुरुवर शिखर सर का सच्चा शिष्य होने के नाते आपको वचन देता हूँ कि यदि आपका अन्तिम निर्णय मेरे पक्ष में होता है तो मैं आपकी हर शर्त का पालन आजीवन करूँगा—दृढ़तापूर्वक—आपका सच्चा जीवन-साथी बनकर।"

गायित्री ने नीरज को तुरन्त टोका—"वचन मत दीजिए, नीरज जी। मेरा पुनर्निर्णय कोई भी पुरुष स्वीकार नहीं कर सकता, यह मैं अच्छी तरह जानती हूँ। मेरा मतलब है कि अपने माता-पिता की जीवन रक्षा के लिए यदि मैं अपना आज का

निर्णय बदलती हूँ तो।''

''गायित्री जी, मैं तो अपना वचन दे चुका हूँ।''

''ठीक है, मैं अपना पुनर्निर्णय आपके गुरुवर के आने के बाद सुनाऊँगी।''

''क्यों? क्या आपका पुनर्निर्णय गुरुवर के परामर्श के बाद होगा?''

''जी नहीं। पुनर्निर्णय तो मैं अपने विवेक से, अपनी शर्तों पर करूँगी, जिसमें कोई हस्तक्षेप नहीं कर सकता। आपके गुरुवर भी नहीं। मैं तो इसलिए उनकी उपस्थिति की बात कर रही हूँ क्योंकि वे मेरे अभिभावक हैं।''

''क्या आप गुरुवर को साक्षी बनाना चाहेंगी?''

''साक्षी तो तीनों होंगे—माता-पिता और अभिभावक। लेकिन केवल विवाह के समय मेरे निर्णय के अवसर पर नहीं, कोई नहीं।''

''तो फिर क्या ऐसा नहीं हो सकता कि आप अपनी समस्त शर्तें मुझे सुनाकर उन पर पूरी निष्ठा से पालन का वचन मुझसे सुन लें। आप चाहेंगे तो मैं लिखकर भी दे सकता हूँ।

''उसकी जरूरत नहीं होगी। आप पर मुझे विश्वास है।''

''मैं पुनः वचन देता हूँ कि आपकी हर शर्त को पूरे सम्मान के साथ आजीवन निभाऊँगा।''

''फिर सोच लीजिए। कहीं आप जल्दबाजी तो नहीं कर रहे हैं।''

''जी नहीं, मैं आश्वस्त हूँ।''

''ठीक है आपकी ज़िद या कहें संकल्प का मान रखने के लिए मैं अपनी असम्भव शर्तें प्रस्तुत कर रही हूँ। कृपया इसे मेरा पागलपन मत समझिएगा। मेरे मन की अटूट आस्था का परिणाम है ये शर्तें।

''आपके साथ मेरे सम्मानित विवाह की मूल शर्त यह होगी कि यह विवाह विधि सम्मत तो होगा ही—पूरे समाज के सामने—जिनकी नज़रों में हम नवदम्पती होंगे। समाज की दृष्टि में हमारी सुहागरात भी मनायी जाएगी। किन्तु मैं आपको ना तो अपना तन अर्पित करूँगी और ना ही मन। क्योंकि जिस दिन मेरे प्रेमी ने मुझे स्पर्श किया था, उसी दिन मैंने अपना सर्वस्व, मन से, उन्हें सूचित किये बिना, सौंप चुकी हूँ। गलत मत समझिए। हमारा कोई शारीरिक सम्बन्ध नहीं हुआ था। वो तो केवल उद्दाम प्रेम का मौन प्रदर्शन था।

''कुछेक पलों के लिए मैं उनके इस आकस्मिक उद्दाम प्रेम प्रदर्शन से हतप्रभ रह गयी थी। मेरी पहली प्रतिक्रिया थी उनके प्रेमपाश से बलपूर्वक स्वयं को मुक्त करना और भाग जाना जिसे उन्होंने मेरा अस्वीकार मान लिया। मेरी प्रतिक्रिया से भी अधिक उन्होंने अपने प्रेम प्रदर्शन को अपराध माना।

''किन्तु इस घटना के कुछेक पल बाद ही मैंने मन-प्राण से महसूस किया कि

वे मेरे मात्र प्रेमी नहीं, मेरे पति हैं जिनका वरण मैं कर चुकी थी। विधिवत् विवाह मेरा अब तक नहीं हुआ है।"

सहसा परिवेश पर वज्रपात के बाद का सन्नाटा छा गया। लगा जैसे सब कुछ उलट-पुलट हो गया।

नीरज एकटक गायित्री की ओर ऐसी दृष्टि से देख रहा था जैसे वो आठवाँ आश्चर्य देख रहा हो। इस छोटे से नाजुक शरीर में इतनी फौलाद कहाँ से पहुँच गयी। नीरज की दृष्टि में था गायित्री के प्रति असीम सम्मान। उसकी उस दृष्टि से गायित्री भी अन्दर तक हिल गयी इतनी ज़्यादा कि उसने अपनी नज़रें झुका लीं।

सहसा नीरज उठ खड़ा हुआ। गायित्री भी यन्त्रवत् खड़ी हो गयी। मौन थे दोनो। और लग रहा था जैसे दोनों ऐसे जलप्रपात के नीचे खड़े हों जो उन्हें बाहर से बिलकुल नहीं, अन्दर से खूब-खूब-खूब भिगो रहा था।

नीरज बोल पड़ा—"मुझे आपकी बेहद कठोर शर्त फूल की तरह स्वीकार है। मैं आपकी शर्तों पर आपसे विवाह करने के लिए उत्सुक हूँ।"

"क्षमा करें, एक छोटा सा नाटक हमें करना पड़ेगा जिससे मेरे माता-पिता थोड़ी देर के लिए आहत और प्रताड़ित महसूस करेंगे इस सूचना के माध्यम से कि हमारा विवाह हो चुका है—केवल फेरे बाकी हैं।

"और जब आपके गुरुवर, हमारे तथाकथित नहीं हो चुके विवाह को प्रस्ताव के रूप में मेरे माता-पिता के समक्ष, मेरे अभिभावक होने के नाते, प्रस्तुत करेंगे तब निश्चय ही उन्हें अपार हर्ष होगा। और विधिवत् आपका और मेरा विवाह अनुष्ठान सम्पन्न होगा।"

"मैं किन शब्दों में आपके प्रति अपनी कृतज्ञता प्रकट करूँ?"

"छिः भावी पति-पत्नी के बीच ऐसी भाषा का प्रयोग वर्जित है।"

"क्या मैं आपसे मिलने आ सकता हूँ।"

"जी नहीं। बिलकुल नहीं। मैं अपना पुनर्निर्णय आपके पक्ष में कर चुकी हूँ, ये अकाट्य है। ठीक वैसे ही जैसे मेरे पुनर्निर्णय की कठोरता, दीवानगी की हद तक कठोरता, घोर स्वार्थपरता, बेहद अस्वाभाविकता के बावजूद आपका वचन अकाट्य है।

"फिर आप मुझसे मिलना क्यों चाहते हैं। यही चाहत तो गलत है।

"नीरजजी, आप मुझसे पागलपन की हद से बाहर तक प्रेम करते हैं—घोर जुनूनी प्रेम, जो किसी भी तर्क से विवेक-सम्मत नहीं है।

"मैं आपके प्रेम को समझती हूँ क्योंकि ठीक ऐसा ही प्रेम मैं अपने प्रेमी से

करती हूँ और हमेशा करती रहूँगी।

"हाँ, मैं आपको पसन्द ज़रूर करती हूँ—बहुत ज़्यादा। और समाज के सामने आपको पति रूप में पाना अपना सौभाग्य समझूँगी। आप तो जानते ही हैं कि पसन्द और प्रेम में कितना अन्तर है।

"ऐसा भी हो सकता है जिसे मैं प्रेम करती हूँ—प्रेम दीवानी हूँ—उसे मैं पसन्द न करूँ—उनकी कुछ आदतें, कुछ बातें या और कुछ।

"उसी तरह जिसे मैं पसन्द करती हूँ, बहुत पसन्द करती हूँ, इतनी कि उसकी हर बात पसन्द हो, लेकिन जिससे मैं प्रेम नहीं कर सकती क्योंकि प्रेम मेरे वश में नहीं है।

"इसीलिए जब सारी बातें आपके और मेरे बीच में निश्चित हो चुकी हैं, तब आपका मुझसे मिलने की चाह रखना उचित नहीं है। क्षमा चाहती हूँ। अब तो आप यह बात मानकर चलिए कि मेरी और आपकी मुलाकात विवाह मंडप पर ही होगी। एक बात और, कभी कृतज्ञता प्रकट मत कीजिए क्योंकि कृतज्ञता यदि किसी को प्रकट करनी है तो वो केवल मैं हूँ।"

नीरज उठ खड़ा हुआ और सहसा गायित्री के दोनों हाथ पकड़कर अपने माथे से लगा किया। उसकी आँखें छलछला आईं।

गायित्री बोल पड़ी—"जल्दी से आँखें पोंछ लीजिए। और चेहरे पर खुशी का चेहरा चढ़ा लीजिए क्योंकि आप अम्मा से मिले बिना जा नहीं सकते।"

दोनों कमरे से बाहर आए। सरो अपने कमरे से बाहर दालान के दूसरे सिरे पर मोढ़े पर बैठी कुछ पढ़ रही थी। नीरज ने उनका चरण स्पर्श किया।

सरो ने हँसकर कहा—"अरे, अरे, मेरे पाँव क्यों छू रहे हो, बेटे।"

नीरज बोला—"मेरा स्थान ही तो आपके चरणों में है। हर माँ देवी होती है, पिता भले ही मनुष्य हों।"

"अरे नहीं बेटा, हर पत्नी के पति परमेश्वर होते हैं।"

"जी माता जी, नाश्ता बहुत ही स्वादिष्ट था। माँ के हाथ का पकाया हुआ मामूली भोजन भी पकवान होता है। और खासकर आपके हाथ का। एक बार गुरुजी ने पढ़ाते हुए उदाहरण के रूप में एक शब्द खिचड़ी का प्रयोग किया। और तुरन्त उनकी आँखों में चमक आ गयी और बड़े जोश के साथ बोले—"मेरी जीजी के हाथ की बनी लटपट खिचड़ी तो दुनिया भर के पकवानों में श्रेष्ठ है।"

सहसा सरो रो पड़ी और रुआँसी बोल पड़ी—"वह तो उस पाजी ने तुम बच्चों का मन बहलाने के लिए बोल दिया होगा। मेरे भाई को यदि मेरी परवाह

होती तो भला मुझे छोड़कर कैसे जाता?"

गायित्री ने हस्तक्षेप किया—"यह क्या अम्मा, आप तो किसी के भी सामने आँसू का पिटारा खोलकर बैठ जाती हैं?"

नीरज ने आश्चर्य से गायित्री की ओर देखा। गायित्री ने चुप रहने का इशारा किया। सरो एकदम चुप हो गयी और बोली—"माफ़ करना, बेटा...।"

"यह आप क्या कह रही हैं। आप माँ हैं। माफ़ी कैसे माँग सकती हैं?"

अब तक सरो सहज हो गयी थी, बोली—"मुझे तो चिन्ता हो रही थी कि यह लड़की कुछ उल्टा-सुल्टा न बोल दे। आजकल इसका दिमाग गरम रहता है।"

"नहीं माँ, ऐसा कुछ भी नहीं बोलीं। गायित्रीजी तो बहुत सुशील है। सच यह है कि लाखों-करोड़ों लड़कियों में भी इन जैसी भली लड़की मिलना असम्भव है।"

"भगवान भला करे तुम्हारा, बेटा। ऐसे ही आते रहना।"

गायित्री ने प्रतिवाद किया—"मैंने तो इन्हें मना कर दिया?"

सरो गरज पड़ी—"तू कौन होती है मना करनेवाली?"

"क्यों? यह घर मेरा नहीं है?"

"बिलकुल नहीं। तेरा घर तो वहाँ होगा जहाँ तू घर बसाएगी।"

नीरज ने हँसते हुए हस्तक्षेप किया—"माँ-बेटी में ऐसा मधुर सम्बन्ध इसलिए है कि दोनों एक-दूसरे को बहुत ज़्यादा चाहती हैं।...अच्छा माँ, चलता हूँ।"

"तुम्हारे घर में क़ौन-कौन हैं?"

"बहुत सालों पहले मेरा घर भी भरा-पूरा था, लेकिन अब कोई नहीं है, मैं अनाथ हूँ।"

"नहीं बेटा, ऐसा नहीं कहते। मैं तुम्हारी माँ जैसी नहीं हूँ क्या?"

"आप मेरी भी माँ हैं।"

शिखर पूरे मनोयोग से गायित्री और नीरज की बातचीत का पूरा ब्यौरा सुनता रहा। फिर उसने आँखें बन्द कर लीं और ध्यानस्थ हो गया।

ध्यान टूटा तो बोल पड़ा—"क्यों गायित्री, तुम्हें नहीं लगता कि तुमने ऐसी अमानुषिक शर्तें रखकर नीरज जैसे भले इन्सान के प्रति अन्याय किया है। तुम स्वयं भी तो बिना सोचे-समझे अपने प्रति अन्याय कर रही हो। मुझे तो आश्चर्य हो रहा है कि नीरज की क्या मजबूरी थी?"

"अगर आप ऐसा सोचते हैं तो मैं आपसे पूछती हूँ कि किसी की मजबूरी या

किसी के प्रति अन्याय से आपको क्या लेना-देना? क्या आप अपना निर्णय बदल सकते हैं?''

''प्लीज़ गायित्री, अब प्रश्नोत्तरी का यह निर्मम खेल मत खेलो।''

''आपका निर्णय सरल था, क्योंकि आप पर किसी ने विवाह का दबाव तो नहीं डाला। मेरा भी निर्णय सरल होता यदि मुझे भी शादी न करने की स्वतन्त्रता दी गयी होती। मुझ पर विवाह का दबाव डाला गया, जिसे अस्वीकार करने का सवाल भी नहीं उठाया जा सकता था।''

''इसीलिए तो पुनर्निर्णय की नौबत आई जो बिना जायज़ शर्तों के सम्भव ही नहीं था।''

''कितना अद्‌भुत संयम है नीरज में और कितनी उदारता। धीर, स्थिर, उदात्त और दृढ़ प्रतिज्ञ। वो तो ऋषियों और देवताओं की कोटि में पहुँच गया।

''शायद मैं ग़लत बोल गया, क्योंकि ऋषियों और देवताओं का जो विनाशकारी क्रोध है, वो भी नहीं है नीरज में। ऋषिगण और देवता तो स्खलित भी हुए हैं। मगर नीरज नहीं होगा, मैं जानता हूँ। नीरज के प्रति मुझे गर्व है।

''तुमने मुझे निश्चिन्त कर दिया गायित्री। अब सब कुछ मुझ पर छोड़ दो। अब जो भी होगा, मैं ही करूँगा।''

मगरमुँहा के रान्नाघर में बहुत दिनों बाद नरोत्तम और शिखर एक साथ बैठकर सान्ध्य भोज में भरपूर आनन्द के साथ जुटे हुए थे। 'सान्ध्य' इसलिए कि शाम 6:30 बजे हमेशा की तरह, सोने की चमक जैसी पीतल की थाली में दोनों भोजन कर रहे थे। गायित्री रोटियाँ बेलती जा रही थी और सरो फुलके सेंक रही थी।

रोटियाँ सेंकने में सरो को कमाल हासिल था। चूल्हे के ऊपर रखे तवे पर एक के ऊपर एक, दस रोटियाँ डालकर उनको सिलसिले से सटीक अनुक्रम में ऊपर-नीचे कर आँच में सेंकने के योग्य बनातीं। फिर तवा उतारकर अँगारों पर रोटियों को ऊपर-नीचे उलट-पुलट कर एक बार में एक रोटी ऐसे सेंकती कि हर रोटी फूलकर कुप्पा हो जाए।

शिखर तारीफ करने में कभी नहीं चूकता, बोला—''जीजी तुम्हारी रोटियाँ सेंकने का अन्दाज़ किसी जादुई करिश्मे से कम नहीं है। जैसे जादूगर दस गेंदों को एक साथ हवा में उछालकर हर गेंद की उछाल हवा में निरन्तर बनाये रखता है कि मजाल है कि एक भी गेंद ज़मीन पर गिर जाए। तुम्हारी भी हर रोटी एक समान गोल-गप्पे-सा फूलती हैं।''

तुनककर बोली गायित्री—''अच्छा, सारी तारीफ अम्मा की ही है। मेरी कुछ

नहीं। पूछ लीजिए अम्मा से कि यदि मैं सही ढंग से रोटियाँ न बेलूँ, तो रोटियाँ सिक भले जाएँ, मगर फूलेंगी नहीं।''

सरो हँसकर कहती—''हाँ, बिलकुल ठीक कह रही है छोरी। आटे की लोई कितनी बड़ी हो, उसे घुमा-घुमाकर ऐसे बेलो कि वो कितनी पतली या कि मोटी और कितनी गोल, हमेशा एक जैसी हो, इस पर निर्भर है रोटी का फूलना।''

''क्या जीजी, तुम इस अनाड़ी छोरी को बेकार चने के झाड़ पर चढ़ा रही हो। मेरी बराबरी वो आज भी नहीं कर सकती।''

''हाँ, यह सही है। तूने ही इसे रुला-रुलाकर रोटी बेलना सिखाया है।''

सहसा सिसकने लगी गायित्री—नरोत्तम बोल पड़े—''अरे, अचानक तुझे क्या हो गया। शिखर तो हमेशा ही ऐसा बोलता है और पीछे-पीछे तेरी तारीफ के पुल बाँधता है।''

रोती-रोती बोली गायित्री—''जानती हूँ। मगर मुझे रोना खुशी के मारे आया। आज कितने दिनों बाद मामासा हमारे साथ बैठकर खा रहे हैं।''

सरो भी आँचल से अपनी आँखें पोंछने लगी।

शिखर पुराने अन्दाज़ में बोला—''अरे छोड़ो भी। जो बीत गयी सो बात गयी। मैं तो भोजन के मूड में हूँ, इसलिए भोजन की ही बातें कर रहा हूँ। तुअर की दाल में तड़के के लिए घी और जीरा तो ठीक है, मगर हींग की मात्रा कितनी हो, वो यदि सही-सही नहीं मालूम तो शर्तिया दाल बिगड़ जाएगी। ऐसी ग़जब की दाल तो जीजी के हाथ की है।''

सरो हँस पड़ी—''इस बार तू हार गया। ये दाल पूरी पकायी थी और बघारी थी गायित्री ने।''

थोड़ा अकड़कर शिखर बोला—''चलो, मेरा प्रशिक्षण काम तो आया।''

हँसती हुई हाथ जोड़कर बोली गायित्री—''बलिहारी गुरु महाराज की।''

हाथ-मुँह धोकर अपना झोला टाँगकर बोला शिखर—''अच्छा जीजी, मैं श्याम के घर जा रहा हूँ। रात को वहीं सो जाऊँगा।''

गायित्री बीच में कूद पड़ी—''झूठ। मामासा जाएँगे अपने घर। आजकल घरवाले हो गये हैं।''

सरो बोली—''किराये का घर अपना थोड़े ही होता है।''

नरोत्तम ने हस्तक्षेप किया—''क्यों घेर रही हो शिखर को—माँ-बेटी मिलकर। शिखर अब बच्चा नहीं है कि अपनी जीजी के आँचल से बँधा रहे।''

सरो चुप नहीं रह सकी—''अगर अलग ही रहना चाहता है तो मुझे क्या। बस, शादी करके घर बसा ले। मुझे तो छुट्टी मिल जाएगी, इसके खाने, पहनने, सोने, जागने की चिन्ता से।''

शिखर ने भी अपना गोला दाग दिया—''तुझे इस जनम में छुट्टी नहीं मिलेगी अपने भाई से। मैं घर छोड़कर थोड़े ही जा रहा हूँ—यह अच्छी तरह समझ ले। वो तो किराये का मकान है, घर थोड़े ही है।''

''तो फिर ऐसा कर। खाना खाने के लिए दोनों टाइम आ जाना।''

नरोत्तम ने हस्तक्षेप किया—''तुम्हारा तो दिमाग खराब है। ऐसा कोई कर सकता है कि पाँच किलोमीटर दोनों टाइम आता-जाता रहे।''

गायित्री ने चुटकी ली—''अरे आप काहे चिन्ता करती हो। आपने तो मामासा को राँधना सिखा दिया है। सुबह-शाम खूब पकवान उड़ाएँगे। कोई टोकनेवाला भी नहीं रहेगा।''

नरोत्तम ने घोषणा कर दी—''बहुत हो गया। अब बस भी करो। शिखर तुम जाओ। तुम्हारा समय नष्ट हो रहा है। इन दोनों का क्या? ऐसी ही बड़बड़ाती रहेंगी तुम्हारे जाने के बाद भी।''

शिखर ने हँसकर कहा—''जीजू, मैं तो जा ही रहा हूँ। जीजी के पास आता-जाता रहूँगा और इस बंदरिया के लिए एक बन्दर बहुत जल्द जुटा लूँगा और विदा कर दूँगा इसे।''

कह तो गया शिखर, लेकिन वाक्य पूरा होते-होते उसे बिजली का सा झटका लगा। यही हाल गायित्री का था। दोनों ही भली-भाँति समझ रहे थे एक-दूसरे का नाटक। जो कुछ अभी तक हो रहा था, वो उतना ही सहज था—ऊपर ही ऊपर—हिमशिला का दिखनौटा चमकीला हिस्सा जैसा। मगर जितना जो कुछ अन्दर ही अन्दर अँधेरे में गहराई तक डूबा हुआ था, उसकी थाह भी पाना नामुमकिन था।

बहुत दिनों बाद शिखर पटनी बाज़ार में पैदल चला जा रहा था। वो तेज़ तेज़ चल रहा था सिर झुकाए, औरों से आँखें बचाये। वो मुश्किल से दस कदम चला होगा कि कुछ परिचितों ने उल्लास भाव को अतिरेक तक पहुँचाते हुए उसे घेर लिया और प्रश्नों की झड़ी लगा ली...अरे माट्साब, बहुत दिनों बाद मिले/शिखर बाबू कहाँ चले गये थे.../आप बीमार तो नहीं पड़ गये थे माट्साब/अरे शिखर बाबू आप तो ग़ायब ही हो गये/...

और ऐसे ही ढेर सारे सवाल जिनका जवाब देते हुए वो परेशान हो गया। सवाल पे सवाल। गोपाल मन्दिर तक पहुँचते-पहुँचते उसे घबराहट होने लगी। दुकानदार अपनी-अपनी दुकानों से निकलकर उससे मिल रहे थे। साइकिल वाले

हों, या कि स्कूटर वाले, बाइक वाले कोई भी बाज़ नहीं आ रहा था—उसे 'लिफ्ट' देने के लिए। और वो हँसता-मुस्कराता हाथ जोड़ता अपना रास्ता बनाता हुआ छत्री चौक बड़ी मुश्किल से पहुँचा।

हमेशा की तरह वहाँ तिपहिया वाहन—ऑटो रिक्शा—कतार से खड़े थे। उसने तुरन्त निर्णय लिया, अपने सिद्धान्तों को बलाय ताक रखकर, लोगों की आँख बचाकर, एकदम पास खड़े ऑटो रिक्शा में बैठ गया। और ऑटो चल दिया।

शिखर ने सवाल किया—"क्यों भाई, तुमने मीटर डाउन नहीं किया।"

ऑटोवाले ने जवाब दिया—"लगता है, साहब आप पहली बार उज्जैन के ऑटों में बैठे हैं। यहाँ मीटर चलता ही नहीं।"

"मगर ये तो ग़लत है।"

"ठीक है, आप तय कर लीजिए आपको चलना है या नहीं।"

"चलना तो है। और इसी ऑटो में चलना है। और कायदे से, मीटर के हिसाब से चलना है।"

ताव में ऑटो चालक ने पीछे मुड़कर देखा और शिखर को बैठा देखकर चौंक उठा—"अरे, माट्साब आप? मुझे माफ कर दीजिए, सर। मैंने आपके साथ बदतमीज़ी की। बहुत शर्मिन्दा हूँ। अब बतलाइए, कहाँ चलना है, सर।"

"जाना तो विद्यानगर है, मगर तुम्हारा मीटर नहीं चल रहा है। किराया किस हिसाब से देंगे?"

"मैं आपका पुराना विद्यार्थी हूँ, सर, आपसे गलत नहीं बोलूँगा। मुझे मालूम है, मीटर के हिसाब से छत्री चौक से विद्यानगर का किराया कितना होता है।"

"ठीक है।"

शिखर बैक सीट पर टिककर आँखें मूँदे बैठ गया! थकावट के मारे उसका शरीर निढाल हो रहा था। बैठे-बैठे उसकी आँख लग गयी।

ऑटो चालक शिखर से कुछ पूछने के लिए मुड़ा और देखा कि शिखर सो रहे थे। अचानक उसका सामना हुआ। एक विशालकाय ट्रक बड़ी तेज़ी से चला आ रहा था। ट्रक ड्राइवर ने भी किचकिचाहट के साथ ब्रेक दबाया और ऑटो चालक ने पलक झपकते अपनी बायीं ओर झटके के साथ ऑटो को काटा। हादसा तो टल गया मगर जैसे ही शिखर ने झटके से अपनी आँखें खोलीं तो उसे लगा जैसे एक विशालकाय मगरमच्छ उसकी बगल से गुज़रा।

और फिर तो रेला लग गया।

छोटे-मझोले-बड़े मगरमच्छों का रेला, जो शिखर के आगे-पीछे दौड़ रहे थे। उसने ऑटो में बैठे-बैठे आसपास नज़र दौड़ाई तो ठगा सा रह गया। वो तो स्वयं एक मगरमच्छ के अन्दर बैठा है मगरमुँहा में जिसके जबड़े खुले हुए थे। वो यहाँ कैसे

पहुँचा, ये जानकारी उसे न मिले तो ही अच्छा। उसे तो सोचना है कि वो कैसे मगरमच्छ के जबड़े से बाहर निकलेगा।

ऑटो सहसा रुका। शिखर को चुपचाप बैठा देख ड्राइवर ने आवाज लगाई—"माट्साब, विद्यानगर तो हम पहुँच गये हैं, मगर किसके घर चलना है, यह आपने नहीं बतलाया।"

आवाज से चौंक पड़ा शिखर और एक झटके से उसका तिलिस्म टूट गया। आँखें मलते हुए वो ऑटो से बाहर निकला और चकित रह गया। बोला—"अरे भाई, तुम मुझे सीधे मेरे दोस्त श्याम के घर पर कैसे ले आए। तुमको तो मैंने नहीं बतलाया था।"

"क्यों शर्मिन्दा करते हैं, सर! उज्जैन शहर में कौन नहीं जानता कि आपके एकमात्र दोस्त श्याम सर ही तो हैं। आपने विद्यानगर तो कहा ही था। इतना मेरे लिये काफी था।"

"सर, उज्जैन प्रथम अभियान यहीं से तो शुरू हुआ था। आपने ध्यान नहीं दिया, सर। उज्जैन के हर ऑटो, हर टेम्पो, हर वाहन पर 'उज्जैन प्रथम' लिखा हुआ है।

"अच्छा सर, चलता हूँ। सेवा का मौका फिर देंगे तो हम धन्य हो जाएँगे।"

ऑटो ड्राइवर ने तुरन्त बैठकर ऑटो आगे बड़ा दिया।

शिखर आवाज देता रहा—"अरे भाई, बतलाओ तो सही मुझे कितना देना है?"

एक सेकेन्ड के लिए ऑटो रोककर ड्राइवर बोला—"सर इस जनम में तो कभी नहीं।"

और तेज़ी से चला गया।

शिखर ने कॉल बेल बजाया। बाहर की लाइट जली। दौड़ती आयी शुभ्रा और उसने दरवाज़ा खोला। और फिर अवाक् देखती रही शिखर को। शिखर ने शुभ्रा को गले लगाया और शुभ्रा रो पड़ी। अन्दर से श्याम ने आवाज दी—"कौन है बिटिया?"

शुभ्रा को उसी तरह उठाए-उठाए शिखर अन्दर आया। और उसे उतारता हुआ बोला—"पहचानिये मैं कौन हूँ?"

रुद्राक्ष दौड़ा आया और लिपट गया शिखर से। शिखर ने उसे उठा लिया। फिर श्याम को गले लगाया। फिर हाथ जोड़कर कान्ता के सामने खड़ा हो गया—"प्रणाम निवेदित है अन्नपूर्णा भाभी।"

कान्ता हाथ जोड़कर बोली—"नमस्कारान्ते निवेदन है कि अपने नये घर की

खूँटियों पर जो गीली यादें आप टाँग गये थे, वे सूखकर झर गयी हैं। उन पाँखुरियों को मैंने फर्श पर यथावत् छोड़ दिया है। उन्हें किसी ने भी बुहारा नहीं है। हाँ, यह महसूस कर आश्वस्त हूँ ज़रूर कि उन पाँखुरियों में काँटे नहीं हैं। यह हो सकता है कि जब आप घर पहुँचें, तब आपके साथ साथ घर में प्रवेश करती ताज़ी हवा उन पाँखुरियों को बुहार दे।''

''वाह भाभी, वाह! मैं जो पत्र आपके नाम पर छोड़ गया था, उसका उत्तर इतना गहरा होगा, यह मैं जानता था। आपने तो कविता लिख दी। और श्यामजी घनश्यामजी आप क्यों खामोश हैं?''

श्याम बोला—''खामोश नहीं, अवाक् । तेरी भाषा में तुझसे बात करने का सलीका सिर्फ तेरी भाभी में है।''

''तो फिर ऐसा करो, जब अगली गोष्टी आयोजित हो तो उसमें अन्नपूर्णा भाभी का काव्य पाठ ज़रूर रखना।''

श्याम, कान्ता से बोला—''देख लीजिए कान्ता जी, जब से शिखर आया है, आपको अन्नपूर्णा भाभी केवल सम्बोधित नहीं कर रहा है, जुगाली कर रहा है। फिर भी आप उसके लिए भोजन नहीं परोस रही हैं।''

कान्ता बोली—''मैं जानती हूँ सरो जीजी को। उन्होंने अपने लाडले भाई को भोजन करवाये बिना छोड़ा नहीं होगा।''

शिखर बोला—''देख लो श्यामजी घनश्यामजी, हमारी अन्नपूर्णा भाभी साहिबा अन्तर्यामी हैं।''

फिर शिखर बच्चों की तरफ मुखातिब हुआ—''कैसी चल रही है पढ़ाई—बहुत बढ़िया कि बहुत ज़ोरदार।''

दोनों बच्चों ने एक-दूसरे की तरफ देखा और एक साथ बोल पड़े—''बहुत ज़ोरदार।''

''शाबाश, अब जल्दी से हाथ-मुँह धो लो। तुम चारों भोजन करो और मैं अन्नपूर्णा भाभी के हाथों कैरी का पना पिऊँगा।''

रुद्राक्ष बोल पड़ा—''कम से कम दो गिलास।''

शिखर बोला—''यह हुई न मर्दोंवाली बात।''

भोजन करने के बाद रुद्राक्ष और शुभ्रा अपने कमरे में चले गये।

कान्ता बोली—''चलिये भाई साहब, गेस्ट रूम में चलें। वहीं गोष्ठी जमेगी। फिर जब आपको नींद आ जाए तो आप वहीं सो जाइएगा।''

''अरे, भाभी जी, माना कि मेरा घर सूना है। यादें भी झर गयी हैं। लेकिन रहना तो वहीं है। देर रात को सही, लेकिन मैं वहीं जाकर सोऊँगा।''

श्याम बोला—''जाओगे कैसे बन्धु! तुम्हारी साइकिल तो है नहीं। और मुझे आधी रात को स्कूटर चलाने का कोई शौक नहीं है।''

''मुझे भी तुम्हारे स्कूटर पर, और तुम्हारे ही क्यों किसी के भी स्कूटर के पीछे बैठने से सख्त ऐतराज़ है।''

कान्ता ने हस्तक्षेप किया—''स्कूटर का तो सवाल ही नहीं है। वास्तव में, इन्हें मालूम नहीं कि सुधीर भाई ने साइकिल भिजवा दी है।''

''तो फिर यहाँ रुकने का प्रश्न ही नहीं उठता है।''

''प्रश्न तो उठता है भाई साहब क्योंकि आपके नये घर में हमने एक किरायेदार रख दिया है, और वो भी 'प्रभुकृपा' के मालिक की रज़ामन्दी से।''

शिखर अवाक् रह गया।

कान्ता हँसती हुई बोली—''आप चिन्ता न करें भाई साहब। वो तो मैंने हँसी-हँसी में इन्हें किरायेदार निरूपित किया है। वास्तव में, वे आपके मेहमान हैं।''

''मेहमान? तो क्या रूपाजी के भाई साहब देवव्रत मुखर्जी आ गये हैं?''

श्याम ने पूछा—''तुम्हें कैसे मालूम?''

''दरअसल, रूपाजी ने उनके बारे में विस्तार से बतला दिया था। 'उज्जैन प्रथम अभियान' की कमान सम्हालने के लिए आए हैं।''

कान्ता बोली—''आपने बिलकुल ठीक कहा। हाँ, रूपा जी ने मुझे देबूदा की चिट्ठी दिखलाई थी और मैंने ही उन्हें सलाह दी थी कि देबूदा की चिट्ठी रूपाजी आपके हवाले कर दें।''

शिखर बोला श्याम से—''भाई श्यामजी घनश्यामजी, देबूदा की चिट्ठी पढ़कर ही मैं आश्वस्त हो गया था कि अब मुझे उज्जैन प्रथम अभियान की चिन्ता नहीं करनी है। मेरी अनुपस्थिति में भी देबूदा सब कुछ बखूबी सम्हाल सकेंगे। और यही कारण है कि मैं छुट्टी पर जा सका। क्यों भाभीजी, रूपाजी उनके साथ ही हैं न देखभाल के लिए।''

''हाँ, भाईसाहब, यही तय हुआ था कि आपसे मिलकर चली जाएँगी।''

''मतलब यह कि आज की रात मुझे आपके गेस्ट रूम में गुज़ारनी पड़ेगी। चलिए, ऐसा ही सही। अगर आप इजाज़त दें तो आप लोगों के साथ इत्मीनान से बैठकर बातचीत करने के पहले मैं नहा लूँ।''

श्याम कान्ता से बोला—''तुम ज़रा देख लोगी।''

''आप इत्मीनान रखिए। बाथरूम धुला पुँछा, सजा धजा आपके ख़ास मेहमान के लिए पलक पाँवड़े बिछाकर प्रतीक्षा में है।''

मुश्किल से एक लोटा पानी डाला होगा शिखर ने कि अचानक बदहवासी में घुटने तक के गीले अंडर वियर पर तौलिया लपेटकर शिखर बाथरूम से भीगा हुआ निकल आया और उसने तेज़ी से बाथरूम का दरवाज़ा बन्द कर दिया।

गेस्ट रूम के सोफे पर बैठे श्याम और कान्ता भौचक्के रह गये।

श्याम ने चिन्तित स्वर में पूछा—"क्या हुआ?"

शिखर शर्मिन्दा हो रहा था—"माफ कीजिए, भाभीजी, मेरी बेहूदा हरकत के लिए। लेकिन मैं क्या करता। एक छोटे से मगरमच्छ को मैंने बाथरूम में देखा।"

शिखर बोल पड़ा—"असम्भव।"

कान्ता बोली—"मैंने खुद दोपहर ढलने के बाद, हमेशा की तरह, बाथरूम की सफाई की थी।"

फिर हँसकर बोली—"शहर की घनी बस्ती में भला मगरमच्छ कैसे आ सकता है। आपकी नज़रों को धोखा हुआ है।"

श्याम बोल पड़ा—"ख़ैर, तुम्हारी तसल्ली के लिए हम दोनों बाथरूम में झाँककर देख लेते हैं।"

सहसा कान्ता की नज़र ऊपर से नीचे टपककर गिरी हुई छिपकली पर पड़ी।

वो हँसकर बोली—"यह तो छिपकली है। आप एक बार झाँककर तसल्ली कर लीजिए।"

अब तक शिखर प्रकृतिस्थ हो चुका था, बोला—"मैं भी समझ गया भाभीजी, कि मेरे दिमाग का फितूर मेरे साथ कौन-सा खेल खेल रहा है, ये पूरा किस्सा बयान करूँगा।"

और शिखर बाथरूम में पुनः प्रवेश कर गया।

शिखर ने खुद फरमाइश की—"सोचता हूँ कि अपनी पुरानी आदतों को धता बताकर, श्यामजी घनश्यामजी के उस दिन दिए गये—पुरानी घड़ी और उसकी कमानी सम्बन्धी दार्शनिक व्याख्यान को फलीभूत कर दूँ।

"चलिये अब ऐसा ही सही। देख लेते हैं कि बड़े मग को छलकने की हद तक गर्म कड़क काली कॉफी से भरकर पीने में आखिर इस नामुराद ड्रिंक का जलवा क्या है?"

खुशी से छलकते हुए श्याम बोला—"बहुत अच्छे। अखिर तुम, धीरे-धीरे ही सही, पटरी पर आ रहे हो।"

"यह तुम्हारा मुग़ालता है, दोस्त। दरअसल, मैं थोड़ी देर पटरी से उतर कर देखना चाहता हूँ।"

कॉफी पीते हुए श्याम ने चुप्पी तोड़ी—''ये मगरमच्छ वाला किस्सा क्या है?''

शिखर ने तुरन्त जवाब नहीं दिया। वो धीरे-धीरे कॉफी की चुस्कियाँ लेता रहा, कुछ देर तक। कोई कुछ नहीं बोल रहा था।

सहसा शिखर ने श्याम की ओर देखा। उसकी आँखें गहराने लगीं। माथे पर बल पड़ने लगे और उसकी आँखें सिकुड़ने लगीं साथ ही उसके बोल भी रिसने लगे—''एक चोर है जो मुझसे नज़रें चुराकर दुबका बैठा है। वो तो ऐसी घात लगाए बैठा है कि मौका ताड़कर मुझे अचानक दबोच लेता है। और मैं उसकी गिरफ्त में, आपे से बाहर हो जाता हूँ।''

श्याम के माथे पर भी बल पड़ने लगे और वो बोल पड़ा—''मैं हैरान हूँ कि तू ऐसी बातें कर रहा है और ऐसी भाषा बोल रहा है जो मेरी समझ में नहीं आ रही है।''

कान्ता शान्त भाव से बोली—''एक बात तो है कि आपने पहले तो कभी ऐसा महसूस नहीं किया।''

शिखर बोला—''अब याद आता है तो लगता है कि बचपन में जब मैं सरो जीजी के साथ मगरमुँहा आया था तब जीजी ने कहा था कि किसी ज़माने में बाड़ के पानी में बहकर आया मगर हमारी गली के मुहाने पर फँस गया था, तब से इस गली का नाम 'मगरमुँहा' पड़ गया। यह सुनकर उस समय मैं बहुत डर गया था। अकसर मुझे गली के मुहाने पर मगर दिखलाई पड़ता था। मैं जैसे जैसे बड़ा होने लगा, मेरे दिमाग से यह वहम निकल गया। और उस ख्याल का नामोनिशान तक मिट गया। तीस बरस ऐसे ही निकल गये कि अचानक उस दिन मंगलनाथ पर यह मगरमच्छ पुराण अचानक खुल गया।''

श्याम बोल पड़ा—''तेरा एक नया पुराण अभी-अभी खुला था, उस दिन जब तू देवास रोडवाली टेकरी के सामने वाले होटल में चाय पे चाय पीता चला जा रहा था।''

श्याम की बात अनसुनी कर दी शिखर ने और उत्साह में लबरेज़ बोला—''भाभी जी, मेरी इस नयी खोज पर आप मुझे बधाई दे सकती हैं जिस पेय को मैं अब तक खारिज किये रहा, उस ब्लैक कॉफी नाम के अद्‌भुत पेय में काफी रस है, ख़ासकर इसलिए की उसे आपने बनाया है।''

फिर एकदम अपना ट्रैक बदलकर श्याम से बोला—''श्यामजी घनश्यामजी, बहुत मस्ती छान ली तुमने। अब फौरन काम पर लग जाओ। नीरज से मिलना और उसे ख़बर कर देना कि वो मुगरमुँहा वाले घर पर कल सुबह ठीक दस बजे पहुँच जाए। ध्यान रहे, ठीक दस बजे। और हाँ तुम और मेरी आदरणीया भाभी साहिबा अपने साथ देबूदा को लेकर कल सुबह ठीक साढ़े दस बजे, न एक मिनट पहले और

न एक मिनट बाद, मगरमुँहावाले घर पर पहुँच जाना।''

कान्ता हँस पड़ी—''आज तो, भाई साहब आपने कमाल कर दिया। पल-पल बदलता आपका आज का रूप मेरे लिए अनोखा है।''

''पूछिए क्यों?''

''क्यों?''

''सिर्फ इसलिए कि यह कमाल मेरा नहीं, आपकी कॉफी का है।''

''मज़ाक छोड़िए, असल बात पर आइए।''

कुछ पल के लिए शिखर कान्ता की ओर अपलक निहारता रहा—''आदरणीया भाभी जी, आपकी समझ का मैं हमेशा कायल रहा हूँ। किसी भी डोर का कोई भी सिरा, आपके हाथ लग जाए तो वो डोर पूरी आपकी हो जाती है। ऐसे मौके पर नींद का झौंका बहुत काम आता है।''

तीनों हँस पड़ते हैं।

शिखर को नींद के हवाले करने के पहले, अपनी आदत से बाज आए बिना, श्याम ने पूछा—''पंडितजी, एक बात समझ में नहीं आई। तुमने आज तक नीरज को कभी मगरमुँहावाले घर पर नहीं बुलाया। तो फिर...''

श्याम की बात काटकर शिखर बोला—''श्यामजी घनश्यामजी, दरअसल तुम नहीं आते हो मगरमुँहा इसलिए तुम्हें पता नहीं है कि नीरज कई बार घर आ चुका है।''

फिर एकदम ट्रैक बदलकर शिखर बोला—''अब थोड़ा तो शरम करो और मुझे सोने दो।''

सुबह जब शिखर की नींद खुली तो चाय की ट्रे लेकर कान्ता और श्याम प्रकट हुए। अखबार में हमेशा की तरह शिखर को कोई दिलचस्पी नहीं थी।

मगर ताज़ी खबर दी कान्ता ने—''रात को दो बजे रूपाजी आई थीं। उनकी गरिमा काकी माँ अचानक बीमार पड़ गयी हैं। अब तो बस रूपाजी और काकी माँ रह गयी हैं एक-दूसरे का साथ देने के लिए।

शिखर अचानक चौंक पड़ा—''क्यों? परमानन्दजी भी तो हैं।''

''परमानन्दजी अब नहीं रहे। एक सप्ताह पहले ही तो वे गरिमा जी और रूपाजी के साथ ट्रेन से मुम्बई जा रहे थे। मुम्बई पहुँचने के ठीक पहले ट्रेन में ही परमानन्दजी को दिल का दौरा पड़ा था। उन्हें बोरीवली में ही उतारा गया और तुरन्त अस्पताल ले जाया गया। मगर अस्पताल पहुँचने के पहले ही वे चल बसे।''

"उज्जैन से लौटते हुए ट्रेन में ये हादसा—गरिमाजी के लिए तो शॉकिंग रहा होगा।"

"आश्चर्य की बात तो यही है कि इस दुर्घटना का असर रूपा जी पर इतना ज़्यादा हुआ कि उन्हें गरिमा काकी माँ ने सम्हाला। उन्होंने ही देबूदा को तुरन्त मुम्बई बुलवाया और तीसरे ही दिन रूपाजी को उनके साथ उज्जैन भेज दिया। उन्होंने जिस हिम्मत का परिचय रूपाजी की खातिर दिया, वो केवल दिखावा था। वरना, रूपाजी के उज्जैन आते ही गरिमा जी बीमार क्यों पड़ गयीं। और अब रूपाजी फिर भागकर मुम्बई जा रही हैं। इन्दौर से उन्हें सुबह की फ्लाइट मिलेगी। 'प्रभुकृपा' में देबूदा हैं।"

कान्ता को लगा कि शिखर ने उनकी बातें ठीक से नहीं सुनीं। अचानक जैसे शिखर स्वयं में खो सा गया।

शिखर अचानक विषय बदलकर बोल पड़ा—"अभी तो मुझे सीधे मगरमुँहा जाना है। जीजी और जीजू से बातचीत करनी है ताकि वे आश्वस्त हो जाएँ।"

श्याम ने पूछा—"कोई ख़ास बात?"

"तुम और भाभी जी याद रखना। बहुत जल्द गायित्री की शादी की तैयारी करनी है। इसीलिए तो तुम तीनों को साढ़े दस बजे मगरमुँहा पहुँचना है।"

"क्या कह रहे हो? इतनी जल्दी सब कुछ तय हो गया।"

अपने पल-पल बदलते रूपवाली कान्ता की बात को चरितार्थ करते हुए शिखर अचानक गम्भीर हो गया। पल में तोला, पल में माशा। अभी-अभी तो उत्साह के अतिरेक से बेहद खुश था शिखर। और अचानक...

शिखर बोला—"यही तो काम करने मगरमुँहा जा रहा हूँ।"

शिखर के जाते ही कान्ता ने श्याम से कहा—"एक बुरी खबर है, अभी-अभी फोन से मिली है।" तुरन्त बोला श्याम—"फोन रूपाजी का था?" कान्ता बोली हाँ रूपाजी बोली—"गरिमा काकी माँ इज नो मोर। आय ऍम लेफ्ट अलोन।" कान्ता ने रूपा से कहा था फोन पर—मैं जानती थी कि काकी माँ का बचना मुश्किल है। आपको तो शॉक लगा होगा। लेकिन आपको तुरन्त उज्जैन आना होगा। मेरा मतलब जितनी जल्दी हो सके क्योंकि खुशखबरी यह है कि अपनी गायित्री बिटिया की शादी तय हो गयी है, नीरज के साथ। आपके बिना मैं बिलकुल अकेली पड़ जाऊँगी। आप भी तो अकेली पड़ गयी हैं। यहाँ आएँगी तो घाव जल्दी भरेगा।

साइकिल पर सवार शिखर सहसा सोच में डूब गया। अभी थोड़ी देर पहले खुशी का जो दोशाला ओढ़ रखा था शिखर ने, उसकी गर्मी झेलना अब उसके वश की बात

नहीं रही। दोशाला स्वयं उतरकर तार-तार होता हुआ बिखर गया। मगर गर्मी कहाँ कम हुई। वो जो सुलगन थी अन्दर ही अन्दर वो साँप सा फन फैलाये उसे डँसती जा रही थी। इस सुलगन के नागपाश से मुक्ति की कामना करते हुए उसने साइकिल तेज़ कर दी। अब वो साँवेर रोड पर निकल आया था कि अचानक जैसे उसके सिर पर भारी भरकम चट्टान आ गिरी।

विद्यानगर और साँवेर रोड की नुक्कड़ पर एक बहुत बड़ी होर्डिंग लगी थी, जिसमें से स्वयं शिखर का विशाल चेहरा उसे घूर रहा था। उसे लगा यह चेहरा उसका नहीं, मगरमच्छ का है—मगरमुँहा, जो उज्जैन को निगल जाएगा। 'उज्जैन प्रथम' की थी वो होर्डिंग। उस होर्डिंग पर और भी चेहरे थे जिसमें से एक चेहरा था 'उज्जैन प्रथम' वाहिनी के विद्यानगर वाले मुखिया का चेहरा—जो उज्जैन नगर निगम के चुनाव में पार्षद पद के लिए स्वतन्त्र उम्मीदवार घोषित किया गया था।

पुलिया से टकराते-टकराते बचा शिखर। उस होर्डिंग में शिखर को 'उज्जैन प्रथम' का जनक घोषित किया गया था। पुलिया पर एक पैर टिकाये साइकिल पर बैठे ही बैठे शिखर उस होर्डिंग को बारीकी से देखने लगा। उसमें जो और चेहरे थे वो विद्यानगर वार्ड के मुखिया के साथियों के चेहरे थे जो मुखिया को पार्षद बनाने की अपील कर रहे थे।

उसी समय अखबार का हॉकर उसके सामने आ खड़ा हुआ। हॉकर के हाथ में 'उज्जैन प्रथम साप्ताहिक' का ताज़ा अंक था। शिखर ने एक प्रति हॉकर से तो ली और उसकी ओर एक रुपया का सिक्का बढ़ा दिया।

हॉकर बोला—"एक रुपया नहीं साहब। आज से इसका मूल्य पाँच रुपये है।"

"उज्जैन प्रथम साप्ताहिक" के पन्ने पलटते हुए हक्का-बक्का रह गया शिखर। आद्यन्त बहुरंगी। रंगों का विस्फोट। भारी भरकम 24 पृष्ठों में से आठ पृष्ठ केवल विज्ञापन। एक विज्ञापन में केवल शिखर का पूरे पृष्ठ का चेहरा था। लिखा था 'उज्जैन प्रथम के जनक शिखर जोशी को सलाम' और साथ में था किसी कोचिंग क्लास का नाम।

शिखर की आँखों में जलन महसूस होने लगी। धुँधलाने लगीं आँखें।

हॉकर बोला—"साहब, पाँच रुपये।"

शिखर जैसे नींद से जागा। उसने हॉकर की तरफ देखा। वो 8-10 साल का लड़का था। 'बाल श्रमिक' का घोर विरोधी था शिखर—ये सभी जानते थे। फिर भी उस बच्चे को काम पर लगानेवाले थे उसके अपने लोग।

शिखर ने पूछा—"तुम्हें किसने 'उज्जैन प्रथम वाहिनी' में शामिल किया?"

हॉकर हैरान, बोला—"आप क्या बोल रहे हैं, हमें समझ में नहीं आ रहा है।

हम तो हॉकर हैं।''

''तुम्हें इस काम पर किसने लगाया?''

हॉकर बालक ने होर्डिंग में हँस रहे मुखिया के चेहरे की ओर इशारा किया।

''तुम्हें क्या मिलता है इसे बेचने से।''

''हर कॉपी का एक रुपया।''

''कितनी कॉपी बेच लेते हो?''

''बेचता कहाँ हूँ साहब? मुझे तो हर घर पर पहुँचाने का काम सौंपा गया है। आप जैसे फुटकर ग्राहक जब मिलेंगे तब बेचूँगा।''

''घर-घर पहुँचाने का तुम्हें कुछ मिलता है?''

''मिलता कहाँ है? आज से मिलेगा हर घर के पाँच रुपयों में एक रुपया मेरा होगा।

शिखर ने हॉकर बालक को दस रुपये दिए।

हॉकर सलाम करके बोला—''आपने बड़ी अच्छी बोहनी की है। पूरे ग्यारह रुपये। आप पहले ग्राहक हैं। आज से ही तो काम पर लगा हूँ।''

कुछ देर के लिए ठगा सा खड़ा रह गया शिखर। उसे लगा जैसे वो किसी बवंडर की गिरफ्त में है। उसने खूब जोरों से चीखना चाहा, मगर चीखा नहीं। उसके चेहरे पर पसीने की बूँदें झलक आईं। आँखें लाल हो गयीं।

उसी समय वहाँ से गुज़रते हुए राहगीर की नज़रें शिखर पर पड़ीं। वो शिखर को पहचानता था, बोला—''माट्साब, क्या बात है। पुलिया से पैर टिकाये खड़े हैं। तबीयत खराब हो रही है क्या?''

इस आवाज ने शिखर को चौंका दिया। वो बोला—''नहीं, नहीं, ऐसी कोई बात नहीं है। मैं तो... मैं तो उज्जैन प्रथम साप्ताहिक का अंक देखने खड़ा हो गया था।

सचमुच करिश्मा कर दिया आपने माट्साब। उज्जैन का कायाकल्प हो गया। इस बार तो नगर निगम पर आपका पूरा कब्ज़ा होगा। आपको तो मेयर बन जाना चाहिए। आपका जादू तो सबके सिर पर चढ़कर बोल रहा है। उज्जैन के दोनों बड़े राष्ट्रीय राजनीतिक दलों की ये घोषणा कि वे 'उज्जैन प्रथम' के स्वतन्त्र उम्मीदवारों के लिए सबके साथ मिलकर चुनाव प्रचार करेंगे, सचमुच ऐतिहासिक है। इन दोनों का यह बड़प्पन मानना पड़ेगा।''

बड़ी मुश्किल से 'धन्यवाद' भर बोल पाया और उसने साइकिल मगरमुँहा की ओर न जाकर, अपने निवास 'प्रभुकृपा' की ओर मोड़ दी।

'प्रभुकृपा' पहुँचकर शिखर ने डोर बेल नहीं बजाई। साइकिल टिकाकर ओटले पर बैठ गया। जो तूफान उसके मन में उठा हुआ था, उसके शान्त होने की प्रतीक्षा कर रहा था। उस तूफान पर काबू पाने की चेष्टा में निहित थी उसकी यही मानसिकता कि जिस देवव्रत मुखर्जी ने स्वत: प्रेरणा से अपनी जीवन धारा बदलकर 'उज्जैन प्रथम' को अपने तरीके से आगे ले चलने की पहल की है, उस भले मानुष को इस तूफान की चपेट में अचानक लेना बहुत गलत होगा।

आखिर शिखर उठ खड़ा हुआ और उसने डोर बेल बजाई। दरवाज़ा देवव्रत ने ही खोला। उसने शिखर को तुरन्त पहचान लिया और 'शिखर भाई' कहकर उससे लिपट गया। देवव्रत के आलिंगन में आत्मीयता की जो ऊष्मा थी, उसे शिखर ने महसूस किया। मन का तूफान तिरोहित हो चुका था। शिखर तुरन्त झुका देवव्रत के चरण स्पर्श करने के लिए। देवव्रत ने लिहाज में उसे मना करना चाहा तो शिखर सहज भाव में बोल पड़ा—"यह तो आपकी ज़्यादती है, देबूदा। आपने मुझे अपना सगा माना, इसलिए आप हमारे 'उज्जैन प्रथम अभियान' में शामिल हुए। तो क्या हम आपके छोटे भाई होने का हक़ नहीं अदा कर सकते?"

शिखर ने देवव्रत के पाँव बाकायदे छुए और देवव्रत ने उसे प्रगाढ़ आलिंगन में बाँध लिया।

शिखर तुरन्त बोला—"लेकिन देबूदा, मुझे आपसे लम्बी चौड़ी शिकायतें हैं।"

देवव्रत ने शिखर को पलंग पर बिठाया। तभी शिखर ने बैठकवाले कमरे को ध्यान से देखा और बोला—"आपने तो कमरे का कायाकल्प कर दिया। पलंग है।... एक नहीं, दो नहीं...चार मोढ़े हैं। बीच में एक मेज़ है। आपने तो पूरी गृहस्थी जमा दी है।"

"इस प्रसंग में थोड़ी देर बाद बात करेंगे। तब तुम्हारी शिकायतों पर भी विशद चर्चा होगी। लेकिन फिलहाल एक-एक कप चाय की घनघोर पुकार मच रही है।"

"तो फिर चाय तो मैं ही बनाऊँगा। क्योंकि आप मेहमान हैं।"

"मेहमाननवाज़ी होगी ज़रूर जब हम विधिवत् मेहमान बनकर आएँगे। फिलहाल तो हम घुसपैठिये हैं। और इस घर पर कब्ज़ा भी मेरा ही है। रसोई भी रूपा ने सजाई है। इसलिए जब तक हम इस घर को तुम्हें बाकायदे हस्तान्तरित नहीं करते हैं, तब तक हुक्मनामा मेरा ही चलेगा। यह तस्वीर का एक पहलू है।"

"मतलब यह कि दूसरा पहलू भी है।"

"है, बिलकुल है और इस क़दर है कि तुम भी मान जाओगे। इस दूसरे पहलू में है चाय। शिखर भाई 'चाय' सुनकर तुम हैरान क्यों हो गये?"

"ज़ाहिर है कि चाय तो बस चाय है। फिर उसे दूसरे पहलू का दर्जा दिया जाना कुछ समझ में नहीं आया।"

"शिखर भाई, मगर ये सिर्फ चाय होती तो ऐसी-वैसी कोई बात नहीं होती। ये है देबूदा की लाडली बहन अंजू की पेशल 'दर्दीली चाय'।"

"दर्दीली चाय?"

"वही तो। इस दर्दीली चाय की जब पहली चुस्की तुम लोगे तब तुम्हारी जीभ पर इसके स्वाद की मीठी कसकवाली चुभन ऐसी स्वादिल कषाघात करेगी कि जीभ से निकली चटखार अखिल विश्व को सुनाई देगी—'चटाख'।"

हँस पड़ा शिखर—"आप कमाल करते हैं देबूदा। कैसा अद्‌भुत शब्दों का खेल करते हैं।"

"अरे, नहीं भाई, ये शब्दों के खेल का कमाल नहीं है। इसे बनाने का करिश्मा है।"

"तो फिर मैं इसे बनते देखना चाहता हूँ।"

"क़तई नहीं। इस विश्व-विश्रुत चाय पर मेरी लाडली छोटी बहन अंजू का है एकाधिकार। अभी तक उसने इसे पेटेंट नहीं करवाया है। यह तो अंजू को कुछ दिनों पहले तक मालूम नहीं पड़ सका कि मैंने इस दर्दीली चाय की हूबहू नकल अपनी सूझबूझ से की है। हाँ, मैं इसके बनने की प्रक्रिया का शाब्दिक वर्णन सिर्फ तुम्हारी खातिर कर सकता हूँ। लेकिन पहले चाय बनाऊँगा—दर्दीली।"

चाय बनने में ज़रूरत से ज्यादा समय लगा। चाय सम्पूर्ण वैभव के साथ आई—छोटे साइज़ के कप में, सिर्फ आधा कप चाय। शिखर ने चुस्की भरने के लिए कप ओठों से लगाया ही था कि देबूदा ने रुकावट के लिए खेद प्रकट किया—ठीक कैलिम्पांग में उस रात वाली अंजू की शैली में।

"क्या जुल्म करते हो? यह तो चाय का अपमान है। इस चाय को पहले भर नज़र देखो, ना-ना देखो नहीं निहारो फिर हौले हौले सूँघों, सूँघकर चाय की गन्ध को आत्मसात करो। उसके बाद उसे ओठों से मोरपंख की बारीक छुवन के अन्दाज़ में लगाओ और फिर चुस्की भरो।"

शिखर ने चाय देखी। काफी गाढ़ी थी। उज्ज्वल श्याम वर्ण। उसमें से गन्ध उठ रही थी। उसे मात्र गन्ध कहना उचित नहीं होगा। वो तो था 'ऐरोमा'। यानी गन्ध बादल का आसपास बड़ी देर तक मँडराना। फिर जो चुस्की भरी शिखर ने तो वास्तव में जीभ पर वैसी ही मीठी टीस और तड़प उठी कि उसने सिर पर चलते हिचकोलों के दबाव में जीभ काट ली। और फिर वही चटाक ध्वनि। अपनी इस किशोर—सुलभ प्रतिक्रिया से खुद शर्मिन्दा हुआ।

हँस पड़े देवव्रत और बोले—"मज़ा आ गया। मैंने तो अंजू को लिख भी

दिया है कि अब दर्दीली चाय पर उसका एकाधिकार नहीं है। मैंने कई कई प्रयोगों के बाद चाय के इस दर्दीलेपन को पाने में सफलता प्राप्त कर ली है। बहुतों को यह चाय पिला चुका हूँ और उन सभी चायक्कड़ों के पूरे सिस्टम को हिला चुका हूँ। मगर तुम्हारे जैसी प्रत्युत्पन प्रतिक्रिया, जिसे स्पॉन्टेनियस रिएक्शन कहना बोधगम्य होगा, इतना प्रभावशाली है कि बस मज़ा आ गया।''

''सच, देबूदा, इस चाय को पीना नहीं चाहिए, सिर्फ चुस्कियाँ भरना चाहिए। बस, चुस्कियाँ भरते जाओ ऐसे कि चुस्कियाँ कभी खत्म न हों। स्वादों के द्वन्द्व युद्ध में यदि इस दर्दीली चाय की प्रतिस्पर्धा किसी अन्य खाद्य पदार्थ के परमानन्द से की जा सकती है तो वो है मेरी सरो जीजी के हाथ की बनी लटपट खिचड़ी।''

''हाँ, हाँ, याद आया। एक दिन खुद रूपा ने खिचड़ी बनाई थी तो उसने तुम्हारी सरो जीजी की लटपट खिचड़ी का गुणगान किया था, यद्यपि उसके स्वाद की जीवन्त गवाही वो नहीं दे सकी। हम दोनों भाई बहन एक दिन यह दिव्य खिचड़ी भरपेट खाएँगे ज़रूर।''

शिखर ने चाय पीने में इतना ध्यान कभी केन्द्रित नहीं किया था। अभी तो वो चुस्कियाँ लेने में मगन था और याद करने की कोशिश कर रहा था कि क्या इस स्वाद की तुलना किसी और स्वाद से की जा सकती है।

अचानक उसकी स्मृति की कन्दराओं के घुप्प अन्धेरे में मुँह छिपाये दुबककर आँखें चुराये एक स्वाद ने इस आकस्मिकता से डंक सा मारा कि उसका गला सूखने लगा, आँखें जल उठीं और उसका सन्तुलन तार-तार हो गया।

और वो उतावला हो उठा।

शिखर का अचानक ऐसा अटपटा व्यवहार देवव्रत के लिए अप्रत्याशित था। शिखर बोल पड़ा—''मुझे तुरन्त सरो जीजी के घर जाना है।''

देवव्रत उसे प्रकृतिस्थ करने की कोशिश करते हुए बोला—''ऐसी भी क्या जल्दी है? और हाँ, तुम किसी शिकायत की बात कर रहे थे।''

तमतमा उठा शिखर। उसके चेहरे पर आई इस विकृति से देवव्रत हतप्रभ रह गया। शिखर ने भरे गले से देवव्रत से कहा—''क्या देबूदा, आपने तो मुझे मगरमच्छ बना दिया।''

''मगरमच्छ? क्या कह रहे हो शिखर?''

''आपने उज्जैन प्रथम की ऐसी होर्डिंग्स लगाई कि मेरा चेहरा दैत्याकार बना दिया।''

हँसकर परिवेश को बोझिल होने से बचाने के लिए देवव्रत बोला—''अरे

शिखर, इसे ही तो कहते हैं—"लार्जर दैन लाइफ इमेज।"

"मुझे किसी इमेज की चाहत कतई नहीं है। आपने मेरे साथ ज़्यादती की है। आपने 'उज्जैन प्रथम साप्ताहिक' को भड़कीला रंगीन बना दिया और उसे विज्ञापनों से पाट दिया। और तो और आपने उसका मूल्य भी पाँच रुपये कर दिया।"

"तुम थोड़ा धीरज धरो तो मैं तुम्हें अपनी योजना समझाऊँ।"

"क्या योजना? आपने तो नगर निगम पर कब्ज़ा करने की योजना बना डाली।"

"मैं तुम्हें समझाता हूँ।"

"नहीं देबूदा, नहीं। कतई नहीं। आपने मेरे सपनों को चकनाचूर कर दिया। ख़ैर, मुझे अब 'उज्जैन प्रथम' से कोई लेना देना नहीं है। अब तो कर्ताधर्ता आप हैं। आपको जो करना हो कीजिए। मैं चलता हूँ।"

और अचानक आए तूफान सा शिखर धड़-धड़ाकर बाहर निकल गया।

मगरमुँहा के घर पर पहुँचकर दरवाज़े के सामने शिखर ठिठक गया। वो मुँह फेरकर, दरवाज़े की ओर पीठ करके खड़ा हो गया। वो अपने को सम्हालने की कोशिश कर ही रहा था कि दरवाज़ा खुला और गायित्री की आवाज़ आई—"अरे मामासा, आप मुँह फेरकर क्यों खड़े हैं?"

सहज बने रहने की कोशिश करते हुए शिखर बोला—"तूने अचानक क्यों दरवाज़ा खोला। मैंने कुंडी तो नहीं खटखटायी थी।"

"क्या मामासा? मैं आपके कदमों की आहट और साइकिल को स्टैंड पर चढ़ाने के अन्दाज़ को सपने में भी पहचान सकती हूँ।"

शिखर घर के अन्दर दाखिल हुआ, चप्पल उतारी और पेसापेश में खड़ा रहा। उसके अन्दर तो ज्वालामुखी उफन रहा था, वो कहीं आपे से बाहर न हो जाए, इसी चिन्ता में वो ठिठक गया था।

गायित्री बोल पड़ी—"किस सोच में पड़ गये आप। जाना तो आपको अम्मा के पास ही पड़ेगा। क्योंकि आपके कमरे पर तो मेरा कब्ज़ा है।"

"कब्ज़ा?"

"हाँ, नगर निगम के चुनाव का कार्यालय बन गया है आपका कमरा।"

तमतमा उठा शिखर और लगभग चीख पड़ा—"बदतमीज़। तुम्हारी ये जुर्रत कि तुमने घर को चुनाव का अड्डा बना लिया है?"

गायित्री भी बहस के मूड में आ गयी—"इसमें गलत क्या है? देबूदा ने एक हफ्ते में 'उज्जैन प्रथम' का कायाकल्प कर दिया है। एक नयी क्रान्ति ने आदर्श और

यथार्थ की युगलबन्दी से व्यवस्था में प्राण फूँक दिए हैं।''

आखिर हुआ वही जिसका शिखर को डर था कि वो आपा खो बैठा और उसने एक चाँटा जड़ दिया गायित्री के गाल पर। गायित्री गिरते-गिरते बची। वो आँखें फाड़े देखती रह गयी शिखर को। अन्दर से नरोत्तम और सरो दौड़कर आए।

दोनों एक साथ बोले—''क्या हुआ?''

शिखर ने आज तक कभी हाथ नहीं उठाया था गायित्री पर। कभी डाँटा भी होगा तो प्यार से। आज तो वो न केवल चीखा बल्कि चाँटा भी जड़ दिया। उसने सरो को देखा तो उससे लिपटकर रो पड़ा—''ये मैंने क्या कर डाला, जीजी? मैं क्या करूँ—मैं क्या करूँ?''

सरो शिखर को अपने कमरे में ले गयी।

गायित्री नरोत्तम से लिपटकर रो पड़ी और रोते-रोते बोली—''मुझे कुछ नहीं हुआ, बाबूसा। आप तो उन्हें सम्हालिए। मुझे उनकी बहुत चिन्ता हो रही है। जब से आए हैं, ऐसे ही उखड़े-उखड़े हैं।''

नरोत्तम भी गायित्री को लेकर सरो के पास पहुँचे।

शिखर सरो जीजी के घुटने पर सिर रखकर बैठे थे।

पता नहीं, क्या चुहल सूझी गायित्री को कि वो उसी मुद्रा में सरो के दूसरे घुटने पर सिर रखकर शिखर की ओर मुँह किये बैठ गयी और बोली—''आज पहली बार यह सिद्ध हो गया कि आप सचमुच मुझसे बहुत प्यार करते हैं।''

शिखर खड़ा हो गया और नरोत्तम के पास जा बैठा। नरोत्तम ने उसकी पीठ सहलाते हुए कहा—''मन क्यों खराब करते हो, शिखर। आज छोरी ने बिलकुल सच कहा, और दिल से कहा।''

उसी समय बाहर दरवाज़े पर दस्तक हुई। इससे पहले कि गायित्री दौड़कर दरवाज़ा खोले, शिखर भी दरवाज़े पर पहुँच गया। दोनों ने एक साथ कुंडी खोलने के लिए हाथ बढ़ाए। चपलता से जीत गायित्री की हुई।

दरवाज़े पर नीरज खड़ा था। वो चौंका और शिखर के चरणों में झुक गया और हँसते हुए बोला—''सर, आप दरवाज़े पर और साथ में गायित्री जी। ऐसा अप्रत्याशित, अभूतपूर्व और अनोखा स्वागत। मैं कृतकृत्य हुआ।''

पीछे से नरोत्तम की आवाज आई—''आइए नीरजजी, हम आपकी ही राह देख रहे थे।''

नीरज ने जूते उतारे और तेज़ कदमों से नरोत्तम के पास पहुँचा और चरण स्पर्श के लिए झुका। नरोत्तम ने उसे खुद झुककर रोका और कहा—''ऐसा अनर्थ मत

कीजिए।''

नीरज ने फौरन विरोध दर्ज़ किया—''नहीं बाबूसा, ऐसा नहीं चलेगा। बिलकुल नहीं चलेगा। आप हमारे सर के जीजाजी हैं, मेरे लिए प्रणम्य। मेरा यह अधिकार आप मुझसे छीन नहीं सकते। और यह क्या बात हुई कि आप मुझे 'आप' सम्बोधित कर रहे हैं। यह तो सरासर अन्याय है। मैं आपके लिए हमेशा 'तुम' ही रहूँगा।''

''अच्छा, अच्छा। अन्दर तो आइए।''

नीरज हाथ जोड़कर खड़ा हो गया—''नहीं बाबू सा, पहले इस समस्या का समाधान हो जाए।''

दौड़कर नरोत्तम के बगल में आ खड़ी हुई गायित्री—''मैं समाधान प्रस्तुत करती हूँ। अगर बाबू सा चरण स्पर्श ग्रहण नहीं करना चाहते, तो उनका प्रतिनिधित्व मैं कर रही हूँ—अम्मा-बाबूसा की एकमात्र सन्तान। आप मेरा चरण स्पर्श कर लीजिए।''

नीरज भी तैयार था। झट गायित्री के चरण स्पर्श के लिए झुका ही था कि गायित्री ने उसका हाथ पकड़ लिया और बोली—''चलिए, हम दोनों जोड़े से बाबू सा का चरण स्पर्श करते हैं।''

और दोनों झुक गये। नरोत्तम की आँखें भर आई। उन्होंने दोनों को गले लगा लिया।

शिखर ठगा सा दरवाज़े पर ही खड़ा देखता रह गया। उसके चेहरे पर उड़ती हुई हवाइयों ने बयान किया—शिखर का दर्द। क्यों खड़ा है वो यहाँ, जहाँ उसके स्वयं के किये के कारण ही उसका अपना नीड़ तिनके-तिनके बिखर रहा है। तो क्या उसके ही हाथों उसका अपना नीड़ दूसरे के हवाले होने जा रहा है। शिखर का सन्तुलन डगमगाने लगा। इससे पहले कि वो फिर आपा खो बैठे, वो बोला—''मैं चलूँ जीजू। आप नीरज से सब तय कर लीजिएगा।''

नरोत्तम तेज़ कदमों से शिखर के पास पहुँचे और बहुत धीमे किन्तु दृढ़ स्वर में बोले—''तुम्हें क्या हो गया है, शिखर? कैसे बच्चों जैसी बात कर रहे हो। नीरज को तुमने बुलवाया है। सारी बातें सिर्फ तुम तय करोगे, सिर्फ तुम। हम कुछ नहीं जानते।''

अपने चेहरे पर उतर आई गाढ़ी उदासी को हलका करने की कोशिश में एक ऐसी फीकी हँसी का मुलम्मा चढ़ाया शिखर ने कि वो खिसियानी हँसी में तब्दील

हो गयी—"जीजू, आपने तो मुझे किसी मैरेज ब्यूरो का प्रबन्धक मान लिया है।"

नरोत्तम ने प्रतिरोध किया—"कैसी बेसिर पैर की बातें कर रहे हो। तुम गायित्री के मामा हो।"

सहसा रुँधे गले से बोला शिखर—"कहाँ का मामा? कोई नहीं। अगर मामा होता तो अपनी एक मात्र भांजी को ऐसा निर्मम चाँटा मार सकता था?"

गायित्री दौड़कर शिखर के पास पहुँची, उससे लिपट गयी और रो पड़ी—ऊहापोह के कँटीले बीहड़ से अकस्मात मुक्त होकर शिखर ने भी गायित्री को भींच लिया। उसने भावावेश में गायित्री को चूमना शुरू कर दिया—माथे पर, गर्दन पर लेकिन गाल तक आते-आते वो ठिठक गया। और उसने गायित्री को बन्धन मुक्त कर दिया। ये दोनों तो रो ही रहे थे। शेष तीनों की भी आँखें भर आईं।

अचानक रोती-रोती हँस पड़ी गायित्री और बोली—"यदि सामूहिक रुदन का यह कार्यक्रम सुसम्पन्न हो गया हो तो मैं चाय बनाऊँ।"

शिखर ने भी झटपट आँसू पोंछे और हँसकर बोला—"तुम क्या चाय बनाओगी, गायित्री? चाय तो मैं देबूदा के हाथ की पी कर आया हूँ।"

उसके स्वर में स्वर मिलाकर नीरज भी बोल उठा—"दर्दीली चाय।"

"अच्छा तो तुम भी पी चुके हो?"

"कई बार! मैंने तो ताक झाँककर उसकी रेसिपी भी नोट कर ली। मगर व्यर्थ। जब मैंने खुद अपने यूनिवर्सिटी क्वार्टर के किचन में बनाने की कोशिश की तो वो बात नहीं बनी।"

सरो ने हस्तक्षेप किया—"अजीब बात है। सभी दालान मैं खड़े होकर बातें किये जा रहे हैं। अरे, अन्दर चलो तो काम की बात करें।"

सभी अन्दर सरो के कमरे में चलकर बैठ गये तो गायित्री बोली—"देखिए मामासा और नीरज जी, हम भले ही अपने देबूदा के हाथ की दर्दीली चाय न बना पाएँ लेकिन मुझे हर हालत में चाय तो बनानी पड़ेगी। पूछिए क्यों?"

सरो ने झिड़का—"हाँ, हाँ, बोल—क्यों?"

"क्योंकि आप सब मेरी शादी की बात करेंगे। नीरज जी भले ही उसमें हिस्सेदारी करें, मगर मुझे तो लिहाज पालना पड़ेगा।"

सब हँस पड़े। हँसा तो शिखर भी। मगर उसकी हँसी देबूदा की चाय जैसी दर्दीली थी।

उसी समय श्याम, कान्ता और देवव्रत भी आ जुड़े।

गायित्री और नीरज की शादी से सम्बन्धित सभी बातें तय हो गयीं। प्रस्ताव तो यह भी था कि शादी की कुछ रस्में घर के बीचवाले आँगन में होंगी। मगर सरो ने भारी

मन से प्रस्ताव को निरस्त कर दिया और बोली—''घर के जिस आँगन में वर्षों से लगे आम के फलदार पेड़ में अचानक फल लगना बन्द हो जाए, जिस हरे-भरे पेड़ की सदाबहार चमकीले पत्ते भी रातों रात झर जाएँ, जो पेड़ ठूँठ बनकर सूखते-सूखते ऐसा बठ्ठर बन जाए कि हम इस नौबत से आँखें मूँदे बैठे हैं कि हमारा वो आम का पेड़ कभी भी गिर सकता है। भला ऐसे आँगन में शुभकार्य की कोई भी रस्म हो सकती है?''

तो तय पाया कि शादी विधि विधान से ही होगी। चूँकि सरो का हॉलनुमा कमरा काफी बड़ा था इसलिए शादी की रस्में इसी कमरे में होंगी क्योंकि इस कमरे में इतनी जगह थी कि उसके एक हिस्से में मंडप बन जाए और दूसरे हिस्से में ख़ास ख़ास आमन्त्रित भी बैठ सकें। चूँकि शादी में आमन्त्रितों की संख्या कम होगी इसलिए स्वागत-सत्कार, खानपान का प्रबन्ध पिछवाड़े के आँगन में रखा गया। इसमें दुल्हा-दुल्हन उपस्थित तो रहेंगे लेकिन उनके लिए न तो मंच बनाया जाएगा। और न सिंहासन रखे जाएँगे। वे आपस में घुलमिलकर ही सारे समय बने रहेंगे।

निमन्त्रण पत्र में ख़ास तौर पर बोल्ड अक्षरों में रेखांकित पंक्ति इस विनम्र किन्तु दृढ़ अनुरोध के साथ लिखी जाएगी कि वर-वधू को आशीर्वाद के रूप में केवल एक फूल, फूलों का गुच्छा नहीं, ही भेंट कर सकेंगे। उस आशीर्वाद को लिफाफे में अथवा उपहार के रूप में देने की कोशिश व्यर्थ रहेगी। स्वीकारी नहीं जाएगी।

सुहागरात की व्यवस्था शिखर के भूतपूर्व कमरे में होगी। शादी के रस्मों की सारी व्यवस्था श्याम, कान्ता, रूपा और देवव्रत सम्हालेंगे। शिखर स्वागत-सत्कार की व्यवस्था करेगा। कान्ता के पास अतिरिक्त भार होगा सुहागरात की सजावट का।

जब सारी बातें तय हो गयीं तो नीरज ने अपनी बात कही। वो बोला कि शादी के बाद नीरज और गायित्री मगरमुँहावाले घर में बतौर पेइंग गेस्ट रहेंगे। वो अपना विश्वविद्यालय वाला क्वार्टर नहीं छोड़ेगा क्योंकि किसी से भी मिलने की जगह वही होगी, मगरमुँहा नहीं। इस क्वार्टर की देखभाल वही लड़का करता रहेगा जो अभी नीरज के साथ वहीं रहता है।

बातचीत के पूरे दौर में शिखर ने 'ना' के बराबर हिस्सा लिया। जब सभा विसर्जित हुई तो बाहर निकलकर शिखर ने श्याम को अलग ले जाकर कहा—''श्याम, मैं शादी की सारी तैयारियों के साथ भरसक जुड़े रहने की कोशिश करूँगा। लेकिन किसी एक काम की ज़िम्मेदारी मुझे मत दो। 'उज्जैन प्रथम' का जो हश्र हो रहा है, उससे मैं टूट गया हूँ। इसलिए स्वागत-सत्कार का भार पूरी तरह तुम्हें ही सम्हालना है। ये बात सिर्फ तुम्हारे और मेरे बीच रहे।''

श्याम गम्भीर हो गया, बोला—''तुम जैसा चाहोगे, वैसा ही होगा।

"तुम्हें याद है मैंने तुमसे कमानीवाली घड़ी की बात की थी। उस घड़ी में चाभी इतनी मत भरो कि अतिरिक्त कसावट के फलस्वरूप कमानी टूट जाए। सम्हल जाओ, मेरे दोस्त, तुम्हारी घड़ी की कमानी दरक रही है। कोरा आदर्शवाद बिलकुल कोरा होता है, जिसका कोई उपयोग नहीं होता। 'उज्जैन प्रथम' की नींव में तुम्हारी भूमिका ऐतिहासिक रही है। नाराज़ मत हो, मेरे भाई। इस समय देबूदा जो कर रहे हैं, वो बिलकुल सही है। और सुन लो, तुम्हारी इस टूटन की वजह 'उज्जैन प्रथम' नहीं है। कुछ और है और बहुत गहरी है। काश! तुम मुझे अपना दर्द सही-सही बयान करते।"

इतना कहकर श्याम तेज़ी से अपने स्कूटर की तरफ चल दिया।

शिखर ठगा सा खड़ा रह गया। देवव्रत ने उसके कन्धे पर हाथ रखा तो वो चौंका।

देवव्रत बोला—"उज्जैन प्रथम" तुम्हारी सन्तान है और हमेशा रहेगी। मैंने तो उसे केवल गोद लिया है। तुम मुझसे सहमत नहीं हो। ठीक उसी तरह मैं तुमसे सहमत नहीं हूँ। इस परस्पर असहमति के बावजूद जितने दृढ़ तुम हो अपने आदर्शवाद के प्रति उतना ही आश्वस्त मैं हूँ अपने व्यवहारवाद के प्रति। और एक बात, तुम्हारे बड़े भाई होने की हैसियत से कह रहा हूँ। इस बात को सही अर्थों में, सही समझ के साथ और सही सन्दर्भ में ग्रहण करना। मैं सीधी बात डंके की चोट पर कहता हूँ। शायद किसी और ने भी कहा हो—"आदर्शवाद की रीढ़ को प्रत्यंचा की तरह मत तानो, रीढ़ टूट सकती है, क्योंकि आदर्शवादी, अजाने ही, अपनी ज़िद के कारण अधिनायक हो जाता है। उस तानाशाह से लोग दूर हो जाते हैं, तुमसे भी दूर हो जाएँगे, क्योंकि तुम्हारा विश्वास लोकतन्त्र में नहीं है। लेकिन चूँकि मैंने तुम्हारी सन्तान को गोद ले लिया है, इसलिए उसके सही-सही परवरिश की सही ज़िम्मेदारी मेरी है। तुम अपने अन्दर पल रहे मगरमुँहा के बेहद ग़लत भ्रमजाल से बाहर निकलो। तुम्हारा यह तथाकथित 'मगरमुँहा' उज्जैन नगर को कभी नहीं, हाँ तुम्हारे समूचे अस्तित्व को निगल सकता है। यह घातक झूठा सम्मोहन तुम्हें ले डूबेगा। ...चलता हूँ।"

शिखर आँखें फाड़े देवव्रत को देखता रहता है।

अपनी साइकिल पर बैठते हुए देवव्रत बोला—"तुम्हारा घर मैंने खाली कर दिया है। मैं श्याम के अतिथि-कक्ष में पुनः पहुँच गया हूँ। ये लो तुम्हारी चाभी।"

और देवव्रत चल दिया।

शिखर साइकिल पर बैठने की हड़बड़ी में गिर पड़ा। घर की खिड़की पर खड़ी गायित्री चीख़ पड़ी—"मामासा..."

शिखर खिड़की की ओर मुड़ा। गायित्री खड़ी थी। हूबहू वही गायित्री जो उस दिन दरवाज़े पर खड़ी थी, जिस दिन शिखर पहली बार सन्दूक लेकर मगरमुँहा के घर से निकला था, पिछली रात के अन्तिम प्रहर के हादसे के बाद। आज वही गायित्री खिड़की पर खड़ी है, ठीक वैसी ही, अपनी आँखों में आँसू की झड़ी लिये, बाल बिखराए शिखर को देख रही थी। देख क्या रही थी, पुकार रही थी। दृष्टि की ऐसी कातर पुकार कि जन्म-जन्मान्तर तक प्रतिध्वनित होती रहे।

शिखर ने बेहद तेज़ी के साथ साइकिल उठाई और भागा। मगर गली के मोड़ पर उसे साइकिल रोकनी पड़ी। वही जटाधारी साधु खड़े थे, जो उस दिन पहली बार मिले थे। शिखर जल्दबाज़ी में जो झुका साधु के चरण स्पर्श के लिए तो साइकिल उसके हाथ से छूट गयी। साधु ने साइकिल सम्हाल ली और बोला—"ज़रूरत पड़ने पर ज़िन्दगी में तेज़ी अच्छी बात है, लेकिन जल्दबाज़ी ठीक नहीं है। मैं जानता हूँ तुम्हारा मन अशान्त है। अभी तो तुम्हें एकान्तवास की ज़रूरत है।

कहकर चल दिए साधु बाबा।

शिखर मगरमुँहा से निकलकर पटनी बाज़ार में पहुँचा ही था कि 'उज्जैन प्रथम' की विशाल होर्डिंग से मुठभेड़ हो गयी। शिखर का अपना दैत्याकार चेहरा। शिखर ने साइकिल भगाई। गोपाल मन्दिर में गोपाल दर्शन तो नहीं हुआ, अनगिनत होर्डिंग्स के माध्यम से शिखर दर्शन होता रहा...होता रहा... होता रहा...कदम-कदम पर। शिखर का दैत्य अट्टहास कर रहा था। सारे रास्ते होर्डिंग्स भागते शिखर का पीछा करते रहे। कितने-कितने होर्डिंग्स सामूहिक रूप से एक-दूसरे के आगे-पीछे, एक अकेले शिखर को अपनी तरफ खींच रहे थे। शिखर बेतहाशा भाग रहा था। ज़बरदस्त रस्साकशी चल रही थी। शहर के बाहर पहुँचने के बाद शिखर को आखिर एहसास हुआ कि रस्साकशी में जीत उसी ने हासिल की थी। वो हाँफ रहा था। उसका गला सूख रहा था। वो पसीने से तरबतर था। शहर काफी पीछे छूट गया था। मगर शिखर ने साइकिल धीमी नहीं की। उसके पाँव की पिंडलियों में जकड़न महसूस होने लगी कि उसने देखा बस थोड़ी ही दूर पर था सुधीर भाई के सेवाधाम का फाटक। उसे लगा कि फाटक नहीं लाल फीता है जिसे छूकर वो अपनी अन्तिम जीत दर्ज़ करेगा कि अचानक फाटक के बाहर लगा 'उज्जैन प्रथम' का विशालकाय होर्डिंग उसकी ओर लपका। शिखर ने भी तय कर लिया कि वो होर्डिंग से टकराकर उसे तार-तार कर देगा। मगर अचानक एक अन्धेरी गुफा का सामना हुआ। शिखर साइकिल से गिरकर बेहोश हो गया।

सुधीर भाई को आश्रम के चौकीदार ने ख़बर दी। वे स्वयं भागकर आए और

शिखर को सीधे आश्रम के अस्पताल में ले गये। शिखर की तीमारदारी शुरू हुई। वो जल्दी ही होश में आ गया, मगर बोल नहीं पा रहा था। उसका गला इस क़दर सूख गया था कि गले में काँटे से उभर रहे थे। शिखर को तुरन्त पानी पिलाया गया। उसने उठने की कोशिश की मगर सुधीर भाई ने उसे उठने नहीं दिया। उसके शारीरिक और मानसिक तनाव को दूर करने के लिए उसे इंजेक्शन लगाकर सुला दिया गया। फिर ग्लूकोज की बोतल चढ़ाई गयी और शिखर गहरी नींद में सो गया।

सुबह-सुबह जब शिखर की नींद खुली तो उसने देखा कि अस्पताल के बजाय वो गेस्ट हाउस के कमरे में है। उसी कमरे में सोफे पर बैठे-बैठे सुधीर भाई सो रहे हैं। वो उठ बैठा। उसे ताज़गी महसूस हुई। उसे हलकी-सी याद आयी कि किस तन्मयता से सुधीर भाई ने उसकी सेवा की थी। उसे शर्म भी महसूस हुई कि ऐसी बदहवासी में सेवाधाम पहुँचा था। वो बाथरूम जाने को हुआ तो उसे पैरों में दर्द महसूस हुआ और वो पास में रखी मेज़ से टकराया। उसी आवाज ने सुधीर भाई को जगा दिया।

सुधीर लगभग भागकर शिखर के पास पहुँचा और उसे थाम लिया फिर बोला—"माफ़ कीजिए माट्साब, मेरी आँख लग गयी थी। मैं आपको बाथरूम ले चलता हूँ।"

शिखर हँस दिया—"अरे नहीं, सुधीर भाई मैं बिलकुल ठीक हूँ। हुआ यों कि मैं जोश-जोश में ज़रूरत से ज़्यादा तेज़ी से साइकिल चला रहा था। ठोकर लगी और गिर पड़ा। बेहोश क्यों हुआ, यह समझ में नहीं आ रहा है। ऐसा आजतक कभी नहीं हुआ।"

बाथरूम से तरोताज़ा होकर शिखर बाहर निकला तो मेज़ पर गर्मागर्म नाश्ता रखा था। जलेबी और कचौड़ी। डटकर नाश्ता किया शिखर ने। सुधीर भाई ने तो हाथ भी नहीं लगाया। अपने नियमों का कट्टरता से पालन करते हैं सुधीर भाई, यह जानता था शिखर।

शिखर ने बड़े उत्साह के साथ लगभग घोषणा सी कर दी—"सुधीर भाई, इस बार लम्बा प्रोग्राम बनाकर आया हूँ, पूरे एक महीने के लिए। खूब डटकर सेवा करूँगा आश्रमवासियों की और लिखता-पढ़ता रहूँगा।"

शिखर के उत्साह को हाथों हाथ लेते हुए सुधीर बोले—"इससे अच्छी बात और क्या हो सकती है।"

कह तो दिया सुधीर ने मगर उसे यह समझते देर नहीं लगी कि यह शिखर का ओढ़ा हुआ उत्साह है। उसे हैरानी इस बात की हो रही थी कि जो व्यक्ति एक महीने के लिए घर से बाहर रहेगा, उसे अपने कपड़ों की ज़रूरत तो होगी। मगर शिखर के पास केवल उसका झोला था जिसमें अपनी डायरी, एक-दो किताबें और काग़ज़-

क़लम ही हमेशा साथ रखता था वो।

उसने आखिर बोल ही दिया—"माट्साब, आपका सामान कहाँ है?"

शिखर को भी यह बात समझ में आ गयी कि उसकी चोरी पकड़ी गयी है। उसके चेहरे पर उदासी के बादल घिरने लगे। सुधीर ने तुरन्त स्थिति सम्हाली—"मैं समझ सकता हूँ आपके दर्द को। पिछले 5-6 साल से आप उज्जैन के उत्थान के लिए जो इतिहास रच रहे हैं, वो एक चमत्कार है। उज्जैन का कायाकल्प कर दिया आपने। और इस बीच पंचक्रोशी यात्रा पर क्या निकले कि आपके 'उज्जैन प्रथम अभियान' पर एक बाहरी व्यक्ति का न केवल कब्ज़ा हो गया, बल्कि उसने इस विशुद्ध समाजसेवी अभियान का राजनीतिकरण कर दिया।"

शिखर ने पलटवार किया—"यदि आप सचमुच ऐसा सोचते हैं तो फिर आपने सेवाधाम के प्रवेश द्वार पर इतनी विशाल होर्डिंग क्यों लगा दी?"

"कैसी बात कर रहे हैं माट्साब? जिस होर्डिंग में आपका चित्र लगा हो, उसे हम कैसे नहीं लगाते। आपकी मैं बहुत इज़्ज़त करता हूँ। जिस तरह आप मन-वचन-कर्म से सेवाधाम के साथ जुड़े हुए हैं, उसी तरह मैं भी उज्जैन प्रथम अभियान से जुड़ा हूँ।"

शिखर ने फिर सवाल उठाया—"यदि ऐसा है तो आप सेवाधाम के होर्डिंग अपनी तस्वीर के साथ क्यों नहीं लगाते?"

अब तो सवाल-जवाब चल निकला।

सुधीर भाई ने सवाल किया—"कैसे लगाते? क्या आपने ये होर्डिंग लगाये हैं?"

"तो क्या कोई दूसरा सेवाधाम का होर्डिंग आपके चेहरे के साथ लगाना चाहे तो आपको स्वीकार होगा?"

सुधीर हँस पड़ा—"क्या माट्साब, आप तो बहस पर उतर आए। लेकिन जिस हालत में आप कल आश्रम आए थे, उसे देखकर तो मुझे लगा कोई बहुत बड़ा हादसा हो गया है।"

चौंक उठा शिखर और उसके चेहरे पर घिर आए उदासी के बादल सहसा फट पड़े। ऊपर से तो वो बिलकुल नहीं भीगा, मगर अन्दर ही अन्दर तो जैसे झड़ी लग गयी कि वो तरबतर हो गया। उसके बोल फूटे ऐसे जैसे कोई ज्वालामुखी सहसा रिसने लगा। फूटा तो नहीं ज्वालामुखी मगर यों आहिस्ता-आहिस्ता रिसना बेहद तकलीफदेह था। शिखर के बोल नहीं फूटे, सिर्फ एक शब्द धीमे से निकलकर नि:शेष हो गया। जैसे कोई फूले हुए गुब्बारे के मुख बन्ध खोलकर हवा में उछाल दे—"हादसा?..."

सुधीर को लगा जैसे उसने गलत शब्द बोल दिया—"हादसा नहीं, मेरा

मतलब है कि कहीं कुछ अचानक घट गया हो।''

निर्णय-अनिर्णय के बीच शिखर के ज्वालामुखी का रिसना जारी रहा। लगा जैसे उसका असमंजस अधबीच ही 'हाँ' और 'ना' के बीच फँस गया।

शिखर ने आखिर अपने बन्ध खोल दिए—''सुधीर भाई, यदि मैं ईसाई होता और आप पादरी तो मैं निश्चय ही 'कनफेशन' की ओट में खड़े रहकर खुद को उलीच देता। लेकिन...लेकिन चाहते हुए भी मैं ऐसा नहीं कर सकता। बस, इतना ज़रूर स्वीकारता हूँ कि मैंने गुनाह किया है, ऐसा गुनाह जिसे मैं किसी के भी सामने कबूल करने की जुर्रत तक नहीं कर सकता। और वो गुनाह है कि मेरा पीछा नहीं छोड़ रहा है और गीली आँच से मुझे झुलसा रहा है...झुलसा रहा है...झुलसा रहा है। आखिर कब तक...कब तक?''

शिखर फट पड़ने को हुआ मगर उसने भागकर बाथरूम में स्वयं को एकान्त के हवाले कर दिया।

सुधीर ने दुनिया देखी थी। उसे समझते देर नहीं लगी कि मामला बेहद गम्भीर था। वो यह अच्छी तरह समझ चुका था कि यदि वो इसी कमरे में बना रहा तो शिखर को बाथरूम से बाहर निकलने में बेहद शर्मिन्दगी महसूस होगी। वो बाहर निकल गया और उसने अपने एक विश्वासपात्र को एक फाइल के साथ उस कमरे में भेज दिया। थोड़ी देर बाद एक बार फिर नहाकर ताज़गी ओढ़े खिसियाई हँसी का मुखौटा लगाकर बाथरूम से बाहर आया।

सुधीर के विश्वासपात्र ने फाइल शिखर को सौंपते हुए कहा—''एक ज़रूरी काम से भाईजी आश्रम के बाहर गये हैं। वे यह फाइल देकर गये हैं इस प्रार्थना के साथ कि इसे आप अत्यन्त कृपापूर्वक 'स्टडी' कर लें और उसके आधार पर एक 'राइटअप' तैयार करने की अनुकम्पा करें तो बड़ी मेहरबानी होगी।''

शिखर को सुकून मिला कि उसे फिर सुधीर भाई का सामना नहीं करना पड़ा। तसल्ली यह भी हुई कि उसे इस फाइल में डूब जाना है।''

कितना समय गुज़र गया इसका पता ही नहीं चला शिखर को। वो तो फाइल में डूबा और उसके बाद राइटअप तैयार करने में जुट गया। दोपहर का एक बज रहा था। आश्रम के दो कर्मचारियों का एक साथ प्रवेश हुआ। उनमें से एक के हाथ में सूटकेस था। दूसरे के हाथ में थी भोजन की थाली।

शिखर चौंका—''अरे भोजन का समय हो गया।''

वो कर्मचारी थाली मेज़ पर रखकर बोला—''माट्साब, हम बरामदे में ही इन्तज़ार करेंगे। आपको किसी चीज़ की ज़रूरत हो तो घंटी बजा दीजिएगा।''

दूसरा कर्मचारी सूटकेस रखकर जाने लगा तो शिखर ने पूछा—''इस सूटकेस में क्या है?''

"आपके कपड़े हैं। सुधीर भाई खुद जाकर आपका सामान आपके घर से ले आए हैं।"

"सुधीर भाई कहाँ हैं?"

"भाईजी, फिर बाहर चले गये हैं।

सुबह-दोपहर-शाम-रात जैसे शब्द जब गढ़े गये होंगे तब शायद चार रेखाएँ खींची गयी होंगी। एक के बाद एक सुबह कब पहली रेखा का स्पर्श करेगी और रूपान्तरित हो जाएगी दोपहर में। इसी तरह दोपहर ढलेगी शाम में और शाम तब्दील हो जाएगी रात में। हर एक के बीच में अन्तराल भी होंगे जिन्हें गुमनाम बीतना होगा।

समय का बीतना तो समय को पता नहीं चलता है, क्योंकि उसे तो नदी की तरह बहना होता है। न तो समय ठहरता है और ना ही ठहरती है नदी। दोनों बीतने और बहने में लगे हुए हैं।

समय जब मनुष्य के सन्दर्भ में बीतता है तब यह बीतना मनुष्य को हर पल महसूस करना हो सकता है। लेकिन मनुष्य जब स्वयं को डुबो देता है किसी काम में, तब वो समय को ही नहीं, स्वयं को भी भुला देने का भ्रम पालता है और ऊपरी सतह पर काम का होकर रह जाता है। उसके लिए काम उतना महत्त्वपूर्ण नहीं होता है, जितना होता है स्वयं को भूलना।

कैसे होता है यह स्वयं को भूलना कि सारे नाते रिश्ते, सगे-सम्बन्धी, घर-बार, दोस्त-समाज तिरोहित हो जाते हैं। कितना निर्मम हो जाता है वो कि रोम का जलना भी नीरो की तरह महसूस नहीं कर पाता। क्या कोई शुतुरमुर्ग, रेत में मुँह छिपाकर स्वयं को बचा सका है आज तक।

फिर भी शिखर...

कब एक महीना गुज़र गया, पता ही नहीं चला। शिखर पूरी तरह आश्रमवासी हो गया था। नि:शक्तों, अनाथों, निराश्रितों की सेवा में तो जुटा ही रहता था, साथ ही आश्रम का कार्यालय भी सम्भाल रहा था। उसके चेहरे को घनी दाड़ी ने घेर लिया था। बाल भी उसके, बढ़ते-बढ़ते, कन्धे के नीचे गुच्छों में लटक रहे थे। उसकी आँखों पर चश्मा भी चढ़ गया था। कुर्ता पाजामा ही अधिकतर पहनता था।

उस दिन सुधीर भाई आश्रम के कार्यालय में अपनी आसन्दी पर बैठे थे। उससे थोड़ी दूर मेज़ पर फाइलों के ढेर में डूबा कुर्सी पर शिखर बैठा था। उसी समय दरवाज़े पर श्याम कलेवर दुबे आ खड़े हुए और बोले—"अन्दर आ सकता हूँ,

सुधीर भाई?''

सुधीर ने अपनी आसन्दी से उठकर श्याम को गले लगाया और बोला—''आप भी श्यामजी, परायों जैसा व्यवहार कर रहे हैं।''

श्याम को अपने पास ही बिठाया सुधीर ने और पूछा—''कहिए कैसे आपको हमारी याद आईं। वर्षों बाद आए हैं आप।''

थोड़ा शर्मिन्दा होकर श्याम बोला—''आप जैसे सेवाभावी तो हम हैं नहीं। बस, अपने स्वार्थों के पीछे भागते रहते हैं। आज भी हम आए हैं एक विशेष काम से। यह लीजिए...।''

और श्याम ने एक सामान्य-सा निमन्त्रण पत्र सुधीर को थमा दिया।

सुधीर खुश होकर बोला—''अरे, यह निमन्त्रण किसलिए?''

श्याम बोला—''आप तो जानते ही हैं हमारे मित्र शिखर को। उसी की भांजी गायित्री की शादी है।''

सुधीर ने शिखर की ओर देखा वो फाइलों में इस तरह डूबा हुआ था कि उसे पता नहीं चला कि उस कमरे में किस बात की चर्चा चल रही है। सुधीर, शिखर और श्याम की घनिष्ठता से परिचित थे। उन्हें यह समझते देर नहीं लगी कि बढ़ी हुई दाढ़ी और कन्धों तक झूलते बालों के साथ चश्मे के कारण शिखर की पहचान दब गयी थी। इसलिए श्याम भी उसे पहचान नहीं सका था। और शिखर तो सिर झुकाये फाइल में डूबा हुआ था इसलिए उसने भी यह जानने की कोशिश भी नहीं की कि सुधीर से मिलने कौन आया था।

ऐसे में सुधीर भाई को थोड़ी चुहल सूझी। वे बोले—''यह तो बड़ी खुशी की बात है। मगर श्यामजी हमें तो आश्चर्य इस बात हो रहा है कि आप जब भी आश्रम में आए, हमेशा शिखर माट्साब के साथ ही आए। आज आप अकेले कैसे आ गये। शिखर माट्साब कहाँ हैं?''

कुछेक क्षणों के लिए श्याम गम्भीर हो गये। फिर उन्होंने अपनी सहजता का चोला ओढ़ लिया और हँसकर बोले—''यही तो बात है सुधीर भाई। मैं तो अखबार में विज्ञापन देने जा रहा हूँ कि मेरा मित्र शिखर कहीं गुम हो गया है। उसे तलाश कर लानेवाले को मैं एक लाख रुपये दूँगा।''

सुधीर भाई ने हँसते हुए अपना हाथ आगे बढ़ाया और बोले—''मिलाइए हाथ और दीजिए मुझे एक लाख रुपये। मैं एक मिनट में शिखर माट्साब को आपके सामने हाज़िर कर दूँगा।''

श्याम भावुक होकर बोला—''एक लाख रुपये तो बहुत छोटी राशि है। मैं तो अपना विद्यानगरवाला घर आपके नाम लिख दूँगा।''

सुधीर ने आवाज लगाई—"शिखर मात्साब!"

शिखर ने सिर उठाये बिना कह दिया—"बोलिये सुधीर भाई।"

"बोलना नहीं है। आपको तो आँखें उठाकर देखना भर है कि मेरे पास कौन बैठे हुए हैं। आपकी तबीयत खुश हो जाएगी।"

शिखर ने सिर उठाकर सुधीर के पास बैठे श्याम को देखा और बदहवास-सा खड़ा हो गया। श्याम ने शिखर की ओर देखा और देखता रह गया। बदली हुई हुलिया के बावजूद श्याम ने शिखर को पहचान लिय। उसने दौड़कर शिखर को गले लगाया। दोनों फूट-फूटकर रो पड़े। सुधीर कमरे से बाहर चले गये। दोनों को सहज होने में थोड़ा समय लगा।

श्याम ने पूछा—"यह क्या हुलिया बना रखी है तुमने?"

शिखर ने भी प्रश्न किया—"तुम्हारे हाथ में निमन्त्रण पत्र कैसा?"

"शिखर...शिखर तुझे हो क्या गया है? सब कुछ भूल गया। अरे भाई मेरे, अपनी गायित्री की शादी की तारीख तय हो गयी। बस, तीन दिन बचे हैं।"

शिखर फिर रो पड़ा—"मैं कितना अधम हूँ। सरो जीजी पर क्या बीत रही होगी?"

"अकेली सरो जीजी नहीं, बल्कि जीजा और गायित्री भी बेहाल हैं। तुम अचानक ग़ायब क्यों हो गये? अब फौरन हुलिया दुरुस्त करो और चलो मेरे साथ।"

अपने को थोड़ा सम्हालकर शिखर बोला—"मुझे थोड़ा समय दो श्याम। मैं हुलिया भी बदल लूँगा और शादी के पहले पहुँच जाऊँगा। मेरा वादा रहा। आज तुम्हें अकेले जाना पड़ेगा।"

गायित्री और नीरज की शादी की रस्मों के बीच शिखर साफ-सुथरा बनकर मगरमुँहा के घर पर पहुँचा। गायित्री को दुल्हन के रूप में देखकर शिखर कुछ क्षणों के लिए अवाक् खड़ा रह गया। फिर सबसे आँख बचाकर पिछले दरवाज़े के पास दुबककर बैठ गया। किसी को भी पता नहीं चला कि शिखर शादी में शामिल हो चुका है, सिवाय सरो के। हाँ, सरो की तड़पती-तरसती आँखों ने पलक झपकते शिखर को प्रवेश करते देख लिया था। उसके बेहद उदास, उतरे हुए चेहरे को देखकर उसे यही लगा कि एकमात्र भांजी की शादी होकर परायी हो जाने का दर्द सता रहा था उसको।

एक और था जिसने शिखर का प्रवेश देखा था, वो था सुधीर भाई। उसे यह समझते देर नहीं लगी कि कौन-सा गुनाह शिखर को सता रहा था जिसे 'कनफेस' करने के लिए वो छटपटा रहा था।

उसी समय शंख ध्वनि और पुष्प वर्षा के साथ नीरज ने गायित्री के गले में मंगलसूत्र पहनाया। रूपा विशेष रूप से शादी की रस्मों को सम्हाल रही थी वो इसीलिए तो मुम्बई से आ गयी थी।

गायित्री के गले में मंगलसूत्र देखकर ऐसी टीस उठी शिखर के मन में कि वो घिसटता हुआ दरवाज़े के बाहर दालान में निकल गया। किसी ने नहीं देखा उसे, सिवाय सरो के।

भारी कदमों से शिखर अपने पुराने कमरे की ओर बढ़ रहा था। उस कमरे को सुहागरात के लिए सजा रही थी कान्ता। उसे किसी के भारी कदमों की आहट सुनाई पड़ी। पता नहीं क्यों उसके मन में अन्देशा-सा हुआ और वो झटपट उठकर प्रवेश द्वार की ओट में खड़ी हो गयी।

उसी समय शिखर ने कमरे में प्रवेश किया। उसके सामने फूलों से सुसज्जित सेज। वो लड़खड़ाता हुआ सेज के पैताने तक पहुँचा और उससे सिर टिकाकर रोने लगा और बड़बड़ाता रहा—'बाबा, मुझे बचा लो, बाबा। मुझे बचा लो बाबा। मैं तुम्हारी शरण में आना चाहता हूँ। मुझसे अब यह दर्द बरदाश्त नहीं हो रहा है।'

घृणा तो नहीं, क्रोध भी नहीं, मगर एक लपट-सी थरथरायी कान्ता के मन में और उसे लगा कि वो झकझोर दे शिखर को और कहे—"भाईसाहब, कहाँ धसक गयी वो चट्टान जिसे मैं पूजा भाव से देखती थी एक आदर्श पुरुष का उज्ज्वल-उदात्त एवं दृढ़ स्वरूप इतना लिज़लिज़ा हो सकता है?"

मगर कहे तो कैसे? उसी समय शिखर के पीछे-पीछे उस कमरे के दरवाज़े पर पहुँची सरो तो उस पर वज्रपात हुआ। उसे दरवाज़े की ओट में बदहवास खड़ी देख लिया था कान्ता ने। वो झट से बाहर निकली और उसने गिरने से पहले सरो को सम्हाल लिया।

सरो उसे पकड़े-पकड़े घर के पिछवाड़े की ओर बढ़ गयी और कान्ता से लिपटकर रोने लगी और रोती-रोती बोली—"यह कैसा अनर्थ हो गया कान्ता। मुझे सिर्फ भनक भर पड़ गयी होती कि शिखर और गायित्री एक-दूसरे को प्रेम करते हैं तो मैं तुरन्त उनकी शादी कर देती।"

"ये आप क्या कह रही हैं? शिखर भाईसाहब बहुत ज़िद्दी हैं।"

"यही तो अनर्थ हो गया। किसी को नहीं मालूम। सिर्फ तुम्हारे जीजा और हम जानते हैं कि गायित्री हमारी बेटी नहीं है। इस बात को छिपाना इतना भारी पड़ जाएगा, यह हमको पता नहीं था।"

कान्ता बोली—"जीजी, इस बात को गोपन ही रहने दीजिए। अब किसी को मत बताइएगा। अभी तो शिखर भाईसाहब को सम्हालना है।"

दोनों वापस सुहागरातवाले कमरे पर पहुँचे। शिखर वहाँ से जा चुका था। वो आसपास कहीं भी नहीं था।

सरो पर वज्रपात तो हुआ मगर गायित्री के विवाह में कोई बाधा उसने नहीं आने दी। वज्र की तरह कठोर और रेशम की तरह नरम बनी रही—केवल अपने दृढ़ मनोबल के सहारे।

श्याम और देवव्रत ने शादी का स्वागत-सत्कार खूब सम्हाला। लोग शिखर के बारे में पूछते ज़रूर रहे। मगर एक तरफ श्याम और देवव्रत और दूसरी तरफ कान्ता और रूपा ने, ख़ासतौर पर सरो ने स्थिति को सम्हालने में कोई कोर-कसर नहीं छोड़ी। सबको यह समझाया गया कि चूँकि नीरज ने तय किया है कि वो अपनी पत्नी गायित्री के साथ इसी मगरमुँहावाले घर में रहेगा, इसलिए विदाई के रस्म के लिए शिखर का घर निश्चित किया गया है ताकि वर-वधू कुछ समय वहीं गुज़ारकर मगरमुँहावाले घर पर ही लौट आएँगे। यही कारण बतलाया गया शिखर की अनुपस्थिति का कि वो वर-वधू के स्वागत की तैयारी में अपने घर पर ही व्यस्त रहा।

वर-वधू जब शिखर के घर पहुँचे तब काफी रात हो चुकी थी। वहाँ श्याम, कान्ता, रूपा और देवव्रत ने वर-वधू का स्वागत किया। मगर शिखर का कहीं अता-पता भी नहीं था। आख़िर रस्म अदायगी के बाद वर-वधू को पुनः मगरमुँहावाले घर में पहुँचाने के लिए श्याम और कान्ता साथ गये।

देवव्रत श्याम के घर पर गेस्ट रूम के अपने ठीये पर पहुँच गये।

शिखर के घर पर अकेली रूपा शिखर की प्रतीक्षा में ठहर गयी।

मगरमुँहावाले घर के सुहागरातवाले कमरे से निकलकर शिखर बदहवासी में साइकिल चलाता हुआ गिरता-पड़ता लहूलुहान चक्रतीर्थ श्मशान के उस कोने पर पहुँचा जहाँ तान्त्रिक बाबा अपनी आसन्दी जमाए हुए थे।

शिखर बड़बड़ा रहा था—'बाबा, मुझे बचा लो, बाबा। मुझे बचा लो बाबा। अब ये दर्द मुझसे बरदाश्त नहीं होता।'

शिखर बाबा के चरणों में लोट रहा था। बाबा ने उसके बाल पकड़कर उसे बिठाया और अपनी झोली से दारू निकालकर बोतल उसके मुँह में उड़ेल दी। खाँसते-खखारते शिखर ने जैसे तैसे बोतल अपने मुँह से हटाई और चीख पड़ा—

''आपने मुझे भ्रष्ट कर दिया। मेरी चालीस वर्षों की तपस्या को आपने धूल-धूसरित कर दिया। मैं आपको कभी माफ नहीं करूँगा—कभी नहीं—कभी नहीं ... कभी नहीं।'' और शिखर बेहोश हो गया।

गाँजे की चिलम में एक लम्बा कश लेकर ढेर सारा धुआँ छोड़ता हुआ बाबा बेहोश शिखर को सम्बोधित कर फलसफा बोलने लगा—''स्वर्ग और नरक में बहुत कम फासला होता है, बच्चा। स्वर्ग पर परचम लहराने की बेवकूफी जो भी करता है, उसे ये पता नहीं होता कि स्वर्ग में जमीन होती ही नहीं है। सिर्फ हवा होती है। हवा में परचम उड़ सकता है और उड़कर हवा में विलीन हो सकता है, उसे गाड़ा नहीं जा सकता।

''अरे, भले आदमी, इतनी ऊँची उड़ान भरने के पहले अपने परों की ताकत को तो तौलो। उड़ान के वक्त कब पर जवाब दे जाएँगे किसे मालूम। बच्चा, तुमने अपने परों को इतना ताना कि तुम्हारे खिंचे हुए पर फड़फड़ाना भूल गये और तुम औंधे मुँह हमारे चरणों में आ गिरे। मेरे पास तुम्हारे लिए स्वर्ग नहीं है। मंजूर हो तो नरक के मज़े ले लो। मेरे पास सिर्फ यही है।''

आधी रात बीतने के बाद शिखर को प्यास लगी। उसने पानी की माँग की। बाबा ने उसी बोतल में से एक घूँट पिला दी।

शिखर तिलमिला उठा—''नहीं, बाबा, अब नहीं। मैं इसे किसी कीमत पर बरदाश्त नहीं करूँगा।''

शिखर हड़बड़ाकर उठ खड़ा हुआ और दो कदम चलकर फिर धराशायी हो गया। बाबा ने उसे अपने कन्धे पर कम्बल जैसा लटका लिया और शिखर की साइकिल पर उसे लिये-लिये ही सवार होकर चल दिया—''चल, तुझे तेरे घर छोड़ दूँ।''

घर पर रूपा ने दरवाज़ा खोला और बाबा को देखकर डर गयी। फिर जब उसके कन्धे पर लटके शिखर को देखा तो रो पड़ी—''अरे, इन्हें क्या हो गया है?''

शिखर को उसके घर की बैठक के पलंग पर लिटाते हुए बाबा बोले—''तू डर मत बच्चा। ये सुबह तक सही हो जाएगा।''

और चलते-चलते बोला—''मगर रात का कोई भरोसा नहीं।''

बाबा शिखर की साइकिल अन्दर रखकर चल दिया।

शिखर को लहूलुहान देखकर रूपा रोती-रोती उसकी चोटों की मरहम पट्टी करती रही। शिखर ने पानी की माँग की। रूपा ने उसे पानी पिलाया।

बेखुदी में शिखर बोल पड़ा—"तू कितनी अच्छी है गायित्री। मेरा कितना ख्याल रखती है। मगर... मगर वो सुहागरात...।"

रात गहराती चली गयी। रूपा शिखर को सहला रही थी।

मगर शिखर को कहाँ खबर थी, उसके अन्दर पल रहे ज्वालामुखी के अस्तित्व की। और ज्वालामुखी को कहाँ पता होता है कि उसे फूटना है।

ज्वालामुखी के अन्दर सुषुप्त लावा जब जाग्रत होकर उबलने लगता है, तब ज्वालामुखी का चट्टानी जिस्म उत्तेजना की पराकाष्ठा का उल्लंघन कर थरथराते हुए अपना आपा खो बैठता है। और ज्वालामुखी की बेखुदी में उसका मुँह खुल जाता है और लावा का फव्वारा फूट पड़ता है।

वो रात ज्वालामुखी को समर्पित हो गयी।

और रात बीत गयी।

सुबह-सुबह शिखर की नींद खुली। उसने अपने अन्दर बहुत हलकापन महसूस किया। बलगम उलीचने के बाद जब फेफड़ा खुलकर साँस लेने लगता है, तब उसे बहुत सुकून महसूस होता है। ऐसा ही कुछ लग रहा था शिखर को।

शिखर एकदम तरोताज़ा हो गया। उसे अनुभव हुआ जैसे सारी जकड़न दूर हो गयी है। और वो भारहीन हो गया—एकदम उन्मुक्त।

उसकी नज़र रूपा पर पड़ी। वो गहरी नींद सो रही थी। कुछ क्षणों के लिए शिखर सोच में पड़ा रहा मगर जल्दी ही उसने स्वयं को सोच-मुक्त कर लिया।

वो जल्दी-जल्दी नहा-धोकर तैयार हो गया। और पत्र लिखने बैठ गया—

प्रिय रूपा जी,

आप इतनी गहरी नींद में सो रही हैं कि आपको जगाने की धृष्टता मैं नहीं कर सकता। रात को अपनी बेखुदी की हालत में भी मैं लगातार महसूस करता रहा कि मैंने आपको सोने नहीं दिया। पता नहीं आपके साथ क्या सलूक किया मैंने। मगर इतना ज़रूर समझ में आता रहा कि आप मेरी वजह से रातभर सो नहीं सकीं।

मैं कब, कैसे घर पहुँचा पता नहीं। हाँ, इतना ज़रूर पता है कि मैं अपने मन में और शरीर के पोर पोर में एक पहाड़ ढो रहा था। वो भयानक बोझ तिरोहित कैसे हो गया, पता नहीं। उस बोझ को उतारने में यदि आपकी कोई भूमिका थी तो मैं

लज्जित भी हूँ और कृतार्थ भी। फिर भी क्यों मुझे लग रहा है कि मैं आपसे आँखें नहीं मिला सकूँगा। इसलिए आपसे बिना मिले जा रहा हूँ, क्षमा करें। आपने जिस निष्ठा से मेरी मरहम-पट्टी की है, उसके लिए आपको धन्यवाद देकर, उस निष्ठा को छोटा नहीं करना चाहता।

वर्तमान परिवेश के जितना प्रतिकूल मैं हूँ, उससे मैं यही अनुभव करता हूँ कि इस परिवेश में लौटना मेरे लिए निरर्थक है। मैं यह तो स्वीकार करता हूँ कि मैं कहीं न कहीं ग़लत तो हूँ, मगर उससे मुक्त होने का कोई रास्ता फिलहाल नज़र नहीं आता है।

उज्जैन प्रथम आन्दोलन को अपने तरीके से जारी रखने के भाई देवव्रत जी की निष्ठा को मैं नमन करता हूँ। जो युवा साथी नगर निगम के चुनाव में खड़े हो गये हैं, उन्हें आशीर्वाद देने की पात्रता मैं खो चुका हूँ।

मैं सोचता हूँ कि जब सब लोग नये रास्ते पर पूरे दमखम से चल पड़े हैं तो फिर डॉ. नीरज नागर क्यों इस रास्ते से अलग रहे। उसे भी मेयर पद का चुनाव लड़ना चाहिए। भले ही मन मारकर सहीं। निर्णय उसे स्वयं लेना होगा।

ज़िद अपने आप में बहुत अच्छी चीज़ है, यदि वो सकारात्मक हो। और ग़लत होने पर उसे छोड़ने की आज़ादी के साथ हो।

मैं स्वयं से हार गया हूँ, यह मैं जानता हूँ, लेकिन मेरी मुश्किल यही है कि मैं हार मान नहीं सकता।

इसलिए इन दिनों मैंने अपने लिये एक रास्ता चुना है, उस रास्ते पर मैं नहीं चलता हूँ, मेरी साइकिल चलती है। मर्जी साइकिल की है जहाँ ले जाए।

मैं यों तो राम-रहीम के चक्कर पर नहीं पड़ता, लेकिन एक होटल है जिसका नाम है—रामभरोसे। यह नाम मुझे बहुत पसन्द है।

साइकिलवाली बात फिर लौटता हूँ। मन बहलाने के लिए साइकिल की मर्ज़ी का ख्याल अच्छा है। साइकिल वहाँ खुद-ब-खुद चलती है। उसका सवार उसे चलाता है। लेकिन यदि सवार अनिर्णय की स्थिति में है तो साइकिल का बहाना अच्छा है।

बस, अन्त में यही कहना चाहता हूँ कि मैं आपको कभी नहीं भूलूँगा। आप मेरे लिये क्या हैं, यह मैं स्वयं नहीं जानता। मैं आपके लिए क्या हूँ यह यदि आप जानती हैं तो आपकी इस सोच के प्रति नतमस्तक हूँ।

ढेरों शुभकामनाओं...और हाँ...प्यार सहित

आपका दोस्त
शिखर

चिट्ठी रूपा की हथेली पर रखकर शिखर साइकिल निकालकर रवाना हो गया। जब से 'कनफेशन' वाली बात शिखर ने सुधीर के सामने कहने की हिम्मत जुटाई 'कनफेशन' पूरी तरह किये बिना, तब से उसके मन में एक ही आसरा घर कर गया कि जब भी मन में दुविधा हो तो सीधे सेवाधाम चलो। जैसे ताश के खेल 'ब्रिज' में कहा जाता है—'व्हेन इन डाउट प्ले ट्रम्प्स'।

शिखर की साइकिल एक बार फिर सेवाधाम आश्रम के फाटक पर खड़ी थी। शिखर ने चौकीदार से कहा कि वो सुधीर भाई से फाटक के बाहर मिलना चाहता है।

सुधीर भाई दौड़े-दौड़े आए।

"अरे माट्साब, आप बाहर क्यों रुक गये? आपका कमरा आपकी प्रतीक्षा कर रहा है और आपका सूटकेस भी रखा हुआ है।"

साइकिल से उतरे बिना शिखर बोला—"सुधीर भाई, मैं अपनी धृष्टता के लिए आपसे क्षमा चाहता हूँ। मगर इस बार आश्रम में ठहरने की मेरी एक शर्त है। मैं अपने कमरे में ही चौबीस घंटे बना रहूँगा। ताकि किसी को भी ख़बर न लगे कि मैं आश्रम में रह रहा हूँ—किसी को भी नहीं, किसी हालत में नहीं, क्योंकि मैं जानता हूँ कि मेरा दोस्त श्याम पूरे परिवार को लेकर मेरे लिये यहाँ धरना दे सकता है। मेरी ख़ातिर आपको और समस्त आश्रमवासियों को झूठ बोलना पड़ेगा कि मैं जब से गया हूँ तब से आया ही नहीं हूँ। हाँ, यह भी वचन देता हूँ कि आश्रम की सारी लिखा-पढ़ी का काम मैं अपने कमरे में ही करता रहूँगा।"

सुधीर ने शिखर का हाथ पकड़कर उसे साइकिल के नीचे उतारा और उसे गले लगाकर वचन दिया कि शिखर सही मायने में सफलतापूर्वक 'अंडरग्राउंड' रहेंगे।

वचन तो दिया सुधीर ने मगर कल के शिखर और आज के शिखर में उसे जो चौंकानेवाला फ़र्क़ नज़र आया, उसे सुधीर किसी भी हालत में स्वीकार नहीं कर सका। वो बोला कुछ नहीं मगर शिखर के माथे पर चोट जैसे खरोंच के निशान अब भी ताज़े लग रहे थे—यानी चोट के अवशेष।

सुधीर के मानस पटल पर शिखर नामक व्यक्ति मात्र नहीं, बल्कि व्यक्तित्व की तस्वीरें तेज़ी से गुज़रने लगीं—बेहद सौम्य, किन्तु कठोर आदर्शवादी... विद्वान... स्वार्थ के प्रति आश्चर्यजनक रूप से उदासीन, स्वप्नद्रष्टा ...नास्तिक न होते हुए भी मन्दिर अनुष्ठानों में कोई दिलचस्पी नहीं...कर्म के प्रति समर्पित सिद्धान्तवादी कर्मयोगी...और इन सारी तस्वीरों को धता बताता 'अचानक' पंचक्रोशी परिक्रमा का यात्री.. 'सहसा' रूपान्तरित छद्मवेशी एकान्तवासी... 'एकाएक' गुनाह के कनफेशन के लिए अधीर... 'रातोरात' एक चट्टान का दरकना... जिसका साक्षी था स्वयं सुधीर...और अकस्मात् फिर आज का अज्ञातवासी।

जो शब्द शिखर के कोष में थे ही नहीं, वे ही लगभग समानार्थी शब्द 'सहसा', 'अचानक', 'एकाएक', 'अकस्मात्', 'रातोरात'—शिखर के इर्द-गिर्द मँडराने क्यों लगे। सुधीर को ये पहेली और शिखर नाम का अजूबा समझ में नहीं आ रहा था। वो चिन्तित था।

वर-वधू को सुहागरात की सेज से जगाने के लिए कान्ता सुबह-सुबह मगरमुँहा पहुँच गयी और सरो से मिले बिना उस कमरे के सामने जा खड़ी हुई। वे पेसोपेश में थी कि कुंडी खटखटाये या नहीं। उसने धीरे से दरवाज़ा छुआ। और आश्चर्य, दरवाज़ा खुल गया। उसने झाँककर देखा तो पाया कि सेज तो सूनी है। कान्ता ने फूलों को जिस तरह सजाया था, फूल वैसे के वैसे ही बने हुए थे। बिस्तर पर सलवटें भी नहीं थीं। तभी उसकी नज़र फर्श पर पड़ी। पलंग के एक तरफ चटाई बिछाकर गायित्री सो रही थी और दूसरी तरफ फर्श पर ही बिस्तर बिछाकर नीरज सो रहा था।

यद्यपि उसे अचरज तो बहुत हुआ। मगर वो स्वयं से प्रश्नोत्तरी में न उलझकर सुहाग की सेज समेटने लगी। सारे फूलों और मालाओं को उसने एक टोकरी में रख लिया। टोकरी उसने पिछवाड़े के आँगन के एक कोने में रख दी। और फिर लौटी उसी कमरे में।

और अपनी आवाज को थोड़ी ऊँची कर बोली—''नयी-नवेली दुल्हन और दूल्हे राजा को सुप्रभात।''

गायित्री और नीरज चौंककर उठ बैठे और दोनों एक-साथ कान्ता के चरणों में झुक गये।

कान्ता बनावटी अचरज में बोली—''भाई दूल्हे राजा, तुम्हारी दुल्हन इतनी उतावली थी कि उसने सुहाग की सेज खुद ही समेट ली और तुम्हें ख़बर भी नहीं होने दी।''

नीरज ने आश्चर्य से गायित्री की तरफ देखा।

गायित्री हँसकर बोल पड़ी—''हमें मालूम है मामी सा कि आपके दोनों हाथ फूलों की खुशबू से महक रहे हैं।''

कान्ता ने हँसकर गायित्री को गले लगा लिया।

फिर वो नीरज की ओर मुखातिब हुई—''नीरज बेटा, तुम्हारे गुरुजी ने लिखकर ये फ़रमान जारी किया है कि तुम्हें नगर निगम के मेयर पद का चुनाव लड़ना है। मैं सुबह-सुबह इसीलिए तो आई हूँ, क्योंकि नामांकन भरने की आखिरी तारीख आज है।''

इससे पहले कि नीरज कुछ बोले, कान्ता फिर बोल पड़ी—''कोई सवाल मत

पूछो। झटपट तैयार हो जाओ। मैं तुम्हें रिटर्निंग ऑफिसर के पास ले जाऊँगी। वहीं देबूदा और रूपा भी मिलेंगे।''

उतावला होकर नीरज बोल पड़ा—''लेकिन यह तो बतलाइए कि मेरे 'सर' कहाँ हैं?''

गम्भीरता ओढ़कर कान्ता ने फ़रमान ज़ारी किया—''यह सवाल फिर कभी मत पूछना। तैयार होकर जीजी के कमरे में आओ। वहीं मैं तुम्हारा इन्तज़ार करूँगी।''

नीरज के उत्तर की प्रतीक्षा किये बिना कान्ता चली गयी।

कान्ता की कोशिशों के बावजूद सरो ने कुछ भी सुनने से इनकार कर दिया और भरे गले से बोली—''तुम मुझे दिलासा मत दो, कान्ता। अब कुछ नहीं हो सकता। सब कुछ खत्म हो गया है। ऐसा सर्वनाश होगा, इसकी कल्पना भी मैं नहीं कर सकती थी। मैं भी आँगन के आम के पेड़ की तरह ठूँठ हो गयी हूँ। मैं जल्दी ही पारो से जा मिलूँगी।''

बात काटकर कान्ता बोली—''शुभ-शुभ बोलिए, जीजी। आपको बहुत साल जीना है। गायित्री के बच्चों को गोद में खिलाना है।''

पास बैठे अख़बार पढ़ने का बहाना करते नरोत्तम ने आँखें पोंछीं।

बेहद खोखली हँसी हँस पड़ी सरो—''गायित्री भी कभी नहीं बनेगी माँ। बहुत ज़िद्दी है वो लड़की।'' और फफककर रो पड़ी सरो। नरोत्तम भी अपनी ज़गह से उठकर सरो के पास आकर उसे सहलाने लगे। कान्ता ने सरो का मुँह अपने सीने में छिपा लिया।

अचानक सरो नरोत्तम से बोल पड़ी—''सुनिए, हमारे आँगन का यह आम का पेड़ अब तो इतना सूख गया है कि किसी भी दिन गिर सकता है। मेरी अन्तिम इच्छा है कि इसी आम की लकड़ी से मेरी चिता सजाना। बस, एक ही चिन्ता सताए जा रही है। ऊपर जाकर पारो को किस मुँह से कहूँगी कि मैं हमारे राजा भैया शिखर को सम्हाल नहीं सकी।''

रूपा अकेली ही शिखर के घर ठहरी हुई थी। तीन माह बीत चुके थे। कान्ता भी उससे मिलने काफी दिनों से नहीं आई थी।

उस दिन कान्ता से मिलने के लिए रूपा उसके घर गयी। रूपा का पीला चेहरा देखकर कान्ता को लगा कि कुछ अनहोनी घटी है। उसने रूपा से पूछा—''रूपाजी,

आप मुझसे कुछ छिपा रही हैं क्या?''

रूपा बोली—''यही बतलाने तो मैं आपके पास आई हूँ। अब मेरा उज्जैन में रहना सम्भव नहीं होगा। मैं कल ही मुम्बई जा रही हूँ। वहाँ अकेली ही सही मगर चैन से रह पाऊँगी। लगभग पाँच महीने बाद मैं आपको बुलवाऊँगी। प्लीज़, आइएगा ज़रूर।''

बाहर ऑटो को रोक रखा था रूपा ने। फौरन वहाँ से चल दी।

इस बार नगर निगम के चुनाव की गहमागहमी अभूतपूर्व और अप्रत्याशित रही। पूरे चुनाव के माहौल में अपनी-अपनी पार्टी का झंडा उठाए दोनों बड़े राजनीतिज्ञ दल 'उज्जैन प्रथम' का नारा लगा रहे थे, क्योंकि उन्होंने अपनी पार्टी के उम्मीदवार खड़े ही नहीं किये थे। उज्जैन प्रथम वाहिनी के हर वार्ड के प्रत्याशी ने स्वतन्त्र उम्मीदवार के रूप में चुनाव का सामना किया। हर वार्ड में उनके विरुद्ध जो भी उम्मीदवार थे वे केवल नाम के वास्ते चुनाव लड़ रहे थे, भाग्य के भरोसे। या तो वे अपने धन के बल पर खड़े हुए थे या केवल अपना नाम उछालने के लिए।

उज्जैन प्रथम वाहिनी का कोई भी उम्मीदवार ऐसा नहीं था, जिसने अपने विरोधी के विरुद्ध एक भी अपशब्द बोला। उनके विरोधियों ने चाहे जो कहा हो।

आश्चर्यजनक तथ्य यह था कि उज्जैन प्रथम साप्ताहिक ने हर वार्ड के हर उम्मीदवार का परिचय निष्पक्ष होकर छापा। 'उज्जैन प्रथम' के विरोधियों के परिचय में ख़ासकर उनकी जो कुछ भी राजनीतिक उपलब्धियाँ थीं, उनको रेखांकित किया गया। उज्जैन प्रथम वाहिनी के पास 'उज्जैन प्रथम अभियान' के अलावा कोई भी राजनीतिक उपलब्धि नहीं थी।

देवव्रत ने शिखर माट्साब का नाम हर अवसर पर, हर काम में हर जगह पूरी शिद्दत में उछाला। हर होर्डिंग, हर विज्ञापन, हर पैम्पलेट, हर पोस्टर पर बड़े-बड़े अक्षरों में शिखर माट्साब का नाम और साथ ही छोटे अक्षरों में मेयर पद के उम्मीदवार नीरज का नाम अन्य प्रत्याशियों से आगे था।

चुनाव निर्विघ्न सम्पन्न हो गया।

पूरे उज्जैन में एक ही शोर था—उज्जैन प्रथम। और जब चुनाव परिणाम की घोषणा हुई तो एक हंगामा तारी हो गया। सभी जश्न के मूड में थे। ऐसा तो कभी हुआ नहीं। न भूतो, न भविष्यति।

नगर निगम के हर वार्ड से केवल उज्जैन प्रथम वाहिनी प्रचंड बहुमत से जीती। मेयर भी उज्जैन प्रथम का। शेष उम्मीदवारों की न केवल जमानतें जब्त हुईं बल्कि उनका कोई नामलेवा भी नहीं था। ऐसी अनोखी, निराली, अद्वितीय शत-

प्रतिशत जीत। सहसा सन्नाटे को चीरता हुआ खुशी का सैलाब उमड़ पड़ा।

जितने भी उम्मीदवारों ने चुनाव में विरोधी के रूप में हिस्सा लिया उनमें से प्रत्येक उम्मीदवार ने विजयी पार्षदों को उन्मुक्त कंठ से बधाई दी।

कार्तिक मेला के विस्तृत प्रांगण में जनसभा आयोजित हुई। दो लाख से ज़्यादा लोग इकट्ठा हुए थे।

मेयर डॉ. नीरज नागर ने घोषणा की—''इस चुनाव में जीत पूरे उज्जैन के हर नागरिक की हुई है। जब सभी दल एक मंच पर एक ही बैनर के नीचे साथ-साथ खड़े होंगे तब असल में चरितार्थ होगा—'उज्जैन प्रथम'।

''ये मेरे शब्द नहीं हैं। मेरे गुरुवर शिखर सर के हैं।

''हम पार्टीलेस डेमोक्रेसी—दलविहीन प्रजातन्त्र चाहते हैं। और ऐसा तभी सम्भव होगा जब हम सब चुने हुए पार्षद और मेयर एक साथ इस्तीफा देंगे और सरकार से कहेंगे कि केवल प्रयोग की ख़ातिर सिर्फ एक शहर में हमें दलविहीन प्रजातन्त्र के संचालन की इजाज़त दें।''

पूरी भीड़ एक साथ बोल उठी—''नहीं... नहीं... नहीं।''

उसी समय भीड़ को चीरते हुए कुछ नौजवान एक बुजुर्ग को मंच पर ले आए। ये बुजुर्ग उज्जैन के जाने-माने विद्वान थे। तुमुल हर्ष ध्वनि के बीच उन प्रतिष्ठित विद्वान का परिचय देते हुए देवव्रत ने कहा—''उज्जैन के लाखों नागरिकों को प्रणाम करते हुए मैं एक अत्यन्त महत्त्वपूर्ण जानकारी देना चाहता हूँ। सभी महत्त्वपूर्ण राजनीतिक दलों ने मंच पर अभी विराजमान वयोवृद्ध प्रतिष्ठित विद्वान महाशय को समस्त राजनीतिक दलों का एकमात्र प्रवक्ता मनोनीत किया है। कृपया उनकी अमृतवाणी सुनने की कृपा कीजिए।''

बुजुर्ग प्रवक्ता महोदय माइक के सामने आए—''धन्यवाद उज्जैन के नागरिकों को जो मुझे सुनना चाहते हैं।

''सबसे पहले तो मैं नवनिर्वाचित मेयर डॉ. नीरज नागर एवं समस्त विजयी पार्षदों को बधाई देता हूँ।

''नीरज जी ने अभी कहा कि वे अपने सभी विजयी पार्षदों के साथ इस्तीफा देना चाहते हैं। लेकिन मैं पूछता हूँ क्यों? आपने कहा कि आप चाहते हैं कि केवल प्रयोग के रूप में उज्जैन नगर में दलविहीन प्रजातन्त्र के संचालन की इजाज़त दी जाए।

''तो भाई नीरज जी, मैं कहना चाहता हूँ कि सरकार की ओर से उज्जैन के समस्त नागरिकों ने आपको दलविहीन प्रजातन्त्र के संचालन की इजाज़त दे दी है।

''आप चौंकिये मत। मैं शत-प्रतिशत सच बोल रहा हूँ। और इसे मैं अभी सिद्ध करता हूँ।

''अब नीरज जी, मैं आपसे प्रश्न करता हूँ। आप किस राजनीतिक दल के

सदस्य हैं?"

नीरज ने उत्तर दिया—"किसी भी राजनीतिक दल से मेरा कोई सम्बन्ध नहीं है।"

प्रवक्ता बुजुर्ग ने फिर पूछा—"नीरज जी, क्या चुने हुए पार्षदों में से कोई भी किसी राजनीतिक दल से जुड़ा हुआ है।"

सारे पार्षद एक साथ बोले—"जी, नहीं।"

प्रवक्ता बुजुर्ग ने फिर प्रश्न किया—"तो नीरज जी, आप सभी दलविहीन हैं या नहीं।"

नीरज बोले—"हम दलविहीन हैं।"

"क्या आपने चुनाव में हिस्सा लिया है?"

"जी, हाँ।"

"तो क्या चुनाव प्रक्रिया प्रजातान्त्रिक नहीं है?"

"बिलकुल प्रजातान्त्रिक है।"

"अरे नीरज भाई, यही तो है दलविहीन प्रजातन्त्र। फिर आप किस दलविहीन प्रजातन्त्र की माँग कर रहे हैं। आप सबने और उज्जैन के नागरिकों ने उज्जैन नगर निगम में दलविहीन प्रजातन्त्र का शुभारम्भ कर दिया है।"

नीरज ने बुजुर्ग के चरण स्पर्श किये और बोला—"आप सही हैं। इसलिए अब हम इस्तीफा नहीं देंगे।"

तुमुल हर्ष ध्वनि और तालियों की गड़गड़ाहट के बीच लाखों कंठों से शिखर सर की जय-जयकार से गगन गूँज उठा।

अचानक बदहवास सी हँसती-रोती सरो जीजी मंच पर आ गयी। और माइक के सामने पहुँच कर चीख पड़ी—"किसकी जय जयकार कर रहे हैं आप सब? कहाँ है मेरा राजा भैया शिखर। आप सब मिलकर आवाज क्यों नहीं देते—ऊँची आवाज—बहुत ऊँची आवाज ताकि भगवान तक पहुँचे और भगवान स्वयं मेरे राजा भैया शिखर को यहाँ लेकर आएँ।"

पसीने और आँसू में लथपथ सरो जीजी थरथर काँप रही थी। नरोत्तम ने उन्हें जकड़ना चाहा। गायित्री ने उन्हें बाँहों में भरना चाहा। मगर सरो की बदहवासी बढ़ती गयी। उनके गले की नसें फूल गयीं और वो भरपूर ताकत से आसमान हिलाती हुई चीख पड़ीं—"मेरा राजा भैया शिखर।"

सरो के ओठों पर खून छलक आया और वो मंच पर गिरने लगी कि सबने मिलकर उनको सम्हाल लिया। सरो को वहीं मंच पर ही लिटा दिया गया। वो बेहोश हो गयी थी। भीड़ को चीरते हुए तेज़ी के साथ डॉक्टरों के एक दल ने उन्हें

फर्स्ट एड के जरिये इलाज शुरू करना चाहा।

मगर सब अकारथ।

सरो पहुँच चुकी थी अपनी प्राण प्यारी सहेली पारो के पास।

सेवाधाम आश्रम के अपने कमरे में अकेला बैठा शिखर खिड़की के बाहर अपने हिस्से का आकाश देख रहा था। आकाश पर कपासी बादल बड़ी देर तक किसी सन्त की तरह बिना हिले डुले ध्यान में मगन ठहरे हुए थे। पता नहीं, कहाँ से क्या हुआ कि ये बादल दूधिया बच्चे की तरह सहसा मचल उठे और अजीब अजीब शक्ल बनाने लगे। उन्हीं शक्लों में अचानक एक स्त्री का आकार उभरा—चेहरा नहीं था कोई, सिर्फ आकार था—एक नहीं शायद दो आकार थे जो एक दूसरे में समा गये।

पूरे चाँद की रात थी। वरना रात के अँधेरे में आकाश दीखता कहाँ है? देखते-देखते बादल के इस हुजूम ने चाँद को घेर लिया अब तो खिड़की से आकाश गायब हो गया। शिखर अपनी ज़िद में बैठा बाहर पसरा अँधेरा देखता रहा। आधी रात बीत चुकी थी। शिखर सोच में था कि बादलों के उस आकार में एक नहीं दो स्त्रियों के आकार थे जो एक दूसरे में समाकर एकाकार हो गये।

उसी समय दरवाज़े पर दस्तक हुई।

और सुधीर भाई की आवाज़ सन्नाटे को चीरती हुई गूँज उठी—''माट्साब, सो गये क्या?''

शिखर को तुरन्त लगा कि सुधीर भाई की आवाज में कम्पन था।

शिखर ने तुरन्त दरवाज़ा खोला—''आइए, सुधीर भाई, नींद से आजकल बैर चल रहा है। मैं तो खिड़की के बाहर आकाश में बादलों का तमाशा देख रहा था।''

शिखर ने कमरे की रोशनी जलाई। और सुधीर का चेहरा देखकर वो सन्न रह गया। बोला—''क्या बात है सुधीर भाई, आपका चेहरा—बात काटकर सुधीर भाई बोले—''मेरे चेहरे में क्या रखा है। मैं खुद एक तमाशा देखकर लौट रहा हूँ।''

''तमाशा? इतनी रात गये?''

''भयानक था वो तमाशा—भयानक।''

सहसा चुप हो गये सुधीर भाई। फिर बोल पड़े—''मैं ज़रा मुँह-हाथ धो लूँ। खुद पर नियन्त्रण कर लूँ। बहुत कुछ बतलाना है आपको।''

हाथ-मुँह धोकर सुधीर भाई ने उज्जैन प्रथम वाहिनी की शत-प्रतिशत जीत की ज़बर तफसील से सुनाई। फिर सामूहिक इस्तीफे की और दल विहीन प्रजातन्त्र की बात बड़े नाटकीय ढंग से बतलायी। फिर बोले—''माट्साब, सिर्फ आपकी जय-जयकार हो रही थी। दो लाख से ज़्यादा लोगों की भीड़ की आवाज पूरे उज्जैन

में गूँज रही थी।

''इतने में एक भयानक घटना हो गयी। एक अधेड़ महिला धड़धड़ाती हुई मंच पर आ गयी और चीख उठी कि जिस व्यक्ति की जय-जयकार हो रही है, वो कहाँ है? उसे बुलाओ।

''वो सम्भ्रान्त महिला पसीने और आँसू से लथपथ थी। बिखरे हुए बाल थे उसके। वो थरथर काँप रही थी। अचानक वो चीख पड़ी—''मेरा राजा बेटा शिखर।''

बदहवास हो उठा शिखर और थर्रायी आवाज में बोला—''राजा बेटा बोला था या राजा भैया?''

सुधीर की आवाज़ रुँधने लगी थी—''इससे क्या फ़र्क़ पड़ता है? कोई भी महिला हो। मगर वो महिला चीखने के बाद वहीं मंच पर तड़पती हुई मर गयी।''

शिखर की बदहवासी बढ़ती जा रही थी—''कौन थी वो महिला?''

सुधीर की आवाज मद्धिम हो गयी—''माट्साब, क्या पता कौन थी? बस वो तो माँ जैसी थी।

''उसके बाद पूरी भीड़ एक खाट पर उनकी लाश लेकर उनके घर पहुँची। वहाँ घर के आँगन में एक पेड़ सूखकर गिर पड़ा था। उस महिला के पति ने बतलाया कि उनकी अन्तिम इच्छा थी कि इसी पेड़ की लकड़ी से उनकी चिता सजाई जाए। कई कुल्हाड़ियाँ आ गयीं। और थोड़ी देर में एक ट्रक भरकर सारी लकड़ी चक्रतीर्थ रवाना हो गयी।

''कुछ देर में उनकी शवयात्रा भी निकली। उनके घर से श्मशान बहुत दूर नहीं था इसलिए शव-यात्रा के सभी सह यात्री पैदल ही चल पड़े।

''और फिर उन्हें फूँकने के बाद हम एक बार फिर उनके घर गये। घर के लोगों को सान्त्वना तो क्या उन्हीं के साथ मिल बैठकर जी भरकर हम सभी रोये। और उन्हें रोता-बिलखता छोड़कर यहाँ आ गये।

''हम तो रातभर वहाँ रुकना चाहते थे, मगर रुक नहीं सकते थे।

''क्योंकि यह खबर आप तक पहुँचाने की जल्दी थी।

''आपका क्या? आपको तो अज्ञातवास चाहिए। बस, अब आप निश्चिन्त सो जाइए।

''आपकी सरो जीजी अब तो आपकी पारो जीजी के पास पहुँच चुकी है।''

बदहवासी के चरम पर पहुँचकर शिखर ने सुधीर भाई के दोनों कन्धे पकड़कर उसे बुरी तरह झिंझोड़ दिया—''सुधीर, तुम पाखंडी हो। तुम झूठ बोल रहे हो।''

सुधीर ने शिखर को गले से लगा लिया—''मैं आपकी गाली का बुरा नहीं

मानता क्योंकि इस सच्चाई को झेलने की ताक़त मुझमें ही नहीं है, तो आपमें कैसे होती?''

शिखर सुधीर के आलिंगन से छिटककर पागलों सा बाहर भागा। सुधीर भाई रोकते रह गये, मगर शिखर ने एक नहीं सुनी। उसने साइकिल उठाई और आधी रात के अँधेरे को चीरता, गिरता-पड़ता साइकिल पूरी ताकत से भगाने लगा।

चक्रतीर्थ पहुँचकर के सीधे बाबा के पास पहुँचा और उनके चरणों में गिर पड़ा। फिर उठ खड़ा हुआ। उस समय तीन चिताएँ जल रही थीं।

वो पागलों सा रोता हुआ, बाल नोचता, चीख पड़ा—''मैं कैसे पता लगाऊँ कौन सी चिता सरो जीजी की है?''

बाबा बोले—''मुझे मालूम है। उनकी चिता की बची हुई लकड़ी मेरे पास रखी हुई है। मैं जानता था तुम आओगे। इसलिए चक्रतीर्थ के सूनेपन में जब उनकी चिता की लपटों को गिरते हुए देखता, तब उसमें और लकड़ी डालकर लपटों को तेज़ कर देता।''

अकस्मात् शिखर रोता बिलखता धूल में लोटने लगा।

बाबा ने दारू की बोतल निकाली और उसके मुँह में उड़ेल दी। शिखर ने विरोध नहीं किया। थोड़ी देर में उसको हिचकी चलने लगी।

अचानक यह हिचकी, उल्टी हिचकी में तब्दील हो गयी। भयानक होती है उल्टी हिचकी। रात के उस सन्नाटे में उल्टी हिचकी की दिल दहलानेवाली आवाज—हिच्-हिच्-हिच्—लगातार ऊँची होती जा रही थी।

दसों दिशाओं में प्रतिध्वनित हो रही थी—हिच्-हिच्-हिच्। इस उल्टी हिचकी की कान के पर्दों तक को फाड़नेवाली आवाज की ऊँचाई बढ़ती... बढ़ती... बढ़ती जा रही थी। लगता था इस प्रलयंकारी आवाज से टकराकर आकाश धराशायी हो जाएगा। उड़, उड़, उड़ वो हिचकी...

बाबा तक की सहन शक्ति से बाहर होती जा रही थी ये गगन भेदी गूँज। उनकी लाल लाल आँखें भी नम हो गयीं। उन्होंने अपने झोले से गंगाजल निकालकर उसे पिला दिया।

शिखर की उल्टी हिचकी की आवाज आहिस्ता आहिस्ता मद्धिम हो गयी और धीरे-धीरे शान्त हो गयी।

शान्त... बिलकुल शान्त... एकदम शान्त...

बाबा ने शिखर की नब्ज टटोली, फिर दिल पर हाथ रखा।

सब बन्द... बिलकुल बन्द... एकदम बन्द... हमेशा के लिए बन्द।

शिखर की आँखें आसमान की ओर टकटकी लगाये खुली रह गयीं। उन्हें बाबा ने अपने हाथों से मूँद दिया। और उसके सीने से लगकर रो पड़े—"क्या रे बच्चा! तूने मुझे भी माया के बन्धन में बाँध लिया था। आज उससे भी मुक्ति मिल गयी। चल, तुझे तेरी जीजी की गोद में डाल दूँ।"

बाबा ने शिखर की लाश अपने कन्धे पर डाल ली और सरो की चिता की ओर बढ़ने लगा। चिता के पास पहुँचकर बाबा ठिठका। उसने कन्धे से शिखर की लाश एक बच्चे की तरह उतारी और चिता के हवाले करता हुआ बोला—"बच्चा, आज तो तुझे तेरी सरो जीजी की गोद मिली है। अगले जनम तुझे उनकी कोख मिलेगी।"

उसने तुरन्त चिता पर बची हुई लकड़ियाँ सजा दीं।

चिता भभक उठी।

बाबा ने अपने ठीये पर पहुँचकर चिलम में एक ज़ोरदार कश लगाया और थोड़े धुएँ को आत्मसात कर शेष धुएँ को बाहर फेंकते हुए ध्यान मग्न हो गये।

अगली सुबह जब श्याम और नरोत्तम सरो की अस्थियाँ बीनने के लिए चक्रतीर्थ पहुँचे तब उन्हें यह देखकर आश्चर्य हुआ। अभी तक लपटें उठ रही थीं। वे सोच में पड़ गये कि क्या किया जाए? तभी बाबा ने उन्हें पुकारा—"नरोत्तम जी हम आपको पहचानते हैं और आपके घर पर एक शिष्य अपने माट्साब से मिले थे। और श्याम बच्चा, तुम शिखर के एकमात्र दोस्त हो। नरोत्तम जी आपको दूसरी बार आने की ज़रूरत नहीं है। श्याम बच्चा, तुम मुझे ताँबे का लोटा देते जाओ। जब चिता ठंडी होगी तब अस्थियाँ चुनकर हम तुम्हारे घर पर पहुँचा देंगे।"

श्याम ने लोटा बाबा को दे दिया और दोनों चल दिए। वे दोनों जब थोड़ी दूर पहुँचे तब बाबा ने श्याम को आवाज दी—"बच्चा श्याम, तुम दौड़कर मेरे पास आ जाओ।"

नरोत्तम को वहीं रोककर श्याम दौड़कर बाबा के पास पहुँचा।

बाबा बोले—"बच्चा, तुम अकेले दोपहर दो बजे मेरे पास आ जाना, मैं अस्थियाँ तुम्हें सौंप दूँगा। नरोत्तम जी को बतलाना भी नहीं। अकेले आना। और अभी अगर नरोत्तम जी तुमसे पूछते हैं तो कह देना, बाबा तुम्हारे घर का सही पता जानना चाहते थे।"

दोपहर दो बजे जब श्याम बाबा के पास पहुँचा तब बाबा ने अस्थियों से भरा लोटा श्याम को देकर बोला—बोलते-बोलते उनका गला रुँध गया—"बच्चा श्याम, इस

लोटे में सिर्फ़ सरो जीजी की अस्थियाँ नहीं है। अगले जनम में उनके होने वाले बेटे की अस्थियाँ भी हैं।''

श्याम चिन्तित होकर बोला—''मैं समझा नहीं! बाबा।''

''इसमें तुम्हारे एकमात्र दोस्त शिखर की भी अस्थियाँ हैं।''

चीख पड़ा श्याम—''क्या कहा आपने, मैंने ठीक से सुना नहीं।''

''तुमने ठीक सुना बच्चा, अब तुम्हारा दोस्त शिखर इस दुनिया में नहीं है।''

घुटने के बल गिरकर फफक पड़ा श्याम।

बाबा ने भी रोते-रोते सारी घटना श्याम को सुना दी। बाबा बोले—''अपनी पत्नी के अलावा किसी को भी कभी मत बतलाना कि शिखर अब नहीं रहे। सबके मानस में शिखर अनन्त काल तक जीवित रहेंगे। अस्थियाँ अभी विसर्जित कर दो।''

रोते-रोते बेहाल होते हुए श्याम ने शिप्रा में अस्थियाँ विसर्जित कर दीं। और लोटा भी बहा दिया।

उसने पहले नरोत्तम को जल्दी से सूचित किया कि उसने सरो जीजी की अस्थियों को विसर्जित कर दिया है। लेकिन वो गायित्री और नीरज से बिना मिले घर चला गया।

अपने पति का चेहरा देखकर कान्ता को यह समझते देर नहीं लगी कि श्याम बेहद विचलित है।

कान्ता ने पूछा—''क्या बात है? आपका चेहरा बता रहा है कि कुछ अनहोनी घट गयी है।''

बिलखकर श्याम कान्ता से लिपट गया और रोते-रोते बोला—''अब शिखर को ढूँढ़ने की ज़रूरत ही नहीं पड़ेगी। वो अब इस दुनिया में ही नहीं है।''

दोनों देर तक बिसूरते रहे।

तीन महीने बाद श्याम ने उज्जैन प्रथम वाहिनी की बैठक देवव्रत से कहकर बुलवायी। उसी बैठक में श्याम ने घोषणा की—''हमारी लाख कोशिशों के बावजूद हम शिखर को ढूँढ़ नहीं पाये। अब तो वो तभी प्रकट होंगे, जब उनकी मर्ज़ी होगी। इसलिए हमने तय किया है कि उज्जैन के किसी ख़ास चौराहे पर उनकी मूर्ति स्थापित करेंगे—आदमकद मूर्ति।''

नीरज ने तुरन्त प्रतिवाद किया-

''क्षमा करें, सर लेकिन शिखर सर ने एक दिन मुझे बतलाया था कि वे कभी अपनी मूर्ति स्थापित नहीं होने देंगे।''

देवव्रत ने हस्तक्षेप किया—''शिखरजी यह भी नहीं चाहते थे कि होर्डिंग्स पर उनका चेहरा लगाया जाए, मगर हमने लगाया। उज्जैन प्रथम साप्ताहिक में भी हमने

ऐसे ज़रूरी बदलाव किये, जिसे वो नहीं चाहते थे। यहाँ तक कि उनकी इच्छा के विरुद्ध हमने नगर निगम चुनाव में 'उज्जैन प्रथम' के साथियों को मैदान में उतारा। यहाँ तक कि अपने सिद्धान्तों के विरुद्ध उन्होंने खुद रूपाजी को पत्र लिखकर नीरज को मेयर पद के लिए प्रत्याशी बनने का आदेश दिया।''

''आप यह सब अच्छी तरह समझ लीजिए कि हम शिखरजी की बेहद इज़्ज़त करते हैं। मगर ये मानते हैं कि वे कट्टर आदर्शवादी हैं। हम सभी जानते हैं कि अपने अनुभव से कि दृढ़ता अपने आप में अस्वाभाविक है।''

''हम शिखरजी की मूर्ति ज़रूर स्थापित करेंगे। वे जीवित हैं तो क्या हुआ? हम चाहते हैं कि वे कम से कम 125 वर्ष तक जीवित रहें, क्योंकि हम जानते हैं कि जीवित व्यक्ति की मूर्ति स्थापना निषिद्ध नहीं है।''

सबने एक स्वर में प्रस्ताव का अनुमोदन किया। यहाँ तक कि नीरज और गायित्री ने भी अपनी सम्पूर्ण सहमति जतायी।

उज्जैन के एक ख़ास चौराहे पर शिखर की मूर्ति स्थापना की ज़ोर-शोर से तैयारियाँ शुरू हो गयीं।

पाँच महीने बाद रूपा ने कान्ता को मुम्बई बुला लिया। जब कान्ता मुम्बई पहुँची तो रूपा को देखकर वो विचलित हो गयी। बेहद कमज़ोर हो गयी थी रूपा।

कान्ता बोली—''रूपाजी, ये क्या हाल बना रखा है आपने। सुनने में फिल्मी डॉयलाग जैसा लगता है, मगर बेहद तल्ख सच्चाई है ये।''

सजल नयनों से बोली रूपा—''कान्ताजी, आप तो यह समझ सकती हैं कि मेरे पास जीने का और कोई कारण शेष नहीं बचा है।''

''मगर रूपाजी, आनेवाले बच्चे के लिए तो आपको तन्दुरुस्त रहना चाहिए। ज़रा सोच देखिए, इसे जन्म देने के लिए आपने कितने कष्ट उठाये और यही बच्चा आपका सहारा बनेगा।''

''यह मेरा बच्चा कहाँ है? यह तो उनका बच्चा है। वही सम्हालेंगे इसे। और यदि उन्होंने तय ही कर लिया है कि वे गुमनामी के अँधेरे में रहेंगे मगर वापस नहीं लौटेंगे तो फिर उनकी इस अमानत को गायित्री सम्हालेगी।''

''उस रात शराब के नशे में चूर शिखरजी मुझे गायित्री समझ बैठे थे। मुझे स्पर्श करते हुए बार-बार गायित्री का नाम ले रहे थे इसलिए उन्होंने उस रात मुझको जो कुछ दिया, वो मेरा नहीं गायित्री का है। आय एम जस्ट द सरोगेट मदर। मैंने तो उसी दिन मेरी कोख गायित्री के नाम कर दी थी।

''सच पूछिए तो मैं इसे गायित्री को सौंपने के बाद शिखरजी की तरह गुमनामी के अँधेरे में चली जाऊँगी।

‘‘एक बात और।

‘‘यदि शिखरजी को हम ‘उज्जैन प्रथम’ के नाम से हमेशा याद रखेंगे तो इस बच्चे को उज्जैन प्रथम के भविष्य के रूप में स्वीकार करेंगे।’’

वही हुआ जिसकी आशंका थी। स्वस्थ बेटे को जन्म देते हुए रूपा सचमुच अन्तर्ध्यान हो गयी। नर्सिंग होम के रेकार्ड में माँ का नाम गायित्री नागर और पिता का नाम नीरज नागर दर्ज़ किया गया था।

कान्ता ने श्याम को भी पहले से बुला लिया था। रूपा की अन्त्येष्टी के बाद बच्चे को कान्ता ने सीने से लगा लिया। मातृहीन नवजात को सम्हालना कितना दुष्कर होता है, यह कान्ता भली-भाँति समझती थी।

मुम्बई से लौटकर एक माह तक कान्ता बच्चे को सम्हालती रही। उन्होंने उज्जैन आते ही गायित्री को बुलवाकर इस नवजात के मातृत्व की बात बतला दी थी। इसलिए इस बच्चे की देखभाल के लिए गायित्री प्रतिदिन नियमपूर्वक कान्ता के पास आती रही।

उज्जैन प्रथम अभियान का अविस्मरणीय दिन आखिर आ पहुँचा। उज्जैन के ख़ास चौराहे पर मूर्ति लग चुकी थी, मगर कपड़े से अवगुंठित थी। सबने एकमत से तय किया था कि मूर्ति का अनावरण श्याम कलेवर दुबे करेंगे। श्याम चाहते थे देवव्रत करें। मगर देवव्रत अडिग रहे।

निर्धारित दिनांक और समय पर अपार जनसमूह के सामने मूर्ति का अनावरण श्याम कलेवर दुबे ने किया। मगर मूर्ति देखकर सभी भौचक्का रह गये और पूरे परिक्षेत्र में ‘अरे यह क्या!’ की आवाज गूँज उठी।

मूर्ति आदमकद तो थी मगर उसका चेहरा सपाट था—नाक-नक्श विहीन।

मूर्ति के पेडस्टल पर लिखा था—‘‘यदि कभी किसी की मूर्ति स्थापना का उपक्रम किया जाए तो उसका चेहरा, नाक-नक्शविहीन सपाट होना चाहिए ताकि हज़ारों-लाखों लोग उसमें अपना-अपना चेहरा देखें।’’

इस पंक्ति के लेखक का नाम लिखा था—‘शिखर की डायरी से’।

जब श्याम ने माइक पर यह पंक्ति पढ़ी तो कुछ पलों के लिए सन्नाटा छा गया। फिर सहसा तालियों की गड़गड़ाहट और शिखर के जय-जयकार से परिवेश गूँज उठा।

उसी समय कान्ता नवजात शिशु को अपनी गोद में लेकर मूर्ति के सामने आई

और गायित्री को आवाज दी।

गायित्री आई और उसने शिशु को अपने अंकों में भर लिया और माइक पर बोली—''शिखर मामासा 'उज्जैन प्रथम' के नाम से जाने जाते हैं और हमेशा जाने जाते रहेंगे। मेरा यह बेटा, मामासा की इच्छा स्वरूप, उज्जैन प्रथम के भविष्य के रूप में जाना जाएगा और शिखर मामासा ने इसका नाम रखा है—भारत प्रथम।''

बहुत देर तक तालियाँ बजती रहीं और शिखर जिन्दाबाद के साथ भारत प्रथम जिन्दाबाद के नारे लगते रहे।

उपस्थित समुदाय ने यह मान लिया कि 'भारत प्रथम' गायित्री का बेटा है। मगर नीरज ने कभी गायित्री से पूछा भी नहीं कि यह बच्चा कहाँ से आया। उसने सगर्व शिशु 'भारत प्रथम' का पितृत्व स्वीकार लिया।

□□□

णाणं
पयासयं
वीर नि.सं. 2470
ई.सन् 1944
भारतीय ज्ञानपीठ